हिन्द पॉकेट बुक्स

व्यावहारिक हिन्दी शब्दकोश

उदयनारायण तिवारी भारत के प्रसिद्ध भाषा वैज्ञानिक थे। हिन्दी साहित्य के इतिहास लेखन में जो ऐतिहासिक महत्व आचार्य रामचन्द्र शुक्ल का है, हिन्दी भाषा के ऐतिहासिक एवं तुलनात्मक अध्ययन के क्षेत्र में वही महत्व डॉ. उदयनारायण तिवारी का है। हिन्दी में एम.ए. करने के अनन्तर डॉ. तिवारी जी ने कलकत्ता विश्वविद्यालय से सन् 1939 ई. में पालि में तथा सन् 1941 में कम्परेटिव फिलॉलोजी में एम.ए. की उपाधियाँ प्राप्त कर ली थीं। अमेरिका में रहकर आधुनिक भाषा विज्ञान की पद्धति एवं प्रविधि को हृदयंगम कर 30 अगस्त 1959 को भारत लौटे। वे जुलाई 1971 तक जबलपुर विश्वविद्यालय के स्नातकोत्तर हिन्दी एवं भाषा विज्ञान विभाग के प्रोफेसर एवं अध्यक्ष पद पर आसीन रहे। डॉ. तिवारी हिन्दी एवं अंग्रेजी के अतिरिक्त संस्कृत, पालि, प्राकृत, अपभ्रंश, बंगला, अवेस्ता, पुरानी फारसी के भी विद्वान थे। वे अरबी, ग्रीक, लैटिन आदि भाषाओं के भी ज्ञाता थे।

व्यावहारिक हिन्दी शब्दकोश

सम्पादक

उदयनारायण तिवारी

एम.ए.

हिन्द पॉकेट बुक्स

पेंगुइन रैंडम हाउस इम्प्रिंट

हिन्द पॉकेट बुक्स

यूएसए | कनाडा | यूके | आयरलैंड | ऑस्ट्रेलिया
न्यू ज़ीलैंड | भारत | दक्षिण अफ्रीका | चीन

हिन्द पॉकेट बुक्स, पेंगुइन रैंडम हाउस ग्रुप ऑफ़ कम्पनीज़ का हिस्सा है, जिसका पता global.penguinrandomhouse.com पर मिलेगा

पेंगुइन रैंडम हाउस इंडिया प्रा. लि.,
चौथी मंजिल, कैपिटल टावर -1, एम जी रोड,
गुड़गांव 122 002, हरियाणा, भारत

पेंगुइन
रैंडम हाउस
इंडिया

प्रथम हिन्दी संस्करण हिन्द पॉकेट बुक्स द्वारा 2001 में प्रकाशित
यह हिन्दी संस्करण हिन्द पॉकेट बुक्स में पेंगुइन रैंडम हाउस द्वारा 2023 में प्रकाशित

10 9 8 7 6 5 4 3 2

इस पुस्तक में व्यक्त विचार लेखक के अपने हैं, जिनका यथासंभव तथ्यात्मक सत्यापन किया गया है, और इस संबंध में प्रकाशक एवं सहयोगी प्रकाशक किसी भी रूप में उत्तरदायी नहीं हैं।

ISBN 9789353493264

मुद्रकः रेप्रो इंडिया लिमिटेड

www.penguin.co.in

FSC www.fsc.org
MIX
Paper from responsible sources
FSC® C047271

भूमिका

बृहदाकार शब्दकोशों का अपना मूल्य है, उनकी अपनी महिमा है। किन्तु उनका उपयोग प्राध्यापकों, शोधकर्ताओं, स्नातकों तथा पंडितों तक ही सीमित है। हिन्दी राष्ट्रभाषा के पद पर आसीन हो चुकी है। कोटि-कोटि जन हिन्दी का उपयोग कर रहे हैं। शिक्षा के प्रसार और राष्ट्रीय एकीकरण की प्रक्रिया में हिन्दी का उपयोग और भी आगे बढ़ेगा। स्कूलों-कालेजों की नयी पीढ़ी, कार्यालयों के बाबू, अनेकानेक निर्माणकार्यों में संलग्न इंजीनियर, मिस्त्री, मज़दूर, विभिन्न सरकारी व गैरसरकारी विभागों के अफसर, अदालतों के वकील, न्यायाधीश, अहलकार, विधानसभाओं तथा संसद के प्रतिनिधि, राजनीतिक कार्यकर्ता, भाव यह कि हमारे विकासमान जीवन के हर अंग से संबंधित जागरूक और पढ़े-लिखे लोग आज हिन्दी का अधिकाधिक प्रयोग कर रहे हैं। इस महाप्रयोग में हिन्दीभाषी क्षेत्रों के अतिरिक्त अहिन्दी क्षेत्रों के लोग भी बहुत बड़ी संख्या में सम्मिलित हो रहे हैं। इन कोटि-कोटि हिन्दी-प्रेमियों को ज़रूरत थी एक ऐसे शब्दकोश की जिसमें दैनिक व्यवहार के सभी शब्द हों, साथ ही जिसमें पारिभाषिक तथा प्रशासनिक शब्द हों, मुहावरे हों, लोकोक्तियां हों और जो इतना भारी भी न हो कि साथ रखने या खरीदने में बोझ-सा प्रतीत हो। प्रस्तुत शब्दकोश नि आवश्यकताओं को पूरा करेगा और पंचायत से लेकर संसद तक, खेत से लेकर कारखाने तक, स्कूल से लेकर विश्वविद्यालय तक हिन्दी-प्रेमियों का सुकर और सुबोध सहयात्री सिद्ध होगा। आशा है, हिन्दी-प्रेमी प्रस्तुत शब्दकोश को अपने मित्र तथा पथ-प्रदर्शक के रूप में अपनाएंगे।

—**सम्पादक**

संकेत-चिह्न

प्रस्तुत कोश में शब्दों के मूल की ओर संकेत की विधि इस प्रकार अपनायी गयी है : जिन शब्दों का मूल संस्कृत है उनके साथ किसी प्रकार का चिह्न अंकित नहीं है, किन्तु संस्कृत के अतिरिक्त अन्य भाषाओं से आये शब्दों के साथ संबंधित भाषाओं का उल्लेख इस प्रकार किया गया है :

अं. – अंग्रेज़ी
अ. – अरबी
तु. – तुर्की
पुर्त.– पुर्तगाली
फ़ा.– फ़ारसी

} ये संकेत कोष्ठों ( ) में दिये गये हैं।

व्याकरण-संबंधी संकेत इस प्रकार हैं :

अ.	–	अव्यय
अ. क्रि.	–	अकर्मक क्रिया
क्रि. वि.	–	क्रियाविशेषण
पु.	–	पुंलिंग
वि.	–	विशेषण
स. क्रि.	–	सकर्मक क्रिया
सर्व.	–	सर्वनाम
स्त्री.	–	स्त्रीलिंग

व्यावहारिक हिन्दी शब्दकोश

अ

अंकगणित–पु. हिसाब
अंकित–वि. लिखित, चित्रित
अंकुर–पु. अँखुआ, पहला कोमल डंठल
अंकुश–पु. हाथी को वश में रखने का लोहे का काँटा, नियंत्रण, रोक
अंग–पु. शरीर, भाग
अंगज–पु. पुत्र
अंगभंग–पु. अंग का खंडित होना
अंगरक्षक–पु. शारीरिक रक्षा करनेवाले [बाडीगार्ड]
अंगराग–पु. उबटन
अंगार–पु. अंगारा, दहकता हुआ कोयला
अँगिया–स्त्री. चोली, कंचुकी
अंगी–पु. शरीर धारण करनेवाला, शरीरी
अंगीकार–पु. स्वीकार, ग्रहण
अंगुल–पु. उँगली, उँगली की नाप
अंगुष्ठ–पु. अँगूठा
अंचल–पु. पल्ला, किनारा, क्षेत्र
अंजलि–स्त्री. अँजुरी
अंडज–वि. अंडे से उत्पन्न
अंतःकरण–पु. मन, बुद्धि, चित्त, हृदय
अंतःपुर–पु. ज़नानख़ाना
अंत–पु. सिरा, आख़िर, फल
अंतरंग–वि. आत्मीय, भीतरी
अंतर–पु. भेद, फ़र्क़
अंतरा–पु. स्थायी या टेक को छोड़कर गीत के और सब चरण
अंतरात्मा–पु. अन्तःकरण, मन
अंतरिक्ष–पु. पृथ्वी और दूसरे ग्रहों के बीच का स्थान, आकाश
अंतरिम–वि. मध्यवर्ती
अंतरीप–पु. पृथ्वी का समुद्र में प्रविष्ट नुकीला भाग
अंतर्कथा–स्त्री. कथा के भीतर सांकेतिक घटना या प्रसंग
अंतर्गत–वि. अन्दर, छिपा या समाया हुआ
अंतर्दाह–पु. हृदय की जलन, मानसिक कष्ट
अंतर्देशीय–वि. देश के अन्दर या उससे सम्बद्ध

अंतर्धारा–स्त्री. नदी आदि के अंदर का जल प्रवाह
अंतर्निहित–वि. अन्दर छिपा हुआ
अंतर्भाव–पु. भीतरी आशय
अंतर्मुख–वि. जिसकी प्रवृत्ति अन्दर की ओर हो
अंतर्यामी–वि. ईश्वर
अंतर्राष्ट्रीय–वि. दो या अधिक राष्ट्रों से सम्बन्धित
अंतस्तल–पु. मन
अंतस्थ–वि. अन्दर का, अन्तिम
अंतिम–वि. आख़िरी
अंतिमेत्थम्–पु. अन्तिम चुनौती
अंत्य–वि. सबके अन्त का
अंत्याक्षरी–स्त्री. ऐसी प्रतियोगिता जिसमें एक कविता के अन्तिम अक्षर से दूसरा कवितापाठ शुरू करता है
अंत्यानुप्रास–पु. तुक, काफ़िया
अंत्येष्टि–स्त्री. मरने के बाद धार्मिक संस्कार
अंदर–वि. (फ़ा.) भीतर
अंदाज़–पु. (फ़ा.) अनुमान
अंदेशा–पु. (फ़ा.) आशंका
अंधकार–पु. अँधेरा, अज्ञान
अंधा–पु. ऐसा प्राणी जिसे दिखायी न देता हो
अंधेर–पु. कुप्रबन्ध, गड़बड़ी
अंबर–पु. वस्त्र, आकाश, बादल
अंबरीष–पु. विष्णु, शिव, सूर्य, एक सूर्यवंशी राजा
अंबा–स्त्री. माता, गौरी या पार्वती
अंबार–पु. (फ़ा.) राशि, ढेर
अंबु–पु. जल
अंबुज–वि. जो जल में पैदा हुआ हो; पु. कमल
अंबुद–पु. मेघ
अंबुधि–पु. सागर
अंभ–पु. जल, पितृ, पितृलोक
अंभोज–पु. कमल, सारस, चन्द्रमा
अंश–पु. खंड, भाग, वृत्त की परिधि का 360वाँ भाग
अंशु–पु. सूर्य की किरण
अंशुमान–पु. सूर्य
अंशुमाली–पु. सूर्य
अकंटक–वि. बिना बाधा के
अकड़–स्त्री. ऐंठ, तनाव, शेख़ी
अकथनीय–वि. जो कहा न जा सके
अकरणीय–वि. न करने योग्य
अकर्म–पु. बुरा काम, कार्य का न होना
अकर्मक–वि. व्याकरण में वह क्रिया जिसके साथ कोई कर्म न हो
अकर्मण्य–वि. निकम्मा
अकलंक–वि. सब तरह से अच्छा, निर्मल
अकल्पित–वि. सत्य, वास्तविक
अकसीर–वि. (अ.) अवश्य गुणकारी
अकस्मात्–वि. अचानक, सहसा
अकाट्य–वि. जिसका खंडन न हो सके
अकाम–वि. इच्छाहीन, निष्काम

अकाय–वि. देहरहित, अजन्मा

अकाल–पु. जब अन्न न मिलता हो, दुर्भिक्ष

अकाल प्रसव–पु. ठीक समय से पूर्व बच्चा होना

अकाल मृत्यु–स्त्री. असामयिक मृत्यु

अकिंचन–वि. बहुत ही दीन, बिलकुल मामूली

अकीर्ति–स्त्री. बदनामी

अकुलीन–वि. छोटे या नीच वंश का

अकेला–वि. जिसके साथ कोई न हो

अक़्ल–स्त्री. (अ.) बुद्धि, समझ

अक़्लमंद–वि. (अ.) अक़्ल + (फ़ा.) मंद—बुद्धिमान

अक़्लमंदी–स्त्री. (अ. + फा.) बुद्धिमत्ता

अक्षत–वि. अखंड, पूरा

अक्षतयोनि–वि. कन्या जिसका पुरुष से सम्बन्ध न हुआ हो

अक्षपाद–पु. न्यायशास्त्र के प्रवर्तक गौतम ऋषि

अक्षम–वि. शक्तिहीन, अयोग्य

अक्षम्य–वि. जिसे क्षमा न कर सकें

अक्षय–वि. जिसका कभी नाश न हो

अक्षर–पु. वर्णमाला का कोई स्वर या व्यंजन, हरफ़

अक्षरशः–वि. ठीक ज्यों का त्यों

अक्षरारंभ–पु. अक्षर-ज्ञान शुरू कराना

अक्षांश–पु. पृथ्वी पर पूर्व से पश्चिम गयी हुई कल्पित समानान्तर रेखा या अक्ष का अंश

अक्षुण्ण–वि. बिना टूटा-फूटा, समूचा

अखंड–वि. जिसके टुकड़े न हों, पूरा

अख़बार–पु (अ.) समाचारपत्र

अख़रोट–पु. एक प्रकार का फल, उसका पेड़

अखर्व–वि. जो खर्व या छोटा न हो, बहुत बड़ा

अखाद्य–वि. जो खाने योग्य न हो

अखिल–वि. समस्त; पु. संसार

अखिलेश–पु. सबका स्वामी, ईश्वर

अख़्तियार–पु. (फ़ा.) अधिकार

अग–वि. न चलनेवाला, अचल

अगज–वि.पर्वत से उत्पन्न,पहाड़ी

अगणित–वि. असंख्य, बहुत अधिक

अगति–स्त्री. गति का न होना, मोक्ष की अप्राप्ति

अगत्या–वि. विवश होकर

अगम–वि. पहुँच से परे, अथाह

अगर–अव्य. (फ़ा.) यदि; पु. सुगंधित लकड़ी का वृक्ष, अगरु

अगला–वि. आगे या सामने का

अगवानी–स्त्री. स्वागत

अगस्त्य–पु. एक प्रसिद्ध ऋषि, तारा, वृक्ष

अगहन–पु. कातिक के बाद और पूस के पहले का महीना

अगाध–वि. अथाह, बहुत गहरा

अगिन बोट–पु. भाप से चलने वाली नाव [स्टीमर]

अगिया बैताल–पु. विक्रमादित्य के कल्पित दो बैतालों में से एक

अगियारी–स्त्री. धूप-दान

अगुण–वि. रज, तम आदि गुणों से रहित, निर्गुण, मूर्ख

अगोचर–वि. जो देखा, सुना या समझा न जा सके

अग्नि–स्त्री. किसी वस्तु के जलने से उत्पन्न प्रकाशयुक्त ताप, आग

अग्निकांड–पु. आग लगना

अग्निकोण–पु. पूर्व और दक्षिण के बीच का कोना

अग्निपरीक्षा–स्त्री.कड़ा इम्तहान

अग्निपूजक–पु. अग्नि की पूजा करनेवाला जैसे पारसी

अग्निहोत्र–पु. कभी न बुझनेवालो आग का यज्ञ

अग्र–वि. अगला, प्रधान, मुख्य

अग्रज–पु. वड़ा भाई

अग्रणी–पु. नायक, नेता, अगुआ

अग्रसर–वि. आगे बढ़ा हुआ

अग्राह्य–वि. जिसे ग्रहण न किया जा सके

अग्रिम–वि. पेशगी, आगामी

अघ–पु. पाप

अघट–वि. जो घटित न हो

अघटित–वि. जो या जैसा पहले न हुआ हो

अघमर्षण–वि. पापनाशक

अघी–वि. पापी

अघोर–वि. जो घोर या भीषण न हो, सौम्य

अघोरपंथ–पु. शिवपूजक पंथ

अघोरपंथी–पु. औघड़, अघोरी

अचंभा–पु. विस्मय, ताज्जुब

अचंभित–वि. चकित

अचकन–स्त्री. शेरवानी

अचर–वि. जो चलता न हो, गतिरहित

अचल–वि. स्थिर, अटल, दृढ़

अचल संपति–वह संपत्ति जो अपने स्थान पर अचल हो

अचानक–वि. सहसा, अकस्मात्

अचिंत्य–वि. जिसका चिंतन न हो सके

अचिर–वि. शीघ्र, जल्दी

अचिरात्–वि. तुरन्त, तत्काल

अचूक–वि. न चूकनेवाला, ठीक, पक्का

अचेत–वि. चेतनाहीन, बेहोश

अच्छा–वि. उत्तम, बढ़िया, ख़ूब

अच्युत–वि. अपने स्थान से न गिरनेवाला; पु. विष्णु

अछूत–वि. जिसे न छुआ जाय; पु. हरिजन

अछूतोद्धार–पु. अछूतों के उद्धार का आंदोलन

अछेद्य–वि. जो छेदा न जा सके

अछोर–वि. जिसका कोई अन्त न हो

अज–वि. जिसका जन्म न हुआ हो, जैसे ईश्वर

अजगर–पु. एक प्रकार का बहुत बड़ा और मोटा सांप

अजनबी–वि. अपरिचित, परदेसी

अजब–वि. विचित्र, अनोखा

अजय–पु. पराजय; वि. जो जीता न जा सके

अजर–वि. जिसे बुढ़ापा न आए

अजस्र–वि. निरन्तर

अजा–स्त्री. बकरी, दुर्गा

अजातशत्रु–वि. जिसका कोई शत्रु न हो

अजायबघर–पु. अद्भुतालय

अजीर्ण–पु. अपच, बदहज़मी

अज्ञ–वि. मूर्ख

अज्ञात–वि. गुप्त, छिपा हुआ

अज्ञातवास–पु. छिपकर रहना

अज्ञान–पु. मूर्खता

अज्ञेय–वि. जो समझ में न आ सके

अटकल–स्त्री. अनुमान

अटकल पच्चू–वि. अटकल से समझा हुआ

अटल–वि. जो टल न सके

अटारी–स्त्री. कोठा

अटूट–वि. जो टूट न सके

अटेरन–पु. सूत की आँटी बनाने का लकड़ी का यन्त्र

अट्टहास–पु. ख़ूब ज़ोर की हँसी

अट्टालिका–स्त्री. अटारी, कोठा

अठंग–पु. योग, जिसके आठ अंग माने गए हैं

अठखेली–स्त्री. विनोद, क्रीडा, चुहल

अड़ंगा–पु. रुकावट, बाधा

अड़चन–स्त्री. बाधा, विघ्न

अड़हुल–पु. देवीफूल, जवा पुष्प

अडिग–वि. अटल

अड़ियल–वि. सुस्त, मट्ठर, हठी

अढ़तिया–पु. आढ़त करनेवाला, दलाल

अणिमा–स्त्री. अष्ट सिद्धियों में पहली सिद्धि जिससे योगी लोग किसी को दिखाई नहीं पड़ते

अणु–पु. साठ परमाणुओं का एक प्राचीन मान, कण, अत्यन्त सूक्ष्म मात्रा; वि. अति सूक्ष्म

अणुबम–पु. परम भीषण बम (गोला)

अणुवाद–पु. रामानुज का अणुवादी दर्शन, वैशेषिक दर्शन

अणुवीक्षण–पु. खुर्दबीन

अतनु–पु. कामदेव

अतर्क्य–वि. जिसके विषय में तर्कवि-तर्क न हो सके

अतल–पु. सात पातालों में से पहला पाताल; वि. अथाह

अतलांतक–पु. अफ्रीका और अमेरिका के बीच का महासागर [एटलांटिक]

अताई–वि. (अ.) दक्ष, धूर्त, बिना सीखे काम करनेवाला

अति–वि. बहुत, अधिक

अतिक्रम–पु. नियम का उल्लंघन

अतिचार–पु. अपनी अधिकार सीमा का उल्लंघन करना

अतिथि–पु. मेहमान, पाहुन
अतिरंजन–पु. बात को बढ़ा-चढ़ाकर कहना
अतिरिक्त–वि. आवश्यकता से अधिक, शेष
अतिरेक–पु. अधिकता, बहुतायत
अतिशय–वि. बहुत, ज़्यादा
अतिशयोक्ति–स्त्री. किसी वस्तु को बढ़ा-चढ़ाकर कहना, इसी नाम का अलंकार
अतिसार–पु. एक प्रकार का रोग
अतीन्द्रिय–वि. इन्द्रियों द्वारा जिसका अनुभव न हो
अतीत–वि. गत, व्यतीत, भूतकाल
अतुकांत–वि. तुक न मिलनेवाली कविता
अतुल–वि. बहुत अधिक, अमित, बेजोड़
अतृप्त–वि. जो सन्तुष्ट न हो, भूखा-प्यासा
अत्तार–पु. (अ.) इत्र या तेल बेचनेवाला, गंधी
अत्यंत—वि. बहुत अधिक, हद से ज़्यादा
अत्याचार–पु. जुल्म, अन्याय
अत्याचारी–पु. ज़ालिम, अन्यायी
अत्युक्ति–स्त्री. अतिशयोक्ति
अर्थ–अ. अब, अनन्तर, आदि
अथक–वि. जो न थके
अथच–अ. और, और भी
अथर्व–पु. चार वेदों में से अन्तिम वेद
अथवा–अ. या, वा, किंवा
अदंड्य–जिसे दंड न दिया जा सके
अदना–वि. (अ.) तुच्छ
अदब–पु. (अ.) शिष्टाचार, साहित्य
अदम्य–वि. जिसका दमन न हो सके
अदय–वि. जिसमें दया न हो
अदर्शन–पु. अनुपस्थिति, लोप, विनाश
अदा–स्त्री. हाव-भाव, नख़रा
अदायगी–स्त्री. क़र्ज़ चुकाना
अदालत–स्त्री. न्यायालय
अदावत–स्त्री. दुश्मनी
अदिति–स्त्री. प्रकृति, पृथ्वी
अदिन–पु. बुरा दिन, संकट
अदूरदर्शी–वि. दूर तक न सोचने वाला, नासमझ
अदृश्य–वि. अगोचर, लुप्त, ग़ायब
अदृष्ट–वि. न देखा हुआ
अद्‌भुत–वि. विचित्र, अनोखा
अद्य–वि. इस समय
अद्यावधि–वि. इस समय तक, अभी तक
अद्रि–पु. पर्वत
अद्वितीय–वि. अनुपम, बेजोड़
अद्वैतवाद–पु. आत्मा-परमात्मा को एक माननेवाला सिद्धान्त
अधः–अ. नीचे, तले
अधःपतन–पु. नीचे की ओर गिरना
अध–वि. आधा
अधकचरा–वि. जो पूरा या पका न हो
अधम–वि. नीच, दुष्ट

अधमर्ण–पु. क़र्ज़दार
अधर–पु. होंठ, ओंठ
अधर्म–पु. धर्म के विरुद्ध, कुकर्म
अधि–उप. ऊँचा, ऊपर, अधिक
अधिक–वि. बहुत, ज़्यादा
अधिकर–पु. सुपर टैक्स
अधिकांश–पु. ज़्यादातर
अधिकार–पु. अख़्तियार
अधिकारी–पु. प्रभु, स्वामी, अफ़सर
अधिकृत–वि. जिस पर अधिकार कर लिया गया हो
अधिक्षेत्र–पु. अधिकार-क्षेत्र
अधिगमन–पु. पद-योजना के आधार पर की गई व्याख्या
अधिदेव–पु. इष्टदेव, कुलदेव
अधिनायक–पु. तानाशाह
अधिनियम–पु. विशेष आज्ञा के अनुसार विशेष स्थिति में बना नियम
अधिपत्र–पु. वारंट
अधिप्रचार–पु. अधिक प्रचार, प्रोपेगैंडा
अधिभार–पु. सुपर चार्ज
अधिमान–पु. किसी का अधिक मान देना
अधिमास–पु. अधिक मास, मलमास
अधियाचन–पु. अधिकारपूर्वक किसी कार्य या वस्तु के लिए कहना
अभिलाभ–पु. बोनस
अधिवास–पु. दूसरे देश की नागरिकता पाने के लिए बसना
अधिवेशन–पु. सभा, सम्मेलन, सेशन
अधिशुल्क–पु. सुपर चार्ज
अधिष्ठाता–पु. अध्यक्ष, मुखिया, ईश्वर
अधिष्ठान–पु. रहने का स्थान, आधार, नगर, नियम
अधिसूचना–स्त्री. काम की आज्ञा
अधीक्षक–पु. सुपरिंटेंडेंट
अधीन–वि. किसी के अधिकार में रहनेवाला
अधीनस्थ–वि. किसी के अधीन
अधीर–वि. धैर्यरहित
अधुना–वि. आजकल, इन दिनों
अधूरा–वि. अपूर्ण
अधोगति–स्त्री. पतन, अवनति
अधोवस्त्र–पु. कमर से नीचे पहना जानेवाला कपड़ा
अध्यक्ष–पु. प्रधान, चेयरमैन
अध्यक्षता–स्त्री. अध्यक्ष का पद या स्थान
अध्ययन–पु. गूढ़ तत्त्वों का ज्ञान करना, पढ़ाई
अध्यर्थ–पु. वह वस्तु जिस पर अधिकार जताया जाय [क्लेम]
अनंग–वि. देहरहित; पु० कामदेव, मन
अनंत–वि. जिसका अंत न हो
अनंतर–अ. तुरन्त बाद; वि. अंतररहित
अन–पु. श्वास-प्रश्वास ; अ. बिना, बग़ैर

अनिच्छित–वि. जिसकी इच्छा न की गई हो।
अनक़रीब–अ. (अ.) शीघ्र, क़रीब-क़रीब
अनगढ़–वि. बिना गढा हुआ, बेडौल
अनगिनत–वि. अगणित, बेहिसाब
अनघ–वि. अघहीन, निष्पाप
अनचीता–वि. बिना सोचा हुआ, न चाहा हुआ
अनजान–वि. अज्ञान; पु. अज्ञान की अवस्था
अनधिकार–पु. अधिकार का अभाव; वि. अधिकाररहित
अनधिकृत–वि. जो अधिकार में न किया गया हो
अनध्याय—पु. पढ़ाई न होना, छुट्टी
अनन्नास–पु. एक प्रकार का खटमीठा फल
अनन्य–वि. एकनिष्ठ
अनपढ़–वि. बेपढ़ा, निरक्षर
अनबन–स्त्री. बिगाड़, झगड़ा
अनभिज्ञ–वि. मूर्ख, अनजान
अनभ्यस्त–वि. जिसका अभ्यास न किया गया हो
अनमेल–वि. बे–मेल, ख़ालिस
अनमोल–वि. अमूल्य, बहुमूल्य
अनर्गल–वि. मनमाना; विचारहीन
अनर्थ–वि. निकम्मा, अर्थहीन
अनर्हता–स्त्री. [डिस्क्वालि फ़िकेशन] अयोग्यता
अनल–पु. आग; पाचन-शक्ति
अनवरत–वि. निरन्तर; अ. लगातार
अनशन–पु. उपवास, भूख-हड़ताल
अनश्वर–वि. अविनाशी, सनातन
अनहित–पु. बुराई, अहित; वि. अप्रिय
अनहोनी–वि. स्त्री. न होने वाली, असम्भव
अनाक्रमण–पु. देशादि पर आक्रमण न करना
अनाक्रमण संधि–स्त्री. दो राष्ट्रों के बीच अनाक्रमण की संधि
अनागत–वि. न आया हुआ, अप्राप्त, भावी
अनाचार–पु. अयोग्य आचरण
अनाज–पु. अन्न, नाज
अनाड़ी–वि. अज्ञान, अकुशल
अनाथ–वि. जिसका कोई रक्षक न हो, असहाय
अनाथालय–पु. वह स्थान जहाँ अनाथ बच्चे रखे जायँ, यतीमख़ाना
अनादर–पु. आदर का अभाव, तिरस्कार
अनादि–वि. आदिहित, नित्य
अनादृत–वि. जिसका आदर न किया गया हो
अनाप-शनाप–पु. बेतुकी बकवास
अनामा, अनामिका–अन्तिम और बिचली उँगलियों के बीच की

उँगली

अनायास–अ. बिना परिश्रम के, आसानी से

अनार्य–पु. जो आर्य न हो, शूद्र; वि. नीच

अनावरण–पु. किसी महापुरुष की मूर्ति या चित्र को अनावरित करने का समारोह

अनावश्यक–वि. जिसकी आवश्यकता न हो, ग़ैरज़रूरी

अनावृत–वि. जो ढका न हो, खुला

अनावृष्टि–स्त्री. अवर्षण, सूखा

अनासक्ति–वि. आसक्ति का अभाव

अनास्था–स्त्री. आस्था का अभाव, अश्रद्धा

अनाहूत–वि. बिन-बुलाया, अनिमंत्रित

अनिंद्य–वि. निर्दोप, प्रशंसनीय, सुंदर

अनिकेत–वि. संन्यासी, ख़ानाबदोश

अनित्यै–वि. जो सदा न रहे, नश्वर

अनिद्रा–स्त्री. नींद न आने की बीमारी

अनिर्वचनीय–वि. वर्णन के अयोग्य

अनिल–पु. वायु, पवन, हवा

अनिवार्य–वि. अत्यावश्यक

अनिश्चय–पु. निश्चय का अभाव, संदेह

अनिष्ट–वि. जो इष्ट न हो, हानिकर

अनीति–स्त्री. अन्याय, दुष्कर्म

अनीश्वरवाद–पु. नास्तिक मत

अनु–अ. शब्दों के पहले मिलकर पीछे, समान, साथ, प्रत्येक, ओर आदि अर्थों का सूचक

अनुकंपा–स्त्री. दया, हमदर्दी

अनुकरण–पु. नक़ल, देखादेखी करना

अनुकरणीय–वि. अनुकरण करने योग्य

अनुकूल–वि. मुआफ़िक़; अ. ओर, अभिमुख

अनुकूलन–पु. [एडेप्टेशन] अनुकूल बनाना

अनुकृति–स्त्री. नक़ल, एक काव्यालंकार

अनुक्रम–वि. क्रमबद्ध; पु. उचित क्रम

अनुक्रमणिका–स्त्री. विषयसूची

अनुग–वि. पीछे चलनेवाला

अनुगत–वि. अनुगामी; पु. सेवक

अनुगमन–पु. पीछे चलना

अनुगृहीत–वि. जिस पर अनुग्रह किया गया हो

अनुग्रह–पु. कृपा, प्रसाद

अनुचर–पु. नौकर, साथी

अनुचित–वि. बुरा, नामुनासिब

अनुच्छेद–पु. [आर्टिकिल, पैराग्राफ़] किसी अधिनियम, विधान, नियमावली आदि का वह अंग जिसमें एक विषय का उल्लेख हो

अनुज–वि. पीछे जनमा हुआ; पु. छोटा भाई

अनुज्ञप्ति–स्त्री. [लाइसेन्स] अनुज्ञापत्र

अनुज्ञा–स्त्री. अनुमति, स्वीकृति, आज्ञा

अनुज्ञापत्र–पु. लाइसेन्स

अनुताप–पु. खेद, रंज, पछतावा

अनुत्तरदायी–वि. जो अपना उत्तरदायित्व न समझे

अनुत्तीर्ण–वि. जो परीक्षा में सफल न हो

अनुत्पादक–वि. जो उत्पन्न न करे या जिससे उत्पन्न न हो, अलाभकर

अनुत्साह–पु. चेष्टा या संकल्प का अभाव,

अनुदार–वि. संकीर्णहृदय

अनुदेश–पु. [इन्स्ट्रक्शन] आदेश, हिदायत

अनुनय–पु. विनय, प्रार्थना

अनुपम–वि. बेजोड़, सर्वोत्तम

अनुपयोगिता–स्त्री. उपयोगी न होना, निरर्थकता

अनुपस्थिति–स्त्री. गैरहाज़िरी

अनुपात–पु. सापेक्षिक सम्बन्ध

अनुपूरक–पु. [सप्लिमेंट] वह अंश जो छूटी हुई बात या कोई कमी पूरी करने के लिए बाद में जोड़ा जाय

अनुपूरक प्रश्न–पु. मुख्य प्रश्न के प्रसंग में पूछा गया प्रश्न

अनुपूरति–वि. [सप्लिमेंटेड] जो कोई कमी या छूट आदि पूरी करने के लिए बाद में जोड़ा, रखा या प्रकाशित किया गया हो

अनुप्राणित–वि. जिसे जीवन या स्फूर्ति दी गई हो

अनुप्रास–पु. वर्ण-विशेष या वर्ग-विशेष के वर्षों की आवृत्ति सम्बन्धी शब्दालंकार

अनुभव–पु प्रत्यक्ष ज्ञान, तजुरबा

अनुभव–पु. मनोगत भाव की सूचक बाह्य क्रियाएँ

अनुभूति–स्त्री. अनुभव, समवेदन

अनुमति–स्त्री, स्वीकृति, इज़ाज़त

अनुमान–पु. अटकल, अन्दाज़

अनुमेय–वि. अनुमान करने योग्य

अनुमोदक–वि. समर्थन करने वाला; पु. समर्थक

अनुमोदन–पु. समर्थन

अनुयाचन–पु. [कनवैसिंग] मत-प्रार्थना

अनुयायी–वि. पीछे चलनेवाला, अनुगामी

अनुरंजन–पु. प्रसन्नता, संतोष

अनुरक्ति–स्त्री. प्रेम, आसक्ति, भक्ति

अनुराग–पु. प्रेम, आसक्ति, लाल रंग

अनुरूप–वि. समान रूप वाला, सदृश

अनुरोध–पु. प्रार्थना, आग्रह
अनुवाद–पु. उलथा, भाषान्तर
अनुविभाग–पु. [सेक्शन] छोटा विभाग
अनुवेशपत्र–पु. [वीज़ा] यात्रा के लिए अनुमतिपत्र
अनुशंसा–स्त्री. [रिकॉमेण्डेशन] सिफ़ारिश
अनुशासन–पु. आदेश, शिक्षा, नियमन
अनुशीलन–पु. नियमित तथा गंभीर अध्ययन
अनुश्रुति–स्त्री. श्रुति-परम्परा से प्राप्त कथा
अनुष्टुप्–स्त्री. 32 अक्षरों का एक प्रसिद्ध छंद
अनुष्ठान–पु. कोई धार्मिक कृत्य
अनुसंधान–पु. खोज, जाँच-पड़ताल
अनुसरण–पु. पीछे चलना, अनुकरण
अनुसार–वि. अनुकूल, मुताबिक़; क्रि. वि. किसी की तरह
अनुसूचित जाति–स्त्री. [शेड्यूल्ड कास्ट] अनुसूची में उल्लिखित जाति
अनुसूची–स्त्री. [शेड्यूल] ख़ानापुरी, किसी नियमावली के परिशिष्ट की तरह दी गयी नामावली की सूची
अनुस्वार–पु. अनुनासिक वर्ग
अनूठा–वि. अनोखा, सुन्दर
अनूदित–वि. उलथा किया हुआ
अनूप–वि. उपमारहित, बेजोड़
अनेक–वि. एक से अधिक, कई, बहुत
अनैतिक–वि. नीति-विरुद्ध
अनोखा–वि. अद्भुत, अनूठा
अनौचित्य–पु.औचित्य का अभाव या उलटा
अन्न–पु. अनाज, खाने की चीज़
अन्न–जल-पु. दाना-पानी, आबदाना
अन्य–वि. दूसरा, ग़ैर, भिन्न
अन्याय–पु. न्याय-विरुद्ध कार्य, बेइंसाफ़ी
अन्योक्ति–स्त्री. ऐसी उक्ति जो साधर्म्य के कारण औरों पर भी घटित हो
अन्योन्याश्रय–पु. परस्पर कार्यकारण संबंध
अन्वीक्षण–पु. बारीकी से देखना, खोज
अन्वेषक–वि. अन्वेषण करनेवाला, खोजी
अन्वेषण–पु. [रिसर्च] छानबीन करके तथ्यों का पता लगाना, शोध
अपंग–वि. अंगहीन, अशक्त
अप–अ. एक उपसर्ग जो वैपरीत्य, बुराई, आधिक्य, हीनता, विशेषता आदि का द्योतक है
अपकर्ष–पु. नीचे की ओर खींचना या लाना
अपकार–पु. बुराई, अहित

अपकीर्ति–स्त्री. अपयश, बदनामी
अपच–पु. बदहज़्मी
अपचय–पु. हानि, छीजन, दोष
अपढ़–वि. बेपढ़ा, अशिक्षित
अपत्नीक–वि. बिना पत्नी का
अपथ्य–वि. बुरा; पु. प्रतिकूल आहार
अपदस्थ–वि. पद से हटाया हुआ, पदच्युत
अपनाना–स. क्रि. स्वीकार कर लेना, अपना बना लेना
अपभ्रंश–पु. नीचे गिरना; वि. बिग़ड़ा हुआ
अपमान–पु. बेइज़्ज़ती, अनादर
अपमृत्यु–स्त्री. अकाल मृत्यु
अपर–वि. अन्य, दूसरा
अपराजित–वि. जो जीता न गया हो
अपराध–पु. दोष, जुर्म, ग़लती
अपराह्न–पु. तीसरा पहर, दोपहर के बाद का काल
अपरिचय–पु. जान-पहचान न होना
अपरिमित–वि. सीमाहीन, अत्यधिक
अपरोक्ष–वि. जो परोक्ष न हो
अपलक–अ. एकटक, निर्निमेष
अपलोभ–पु. [प्रोफ़िटियरिंग] अनुचित लाभ
अपवर्ग–पु. मोक्ष, निर्वाण, त्याग
अपवाद–पु. निंदा, सामान्य नियम को बाधित करनेवाला विशेष नियम
अपवित्र–विं. अशुद्ध, मैला
अपव्यय–पु. अनुचित व्यय, फ़िज़ूलख़र्ची
अपशकुन–पु. अनिष्टसूचक शकुन
अपशब्द–पु. अशुद्ध, दुर्वचन
अपहरण–पु. छीन लेना, लूटकर ले जाना
अपात्र–वि. अयोग्य, अनधिकारी
अपादान–पु. हटाना, व्याकरण में पाँचवाँ कारक
अपार–वि. जिसका पार न हो, असीम
अपार्थिव–वि. जो पृथ्वी या मिट्टी संबंधी न हो
अपाहिज–पु. अपंग, निकम्मा
अपील–स्त्री. (अं.) आग्रह सहित प्रार्थना; पुनर्विचार की प्रार्थना
अपूर्ण–वि. अधूरा, न्यून
अपूर्व–वि. जो या जैसा पहले न हुआ हो
अपेक्षा–स्त्री. चाह, आशा या आवश्यकता
अपेक्षित–वि. जिसकी चाह, प्रतीक्षा या आवश्यकता हो
अपेय–वि. न पीने योग्य
अपौरुष, अपौरुषेय–वि. बिना पौरुष का, ईश्वरीय
अप्रकाशित–वि. न छपा हुआ
अप्रचलित–वि. जिसका चलन न हो
अप्रतिभ–वि. प्रतिभाहीन, जिसे कुछ न सूझे, मंद

अप्रतिम–वि. बेजोड़, अनुपम
अप्रतिष्ठा–स्त्री. बेइज़्ज़ती, बदनामी
अप्रतिहत–वि. जिसे कोई रोकनेवाला न हो
अप्रतीति–स्त्री. अविश्वास
अप्रत्यक्ष–वि. जो दिखाई न दे
अप्रत्यक्ष कर–पु. [इनडाइरेक्ट टैक्स] बढ़ी हुई कीमत के रूप में उपभोक्ता पर कर
अप्रत्याशित–वि. आकस्मिक
अप्रसन्न–वि. खिन्न, उदास, नाख़ुश
अप्राप्त–वि. न मिला हुआ, न आया हुआ
अप्राप्य–वि. न मिलने वाला, अलभ्य
अप्रामाणिक–वि. न मानने योग्य, अविश्वसनीय
अप्रासंगिक–वि. प्रसंग के विरुद्ध या बाहर
अप्रिय–वि. अरुचिकर, नापसंद
अप्रैल–पु. ईस्वी साल का चौथा महीना [एप्रिल]
अप्रौढ़–वि. नम्र, भीरु, अशक्त, नाबालिग़
अप्रौढ़ा–स्त्री. कुमारी कन्या जो रजस्वला न हुई हो
अप्सरा–स्त्री. परी, स्वर्गलोक-वासिनी वेश्या
अफ़ग़ान–वि. (फ़ा.) अफ़ग़ानिस्तान का निवासी
अफ़यून–पु. (अ.) अफ़ीम
अफ़रातफ़री–स्त्री. (फ़ा.) गोल माल, आतंक, बदहवासी
अफ़लातून–पु. (फ़ा.) यूनान का दार्शनिक प्लेटो
अफ़वाह–स्त्री. (अ.) किंवदंती उड़ती ख़बर, गप्प
अफ़सर–पु. (फ़ा.) प्रधान अधिकारी, हाकिम
अफ़साना–पु. (फ़ा.) कहानी आख्यान
अफ़सोस–पु. (फ़ा.) दुःख, खेद पछतावा
अबतर–वि. (फ़ा.) बिगड़ा हुआ, बुरा, ख़राब
अबध्य–वि. न मारने योग्य
अबरक, अभरख–पु. अभ्रक धातु
अबला–स्त्री. स्त्री, नारी
अबस–वि. निरर्थक, विवश
अबाध–वि. बाधारहित, बे-रोक
अबाबील–स्त्री. (फ़ा.) एक छोटी चिड़िया जो प्रायः खँडहरों में घोंसला बनाती है
अबीर–पु. (अ.) गुलाल, होली में प्रयुक्त लाल रंग
अबूझ–वि. नासमझ, समझ से परे
अबोध–वि. अज्ञान, नासमझ
अब्बा–पु. (अ.) पिता, बाप
अभक्ष्य–वि. न खाने योग्य
अभद्र– वि. अशिष्ट, अशुभ, असभ्य
अभय–पु. भय का अभाव, निडर
अभागा–वि. भाग्यहीन, बदनसीब

अभाग्य–पु. भाग्यहीनता, बदनसीबी

अभाव–पु. न होना, अनस्तित्व

अभिकथन–पु. [एलेगेशन] प्रमाणहीन आरोप

अभिकरण–पु. [एजेंसी] किसी की ओर से कार्य करना

अभिकर्ता–पु. [एजेण्ट] अभिकरण करनेवाला

अभिजात–वि. उच्च कुल में उत्पन्न, कुलीन

अभिज्ञ–वि. जाननेवाला, कुशल

अभिज्ञान–पु. पहचानना, याद करना

अभिदान–पु. [सब्स्क्रिप्शन] चंदा

अभिधा–स्त्री. नाम, पदवी, वाच्यार्थ प्रकट करने की शब्दशक्ति

अभिधेय–वि. नाम देने योग्य, कथनीय

अभिनंदन–पु. वधाई देना, स्वागत करना

अभिनय–पु. नकल, स्वाँग, नाटक खेलना

अभिनव–वि. नया, बिलकुल नया, ताज़ा

अभिनवीकरण–पु. [रैशनैलिज़ेशन] उद्योगों में नयी मशीनें लगाकर आदमियों की ज़रूरत कम करना

अभिनीत–वि. अभिनय किया हुआ

अभिनेता–पु. अभिनय करनेवाला [ऐक्टर]

अभिनेत्री–स्त्री. अभिनय करने वाली [ऐक्ट्रेस]

अभिन्न–वि. जो अलग न हो, एक रूप

अभिप्राय–पु. उद्देश्य, इच्छा, आशय

अभिभावक–वि. किसी नाबालिग़ का संरक्षक [गार्जियन]

अभिभूत–वि. पराजित, आक्रांत, पीड़ित

अभिमत–वि. इप्ट, प्रिय; पु. इच्छा, राय

अभिमान–पु. गर्व, घमंड

अभिमानी–वि. घमंडी, दर्पी

अभियाचना–स्त्री. [डिमांड] माँग

अभियान–पु. सामने जाना, चढ़ाई, हमला, किसी लक्ष्य की ओर किए गए सैनिक आक्रमणों की परम्परा

अभियुक्त–वि. जिस पर अभियोग लगाया गया हो, मुलज़िम

अभियोक्ता–पु. अभियोग लगानेवाला

अभियोग–पु. नालिश, अपराध-विशेष का आरोप

अभियोगाधीन–वि. [अंडर ट्रायल] जिसका अभियोग अभी अदालत में चल रहा हो

अभिरक्षक–पु. [कस्टोडियन] संरक्षण में रखनेवाला

अभिरक्षा–स्त्री. [कस्टोडी] किसी की

देख-रेख में रखा जाना

अभिराम–वि. सुखद, सुन्दर, मोहक

अभिरुचि–स्त्री. चाह, शौक़, विशेष रुचि

अभिलाषा–स्त्री. इच्छा, चाह

अभिलेख–पु. लेख, पत्थर, ताम्रपत्र पर खुदा हुआ लेख

अभिवक्ता–पु. [प्लीडर] वकील

अभिवादन–पु. प्रणाम करना

अभिवृद्धि–स्त्री. बढ़ती, सफलता, अभ्युदय

अभिव्यंजना–स्त्री. व्यक्त करना, प्रकट होना

अभिव्यक्ति–स्त्री. व्यक्त, प्रकट होना

अभिशप्त–वि. शापित, जिस पर झूठी तुहमत लगायी गई हो

अभिशाप–पु. शाप, किसी का बुरा मानना, अनिष्ट का हेतु

अभिषेक–पु. जल छिड़कना, राजा का सिंहासनारोहण

अभिसंधि–स्त्री. धोखेबाज़ी, कुचक्र, षड्यंत्र

अभिसार–पु. प्रिय से मिलने के लिए जाना

अभिसारिका–स्त्री. प्रिय से मिलने के लिए निर्दिष्ट स्थान पर जानेवाली स्त्री

अभिस्ताव–पु. [रेकॉमेण्डेशन] सिफ़ारिश

अभी–अ. इसी वक़्त, इसी क्षण, तत्काल

अभीष्ट–वि. चाहा हुआ, प्रिय

अभेद्य–वि. जिसका भेदन न हो सके

अभौतिक–वि. जो पंचभूतों से न बना हो, अपार्थिव

अभ्यंतर–पु. वस्तु का भीतरी भाग, बीच का अवकाश

अभ्यर्थी–पु. [कैंडिडेट] उम्मीदवार

अभ्यस्त–वि. अच्छी तरह सीखा हुआ

अभ्यागत–वि. अतिथि के रूप में आया हुआ

अभ्यास–पु. किसी काम को बार-बार करना, मश्क़

अभ्युत्थान–पु. उठना, उत्कर्ष, उदय

अभ्र–पु. आकाश, बादल, सोना

अमंगल–वि.अशुभ; पु.अकल्याण

अमन–पु. (अ.) शांति

अमर–वि. न मरनेवाला, अविनाशी

अमरकोश (ष)–पु. अमरसिंह कृत संस्कृत का प्रसिद्ध कोश

अमरबेल–स्त्री. आकाशबेल

अमरलोक–पु. स्वर्ग

अमराई–स्त्री. आम का बाग़

अमरावती–स्त्री. इन्द्रपुरी

अमर्त्य–वि. अनश्वर, मृत्युरहित, दिव्य

अमर्ष–पु. क्रोध, तिरस्कार आदि से उत्पन्न क्षोभ

अमलतास–पु. एक फूलोंबाला वृक्ष

अमली–वि.व्यावहारिक,नशेबाज़

अमा–स्त्री. अमावस्या

अमात्य–पु. मंत्री

अमानत–स्त्री. (अ.) धरोहर, थाती, थाती रखना

अमानुष–वि पैशाचिक ; पु. देवता आदि

अमान्य–वि. न मानने योग्य

अमावस्या–स्त्री. अमावस, कृष्णपक्ष की अन्तिम तिथि

अमिट–वि. न मिटनेवाला

अमिताभ–वि अति तेजस्वी; पु. बुद्ध का एक नाम

अमित्र–वि. मित्रहीन; पु. शत्रु

अमिय–पु. अमृत

अमीन–वि. (अ.) अमानत रखनेवाला; पु. दीवानी का अहलकार जो पैमाइश आदि करता है

अमीर–पु. (अ.) रईस, धनी व्यक्ति

अमुक–वि. फ़लाँ, कोई ख़ास चीज़ या आदमी जिसका नाम नहीं लिया जा सकता

अमूर्त–वि. आकाररहित

अमूल्य–वि. अनमोल, बहुमूल्य

अमत–वि. न मरा हुआ; पु. वह पेय जिसके पीने से मुर्दा जी उठे

अमोघ–वि. अचूक, अव्यर्थ

अम्माँ–स्त्री. माता, माँ

अम्लान–वि. जो मुरझाया न हो, प्रफुल्ल

अयथार्थ–वि. झूठ, ग़लत

अयाचित–वि. न माँगा हुआ, अप्रार्थित

अयाल–पु. घोड़े या सिंह की गर्दन पर के बाल

अयोग्य–वि. नाक़ाबिल, योग्यताहीन

अरक्षित–वि. जिसकी रक्षा न की गई या की जाती हो

अरगजा–पू. केसर, चन्दन आदि मिलाकर तैयार किया गया लेप

अरगनी–स्त्री. कपड़ा टाँगने के लिए बँधी हुई रस्सी

अरदली–पु. किसी बड़े अफ़सर के साथ रहनेवाला ख़ास चपरासी

अरब–वि. सौ करोड़; पु. सौ करोड़ की संख्या; (अ.) अरब देश या वहाँ का निवासी

अरबी–वि. अरब देश का; स्त्री. अरब की भाषा

अरमान–पु. (फ़ा.) लालसा, इच्छा

अरविंद–पु. कमल

अरसिक–वि. काव्य, संगीत आदि का रस ले सकने में असमर्थ

अराजकता–स्त्री. शासन का अभाव, बदअमली

अराजपत्रित–वि. [नॉन-गज़टेड] ऐसे कर्मचारी जिनकी पदवृद्धि आदि की सूचना पत्रों में नहीं छपती

अरिष्ट–पु. दुर्भाग्य

अरुंधत्री–स्त्री. वसिष्ठ ऋषि की पत्नी

अरुचि–स्त्री. अच्छा न लगना, अनिच्छा

अरुचिकर–वि. अरुचि पैदा करनेवाला

अरुण–वि. लाल, उषा या सिंदूर का रंग

अरुणिमा–स्त्री. लाली

अरुणोदय–पु. सूर्योदय

अरूप–वि. आकृतिहीन; पु. भद्दी शकल

अर्क़–पु. (अ.) रस, किसी चीज़ का भभके से खींचा हुआ रस

अर्गला–स्त्री. अगड़ी, सिटकिनी, हाथी बाँधने की ज़ंजीर

अर्ध–पु. पूजन के 16 उपचारों में से एक

अर्ध्य–वि. पूजनीय ; पु. पूजा में देने योग्य वस्तु

अर्चन–पु. पूजन, वंदन

अर्जित–वि. कमाया हुआ, बटोरा हुआ

अर्ज़ी–स्त्री. (अ.) प्रार्थनापत्र, दरख़्वास्त

अर्ज़ीनवीस–पु. प्रार्थनापत्र लिखने वाला

अर्थ–पु. शब्द का अभिप्राय, मानी, मतलब

अर्थगौरव–पु. अर्थ की गंभीरता

अर्थमंत्री–पु. सरकार में वह मंत्री जिसके जिम्मे आर्थिक विभाग सौंपा गया हो

अर्थशास्त्र–पु. अर्थविज्ञान

अर्थात्–अ. यानी, दूसरे शब्दों में

अर्थालंकार–पु. वह अलंकार जो अर्थ पर आश्रित हो

अर्थी–वि. चाह, ग़रज़ रखने वाला, प्रार्थी

अर्द्ध–वि. आधा; पु. आधा भाग

अर्द्धनारीश्वर–पु. शिव का वह रूप जिसका आधा भाग पार्वती का होता है

अर्द्धसाप्ताहिक–पु. हफ्ते में दो बार प्रकाशित होनेवाला समाचारपत्र

अर्द्धांगिनी–स्त्री. पत्नी, बीवी

अर्पण–पु. देना, भेंट करना

अर्वाचीन–वि. आधुनिक, हाल का

अलंघनीय–वि. जो लाँघा न जा सके

अलकतरा–पु. काले रंग का एक गाढ़ा द्रव, कोलतार

अलका–स्त्री. कुबेरपुरी

अलक्त–पु. लाख, महावर

अलक्ष्य–वि. अदृश्य, अज्ञेय

अलख–वि. अलक्ष्य; पु. परमेश्वर

अलग–वि. जुदा, दूर, भिन्न

अलग़ोज़ा–पु. (अ.) एक तरह की बाँसुरी

अलज्ज–वि. लज्जारहित, बेहया

अलपाका–पु. दक्षिण अमेरिका का एक पशु जिसके बालों का बढ़िया ऊन बनता है

अलबत्ता–अ. (अ.) बेशक, निस्संदेह

अलभ्य–वि. जो न मिलता हो, अप्राप्य

अलम–पु. (अ.) दुःख, झंडा, निशान

अलम्–अ. पर्याप्त, काफ़ी

अलसी–स्त्री. एक पौधा और उसके बीज जिनसे तेल निकाला जाता है, तीसी

अलहदा–वि. (अ.) अलग, जुदा

अलामत–स्त्री. (अ.) चिह्न, पहचान, लक्षण

अलाव–पु. (फ़ा.) तापने के लिए जलायी हुई आग

अलावा–अ. (अ.) सिवा, अतिरिक्त

अलि–पु. भौंरा

अलील–वि. (अ.) बीमार

अलेख–वि. बेहिसाब, अज्ञेय, अदृश्य

अल्प–वि. तुच्छ, थोड़ा

अल्पायु–वि. छोटी उम्र वाला

अल्लाह–पु. (अ.) परमेश्वर, खुदा

अल्हड़–वि. मस्त और लापरवाह

अवंतिका–स्त्री. उज्जैन, उज्जैन की भाषा

अवकाश–पु. फुरसत, छुट्टी

अवगत–वि. जाना हुआ, ज्ञात

अवगाहन–पु. नहान, थाह लेने की क्रिया

अवगुंठन–पु. घूँघट, बुर्क़ा, पर्दा

अवगुण–पु. दोष, ऐब, बुराई

अवज्ञा–स्त्री. अनादर, अपमान

अवतंस–पु. बाली, करनफूल, टीका, श्रेष्ठ पुरुष

अवतरण–पु. उतरना, देवादि का पार्थिव रूप में प्रकट होना

अवतार–पु. ईश्वर का मानव बनकर पृथ्वी पर आना

अवध–पु. कोशल, अयोध्या, उत्तर प्रदेश का एक क्षेत्र; वि. जो वध के योग्य न हो

अवधात्री सरकार–स्त्री. [केयरटेकर गवर्नमेंट] वह सरकार जो निर्वाचन आदि होने के बाद नयी सरकार के कार्यभार ग्रहण कर लेने तक शासन चलाती है

अवधि–स्त्री. सीमा, नियत काल

अवधूत–पु. संन्यासी, साधुओं का एक भेद

अवनति–स्त्री. झुकाव, अधःपतन

अवनि, अवनी–स्त्री. भूमि, धरती

अवमूल्यन–पु. [डीवेलुएशन] किसी सरकार द्वारा अन्य देश या देशों की मुद्राओं की तुलना में अपने देश की मुद्रा का मूल्य घटा दिया जाना, मुद्रा का विनिमय मूल्य गिरा देना

अवयव–पु. शरीर या शरीर का कोई भाग

अवर–वि. छोटा, गुण, दरजे आदि में नीचा

अवर सदन–पु. लोअर हाउस

अवरुद्ध–वि. रुका या रोका हुआ

अवरोध–पु. रोक, अटकाव

अवरोहण–पु. उतरना, नीचे आने की क्रिया

अवरोही –वि. नीचे आनेवाला

अवलंब–पु. सहारा, आश्रय

अवलोकना–स. क्रि. देखना, जाँचना

अवलोकनीय–वि. देखने योग्य

अवशेष–पु. वह जो बच रहे या बाक़ी रहे

अवश्य–वि. जो वश में न किया जा सके, अनिवार्य; अ. ज़रूर

अवसर–पु. सुयोग, मौक़ा

अवसाद–पु. सुस्ती, शिथिलता

अवसान–पु. विराम, समाप्ति, मृत्यु

अवस्था–स्त्री. हालत, दशा, स्थिति

अवहेलना–स्त्री. अनादर, उपेक्षा

अवांछनीय–वि. जिसकी चाहना न की जाय

अवाक्–वि. मौन, चुप, स्तब्ध

अविकल–वि. ज्यों का त्यों, व्यव स्थिर, शांत

अविचल–वि. अचल, स्थिर

अविद्या–स्त्री. विद्या या ज्ञान का अभाव

अविनय–स्त्री. विनय या नम्रता का अभाव

अविनश्वर–वि. जिसका नाश न हो

अविनाशी–वि. अक्षय, नित्य, नाशरहित

अविनीत–वि. उद्दंड, घमंडी

अविभक्त–वि. अखंड, समूचा, एक

अविभाज्य–वि. जो बाँटा न जा सके

अविरत–वि. विरामहीन, लगा हुआ

अविवाहित–वि. बिनब्याहा, कुँआरा

अविवेक–पु. अविचार, नासमझी

अविश्वास–पु. विश्वास न होना, संदेह

अवैतनिक–वि. वेतन न पाने या लेनेवाला (ऑनरेरी]

अवैध–वि. विधि-विरुद्ध, क़ानून के विरुद्ध

अव्यक्त–वि. अप्रकट, अदृश्य

अव्यय–वि. अविकारी; पु. वह शब्द जिसका रूप सब वचनों, लिंगों, विभक्तियों में एक ही रहे

अव्ययीभाव–पु. वह समास जिसमें पूर्वपद अव्यय हो

अव्यवस्था–स्त्री. नियम, व्यवस्था का अभाव

अव्वल–वि. (अ.) पहला, प्रथम, सर्वश्रेष्ठ

अशक्त–वि. शक्तिहीन, कमज़ोर

अशरण–वि. आश्रयहीन, असहाय

अशरफ़ी–स्त्री. (फ़ा.) सोने का

सिक्का

अशरीरी–वि. शरीररहित, निराकार

अशांत–वि. शांतिरहित, बेचैन

अशांति–स्त्री. बेचैनी, क्षोभ, खलबली

अशिक्षित–वि. अपढ़, गँवार

अशिव–वि. अकल्याणकर, डरावना

अशिष्ट–वि. असभ्य, उजड्ड

अशुद्ध–वि. अपवित्र, नापाक

अशेष–वि. संपूर्ण, समूचा

अशोक–वि. शोकरहित; पु. एक पेड़, मौर्यवंश का एक राजा

अशोभन–वि. असुंदर, अभद्र

अशौच–पु. अपवित्रता, जन्म-मरण के कारण सपिंडजनों को लगनेवाली छूत

अश्रु–पु. आँसू

अश्रुत–वि. न सुना हुआ, विद्याहीन

अश्लील–वि. भद्दा, ग्राम्य

अश्व–पु. घोड़ा

अश्वत्थ–पु. पीपल, पीपल का गोदा

अश्विनी–स्त्री. घोड़ी, 27 नक्षत्रों में से पहला नक्षत्र

अष्टम, अष्टक–वि. आठवाँ

असंख्य–वि. अगणित, बेहिसाब

असंग–वि. अनासक्त, निर्लिप्त, अकेला

असंगति–स्त्री. मेल का न होना

असंतोष–पु. अतृप्ति, अप्रसन्नता

असंबद्ध–वि. संबंधहीन, बेमेल, बेतुका

असंभव–वि. न होने वाला, नामुमकिन

असंयत–वि. संयमरहित, वंधनहीन

असंयम–पु. संयम का अभाव, विलासिता

असंस्कृत–वि. संस्कारहीन, असभ्य

असत्कार–पु. अनादर, अहित

असत्य–वि. झूठ, मिथ्या

असफल–वि. विफल, नाकामयाब

असबाब–पु. (अ.) (सबब यानी कारण का बहुवचन) आवश्यक सामग्री, चीज़ें

असभ्य–वि. अशिष्ट, गँवार जंगली

असम–वि. जो बराबर न हो, बेजोड़

असमत–स्त्री. (अ.) पवित्रता, सतीत्व

असमय–पु. समय का उलटा, कुसमय

असमर्थ–वि. अशक्त

असर–पु. (अ.) खोज, छाप, प्रभाव

असल–वि. (अ.) अस्ल, जड़, संचाई, मूलधन, नक़ल का उलटा

असलियत–स्त्री. असल बात, वास्तविकता

असली–वि. सच्चा, ख़ालिस

असवर्ण–वि. भिन्न वर्ण या जाति का

असहयोग–पु. सहयोग का अभाव

असहाय–वि. जिसका कोई साथी-सहायक न हो

असहिष्णु–वि. बर्दाश्त न करनेवाला, क्रोधी

असह्य–वि. न सहने लायक़, असहनीय

असांप्रदायिक–वि. जिसका किसी संप्रदाय से संबंध न हो

असाढ़–पु. आषाढ़ महीना

असाधारण–वि. जो साधारण न हो, ग़ैर-मामूली

असाध्य–वि. जिसका साधन या सिद्धि न हो, अच्छा न होनेवाला, लाइलाज

असामयिक–वि. बेवक़्त, बेमौक़ा

असावधान–वि. जो सजग न हो, ग़ाफ़िल, बेख़बर

असि–स्त्री. तलवार

असित–वि. अश्वेत, काला, नीला

असीम–वि. जिसकी सीमा न हो

असीर–वि. (अ.) बंदी, क़ैदी

असीरी–स्त्री. (अ.) क़ैद

असुर–पु. दैत्य, दानव, सूर्य

असुविधा–स्त्री. सुभीता न होना

असैनिकीकरण–पु. [डीमिलिटैरिज़ेशन] सैन्य-विहीनता

अस्त–वि. डूबा हुआ, अवनत

अस्तबल–पु. (अ.) अश्वशाला, तबेला

अस्तर–पु. भितल्ला

अस्ति–स्त्री. सत्ता, भाव, विद्यमानता

अस्तित्व–पु. सत्ता, हस्ती

अस्त्र–पु. हथियार

अस्थायी–वि. क्षणिक, अस्थिर

अस्थि–स्त्री. हड्डी, गिरी

अस्थिर–वि. जो स्थिर न हो, डावाँडोल

अस्पष्ट–वि. जो साफ दिखाई न दे

अस्वाभाविक–वि. स्वभाव-विरुद्ध, बनावटी

अस्वास्थ्य–पु. रोग, बीमारी

अस्वीकार–पु. न मानना, इनकार

अहंकार–पु. गर्व, घमंड

अहम–वि. (अ.) बहुत ज़रूरी, महत्त्वपूर्ण

अहमक़–वि. जड़मति, मूर्ख

अहम्–पु. अहंभाव

अहर्निश–अ.दिन-रात, आठों पहर

अहवाल–पु. (अ.) (हाल का बहु.) वृत्तांत, समाचार

अहिंसक–पु. हिंसा न करनेवाला

अहिंसा–स्त्री. किसी प्राणी को न मारना

अहि–पु. साँप, सूर्य, राहु

अहित–पु. हित का अभाव या उलटा, बुराई

अहेतु–वि. हेतुरहित; पु. हेतु का अभाव

अहेरी–वि. शिकारी

अहोरात्र–पु. दिन और रात, दो सूर्योदयों के बीच का समय

आ

आ–देवनागरी का दूसरा अक्षर और 'अ' का दीर्घ रूप

आँकना–स. क्रि. कूतना, अनुमान लगाना

आँख–स्त्री. देखने, रूपबोध करने की इंद्रिय, नयन

–आना, उठना – आँखों में लालिमा के साथ पीड़ा होना

–उठाना–बुरी निगाह से देखना

–ओट, पहाड़ ओट–सामने न होने पर दूर-पास एक-सा होना

–का काँटा–जिसे देखकर कष्ट हो

–का तारा–प्रिय

–चुराना–कतरा जाना, सामना बचाना

–दिखाना–रोष या अवज्ञासूचक दृष्टि से देखना

–फेरना–पहले का सा प्रेम न रखना,

–मारना–आँखों से संकेत करना

–लड़ाना–प्रेमदृष्टि से देखना

–में चढ़ना–पसन्द आ जाना

–में रात काटना–जागकर रात बिताना

आँखमिचौनी–स्त्री. लड़कों का एक खेल

आँगन–पु. चौक, घर के भीतर का सहन

आँच–स्त्री. गरमी, जलन, लपट

आँचल–पु. शाल, दुपट्टे आदि का छोर, साड़ी आदि का छोर

आँजन–पु. अंजन

आँत–स्त्री. अँतड़ी, अंत्र

आंतरिक्ष–वि. अंतरिक्ष-सम्बन्धी, आकाशीय

आंदोलित–वि. कंपित, हलचल से पूर्ण

आँधी–स्त्री. धूलभरी ज़ोर की हवा, तूफ़ान

आँवला–पु. एक पेड़ या उसका फल जो मुरब्बा, अचार बनाने के काम आता है

आंशिक–वि. कुछ, थोड़ा

आँसू–पु. नेत्रजल, अश्रु

आईन–पु. (अ.) विधान, क़ानून, नियम

आईना–पु. दर्पण, शीशा

आक़बत–स्त्री. (अ.) मृत्यु या प्रलय के बाद का काल, परलोक

आकर–पु. खान, भंडार, भेद

आकर्षक–वि. खींचने वाला, रोचक, सुन्दर

आकलन–पु. ग्रहण, समझाना, अनुसंधान

आकस्मिक–वि. अचानक होनेवाला

आकांक्षा–स्त्री. इच्छा, चाह, अपेक्षा

आकार–पु. रूप, शक्ल, बनावट

आकाश–पु. आसमान, शून्य स्थान

आकाशवाणी–स्त्री. रेडियो

आकुल–वि. उद्विग्न. परेशान, बेचैन
आक्रमण–पु. हमला, चढ़ाई
आक्रामक–पु. हमला करनेवाला
आक्रोश–पु. कोसना, शाप, निंदा
आक्षप–पु. फेंकना, लांछन, आपत्ति
आख़िर–पु. (फ़ा.) अंत, समाप्ति
आख़िरी–वि. (फ़ा.) अंतिम,सबसे पीछे का
आखेट–पु. शिकार, मृगया
आख्यान–पु. कहना, वर्णन, कथा-कहानी
आख्यायिका–स्त्री. सिलसिलेवार कहानी
आगंतुक–वि. अचानक आ जानेवाला, अजनबी
आग–स्त्री. अग्नि, कामाग्नि, वात्सल्य प्रेम
–का पुतला–क्रोधी
–देना–दाहकर्म करना
–में घी डालना–क्रोध भड़काना, झगड़ा बढ़ाना
–लगना–क्रोध भड़क उठना, डाह से जलने लगना
–होना–क्रुद्ध होना
आगम–पु. आना, अवाई, समागम
आगमजानी–वि. भविष्य को जानने-वाला
आगमन–पु. आना, लौटना
आगर–पु. आकर, खान, ढेर
आग़ा–पु. (फ़ा.) बड़ा भाई, मालिक, क़ाबुल का निवासी
आगामी–वि. आनेवाला, भावी
आगे–अ. सामने, पहले, पीछे, बाद में
आग्नेय–वि. अग्नि-संबंधी
आग्रह–पु. अनुरोध, हठ, अनुग्रह
आघात–पु. चोट, प्रहार, घाव
आचमन–पु. पूजन आदि के पहले शुद्धि के लिए हथेली पर जल लेकर पीना, इस प्रकार पीने का जल
आचरण–पु. चरित्र, चाल-चलन
आचार–पु. चरित्र, चाल, शील
आचार्य–पु. गुरु, शिक्षक, महाविद्या-लय का प्रधान अधिकारी
आच्छन्न–वि. छिपा हुआ, ढका हुआ
आच्छादित–वि. ढका, छिपा हुआ
आज–पु. वर्तमान, बीतता हुआ दिन; अ. वर्तमान दिन में
आजन्म–अ. जन्म से, जन्म-भर
आज़माइश–स्त्री. (फ़ा.) परीक्षा, जाँच, परीक्षार्थ प्रयोग
आज़मूदा–वि. (फ़ा.) आज़माया हुआ
आज़ाद–वि. (फ़ा.) स्वाधीन, मुक्त
आज़ादी–स्त्री. (फ़ा.) स्वाधीनता, मुक्ति
आज़ार–पु. (फ़ा.) रोग, कष्ट, पीड़ा
आजिज़–वि. (अ.) दीन, लाचार, अशक्त
आजीवन–अ. जीवनपर्यंत, ज़िन्दगी भर

आजीविका–स्त्री. रोज़ी, रोज़गार, धंधा

आज्ञप्ति–स्त्री. आज्ञा, आदेश

आज्ञा–स्त्री. हुक्म, आदेश

आटा–पु. पिसा हुआ अन्न, पिसान

आडंबर–पु. दिखावा, ठाट-बाट, दिखाऊ आयोजन

आड़–स्त्री. ओट, परदा, बचाव

आढ़त–स्त्री. दूसरे के माल को कमीशन लेकर बिकवा देना

आतंक–पु. रोग, भय, दहशत, दबदबा

आततायी–वि. हत्यारा, निदारुण अपराध करनेवाला

आतश–पु. (फ़ा.) आग

आतशक–स्त्री. (फ़ा.) गरमी की बीमारी

आतशख़ाना,–गाह–पु. पारसियों का अग्निमंदिर

आतशी–वि. (फ़ा.) अग्नि-संबंधी

आतशी शीशा–पु. चकमक शीशा

आतिथेय–वि. अतिथि के लिए, अतिथि-सत्कार

आतुर–वि० पीड़ित, व्याकुल, बेसब्र

आत्म–वि. अपना, निजी, मन का

आत्मकथा–स्त्री. अपनी जीवन-कहानी

आत्मज्ञान–पु. अपने को जानना, ब्रह्म का साक्षात्कार

आत्मबल–पु. मनोबल

आत्मरक्षा–स्त्री. अपना बचाव

आत्मवंचना–स्त्री अपने को धोखा देना

आत्मविश्वास–पु. अपने पर विश्वास

आत्मसात्–अ. अपने अधिकार में

आत्महत्या–स्त्री. अपने हाथ से अपना वध

आत्मा–स्त्री. पु. जीव, जीवात्मा, मन, बुद्धि

आत्मानुभूति–स्त्री. आत्मसाक्षात्कार

आत्मीय–वि. अपना; पु. स्वजन, निकट संबंधी

आदत–स्त्री. (अ.) अभ्यास, टेक, लत, व्यसन

आदम–पु. (अ.) प्रथम मनुष्य, मनुष्य

आदमी–पु. (अ.) मनुष्य, व्यक्ति, पति

आदमीयत–स्त्री. (अ.) मनुष्यता, भल-मनसी

आदर–पु. सम्मान, इज़्ज़त, पूज्यभाव

आदरणीय–वि. आदर के योग्य

आदर्श–पु. नमूना, अनुकरणीय व्यक्ति या वस्तु

आदाब–पु. (फ़ा.) अदब-क़ायदा, व्यवहार-नियम,

आदि–वि. प्रथम, मूल, प्रधान; पु. आरंभ, मूलकारण

आदिकवि–पु. वाल्मीकि, ब्रह्मा

आदिपुरुष–पु. परमेश्वर, नारायण, विष्णु

आदित्य–पु. सूर्य, देव
आदिम–वि. आदि में उत्पन्न, पहला, पुराना
आदी–वि. (अ.) अभ्यस्त, व्यसनी
आदेश–पु. आज्ञा, हुक्म, हिदायत
आद्य–वि. आदि का, पहला, प्रथम
आद्या–स्त्री. दुर्गा, प्रतिपदा
आधार–पु. सहारा, आलम्बन
आधि–स्त्री. मानसिक पीड़ा, अभिशाप, विपत्ति
आधिकारिक–वि. अधिकार या अधिकारी से सम्बद्ध, सरकारी
आधिक्य–पु. अधिकता, बहुतायत, प्राधान्य
आधिपत्य–पु. प्रभुत्व, राज्य
आधुनिक–वि. आजकल का, वर्तमान काल का
आध्यात्मिक–वि. परमात्मा या आत्मा से संबंध रखनेवाला
आनंद–पु. हर्ष, खुशी, मौज
आनंदमय–वि. आनन्द से भरा हुआ
आनंदाश्रु–पु. आनन्द के अतिरेक से निकलनेवाले आँसू
आन–स्त्री. मर्यादा, गौरव, गर्व
आनन–पु. मुँह, चेहरा
आनन-फ़ानन–अ. तुरत, अतिशीघ्र
आना–अ. क्रि. एक जगह से चलकर दूसरी जगह पहुँचना
आनाकानी–स्त्री. टालमटोल, एतराज़
आनुपातिक प्रतिनिधित्व–पु. [प्रपोर्शनल रिप्रेज़ेंटेशन] विधानसभा आदि के चुनाव की वह प्रणाली जिसके अनुसार सभी दलों को उन्हें प्राप्त कुल मतों के अनुपात से प्रतिनिधित्व दिये जाने की व्यवस्था की जाती है
आनुमानिक–वि. अनुमान पर आश्रित
आनुषंगिक–वि. सम्बद्ध , गौण
आप–पु. पानी; वि. प्राप्य; सर्व. खुद, स्वयं; तुम, वे का आदर-सूचक रूप
आपस्वार्थी–वि. खुदग़र्ज़, मतलबी
आपत्ति–स्त्री. विपत्ति, संकट
आपस–पु. संबंध, हेलमेल, नाता
आपसी–वि. आपस का
आपा–पु. अपना स्वरूप, अहम्भाव, सुधबुध
– (पे) में आना–होश-हवास में होना
आपेक्षिक–वि. अपेक्षा रखनेवाला
आपेक्षिक गुरुत्व–पु. दो वस्तुओं का तुलनात्मक घनत्व
आफ़त–स्त्री. (अ.) मुसीबत, क्लेश
आफ़ताब–पु. (फ़ा.) सूर्य
आब–पु. (फ़ा.) पानी, पसीना, आँसू
आबदस्त–पु. सोंचना, पानी छूना
आब (बो) दाना–पु. अन्न-जल
–उठना–जीविका का उपाय न

रह जाना

आबनूस–पु. तेंदु नामक एक जंगली वृक्ष

आबपाशी–स्त्री. खेत की सिंचाई

आबरू–स्त्री. मान, प्रतिष्ठा

आबाद–वि. (फ़ा.) बसा हुआ, वस्ती वाला

आबादी–स्त्री. (फ़ा.) बस्ती, जनसंख्या

आबेहयात–पु. अमृत

आबोहवा–स्त्री. जलवायु

आभरण–पु. आभूषण, पोषण

आभा–स्त्री. चमक, झलक, छाया, प्रतीति

आभार–पु. बोझ, एहसान

आभारी–वि. अहसानमन्द, ऋणी

आभास–पु. चमक, झलक, छाया

आभिजात्य–पु. कुलीनता, ऊंचे कुल में उत्पत्ति

आभूषण–पु. गहना, अलंकार

आभ्यंतर–वि. भीतर का, अन्दरूनी

आमंत्रण–पु. बुलाना, निमंत्रण, स्वागत

आम–पु. एक प्रसिद्ध फल और उसका पेड़, आम्र

आम–वि. (अ.) फैला हुआ, व्यापक

आम दरबार–पु. खुला दरबार जिसमें सब लोग जा सकें

आमफ़हम–वि. जो सबकी समझ में आ सके

आम राय–स्त्री. लोकमत

आम लोग–पु. जनसाधारण

आमद – स्त्री (फ़ा.) आना, आमदनी

आमदनी–स्त्री. आय, प्राप्ति

आमने-सामने–अ. एक-दूसरे के सामने, मुक़ाबले में

आमरण–अ. मरणपर्यन्त, जीवन के अन्त तक

आमादा–वि. (फ़ा.) तैयार, तत्पर

आमाशय–पु. मेदा

आमूल–अ. मूलपर्यन्त, जड़ तक, जड़ से

आमोद–पु. हर्ष, प्रसन्नता

आमोद-प्रमोद–पु. मौज, चैन, रंगरलियाँ

आय–स्त्री. आमदनी, लाभ

आय-व्यय–पु. आमद-ख़र्च

आय-व्यय-फलक–पु. [बैलेंसशीट] चिट्ठा

आयत–स्त्री. (अ.) क़ुरान का वाक्य, चिह्न; वि. लम्बा, विस्तृत, विशाल; पु. वह समानान्तर चतुर्भुज जिसका प्रत्येक कोण समकोण हो

आया–स्त्री. (पुर्त.) बच्चे को दूध पिलानेवाली स्त्री

आयात–वि. आगत, विदेश से आया हुआ माल

आयाम–पु. लम्बाई, खींचना, रोक

आयु–स्त्री. जीवन, उम्र

आयुक्त–वि. संयुक्त ; पु. कमिश्नर

आयुध–पु. युद्ध का साधन, हथियार

आयुर्वेद–पु. स्वास्थ्य-शास्त्र, चिकित्सा-शास्त्र

आयोग–पु. कमीशन

आयोजन–पु. इकट्ठा करना, प्रबन्ध, तैयारी

आरंभ–पु. शुरू, श्रीगणेश

आरक्षक–पु. प्रहरी, पुलिस का सिपाही

आरज़ू–स्त्री. (फ़ा.) इच्छा, कामना

आरती–स्त्री. पूजा में देवता के मुख के चारों ओर कपूर-दीपक घुमाना

आरसी–स्त्री. आईना

आरा–पु. लकड़ी चीरने का एक दाँतेदार औज़ार

आराधना–स्त्री. पूजा, उपासना, सेवा

आराम–पु. सुख, प्रसन्नता

आरूढ़–वि. सवार, आसीन

आरोप–पु. न्यास, इल्ज़ाम

आरोह–पु. चढ़ना, संगीत में स्वरों का चढ़ाव

आरोहण–पु. चढ़ना, सवार होना, ऊपर को जाना

आर्थिक–वि. अर्थ-सम्बन्धी

आर्द्र–वि. गीला, तर, नम

आर्य–पु. भारत की एक प्राचीन सभ्य जाति

आर्यधर्म–पु. हिन्दूधर्म

आर्यसमाज–पु. स्वामी दयानन्द द्वारा प्रवर्तित एक धार्मिक समाज

आर्यावर्त्त–पु. उत्तर भारत

आलंबन–पु. सहारा, सहारा लेना

आलम–पु. (अ.) दुनिया, भीड़, अवस्था

आलसी–वि. सुस्त, काहिल

आला–पु. ताक, पजावा; वि. बहुत ऊँचा, श्रेष्ठ

आलाप–पु. कथन, संगीत के सातों स्वर, स्वरों का साधन

आलिंगन–पु. लिपटाना, गले लगाना

आलिम–वि. (अ.) विद्वान, पंडित

आलूचा–पु. एक पेड़ या उसका फल

आलूबुख़ारा–पु. आलूचे का सुखाया हुआ फल

आलेख–पु. लिखावट, लेख

आलोक–पु. प्रकाश, उजाला

आलोचक–वि. समीक्षक, देखनेवाला

आल्हा–पु. महोबे का एक प्रसिद्ध वीर, वह वीरगाथा जिसमें आल्हा-ऊदल का वर्णन है

आवभगत–स्त्री स्वागत-सत्कार, ख़ातिर बात

आवरण–पु. ढकना, पुस्तक का कवर

आवश्यक–वि. ज़रूरी

आवश्यकता–स्त्री. ज़रूरत

आवागमन–पु. आना-जाना, जन्म-मरण का चक्र

आवाज़–स्त्री. (फ़ा.) बोल, ध्वनि, शोर

–उठाना–किसी बात के पक्ष या विपक्ष में कहना

–लगाना–आवाज़ देना, ऊँची तान लगाना

आवारगी–स्त्री. (फ़ा.) आवारापन

आवारा–वि. (फ़ा.) जो बेकार घूमता फिरता हो

आवाहन–पु. बुलाना, पुकारना

आविर्भाव–पु. प्रकट होना, सामने आना

आविष्कार–पु. प्रकट करना, नई चीज़ बनाना, ईजाद

आवृत्ति–स्त्री. घूमना, लौटना, चक्कर लगाना

आवेग–पु. प्रबल मनोवेग, अशांति

आवेदन–पु. अर्ज़ी, प्रार्थना करना

आवेदनपत्र–पु. प्रार्थनापत्र

आवेश–पु. जोश, गुस्सा

आशंका–स्त्री. भय, संदेह, अविश्वास

आशनाई–स्त्री. (फ़ा.) दोस्ती, प्रेम, अवैध सम्बन्ध

आशय–पु. अभिप्राय, तात्पर्य

आशा–स्त्री. उम्मीद, आसरा

आशावाद–पु. [ऑप्टिमिज़्म] आशामयी दृष्टि रखना

आशातीत–वि. आशा से अधिक

आशिक़–वि. (अ.) प्रेम करनेवाला

आशीर्वचन–पु. आशीर्वाद, असीस

आश्चर्य–पु. अचरज, अचम्भा, विस्मय

आश्रम–पु. साधु-संत की कुटी, मठ

आश्रय–पु. आधार, ठिकाना

आश्वासन–पु. दिलासा देना, प्रोत्साहन

आषाढ़–पु. असाढ़ का महीना

आसक्त–वि. अनुरक्त, फँसा हुआ, लिप्त

आसन–पु. बैठना, वह चीज़ जिस पर बैठा जाय

–जमाना–जमकर अडिग भाव से बैठना

आसन्न–वि. पास आया हुआ

आसमान–पु. (फ़ा.) आकाश

–सर पर उठा लेना–बहुत शोर मचाना

आसव–पु. रस, अर्क़

आसान–वि. (फ़ा.) सहल, सीधा, सुगम

आसुरी–स्त्री. असुर-स्त्री, दानवी

आस्तिक–वि. ईश्वर और परलोक को माननेवाला

आस्तीन–स्त्री. (फ़ा.) सिले कपड़े का बाँहवाला भाग

–का साँप–मित्र बनकर शत्रुता करनेवाला

–चढ़ाना–लड़ने को तैयार होना

आस्था–स्त्री. आदर, विश्वास, श्रद्धा
आहट–स्त्री. हलकी आवाज़
आहत–वि. जिस पर प्रहार किया गया हो, घायल
आहार–पु. भोजन, ग्रहण
आहिस्ता–अ. (फ़ा.) धीरे से, धीरे-धीरे
आहुति–स्त्री. हवन-सामग्री, बलि
आह्वान–पु. बुलाना, पुकार

इ

इ–देवनागरी का तीसरा (स्वर) वर्ण
इंगित–पु. संकेत, इशारा, अभिप्राय
इंजन–पु. कल, यंत्र, भाप की शक्ति को चालक शक्ति में बदल देनेवाला यंत्र
इंजीनियर–पु. (अं.) नहर, पुल आदि के निर्माण की निगरानी करनेवाला
इंजील–स्त्री. (यू.) बाइबल, ईसाइयों की धर्मपुस्तक
इंति (त) ख़ाब–पु. (अ.) छाँटना, चुनाव
इंति (त) ज़ाम–पु. (अ.) प्रबंध करना
इंदु–पु. चंद्रमा
इंदुमणि–पु. चन्द्रकांत मणि, मोती
इंद्र–पु. देवराज
–की परी–अप्सरा, अति रूपवती स्त्री
इंद्रधनुष–पु. आकाश में दिखायी देनेवाला सतरंगा अर्द्धवृत्त
इंद्रासन–पु. इन्द्र की गद्दी
इंद्रिय–स्त्री. शरीर के ज्ञान और कर्म के साधन रूप अंग
इंद्रियगोचर–वि. इंद्रियों का विषय होने योग्य
इंद्रियनिग्रह–पु. इंद्रियों को बस में रखना
इकट्ठा–वि. एकत्र, एकसाथ
इक़बाल–पु. (अ.) सौभाग्य, समृद्धि, स्वीकार
इक़रार–पु. (अ.) स्वीकृति, वचन
इक़रारनामा–पु. प्रतिज्ञापत्र
इकाई–स्त्री. गणना में प्रथम अंक या उसका स्थान
इच्छा–स्त्री. चाह, कामना
इजलास–पु. (अ.) बैठक, हाकिम का विचार करने के लिए बैठना, कचहरी
इज़हार–पु. (अ.) ज़ाहिर करना
इज़हार तहरीरी–पु. लिखित बयान या गवाही
इजाज़त–स्त्री. अनुमति, आज्ञा
इज़ाफ़ा–पु. (अ.) वृद्धि, बढ़ती
इज़ाफ़ा लगान–पु. लगान का बढ़ना

इजारा–पु. (अ.) ठेका, पट्टा
इज़्ज़त–स्त्री. (अ.) मान, प्रतिष्ठा, बड़ाई
–उतारना–अपमानित करना
इतमीनान–पु. (अ.) भरोसा, विश्वास
इतराना–अ. क्रि. गर्व से ऐंठना, इठलाना
इति–अ. समाप्तिसूचक शब्द
इत्तिहाद–पु. (अ.) एका, मेल
इत्यादि–अ. इसी प्रकार और, वग़ैरह
इत्र–पु. (अ.) सुगन्ध, सार
इत्रफ़रोश–पु. इत्र बेचनेवाला, गंधी
इनक़लाब–पु. (अ.) उलट-पलट, क्रांति
इनक़लाब ज़िंदाबाद–क्रांति अभर हो
इनकार–पु. (अ.) मुकरना, अस्वीकृति
इनसान–पु. (अ.) मनुष्य, आदमी
इनसानियत–स्त्री. (अ.) सौजन्य, मनुष्यता
इनाम–पु. पुरस्कार, बख़्शिश
इनायत–स्त्री. (अ.) अनुग्रह, कृपा
इफ़रात–स्त्री. (अ.) बहुतायत, प्रचुरता
इबादत–स्त्री (अ.) पूजा, उपासना
इमदाद–पु. (अ.) मदद, सहायता, मदद करना
इति (म्ति) हान – पु. (अ.) परीक्षा, परख, आज़माइश
इरादा–पु. (अ.) संकल्प, इच्छा, विचार
इर्दगिर्द–अ. आसपास, चारों ओर
इलज़ाम–पु. (अ.) आरोप, अभियोग, दोष लगाना
इलहाम–पु. (अ.) दैवज्ञान, देववाणी
इलाक़ा–पु. (अ.) ज़मींदारी, रियासत
इलाज़–पु. (अ.) निवारक उपाय, उपचार, चिकित्सा
इल्म–पु. (अ.) ज्ञान, जानकारी, विद्या, शास्त्र
इल्लत–स्त्री. (अ.) कारण, रोग, दोष, झंझट, दुर्व्यसन
इशारा–पु. (अ.) संकेत, सैन, गुप्त प्रेरणा
इश्क़–पु. (अ.) प्रेम, अनुराग, आसक्ति
इशित (श्त) हार–पु. (अ.) सूचना, प्रसिद्धि, विज्ञापन
इष्ट–वि. चाहा हुआ, अभिलषित, वांछनीय, प्रिय
इसलाम–पु. (अ.) स्वीकार करना, मुसलमानों का धर्म
इस्तिक़बाल–पु. (अ.) अगवानी, स्वागत
इस्तिग़ासा–पु. (अ.) न्याय की प्रार्थना,

फ़रियाद, नालिश

इस्तीफ़ा–पु. (अ.) त्यागपत्र

इस्तेमाल–पु. (अ.) काम में लाना, व्यवहार, उपयोग

इहसान–पु. (अ.) नेकी, भलाई, उपकार

इहसानफ़रामोश–वि. कृतघ्न उपकार न माननेवाला

इहसनमंद–वि. कृतज्ञ, ऋणी

ई

ई–देवनागरी का चौथा (स्वर) वर्ण, 'इ' का दीर्घ रूप

ईंगुर–पु. लाल रंग का एक खनिज द्रव्य

ईजाद–स्त्री (अ.) कोई नई चीज़ बनाना, खोज

ईद–स्त्री. (अ.) मुसलमानों का एक त्योहार

–का चाँद–ऐसी वस्तु जिसके दर्शन दुर्लभ हों

ईदगाह–पु. ईद के दिन नमाज़ पढ़ने की जगह

ईदुज्जुहा–स्त्री. (अ.) दसवीं जिलहिज को मनायी जानेवाली ईद, बक़रीद

ईदुलफ़ितर–स्त्री. (अ.) रमज़ान के दूसरे दिन का त्योहार

ईमान–पु. (अ.) धर्मविश्वास, ईश्वर पर विश्वास, धर्म

ईमानदार–वि. सच्चा, विश्वसनीय

ईर्ष्या–स्त्री. डाह, जलन

ईर्ष्यालु–वि. ईर्ष्या करनेवाला

ईश्वर–पु. परमेश्वर, स्वामी, राजा

ईसवी–वि. (अ.) ईसा से संबंध रखनेवाला, मसीही

ईसवी सन्–पु. ईसा के जन्मकाल से चला हुआ सन्

ईसा–पु. (अ.) ईसाई धर्म के प्रवर्तक, मसीह

ईसाई–पु. (अ.) ईसा-प्रवर्तित धर्म को माननेवाला

ईहा–स्त्री. (सं.) इच्छा, चाह

उ

उ–देवनागरी का पाँचवाँ (स्वर) वर्ण

उँगली–स्त्री. अँगुली

–उठाना–बदनामी करना

–करना–परेशान करना, सताना

उऋण–वि. ऋणमुक्त

उकताना–अ. क्रि. ऊबना, अधीर होना

उकसाहट–स्त्री. उकसाने का भाव, उत्तेजना

उक्त–वि. कहा हुआ, कथित

उक्ति–स्त्री. कथन, वाक्य, कवित्वमय वचन, पद्य

उखड़ना–अ. क्रि. जमी, गड़ी या जड़ी हुई चीज़ का ऊपर आ जाना, अपनी जगह से हटना

उखाड़ना–स. क्रि. गड़ी, जमी, बैठाई हुई चीज़ को उसकी जगह से हटा देना

उगलना–स. क्रि. थूक देना, खायी-पी हुई चीज़ को मुँह से बाहर कर देना

उगाना–स. क्रि. जमाना, उपजाना

उघटना– स. क्रि. उकटना, कोसना

उघड़ना–अ. क्रि. खुलना, नंगा होना, भंडाफोड़ होना

उचकना–अ. क्रि. पंजे के बल खड़ा होना, ऊपर उठना

उचक्का–पु. चाईं, उठाईगीरा

उचटना–अ. क्रि. उचड़ना, मन का हट जाना

उचटाना–स. क्रि. अलग करना, छुड़ाना, विरक्त करना

उचाट–पु. विरक्ति, उदासी, जी न लगना

उचित–वि. ठीक, योग्य, मुनासिव, विहित

उच्च–वि. ऊँचा, बड़ा, श्रेष्ठ, कुलीन

उच्च न्यायालय–पु. [हाईकोर्ट] राज्य का प्रधान न्यायालय

उच्च सदन–पु. [अपर हाउस] द्वितीय सदन

उच्चाटन–स्त्री. हटाना, निकालना, उखाड़ना

उच्चायुक्त–पु. [हाईकमिश्नर] राष्ट्रमंडल के किसी एक देश का राजदूत

उच्चारण–पु. शब्दों को मुँह से निकालना, बोलना

उच्छिष्ट–वि. खाने से बचा हुआ, वासी

उच्छेद, उच्छेदन–पु. काटना, जड़ उखाड़ना, उन्मूलन, नाश

उच्छ्वास–पु. आह भरना

उछल–कूद–स्त्री.उछलना,कूदना, कूद-फाँद

उछलना–अ. क्रि. उझकना, कूदना

उछाल–स्त्री. उछलने की क्रिया, कुदान

उछाह–पु. उत्साह, हर्ष, उत्सव, चाव, हौसला

उजड़ना–अ. क्रि. जनशून्य, वीरान होना, तबाह होना

उजबक–पु. (तु.) तातारियों की एक जाति, वि. मूर्ख, निर्बुद्धि

उजरत–स्त्री. मज़दूरी, पारिश्रमिक

उजलत–स्त्री. (अ.) जल्दी, उतावली

उजला–वि. सफ़ेद, उज्ज्वल, स्वच्छ

उजागर–वि. दीप्तिमय, प्रकट,

प्रकाशित, प्रसिद्ध

उजाड़–वि. ध्वस्त, उजड़ा हुआ; पु. वीरान स्थान

उजाड़ना–स. क्रि. बसे हुए को निकाल बाहर करना, बर्बाद कर देना

उजाला–पु. प्रकाश, रोशनी, कुल या जाति में श्रेष्ठ व्यक्ति

उजाला पाख–पु. शुक्लपक्ष

उज्ज्वल–वि. उजला, स्वच्छ, निर्मल

उज्र–पु. (अ.) आपत्ति, विरोध, बहाना, हेतु

उटंग–वि. ओछा (कपड़ा)

उठंगना–अ. क्रि. बैठने में किसी चीज़ का सहारा लेना

उठना–अ. क्रि. ऊपर की ओर जाना, लेटे हुए का बैठना

उठती जवानी–किशोरावस्था, उभरती हुई जवानी

उठते-बैठते–हर वक़्त

उठा-बैठी–उठने बैठने की कसरत, हैरानी

उठाईगीरा–पु. उचक्का

उठान–स्त्री. उठने की क्रिया, बाढ़, ऊँचाई

उठाना–स. क्रिं. नीचे से ऊपर ले जाना, जगाना

उड़ना–अ. क्रि. पंख के सहारे हवा में चलना, विमान द्वारा यात्रा करना

उड़ाकू–वि. उड़नेवाला, उड़ने में समर्थ

उड़ान–स्त्री. उड़ने की क्रिया, उड़ने की सामर्थ्य की सीमा

उड़ाना–सं. क्रि. उड़ने वाले प्राणी, वस्तु को चलाना

उड़िया–पु. उड़ीसा का निवासी; स्त्री. उड़ीसा की भाषा

उड़ेलना–स. क्रि. तरल पदार्थ को ढालना या ज़मीन पर गिराना

उड्डयन–पु. उड़ना

उड्डयन विभाग–पु. हवाई जहाज़ों आदि की व्यवस्था करनेवाला सरकारी विभाग

उड्डीयमान–वि. उड़नेवाला, उड़ता हुआ

उढ़ारना–स. क्रिं. दूसरे की स्त्री को भगा लाना

उतरन–स्त्री. उतारा, पुराने कपड़े

उतरना–अ. क्रि. ऊपर से नीचे आना, ढलना, घटना

उतराई–स्त्री. उतरने की क्रिया, ढाल, नदी के पार करने या पुल का महसूल

उतराना–अ. क्रि. पानी के ऊपर रहना, बहना या आना

उतान–वि. चित, पीठ के बल लेटा हुआ

उतार–पु. उतरने की क्रिया, ढाल, घटाव

उतारना–स. क्रि. ऊपर से नीचे लाना, पहनी हुई चीज़ को अलग करना

उतारू–वि. उद्यत, आमादा
उताबला–वि. उतावली करनेवाला, जल्दबाज़, बेसब्र
उतावली–स्त्री. जल्दी, जल्दबाज़ी, अधीरता
उत्कंठा–स्त्री. लालसा, बेचैनी
उत्कंठित–वि. उत्कंठायुक्त, उत्सुक, अधीर
उत्कट–वि. तीव्र, उग्र, प्रबल, विकट
उत्कर्ष–पु. ऊपर खींचना, उन्नति
उत्कल–पु. वर्तमान उड़ीसा
उत्कृष्ट–वि. उन्नत, श्रेष्ठ, उत्तम
उत्तम–वि. सबसे अच्छा, श्रेष्ठ, प्रधान
उत्तम पुरुष–पु. बोलनेवाले का सूचक सर्वनाम
उत्तमोत्तम–वि. अच्छे से अच्छा, सर्वश्रेष्ठ
उत्तर–पु. उत्तर दिशा, जवाब
उत्तरदायित्व–पु. जवाबदेही, ज़िम्मेदारी
उत्तरदायी–वि. जवाब देनेवाला, ज़िम्मेदार
उत्तरप्रदेश–पु. दिल्ली-पंजाब और बिहार के बीच का प्रदेश
उत्तराधिकार–पु. हक़, विरासत
उत्तराधिकारी–वि. हक़दार, वारिस
उत्तरायण–पू. सूर्य का मकररेखा से उत्तर (कर्करेखा) की ओर जाना
उत्तरार्द्ध, उत्तरार्ध–पु. पिछला, पूर्वार्ध का उलटा
उत्तरीय, उत्तरीयक–वि. उत्तर का, ऊपर का; पु. दुपट्टा
उत्तरोत्तर–अ. अधिकाधिक, लगातार
उत्तुंग–वि. बहुत ऊँचा, गगन स्पर्शी
उत्तेजक–वि. बढ़ावा देनेवाला, काम-क्रोध को भड़कानेवाला
उत्तेजना–स्त्री. बढ़ावा, प्रेरणा, रोष, क्रोध
उत्थान–पु. उन्नति, बल-वैभव की बुद्धि जगाना
उत्पत्ति–स्त्री. जन्म, उत्पादन, आरम्भ, उद्भव
उत्पन्न–वि. जन्मा हुआ, उपजा हुआ
उत्पल–कमल, नील कमल, कुमुद
उत्पात–ऊपर उठना, उछाल, आफ़त
उत्पादक, उत्पादी–वि. पैदा करनेवाला
उत्पादक-व्यय–पु. [प्रोडक्टिव एक्सपेंडिचर] उत्पादन के निमित्त किया जानेवाला व्यय
उत्पादन–पु. पैदा करना, उपजाना
उत्पादन शुल्क–पु. [एक्साइज़ ड्यूटी] देश में उत्पादित कतिपय वस्तुओं पर लगनेवाला कर
उत्पीड़न–पु. दवाना, सताना, ज़ुल्म करना

उत्प्रेक्षा–स्त्री. अर्थालंकार कर एक भेद

उत्फुल्ल–वि. खिला हुआ, पूर्णतः विकसित, प्रसन्न

उत्सर्ग–पु. अलग करना, छोड़ना, त्यागना, दान

उत्सव–पु. आनन्द, जलसा, समारोह

उत्साह–पु. हौसला, उमंग, उद्यम, चेष्टा

उत्साही (हिन्)–वि. उत्साह युक्त, उद्यमी

उत्सुक–वि. उत्कंठित, अत्यधिक इच्छुक, बेचैन

उत्सुकता–स्त्री. अधीरता, व्याकुलता, बेचैनी

उथला–वि. छिछला, कम गहरा

उदधि–पु. समुद्र

उदय–पु. सूर्यादि का निकलना, प्रकट होना, बढ़ती

उदयतिथि–स्त्री. सूर्योदय-काल में वर्तमान तिथि

उदर–पु. पेट, वस्तु का भीतरी भाग, अंतर

उदरज्वाला–स्त्री. पेट की आग, भूख

उदात्त–वि. ऊँचा, महान्, श्रेष्ठ, उदार

उदार–वि. दानशील, ऊँचे दिलवाला

उदारता–स्त्री. दानशीलता, उदार स्वभाव

उदास–वि. खिन्न, दुखी, उदासीन

उदासी–स्त्री. खिन्नता, रंज

उदासीन–वि. विरक्त, तटस्थ, निष्पक्ष

उदासीनता–स्त्री. उदासी, विरक्ति, तटस्थता, निरपेक्षता

उदाहरण–पु. दृष्टांत, मिसाल,

उदित–वि उगा हुआ, प्रकट, प्रकाशित

उदितयौवना–स्त्री. मुग्धा नायिका का एक भेद

उदीयमान–वि. उगता, उदय होता हुआ

उद्गम–पु. उत्पत्ति-स्थान, निकास

उद्गार–पु. दिल की बात का बाहर निकलना

उद्घाटन–पु. खोलना, प्रकट करना, किसी सम्मेलनादि का आरम्भ किया जाना

उद्दंड–वि. निडर, न दबने वाला, अक्खड़, उजड्ड

उद्दाम–वि. बंधन-रहित, निरंकुश, प्रचंड, उग्र

उद्दीपन–पु. उत्तेजित करना, भड़काना, जगाना

उद्दीप्त–वि. जगाया, भड़काया हुआ, उत्तेजित

उद्देश्य–वि. लक्ष्य; पु. जिसके विषय में कुछ कहा जाए

उद्धत–वि. उजड्ड, प्रचंड

उद्धरण–पु. किसी उक्ति या लेख को ज्यों का त्यों रखना

उद्धरणी–पढ़े हुए पाठ को दुहराना
उद्धव–पु. एक यादव जो कृष्ण के सखा और संबंधी थे
उद्धार–पु. (विपत्ति, दुर्दशा आदि से) छुटकारा, मुक्ति
उद्धारक–वि. उद्धार करनेवाला
उद्धृत–वि. अन्य रचना से (अवतरण रूप में) लिया हुआ
उद्बोधन–जगना, जगाना, चेतावनी देना [एडमानिशन]
उद्भव–पु. जन्म, उत्पत्ति, उद्गम, मूल
उद्यत–वि. उठाया हुआ, तैयार, आमादा
उद्यम–पु. उठाना, श्रम, मेहनत, उद्योगधंधा
उद्यान–पु. बगीचा, वाटिका
उद्यानकर्न–पु. [हार्टिकल्चर] पेड़ पौधे लगाने आदि का काम
उद्यापन–पु. व्रतादि की समाप्ति पर किया जानेवाला हवनादि
उद्योग–पु. अध्यवसाय, उत्पन्न करने का धंधा, इंडस्ट्री
उद्योगधंधा–पु. उत्पादक धंधा
उद्योगपति–पु. कारखाने का मालिक
उद्विग्न–वि. परेशान, चिंतित
उधार–पु. क़र्ज़, मँगनी, उद्धार
उधेड़ना–स क्रि. खोलना, तोड़ना (सीवन, टाँका आदि), हटाना
उनींदा–वि. नींद से भरा हुआ, ऊँघता हुआ
उन्नत–वि. उठा हुआ, ऊँचा, आगे बढ़ा हुआ
उन्नति–स्त्री. ऊँचाई, बढ़ती, तरक़्क़ी
उन्नायक–वि. ऊपर उठानेवाला, उन्नति करानेवाला
उन्मत्त–वि. नशे में चूर, पागल, सनकी
उन्माद–पु.पागलपन, सनक
उन्मीलन–पु. खुलना (आँख का), खिलना
उन्मुक्त–बंधनरहित, आज़ाद, मुक्त किया हुआ
उन्मुख–वि. जिसका मुख या दृष्टि ऊपर की ओर हो
उन्मूलन–पु. जड़-मूल से नाश करना
उप–यह शब्दों के पूर्व लगकर समीपता, आरम्भ, सामर्थ्य, छुटाई, इत्यादि का द्योतन करता है
उपकर–पु. [सेस] एक तरह का छोटा कर
उपकरण–पु. साधन, औज़ार, यंत्र, सामग्री
उपकार–पु. भलाई, हितसाधन, सहायता
उपकुलपति–पु. वाइस-[चांसलर] कुलपति के बाद विश्वविद्यालय का सर्वोच्च अधिकारी
उपक्रमणिका–स्त्री. प्रस्तावना, विषय-सूची
उपग्रह–पु. बड़े ग्रह की परिक्रमा

करनेवाला छोटा ग्रह

उपचार–पु. सेवा, इलाज, चिकित्सा

उपज–स्त्री. उत्पत्ति, पैदावार, सूझ

उपजाऊ–वि. जिसमें अधिक उपजे, ज़रख़ेज़, सूझवाला

उपजाना–स. क्रि. उत्पन्न करना

उपजीविका–स्त्री. जीवन-निर्वाह का साधन, वृत्ति, व्यवसाय

उपत्यका–स्त्री. घाटी, तराई

उपदेश–पु. शिक्षा, सीख, नेक सलाह

उपदेशक–वि. पु. उपदेश करनवाला

उपद्रव–पु. उत्पात, दंगा, फ़साद

उपद्रवी–वि. उपद्रव करनेवाला, उत्पाती

उपनगर–पु. नगर का बाहरी भाग [सबर्ब]

उपनयन–पु. पास ले जाना, यज्ञोपवीत-संस्कार

उपनाम–पु. गौण नाम, पदवी, तख़ल्लुस

उपनियम–पु. [सबरूल] गौण नियम

उपनिर्वाचन–पु.[बाई इलेक्शन] विधानसभा आदि में स्थान रिक्त हो जाने पर होनेवाला चुनाव

उपनिवेश–पु. साम्राज्यवादियों द्वारा विजित देश

उपनिषत्–स्त्री. वेदों का ज्ञानकांड, वेदरहस्य, ब्रह्मज्ञान

उपन्यास–पु. कल्पित और काफ़ी लम्बी कहानी [नावेल]

उपन्यासकार–पु. उपन्यास लिखनेवाला

उपपति–पु. परस्त्री से प्रेम करनेवाला पुरुष, यार

उपपत्नी–स्त्री. रखेली

उपपाद समास–पु. कृदंत के साथ हुआ नाम (संज्ञा) का समास

उपपाद्य–वि. जिसे तर्क से सिद्ध करना हो

उपभोक्ता–वि. उपभोग करने वाला

उपभोग–पु. भोगना, सुख, स्वाद लेना

उपभोग्य–वि. भोगने योग्य; पु. भोग की वस्तु

उपभोग्य वस्तुएँ–स्त्री. [कंज्यूमर्स गुड्स] उपभोग की वस्तुएँ

उपमंत्री–पु. सहायक मंत्री

उपमा–स्त्री. समता, तुलना, अर्थालंकार का एक भेद

उपमान–पु. जिससे किसी की तुलना की जाय

उपमेय–वि. उपमा देने योग्य; पु. जिसकी तुलना की जाय

उपयुक्त–वि. उचित, ठीक, मौजूं, योग्य, अनुकूल

उपयोग–पु. व्यवहार, काम लेना

उपयोगिता–स्त्री. उपयोगी होना, उपयुक्तता

उपयोगितावाद–पु. वह मत जिसमें अधिक से अधिक लोगों का

हितसाधन हो [यूटिलिटेरियनिज़्म]

उपयोगी–वि. काम में आनेवाला, कारआमद

उपरांत–अ. अनंतर, बाद

उपराजदूत, उपराजप्रतिनिधि–पु. [लिगेट] वह कूटनीतिक प्रतिनिधि जिसे मुख्य राजदूत का पंद प्राप्त न हो

उपराजदूतावास–पु. [लिगेशन] उपराजदूत का निवासस्थान

उपराष्ट्रपति–पु. [वाइस प्रेसीडेंट] गणतंत्र का वह निर्वाचित पदाधिकारी जो राष्ट्रपति की अनुपस्थिति, बीमारी आदि के समय उसका पदभार सँभालता है

उपरोक्त–वि. ऊपर कहा हुआ (उपर्युक्त का अशुद्ध रूप)

उपर्युक्त–वि. ऊपर या पहले कहा हुआ

उपलक्ष्य–पु. उद्देश्य

उपलक्ष्य में–निमित्त से

उपलब्धि–स्त्री. प्राप्ति, अनुभव, ज्ञान

उपवन–पु. बगीचा, उद्यान

उपवाणिज्यदूत–पु. [प्रोकॉन्सल] वाणिज्यदूत के अधीन काम करनेवाला छोटा दूत

उपवास–पु. फ़ाक़ा, व्रतरूप में भोजन का त्याग

उपवीत–पु. जनेऊ, उपनयनसंस्कार

उपशुल्क–पु. [रेंट] नगरपालिका आदि द्वारा लिया जानेवाला कर,उपकर

उपसंपादक–पु. सहायक संपादक [सब-एडीटर)

उपसंहार–पु. समाप्ति, समेटना, सारांश

उपसभापति–[वाइस प्रेज़ीडट] सभापति की अनुपस्थिति में स्थान ग्रहण करनेवाला अधिकारी

उपसमिति–स्त्री. [सब-कमिटी] छोटी समिति

उपसर्ग–पु. वह अव्यय जो धातु या धातु से बने नाम के पहले लगकर उसका अर्थ बदल देता है

उपस्थित–वि.. पास या सामने आया हुआ, मौजूद, हाज़िर

उपस्थिति–स्त्री. हाज़िरी, मौजूदगी

उपहार–पु. भेंट, सौग़ात

उपहास–पु. निंदासूचक, खिल्ली उड़ाना

उपहासास्पद–वि. हँसने योग्य, उपहास्य

उपाख्यान, उपाख्यानक–पु. छोटी कथा या कहानी, पौराणिक कहानी

उपादान–पु. ग्रहण, स्वीकार

उपाध्यक्ष –[डिप्टी चैयरमेन, डिप्टी स्पीकर] अध्यक्ष का सहायक

उपाध्याय–पु. शिक्षक, वेद-वेदांग पढ़ानेवाला, ब्राह्मणों की एक

उपजाति की उपाधि

उपाय–पु. साधन, युक्ति

उपार्जन–पु. कमाना, पैदा करना, हासिल करना

उपासक–वि. उपासना करनेवाला, आराधक, भक्त

उपाहार–पु. जलपान, नाश्ता

उपेक्षा–स्त्री. अपेक्षा का उलटा, उदासीनता

उपेक्षित–वि. जिसकी उपेक्षा की गई हो

उफ़–अ. पीड़ा, पछतावा आदि का सूचक उद्गार

उफान–स्त्री. उबाल, जोश

उबकाई–स्त्री. कै, मतली

उबटन–पु. सरसों, तिल, चिरौंजी आदि का लेप

उबलना–अ. क्रि. खौलना, उफनना, जोश खाना

उबल पड़ना–क्रुद्ध होकर अंडबंड बकना

उबार–पु. बचाव, छुटकारा, बचत, पर्दा

उबारना–स. क्रि. बचाना, छुड़ाना, उद्धार करना

उबाल–पु. खोलकर ऊपर उठना, क्रोध आदि का भड़क उठना

उबालना–स. क्रि. खौलाना, जोश देना

उभय–वि. दोनों, दो में से प्रत्येक

उभार–पु. उभरने, बढ़ने की क्रिया या अवस्था

उमंग–स्त्री. उल्लास, मौज, जोश, उभार, आकांक्षा

उमँगना–अ. क्रि. उमंग में आना, उल्लसित होना

उमड़ना–अ. क्रि. बढ़कर फैलना, बह चलना

उमा–स्त्री. पार्वती, दुर्गा

उमेठन–स्त्री. ऐंठन, मरोड़

उमेठना–स. क्रि. मरोड़ना, ऐंठना

उम्दा–वि.अच्छा, बढ़िया, उत्तम

उम्मीद–स्त्री. (फ़ा.) आशा, अपेक्षा; गर्भ (ला.)

उम्मीदवार–वि. आशावान, नौकरीया पदविशेष का प्रार्थी; (पु.) काम सीखनेवाला, चुनाव के लिए खड़ा होनेवाला

उरसिज–पु. स्तन, उरोज

उरोज–पु. स्तन, कुच

उर्दू–पु. (तु.) लश्कर, छावनी; स्त्री. हिंदुस्तानी भाषा को वह रूप जो फ़ारसी लिपि में लिखा जाता है

उर्फ़–पु. अधिक प्रचलित नाम, पुकारने का नाम

उर्वरक–पु. [फ़र्टिलाइज़र] रासायनिक खाद

उर्वरता–स्त्री. उपजाऊपन

उर्वरा–स्त्री. उपजाऊ, ज़रख़ेज ज़मीन

उर्वशी–स्त्री. इंद्रलोक की एक प्रसिद्ध अप्सरा

उर्स–पु. (अ.) मुसलमान साधुसंत की बरसी

उलझन–स्त्री. गुत्थी, कठिनाई, चिंता, सोच

उलझना–अ. क्रि. गुँथ जाना, लिपटना, झगड़ा करना

उलझाना–स. क्रि. फँसाना, गुत्थियाँ डाल देना

उलटना–अ. क्रि. औंधा होना, नीचे का ऊपर कर देना

उलट-फेर–पु. उलट-पलट, परिवर्तन

उलटा–वि. विपरीत

–(टी) गंगा बहाना–उलटी रीति चलाना

उलफ़त–स्त्री. (अ.) प्रेम, चाह मुहब्बत

उलाहना–पु. शिकायत, उपालंभ; स. क्रि. दोष देना

उल्का–स्त्री. आकाश से टूटकर गिरने-वाला प्रकाशमय पिंड

उल्था–पु. भाषांतर, तर्जुमा, अनुवाद

उल्लंघन–पु. लाँघना, विरुद्धाचरण

उल्लसित–वि. हर्षयुक्त, मुदित, चमकता हुआ

उल्लास–पु; हर्ष, आह्लाद, उमंग

उल्लू–पु. एक पक्षी जिसे दिन में नहीं दिखाई देता, उलूक; वि. मूर्ख, नासमझ

–का गोश्त खिलाना–बेवकूफ़ बनाना, वश में कर लेना

उल्लेख–पु. चर्चा, ज़िक्र, वर्णन

उल्लेखनीय, उल्लेख्य–वि. उल्लेख करने योग्य

उष:–स्त्री. भोर, तड़का, भोर की लाली

उष:काल–पु. भोर, तड़का

उषा–स्त्री. भोर, प्रत्यूष, तड़का

उष्ण–वि. गरम

उष्णकटिबंध–पु. पृथ्वी का कर्क और मकर रेखाओं के बीच का अधिक गरम भाग

उसाँस–स्त्री. ऊपर को खींची हुई या लंबी साँस

उसूल–पु. (अ.) नियम, क़ायदा, सिद्धांत

उस्ताद–पु. (अ.) गुरु, शिक्षक; वि. प्रवीण, विज्ञ, धूर्त

उस्तुरा–पु. (फ़ा.) छुरा, बाल मूँडने का औज़ार

ऊ

ऊ–देवनागरी का छठा (स्वर) वर्ण

ऊँघना–अ. क्रि. नींद में झूमना

ऊँचा–वि. ऊपर की ओर अधिक उठा हुआ

ऊँचाई–स्त्री. ऊँचा होना, बुलंदी बढ़ाई

ऊँट–पु. बोझ ढोने तथा सवारी के काम आनेवाला एक जानवर, उष्ट्र

–किस करवट बैठता है–देखिये, मामले का क्या नतीजा होती है

ऊँटनी–स्त्री. मादा ऊँट

ऊटपटाँग–वि. बेतुका, असंगत

ऊदबिलाव–पु. नेवले की शक्ल का एक उभयचर जंतु

ऊन–पु. भेड़, दुंबे आदि का कोमल रोम

ऊनी–वि. ऊन का बना, पशमी

ऊपर–अ. ऊँचाई पर, आकाश की ओर

ऊपरी–वि. ऊपर का, बाहरी, दिखाऊ

ऊबना–अ. क्रि. मन का उकता जाना, घबराना

ऊरु–पु. जाँघ, रान

ऊर्ध्व–वि. ऊँचा, सीधा, उठाया हुआ

ऊर्ध्वश्वास–पु. ऊपर को चढ़ने वाली सांस, उलटी साँस

ऊर्मि–स्त्री. लहर, तरंग, प्रवाह, प्रकाश

ऊलजलूल–वि. बेढंगा, अनाड़ी, अशिष्ट

ऋ

ऋ–देवनागरी का सातवाँ (स्वर) वर्ण

ऋग्वेद–पु. चारों वेदों में पहला और प्रधान वेद

ऋचा–स्त्री. वेदमंत्र, ऋग्वेद का मंत्र

ऋजु–वि. सीधा, सरल, सच्चा

ऋण–पु. क़र्ज़, उधार ली हुई रक़म

ऋणमुक्त–वि. जिसने ऋण चुका दिया हो

ऋणी (णिन्)–वि. क़र्ज़दार,उपकृत

ऋतु–स्त्री. मौसम

ऋतुविज्ञान–पु. वायुमंडल में होनेवाले परिवर्तनों का विज्ञान [मीटियरालोजी]

ऋतुमती–वि. स्त्री. रजस्वला

ऋद्धि–स्त्री. संपन्नता, वृद्धि, बढ़ती, उत्कर्ष

ऋद्धि-सिद्धि–स्त्री. धन-दौलत और सफलता

ऋषि–पु. मंत्रद्रष्टा, बहुत बड़ा तपस्वी, मुनि

ए

ए–देवनागरी का आठवाँ (स्वर) वर्ण

एक–पु. पहला अंक या इकाई

–अनार सौ बीमार–चीज़ थोड़ी और चाहनेवाले बहुत

–आँख से सबको देखना–एक सा मानना

–चनाभाड़ नहीं कर सकता–एक आदमी के बस की बात नहीं

–जान दो कालिब–बहुत गहरे दोस्त

–थैली के चट्टे-बट्टे–दोनों एक-से हैं

–न शुद दो शुद–एक बला थी ही, दूसरी और आ पड़ी

–पंथ दो काज–एक उपाय से दो कार्य सिद्ध होना

–से दो होना–ब्याह होना

एकचित्त–वि. एकाग्र, तल्लीन

एकतरफ़ा–वि. एकपक्षीय

एकतानता–स्त्री. [मानोटोनी] नीरस एकरूपता

एकतारा–पु. एक तार का तंबूरा

एकदलीय शासनतंत्र–पु. [टोटेलिटैरियनिज़्म] एक ही दल की शासन-प्रणाली

एकबारगी–अ. एक ही बार में, बिलकुल

एकमंज़िला–वि. एकमंज़िला या तल्लेवाला (मकान)

एकमत–वि. एक या समान मत रखनेवाले

एकलौता–वि. पु. अपने माँ-बाप का अकेला (बेटा)

एकवचन–वि. एक का वाचक [सिंगुलर]

एकसाँ–वि. समान, बराबर

एकड़–पु. एक नाप जो 32 बिस्वे के लगभग होती है

एकता–स्त्री. एक होना, एका, मेल, अभेद

एकत्र–अ. इकट्ठा, यकजा

एकरार–पु. स्वीकार, वादा

एकस्व–पु. [पेटेंट] एकाधिकार देनेवाला सरकारी मुद्रांकित प्रलेख

एकहरा–वि. एक परत का

एकांकी (किन)–वि. एक अंक वाला (दृश्य काव्य)

एकांत–वि. अकेला, अलग

एकांतवास–पु. एकांत स्थान में रहना

एकाकिनी–वि. स्त्री. अकेली

एकाकी (किन)–वि. अकेला

एकाग्र–वि. जिसका ध्यान एक ही वस्तु पर लगा हो

एकात्म–वि. एकप्राण, अभिन्न

एकादशाह–पु. दाह-तिथि के ग्यारहवें दिन का कर्म

एकादशी–स्त्री. प्रत्येक पक्ष की ग्यारहवीं तिथि

एकाधिक–वि. एक से अधिक अनेक

एकाधिकार–पु. इजारा [मोनो पोली]

एकाधिपत्य–पु. एकाधिकार

एजेंट–पु. (अं.) गुमाश्ता

एजेंसी–स्त्री. एजेंट का पद

एतबार–पु. (अ.) विश्वास भरोसा, साख

एतमाद–पुः (अ.) विश्वास, भरोसा

एतराज़–पु. (अ.) विरोध, आपत्ति, दोष निकालना

एलची–पु. (तु.) दूत, राजदूत

एवज–पु. (अ.) स्थानापन्न; अ. बदले में

एहतियात–पु. (अ.) बचाव, चौकसी, होशियारी

एहसान–पु. (अ.) नेकी, भलाई, उपकार, ऋण

ऐ

ऐ–देवनागरी का नवाँ (स्वर) वर्ण

ऐंठ–स्त्री. ऐंठन, अकड़, घमंड, द्वेष

ऐंठना–स. क्रि. मरोड़ना, ले लेना; अ. क्रि. अकड़ना

ऐंद्रजालिक–वि. बाजीगरी जानने-वाला; पु. बाजीगर

ऐंद्रिय–वि. इंद्रिय-संबंधी, इंद्रिय ग्राह्य

ऐच्छिक–वि. इच्छानुसार, वैकल्पिक

ऐतिहासिक–वि. इतिहास-संबंधी

ऐनक–स्त्री. (अ.) चश्मा

ऐब–पु. (अ.) दोष, खोट, बुराई

ऐयाम–पु. (अ.) दिन, समय (योम का बहु.)

ऐयार–पु. धर्त, चालाक, चलता पुरज़ा

ऐयारी–स्त्री. (अ.), धूर्तता, चालाकी

ऐयाश–वि. विलासी, विषया सक्त, कामुक

ऐयाशी–स्त्री. (अ.) विलासिता, कामुकता

ऐरा-ग़ैरा–वि. इधर-उधर का, तुच्छ, नगण्य

–नत्थू-ख़ैरा–जिसकी कोई हैसियत न हो

ऐश्वर्य–पु. ईश्वरता, शक्ति, प्रभुत्व

ऐसा–वि. इस तरह का

ऐहिक–वि. सांसारिक

ओ

ओ–देवनागरी का दसवाँ (स्वर) वर्ण

ओंकार–पु. 'ओम्' मंत्र या इसका उच्चारण

ओखली–स्त्री. धान कूटने की कुंडी

–में सिर देना–कष्ट, हानि सहने को तैयार होना

ओछा–वि. गंभीरता - रहित, छिछोरा

ओज (स्)–पु.बल, वीर्य, तेज

ओजस्विता–स्त्री. प्रताप, तेज, दीप्ति

ओजस्वी–वि. ओजभरा, जोश पैदा करनेवाला

ओझल –पु. ओट, आड़

ओट–स्त्री. आड़, रोक, शरण, सहारा

ओठ–पु. होंठ

ओढ़ना–स. क्रि. किसी कपड़े, खाल आदि से बदन को ढंकना, ज़िम्मे लेना; पु. ओढ़ने की चीज़

ओम्–पु. वेदपाठ के पहले और पीछे कहा जानेवाला शब्द

ओर–स्त्री. तरफ़, दिशा, पक्ष; पु. छोर, अंत, आरंभ

ओला–पु. जलकणों का बर्फीला गोला

ओषधि, ओषधी–स्त्री. वनस्पति, जड़ी-बूटी

ओस–पु. शबनम

–का मोती–क्षणभंगुर

ओह–अ. दुःख या आश्चर्यसूचक शब्द

औ

औ–देवनागरी का ग्यारहवाँ (स्वर) वर्ण

औंधा–वि. जिसका मुँह नीचे की ओर हो, उलटा

औक़ात–पु. (अ.) ('वक़्त' का बहु.); स्त्री. हैसियत

औघड़–पु. अघोरी; वि. अटपट

औचक–अ. अचानक, यकायक

औचित्य–पु. उचित होना, उपयुक्त

औज़ार–पु. (अ.) काम करने का साधन, उपकरण

औढर–वि. थोड़े में प्रसन्न होनेवाला, आशुतोष

औद्योगिक–वि. उद्योग-संबंधी

औद्योगिकीकरण—पु. [इंडस्ट्रियलिज़ेशन] पूरे देश को उद्योगप्रधान बनाना

औने-पौने–अ.कुछ घाटा उठाकर

औपनिवेशिक–वि. उपनिवेश-संबंधी

औपन्यासिक–वि. उपन्यास-संबंधी

औरत–स्त्री. नारी, पत्नी

औरस–वि. वैध, जायज़; पु. जायज़ पुत्र

औषध–स्त्री. दवा, ओपधि

औषधालय–पु. दवाख़ाना

औसत–वि. (अ.) बीच का, साधारण; पु. बीच की संख्या या राशि, परता

क

क–देवनागरी का पहला व्यंजन वर्ण

कंकड़–पु. पत्थर का छोटा टुकड़ा, गिट्टी

कंकाल–पु. हड्डियों का ढाँचा, ठठरी

कंगन–पु. कलाई में पहनने का एक गहना, कंकण

कंगाल–वि. निर्धन, ग़रीब, मुहताज

कंधा–पु. बाल सँवारने का आला

कंघी–स्त्री. छोटा कंघा

कंचन–पु. सोना, धन-दौलत

कंचुकी–स्त्री. चोली, अँगिया

कंजड़–पु. एक ख़ानाबदोश जाति

कंजूस–वि. सूम, कृपण

कंटक–पु. काँटा, नुकीली चीज़ की नोक, बाधा

कंठ–वि. कठस्थ, याद; पु. गला, हलक़, स्वर

–होना–ज़ुबानी याद होना

कंठाग्र–वि. कंठस्थ, बरज़बान

कंथा–स्त्री. गुदड़ी, कथरी

क़ंदील–स्त्री. (अ.) कागज़, मिट्टी या अवरक का लैंप

कंधा–पु. गरदन और बाहुमूल के बीच का भाग

–देना–अरथी होने में कंधा लगाना, मदद देना

–(धे) से कंधा छिलना–भारी भीड़ होना

कंधार–पु. अफ़ग़ानिस्तान का एक नगर और प्रदेश

कंपनी–स्त्री. (अं.) संयुक्त धन से व्यापार करनेवाले व्यक्तियों का समूह, सेना का एक विभाग

कंपोज़िटर–पु. (अं.) टाइप बैठानेवाला

ककड़ी–स्त्री. खीरे जैसा एक फल

कक्ष–पु. काँख, छोटा कमरा

कक्षा–स्त्री. परिधि, दरजा

कच–पु. सिर के बाल, केश

कचनार–पु. एक फूलवाला पेड़

कचरा–पु. कूड़ा-करकट

कचहरी–स्त्री. इजलास, अदालत, जमाव

कचालू–पु. उबाले आलू का चटपटा व्यंजन

कचूमर–पु. कुचली हुई चीज़, भर्ता

कच्चा–वि. अनपका, अपक्व, हरा (फल)

–(च्ची) गोटी (गोली) खेलना–अनाड़ी, अनुभवहीन होना

कच्चा चिट्ठा–पु. पूरा विवरण, सच्चा हाल

कच्चा माल–पु. वह वस्तु जिससे (शिल्प द्वारा) कोई चीज़ बनाई जाय (जैसे कपड़े के लिए रुई)

कच्ची कली–स्त्री मुँहबँधी कली, अप्राप्त-यौवना स्त्री

कच्ची ज़बान–स्त्री. गाली, अपशब्द

कच्ची-पक्की बात–स्त्री. अपशब्द, गाली

कच्ची सड़क–स्त्री. मिट्टी की सड़क

कच्ची सिलाई–स्त्री. बखिया करने के पहले डाला हुआ टाँका

कछुआ–पु. एक प्रसिद्ध जल जन्तु, कच्छप

कजली–स्त्री. कालिख, स्त्रियों का एक त्योहार, इस अवसर का गीत

क़ज़ा–स्त्री. (अ.) नियति, भाग्य, मृत्यु

क़ज़्ज़ाक–पु. (तु.) एशियाई रूस की एक तुर्क जाति

कटना–अ. क्रि. दो टुकड़े होना, टुकड़े होना

कटाक्ष–पु. तिरछी निगाह, चोट, आक्षेप

कटार–स्त्री. एक दुधारा हथियार, ख़ंजर

कटारी–स्त्री. छोटी कटार

कटाव–पु. काट

कटि–स्त्री. कमर

कटीला–वि. काँटेदार, नुकीला, तीक्ष्ण, पैना

कटु–वि. कड़वा, चरपरा, अप्रिय

कटोरा–पु. फूल, काँसे आदि का प्याला

–चलाना–मंत्र द्वारा चोर का पता लगाना

कटोरी–स्त्री. छोटा कटोरा

कटौती–स्त्री. किसी रक़म में से कुछ काट लेना

कट्टर–वि. असहिष्णु, दुराग्रही, दृढ़

कठिन–वि. कड़ा, सख़्त, दुस्साध्य

कठिनाई–स्त्री. कठिन, दुस्साध्य होना

कठोर–वि. कड़ा सख़्त, निष्ठुर

कठोरता–स्त्री. कड़ापन, सख़्ती, निर्दयता

कड़वा–वि. झालदार, कटु

कड़ा–वि. सख़्त, कठोर

कड़ी–स्त्री. ज़ंजीर का एक छल्ला

कढ़ाई–स्त्री. वेलबूटे बनाने का काम या उजरत

कढ़ी–स्त्री. लपसी जैसा एक नमकीन व्यंजन

कण–पु. अनाज का एक दाना, रवा

कणाब–पु. वैशेषिक दर्शन के प्रवर्तक उलूक मुनि

क़तई–वि.(अ.) पक्का, निश्चित, एकदम

कतरन–स्त्री, कपड़, काग़ज़ आदि के रद्दी टुकड़े

कतर-ब्योंत–स्त्री. काट-छाँट, किफ़ा-यतशारी

कतराना–अ. क्रि. हटकर निकल जाना

क़तार–स्त्री. (अ.) पाँत, पंक्ति, क्रम

कतिपय–वि. कई, कुछ
कत्थई–वि. कत्थे के रंग का, खैरा; पु. कत्थई रंग
कत्थक–पु. गाने-बजानेवाली एक हिन्दू जाति
कत्थक नृत्य–पु. कत्थकों में प्रचलित एक प्रकार का नाच
क़त्ल–पु. (अ.) जान से मार डालना, वध, हत्या
क़त्ल की रात–स्त्री. मुहर्रम की दसवीं रात
क़त्लेआम–पु. अंधाधुंध वध
कथा–स्त्री. कहानी, कल्पित कहानी
कथानक–पु. छोटी कथा, कहानी का खुलासा
कथावस्तु–स्त्री. कथा का मूल रूप
कथोपकथन–पु. बातचीत, संवाद
क़द–पु. (फ़ा.) डील, देह की ऊँचाई, लंबाई
क़दम–पु. (अ.) पाँव, डग, पदचिह्न
–क़दम उठाना–आगे बढ़ना
–पर क़दम रखना–पीछे-पीछे चलना, अनुसरण करना
कदाचार–पु. बुरा, कुत्सित आचार
कदाचित्–अ. कभी, शायद
कदापि–अ. कभी, हर्गिज़
क़दीम–वि.(अ.) पुराना, प्राचीन
कद्दावर–वि. (अ.) बड़े डील-डौल का, लंबा-चौड़ा
क़द्र–स्त्री. (अ.) बड़ाई, इज़्ज़त, दरजा, मरतबा
क़द्रवान–वि. क़द्र समझनेवाला
कन–पु. कण, 'कान' का समास में व्यवहृत रूप
कनक–पु. सोना
कनकौवा–पु. बड़ा पतंग, गुड्डी
कनवास–पु. (अं. 'कैनवस') चित्रफलक, 'किरमिच'
कनस्तर–पु. (अं. 'कनिस्टर') टीन का चौखूँटा पीपा
क़नात–स्त्री. (तु.) कपड़े की दीवार जो ख़ेमे या किसी खुले स्थान के चारों ओर खड़ी करते हैं
कनिष्ठ–वि. उम्र में सबसे छोटा, छोटा, अत्यल्प
कनेर, कनैर–पु. एक पौधा जिसमें सफेद, पीले और लाल रंग के फूल लगते हैं, करवीर
कनौजिया–वि. कन्नौज का रहनेवाला ; पु. कान्यकुब्ज ब्राह्मण
कन्नी–स्त्री. किनारा, हाशिया, कोर
–काटना–कतराना, किनारे से निकल जाना
कन्या–स्त्री. लड़की, क्वारी लड़की
कन्याकुमारी–स्त्री. एक अंतरीप जो भारत की दक्षिणी स्थल सीमा है
कन्हैया–पु. कृष्ण, सुन्दर बालक,

प्रियजन

कपट–पु. बनावटी व्यवहार, छल, धोखा

कपटी–वि. छल–कपट करनेवाला, फ़रेबी

कपड़ा–पु. कंपास आदि की बनी हुई वस्तु, पहनावा

–रँगना–गेरुआ बाना लेना, विरक्त होना

–(ड़े) से होना–रजस्वला होना

कपाट–पु. किवाड़, दरवाज़ा

कपाल–पु. खोपड़ी, मस्तक, भाग्य-लेख

कपास–स्त्री. एक पौधा जिसके डोंड़े से रुई निकलती है

कपि–पु. बंदर, हाथी, सूर्य

कपिला–वि. स्त्री. भूरे या बादामी रंगवाली; स्त्री. भूरे या सफ़ेद रंग की गाय

कपूर–पु. स्फटिक के रंग-रूप का एक गंध-द्रव्य

कपोत–पु. कबूतर, पंडुक, चिड़िया

कप्तान–पु. (अं. 'कैप्टेन') सेना का एक अफ़सर, पुलिस सुपरिंटेंडेंट

कफ–पु. बलगम

कफ़–पु. (अं.) क़मीज़ आदि की आस्तीन का वह भाग जिसमें बटन लगता है, खाँसी

कफ़न–पु. मुर्दे पर लपेटा जानेवाला कपड़ा

कफ़नखसोट–वि. कंजूस, दूसरे का माल हड़पनेवाला

कबाब–पु. (फ़ा.) कुटे हुए मांस का एक व्यंजन ; वि. भुना हुआ, जला-भुना

–होना–जलना - भुनना, अति क्रुद्ध होना

क़वाहत–स्त्री. (अ.) कठिनाई, ख़राबी, दोष, झंझट

कबीर–वि. (अ.) सम्मानित; पु. एक प्रसिद्ध संत

कबीरपंथी–पु. कबीर के पंथ का अनुयायी

क़बीला–पु. (अ.) कुल, वंश, जाति

कबूतर–पु. एक प्रसिद्ध पक्षी, कपोत

क़ब्ज़–पु. (अ.) पकड़, पेट साफ़ न होना

क़ब्ज़ा–पु. (अ.) दख़ल, अधिकार

क़ब्र–स्त्री. (अ.) वह गढ़ा जिसमें मुर्दा गाड़ा जाय

क़ब्रिस्तान–पु. (अ.) वह स्थान जहाँ मुर्दे गाड़े जाएँ

ब्ल–अ. (अ.) पहले, पेश्तर, आगे

कभी–अ.(कब+ही) किसी समय

कम–वि. (फ़ा.) थोड़ा, ख़राब; अ. क्वचित्

कमअक़्ल–वि. मूर्ख, निर्बुद्धि

कमअसल–वि. दोगला, कमीना, नीच

कमउम्र–वि. छोटी उम्रवाला, अल्पवयस्क

कमनज़र–वि. अदूरदर्शी

कमनीय–वि.चाहने योग्य, सुन्दर
कमर–स्त्री. (फ़ा.) शरीर को मध्य, कटि
–टूटना–हिम्मत पस्त होना
–बाँधना–किसी काम के लिए तैयार होना
–सीधी करना–थकावट मिटाना
कमरबंद–पु. इजारबंद ; वि. कटिबद्ध, मुस्तैद
कमल–पु. पानी में होनेवाला एक पौधा और उसका फूल, पद्म
कमलनाल–स्त्री. कमल की डंडी
कमलवायु–स्त्री. पीलिया
कमसिन–वि. छोटी उम्र का
कमाई–स्त्री. परिश्रम से पैदा किया हुआ पैसा या माल
कमान–स्त्री. (अं. 'कमांड') आदेश, हुक्म, फ़ौजी ड्यूटी
कमाना–स. क्रि. श्रम-उद्यम से पैसा पैदा करना
कमाल–पु. (अ.) पूर्णता, पराकाष्ठा, निपुणता
कमिश्नरी–स्त्री. (अं.) कमिश्नर के अधीन प्रदेश, कमिश्नर की कचहरी
कमी–स्त्री. कम होना
क़मीज़–स्त्री. कफ़ और कालरदार कुरता [शर्ट]
कमीशन–पु. (अं.) किसी विषय को जाँच आदि के लिए नियुक्त समिति, दलाली, दस्तूरी
कमेटी–स्त्री. (अं.) समिति
क़याम–पु. (अ.) ठिकाना, ठहराव
क़यामत–स्त्री. (अ.) प्रलय, आफ़त, हंगामा
कर–पु. हाथ, किरण, महसूल
करघा–पु. कपड़े बुनने का यंत्र
करण–पु. करना, साधन बताने वाला कारक (व्या.)
करतब–पु. काम, कर्म, हुनर
करतबी–वि. गुणी, पुरुषार्थी, करतब दिखानेवाला
करतल–पु. हथेली
करताल–पु. एक बाजा
करतूत–स्त्री. काम, करनी, निंद्य कर्म, गुण, कला
करना–स. क्रि. किसी काम के होने में यत्नवान् होना
करनिर्धारण–पु. [असेसमेंट] मूल्य या लाभादि की मात्रा के आधार पर निश्चित कर
करनी–स्त्री. कर्म, करतूत
करबला – स्त्री (अ.) ताज़िए दफ़नाने का स्थान
करमकल्ला–पु. पत्तेवाली गोभी, पातगोभी
करवट–स्त्री. दाहिने या बायें बाज़ू लेटना, पहलू, बाज़ू
कर (रि) श्मा–पु. (फ़ा.) अनोखी बात, करामात
करौंकुल–पु. क्रौंच पक्षी
करापवंचन–पु. [इवेज़न ऑव टैक्स] ऐसी हिकमत जिससे कर न देना पड़े

करामात–स्त्री. (अ.) चमत्कार, सिद्धि, अचरजभरी वात

क़रार–पु. (अ.) ठहराव, चैन, प्रतिज्ञा, इक़रार

करारा–वि. कड़ा, तेज़, दृढ़, ख़ूब सिंका हुआ

कराह–स्त्री. दर्द या पीड़ा की आवाज़, आह

क़रीना–पु. (अ.) मेल, समानता, ढंग

क़रीब–वि. (अ.) समीपी; अ. पास, लगभग

करीम–वि. (अ.) उदार, दयालु, नेक; पु. ईश्वर

करुण–पु. अनुकंपा, दया, एक काव्यरस

करुणामय–वि. दयालु

करोड़–वि. सौ लाख; पु. सौ लाख की संख्या

करोड़पती–वि. जिसके पास करोड़ों रुपये हों

कर्कश–वि. कठोर, खुरदरा

क़र्ज़–पु. (अ.) ऋण, उधार देना

कर्ण–पु. कान, नाव की पतवार, त्रिभुज के समकोण के सामने की भुजा

कर्णगोचर–वि. जो सुना जा सके

कर्णफूल–पु. कान का एक गहना

कर्तव्य–वि. जिसे करना उचित हो; पु. फ़र्ज़

कर्ता–वि. करनेवाला, बनानेवाला; पु. विधाता, करनेवाला; क्रिया के करनेवाले का बोधक कारक (व्या.)

कर्दम–पु. कीचड़, मांस, पाप

कर्म–पु. शास्त्रविहित कर्म, काम, क्रिया

कर्मक्षेत्र–पु. कर्मभूमि, कार्यक्षेत्र

कर्मचारा–पु. काम करनेवाला, अहलकार

कर्मठ–वि. काम में कुशल, कर्मनिष्ठ

कर्मणा–अ. कर्म से, कर्मत:

कर्मण्य–वि. कर्मकुशल, उद्यमी

कर्मफल–पु. पूर्वजन्म में किए हुए कर्मों का फल

कर्मयोग–पु. कर्ममार्ग की साधना

कर्मवाच्य–पु. कर्म-प्रधान क्रिया (व्या.)

कर्मशील–वि. उद्योगी, परिश्रमी

कर्महीन–वि. जिससे कोई अच्छा कार्य न हो, हतभाग्य

कलंक–पु. धब्बा, काला दाग़, लांछन

क़लंदर–पु. (अ.) मुसलमान साधुओं का एक समुदाय

कल–वि. मधुर, सुहावना

कल–अ. अगले या पिछले दिन

–की कल पर है–आगे की बात आगे

कल–स्त्री. चैन, आराम, शांति

क़लई–स्त्री. राँगा

कलक्टर–पु. (अं.) जिले में माल का सबसे बड़ा अफ़सर

कलफ़–पु. धुले कपड़े में कड़ाई के लिए लगायी हुई माड़ी

क़लम–स्त्री. काटना, लेखनी, किसी पेड़–पौधे की टहनी जो नया पेड़ तैयार करने के लिए काटी जाय, ऐसी टहनी से लगाया हुआ पौधा

–तोड़ना–अनूठी बात कहना

क़लमकार–पु. लेखक, चित्रकार

कलमा–पु. (अ.) सार्थक शब्द, मुसलिम धर्म-विश्वास का मूल मंत्र है

कलरव–पु. कोमल मधुर ध्वनि

कलश, कलस–पु. घड़ा, मंदिर आदि का शिखर

कलह–पु. झगड़ा, लड़ाई, युद्ध

कला–स्त्री. अंश, छोटा भाग, हुनर, गुण

कलाई–स्त्री. गट्टा

कलाकार–पु. ललित कलाओं में से किसी को जानने, उससे जीविका कमानेवाला, [आर्टिस्ट]

कलाबत्तू–पु. रेशम के धागे पर लपेटा हुआ सोने या चाँदी का तार, सोने-चाँदी का तार

कलाम–पु. (अ.) वचन, बातचीत, रचना, एतराज़

कलावंत–वि. कला-कुशल

कलिका–स्त्री. कली, एक छंद, वीणामूल

क़लिया–पु. (अ.) पकाया हुआ रसेदार मांस

कला–स्त्री-मुंहबँधा फल

कलुष–पु. मैल, गंदगी, पाप, क्रोध

कलेजा–पु. जिगर, साहस, अतिप्रिय व्यक्ति या वस्तु

–उछलना–हर्ष, उद्वेग आदि से दिल का धड़कना

–ठण्डा होना–मन को शांति मिलना

–पत्थर का करना–असह्य दुःख के सहन के लिए जी कड़ी करना

–(जे) का टुकड़ा–सन्तान, बेटा

–(जे) पर साँप लोटना–ईर्ष्या से जल उठना

कलेवर–पु. देह, चोला, डील, आकार

कल्पना–स्त्री. रचना, कोई नयी बात सोचना

कल्पित–वि. सोचा हुआ, मन से गढ़ा हुआ

कल्मष–पु. मल, मैल, पाप

कल्याण–पु. मंगल, भलाई, सुख-सौभाग्य

कवच–पु. बख़्तर, वर्म, छिलका

कवयित्री–स्त्री. काव्य-रचना करनेवाली स्त्री

क़वायद–पु. (अ.) नियमावली, कार्यविधि; स्त्री. व्याकरण, परेड

कवि–पु. कविता करनेवाला, शायर

कविता–स्त्री. रसात्मक छंदोबद्ध रचना

कवित्त–पु. कविता, एक वर्णवत्त

कवित्व–पु. काव्य-रचना की शक्ति
कशिश–स्त्री. (फ़ा.) खिंचाव
कशीदा–पु. बेल-बूटा, गुलकारी
कष्ट–पु. पीड़ा, व्यथा, पाप
कस–पु.ज़ोर, बल, दृढ़ता, मज़बूती
कसक–स्त्री. रह-रहकर होनेवाली पीड़ा
कसना–स. क्रि. बंधन या तनाव को कड़ा करना
क़सबा–पु. (अ.) छोटा शहर
क़सम–स्त्री. (अ.) शपथ, सौगंध
कसमसाना–अ.क्रि. रगड़ खाते हुए हिलना, कुलबुलाना
कसर–स्त्री. (अ.) कमी, न्यूनता
कसरत–स्त्री. (अ.) व्यायाम
कसाई–पु. (अ.) मांस-विक्रेता, बूचड़
क़सीदा–पु. (अ.) प्रशंसात्मक या (कभी-कभी) निंदात्मक शायरी
कसौटी–स्त्री. सोना परखने का पत्थर
कस्तूरी–स्त्री. एक सुगन्धित पदार्थ जो एक तरह के नर हिरन की नाभि के पास की गाँठ में पैदा होता और दवा के काम आता है
कहत–पु. (अ.) अवर्षण, अकाल
कहना–स. क्रि. शब्द द्वारा भाव प्रकाश करना, बोलना
कहलवाना–स. क्रि. दूसरे के जरिये किसी से कुछ कहना
क़हवा–पु. (अ.) कॉफ़ी
कहाँ–अ. किस जगह
कहानी–स्त्री. कथा, वृत्तान्त, आख्यायिका
कहावत–स्त्री. मसल, लोकोक्ति, उक्ति, कथन
कांग्रेस–स्त्री. (अं.) सम्मेलन, वार्षिक बैठक, इण्डियन नेशनल कांग्रेस
कांग्रेसी–वि. कांग्रेस से सम्बद्ध ; पु. कांग्रेस का अनुयायी
काँच–पु. शीशा
कांजीहाउस–पु. (अं.) प्काइनहाउस] मवेशीख़ाना
कांड–पु. अंश, ग्रंथ का विभाग, परिच्छेद, घटना
कांत–वि. प्रिय, मनोरम, शोभन
कांति–स्त्री. सौन्दर्य, चमक, दीप्ति
काँपना–अ. क्रि. हिलना, डर से हिलना, थर्राना
कांस्य–पु. ताँबे और जस्ते के मेल से बनी एक धातु
काइयाँ–वि. धूर्त, चालाक
काक–पु. कौआ
काकचेष्टा–स्त्री. कौए की तरह चौकन्ना रहना
काकातुआ–पु. बड़ा तोता जिसके सिर पर चोटी होती है
काकुल–स्त्री. (फ़ा.) कनपटी पर लटकते हुए बाल, ज़ुल्फ़
काकोदर–पु. (सं.) साँप
काक्ष–पु. (सं.) कटाक्ष, चढ़ी हुई त्योरी

काज–पु. काम, कार्य, धंधा, अर्थ

काजल–पु. दिये के धुएँ की कालिख

क़ाज़ी–पु. (अ.) मुसलमान न्यायाधीश

काटना–स. क्रि. छुरी-क़ैंची आदि से किसी चीज़ के टुकड़े करना

–(ने) दौड़ना–बहुत गुस्से में बोलना

काटो तो ख़ून नहीं – अचानक भयादि से स्तब्ध होना

काठी–स्त्री. अंग्रेज़ी ढंग की ज़ीन, देह की गठन

कातिब–पु. (अ.) लीथो प्रेस के लिए कापी लिखनेवाला

क़ातिल–पु. (अ.) क़त्ल करनेवाला, हत्यारा

कादंबरी–स्त्री. कदंब के फूलों की शराब, शराब, बाणभट्ट-रचित प्रसिद्ध गद्यकाव्य और उसकी नायिका

कान–पु. शब्दबोध की इंद्रिय

–का कच्चा–सुनी-सुनाई बात पर विश्वास कर लेनेवाला

–पकड़ना–भूल न दुहराने की प्रतिज्ञा करना, तोबा करना

–पर जूं न रेंगना–तनिक भी परवाह न होना

–भर जाना – सुनते-सुनते ऊब जाना

कानन–पु. वन, जंगल, बाग, घर

क़ानून–पु. (अ.) राजनियम

क़ानूनन्–अ. (अ.) क़ानून के मुताबिक़, नियमतः

कान्यकुब्ज–पु. एक प्राचीन जनपद या वहाँ का निवासी

कापी–स्त्री. (अं.) नक़ल, प्रतिलिपि, काग़ज़ की बही

कपुरुष–पु. कायर, नीच, कुत्सित पुरुष

क़ाफ़िया–पु. (अ.) तुक,अंत्यानुप्रास

क़ाफ़िर–पु. (अ.) मुस्लिम धर्म न माननेवाला, नास्तिक

क़ाफ़िला–पु. (अ.) यात्रियों, माल ले जानेवालों का समूह

काफ़ी–स्त्री. (अं.) क़हवा ; वि. (अ.) पर्याप्त, बहुत

क़ाबिज़–वि. (अ.) क़ब्ज़ा करने, रखने वाला

क़ाबिल–वि. (अ.) योग्य, लायक़, विद्वान्

काबुल–पु. अफ़ग़ानिस्तान की राजधानी

काम–पु. इच्छा, चाह, कामना, संभोग की इच्छा

काम–पु. जो कुछ किया जाय, कर्म, अर्थ

–तमाम करना – काम पूरा करना, मार डालना

कामकाज–पु. काम-धंधा, कारबार

कामचलाऊ–वि जिससे काम निकल जाए

कामचोर–वि. काम से जी चुरानेवाला

कामदेव–पु. काम का देवता, रति-पति

कामधेनु–स्त्री. स्वर्ग की गाय जो सब कामनाएँ पूरी करती है

कामना–स्त्री. इच्छा, चाह

कामरेड–पु. (अं.) साथी, साथ काम करनेवाला

कामांध–वि. कामातुर

कामिनी–स्त्री. कामवती नारी, सुन्दर स्त्री

कामोन्माद–पु. कामवासना से उत्पन्न व्याधि

काय–पु. शरीर, देह, पेड़ का तना

क़ायदा–पु. (अ.) नियम, ढंग, विधान, क्रम

क़ायम–वि. (अ.) खड़ा हुआ, ठहरा हुआ

कायर–वि. डरपोक, बुज़दिल

क़ायल–वि. (अ.) माननेवाला

काया–स्त्री. देह, शरीर

कारक–पु. संज्ञा या सर्वनाम का वह रूप जिससे वाक्य में दूसरे शब्दों के साथ उसका सम्बन्ध प्रकट होता है; वि. करनेवाला

कारख़ाना–पु. फ़ैक्टरी

कारण–पु. किसी बात के होने का हेतु

कारतूस–पु. बन्दूक़, तमंचे आदि की गोली

कारनामा–पु. प्रशंसनीय काम

कारबार–पु. काम-काज, रोज़गार, व्यापार

कारवाँ–पु. (फ़ा.) क़ाफ़िला

कारा–स्त्री. क़ैद, क़ैदख़ाना

कारागार (गृह) – पु. क़ैदख़ाना

कारिंदा–पु. काम करनेवाला, कर्मचारी, गुमाश्ता

कारीगर–पु. (फ़ा.) दस्तकार, शिल्पी

कारीगरी–स्त्री. (फ़ा.) शिल्प, दस्तकारी, शिल्प-कौशल

कारुणिक–वि. दयाशील, करुणा करनेवाला

कार्य–पु. कर्तव्य, काम, धन्धा

कार्यकाल–पु. किसी पद पर रहने का काल

कार्यपालिका - शक्ति – स्त्री. [एक्ज़ीक्यूटिव पावर] विधि, आज्ञप्ति, न्यायिक अभिनिर्णय आदि को कार्य में परिणत कराने, पालन कराने की शक्ति

कार्यस्थगन-प्रस्ताव–पु. [एडजर्नमेंट मोशन] किसी अत्यन्त आवश्यक एवं सार्वजनिक महत्त्व के प्रश्न पर विचार करने के लिए विधानसभा आदि में रखा गया प्रस्ताव जिसमें प्रार्थना की जाती है कि अन्य कार्य छोड़कर पहले इसी पर विचार किया जाय

कार्यालय–पु. काम करने का स्थान, दफ़्तर

काल–पु. समय, अवसर, अवधि

कालक्रम–पु. समय की गति

कालक्षेप–पु. समय बिताना, दिन काटना

कालवाचक–वि. जिससे समय का बोध हो

कालांतर–पु. दूसरा समय, अन्य काल

काला–वि. कोयले के रंग का, स्याह

कालाचोर–पु. भारी चोर

कालापानी–पु.आजीवन क़ैद की सज़ा

कालिंदी–स्त्री. यमुना नदी

कालिका–स्त्री. देवी की एक मूर्ति, चंडिका

कालिदास–पु. संस्कृत के एक सर्वश्रेष्ठ कवि

काली–स्त्री. पार्वती, दुर्गा, कालिका

क़ालीन–पु. (अ.) वड़ा गलीचा, गलीचा

काले कोस, काले कोसों–अ. बहुत दूर

काव्य–पु. रसात्मक वाक्यरचना, कविता

काश्त–स्त्री. (फ़ा.) खेती, जोत

काश्तकार–पु. खेतिहर

काहिल–वि० (अ.) सुस्त, आलसी, कामचोर

काहिली–स्त्री. (अ.) सुस्ती, आलस्य, ढिलाई

किंकर्तव्यविमूढ़–वि. भौचक्का

कितना–वि. किस मात्रा या गिनती का

किताब–स्त्री. (अ.) लिखी हुई चीज़, पोथी, बही

किताबी–वि. किताब से सम्बद्ध, पुस्तकीय

किनारा–पु. (फ़ा.) तट, तीर

किफ़ायत–स्त्री. कमख़र्ची

किरण–स्त्री. ज्योति से प्रवाहरूप में निकलनेवाली रेखा

किरमिच–पु. एक तरह का चिकना मोटा कपड़ा जिसके परदे, जूते आदि बनते हैं

किरानी–पु. अंग्रेज़ी दफ़्तर का क्लर्क

किराया–पु. भाड़ा

किरासन–पु. मिट्टी का तेल [कैरोसिन]

क़िला–पु. (अ.) गढ़, दुर्ग

क़िल्लत–स्त्री. (अ.) कमी, तंगी, दुर्लभता

किवाड़–पु. कपाट

किशमिश–स्त्री. सुखाया हुआ छोटा अंगूर

किशोर–पु. 11 से 15 तक की उम्र वाला लड़का, बेटा

किसान–पु. खेतिहर, काश्तकार

क़िस्त–स्त्री. (अ.) अंश, लगान आदि का देय भाग, देन

क़िस्मत–स्त्री. (अ.) अंश, भाग, भाग्य, तक़दीर

क़िस्सा–पु. (अ.) कहानी, ज़िक्र, वृत्तान्त

कीट–पु. जमा हुआ मैल, कीड़ा

कीटाणु–पु. वे छोटे-छोटे कीड़े जो रोगों के मूल कारण माने जाते हैं

कीड़ा–पु. रेंगने या उड़ने वाले क्षुद्र जन्तु
क़ीमत–स्त्री. (अ.) मूल्य, दाम, गुण, योग्यता
क़ीमती–वि. (अ.) बहुमूल्य
क़ीमा–पु. (अ.) छोटे-छोटे टुकड़ों में कटा हुआ मांस
कीमिया–स्त्री. (अ.) रसायनविद्या
कीर्तन–पु. कीर्ति-वर्णन
कीर्ति–स्त्री. यश, ख्याति
कीर्तिस्तंभ–पु. स्मारकस्वरूप स्तंभ
कुँअर–पु. कुमार, लड़का, राजकुमार
कुंकुम–पु. केसर, रोली, कुंकुमा
कुंज–पु. लता आदि से ढका स्थान
कुंठित–वि. कुंद या भोथरा किया हुआ, मूर्ख
कुच–पु. स्तन, उरोज
कुचलना–स. क्रि. ज़ोर से दबाना, मसलना, रौंदना
कुछ–वि. थोड़ा-सा, तनिक
कुटनी–स्त्री. किसी स्त्री को बहका-फुसलाकर परपुरुष से मिलानेवाली स्त्री
कुटिया–स्त्री. घास-फूस का बना छोटा घर, कुटी
कुटी–स्त्री. कुटिया, झोपड़ी
कुटीर–पु. कुटी, कुटिया
कुठाराघात–पु. कुल्हाड़ी का भाव, घातक चोट
कुतिया–स्त्री. कुत्ते की मादा
कुतुब–पु. (अ.) किताब का बहुवचन, ध्रुवतारा
कुतुबख़ाना–पु. पुस्तकालय
कुतुबनुमा–पु. एक यन्त्र जिसकी सुई का एक सिरा सदा उत्तरी ध्रुव की ओर रहता है
कुतूहल–पु. जानने या देखने की उत्कट इच्छा
कुत्सा–स्त्री. निन्दा, गर्हणा
कुदरत–स्त्री. (अ.) ईश्वरीय शक्ति, प्रकृति, शक्ति
कुनबा–पु. कुटुंब, परिवार
कुनैन–स्त्री. (अं. 'क्विनीन') एक कड़वा सत जो प्रायः मलेरिया ज्वर में दिया जाता है
कुफ़्र–पु. (अ.) ईश्वर के अस्तित्व से इनकार
कुबेर–पु. धन-समृद्धि के देवता, यक्ष-राज
कुमक–स्त्री. (फ़ा.) सहायता, सहायतार्थ भेजी हुई सेना
कुमार–पु. वेटा, लड़का
कुमारी–स्त्री. 10 से 12 वर्ष तक की कन्या
कुमुद–पु. कुई, रक्त, कमल
कुम्हार–पु. मिट्टी के बरतन वनानेवाला, कुंभकार
कुरबानी–स्त्री. (अ.) बकरीद के दिन पशुबलि, आत्मत्याग
कुर्क़ी–स्त्री. (तु.) वसूली के लिए

माल या जायदाद का ज़ब्त किया जाना

कुल–वि. सब, सारा; पु. वंश, घराना, गोत्र

कुलटा–स्त्री. व्यभिचारिणी

कुलधर्म–पु. कुल का क्रमागत धर्म, कुलरीति

कुलवधू–स्त्री. भले घर की स्त्री

कुली–पु. (तु.) बोझ ढोनेवाला, मज़दूर

कुलीन–वि. ऊँचे कुल में जनमा हुआ, शुद्ध, निर्मल

कुलीनतंत्र–पु. [आलिगैर्की] उच्च कुल के व्यक्तियों द्वारा शासन चलाने की पद्धति

कुल्हड़–पु. पुरवा, मिट्टी का छोटा जलपात्र

कुशल–वि. चतुर, होशियार; स्त्री. क्षेम, मंगल

कुशादा–वि. (फ़ा.) फैला हुआ, लम्बा-चौड़ा

कुशीनगर–पु. बुद्ध का निर्वाणस्थल, कसया

कुश्ता–पु. (फ़ा.) धातु या औषध-द्रव्य का भस्म

कुश्ती–स्त्री. (फ़ा.) दो आदमियों का गुथकर लड़ना, मल्लयुद्ध

कुष्ठ–पु. कोढ़

कुसुम–पु. फूल, स्त्री का रज

कुसुमाकर–पु. बाग, वसंत

कुसुमित–वि. फूला हुआ, पुष्पित

कुसूर–पु. (अ.) जुर्म, अपराध, भूल-चूक

कुहक–स्त्री. मोर या कोयल का बोल

कुहराम–पु. रोना-पीटना, वावैला, कोलाहल

कूंची–स्त्री. ब्रश, तूलिका

कूक–स्त्री. कोयल की बोली, घड़ी आदि में कुंजी देना

कूच–पु. (फ़ा.) एक से दूसरी जगह जाना

कूचा–पु. (फ़ा.) गली, सँकरा रास्ता

कूट–पु. छल-कपट, जटिल प्रश्न, व्यंग्य

कूट योजना–स्त्री. कुचक्र, षड्यंत्र

कूटना–स. क्रि. किसी चीज़ को लगातार पीटना

कूटार्थ–पु. जल्दी समझ में न आनेवाला, गूढ़ अर्थ

कूत–स्त्री. अन्दाज़ा, तख़मीना

कतना–स. कि. अन्दाज़ा, तख़मीना करना

कूद–स्त्री. कूदने की क्रिया, कुदान

कूप–पु. कुआँ, गड्ढा, छेद

कूबड़–पु. पीठ पर निकली हुई हड्डी

कूल–पु. नदी आदि का किनारा, तट

कृत–वि. किया हुआ, बनाया हुआ

कृतकार्य–वि. सफल मनोरथ

कृतकृत्य–वि. सफल मनोरथ, कृतार्थ

कृतघ्न–वि. नेकी, उपकार न मानने-वाला

कृति–स्त्री. क्रिया, काम, रचना, जादू

कृति-स्वाम्य–पु. [कॉपीराइट] किसी लेख, पुस्तक आदि को पुनः प्रकाशित करने, बेचने आदि का अधिकार

कृत्रिम–वि. बनाया हुआ, बनावटी

कृत्रिम गर्भारोपग–पु. [आर्टिफ़िशल इनसेमिनेशन] कृत्रिम उपायों द्वारा गर्भाधान कराना

कृपया–अ. कृपापूर्वक, कृपा करके

कृपा–स्त्री. अनुग्रह, दया

कृपाण–पु. तलवार, छुरी, कटारी

कृपालु–वि. कृपायुक्त, दयालु

कृमि–पु. कीड़ा, मकड़ा, चींटी, लाख

कृश–वि. दुबला, कमज़ोर, थोड़ा, अकिंचन

कृषि–स्त्री. जोतना-बोना, खेती, ज़मीन जोतना

कृषिगंत्र–पु. ट्रैक्टर

कृष्ण–वि. काला, श्याम ; पु. विष्णु का आठवाँ अवतार

केंद्र–पु. वृत्त का मध्य बिन्दु [सेंटर]

केंद्रित–वि. केंद्र में स्थित, एकत्रीभूत

केंद्रीय–वि. केंद्र-संबंधी

केतकी–स्त्री. एक फूल, केवड़ा

केदारा–पु. एक राग

केरल–पु. आधुनिक मलाबार

केलि–स्त्री. क्रीड़ा, कामक्रीड़ा, रति

केवट–पु. मल्लाह

केवड़ा–पु. सफेद केतकी, उसका फूल या फूल का अर्क़

केश–पु. सिर के बाल

केशव–पु. विष्णु, परमेश्वर, एक महाकवि

केसर–पु. कुमकुम, ज़ाफ़रान

केसरिया–वि. केसर के रंग का

क़ैंची–स्त्री. (तु.) कतरनी

क़ैद–स्त्री. (अ.) बन्धन, कारावास

कैफ़ि (फ़ी) यत–स्त्री. (अ.) हाल, विवरण, लुत्फ़, आनंद

क़ैसर–पु. (अ.) सम्राट्, जर्मनी के पूर्व सम्राटों की उपाधि

कोंपल–स्त्री. नयी कोमल पत्ती, कल्ला

कोई–सर्व. अज्ञात, अनिर्दिष्ट वस्तु या व्यक्ति, चाहे जो एक

कोकिल–पु. कोयल

कोकीन–पु. दे. 'कोकेन'

कोकेन–पु. (अं.) कोका की पत्तियों से बना नशीला द्रव्य

कोटा–पु. (अं.) देने या लेने के लिए निर्धारित अंश

कोटि–स्त्री. सिरा, परमोत्कर्ष, करोड़ की संख्या

कोटिशः–अ. करोड़ों, अगणित बार या तरह से

कोठा–पु. बड़ा कमरा, अटारी

कोठार–पु. भंडार, बखार

कोठी–स्त्री. पक्का और काफ़ी ऊँचा बड़ा मकान

कोढ़–पु. एक चर्म-रक्त-रोग, कुष्ठ

कोण–पु. कोना [ऍंगिल]

कोतवाल–पु. ज़िले के मुख्य नगर का पुलिस अफ़सर

कोतवाली–स्त्री. कोतवाल का पद, दफ़्तर, केन्द्रीय थाना

कोताही–स्त्री. (फ़ा.) कमी, त्रुटि

कोना–पु. कोण, गोशा, खूँट

कोप–पु. क्रोध, रोष, दोष या मल का बिगड़ना

कोमल–वि. नरम, मुलायम, सुकुमार

कोमलता–स्त्री. नरमी, सुकुमारता

कोयला–पु. पूरी तरह न जली हुई लकड़ी का बुझा हुआ अवशेष, कोयले की शकल का एक खनिज पदार्थ जो जलाने के काम आता है

कोरा–वि. नया. न वरता हुआ

कोर्ट–पु. (अं.) दरबार, राजसभा, अदालत, न्यायालय

कोर्ट इंस्पेक्टर–पु. फ़ौजदारी अदालतों में पुलिस की ओर से मुकदमों की पैरवी करने वाला अफ़सर

कोलाहल–पु. बहुत-से लोगों के बोलने से होनेवाला शोर

कोश–पु. ख़ज़ाना, शब्दकोश

कोशिश–स्त्री. (फ़ा.) श्रम, यत्न, उद्योग

कोस–पु. दूरी की एक नाप जो लगभग दो मील होती है।

–(सों), काले कोसों–बहुत दूर

कोसना–स. क्रि. निन्दा करना, बुरा-भला कहना

कौआ–पु. एक पक्षी जो काले रंग, धूर्तता आदि के लिए प्रसिद्ध है

कौटिल्य–पु. कुटिलता, अर्थशास्त्र के रचयिता चाणक्य

कौड़ी–स्त्री. घोंघे, शंख आदि के वर्ग का एक कीड़ा, कीड़े का अस्थि-कोश

–का–मूल्यरहित, तुच्छ, हेय

–कफ़न को न होना–बिलकुल मुफ़लिस, मुहताज होना

–कौड़ी जोड़ना–थोड़ा - थोड़ा करके धन बटोरना

कौतुक–पु. कुतुहल, उत्सुकता

कौतूहल–पु. कुतुहल, त्योहार, उत्सव

कौन–सर्व. प्रश्नवाचक सर्वनाम

क़ौम–स्त्री. (अ.) मनुष्य समूह, जाति, राष्ट्र

क़ौमी–वि. (अ.) क़ौम से सम्बन्ध रखने वाला

कौमुदी–स्त्री. चाँदनी

क़ौल–पु. (अ.) वचन, उक्ति, प्रतिज्ञा, इक़रार

क़ौवाल–पु. (अ.) कौवाली गानेवाला, गवैया

क़ौवाली–स्त्री. (अ.) सूफ़ियाना ग़ज़ल या गीत

कौशल–पु. कुशलता, दक्षता, मंगल, कल्याण

कौशांबी–स्त्री. वत्सदेश की प्राचीन राजधानी, आधुनिक कोसम

क्या–सर्व. प्रश्नवाचक सर्वनाम

क्रम–पु. सिलसिला, नियमित व्यवस्था

क्रमशः–अ. यथाक्रम, सिलसिले से, धीरे-धीरे

क्रमागत–वि. क्रमप्राप्त, बाप-दादा से चला आता हुआ

क्रमानुसार–अ. यथाक्रम, सिलसिले से

क्रय–पु. मोल लेना, ख़रीदना

क्रय-विक्रय–पु. ख़रीद-बिक्री, व्यापार

क्रांति–स्त्री. लाँघना, पूर्ण परिवर्तन, राजक्रांति

क्रिकेट–पु. (अं.) गेंद का एक खेल जो बल्ले से खेला जाता है

क्रिया–स्त्री. कुछ किया जाना, कर्म, व्यापार, चेष्टा

क्रियाविशेषण–पु. वह शब्द जो क्रिया की विशेषता आदि बताये

क्रिस्तान–पु. ईसाई

क्रीड़ा–स्त्री. खेल-कूद, किलोल, हास्य-विनोद

क्रूर–वि. निर्दय, संगदिल,परपीड़क

क्रोध–पु. किसी अनुचित कर्म के कारण उत्पन्न तीव्र मनोविकार

क्रोधी–वि. क्रोध करनेवाला

क्लब–पु. (अं.) साहित्य-संगीत आदि की चर्चा या मन-बहलाव के लिए स्थापित समिति

क्लर्क–पु. (अ.) मुंशी, किरानी, लिपिक

क्लिष्ट–वि. मुश्किल, कठिन

क्लेश–पु. दुःख, पीड़ा, व्यथा, अविद्या

क्लोरोफ़ार्म–पु. (अं.) बेहोशी की दवा

क्षंतव्य–वि. क्षमा करने योग्य

क्षण–पु. छन, लमहा

क्षणभंगुर–वि. छनभर में, थोड़ी ही देर में मिट जानेवाला

क्षणिक–वि. क्षणस्थायी

क्षत–वि.घायल, कटा-फटा हुआ

क्षतयोनि–वि. जिस (स्त्री) का पुरुष से समागम हो चुका हो

क्षति–स्त्री. हानि, ह्रास, घाटा, चोट

क्षत्रिय–पु. हिंदुओं के चार वर्णों में से दूसरा, योद्धा जाति

क्षमता–स्त्री. शक्ति, सामर्थ्य, योग्यता

क्षमा–स्त्री, माफ़ी, सहनशीलता

क्षमावान्–वि. क्षमा करनेवाला

क्षय–पु. ह्रास, नाश, यक्ष्मा रोग

क्षयमास–पु. दो संक्रांतियोंवाला चांद्रमास जो 141 वें वर्ष और कभी-कभी 19 वें वर्ष भी आता है, हीन मास

क्षयरोग–पु. तपेदिक

क्षीण–वि. दुबला-पतला

क्षुद्र–वि. छोटा, नन्हा, तुच्छ

क्षुद्रता–स्त्री. छोटाई, नीचता, ओछापन

क्षुधा–स्त्री. भूख, भोजनेच्छा

क्षुधित–वि. भूखा

क्षुब्ध–वि. क्षोभयुक्त, उत्तेजित

क्षेत्र–पु. खेत, कार्य (विशेष) का स्थान

क्षेत्राधिकार–पु. [जूरिस्डिक्शन] किसी विशेष क्षेत्र के या विशेष प्रकार के मुकदमे सुनने को अधिकार

क्षेपक–वि. फेंकनेवाला, मिलाया हुआ

क्षेम–पु. कुशल

क्षोभ–पु. हलचल, खलबली, व्याकुलता, रोष

क्षौर–पु. सिर के बाल मूँड़ना, हजामत बनाना

ख

ख–पु. कवर्ग का दूसरा अक्षर

खँजड़ी–स्त्री. डफली के ढंग का छोटा बाजा

खंजन–पु. एक प्रसिद्ध छोटी चिड़िया, खँडरिच

ख़ंज़र–पु. (अ.) कटार, एक तरह का बड़ा छुरा

खंड–पु. टुकड़ा, ग्रन्थ का विभाग

खंडकाव्य–पु. वह काव्य जिसमें महाकाव्य के पूरे लक्षण न हों

खंडन-पु. काटना, तोड़ना, किसी बात को ग़लत बताना

खंडनीय–वि. खंडन करने योग्य

खँडहर–पु. ढूह, गिरा, ढहा हुआ मकान

खंडित–वि. तोड़ा हुआ, टुकड़े किया हुआ, टूटा हुआ

ख़ंदक़–स्त्री. (अ.) खाई, गहरा गड्ढा

खंभा–पु. पत्थर आदि का बना लंबा आधार, स्तम्भ

खखार–पु. गाढ़ा-लसदार बलग़म

खखारना–अ. क्रि. खखार निकालना, थूकना

खगोल, खगोलक–पु. आकाश मंडल

खगोल ग्रास–वि. सर्वग्रास (ग्रहण)

खचाखच–अ. बिलकुल (भरा हुआ), ठसाठस

खचित–वि. अकित, आबद्ध, जड़ा हुआ

खच्चर–पु. घोड़े से मिलता-जुलता एक जानवर

ख़ज़ांची–पु. (फ़ा.) ख़ज़ाने का अधिकारी, कोषाध्यक्ष

ख़ज़ाना–पु. (फ़ा.) कोष, धनागार, राजस्व

ख़ज़ाने की हुंडियाँ–स्त्री. [ट्रेज़री बिल्स] अस्थायी हुंडियाँ, कोषविपत्र

खजूर–पु. ताड़ की जाति का एक पेड़

खट–स्त्री. दो चीज़ों के टकराने की ध्वनि

खटक–स्त्री. खटकने का भाव, चुभन, टीस

खटकना–अ. कि. चुभना, गड़ना, बुरा लगना

खटकाना–स. क्रि. खटखटाना, बिगाड़ कराना

खटखटाना–स. क्रि. खटखट की आवाज़ निकालना, याद दिलाना

खटाई–स्त्री. खटास, खट्टी चीज़ (आम, इमली आदि)

–में डालना–लटकाए रखना, कुछ तै न करना

खटास–स्त्री. खट्टापन, तुर्शी

खटिक–पु. फल, तरकारी आदि बेचने-वाली एक हिन्दू जाति

खटिया–स्त्री. छोटी चारपाई

खटोला–पु. छोटी खाट

खड़ंजा–पु. ईंटों की खड़ी जोड़ाई

खड़खड़ाना–अ. कि. 'खड़-खड़' आवाज़ होना; स. क्रि. खटखटाना

खड़बड़ी–स्त्री. बेतरतीबी, खलबली, घबराहट

खड़ा–वि. सीधा ऊपर को उठा हुआ

खड़ा खेत–पु. वह खेत जिसमें फसल मौजूद हो

खड़ी–स्त्री. खड़िया मिट्टी

–सवारी आना–तुरन्त लौट जाने को तैयार होना

खड़ी पाई–स्त्री. सीधी, छोटी रेखा, विराम का चिह्न

खड़ीबोली–स्त्री. दिल्ली - मेरठ प्रदेश की बोली जो आधुनिक हिन्दी का मान्य रूप है

ख़त–पु. (अ.) लकीर, चिह्न, लिखावट, पत्र, नयी उगती दाढ़ी-मूँछों के रोयें जैसे बाल

ख़तना–पु. (अ.) मुसलमान बच्चे के लिंग के अगले हिस्से की त्वचा काट देने की रस्म, सुन्नत

ख़तर, ख़तरा–पु. (अ.) डर, भय, आशंका, जोखिम

ख़तरनाक–वि. ख़तरेवाला, ख़तरे से भरा हुआ

ख़ता–स्त्री. (अ.) चूक, दोष, अपराध

खतियाना–स. क्रि. खाते में चढ़ाना, लिखना

खतौनी–स्त्री. पटवारी की बही, खतियाने का काम

खदेड़ना–स. क्रि. भगाना, हटाना

खद्दर–पु. हाथ का कता-बुना कपड़ा, खादी

खनक–स्त्री. खनकने की क्रिया, आवाज़, रुपये, चूड़ियों आदि के बजने की आवाज़

खनकना–अ. क्रि. खन-खन करके बजना, खनखनाना

खनकाना–स. क्रि. 'खन-खन' ध्वनि उत्पन्न करना

खपड़ा–पु. मिट्टी का पकाया हुआ टुकड़ा जिससे मकान छाते हैं

खपत–स्त्री. खपने का भाव, खर्च, माल की बिक्री

खपना–अ. क्रि. ख़र्च होना, लगना

खपरैल–स्त्री. खपड़े की छाजन, खपड़े से छाया हुआ घर

खपाना–स. क्रि. ख़तम कर देना

खफ़गी–स्त्री. (फ़ा.) रोष, नारा-ज़गी, क्रोध

ख़फ़ा–वि. (फ़ा.) रुष्ट, नाराज़, कुपित

ख़बर–स्त्री. (अ.) सूचना, पता, समाचार, होश

ख़बरगीरी–स्त्री. खोज–ख़बर लेना

ख़बरदार–वि. सावधान

ख़बीस–वि. (अ.) नापाक, दुष्ट, क्रूर

ख़ब्त–पु. (अ.) झक्क, सनक, धुन

ख़ब्ती–वि. (अ.) जिसे ख़ब्त हो, सनकी

ख़म–वि. (फ़ा.) झुका हुआ, टेढ़ा, वक्र

खम्माच–स्त्री. रात में गायी जानेवाली एक रागिनी

ख़याली–वि. (फ़ा.) कल्पित, सोचा-माना हुआ

–पुलाव पकाना–कल्पना के महल खड़े करना

ख़रबूज़ा–पु. गरमी के दिनों में होनेवाला एक प्रसिद्ध फल

–(ज़े) को देखकर ख़रबूज़ा पकड़ता है–आदमी जैसे का संग करे वैसा ही हो जाता है

खरल–पु. दवाएँ घोटने की पत्थर या लोहे की कूंडी

ख़राद–पु. (फ़ा.) खरादने का आला, खरादने का काम

ख़राब–वि. (अ.) उजड़ा हुआ, वीरान, नष्ट, बर्बाद

ख़राबी–स्त्री. (अ.) दोष, बुराई, तबाही, बरबादी

ख़रीता–पु. (अ.) थैली, सरकारी आदेश भेजने का लिफ़ाफ़ा

ख़रीद–स्त्री. (फ़ा.) ख़रीदने की क्रिया या भाव, क्रय

ख़रीद-फ़रोख़्त–स्त्री. ख़रीदना बेचना

ख़रीदना–स. क्रि. मोल लेना दाम देकर लेना

ख़रीदार–पु. (फ़ा.) ख़रीदने वाला, ग्राहक, इच्छुक

ख़रीफ़–स्त्री. (अ.) धान आदि की फ़सल

ख़र्च, ख़र्चा–पु. (फ़ा.) पैसे, चीज़ का किसी काम में लगना

खर्रा–पु. लम्बा लेख, विवरण, मसौदा, एक चर्म-रोग

खर्राटा–पु. सोते में नाक से निकलने-वाली खर्र-खर्र की आवाज़

खल–वि. दुष्ट, दुर्जन, खोटा

खलबली–स्त्री. हलचल, बेचैनी, घबराहट, क्षोभ

ख़लल–पु. (अ.) बाधा, अड़चन, बिगाड़, रोग

ख़लास–पु. (अ.) छुटकारा, मुक्ति

ख़लासी–पु. जहाज़, आदि में छोटे-मोटे काम करनेवाला मज़दूर

खलियान–पु. वह स्थान जहाँ फसल काटकर रखी और माड़ी जाये

खलियाना–स. क्रि. खाल उतारना (कटे बकरे आदि की)

ख़लीफ़ा–पु. (अ.) उत्तराधिकारी, पैगम्बर (मुहम्मद) का उत्तराधिकारी

ख़ल्त-मल्त–वि. गड्ड-मड्ड, मिला-जुला

खल्वाट–वि. गंजा; पु. गंजापन

ख़सम–पु. (अ.) पति

ख़सरा–पु. एक तरह की खुजली, पटवारी की बही

ख़सलत–स्त्री. (अ.) आदत, गुण, स्वभाव

खसोट–स्त्री. खसोटने की क्रिया या भाव

खसोटना–स. क्रि. नोचना, उखाड़ना, छीन लेना

ख़स्ता–वि. (फ़ा.) खिन्न, बहुत नरम, दुर्दशाग्रस्त

खाँड–स्त्री. राव, शकर, कच्ची चीनी

खाँसना–अ. क्रि. गले से बलगम आदि निकालने के लिए फेफड़े से झटके और आवाज़ के साथ हवा बाहर निकालना

खाँसी–स्त्री. खाँसने की क्रिया

खाई, खाई–स्त्री. किले आदि के चारों ओर खोदी हुई नहर, ख़ंदक़

ख़ाक–स्त्री (फ़ा.) धूल, राख; वि. तुच्छ, छोटा; अ. कुछ नहीं

–छानना–किसी चीज़ की तलाश में बहुत हैरान होना

–में मिलना–धूल में मिलना, नष्ट, बरबाद होना

ख़ाकसार–वि. तुच्छ, नाचीज़

ख़ाका–पु. (फ़ा.) कच्चा नक़्शा

ख़ाकी–वि. (फा.) मिट्टी का बना, मिट्टी के रंग का कपड़ा

खाज–स्त्री त्वचा में ख़ुजली होने का रोग, ख़ारिश

खाट–स्त्री. चारपाई, खटिया

–पर पड़ना–बीमार होना

–से लगना–रोग के कारण उठने-बैठने में अशक्त होना

खाड़ी–स्त्री. समुद्र का वह भाग जो तीन ओर खुश्की से घिरा हो, ख़लीज

ख़ातमा–पु. (अ.) अंत, मृत्यु

खाता–पु. वह बही जिसमें हर ग्राहक, आदि का अलग-अलग हिसाब लिखा जाय

ख़ातिर–स्त्री. (अ.) मन, आदर, मरज़ी; अ. वास्ते

ख़ातिरदारी–स्त्री. आवभगत, सत्कार

ख़ातून–स्त्री. (तु.) भद्र, कुलीन महिला

खाद–स्त्री. ज़मीन का उपजाऊपन बढ़ानेवाली, पेड़-पौधों के लिए खाद्यरूप वस्तु

ख़ादिम–पु. (अ.) ख़िदमत करने वाला, सेवक

खद्दर–पु. हाथ का बुना मोटा कपड़ा

खाद्य–वि. खाने योग्य; पु. खाने की चीज़, भोजन

खान–स्त्री. वह जगह जहाँ से धातु, कोयला आदि खोदकर निकाला जाए

खानपान–पु. खाना-पीना

ख़ान–पु. (तु.) स्वामी, सरदार, पठान

ख़ानबहादुर–पु. ब्रिटिश सरकार की एक उपाधि

ख़ानसामाँ–पु. बावरची, खाना पकानेवाला

ख़ानगाह–पु. (फ़ा.) मठ, दरगाह

ख़ानगी–वि. (फ़ा.) घर का, घरेलू, निजी

ख़ानदान–पु. (फ़ा.) घराना, कुल, कुटुंब

ख़ानदानी–वि. (फ़ा.) कुलक्रमागत

खाना–स. क्रि. ठोस आहार को चबाकर निगलना

कमाना–मेहनत-मज़दूरी से गुज़र-बसर करना

खा-पी जाना–खा-पीकर खतम करना, उड़ा डालना

ख़ाना–पु. (फ़ा.) घर, स्थान

ख़ानाख़राब–वि. आवारा

ख़ानाजंगी–स्त्री. आपसी लड़ाई, गृहयुद्ध

ख़ानातलाशी–स्त्री. घर की तलाशी

ख़ानापुरी–स्त्री. किसी नक़्शे, सारणी के ख़ानों को भरना

ख़ानाबदोश–वि. जिसका कोई घर न हो; पु. स्थायी आवासरहित जाति

ख़ामोश–वि. (फ़ा.) चुप, मौन

ख़ामोशी–स्त्री. (फ़ा.) चुप्पी

खारा–वि. जिसमें खारापन हो, नमकीन, बदमज़ा

ख़ारिज–वि. (अ.) बाहर, बाहर किया हुआ

ख़ारिजी–वि. (अ.) बाहरी; बाह्य, परराष्ट्र-संबंधी

खाल–स्त्री. चमड़ा, छिलका

–उधेड़ना–इतना पीटना कि खाल उड़

जाय

ख़ालसा–पु. सिखों का एक (प्रमुख) सम्प्रदाय

ख़ालसा दीवान–पु. सिखों की धर्म-सभा

ख़ाला–स्त्री. (फ़ा.) माँ की बहन, मौसी

–का घर–बहुत आसान काम

ख़ालाज़ाद–वि. मौसेरा (भाई-बहन)

ख़ालिक़–वि. (अ.) बनानेवाला, सृष्टिकर्ता

ख़ालिस–वि. (अ.) शुद्ध, खरा, बेमेल, सच्चा

ख़ाली–वि. (अ.) रीता, रहित, शून्य; अ. केवल

–बैठना–बेकार बैठना

–हाथ लौटना–विफल लौटना

ख़ाली दिन–पु. शुभ कार्य या नये काम के लिए अनुपयुक्त दिन

ख़ाली पेट–वि. भूखा; अ. बिना कुछ खाए

ख़ाली हाथ–वि. जिसके हाथों में, पास कुछ न हो, निर्धन

ख़ालू–पु. (अ.) मौसा, मामूँ

ख़ाविंद–पु. (फ़ा.) मालिक, पति, स्वामी

ख़ास–वि. (अ.) विशिष्ट, निज का; पु. विशिष्ट जन, प्रिय जन

ख़ासकर–अ. विशेषतया, ख़ास तौर से

ख़ासा–वि. (अ.) काफ़ी अच्छा

ख़ासीयत–स्त्री. (अ.) गुण, प्रभाव, प्रकृति, स्वभाव

खिंचना–अ. क्रि. खींचा जाना, तनना

खिंचवाना–स. क्रि. खींचने का काम दूसरे से कराना

खिंचाव–पु. खींचे जाने का भाव, तनाव

खिचड़ी–स्त्री. मिला हुआ या मिलाकर पकाया हुआ दाल-चावल, चीज़ों की मिलावट

–पकाना–गुप्त मंत्रणा, साज़िश होना

खिजलाना–अ. क्रि. चिढ़ना; स. क्रि. चिढ़ाना

ख़िजाँ–पु. स्त्री. (फ़ा.) पतझड़ की ऋतु, ह्रास, बुढ़ापा

ख़िज़ाब–पु. (अ.) सफ़ेद बालों को स्याह कर देनेवाली दवा

खिझाना, खिझावना–स. क्रि. चिढ़ाना, छेड़ना

खिड़की–स्त्री. झरोखा, वातायन

ख़िताब–पु. (अ.) मुख़ातिब होना, बातचीत, पदवी

ख़ित्ता–पु. (अ.) भूखंड, प्रदेश

ख़िदमत–स्त्री. (फ़ा.) सेवा, टहल

ख़िदमतगार–पु. खिदमत करनेवाला

खिन्न–वि. खेदयुक्त, दुःखी, उदास

ख़िराज–पु. (अ.) अधीन राज्य की ओर से प्रभु राज्य को दिया जानेवाला कर

ख़िलअ़त–पु. (अ.) जोड़ा, पोशाक, वह पहनावा जो बादशाह किसी को सम्मानार्थ प्रदान करे

ख़िलक़त–स्त्री. (अ.) सृष्टि, रचना, प्रकृति, जगत्

खिलखिलाना–अ. क्रि. आवाज़ के साथ खुलकर हँसना

खिलखिलाहट–स्त्री. खिलखिला कर हँसने की आवाज़

खिलना–अ. क्रि. कली का विकसित होना, फूल बनना, फबना, प्रसन्न होना

खिलवाना–स. क्रि. दूसरे से परसवा-कर, दूसरे के द्वारा किसी को भोजन कराना

खिलाई–स्त्री. खिलाने का काम

खिलाड़ी–वि. खेलनेवाला

खिलाना–स. क्रि. ('खाना' का प्रेर.) भोजन कराना

खिलाफ़–वि. (अ.) विरुद्ध, प्रतिकूल, उलटा

ख़िलाफ़त–स्त्री. (अ.) ख़लीफ़ा का पद

खिलौना–पू. खेलने की चीज़

खिल्ली–स्त्री. हँसी, मज़ाक़

खिसकना–अ. क्रि. हटना, सरकना, चुपके से चल देना

खिसकाना–स. क्रि. हटाना, सरकाना

खिसि (आ) याना–अ. क्रि. लज्जित होना, बेवकूफ़ बनकर खीझना

–(नी) बिल्ली खंभा नोचे–खिसियाया हुआ आदमी अपनी खीस दूसरों पर उतारता है

खिसियाहट–स्त्री. खिसियाने का भाव

खींचना–स. क्रि. अपनी ओर आकृष्ट करना, चित्रित करना

खीज–स्त्री. खीजने का भाव, झुंझ-लाहट

खीजना–अ. क्रि. झुंझलाना, क्रुद्ध होना

खीर–स्त्री. दूध में पकाया हुआ चावल

खीरा–पु. ककड़ी की जाति का एक फल

खीस–स्त्री. खिसियाने का भाव, लज्जा

खुखड़ी–स्त्री. नेपाली कटार, करौली

खुजलाना–अ. क्रि. खुजली मालूम होना; स. क्रि. त्वचा को मलना, खुजाना

खुजली–स्त्री. खाज

खुतबा–पु. (अ.) धामिक व्याख्यान, भाषण (पढ़ना)

खुद–अ. (फ़ा.) स्वयं, आप

खुदकाश्त–वि. अपनी ज़मीन में खुद खेती करनेवाला

खुदकुशी–स्त्री. आत्महत्या

खुदग़रज़–वि. अपनी ग़रज़, स्वार्थी

खुदमुख़्तार–वि. जिस पर किसी का दाब न हो, स्वतंत्र

खदना–अ. क्रि. खोदा जाना
खदवाना–स. क्रि. खोदने का काम दूसरे से कराना
खुदा–पु. (फ़ा.) स्वयंभू, ईश्वर, मालिक
–के घर जाना–मरना
–खुदा करके–बड़ी कठिनाई से
–गंजे को नाख़ून न दे–ईश्वर ओछे, कमीने को धन, अधिकार न दे
–हाफ़िज़–ईश्वर रक्षक है
खुदाई–स्त्री. ईश्वर की महिमा, दुनिया; वि. ईश्वरीय
खुदी–स्त्री. (फ़ा.) आपा, गर्व, अहंकार
खुफ़िया–वि. (फ़ा.) छिपा हुआ, गुप्त
खुफ़िया पुलिस–स्त्री. जासूस
खुभना–अ. क्रि. चुभना, धँसना, गढ़ना
खुमार–पु. (फ़ा.) नशा, मद
खुरदरा–वि. दानेदार, खुरखुरा
खुराक–स्त्री. (फ़ा.) खाना, आहार, दवा की एक मात्रा
खुराकबंदी–स्त्री. [राशनिंग] गल्ले, कपड़े आदि का नियंत्रित वितरण
ख़ुराकी–वि. (फ़ा.) अधिक खानेवाला; स्त्री. भोजन-व्यय
खुराफ़ात–स्त्री. (अ.) बेहूदा बातें, बखेड़ा
खुराफ़ाती–वि. (अ.) खुराफ़ात करने-वाला
खुर्द–वि. (फ़ा.) छोटा, उम्र में छोटा
खुर्दबीन–स्त्री. [माइक्रोस्कोप] अणुवीक्षण यंत्र
खुलना–अ. क्रि. रोक हटना, प्रकट होना
खुल खेलना–लज्जा, संकोच त्याग देना
खुलता रंग–हलका साफ़ रंग
खुलवाना–स. क्रि. खोलने का काम दूसरे से कराना
खुला–वि जो बँधा या बंद न हो
–(ले) मैदान–खुले ख़ज़ाने, डंके की चोट
–(ले) आम, ख़ज़ाने, बाज़ार–बेधड़क, सबके सामने,
खुलासा–पु. (अ.) निचोड़; वि. संक्षिप्त; अ. साफ़-साफ़
खुल्लमखुल्ला–अ. खुले आम, प्रकाश्य रूप से
खुश–वि. (फ़ा.) प्रसन्न, सुखी
खुशक़िस्मत–वि. भाग्यवान्
खुशख़त–वि. सुंदर अक्षर लिखने वाला, सुंदर लिखावट
खुशख़बरी–स्त्री. शुभ समाचार
खुशदिल–वि. प्रसन्नचित्त
खुशनसीब–वि. भाग्यवान्
खुशनुमा–वि. भला लगनेवाला
खुशबू–स्त्री. सुगंध
खुशहाल–वि. संपन्न, रुपये-पैसे, से सुखी
खुशामद–स्त्री. (फ़ा.) चापलूसी
खुशामदी–वि. (फ़ा.) चापलूस

खुशी–स्त्री. (फ़ा.) खुश होना, प्रसन्नता

–का सौदा – मन मुताबिक़ काम

खुश्क–वि. (फ़ा.) सूखा, रूखा, अरसिक

खुसूसियत–स्त्री. (अ.) विशेषता, मेल, सौहार्द

ख़ून–पु. (फ़ा.) रक्त, लहू, हत्या, क़तल

–आंखों में उतरना – क्रोध से आँखे लाल हो जाना

–का दौरा–रक्त-संचार

–का प्यासा–जान लेने पर तुला हुआ, जानी दुश्मन

–के आँसू रोना–अतिशय व्यथित होना

–के घूँट पीना–भारी गुस्से को पी जाना, सह लेना

–खौलना–अति क्रुद्ध होना

–पीना–बहुत सताना, जान लेना

–बहाना–रक्तपात करना

–मुँह (को) लगना–ख़ून का मज़ा मिलना, चाट लगना

–सिर पर चढ़कर बोलता है–हत्या का पाप छिपा नहीं रहता

–सिर पर चढ़ना–खूनी के चेहरे, चेष्टा आदि से भय, घबराहट प्रकट होने लगना

–सूखना–घबरा जाना

ख़ून ख़राबा–पु. मार-काट, ख़ून क़तल

ख़ून (ख़ूं) ख़्वार–वि. ज़ालिम

ख़ूनी–पु. (फ़ा.) ख़ून करनेवाला, क़ातिल; (वि.) क्रूर

ख़ूब–वि. (फ़ा.) अच्छा ; अ. अच्छी तरह, वाह

ख़ूबसूरत–वि. सुन्दर

ख़ूबसूरती–स्त्री. सुन्दरता

ख़ूबी–स्त्री. (फ़ा.) भलाई, अच्छाई, गुण, विशेषता

खूसट–वि. जराजीर्ण, अरसिक, मनहूस

खेत–पु. ज़मीन का टुकड़ा जो जोता-बोया जाय

–छोड़ना–पीठ दिखलाना

–रहना, होना–युद्ध में मारा जाना

खेतिहर–पु. किसान, खेती करनेवाला

खेती–स्त्री. खेत जोतने-बोने का काम, किसानी

खेतीबारी–स्त्री. किसानी, कृषि-कर्म

खेद–पु. दुःख, रंज, उदासी, ग्लानि

खेदजनक–वि. खेद देनेवाला, शोचनीय

खेल–पु. मनबहलाव के लिए किया जानेवाला काम, करतब, बहुत आसान काम

–के दिन–खेलने-खाने के दिन

–खेलना–चाल चलना

–बिगड़ना–काम बिगड़ना

खेल-पंच–पु. [अंपायर] खेलों में

अभिनिर्णय करनेवाला व्यक्ति

खेल-प्रतियोगिता–पु. टूर्नामेंट] विभिन्न खेलों की प्रतियोगिता

खेल-मध्यस्थ–पु. [रेफ़री] खेल का निरीक्षण करने तथा विवाद या मतभेद उत्पन्न होने पर निर्णायक का काम करनेवाला

खेलना–अ. क्रि. मनबहलाव के लिए उछलना-कूदना, क्रीड़ा करना; स. क्रि. कोई ख़ास खेल खेलना

खेलवाड़–पु. खेल, क्रीड़ा

खेलाना–स. क्रि. खेलने का अवसर देना, (बच्चे को) बहलाना

खेवा–पु. नाव खेने की उजरत, नाव का भाड़ा, उतराई

खेवैया–पु. नाव लेकर पार ले जानेवाला व्यक्ति

खैर–पु. कत्था

ख़ैर–स्त्री. (अ.) भलाई, कुशल अ. अच्छा, अस्तु

ख़ैरात–स्त्री. (फ़ा.) ('ख़ैर' का बहु.) पुण्यकर्म, दान-पुण्य

ख़ैराती–वि. (फ़ा.) ख़ैरात का, धर्मार्थ संचालित

ख़ैराती अस्पताल, दवाख़ाना–पु. दातव्य औषधालय

ख़ैरि (री) यत–स्त्री. (फ़ा.) नेकी, कुशल, भलाई

खोखला–वि. भीतर से ख़ाली ; पु. खोखली जगह

खोज–स्त्री. खोजने की क्रिया, अन्वेषण

–खबर लेना–हाल पूछना, पता लेना

खोट–स्त्री. दोष, बुराई, ख़ता

खोटा–वि. जिसमें खोट हो

खोटा सिक्का–पु. जाली सिक्का

खोदना–स. क्रि. खुरचना, गड्ढा करना

खोद-खोदकर पूछना–पूरी बात जानने के लिए जिरह करना

खोना– स. क्रि गँवाना, छोड़ आना

खोया-खोया रहना–किसी चिन्तावि-चार में गुम-सुम रहना

खोन्चा–पु. बड़ा थाल जिसमें फेरीवाले मिठाइयाँ आदि रखकर बेचते हैं, 'ख़्वानचा'

खोपडी–स्त्री. कपाल, सिर

–खा (चाट) जाना–बहुत बकवास करके कष्ट पहुँचाना

–ख़ाली हो जाना–दिमाग़ का थक जाना

खोल–पु. गिलाफ़, आवरण

खोलना–स. क्रि. आवरण, अवरोध, बंधन हटाना

खोलकर–अ. साफ़–साफ़

खोह–स्त्री. गुफा, कंदरा, दर्रा

ख़ौफ़–पु. (अ.) डर, भय

ख़ौफ़नाक—वि. डरावना

खौलाना–स. क्रि. उबालना, औटाना

ख्याति–स्त्री. प्रसिद्धि, नाम, प्रशंसा

ख़्वाजा–पु. (फ़ा.) मालिक, सरदार

ख़्वाब–पु. (फ़ा.) नींद, सपना

ख़्वाबगाह–पु. सोने का कमरा

ख़्वाहिश–स्त्री. (फ़ा.) इच्छा, चाह

ख़्वाहिशमंद–वि. इच्छुक

ग

ग–कवर्ग का तीसरा अक्षर

गंगा–स्त्री. भारतवर्ष की एक प्रधान और पवित्रतम नदी

गंगाजमुनी–वि. दोरंगा, सोने चाँदी का बना

गंगाजल–पु. गंगा का पानी

गंगालाभ–पु. गंगातट पर मृत्यु या दाहकमं होना

गंगावतरण–पु. गंगा का स्वर्ग से धरती पर आना

गंगासागर–पु. एक तीर्थस्थान जहाँ गंगा समुद्र से मिलती है

गंगोत्तरी–स्त्री. हिमालय की एक चोटी जहाँ से गंगा निकली है

गंगोदक–पु. गंगाजल, एक वर्णवृत्त

गंज—पु. सिर के बाल झड़ जाने का रोग

गंजा–वि. गंज रोग वाला, खल्वाट

गँजेड़ी–वि. गाँजा पीनेवाला

गँठ–स्त्री. समास में व्यवहृत 'गाँठ' का संक्षिप्त रूप

गँठबंधन–पु. विवाह की एक रीति, पक्का नाता, अटूट सम्बन्ध

गंड–पु. गाल, कनपटी, फोड़ा

गंडमाला–स्त्री. कंठमाला रोग

गंडक–स्त्री. एक नदी

गँड़ासा–पु. चारा काटने का औज़ार

गंतव्य–वि. जहाँ जाना हो

गंदगी–स्त्री. (फ़ा.) मलिनता, बदबू

गँदला–वि. गंदा, मैला-कुचैला

गंदा–वि. (फ़ा.) मैला

गंदुम–पु. (फ़ा.) गेहूँ

गंध–स्त्री. वास, बू, नाममात्र

गंधक–पु. स्त्री. एक तीक्ष्ण गंध युक्त पीतवर्ण खनिज पदार्थ

गंधर्व–पु. गायन में निपुण देवता

गंधर्वविद्या–स्त्री. गानविद्या

गंधर्व विवाह–पु. प्रेम-विवाह

गंधर्ववेद–पु. चार उपवेदों में से एक, संगीत-शास्त्र

गंधी–पु. इत्रफ़रोश

गंभीर–वि. गहरा, ऊँची और भारी (आवाज़), गूढ़, संजीदा

गँवई–स्त्री. छोटा गाँव

गँवार–वि. (पु.) गाँव का रहनेवाला, देहाती, भूख, उजड्ड

गँवारू–वि. बेढगा, भोंड़ा, गँवार जैसा

गऊ–स्त्री. गाय, सीधा आदमी

गगन–पु. आकाश, अन्तरिक्ष, शून्य
गगनचुंबी भवन–पु. [स्काई स्क्रेपर] बहुत ऊँचा मकान
गगरी–स्त्री. मिट्टी का घड़ा, छोटा गगरा
गज–पु. हाथी
गज़–पु. (फ़ा.) लम्बाई का एक मान, 16 गिरह, 36 इंच
गजगामिनी–वि. स्त्री. हाथी की सी मंद, गौरवभरी चालवाली
गज़ट–पु. (अं.) सरकारी अखबार या पत्र
ग़ज़नवी–पु. (फ़ा.) ग़ज़नी का रहनेवाला, एक तुर्क वंश
ग़ज़ब–पु. (अ.) क्रोध, विपत्, आफ़त, अंधेर
–ढाना–आफ़त, ज़ुल्म करना,
गजर–पु. पहर-पहर बजनेवाला घंटा, भोर का घंटा
गजरदम–अ. तड़के, पौ फटते
गजरा–पु. फूलों की घनी गुथी हुई माला, हार
ग़ज़ल–स्त्री. माशूक़ से बात करना,उर्दू का एक तरह का पद्य
गजानन–पु. गणेश
गटापारचा–पु. एक तरह का गोंद
गट्ठर–पु. बड़ी गठरी, गट्ठा
गट्ठा–पु. बड़ी गठरी, गट्ठर
गठना–अ. कि. जुड़ना, टीक तौर से बनना
गठरी–स्त्री. कपड़े में बँधा हुआ सामान
गठित–वि. ग्रथित, गठा हुआ, बना हुआ
गठीला–वि. गठा हुआ, कसा हुआ, दृढ़
गड़गड़ाना–अ.क्रि. गरजना (बादल)
गड़गड़ाहट–स्त्री. बादल गरजने आदि की आवाज़
गड़ना–अ.क्रि. चुभना, चुभने की पीड़ा होना
गड़ा मुर्दा या गड़े मुर्दे उखाड़ना–पुरानी भूली हुई (अप्रिय) बातों की चर्चा करना
गड़बड़–वि. अस्त-व्यस्त ; पु. स्त्री. अव्यवस्था
गड़बड़ाना–अ. क्रि. गड़बड़ होना; स. क्रि. गड़बड़ करना
गड़बड़िया–वि. गड़बड़ करनेवाला
गड़रिया–पु. एक जाति जो भेड़ें पालती है
गड़ाना–स. क्रि. चुभाना, धँसाना
गड्डी–स्त्री. छोटा गड्ड, ढेर
गढ़ंत–वि. गढ़ा हुआ, कल्पित; स्त्री. गढ़ी हुई बात
गढ़–पु. कोट, क़िला, अड्डा, केन्द्र, खाई
गढ़ना–स. क्रि. औज़ार की सहायता से कुछ बनाना
गण–पु. समूह, गिरोह, वर्ग, संघ
गणतंत्र–पु. शासन की एक प्रणाली जिसमें शासन का कार्य चुने हुए प्रतिनिधियों के द्वारा होता है

गणतंत्रवादी–पु. [रपब्लिकन] गणतन्त्र के सिद्धान्तों का समर्थन करनेवाला

गणना–स्त्री. गिनना, हिसाब, लिहाज

गणराज्य–पु. वह राज्य जिसमें शासन जन-प्रतिनिधियों द्वारा होता हो

गणाधिप, गणाधिपति, गणाध्यक्ष–पु. सेनानायक, गणेश, शिव

गणिका–स्त्री. वेश्या

गणित–पु. संख्या, हिसाब; वि. गिना हुआ, जोड़ा हुआ

गणेश–पु. शिव-पार्वती के पुत्र

गत–स्त्री. बीता हुआ, पिछला (गत सप्ताह, मास)

गत–स्त्री. गति, बुरी गति

बनाना– दुर्दशा करना

गतांक–पु. पिछला अंक

गतानुगतिक–वि. अंधानुयायी

गति–स्त्री. जाना, चाल, रफ़्तार

गतिरोध–पु. [डेडलॉक] ज़िच, बाधा, अवरोध

गतिविज्ञान, गतिशास्त्र–पु. विज्ञान का वह विभाग जिसमें द्रव्यादि की गति और शक्ति संबंधी सिद्धान्तों का निर्धारण किया जाता है [डायनामिक्स]

गतिमान्–वि. गतियुक्त, हरकत करनेवाला

गत्ता–पु. एक तरह की घटिया दफ़्ती

ग़दर–पु. (अ.) विप्लव, बग़ावत, विद्रोह

गदराना–अ. क्रि. पकने पर होना, खिलना

गदहपचीसी–स्त्री. 16 से 25 बरस तक की अवस्था, मस्ती और नासमझी के दिन

गदा–स्त्री. लोहे का एक पुराना हथियार

गदाई–स्त्री.(फ़ा) भिक्षावृत्ति

गद्दी–स्त्री. आसन, राजा, मठाधीश आदि का पद

गद्य–पु. वह रचना जो छंदोबद्ध न हो

गद्यकाव्य–पु. गद्य में की गई काव्यगुणयुक्त रचना

गधा–पु. घोड़े की जाति का एक चौपाया; वि. नासमझ, मूर्ख, अहमक़ (ला.)

–(धे) को बाप बनाना–काम निकालने के लिए मूर्ख की खुशामद करना

ग़नीमत–स्त्री. (अ.) लूट का माल, संतोषजनक बात

गन्ना–पु. ईख

गप–पु. निगलने की क्रिया या उसका शब्द; स्त्री. इधर-उधर की बातें

–उड़ाना–झूठी ख़बर फैलाना

–मारना, – हाँकना – डींग मारना, लम्बी-चौड़ी बातें करना

–लड़ाना–गपशप करना

गपशप–स्त्री. इधर-उधर की बातचीत
गपोड़, गपोड़िया–वि. गप मारनेवाला
गप्प–स्त्री. दे. 'गप'
गप्पी–वि. गप हाँकनेवाला
ग़फ़लत–स्त्री. (अ.) बेख़बरी असावधानी, भूल
ग़फ़ूर–वि. (अ.) क्षमा करने वाला, दयालु
ग़बन–पु. (अ.) अमानत की रक़म खा जाना, ख़यानत
गबरू–वि० नौजवान, जिसकी रेख भिन रही हो
ग़म–पु. (अ.) दुःख, शोक, चिंता
–खाना–क्षमा करना
गमन–पु. जाना, पास जाना
ग़मी–स्त्री. (अ.) मृत्युशोक, मातम, मृत्यु
गया–स्त्री. मगध की एक पुरी और प्रसिद्ध तीर्थस्थान
–करना–गया में जाकर पिंडदान आदि करना
ग़रज़–स्त्री. (अ.) मतलब, प्रयोजन
गरजना–अ.क्रि. कड़ककर बोलना, बादलों की गड़गड़ाना
गरदन–स्त्री. (फ़ा.) गला, ग्रीवा
–उठाना–विरोध करना
–झुकना–अधीन होना
–में हाथ देना–गरदनियाँ देना, बेइज़्ज़त करना
गरबीला–वि. घमंडी, गर्वयुक्त
गरम–वि. जिसे छूने में ताप का अनुभव हो
गरम कपड़ा–पु. ऊनी या रुईदार कपड़ा
गरम ख़बर–स्त्री. वह ख़बर जिसकी बहुत चर्चा हो
गरम मसाला–पु. धनियाँ, मिर्च, लौंग, इलायची आदि या इनका चूर्ण
गरमागरम–वि. तुरन्त का पका हुआ, ताज़ा
गरमागरमी–स्त्री. जोश,सरगर्मी, गुस्से में आ जाना
गरमाना–अ. क्रि.गरमाहट अनुभव करना
गरमाहट–स्त्री. गरमी, उष्णता
गरमी–स्त्री. गरम होने का भाव, ग्रीष्म ऋतु
गरमीदाना–पु. अम्हौरी
गरल–पु. ज़हर, विष
ग़रारा–पु. (अ.) गले में पानी लेकर 'गरगर' के साथ कुल्ली करना
गरिमा–स्त्री. गुरुता, भारीपन
गरिष्ठ–वि. सबसे भारी, दुष्पाच्य (भोजन)
ग़रीब–वि. (अ.) निर्धन, मुफ़लिस, दीन-हीन
ग़रीबख़ाना–पु. दीन की कुटिया (नम्रतावश अपने घर को कहते हैं)

ग़रीबपरवर–वि. ग़रीबों का पालन करनेवाला

ग़रीबी–स्त्री. (अ.) निर्धनता, मुफ़लिसी, दीनता

गरुड़–पु. विष्णु का वाहन, उकाव

गरुड़ध्वज–पु. विष्णु

गरुड़पुराण–पु. अठारह पुराणों में से एक जिसमें नरकों का वर्णन, प्रेतकर्म का विधान आदि है

ग़रूर–पु. (अ.) गर्व, घमंड

गर्जन–पु. गरजने की क्रिया

गर्द–स्त्री. (फ़ा.) धूल, राख

गर्दिश–स्त्री. (फ़ा.) घुमाव, फेरा, चक्कर

गर्भ–पु. हमल, कोख, गर्भाशय

गर्भधारण–पु. गर्भवती होना, हमल रहना

गर्भपात–पु. गर्भ का गिर जाना

गर्भवती–वि. स्त्री. गर्भवाली, गर्भिणी, हामिला

गर्भाधान–पु. गर्भ रहना

गर्भाशय–पु. बच्चादानी

गर्भिणी–वि. स्त्री. जिसे गर्भ हो, गर्भवती

गर्व–पु. घमंड

गर्हित–वि. निंदित, बुरा, दूषित

गल–पु. गला, कंठ, साल का गोंद

गलगंड–पु. गले का एक रोग, घेघा

गलफाँसी–स्त्री. गले की फाँसी

गलहिणे, गलबाहों–स्त्री. गले में बाँह डालना, बग़ल से आलिंगन

गलगंज–पु. शोर, हल्ला

गलसुआ–पु. एक रोग जिसमें गाल सूज आते हैं और ज्वर रहता है

ग़लत–वि. (अ.) मिथ्या, असत्य

ग़लतबयानी–स्त्री. अयथार्थ कथन

ग़लती–स्त्री. (अ.) ग़लत होना, अशुद्धि, भूल-चूक

गलना–अ. क्रि. ठोस वस्तु का तरल होना

ग़लबा–पु. (अ.) प्रबलता, जीत, विजय

गला–पु. सिर से धड़ को जोड़नेवाला अंग,कंठ

–कटना–क़तल किया जाना

–घुँटना–गला दबाये जाने से साँस का रुकना

–छुड़ाना–परेशान करनेवाले व्यक्ति या वस्तु से पीछा छुड़ाना

फाड़ना–चीख़कर बोलना

–(ले) का हार–बहुत प्यारा

–(ले) पड़ना–अनचाही वस्तु की प्राप्ति होना

–(ले) पर छुरी फेरना–भारी अहित करना

–(ले) लगाना–आलिंगन करना, गले मढ़ना

गलाना–स. क्रि. ठोस चीज़ को तरल बनाना

गली–स्त्री. सँकरी सड़क

ग़लीचा–पु. क़ालीन

ग़लीज़–वि. (अ.) गंदा, मैला; पु. मैला, विष्ठा

गलेबाज–पु. अच्छे गले वाला गवैया

गल्ला–पु. शोर, हल्ला; (फ़ा.) जानवरों का झुंड

ग़ल्ला–पु. (अ.) अनाज

गवर्नमेंट–स्त्री. (अं.) शासन, हुकूमत, सरकार

गवर्नर–पु. (अं.) शासक, राज्यपाल

गवाँना–स. क्रि. खोना

गवारा–वि. (फ़ा.) रुचिकर, मनोनुकूल

गवाह–पु. (फ़ा.) साक्षी

गवाही–स्त्री. (फ़ा.) साक्ष्य

गवेषणा–स्त्री. खोज

गव्य–वि. गाय से उत्पन्न, प्राप्त (दूध, दही, गोबर आदि)

गश–पु. (अ.) मूर्च्छा

–खाना–मूर्च्छित होना

गश्त–स्त्री. (फ़ा.) फिरना, भ्रमण, पुलिस का पहरा

गश्ती–वि. (फ़ा.) गश्त करनेवाला, फिरनेवाला

गश्ती चिट्ठा–स्त्री.,–हुक्म–पु. वह चिट्ठी या हुक्म जो सब मातहत कर्मचारियों के पास क्रमशः भेजा जाय

गहन–वि. गहरा, घना

गहरा–वि. जिसकी सतह आस-पास के स्थान या किनारे से नीची हो

–हाथ मारना – भारी रक़म उड़ाना

गहरा असामी–पु. मालदार आदमी

गहराई–स्त्री. गहरापन, गहरेपन की माप

गाँजा—पु. एक पौधा जिसकी पत्तियाँ नशे के लिए तंबाकू की तरह पी जाती है

गाँठ–स्त्री. गिरह, ग्रंथि, जेब, टेंट

–कटना–जेब कटना

–का पूरा, आँख का अंधा–पैसेवाला पर मूर्ख

गाँठकट, गाँठकतरा–पु. जेब काटनेवाला, उचक्का, ठग

गाँठना–स. क्रि. गिरह लगाना, हाथ में कर लेना

गांधार–पु. भारतवर्ष का एक प्राचीन जनपद, गांधार देशवासी

गांधारी–स्त्री. गांधार की राजकुमारी, दुर्योधन की माता, एक रागिनी

गांधी–पु. भारत के एक महान् नेता, जिन्होंने सत्य और अहिंसा के आधार पर आंदोलन चलाकर देश को स्वतन्त्र कराया

गांधीटोपी–स्त्री. खादी की किश्तीनुमा टोपी

गांधीवाद–पु. गांधी द्वारा प्रतिपादित सत्य और अहिंसा का सिद्धांत

गाँव–पु. ग्राम, छोटी बस्ती

गाजर–स्त्री. एक मीठा मूल

गाजर-मूली–स्त्री. तुच्छ वस्तु

ग़ाज़ी–पु. (अ.) विजेता, शूरवीर

गाड़ना–स क्रि. गड्ढे में रखकर मिट्टी से ढँकना

गाड़ी–स्त्री. पहियों के सहारे चलनेवाली सवारी

गाड़ीवान–पु. गाड़ी हाँकनेवाला

गाढ़ा–वि. जो अधिक पतला न हो

–(ढ़ी) छनना–गहरी मित्रता होना

–(ढ़े) पसीने की कमाई–कड़ी मेहनत से कमाया हुआ पैसा

गात्र–पु. देह, अंग

गाथा–स्त्री. अवैदिक, स्तोत्र, कथा

गाथाकार–पु. महाकाव्य का रचयिता, गायक

–गान पु. गाना, गीत, बखान, स्तवन

गानविद्या–स्त्री. सगीत-विद्या

गाना–स. क्रि. लय–ताल के साथ शब्दों का उच्चारण करना; पु. गीत, गान

ग़ाफ़िल–वि. (अ.) ग़फ़लत करनेवाला, बेख़बर

गाय–स्त्री. गोजातीय मादा पशु

गायक–पु. गानेवाला, गवैया

गायत्री–स्त्री. वैदिक छंद या उसमें रचित मंत्र

ग़ायब–वि. (अ.) छिपा हुआ, अनुपस्थित, लुप्त

ग़ार–पु. (अ.) गड्ढा, गर्त, गुफा, खोह, माँद

ग़ारत–स्त्री. (अ.) लूट-मार, तबाही

गारद–स्त्री. (अं. 'गार्ड') पहरा, रक्षक, प्रहरी

गारा–पु. मिट्टी या चूने-सुर्खी का लेप जिससे ईंटें जोड़ी जाती हैं

गार्हस्थ्य–पु. गृहस्थाश्रम, गृहकार्य

गाल–पु. कपोल

–फुलाना–गर्व जताना, रूठना

–बजाना–बढ़-बढ़कर बात करना

ग़ालिब–वि. (अ.) विजयी, उर्दू के एक महान् कवि

ग़ालिबन्–अ. (अ.) संभवतः, अधिकतर, संभव है

गाली–स्त्री. गन्दा या अश्लील शब्द, अपशब्द

गाहक–पु. ग्राहक, ख़रीदार

गिचपिच–वि. पास-पास लिखा हुआ, अस्पष्ट

गिचरपिचर–वि.(दे.) 'गिचपिच'

ग़िज़ा–स्त्री. (अ.) आहार, खाद्य पदार्थ

गिड़गिड़ाना–अ. क्रि. दीन भाव से प्रार्थना करना

गिनती–स्त्री. गिनने की क्रिया, गणना

–के–गिने हुए थोड़े-से

–में आना,–में होना–कुछ मूल्य, महत्त्व का होना

गिनना–स. क्रि. संख्या मालूम करना

गिरजा–पु. ईसाइयों का उपासना-गृह

गिरना–अ. क्रि. ऊपर से नीचे आना, मंदा होना (भाव)

गिरफ़्त–स्त्री. (फ़ा.) पकड़

गिरफ़्तार–वि. (फ़ा.) पकड़ा हुआ, फँसा हुआ, बंदी

गिरफ़्तारी–स्त्री. (फ़ा.) गिरफ़्तार करना या होना, क़ैद

गिरह–स्त्री. (फ़ा.) गाँठ, बंधन, गुत्थी

गिराना–स. क्रि. नीचे डालना, फेंकना

गिरावट–स्त्री. गिरने का भाव, पतन

गिरि–पु. पहाड़

गिर्द–अ. (फ़ा) आस-पास, पास

गिलट–स्त्री. मुलम्मा, चाँदी के रंग की एक घटिया धातु

गिलहरी–स्त्री. पेड़ों पर रहनेवाला एक छोटा जंतु, गिलाई

गिला–पु. (फ़ा.) शिकायत, उलाहना

गिलाफ़–पु. (फ़ा.) तकिये की खोली

गिलास–पु. गोल, लंबोतरा प्याला

गिलौरी–स्त्री. पान का बीड़ा

गीत–वि. गाया हुआ; पु. गान, बड़ाई

गीतशास्त्र–पु. संगीतविद्या

गीता–स्त्री. गुरु-शिष्य-संवाद-रूप में आध्यात्म-तत्व का उपदेश करने-वाला पद्यग्रंथ

गीति–स्त्री. गीत, एक मात्रावृत्त

गीतिकाव्य–पु. गीत के रूप में बना आत्मपरक काव्य

गीतिनाट्य, गीतिरूपक–पु. वह नाटक जिसमें पद्य या गाने की चीज़ों की प्रधानता हो

गीदड़–पु. स्यार, शृगाल; वि. डरपोक

गीदड़-भबकी–स्त्री. दिखाऊ धमकी

गीला–वि. भीगा हुआ, नम, आर्द्र

गुंचा–पु. (फ़ा.) कली

गुंजन–पु. भौंरे का भनभनाना

गुंजाइश–स्त्री. (फ़ा.) स्थान, अवकाश, समाई

गुंजान–वि. (फ़ा.) घना, सटा हुआ

गुंजार–पु. भौंरे की भनभनाहट

गुंडा–वि. (पु.) बदमाश, दुर्वृत्त

गुंफित–वि. गूँथा हुआ, सजाया हुआ

गुंबद–पु. (फ़ा.) मस्जिद आदि की गोल छत जिसमें आवाज़ गूँजे

गुच्छा–पु. टहनी में लगे फूल फल

गुज़र–पु. (अ.) रास्ता, निर्वाह, गुज़ारा

–करना–निर्वाह करना, दिन काटना

गुज़रना–अ. क्रि. बीतना, जाना, कटना

गुज़र जाना–अ. क्रि. मर जाना

गुजरात–पु. भारत के दक्षिण-पश्चिम का एक प्रदेश

गुजराती–वि. गुजरात का, गुजरात का बना

गुज़ारा–पु. (फ़ा.) घाट, निर्वाह

गुज़ारिश–स्त्री. (फ़ा.) निवेदन, अर्ज़

गुटका–पु. गोली, पॉकेट साइज़ की पुस्तक

गुठली–स्त्री. फल का कड़ा और कुछ बड़ा बीज

गुड़–पु. ईख, ताड़ या खजूर के रस को गाढ़ा करके बनायी हुई बट्टी

–खाना, गुलगुले से परहेज़ करना–बड़ी बुराई करना, छोटी से बचना

गुड़गुड़ी–स्त्री. काठ की निगाली वाला छोटा हुक्का

गुड़हर (ल)–पु. अड़हुल का फूल

गुड़िया–स्त्री. कपड़ की बनी हुई पुतली

–(यों) का खेल–बहुत आसान काम

गुड्डा–पु. बड़ी गुड़िया, नर गुड़िया

गुण–पु. जाति-स्वभाव, विशेषता

गुणवान्–वि. गुणशाली, गुणी

गुणी–वि. गुणयुक्त

गुत्थमगुत्था–पु. गुथ जाने का भाव, भिड़ंत

गुदगुदी–स्त्री. गुदगुदाने से पैदा होनेवाली सुखद सुरसुराहट

गुदड़ी–स्त्री. चीथड़ों, रंग-बिरंगे टुकड़ों से बना ओढ़ना

–का लाल–साधारण घर में जनमा हुआ असाधारण गुणी

गुदड़ी बाज़ार–पु. पुरानी चीज़ों का बाज़ार

गुनगुनाना–अ. क्रि. धीमे स्वर में गाना

गुनहगार–वि. (फ़ा.) दोषी, अपराधी

गुपचुप–अ. छिपकर, गुप्त रीति से

गुप्त–वि. रक्षित, छिपा या छिपाया हुआ

गुप्तचर–पु. जासूस, छिपकर टोह लेनेवाला

गुफा–स्त्री. खोह, गुहा

गुफ़्तगू–स्त्री. (फ़ा.) बातचीत, बोलचाल

गुबार–पु. (अ.) धूल, गर्द, मन में सचित दुःख

–निकालना–भड़ास निकालना

गुम–वि. (फ़ा.) खोया हुआ

गुमनाम–वि. जिसका नाम प्रसिद्ध न हो

गुमराह–वि. जो रास्ता भूल गया हो

गुमसुम–वि. चुप और निश्चेष्ट

गुमान–पु. (फ़ा.) संदेह, शक, अनुमान, गर्व

गमाश्ता–पु. (फ़ा.) एजेंट

गुर–पु. कार्य साधने की युक्ति, उपाय

गुरु–वि. बड़ा, पूज्य; पु. पूज्य पुरुष, शिक्षक

गुरुजन–पु. बड़ा, बुजुर्ग, पूज्य पुरुष

गुरुता–स्त्री. भारीपन, गुरु का पद

गुरुत्व–पु. पृथ्वी की ओर खिंचाव

गुरुभाई–पु. एक ही गुरु से शिक्षा पानेवाला

गुरुवार, गुरुवासर–पु. बृहस्पतिवार

गुर्राना–अ. क्रि. (कुत्ते-बिल्ली का) क्रोध में मुँह बंद करके भारी आवाज़ निकालना; (ला.) क्रोधसूचक आवाज़ में बोलना

गुल–पु. (फ़ा.) गुलाब का फूल, फूल

–खिलना–भेद खुलना, बखेड़ा उठना

–खिलाना–बखेड़ा उठाना

–होना–(दीपक) बुझना

गुलछर्रा–पु. मौज, चैन, ऐश

–(र्रे) उड़ाना–निर्द्वन्द्व होकर सुख भोगना

गुलदस्ता–पु. फूलों का गुच्छा

गुलदान–पु. गुलदस्ता रखने का पात्र

गुलशन–पु. बाग, वाटिका

गुलाब–पु. (फ़ा.) एक कँटीला पौधा, उसका फूल

गुलाबजामुन–पु. एक प्रसिद्ध मिठाई

गुलाम–पु. (अ.) दास, ख़रीदा हुआ नौकर

गुलिस्ताँ–पु. (फ़ा.) पुष्पवाटिका, शेख़सादी रचित फ़ारसी का एक प्रसिद्ध नीतिग्रंथ

गुस्ताख़–वि. (फ़ा.) ढीठ, अविनीत, बेअदब

गुस्सा–पु. (अ.) क्रोध, रोष, कोप

–उतारना,–निकालना–(किसी पर) बिगड़ना

– गुस्सैल–वि. गुस्सावर, क्रोधी

गूँज–स्त्री. प्रतिध्वनि

गूँजना–अ. क्रि. आवाज़ का टकराकर लौटना

गूँधना–स. क्रि. आटे में पानी डालकर माँड़ना

गूढ़–वि. छिपा हुआ, समझने में कठिन

गूढ़लेख–पु.[साइफर] गुप्त लिपि प्रणाली

गूढ़संहिता–स्त्री. [साइफरकोड] गूढ़-लेख-संबंधी नियमों, संकेतो आदि का संग्रह

गूढ़ोक्ति–स्त्री. एक अर्थालंकार

गूदा–पु. फल का छिलके के नीचे का खाद्य भाग

– गुलर–पु. उदुंबर, उसका फल

–का कीड़ा–कूपमंडूक

गृह–पु. घर, वासस्थान

गृहउद्योग–पु. घर में किया जानेवाला धंधा

गृहमंत्री(त्रिन्)–पु. [होम मिनिस्टर] राज्य के भीतरी मामलों (शांतिरक्षा आदि) की व्यवस्था करनेवाला

मंत्री

गृहयुद्ध–पु. घर की लड़ाई, देश के भीतर की लड़ाई

गृहलक्ष्मी–स्त्री. घर की लक्ष्मी

गृहस्थ–पु. घरबारवाला

गृहस्थाश्रम–पु. विवाहित जीवन

गृहस्थी–स्त्री. गृहस्थ का जीवन

गृहिणी–स्त्री. गृहस्वामिनी, पत्नी

गेंद–पु. खेलने का गोला, कंदुक

गेंदबल्ला–पु. क्रिकेट का खेल

गेय–वि. गाने लायक, जो गाया जा सके

गेरुआ–वि. गेरू के रंग का

गेरू–स्त्री. एक तरह की लाल मिट्टी

गेहुंअन–पु. गेहूँ के रंग का एक ज़हरीला साँप

गेहुँआ–वि. गेहूँ के रंग का, गंदुमी

गेहूँ–पु. एक अन्न

गैंड़ा–पु. एक विशालकाय जंतु जिसकी नाक पर एक या दो सींग होते हैं

ग़ैब–पु. (अ.) छिपा होना, परोक्ष

ग़ैर–वि. (अ.) दूसरा, अन्य

ग़ैरज़रूरी–वि. अनावश्यक

ग़ैरज़िम्मेदार–वि. (अपनी) ज़िम्मेदारी न समझनेवाला

ग़ैरत–स्त्री. (अ.) लज्जा, हया, आन

ग़ैरहाज़िर–वि. अनुपस्थित

गोंद–पु. पेड़ का लसदार पसेव जो सूख गया हो

गो–स्त्री. गाय, ढोर; अ. (फ़ा.) यद्यपि, अगरचे

गोकि–अ. यद्यपि

गोकुल–पु. गायों का झुंड, एक गाँव जहाँ कृष्ण पले थे

गोचर–वि. इंद्रिय द्वारा जानने योग्य; पु. इंद्रिय का विषय

गोट–स्त्री. मगजी, संज़ाफ, किनारी

गोटा–पु. सुनहले या रुपहले और रेशम के तारों को मिलाकर बुना फ़ीता

गोटी–स्त्री. गोट

–जमना, –बैठना– युक्ति सफल होना

गोतम–पु. न्यायशास्त्र के प्रवर्तक गौतम मुनि

गोतमी–स्त्री.गोतम-पत्नी अहल्या

ग़ोता–पु. (अ.) पानी में डूबना, डुबकी

गोत्र–पु. कुल, वंश

गोद–स्त्री. क्रीड़, पहलू, आँचल

–लेना–किसी लड़के को दत्तक बनाना

गोदना–स. क्रि. चुभाना

गोधन–पु. गाय-बैलों का समूह, गाय बैल रूप धन

गोधूलि, गोधूली–स्त्री. संध्या बेला

गोप–पु. गोपालक

गोपन–पु. छिपाना, छिपाव

गोपन शपथ–स्त्री. [ओथ ऑफ़ सीक्रेसी] मंत्रियों आदि द्वारा

पदग्रहण के समय ली जानेवाली शपथ

गोपाष्टमी–स्त्री. कार्त्तिक-शुक्ला अष्टमी

गोपिका–स्त्री. ग्वालिन, गोपवधू

गोपी–स्त्री गोपवधू, ग्वालिन

गोमांस–पु. गाय-बैल का मांस

गोमूत्र–पु. गाय का मूत्र

गोरख–पु. गोरखनाथ

गोरखधंधा–पु. पहेली, झमेला

गोरखनाथ–पु. 15वीं शती के एक प्रसिद्ध हठयोगी और पंथप्रवर्तक संत

गोरखपंथ–पु. गोरखनाथ का संप्रदाय

गोरखा–पु. नेपाल का एक प्रदेश या वहाँ का निवासी

गोल–पु. मंडल, गोलाकार पिंड, वृत्त

गोल–वि. गोला, वृत्ताकार

गोल–पु. (अं.), फुटबाल आदि के खेल में वह स्थान जहाँ गेंद पहुँचने से पक्ष-विशेष की जीत होती है, इस तरह हुई जीत (करना, होना)

गोलकीपर–पु. गोल का रक्षक गोलकी

गोलमेज़ सम्मेलन–स्त्री. सर्वपक्ष-सम्मेलन

गोला–वि. गोलाईवाला, वृत्ताकार

गोलाबारूद–स्त्री. युद्ध-सामग्री

गोली–स्त्री. छोटा गोला

–खाना-बंदूक की गोली से घायल होना

–मारना–गोली से घायल करना, ठुकरा देना

गोविंद–पु. गोपालक, कृष्ण

गोश्त–पु. (फ़ा.) मांस, सालन

गोष्ठी–स्त्री. सभा, मंडली

गोसाँई–पु. गोस्वामी; वि. मालिक, श्रेष्ठ

गोहत्या–स्त्री. गोवध

गौ–स्त्री. गाय

गौड़–पु. बंगाल का पुराना नाम, गौड़ देशवासी

गौतम–पु. गोतम का वंशज

ग़ौर–पु. (अ.) सोच-विचार, चिंतन

गौरव–पु. गुरुता, भारीपन, महत्त्व

गौरवान्वित–वि. गौरवयुक्त

गौरा–स्त्री. गोरी स्त्री, पार्वती

गौरी–स्त्री. गोरी स्त्री, पार्वती, आठ वर्ष की कन्या

गौरैया–स्त्री. एक छोटी चिड़िया

ग्रंथ–पु. पुस्तक, किताब, धन

ग्रंथकार—पु. ग्रंथ लिखने, रचने वाला

ग्रंथमाला–स्त्री. क्रमपूर्वक प्रकाशित पुस्तकें

ग्रंथसाहब–पु. सिखों का धर्मग्रंथ

ग्रंथागार–पु. पुस्तकालय

ग्रंथागारिक–पु. [लाइब्रेरियन] पुस्तकालय का व्यवस्थापक

ग्रंथि–स्त्री. गाँठ, अंगों का जोड़

ग्रस्त–वि. असा हुआ, पीड़ित

ग्रह–पु. सूर्य की परिक्रमा करने वाला तारा

ग्रहण–पु. पकड़ने की क्रिया, स्वीकार, अर्थबोध

ग्रह-शांति–स्त्री. जप, पूजन आदि के द्वारा ग्रहदोष की निवृत्ति का उपाय किया जाना

ग्राम–पु. बस्ती, गाँव

ग्रामदेव, ग्रामदेवता–पु. गाँव का अधिष्ठाता

ग्रामपंचायत–स्त्री. गाँव के झगड़े सुनने और स्वास्थ्य, सफ़ाई आदि का प्रबन्ध करनेवाला मंडल

ग्रामीण–वि. ग्राम-संबंधी

ग्राम्य–बि. ग्राम-संबंधी, मूर्ख

ग्रास–पु. कौर, निवाला

ग्राहक वि. ग्रहण करनेवाला; पु. गाहक, ख़रीदार

ग्राहक यंत्र–पु. [रिसीव्हर] टेलीफोन, रेडियो या तार की वाणी अथवा ध्वनि ग्रहण करनेवाला यंत्र

ग्राह्य–वि. ग्रहण करने योग्य

ग्रीष्म–पु. गरमी का मौसम

ग्लानि–स्त्री. थकावट, खेद

ग्वालबाल–पु. अहीरों के लड़के, कृष्ण के बाल-सखा

ग्वाला–पु. गोप, अहीर, एक छंद

ग्वालिन–स्त्री. अहीरिन

घ

घ–कवर्ग का चौथा वर्ण

घंटा–पु. घड़ियाल, साठ मिनट का कालमान

घंटाघर–पु. ऊँची मीनार जिसमें घड़ी लगी हो

घंटी–स्त्री. बहुत छोटा घंटा, घुँघरू

घटना–अ. क्रि. घटित होना; स्त्री. जो बात हो या घटित हो

घटनाक्रम, घटनाचक्र–पु. घटनाओं का सिलसिला

घटबढ़–स्त्री. कमी-बेशी; वि. कम-ज़्यादा

घटाना–स. क्रि. कम करना, बाकी निकालना

घड़ा–पु. पानी रखने का बरतन, कलसा

घड़ियाल–पु. घंटा, गजर

घड़ी–स्त्री. 60 पल या 24 मिनट का कालमान, समयसूचक यन्त्र

घड़ी-घड़ी–अ. बार-बार

घड़ीसाज़–पु. घड़ी की मरम्मत करनेवाला

घनघोर–वि. बहुत घना, ज़बर्दस्त

घनता, घनत्व–स्त्री., पु. घना-पन, ठोसपन

घनफल–पु. लम्बाई, चौड़ाई, मोटाई का गुणनफल

घनवाद–पु. [क्यूबिज़्म] आधुनिक चित्रकला की एक प्रवृत्ति
घनश्याम–वि. बादल जैसा काला; पु. कृष्ण
घनिष्ठ–वि. बहुत घना, अंतरंग
घनीभूत–वि. गाढ़ा, ठोस बना हुआ, केंद्रीभूत
घपला–पु. गड़बड़, गोलमाल
घबराना–अ. क्रि. अधीर होना; स. क्रि. अस्थिर करना
घबराहट–स्त्री. अधीरता, उद्विग्नता
घमंड–पु. गर्व, दर्प, शेख़ी
घमंडी–वि. घमंड करनेवाला
घर–पु. आदमी के रहने की जगह, आवास
–उजड़ना–घर का तबाह होना
–का न घाट का–जो कहीं का न हो, निकम्मा
–का बोझ उठाना,–संभालना–घर-बार सँभालना
–का भेदिया,–का भेदी–घर सब भेद जाननेवाला
–की खेती–अपना माल
–की बात–आपसी मामला
–तक पहुँचना–माँ–बहिन की गाली देना
–फूँक तमाशा देखना–घर को बरबाद कर मौज करना
–बसाना–शादी करा देना
–सिर पर उठा लेना–बहुत शोर, ऊधम मचाना
घर का–वि. अपने घर का
घरजँवाई–पु. वह दामाद जिसे सास-ससुर अपने घर रख लें
घरबार–पु. घर, वासस्थान, गृहस्थी
घर बैठे–अ. बिना काम किए
घरवाली–स्त्री गृहस्वामिनी, पत्नी
घराना–पु. कुल, वंश
घरेलू–वि. घर का, पालतू
घसिटना–अ. क्रि. घसीटा जाना
घसियारा–पु. घास बेचनेवाला, तुच्छ आदमी
घसीटना–स. क्रि. किसी चीज़ को इस तरह खींचना कि वह ज़मीन से रगड़ खाती हुई खिंचे
घाघरा–पु. लहँगा
घाट–पु. नाव आदि से उतरने का स्थान
–घाट का पानी पीना–जगह-जगह फिरना
घाटा–पु. टोटा, घटी, नुकसान
घाटी–स्त्री. दो पहाड़ों के बीच की नीची ज़मीन
घात–पु. चोट, आघात, गुणनफल
घात–स्त्री. ताक, दाँव-पेंच
–में फिरना–ताक में घूमना
–में बैठना–आक्रमण आदि करने के लिए छिपकर बैठना
—लगाना–ताक में बैठना
घातक–वि. घात करनेवाला

घायल–वि. जो चोट खाए हो, ज़ख़्मी

घालना–स. क्रि. नाश करना

घालमेल–वि. गड्ड-मड्ड

घाव–पु. चोट, आघात

घास–स्त्री. चौपायों का एक चारा, तृण

घासलेट–पु. मिट्टी का तेल, तुच्छ वस्तु

घिघियाना–अ. क्रि. गिड़गिड़ाना

घिसना–स. क्रि. किसी चीज़ को किसी कड़ी चीज़ पर इस तरह रगड़ना कि उसका कुछ अंश कटता जाय; अ. क्रि. रगड़ से कटना

घिसाई–स्त्री. घिसने की क्रिया या भाव

घी–पु. गलाया हुआ मक्खन

–के दिये (चिराग़) जलना–बहुत आनंद होना

घुँघरू–पु. चाँदी, पीतल आदि का गोल, पोला दाना जिसके भीतर कंकड़ी बजती है

घुटना–अ. क्रि. घोंटा जाना, पीसा जाना

घुटना–पु. जाँघ और टाँग के बीच का जोड़

घुटघुटकर मरना–घुलघुलकर मरना

घुटा हुआ–मुँडा हुआ, बहुत चालाक

घुट्टी–स्त्री. शिशु के लिए रेचक-पाचक दवा

घुन–पु. अनाज, लकड़ी आदि में लगने-वाला छोटा कीड़ा

घुमक्कड़–वि. बहुत घूमनेवाला, सैर-सपाटे का शौकीन

घुमाना–स. क्रि.फिराना, चक्कर देना

घुलना–अ.क्रि. किसी तरल वस्तु में हल हो जाना

घुलमिलकर–मुहब्बत के साथ

घुसना–अ. क्रि. भीतर जाना

घूँघट–पु. साड़ी, दुपट्टे या चादर का किनारा जो स्त्री लज्जावश परदे के लिए मुँह पर खींच लेती है

घूँट–पु. जल या किसी पेय पदार्थ की वह मात्रा जो एक बार में गले के नीचे उतारी जा सके

घूँटी–स्त्री. बच्चों की एक दवा

घूँसा–पु. प्रहार के लिए बँधी हुई मुट्ठी, मुक्का

घूँसेबाज़ी–स्त्री. घूँसों की लड़ाई

घूमना–अ. क्रि. फिरना, चक्कर खाना

घूरना–अ. क्रि., स. क्रि. काम यो क्रोध-भरी दृष्टि से देखना

घूस–स्त्री. रिश्वत

घूसख़ोर–वि. घूस खानेवाला

घृणा–स्त्री. घिन, नफ़रत

घृणास्पद–वि. घृणा करने योग्य

घेर–पु. घेरा, फैलाव

घेरना–स.क्रि. आवेष्टित करना, रोकना

घोंसला–पु. पक्षी के रहने का स्थान, नीड़

घोटाला–पु. घपला, गोलमाल, गड़बड़

घोड़ा–पु. एक चौपाया जो गधे से बड़ा होता है और सवारी आदि के काम आता है, अश्व

–फेरना–घोड़े को सधाना

–बेचकर सोना–बेफिक्र होकर सोना

–(ड़े) पर चढ़ आना–लौटने की जल्दी मचाना

घोड़ागाड़ी–स्त्री. वह गाड़ी जिसमें घोड़े जोते जाएँ

घोर–वि. डरावना, भयानक

घोल–पु. घोलकर बनाई हुई चीज़

घोलक–पु. [सालवेंट] जो घुला दे, घुला देनेवाला

घोषण पु., घोषणा स्त्री.–मुनादी या ऐलान

ङ

ङ–कवर्ग का अंतिम अक्षर

च

च–देवनागरी का छठा व्यंजन

चंगुल–पु. पंजा, पकड़, क़ाबू

चंचल–वि.एक जगह, एक स्थिति में न रहनेवाला

चंड–वि. तीक्ष्ण, उग्र

चंडी–स्त्री. दुर्गा, कर्कशा स्त्री

चंडू–पु. अफ़ीम का किवाम

चंडूख़ाने की गप–झूठी, बेतुकी बात

चंद–वि. (फ़ा.) कुछ, थोड़े-से, दो-चार

चंदन–पु. एक सुगंधित वृक्ष या उसकी लकड़ी, संदल

चंदा–पु. उगहनी, सदस्यता शुल्क

चंद्र–पु. चंद्रमा

चंद्रग्रह, चंद्रग्रहण–पृथ्वी की छाया से चंद्रमंडल का छिप जाना

चंद्रमा–पु. सौरमंडल का एक उपग्रह, चाँद

चंद्रलोक–पु. चंद्रमा का लोक

चंद्रिका–स्त्री. चाँदनी

चंपई–वि. चंपा के फूल जैसे रंग का; पु. उक्त रंग

चंपत–वि. चलता, ग़ायब (होना)

चकबंदी–स्त्री. ज़मीन का बड़े-बड़े टुकड़ों में बँटवारा

चकमा–पु. धोखा, भुलावा (खाना, देना)

चकराना–अ. क्रि. सिर का घूमना, हैरान होना

चकला–पु. रोटी बेलने का पाटा

चकल्लस–स्त्री. झगड़ा, मित्रों का परिहास

चकित–वि. विस्मित, हैरान

चक्कर–पु. वृत्ताकार मार्ग, हैरानी

चक्षु–पु. आँख, दृष्टि, देखने की शक्ति

चख़चख़–स्त्री. झगड़ा, कहा-सुनी

चखना–स. क्रि. स्वाद लेना

चचा–पु. बाप का भाई

चचाज़ाद–वि. चचेरा

चचेरा–वि. चचा से उत्पन्न, चचाज़ाद

चटकना–अ. क्रि. हलकी आवाज़ के साथ टूटना; पु. तमाचा

चटखनी–स्त्री. सिटकनी

चटखारा–पु. स्वादिष्ट वस्तु को खाते समय जीभ के तालू से लगने की आवाज़

चटनी–स्त्री. चाटने की चीज़, स्वादिष्ट अवलेह

चटपटा–वि. चरपरा, मज़ेदार

चटाई–स्त्री. घास, सींक, बेंत की छाल का बना बिछावन

चट्टा-बट्टा–पु. काठ के खिलौनों का समूह

चढ़ना–अ. क्रि. नीचे से ऊपर को जाना

चढ़वाना–स. क्रि. चढ़ने की. क्रिया कराना

चढ़ाई–स्त्री चढ़ने की क्रिया

चढ़ाना–स. क्रि. ऊपर ले जाना

चढ़ावा–पु. पूजा में देवता को चढ़ाई जानेवाली सामग्री

चतुर–वि. होशियार, कार्यदक्ष

चतुर–वि. चालाक; पु. चार की संख्या

चतुराई–स्त्री. होशियारी, चालाकी

चतुर्थी–स्त्री. पक्ष-विशेष की चौथी तिथि, संप्रदान कारक (व्या०)

चतुर्भुज–वि. चार भुजाओंवाला

चतुर्वर्ण–पु. चारों वर्ण-ब्राह्मण, क्षत्रिय, वैश्य और शूद्र

चतुर्वेद–पु. चारों वेद; विचारों वेदों का ज्ञाता

चपत–स्त्री. तमाचा

–बैठना, लगना–नुक़सान होना

चपरासी–पु. अरदली

चपल–वि. चंचल, अस्थिर

चपाती–स्त्री. पतली रोटी, फुलका

चपेट–स्त्री. धक्का, रगड़ा, दबाव

चपेटना–स. क्रि. दाबना, डाँटना

चप्पल–पु. स्त्री. खुली एड़ी का जूता

चबाना–स. क्रि. दाँतों से कुचलना

चबा जाना–खा जाना, काट खाना

चमकना–अ. क्रि. झलकना, जगमगाना

चमकाना–स. क्रि चमकदार बनाना

चमड़ा–पु. खाल, चर्म
चमत्कार–पु. अद्भुत बात, करामात
चमन–पु. (फ़ा.) फुलवारी, हरा-भरा स्थान
चरण–पु. पाँव, पग, क़दम
–छूना–पाँव छूकर प्रणाम करना
चरना–स. क्रि. पशुओं का मैदान या खेत में घास खाना
चरागाह–पु., स्त्री. (फ़ा.) पशुओं के चरने-चराने की जगह
चराना–स. क्रि. घास-चारा खिलाना
चरित–पु. आचरण, जीवन चरित; वि. आचरित
चरितार्थ–वि. जिसका अर्थ, प्रयोजन सिद्ध हो गया हो
चरित्र–पु. आचरण, व्यवहार
चर्चा–स्त्री. वाद-विवाद, ज़िक्र
चर्म–पु. चमड़ा, खाल
चर्मशोधन–पु. (टैनिंग) चमड़े को मिझाना, मुलायम बनाना
चल–वि. गतिमान, हिलता-डोलता
चलचलाव–पु. कूच, मौत, चलने की तैयारी
चलचित्र–पु. सिनेमा
चलता पुरज़ा–वि. चालाक, धूर्त
चलन–पु. चलने का भाव, रिवाज, रीति
चलना–अ. क्रि. हरकत करना, एक से दूसरी जगह जाना
चल संपत्ति–स्त्री. ऐसी संपत्ति जो एक स्थान से हटाकर अन्यत्र ले जाई जा सके
चलाना–स. क्रि. चलने को प्रेरित करना
चश्म–स्त्री. (फ़ा.) आँख
चश्मदीद–वि. आँखों देखा
चश्मपोशी–स्त्री. किसी के दोषदुर्गण देखकर टाल जाना
चश्मा–पु. (फ़ा.) सोता, ऐनक
चसका–पु. लत, आदत
चहक–स्त्री. चहकने का भाव
चहकना–अ. क्रि. चिड़ियों का चहचहाना
चहलक़दमी–स्त्री. (फ़ा.) धीरे-धीरे टहलना
चहार–वि. (फ़ा.) चार
चहारदीवारी–स्त्री. परकोटा
चहेता–वि. प्यारा (स्त्री. 'चहेती')
चाँद–पु. चंद्रमा
चाँदनी–स्त्री. चाँद की रोशनी
चाँदमारी–स्त्री. निशानेबाज़ी का अभ्यास
चाँदी–स्त्री. सफ़ेद रंग की एक नरम चमकीली धातु
–कटना–खूब रुपये मिलना
–का जूता, –की जूती–घूस
चाकर–पु. (फ़ा.) नौकर, सेवक
चाकरी–स्त्री. (फ़ा.) नौकरी, सेवा

चाणक्य–पु. अर्थशास्त्र के रचयिता कौटिल्य

चातक–पु. पपीहा, सारंग

चापलूस–वि. (फ़ा.) खुशामदी, चाटुकार

चापलूसी–स्त्री. (फ़ा.) खुशामद, झूठी प्रशंसा

चाबुक–वि. (फ़ा.) फुरतीला, चुस्त, तेज़; पु. कोड़ा

चार–वि. तीन और एक, कुछ, कई; पु. चार की संख्या

–आँखें करना–साक्षात्कार करना

–आँखें होना–देखा-देखी होना

–के कंधे,–के कंधे चढ़ना, चलना–मर जाना, अरथी उठना

–चाँद लगना–सुंदरता बढ़ना

–दिन की चाँदनी–दो-चार ही दिन रहनेवाली बात

चार दिन–पु. थोड़े दिन, अल्प काल

चारजामा–पु. (फ़ा.) घोड़े पर कसने का कपड़े का ज़ीन

चारपाई–स्त्री. खाट, छोटा पलंग

–से पीठ लगना–सख़्त बीमार होना

चार–पु. चौपायों का खाद्य-घास आदि

चाराजोई–स्त्री. नालिश, फ़रियाद

चाल–स्त्री. चलने की क्रिया

चालक–वि. चलानेवाला

चालचलन–पु. आवरण, चरित्र

चालढाल–स्त्री. तौर तरीक़ा

चालबाज़–वि. चालें चलनेवाला, छलिया, धूर्त

चालबाज़ी–स्त्री. छल, धूर्तता

चालाक–वि.(फ़ा.) चुस्त, फुरतीला, चतुर, धूर्त

चालाकी–स्त्री. (फ़ा.) चतुराई, धूर्तता

चालान–पु. बीजक, रवन्ना

चालीसवाँ–पु. मृत व्यक्ति के चालीसवें दिन का कर्म

चाशनी–स्त्री. (फ़ा.) चीनी-गुड़ आदि का शीरा

चाह–स्त्री. इच्छा, लालसा

चाहना–स. क्रि. इच्छा करना, माँगना

चाहिए–अ. उचित है, दरकार है

चिंघाड़ना–अ. क्रि. हाथी का ज़ोर से बोलना

चिंतन–पु. सोचना-विचारना मनन

चिंतनीय–वि. चिंता करने योग्य

चिंता–स्त्री. चिंतन, फ़िक्र

चिंताकुल–वि. चिंता से आकुल, उद्विग्न

चिंताजनक–वि.चिंता का कारण रूप

चिंतित–वि. चिंतायुक्त, सोच में पड़ा हुआ

चिकन–पु. सूती कपड़े पर बेल-बूटे का काम

चिकना–वि. स्निग्ध

–घड़ा–बेहया

चिकारा–पु.एक तरह की सारंगी

चिकित्सक–पु. चिकित्सा करनेवाला, वैद्य

चिकित्सा–स्त्री. इलाज, औषधोपचार

चिकित्सालय–पु. अस्पताल, शफ़ाख़ाना

चिट्ठा–पु. खाता

चिट्ठी–स्त्री. पत्र, ख़त, पुरज़ा

चिट्ठीरसां–पु. चिट्ठियाँ बाँटनेवाला, डाकिया

चिढ़ना–अ. क्रि. ख़फ़ा, नाराज़ होना

चिढ़ाना–स. क्रि. नाराज़ करना

चितवन–स्त्री. देखने का ढंग, दृष्टि, कटाक्ष

चिता–स्त्री. मुरदे को जलाने के लिए चुनकर रखी हुई लकड़ियाँ

चित्त–पु. मन, अंतःकरण की चिंतना

–उचटना–जी न लगना

–चुराना–मन मोह लेना

चित्ताकर्षक–वि. मन को लुभानेवाला

चित्र–पु. तसवीर, आलेख्य

चित्रकार–पु. चित्र बनानेवाला, चितेरा

चित्रमय–वि. चित्रों से भरा हुआ, सचित्र

चित्रविचित्र–वि. रंग-बिरंगा

चित्रशला–स्त्री, स्टूडियो

चित्राधार–पु. चित्रपट, एलबम

चिथड़ा–पु. फटा-पुराना कपड़ा

चिनगारी–स्त्री. जलते हुए कोयले आदि का बहुत छोटा टुकड़ा

–छोड़ना–झगड़ा लगानेवाली बात कहना

चिपकना–अ. क्रि. किसी लसदार चीज़ से जुड़ना, सटना

चिपकाना–स. क्रि. किसी लसदार चीज़ से जोड़ना, सटाना

चिमटा–पु. जलती चीज़ पकड़ने का आला

चिमनी–स्त्री. (अं.) इंजन आदि का धुआँ या भाप निकलने के लिए बनी हुई नली जैसी वस्तु

चिरंजीव–अ. बहुत दिन जियो

चिर–वि. जो बहुत दिनों से हो, सदा

चिरनिद्रा–स्त्री. महानिद्रा, मृत्यु

चिरशांति–स्त्री. स्थायी शांति, मुक्ति

चिरस्मरणीय–वि. बहुत दिनों तक याद रखने लायक

चिराग़–पु. (फ़ा.) दिया, दीपक

–गुल,पगड़ी ग़ायब–निगाह झपते ही माल की ग़ायब होना

–जले–अँधेरा होने पर

–तले अँधेरा–रखवाले के सामने चोरी

–बढ़ाना–दिया बुझाना

–लेकर ढूँढना–बहुत कोशिश से ढूँढना

चिरायु–वि. बहुत दिन जीनेवाला, चिरजीवी

चिलम–स्त्री. (फ़ा.) तंबाकू-गांजा आदि पीने का पात्र

चिह्न–पु.लक्षण, पहचान, निशान

चिह्नित–वि. जिस पर चिह्न हो

चीख़–स्त्री. चिल्लाने की आवाज़

चीड़–पु. सदाबहार पेड़

चीत्कार–पु. चीख़, चिल्लाहट, शोर, चिंघाड़

चीनी मिट्टी–स्त्री. पकाई हुई सफेद मिट्टी

चीर–पु. वस्त्रखंड, पट्टी, धज्जी

चीर–स्त्री. चीरने या फाड़ने की क्रिया या भाव

चीरना–स. क्रि. फाड़ना, टकड़े करना

चीरफाड़–स्त्री. चीरने-फाड़ने का काम

चीवर–पु. साधु-संन्यासियों का पहनावा

चुंगी–स्त्री. म्युनिसिपल महसूल

चुंबक–पु. लोहे को खींचनेवाला पदार्थ

चुंबन–पु. चूमने की क्रिया, बोसा

चुकना–अ. क्रि. समाप्त होना

चुकाना–स. क्रि. अदा करना, चुकता करना

चुग़द–पु. (फ़ा.) उल्लू की एक क़िस्म, मूर्ख व्यक्ति

चुग़ली–स्त्री. परोक्ष में की हुई निंदा

चुगुल–पु. (फ़ा.) पीठ पीछे निंदा करनेवाला

चुगुलख़ोर–पु. चुग़ली खानेवाला

चुगुलख़ोरी–स्त्री. चुग़ली खाना

चुटकला–पु. मनोरंजक उक्ति, लतीफ़ा

–छोड़ना–मनोरंजक बात कहना

चुटकी–स्त्री. किसी चीज़ को पकड़ने, उठाने आदि के लिए अँगूठे और तर्जनी या बीच की उँगली को परस्पर सटाना

–बजाते–दम-भर में, बात की बात में

–में उड़ाना–खेल समझना

–लेना–हँसी उड़ाना

चुटीला–वि. चोट करनेवाला

चुड़ैल–स्त्री. भूतनी, डायन

चुनना–स. क्रि. दो या अधिक में से एक को पसन्द करना

चुनाव–पु. चुनने की क्रिया या भाव

चुनौती–स्त्री. बढ़ावा, ललकार

चुप–वि. जो बोलता न हो, मौन

चुपकी–स्त्री. मौन, चुप्पी

चुप्पी–स्त्री. मौन, ख़ामोशी

चुभन–स्त्री. चुभने का भाव, दर्द, खटक

चुभना–अ. क्रि. धँसना

चुराना–स. क्रि. दूसरे की चीज़ को उसकी जानकारी या अनुमति के बिना ले लेना, छिपाना

चुलबुला–वि. चंचल, नटखट

चुल्लू–पु. गहरी की हुई हथेली

–भर पानी में डूब मरना–लज्जा से मुँह न दिखा सकना

चुस्त–वि. (फ़ा) तेज़, फुरतीला

चुस्ती–स्त्री. (फ़ा) तेज़, फुरती

चुहल–स्त्री. हँसी, ठिठोली

चक–स्त्री. भूल ग़लती

चूकना–अ. क्रि. भूल, ग़लती करना

चूड़ी–स्त्री. कलाई पर पहना जानेवाला स्त्रियों का आभूषण

चना–अ. क्रि. टपकना; पु. पत्थर, कंकड़, सीप आदि को फूँकने से प्राप्त क्षार

–लगाना–बेवकूफ बनाना

चूमना–स. क्रि. होंठों से किसी के होंठों, गालों आदि का स्पर्श करना

चूर्ण–पु. चूर, चूरन, चूना

चूसना–स. क्रि. रसपान करना

चेक–पु. (अं.) बैंक के नाम रुपये देने का लिखित आदेश

चेत–पु. होश, संज्ञा

चेतन–पु. आत्मा, जीव, परमेश्वर

चेतावनी–स्त्री. ख़तरे की पूर्व सूचना

चेष्टा–स्त्री. गति, भावभंगी, कोशिश

चेहरा–पु. (फ़ा.) मुखड़ा

–उतरना–चेहरे से चिन्ता आदि प्रकट होना

–(रे) पर हवाइयाँ उड़ना–चेहरे से घबराहट झलकना

चेहरा-मुहरा–पु. सूरत-शक्ल

चैन–पु. सुख, आराम, कल, शांति

–की वंशी बजाना–बड़े आनंद से दिन बिताना

चोट–स्त्री. आघात, वार

–उभरना–दर्द करना

चोर–पु. चोरी करनेवाला

चोर-दरवाज़ा–पु. पिछवाड़े का छोटा दरवाज़ा

चोर-बाज़ार–पु. वह स्थान जंहाँ चोरी से माल बेचा, ख़रीदा जाए

चोरी–स्त्री. चोर का काम, चुराने की क्रिया

चोला–पु. ढीला-ढाला कुरता

–बदलना–शरीर-त्याग, रूप बदलना

चोली–स्त्री. अँगिया

–दामन का साथ–कभी न छूटने वाला साथ

चौंकना–अ.क्रि. भय या विस्मय से चंचल हो जाना

चौंकाना–स. क्रि. दूसरे के चौंकने का कारण होना

चौकन्ना–वि. सावधान, होशियार

चौको–स्त्री. छोटा तख़्त

चौकीदार–पु. पहरा देनेवाला

चौकोर–वि. चौकोना, चौखूँटा

चौगिर्द–अ. चारों ओर

चौगुना–वि. किसी वस्तु का चार गुना

चौड़ा–वि. लंबाई के दोनों छोरों के बीच विस्तृत फैलाव

चौतरफ़ा–अ. चारों ओर, चौगिर्द

चौपाई–स्त्री. सोलह मात्राओं के चार चरणों का छंद

चौरस–वि. समतल, चौपहल

चौरस्ता–पु. चौराहा

चौर्योन्माद–पु. [क्लेप्टोमेनिया] चोरी करने की दुष्प्रवृत्ति

चौहद्दी–स्त्री. किसी स्थान या मकान की चारों सीमाएँ

छ

छ–देवनागरी का सातवाँ व्यंजन वर्ण

छँटना–अ. क्रि. छाँटा जाना, चुना जाना

छँटनी–स्त्री. छाँटने, (कर्मचारी आदि को) हटाने की क्रिया

छँटा हुआ–चालाक धूर्त

छंद–पु. मात्रा, वर्ण, यति आदि नियमों से युक्त वाक्य, छंदशास्त्र

छंदोभंग–पु. छंद में वर्ण, मात्रा आदि के नियम का पूर्ण पालन न होना

छक्का छुटना–हिम्मत हारना

छक्के छुड़ाना–हौसला पस्त कर देना

छटा–स्त्री. शोभा, छवि, दीप्ति

छठी–वि. स्त्री. 'छठा' का स्त्री. रूप स्त्री. जन्म के छठे दिन का स्नान, पूजन, उत्सव

–का दूध याद आना–कठिन मेहनत पड़ना

–में न पड़ना–प्रकृति में न होना

छत–स्त्री. मकान की पाटन या खुला फर्श

छतरी– स्त्री. छाता

छतरीधारी–पु. पैरा ट्रूपर

छत्र–पु. छतरी

छद्म–पु. छल, कपट, बदला हुआ भेस

छद्मनाम–पु. [स्यूडोनिम] बनावटी नाम

छपछपाना–अ. क्रि. पानी एर हाथ-पैर मारना

छपाई–स्त्री. छापने का काम या उसकी उजरत

छपाना–स. क्रि. प्रेस में पुस्तक आदि मुद्रित करना,

छबि–स्त्री. शोभा, सुंदरता

छल–पु. धोखा देनेवाली बात

छलनी–स्त्री. छानने का आला

छलाँग–स्त्री. चौकड़ी, कुदान, उछाल

छाँव–स्त्री. छाया, शरण

छाँह–स्त्री. छाया, आश्रय-स्थान

छागल–स्त्री. पाँव में पहनने का एक गहना

छाता–पु. छतरी

छाती–स्त्री. वक्ष, पेट और गरदन के बीच का भाग

–ठंडी करना–जी की जलन मिटाना

–निकालकर चलना–अकड़कर चलना

–पर साँप लोटना–हृदय को गहरी वेदना होना

–पीटना–मातम मनाना

–से लगाना–आलिंगन करना, गले लगाना

छात्र–पु. शिष्य, विद्यार्थी

छात्रवृत्ति–स्त्री. वज़ीफ़ा

छात्राभिरक्षक–पु. [वार्डेन] छात्रावास का अभिरक्षक

छात्रालय, छात्रावास–पु. होस्टल

छात्रावासीय विश्वविद्यालय–पु. [रेज़िडेंशल यूनिवर्सिटी] वह विश्वविद्यालय जिसके छात्र प्रायः उसके होस्टलों में रहते हैं

छानफटक, छानबीन–स्त्री. खोज, जाँच-पड़ताल

छाप–स्त्री. किसी वस्तु का चिह्न, निशान

छापना–स. क्रि. अक्षर आदि मुद्रित करना

छापाख़ाना–पु. वह स्थान जहाँ छपाई का काम हो, प्रेस

छापामार–वि. छापा मारनेवाला, गुरिल्ला

छाया–स्त्री. छाँव, साया

छायावाद–पु. हिन्दी की एक काव्यगत शैली

छावनी–स्त्री. छप्पर, पड़ाव, शिविर

छिछला–वि. उथला

छिछोरा–वि. ओछा, कमीना, क्षुद्र

छिद्र–पु. छेद, सूराख़

छिद्रान्वेषण–पु. दूसरे के दोष ढूँढ़ना

छिन्न–वि. कटा हुआ

छिपना–अ. क्रि. परदे में होना, डूबना

छिपाना–स. क्रि. आड़ में करना

छिपा रुस्तम–वि. पु. असाधारण, किन्तु अप्रसिद्ध गुणी

छिपाव–पु. छिपाने की क्रिया या भाव, गोपन

छिलका–पु. फल, आदि का ऊपरी खोल

छिलना–अ. क्रि. चमड़े या छिलके का अलग हो जाना

छीनना–स. क्रि. दूसरे से ज़बरदस्ती ले लेना

छीनाखसोटी, छीनाछीनी, छीनाझपटी–स्त्री. एक-दूसरे के हाथ से छीन लेने की कोशिश

छुआछूत–स्त्री. छूतछात का ख़्याल, अस्पृश्य को छूना

छुईमुई – स्त्री. लज्जावती, लज्जालु

छुटकारा–पु. रिहाई, निस्तार, छुट्टी

छुट्टी–स्त्री. छुटकारा, अवकाश-काल

–मनाना–अवकाश का आनंद लेना

छूट–स्त्री. छूटने का भाव, छुटकारा

छूटना–अ. क्रि. छुटकारा होना

छूत–स्त्री. छूने, छू जाने का भाव

छूत का रोग–रोगी के स्पर्श से दूसरे को होनेवाला रोग

छूना–स. क्रि. किसी चीज़ से सट, लग जाना; अ. क्रि. एक का दूसरी से सट जाना

छेकानुप्रास–पु. अनुप्रास अलंकार को वह भेद जिसमें एक या अधिक वर्णों की आवृत्ति एक ही बार होती है

छेड़–स्त्री. छेड़ने की क्रिया या भाव

छेड़खानी, छेड़छाड़–स्त्री. छेड़नेवाली बात, नोक-झोंक

छेड़ना–स. क्रि. चिढ़ाना

छेनो–स्त्री. पत्थर या कोई धातु काटने का औज़ार

छैला–पु. बाँका, रँगीला पुरुष

छोकरा–पु. कच्ची उम्र और कम अक्ल का लड़का

छोकरी–स्त्री. कच्ची उम्र और कम अक्ल की लड़की

छोटा–वि. ऊँचाई, लंबाई, या उम्र में कम

–(टे) मुँह बड़ी बात – अपनी हैमियत से बड़ी बात कहना

छोड़ना–स. क्रि. पकड़ से निकाल देना

छोड़वाना–स. क्रि. छोड़ने का काम कराना

ज

ज–देवनागरी का आठवाँ व्यंजन वर्ण

जंकशन–पु. (अं.) दो सड़कों, रास्तों के मिलने का स्थान, वह स्टेशन जहाँ दो या अधिक रेल-लाइनें मिलें

जंग–स्त्री. (फ़ा.) लड़ाई, युद्ध, रण

ज़ंग–पु. (फ़ा.) मोरचा, धातु का मैल

जंगल–पु. वन, उजाड़ स्थान

जंगली–वि. बनैला, असभ्य

जंगी जहाज़–पु. युद्धपोत

जंगी बेड़ा–पु. जंगी जहाज़ों का बेड़ा

जँचना–अ. क्रि. अच्छा मालूम होना

ज़ंजीर–स्त्री. (फ़ा.) साँकल, श्रृंखला, लडी, बेडी

जंतु–पु. प्राणी, जीव, पशु

जंतुविज्ञान–पु. [जूलॉजी] जंतुओं, पशु-पक्षियों आदि का विवेचन करनेवाला शास्त्र

ज़ईफ़–वि. (अ.) बूढ़ा, दुर्बल

ज़ईफ़ी–स्त्री. (अ.) बुढ़ापा, दुर्बलता
ज़क–स्त्री. (अ.) हार, पराजय
ज़कात–स्त्री. (अ.) दान, ख़ैरात
ज़ख़ीरा–पु. (अ.) ख़ज़ाना, भंडार
ज़ख़्म–पु. (फ़ा.) घाव, चोट, हानि
–हरा होना–बीते हुए कष्ट का लौट आना
ज़ख़्मी–वि. (फ़ा) घायल
जग–पु. जगत्, दुनिया
जगज़ाहिर–वि. जगप्रसिद्ध, सर्व-विदित
जगद्गुरु–पु. शंकराचार्य की गद्दी पर बैठनेवालों की पदवी
जगना–अ. क्रि. नींद से उठना, जागना
जगमग–वि. चमकीला, जगमगाता हुआ
जगहँसाई–स्त्री. लोकनिंदा
ज़च्चा–स्त्री. (फ़ा.) सद्यःप्रसूता
ज़च्चाख़ाना–पु. प्रसवगृह
जज–पु. (अं.) न्यायाधीश
जज़्ब–पु. (अ.) सोखना, खिंचाव
ज़टा–स्त्री. उलझे और चिपके हुआ लंबे बाल
जटिल–वि. उलझा हुआ
जड़–वि. अचेतन, मूर्ख; पु. अचेतन पदार्थ
जड़–स्त्री. मूल, आधार
–उखाड़ना–समूल नाश करना
–काटना,–खोदना–भारी हानि पहुँचाना
जड़ना–स. क्रि. एक वस्तु को दूसरी में बैठाना
जड़ाऊ–वि. जिस पर नग जड़ा हो
जन–पु. मनुष्य, मनुष्य-समूह
जन-आंदोलन – पु. जनता का आंदोलन
जनक–वि. जन्म देनेवाला ; पु. पिता
ज़नख़ा–पु. हिजड़ा, स्त्रैण
जनगणना–स्त्री. मर्दुमशुमारी
जनतंत्र–पु. लोकतंत्र, प्रजातंत्र
जनता–स्त्री जनसमूह, लोक
जनन–पु. उत्पत्ति, जन्म
जननिर्देश – पु. [रिफ़रेंडम] संसद में किसी महत्त्वपूर्ण विवादग्रस्त विषय का जनमत के लिए उप-स्थित करना
जनरक्षा अधिनियम–पु. [पिब्लिक सेफ़्टी ऐक्ट] सर्वसाधारण की रक्षा की दृष्टि से बनाया गया अधिनियम
जनसंख्या–स्त्री. आबादी
जनसंपर्काधिकारी–पु. [पब्लिक रिलेशन ऑफ़िसर] जनता से संपर्क बनाये रखनेवाला अधिकारी
जनहितैषी राज्य–पु. [वेलफ़ेयर स्टेट] कल्याणकारी राज्य
जनाज़ा – पु. (अ.) लाश, अरथी
ज़नानख़ाना–पु. (फ़ा.) अंतःपुर

ज़नाना–वि. (फ़ा.) स्त्री-संबंधी; पु. ज़नानख़ाना

जनाब–पु. (अ.) श्रीमान, महोदय, महाशय

जनून–पु. (अ.) पागलपन, उन्माद

जनेऊ–पु. यज्ञोपवीत

जन्नत–पु. (अ.) स्वर्ग, बहिश्त

जन्म–पु. गर्भ से बाहर आना, उत्पत्ति

जन्मतिथि–स्त्री. बरसगाँठ

जन्मभूमि–स्त्री. वह जगह जहाँ किसी का जन्म हुआ हो

जन्मस्थान–पु. जन्मभूमि

जन्मांतर–पु. दूसरा जन्म, पिछला जन्म

जन्मांतरवाद–पु. पुनर्जन्मवाद

जन्मांध – वि. जन्म का अंधा

जन्माष्टमी–स्त्री. कृष्ण की जन्मतिथि

जप–पु. किसी मंत्र आदि को धीमे स्वर से दुहराना

जपना–स. क्रि. जप करना, यज्ञ करना

जब–अ. जिस समय, यदा

ज़बर–वि. (फ़ा.) ऊपर वाला, बलवान्

ज़बान–स्त्री. (फ़ा) जीभ, वाणी, बोली

–पर लाना–कहना, बयान करना

–में लगाम न होना–बोलने में उचित-अनुचित का विचार न होना

–हारना–वचनबद्ध होना

ज़बानी – वि. (फ़ा.) मौखिक

ज़ब्त–पु. (अ.) प्रबंध, निगरानी, सहन

ज़ब्ती–स्त्री. (अ.) कुर्की

ज़ब्ह–पु. (अ.) गला काटकर जान लेने का कार्य

जमना–स्त्री., अ. क्रि. पतली चीज़ का गाढ़ी होना, देर तक बैठना

जमा–स्त्री. (अ.) समूह जमात, जोड़

–मारना–दूसरे का पैसा मार लेना

जमाई–पु. दामाद

जमाख़र्च–स्त्री. आमदनी और ख़र्च

ज़मानत–स्त्री. (अ.) किसी की ज़िम्मेदारी लेना

ज़मानती–वि. (अ.) ज़मानत के क़ाबिल

ज़माना–पु. (अ.) काल, युग अरसा

–(ने) की गर्दिश–समय का उलट-फेर

जमाव–पु. भीड़, मजमा

ज़मीन–स्त्री. (फ़ा.) पृथ्वी, धरती का स्थलभाग

–आसमान एक करना–अत्यधिक प्रयास करना

–आसमान का फ़र्क़–बहुत अधिक अंतर

–का पाँव तले से खिसक या निकल जाना–भय या घबराहट से खड़ा न रह सकना

–पर पाँव न पड़ना या न रखना–बहुत गर्व होना, बहुत इतराना

–में गढ़ जाना–अत्यंत लज्जित होना

जय–स्त्री. शत्रु या विपक्षी को हराना

–मनाना–विजय की कामना करना

जयघोष–पु. जयध्वनि

जयजयकार–पु. जयघोष

ज़र–पु. (फ़ा.) धन, दौलत, सोना,

ज़रदोज़ी–स्त्री. कलाबत्तू या सलमे-सितारे का काम

जरा–स्त्री. बुढ़ापा

ज़रा–वि. (अ.) थोड़ा; अ. थोड़ी देर के लिए

ज़री–स्त्री. (फ़ा.) सोने का पानी चढ़ा चाँदी का तार

ज़रूरत–स्त्री. (अ.) आवश्यकता, हाजत

जर्जर–वि. जीर्ण, टूटा-फूटा

जर्राह–पु. (अ.) चीर-फाड़ करने वाला

जर्राही–स्त्री (अ.) चीर-फाड़ का काम

जल–पु. पानी

–थल एक होना–घोर वृष्टि होना

जलकल विभाग–पु. म्युनिसिपलिटी का जल प्रबंधक विभगा [वाटरवर्क्स]

जलक्रीड़ा–स्त्री. क्रीड़ा के लिए पानी में तैरना

जलजन–पु. [हाइड्रोजन] उदजन

जलनिकास योजना – स्त्री. [ड्रेनेज़ स्कीम] गंदा पानी बाहर करने की योजना

जलपान–पु. कलेवा, नाश्ता

जलरंग–पु. वाटर कलर

जलसेना–स्त्री. जंगी जहाज़ों का बेड़ा

जलसेनापति–पु. नौसेनाध्यक्ष [एडमिरल]

ज़लज़ला–पु. (अ.) भूकंप, झूडोल

जलना–अ. क्रि. किसी चीज़ का आग पकड़ना

जलती आग में कूदना–जान-बूझकर बिपत में फंसना

जलसा–पु. (अ.) बैठक, अधिवेशन, सभा, महफ़िल

जलाना–स. क्रि. किसी चीज़ को आग पकड़ाना

जल्द–वि. (अ.) तेज़, फुरतीला ; अ. झटपट

जल्दी–स्त्री. तेज़ी, शीघ्रता

जल्लाद–पु. (अ.) फाँसी चढ़ानेवाला ; वि. निर्दय, बेरहम

जवान–वि. (फ़ा.) युवा ; पु. युवा पुरुष, सिपाही

जवानी–स्त्री. (फ़ा.) युवावस्था, यौवन

जवाब–पु. (फ़ा.) प्रश्न का उत्तर, सवाल का हल

–देना–नौकरी से अलग करना, इनकार करना

जवाबतलबी–स्त्री. जवाब माँगा जाना

जवाबदेह–वि. उत्तरदायी, ज़िम्मेदार

जवाबी–वि. (फ़ा.) उत्तर रूप में, किया हुआ

जवाहर–पु. दे. 'जवाहिर'

जवाहिर–पु. (अ.) रत्न, मणि

जश्न–पु. (फ़ा.) उत्सव, ख़ुशी का जलसा

जस्ता–पु. ख़ाकी रंग की एक धातु

जहन्नुम–पु. (अ.) गहरा कुआँ, नरक

–में जाना–नष्ट होना, बरबाद होना

ज़हर–पु. (फ़ा.) विष, अति अप्रिय

–उगलना–लगने वाली बात कहना

–का घूट–अति अप्रिय

–का घूँट पानी–असह्य को सह लेना

–का घूट पीकर रह जाना–असह्य को सह लेना

–की पुड़िया – भारी उपद्रवी

–में बुझाना–बात को असह्य बना देना

ज़हरीला–वि. जिसमें ज़हर हो, विष-युक्त

जहाँ–पु. (फ़ा.) दे. 'जहान'

जहाँपनाह–वि. दुनिया का रक्षक; पु. बादशाह, सम्राट्

जहाज़–पु. (अ.) जलयान, पोत

जहाज़रानी–स्त्री. जहाज़ चलाने का काम

जहान–पु. (फ़ा) दुनिया, लोक, जगत्

जहालत – स्त्री. (अ.) अज्ञान

जाँच–स्त्री. जाँचने की क्रिया, परख

जाँच पड़ताल–स्त्री. छान-बीन

जागता–वि. तेजस्वी, प्रकट

जागना–अ. क्रि. जगा हुआ होना, सजग होना

जागरण–पु. जगना, जगा हुआ होना

जागरित – वि. जागता हुआ, जाग्रत्

जागरूक–वि. स्वकर्तव्य के विषय में सावधान

जागीर–स्त्री. (फ़ा.) पुरस्कार रूप दी गई ज़मीन

जागीरदार–पु. जिसे जागीर मिली हो

जाड़ा–पु. शीतकाल, सरदी

–खाना–जाड़े का कष्ट सहना

जातक–पु. बच्चा, बुद्ध के पूर्व जन्मों की कथा

जाति–स्त्री. जन्म, गोत्र, जीद श्रेणी

जातिच्युत–वि. स्वजाति से अलग किया हुआ

जाति-पाँति – स्त्री. जाति-उप जाति

जातिवाचक–वि. जाति बताने वाला (संज्ञा)

जातीय–वि. जाति–संबंधी

जातीयता–स्त्री. अपनी जाति का अभिमान, राष्ट्रीयता

जादू–पु (फ़ा.) टोना, जंतर-मंतर

–उतरना–जादू का असर दूर होना

–चलना–बातों का असर होना

जादूगरी–स्त्री. जादू का काम

जान–स्त्री. (फ़ा.) प्राण, बल, सार

–की ख़ैर–प्राण–रक्षा

–के लाले पड़ना–जान बचाना कठिन हो जाना

–देना–मरना

–पर खेलना–खतरे का काम करना

–बची लाखों पाये–मरने से बचे यही परम लाभ है

–में जान आना–ढाढ़स बँधना

–लड़ाना–जीतोड़ कोशिश करना

–सूखना–डर से होश गुम हो जाना

–से हाथ धोना–जान गँवाना

जानकार–वि. जाननेवाला

जानकारी–स्त्री. परिचय

जानकी–स्त्री. जनक की पुत्री, सीता

जानजोखिम – स्त्री. जान जाने का डर

जानदार–वि. जिसमें जान हो, सजीव

जानना–स. क्रि. जानकार होना, अवगत होना

जानपहचान–स्त्री. परिचय

जानलेवा–वि. जानी दुश्मन

जाना–अ. क्रि. गमन करना, रवाना होना

जानी–वि. (फ़ा.) जान का

जानी दुश्मन–पु. कट्टर शत्रु

जाप–पु. जप

जापानी–वि. जापान का , पु. जापान-वासी; स्त्री. जापान की भाषा

ज़ाफ़रान–पु. (अ.) केसर

जाम–पु. (फ़ा.) प्याला, शराब का प्याला

–चलना–शराब का दौर चलना

जामदानी–स्त्री. (फ़ा.) एक महीन कपड़ा, बूटीदार अद्धी

जामा–पु. (फ़ा.) कपड़ा

–(मे) से बाहर होना–आपे में न रहना

जामाता–पु. दामाद, कन्या का पति

ज़ामिन–पु. (फ़ा.) जमानत करने-वाला

ज़ायक़ा–पु. (अ.) स्वाद

जायज़–वि. (अ.) उचित

जायज़ा–पु. (अ.) परख

जायदाद–स्त्री. (फ़ा.) जगह-ज़मीन

जाया–वि. उत्पन्न किया हुआ
ज़ाया–वि. (अ.) नष्ट, बरबाद (करना, होना)
जाल–पु. फँसाने की युक्ति, फंदा; पु. (अ.) नक़ली दस्तख़त आदि बनाना
–फैलाना,–बिछाना–फँसाने की युक्ति रचना
–में फँसना–धोखा खाना
जालसाज़–पु. जाल करने वाला
ज़ालिम–वि. (अ.) अत्याचारी, क्रूर
जालिया–वि. (अ.) जालसाज़
जाली–वि. (अ.) नक़ली, झूठा
जासूस–पु. छिपकर भेद लेनेवाला
जासूसी–स्त्री. जासूस का काम
ज़ाहिर–वि. (अ.) प्रकट, खुला हुआ
ज़ाहिल–वि. (अ.) अज्ञ, अपढ़, गँवार
ज़िंदगी–स्त्री. (फ़ा.) जीवन, जीवित होना
–बसर करना–जीवन बिताना
ज़िंदा–वि. (फ़ा.) जीता हुआ, जीवित
ज़िंदादिल – वि. प्रसन्नचित्त; उत्साही
जिंस–स्त्री. (अ.) व्यापार की चीज़ें, गल्ला
ज़िसवार–वि. वर्ग के अनुसार; पु. पटवारियों का एक काग़ज़ जिसमें फ़सल का विवरण रहता है
ज़िक्र–पु. (अ.) चर्चा, वर्णन, स्मरण
जिगर–पु. (फ़ा.) कलेजा, हिम्मत
–के टुकड़े होना–दिल पर भारी सदमा होना
–थामकर बैठ जाना–असह्य आघात
जिगरा–पु. जीवट, साहस
जिगरी–वि. (फ़ा.) जिगर का
जिज्ञासा–स्त्री. जानने की इच्छा
जिज्ञासु–वि. जानने का इच्छुक
जितना–वि. जिस मात्रा का
जिताना–स. क्रि. जीतने में समर्थ करना
जिधर–अ. जिस ओर, जहाँ
जिन, जिन्न–पु. (अ.) भूत, प्रेत, हठी आदमी
–चढ़ना, –सवार होना–गुस्से में पागल हो जाना
ज़िना–पु. (अ.) व्यभिचार
जिबह–पु. गला काटना, हलाल करना
ज़िम्मा–पु. (अ.) प्रतिज्ञा, सिपुर्दगी
ज़िम्मेदार–वि. जवाबदेह
ज़िला–पु. (अ.) पहलू, प्रदेश, [डिस्ट्रिक्ट]
जिलाना–स. क्रि. मरे हुए को ज़िंदा करना, पालना
जिल्द–स्त्री. (अ.) खाल, पुस्तक पर चिपकायी हुई दफ़्ती
जिस्म–पु. (अ.) शरीर
जिस्मानी–वि. (अ.) शारीरिक

जिहाद–पु. (अ.) धर्म-रक्षा के लिए युद्ध
जिहादी–वि. (अ.) जिहाद करनेवाला
जिह्वा–स्त्री. जीभ
जी–अ. आदरसूचक शब्द; पु. जान
–उचटना–दिल न लगना
–करना–इच्छा होना
–की जी में रहना–चाही, सोची बात का न होना
–को रोग लगना–किसी बात की फ़िक्र करना
–खट्टा करना – घृणा का भाव भर देना
–खोलकर–जी भरकर
–चाहना–इच्छा होना
–चुराना–जान चुराना
–छोटा करना–दिल छोटा करना
–धक-धक करना–भय से घबराना
–बहलना–प्रसन्नता अनुभव करना
–मतलाना–मतली होना
–में आना–इच्छा होना
–में बसना–सदा याद रहना
–लेना–मन टटोलना
जीत–स्त्री. सफलता, जय
जीतना–स. क्रि. जयलाभ करना, वश में लाना
जीता–वि. जीता हुआ, जिंदा
(ती) मक्खी निगलना–जानबूझकर कोई दोष करना
–(ते) जी भर जाना–निरुत्साह हो जाना
–(ते)-मरते–किसी तरह, बड़ी कठिनाई से
जीता–जागता–वि. भला–चंगा
जीता नाख़ून–पु. मांस से लगा हुआ नाख़ून
जीता लोहा–पु. चुंबक
जीना–अ. क्रि. ज़िंदा होना
–दूभर,–भारी हो जाना–जीवन का भाररूप हो जाना
–(ने) का मज़ा–जीवन का सुख
ज़ीना–पु. (फ़ा.) सीढ़ी, सोपान
जीभ–स्त्री. जिह्वा, ज़बान
जीर्णोद्धार–पु. पुरानी, टूटी फूटी चीज़ की मरम्मत
जीवंत–वि. जीवित
जीव–पु. प्राण, जान, जीवन
जीवजंतु–पु. प्राणी, छोटे प्राणी
जीव–जगत्–पु. प्राणि-समष्टि
जीवन–पु. ज़िंदगी, जीवन की आधाररूप वस्तु
जीवनक्रम–पु. जीवन-यात्रा
जीवनचरित, जीवनचरित्र–पु. जीवनवृत्तांत
जीवनचर्या–स्त्री. रहन-सहन का तरीक़ा
जीवनयापन–पु. जीवन की आवश्यकताएँ पूरी करना
जीवनरक्षक नौका–स्त्री. [लाइफ़ बोट] जहाज़ डूबते समय प्राण बचाने वाली नौका
जीवनवृत्त, जीवनवृत्तांत – पु. जीवन-चरित

जीवनी–स्त्री. जीवनचरित

जीवविज्ञान – पु. जीव-जंतुओं का विज्ञान [जूलॉजी]

जीवहिंसा–स्त्री. प्राणिवध

जीवाणु – पु. क्षुद्रतम जीव, [बैक्टीरिया]

जीवाणुनाशक–वि. [एंटीबायोटिक] जीवाणुनाशक दवा

जीवाणु विज्ञान–पु. [बैक्टीरियालॉजी] जीवाणुओं की उत्पत्ति, विकास आदि का विवेचन करनेवाला विज्ञान

जीवाणुविद्–पु. [बैक्टीरियालॉजिस्ट] जीवाणुविज्ञान जाननेवाला

जीवावशेष – पु. [फ़ॉसिल] धरती के भीतरी स्तरों से निकले हुए प्राचीन काल के जीवों, वनस्पतियों आदि के अवशिष्टांश

जीविका–स्त्री. रोज़ी, वृत्ति

जीवित–वि. जीता हुआ, जीवंत

जुआ–पु. हल, बैलगाड़ी आदि में जोते जानेवाले बैलों के कंधों पर रखी जाने वाली लकड़ी, बाजी लगाकार खेला जानेवाला (ताश आदि का) खेल

जुआरी–पु. जुआ खेलने वाला

जुकाम–पु. (अ.) एक सर्दी का रोग

–बिगड़ना–जुकाम का सुख जाना

जुग–पु. युग, पीढ़ी, जोड़ा

जुगत–स्त्री. युक्ति, उपाय

–लगाना–युक्ति करना

जुगनू–पु. एक कीड़ा, खद्योत

जुगाली–स्त्री. रोमंथ, चर्वित-चर्वण

जुगुप्सा–स्त्री. निंदा, घृणा

जुज़–अ. (फ़ा.) बग़ैर, बिना; पु. (अ.) अंश, टुकड़ा

जुज़बंदी–स्त्री. किताब की सिलाई जिसमें एक-एक जुज़ या फ़ार्म अलग-अलगसिला जाय

जुझाऊ–वि. युद्ध-संबंधी

जुझाना–स. क्रि. जूझने को प्रेरित करना

जुझार–वि. रणप्रिय, वीर; पु. युद्ध

जुटना–अ. क्रि. गुथना, जमा, इकट्ठा होना

जुड़वाँ–वि. जुड़े हुए, यमल; पु. एकसाथ पैदा हुए दो बच्चे

जुतना–अ. क्रि. जोता जाना, जुटना

जुताई–स्त्री. जोतने की क्रिया

जुदा–वि. (फ़ा.) अलग, भिन्न, निराला

जुदाई–स्त्री. (फ़ा.) वियोग, बिलगाव

जुबली–स्त्री. (अं. 'जुबिली'), उत्सव, जयंती

जुमला–वि. (अ.) कुल, तमाम; पु. जोड़, वाक्य

जुमा–पु. (अ.) शुक्रवार

–जुमा आठ दिन–थोड़े दिन, चंद रोज़

जुर्म–पु. (अ.) अपराध
जुर्माना–पु. (अ.) अर्थदंड
जुलाब–पु. दस्त लानेवाली दवा
जुलाहा–पु. कपड़ा बुननेवाला
जुलूस–पु. (अ.) लोगों को इकट्ठा होकर कहीं जाना
ज़ुल्म–पु. (अ.) अन्याय
ज़ुल्मी–वि. (अ.) अत्याचारी, ज़ालिम
जुझना–अ. क्रि. लड़ना, लड़ते हुए मर जाना
जूट–पु. (अं.) पटसन
जूठन–स्त्री. उच्छिष्ट, इस्तेमाल की हुई चीज़
जूड़ी–स्त्री. जड़ैया बुख़ार
जूता–पु. उपानह, पापोश
–उछलना–मार-पीट होना
–चाटना–चापलूसी करना
ज़ूताख़ोर–वि. लतख़ोर, बेहया
जूती–स्त्री. ज़नाना जूता, जूता
जेब–पु. (अ.) गरेबान, थैली
जेबकट, जेबकतरा–पु. पाकिटमार
जेबख़र्च–पु. निजी ख़र्च
जेबी–वि. (अ.) जेब में रखने लायक, छोटा
ज़ेर–अ. (फ़ा.) नीचे, तले
जेल–पु., स्त्री. (अं.) क़ैदख़ाना
–काटना–क़ैद की सज़ा भुगतना
जेलख़ाना–पु. क़ैदख़ाना, कारागार
जेलर–पु. (अं.) जेल का अफ़सर
जेवनार–स्त्री. भोज, दावत
जैसा–वि. जिस तरह का
–(से) को तैसा–जो जैसा है उसके साथ वैसा (व्यवहार)
जैसे–अ. जिस तरह
जैसे–जैसे–अ. ज्यों-ज्यों
जोखिम–स्त्री. हानि, अनिष्ट
–उठाना,–लेना–ख़तरा लेने को तैयार होना
जोगिन–स्त्री. जोगी स्त्री
जोगी–पु. योगी, तपस्वी
जोड़–पु. जोड़ने की क्रिया, योग–फल, गाँठ
जोड़ना–स. क्रि. दो टुकड़ों को एकसाथ मिलाना
जोड़ा–पु. एक-सी दो चीज़ें
–खाना–(पशु-पक्षी का) मैथुन करना
जोड़ी–स्त्री. जोड़ा
जोड़ीदार–वि. बरावरी का, जोड़ का
जोत–स्त्री. काश्त, काश्त की ज़मीन
जोतना–स. क्रि. हल से ज़मीन को चीरना
जोबन–पु. जवानी, छाती
ज़ोर–पु. (फ़ा.) बल, वेग, इख़्तियार
–चलना–बस चलना
–डालना–दबाव डालना
ज़ोर आज़माई–स्त्री. बल परीक्षा
ज़ोर-ज़ुल्म–पु. अन्याय-अत्याचार

जोरू–स्त्री. पत्नी, भार्या
जोश–पु. (फ़ा.) उफान, उत्साह, आवेश
–में आना–क्रुद्ध होना
जोशांदा–पु. (फ़ा.) काढ़ा
जोशीला–वि. जोश से भरा हुआ
जौहर–पु. चिता में जल मरना; अ. रत्न, सार
जौहरी–पु. (अ.) रत्न-व्यवसायी, पारखी
ज्ञात–वि. जाना हुआ
ज्ञातव्य–वि. जानने योग्य
ज्ञाता–वि. जाननेवाला; पु. चतुर आदमी
ज्ञान–पु. जानना, बोध
ज्ञानकोश–पु. ज्ञातव्य विषयों का कोश
ज्ञानचक्षु–पु. अंतर्दृष्टि
ज्ञानवृद्ध–वि. ज्ञान में बड़ा
ज्ञानी–वि. ज्ञानवान्
ज्ञानेंद्रिय–स्त्री. विषय-बोध का साधन, इंद्रियाँ
ज्ञापन–पु. जताना
ज्ञेय–जानने योग्य
ज्येष्ठ–वि. श्रेष्ठ; पु. बड़ा भाई, जेठ का महीना
ज्योति–स्त्री. प्रकाश
ज्योतिष–पु. ज्योतिर्विद्या
ज्योतिषी – पु. ज्योतिषशास्त्र जानने-वाला
ज्योत्स्ना–स्त्री. चाँदनी
ज्योनार–स्त्री. रसोई, भोज
ज्वर–पु. बुख़ार, उत्तेजना (काम ज्वर)
ज्वल्य–वि. [कंबस्टिबिल] जल उठने योग्य
ज्वाला–स्त्री. आग की लपट, दाह
ज्वालामुखी–पु. आग उगलनेवाला पहाड़

झ

झ–देवनागरी का नवाँ व्यंजन वर्ण
झंकार–स्त्री. झनझनाहट, सितार आदि की ध्वनि
झंकृत–वि. झकारयुक्त
झंखाड़–पु. कांटेदार पौधों का समूह
झंझट–पु., स्त्री. झमेला, झगड़ा बखेड़ा
झंझा–वि. तेज़, प्रबल ; स्त्री. तेज़ हवा, अंधड़
झंडा–पु. पताका, निशान
–गाड़ना–क़ब्ज़ा करना
झंडी–स्त्री. छोटा झंडा
झँसना–स. क्रि. ठगना
झक–स्त्री. सनक, ख़ब्त, धुन
झकझक–स्त्री. कहासुनी
झकझोरना–स. क्रि. झटका देना
झकोरना–अ. क्रि. झकोरा मारना
झकोरा–पु. हवा का तेज़ झोंका, झटका

झक्कड़–पु. अंधड़, तेज़ हवा
झख–स्त्री. झींखने की क्रिया
–मारना–बेकार काम करना, मजबूर होना
झगड़ा–पु. तकरार, बखेड़ा
–मोल लेना–जान-बूझकर झगड़े में पड़ना
झगड़ालू–वि. झगड़ा करनेवाला
झट–अ. बहुत जल्द, तुरंत
झटपट–अ. बहुत जल्द
झड़ना–अ. क्रि. टूटकर गिरना
झड़ी–स्त्री. हलकी किंतु लगातार वर्षा
झपक–स्त्री. पलकों का गिरना
झपकना–अ. क्रि. पलक गिरना
झपकी–स्त्री. थोड़ी देर की नींद
झपटना–अ. क्रि. टूटना, लपकना; स. क्रि. झपटकर छीन लेना
झपट्टा–पु. झपटने का भाव
झपताल–पु. पाँच मात्राओं का एक ताल
झमेला–पु. झगड़ा
झरना–पु. निर्झर
झरोखा–पु. छोटी खिड़की
झलक–स्त्री. चमक
झलना–स. क्रि. (पंखा आदि) हिलाकर हवा करना
झाँकना–अ. क्रि. इधर-उधर देखना
झाँकी–स्त्री. दर्शन, झरोखा
झाँसा–पु. धोखा, जुल, बुत्ता
झाग–पु. फेन, गाज
झाड़–पु. कँटीला पेड़
झाड़–स्त्री. फटकार
झाड़ना–स. क्रि. झटकारना
झाड़पोंछ–स्त्री. सफाई
झाड़फ़ानूस–पु. शीशे का बना रोशनी और सजावट का सामान
झाड़फूँक–स्त्री. मंतर-जंतर
झाड़ू–स्त्री. सफ़ाई का एक साधन
–फिरना–कुछ बाक़ी न रहना,
–मारना–तिरस्कार करना
झापड़–पु. थप्पड़, ज़ोर का तमाचा
झालर – स्त्री. लटकनेवाला हाशिया
झिझक–स्त्री. हिचक, संकोच
झिझकना – अ. क्रि. ठिठकना, भड़कना
झिड़की–स्त्री. झिड़कने का भाव, डाँट, फटकार
झिलमिल–स्त्री. झिलमिलाने का भाव
झिलमिलाना–अ. क्रि. टिमटिमाना
झील–स्त्री. प्राकृतिक सरोवर
झुँझलाना–अ. क्रि. खीझना
झुँझलाहट–स्त्री. झुँझलाने का भाव
झुंड–पु. समूह
झुकना–अ. क्रि. टेढ़ा होना, दबना, नमित होना
झुकाव–पु. प्रवृत्ति, चाह
झुर्री–स्त्री. चेहरे आदि पर पड़नेवाली शिकन

झुलसना–अ. क्रि. अधजला होना

झूठ–वि. जो सच न हो ; पु. झूठी बात, असत्य

–का पुतला–बहुत झूठ बोलनेवाला

–का पुल बाँधना–झूठ पर झूठ बोलना

झूठा–वि. झूठ बोलनेवाला

–(ठे) का मुँह काला–झूठा हर जगह ज़लील होता है

झूमना–अ. क्रि. नशे में लड़खड़ाना

झूला–पु. हिंडोला

झेलना–स. क्रि. सहना; अ. क्रि. मानना

झोंका–पु. तेज़ हवा का धक्का

झोंटा–पु. बिखरे हुए बाल, जटा

झोंपड़, झोंपड़ा–पु. कुटिया

झोला–पु. थैला, गिलाफ़

ञ

ञ–देवनागरी का दसवाँ व्यंजन

ट

ट–देवनागरी का ग्यारहवाँ व्यंजन वर्ण

टंकना–अ. क्रि. टाँका जाना

टंकी –स्त्री. पानी, तेल आदि के लिए बड़ा पात्र

टंटघंट–पु. पूजा-पाठ का आडंबर

टकटकी–स्त्री. निर्निमेष दृष्टि

टकराना–अ. क्रि. भिड़ जाना, ठोकर लग जाना

टकसाल–स्त्री. सिक्कों की ढलाई का स्थान [मिंट]

टकसाली–वि. प्रामाणिक

टका–पु. चाँदी का पुराना सिक्का

–पास न होना–निर्धन होना

–सा जवाब देना–साफ़ इनकार कर देना

टक्कर–स्त्री. ठोकर, मुक़ाबला

टटोलना–स. क्रि. छूकर पता लगाना, पता लगाना

टट्टी–स्त्री. परदा, पल्ले की दीवार, पाख़ाना

–की आड़ से शिकार खेलना–छिपकर चाल चलना

टर्राना–अ. क्रि. सीधे न बोलना

टहल–स्त्री. सेवा, चाकरी

–बजाना–सेवा करना

टहलना–अ. क्रि. घूमना

टाँग–स्त्री. जाँघ से लेकर एड़ी तक का भाग

–अड़ाना–बाधा डालना

टाइप–पु. (अं.) छपाई के लिए सीसे के ढले अक्षर

टाइपराइटर–मुद्रलेखन यंत्र
टाइम–पु. (अं.) समय, काल
टाउन–पु. (अं.) क़सबा, नगर
टाउन हाल–पु. नगर-भवन
टापू–पु. द्वीप
टालना–स. क्रि. टरकाना, स्थगित कर देना
टिकना–अ. क्रि. ठहरना, जमना
टिकाऊ–वि. टिकनेवाला
टीका–पु. तिलक
टकड़ा–पु. किसी वस्तु का एक खंड
टुकड़ी–स्त्री. छोटा टुकड़ा, सैनिकों का छोटा दल
टुटपुँजिया–वि. कम पूँजीवाला
टूटना–अ. क्रि. भग्न होना
टूटकर बरसना–मुसलधार वर्षा होना
टूट पड़ना–अचानक आ जाना
टेलीप्रिंटर–पु. (अं.) दूरमुद्रक
टेलीफ़ोन–पु. (अं.) दूरभाष
टेलीविज़न–पु. (अं.) दूरदर्शन
टैक्स–पु. (अं.) कर, महसूल
टैक्सी–स्त्री. (अं.) किराये पर चलनेवाली मोटर-कार
टोकना–स. क्रि. एतराज़ करना
टोटा–पु. घाटा, कमी
टोला–पु. छोठी बस्ती, मुहल्ला
टोहक विमान – पु. [रिकानेसेंस प्लेन] शत्रु की स्थिति का पता लगानेवाला विमान
ट्रेन–स्त्री. (अं.) रेल गाड़ी
ट्रेनिंग–स्त्री. (अं.) कार्य-विशेष की शिक्षा

ठ

ठ–देवनागरी का बारहवाँ व्यंजन वर्ण
ठंड–स्त्री. सरदी, जाड़ा
ठंडक–स्त्री. दे. 'ठंड'
ठंडा–वि. सर्द, शीतल, श्रीहत
ठग–पु. धोखा देकर लूटनेवाला
ठगना–स. क्रि. धोखा देकर लूटना
ठग-विद्या–स्त्री. धोखा देने का हुनर
ठठेरा–पु. धातु के बरतन बनानेवाला
ठठोली–स्त्री. हँसी, मज़ाक
ठर्रा–एक देशी शराब
ठहरना–अ. क्रि. रुकना, टिकना
ठहराना–स. क्रि. रोकना, तय करना
ठाकुर–पु. देवप्रतिमा, क्षत्रियों की उपाधि
ठिकाना–पु. स्थान, वासस्थान
–(ने) आना–ठीक रास्ते पर आना
–(ने) लगाना–मार डालना
ठिठकना–अ. क्रि. चलते-चलते रुक जाना
ठीक–वि. उपयुक्त, अच्छा
ठुकराना–स. क्रि. तिरस्कार करना

ठेंगा–पु. अँगूठा, डंडा

–दिखाना–साफ़ इन्कार करना

ठोकर–स्त्री. पैर से किया गया आघात

ड

ड–देवनागरी का तेरहवाँ व्यंजन वर्ण

डंक–दंश

डंका–पु. नगाड़ा, धौंसा

डकारना–स. क्रि. किसीका माल पचा जाना

डकैत–पु. डाकू, लुटेरा

डकैती–स्त्री. लूट, डाकाज़नी

डग–पु. क़दम

–भरना–क़दम बढ़ाना

डगमग–अ. हिलते-डुलते

डगमगाना–अ. क्रि. विचलित होना

डगर–स्त्री. मार्ग, राह

डटना–अ. क्रि. अड़ना

डपटना–स. क्रि. झिड़कना

डफाली–पु. डफ बजानेवाला

डबडबाना–अ. क्रि. अश्रुयुक्त होना

डर–पु. भय, अंदेशा

डरपोक–वि. कायर

डराना–स. क्रि. भय दिखाना

डरावना–वि. भयानक, भयोत्पादक

डसना–स. क्रि. ज़हरीले जंतुओं का काटना

डाँट–स्त्री. फटकार, झिड़क

डाँटना–स. क्रि. झिड़कना

डाँड़–पु. डंडा, नाव खेने का बाँस

डाँवाडोल–वि. चंचल, हिलता हुआ

डाक–स्त्री. डाक द्वारा आनेवाली वस्तु

डाकख़ाना–पु. पोस्ट आफ़िस

डाफबँगला–पु. सरकारी मकान

डाकिया–पु. डाक ढोनेवाला

डाकीय आदेश–पु. पोस्टल आर्डर

डाकीय प्रमाणपत्र–पु. पोस्टल सर्टीफ़िकेट

डाकू–पु. डाका डालनेवाला, लुटेरा

डाक्टर–पु. (अं.) आचार्य, चिकित्सक

डाक्टरी–स्त्री. चिकित्साशास्त्र; वि. डाक्टर का

डायरी–स्त्री. (अं.) रोज़नामचा

डाल–स्त्री. शाख़ा

डालना–स. क्रि. गिराना फेंकना

डालर–पु. एक अमेरिकन सिक्का

डिगरी–स्त्री. (अं.) अंश, विश्वविद्यालय से मिलनेवाली उपाधि

डिमाई–स्त्री. (अं.) 18 x 22 इंच की काग़ज़ की नाप

डींग–स्त्री. शेख़ी

–हाँकना–लंबी-चौड़ी बातें कहना

डुबकी–स्त्री. ग़ोता

डुबाना–स. क्रि. ग़ोता देना

डूबना–अ. क्रि. ग़ोता खाना, लीन होना

डूबते को तिनके का सहारा होना–अवलंबहीन को थोड़ा सहारा मिलना

डूब मरना–लज्जा के मारे मर जाना

डैशु–पु. (अं.) विराम-सूचक आड़ी लकीर

डोरी–स्त्री. रस्सी

डोलना–अ. क्रि. हिलना, इधर-उधर घूमना

ड्राफ़्ट–पु. (अं.) मसौदा, नक़्शा

ढ

ढ–देवनागरी का चौदहवाँ व्यंजन वर्ण

ढंग–पु. रीति, शैली, तरीक़ा

ढँढोरची–पु. मुनादी करनेवाला

ढँढोरा–पु. डुग्गी, मुनादी

–पीटना–घोषित करना

ढकना–पु. ढक्कन ; स. क्रि. छिपाना

ढर्रा–पु. मार्ग, रास्ता

ढलना–अ. क्रि. ढरकना, बीतना

ढहाना–स. क्रि. गिराना, ध्वस्त करना

ढाँचा–पु. बनावट, तरह, तरीक़ा

ढाना–स. क्रि. गिराना, ध्वस्त करना

ढिंढोरा–पु. मुनादी, डुग्गी

ढलाई–स्त्री. ढीलापन

ढील–स्त्री. ढिलाई, सुस्ती

ढीला–वि. जो कसा न हो

ढुलमुल–वि. शिथिल, अस्थिर

ढूँढना–स. क्रि. खोजना, तलाश करना

ढोल–पु. बड़ी ढोलक

ढोलक–स्त्री. छोटा ढोल

ण

ण–देवनागरी का पंद्रहवाँ व्यंजन

त

त–देवनागरी का सोलहवाँ व्यंजन वर्ण

तंग–पु. (फ़ा.) ज़ीन कसने की पेटी ; वि. संकीर्ण

–आना–परेशान होना

–करना–दुःख पहुँचाना

तंगदस्ती–स्त्री. पैसे की कमी

तंगी–स्त्री. (फ़ा.) परेशानी, ग़रीबी

तंतु–पु. सूत, तागा

तंत्र–पु. राज्य, शासन-प्रबंध, शासन-प्रणाली

तंदुरुस्त–वि. (फ़ा.) स्वस्थ

तंदुरुस्ती–स्त्री. (फ़ा.) स्वास्थ्य

तंदूर–पु. रोटी पकाने का चूल्हा

तंबू–पु. शामियाना, खेमा

तंबूरा–पु. तानपुरा

तँबोली–पु. पान बेचनेवाला

तक़दीर–स्त्री. (अ.) क़िस्मत, भाग्य

तकरार–स्त्री. (अ.) बार-बार कहना, झगड़ा

तक़रीबन्–अ. (अ.) लगभग

तक़रीर–स्त्री. (अ.) बोलना, भाषण

तकली–स्त्री. छोटा तकला

तकलीफ़–स्त्री. (अ.) दुःख, कष्ट, क्लेश

तकल्लुफ़–पु. (अ.) शिष्टाचार

तक़सीम–स्त्री. (अ.) बाँटना

तक़ाजा–पु. (अ.) पावना माँगना, आवश्यकता

तख़मीना–पु. (अ.) अंदाज़ा

तख़ल्लुस–पु. (अ.) कवि या लेखक का उपनाम

तख़्त–पु. (फ़ा.) सिंहासन

तख़्तताऊस–पु. शाहजहाँ का मयूर सिंहासन

तख़्तनशीन–वि. सिंहासनारूढ़

तख़्ता–पु. (फ़ा.) ऊँची चौकी

–उलट जाना–तबाह हो जाना

तगड़ा–वि. मज़बूत

तजरबा–पु. (अ.) अनुभव

तट–पु. किनारा

तटस्थ–जो गुटबंदी से पृथक् हो

तड़का–पु. प्रभात, सबेरा

तड़प–स्त्री. तड़पने की क्रिया

तडित्–स्त्री. बिजली

तत्–पु. ब्रह्म; सर्व. बह

तत्काल–अ. उसी समय

तत्कालीन–वि. उस या उसी समय का

तत्पश्चात्–अ. उसके बाद

तत्सम–वि. उसके समान

तत्त्व–पु. यथार्थता

तत्त्वज्ञ–पु. ब्रह्म को जाननेवाला

तत्त्वतः–अ. यथार्थ रूप में

तत्त्वावधान–पु. देखरेख

तथा–अ. और

तथाकथित–वि. 'तथोक्त'

तथागत–पु. बुद्ध का एक नाम

तथापि–अ. तो भी, तिस पर भी

तथास्तु–अ. ऐसा ही हो, एवमस्तु

तथ्य–पु. सत्य, सच्ची बात

तदनंतर–अ. उसके बाद

तदनुरूप–वि. उसी के रूप का

तदनुसार–अ. उसके अनुसार

तदर्थ–अ. उसके लिए

तदर्थ समिति–स्त्री. [एडहॉक कमिटी] किसी विशेष कार्य के लिए बनी हुई समिति

तदुपरांत–अ. उसके बाद

तद्भव–वि. उससे उत्पन्न
तनख़्वाह–स्त्री. (फ़ा.) वेतन, तलब
तनाव–पु. तनने का भाव या क्रिया
तप–पु. तपस्या, ताप
तपना–अ. क्रि. धूप, आँच आदि से गरम होना
तपस्या–स्त्री. सिद्धि के लिए उठाया जानेवाला कष्ट
तपेदिक–स्त्री. (फ़ा.) जीर्ण ज्वर, यक्ष्मा
तपोबल–पु. तप द्वारा प्राप्त शक्ति
तपोभंग–पु. तप का भंग होना
तपोभूमि–स्त्री. तप करने का स्थान
तपोवन–पु. तपस्या करने योग्य वन
तफ़रीह–स्त्री. (अ.) मनबहलाव
तब–अ. उस समय
तबका–पु. (अ.) वर्ग
तबदील–स्त्री. (अ.) बदलना
तबदीली–स्त्री. परिवर्तन
तबलची–पु. तबला बजानेवाला
तबला–पु. चमड़े से मढ़ा एक बाजा
तबाह–वि. (फ़ा.) बरबाद, नष्ट
तबाही–स्त्री. (फ़ा.) नाश, बरबादी
तबीअत, तबीयत–स्त्री. (अ.) जी, मन
–आना–आसक्त होना
–फिरना–जी हटना
तबेला–पु. अस्तबल, घुड़साल
तभी–अ. उसी समय, इसीलिए
तमंचा–पु. (फ़ा.) पिस्तौल
तम–पु. अंधकार
तमग़ा–पु. (तु.) पदक
तमतमाना–अ. क्रि. क्रोध या धूप के कारण चेहरे का लाल हो जाना
तमन्ना–स्त्री. (अ.) इच्छा, ख़्वाहिश
तमाचा–पु. थप्पड़, झापड़
तमाम–वि. (अ.) कुल, समाप्त, ख़तम
तमाशबीन–पु. तमाशा देखनेवाला
तमाशा–पु. (अ.) मनोरंजक दृश्य
तमाशाई–पु. (अ.) दे. 'तमाशबीन'
तमोगुण–पु. तामस वृत्ति
तमोली–पु. पान बेचनेवाला
तरंग–स्त्री. लहर, मौज, उमंग
तरंग-दैर्घ्य–पु. [वेव्ह लेंग्थ] विद्युत्-चुंबकीय लहरों की लंबाई
तरकश–पु. (फ़ा.) तीर रखने का चोंगा
तरकीब–स्त्री. (अ.) उपाय, ढंग, तरीक़ा
तरक़्क़ी–स्त्री. (अ.) उन्नति
तरजुमा–पु. (अ.) अनुवाद, उल्था
तरणी–स्त्री. बेड़ा नौका
तरतीब–स्त्री. (अ.) सिलसिला, क्रम
तरद्दुद–पु. (अ.) झंझट

तरना–अ. क्रि. पार होना
तरफ़–स्त्री. (अ.) ओर, बग़ल
तरफ़दार–वि. पक्षपात
तरफ़दारी–स्त्री. पक्षपात
तरल–वि. द्रव, हिलता-डुलता
तरस–पु. दया, रहम
तरह–स्त्री. (अ.) प्रकार, भाँति
तरावट–स्त्री. तरी
तरीक़ा–पु. (अ.) रीति, ढंग, उपाय
तरु–पु. वृक्ष, पेड़
तरुण–वि. युवा, चढ़ती जवानी वाला
तरुणाई–स्त्री. युवावस्था
तरुणी–स्त्री. युवती
तर्क – पु. न्यायशास्त्र, विवेचन, युक्ति
तर्कवितर्क–पु. ऊहापोह
तर्कविद्या–स्त्री. न्यायशास्त्र
तर्काभास–पु. ग़लत तर्क, हेत्वाभास
तर्जनी–स्त्री. अँगूठे के पास की उँगली
तल–पु. निचला भाग, पेंदा, सतह
तलछट–स्त्री. द्रव पदार्थों में नीचे बैठनेवाला मैल
तलब–स्त्री. (अ.) माँग, इच्छा , आवश्यकता, बुलावा, वेतन
–करना–बुलाना
तलवा–पु. पैर का नीचे का भाग
–(वे) चाटना – बहुत अधिक खुशामद करना
तलवार–स्त्री. एक प्रसिद्ध हथियार
–के घाट उतारना–तलवार से मार डालना
तलहटी–स्त्री. पहाड़ के नीचे की भूमि
तलाक़–पु. (अ.) विवाह-संबंध का विच्छेद
तलाश–स्त्री. (तु.) खोज, चाह
तलैया–स्त्री. छोटा ताल
तल्लीन–वि. उसमें मग्न, लगा हुआ
तवायफ़–स्त्री. (अ.) रंडी, वेश्या
तवारीख़–स्त्री. (अ.) इतिहास, तारीख़ का बहु.
तवालत–स्त्री. (अ.) लंबाई, झमेला
तशरीफ़–स्त्री. (अ.) इज़्ज़त करना, बुज़ुर्गो
–रखना–बिराजना, आसनस्थ होना
–लाना–पधारना
–ले जाना–चला जाना
तश्तरी–स्त्री. (फ़ा.) छोटी रकाबी
तसदीक़–स्त्री. (अ.) प्रमाणित करना
तसलीम–स्त्री. (अ.) अभिवादन, स्वीकृति
तसल्ली – स्त्री. (अ.) ढाढ़स, दिलासा
तसवीर–स्त्री. (अ.) चित्र

तस्कर–पु. चोर

तह–स्त्री. (फ़ा.) परत

तहख़ाना–पु. ज़मीन के नीचे का कमरा

तहज़ीब–स्त्री. (अ.) सभ्यता, शिष्टता

तहरीक–स्त्री. (अ.) आन्दोलन

तहरीर–स्त्री. (अ.) लिखावट, लिखने की उजरत

तहलका–पु. (अ.) खलबली, हलचल

तहसील–स्त्री. (अ).तहसीलदार की कचहरी

तहसीलदार – पु. मालगुज़ारी वसूल करनेवाला

तहसीलना–स. क्रि. मालगुज़ारी आदि वसूल करमा

तांडव–पु. शिव का प्रसिद्ध नृत्य

ताँता–पु. अटूट पाँत, क़तार

तांबूल–पु. पान, पान का बीड़ा

ताऊस–पु. (अ.) मोर

ताक–स्त्री. अचल दृष्टि, घात, खोज, टोह

–में रहना–मौका देखते रहना

–लगाना–घात में रहना

ताक़त–स्त्री. (अ.) बल, शक्ति

ताकना–स. क्रि. देखना

ताकि–अ. (फ़ा.) इसलिए कि

ताज–पु. (फ़ा.) राजा का मुकुट, ताज-महल का संक्षिप्त नाम

ताज़िया–पु. (अ.) हसन-हुसेन के मक़बरों की आकृति का बना काग़जी ढाँचा जो मुहर्रम में दफ़नाया जाता है

ताज़ीरात हिंद–स्त्री. भारतीय दंडविधान

ताड़ना–स. क्रि. भाँपना, सज़ा देना

तात्त्विक–वि. तत्त्व-संबंधी

तात्पर्य–आशय, मंशा

तादात्म्य–अभिन्नता

तादात्म्य संबंध–पु. अभेद संबंध

तादाद–स्त्री. (अ.) संख्या

तानपूरा–पु. सितार के आकार का एक बाजा

ताना–पु. करघे में लंबाई के बल फैलाया हुआ सूत, चुटीली बात

–मारना–चुटीली बात कहना

तानाशाह–पु. अनियंत्रित शासक

तानाशाही–स्त्री. अधिनायकत्व

ताप–पु. [हीट] उष्णता, ज्वर, दुःख

तापक्रम–पु. [टेंपरेचर] उष्णता का उतार-चढ़ाव

तापतिल्ली–स्त्री. प्लीहा

तापना–अ. क्रि. आँच या ताप से शरीर गरमाना

ताप नियंत्रण–पु.[एयर कंडीशनिंग] कमरे को कृत्रिम रूप से समशीतोष्ण बनाए रखने की क्रिया

ताप अनियंत्रित – वि. [एयरकंडीशंड] जिसके भीतर का तापमान कृत्रिम उपायों द्वारा समस्थिति में रखा गया हो

ताबूत–पु. (अ.) मुरदा ले जाने का

संदूक़

तामीर–स्त्री. (अ.) मकान बनाना, इमारत

तामील – स्त्री. (अ.) अमल करना

ताम्र–पु. ताँबा; वि. ताँबे का बना हुआ

तार–पु. धातु की पतली डोर, तार द्वारा भेजी हुई ख़बर

तारघर–पु. तार भेजने का सरकारी दफ़्तर

तारना–स. क्रि. पार करना, उद्धार करना

तारपीन–तु. वारनिश

तारांकित–वि. [स्टार्ड] '*' से चिह्नित

तारा–पु. सितारा, आँख की पुतली

–(रे) गिनना–रात-भर जागते रहना

तारीख़–स्त्री. (अ.) तिथि

–पड़ना–तारीख़ निश्चित होना

तारीफ़–स्त्री. (अ.) प्रशंसा, विशेषता

तारुण्य–पु. जवानी

तारुण्यागम–पु. [प्यूबर्टी] यौवनारंभ

तालव्य–वि. तालु-संबंधी

तालाबंदी–स्त्री. [लॉक-आउट] कारख़ाने के फाटक पर ताला लगाकर मज़दूरों को बाहर रखने का कार्य

तालाब–पु. पोखरा, सरोवर

तालिका–स्त्री. सूची

तालिबइल्म–पु. विद्यार्थी

तालीम–स्त्री. (अ.) शिक्षा

ताव–पु. आँच, अहंकारयुक्त रोष का आवेश

–दिखाना – ऐंठ या क्रोध प्रकट करना

तिकड़म–पु. चतुराई, युक्ति

तिकड़मी–वि.तिकड़म करनेवाला

तिजारत–स्त्री. (अ.) व्यापार, व्यवसाय

तिजोरी–स्त्री. धन के लिए लोहे की अलमारी

तितली–स्त्री. सुंदर पंखोंवाला एक कीड़ा

तिथि–स्त्री. तारीख

तिथित–वि. [डेटेड] दिनांकित

तिनका–पु. तृण, घास-फूस

–तोड़ना–बलैया लेना

तिमिर–पु. अंधकार

तिरछा–वि. वक्र, कुटिल

तिरस्कार–पु. अपमान

तिरस्कृत–वि. अपमानित

तिरोहित–वि. अंतर्हित

तिल–पु. काले या सफेद रंग की एक तेलहन

तिल–पु. पुतली के बीच का बिंदु

–का ताड़ करना–छोटी–सी बात को बड़ा रूप देना

–तिल करके–थोड़ा-थोड़ा करके

तिलक–पु. चंदन, केसर या रोली का टीका

तिलमिलाना–अ. क्रि. बेचैन होना

तिलहन–पु. तेल के पौधे
तिलिस्म–पु. (अ.) जादू, इंद्र-जाल
तिहाई–स्त्री. तीसरा भाग
तीक्ष्ण–वि. तीव्र, चुभता हुआ
तीन–वि दो और एक
–तेरह करना–अस्त-व्यस्त करना
–पाँच करना–टाल-मटोल करना
तीमारदारी–स्त्री. रोगी की सेवा
तीरंदाज़–पु. (फ़ा.) तीर चलाने वाला
तीर–पु. नदी का किनारा, बाण
तीर्थ–पु. पुण्यस्थान
तीर्थयात्रा–तीर्थाटन
तीर्थराज–पु. प्रयाग
तीर्थाटन–पु. तीर्थयात्रा
तीव्र–वि. अत्यंत, तीक्ष्ण, कटु
तुंग–वि. ऊँचा
तुक–स्त्री. अंत्यानुप्रास, सामंजस्य
–बैठाना–तुकबंदी करना
तुकांत–वि. जिसमें चरणों के अंतिम अक्षरों का मेल हो
तुक्कड़–पु. तुकबंदी करनेवाला
तुड़ाना–स. क्रि. बंधन तोड़ना, सिक्का भुनाना
तुतलाना–अ. क्रि. बच्चों को अस्फुट रूप से बोलना
तुनकमिज़ाज–चिड़चिड़ा
तुमुल–वि. जिसमें शोर गुल हो; पु. घोर युद्ध
तुरंग–पु. घोड़ा, मन
तुरंत–अ. शीघ्र, चटपट
तुर्क–पु. (फ़ा.) तुर्की का रहनेवाला
तुलना–अ. क्रि. तौला जाना; स्त्री. अंदाज़ा लगाना
तुलनात्मक–वि. तुलनायुक्त
तुलसी–स्त्री. एक प्रसिद्ध पौधा
तुलसीदल–पु. तुलसी की पत्ती
तुलसीदास–पु. उत्तरी भारत के एक सुप्रसिद्ध भक्त कवि
तुला–स्त्री. तराज़ू, तौल में बराबरी, तुलना
तुल्य–वि. समान, अभिन्न
तुषार–पु. बरफ़ ; वि. बरफ़ की तरह ठंडा
तुष्टि–स्त्री. संतोष, प्रसन्नता
तुष्टीकरण–पु. [अपीज़मेंट] अनुनय-विनय द्वारा संतुष्ट करना
तुहमत–स्त्री. (फ़ा.) इलज़ाम, झूठी बदनामी
तूफ़ान–पु. (अ.) ज़ोर की बाढ़, आँधी, हंगामा
–उठाना या खड़ा करना–बखेड़ा मचाना
तूफ़ानी–वि. (अ.) प्रचंड, उपद्रवी
तूलिका–स्त्री. चित्रकारों की कूची
तृण–पु. तिनका, घास
तृतीय–वि. तीसरा
तृप्त–वि. अघाया हुआ, संतुष्ट
तृप्ति–स्त्री. तृप्त होने का भाव
तृषा–स्त्री. प्यास, तीव्र इच्छा, लोभ
तृषालु–वि. प्यासा

तृष्णा–स्त्री. प्यास, इच्छा, लोभ

तेग़–स्त्री. (फ़ा.) बड़ी तलवार

तेज–पु. तीख़ापन, चमक, उत्साह

तेज़ाब–पु. (फ़ा.) एसिड, किसी क्षार पदार्थ का अम्ल

तेलहन–पु. वे बीज जिनसे तेल निकाला जाता है

तैनात–वि. नियुक्त

तैयार–वि. उद्यत, मुस्तैद

तैरना–अ. क्रि. पानी के ऊपर-ऊपर फिरना

तैराक–वि. तैरने में कुशल

तैल–पु. तेल

तैलचित्र–पु. [आइल पेंटिंग] तेल मिले हुए रंगों से बनाया गया चित्र

तोड़ना–स. क्रि. किसी वस्तु के टुकड़े करना

तोता–पु. लाल चोंचवाला सुग्गा

–(ते) की तरह आँखें फेरना–एक-दम बेमुरौवत होना

–(ते) की तरह रटना–बिना अर्थ समझे कंठ करना

तोताचश्मी–स्त्री. बेमुरौवती, बेवफ़ाई

तोबा–पु. (अ. 'तौबः') अफ़सोस, पश्चात्ताप

तोरण–पु. बंदनवार

तोहफ़ा–वि. अच्छा; पु. सौग़ात

तौरतरीक़ा–पु. चाल चलन

तौलना–स. क्रि. जोखना

तौलिया–पु., स्त्री. शरीर पोंछने का अँगोछा

तौहीन–स्त्री. (अ.) अनादर

त्याग–पु. छोड़ देने की क्रिया, उत्सर्ग

त्यागना–स. क्रि. छोड़ना, त्याग करना

त्यागपत्र–पु. इस्तीफ़ा

त्यागशील–वि. उदार, त्यागी

त्यागी–वि. निर्लिप्त, विरक्त

त्योरी–स्त्री. माथे का बल

–में बल पड़ना–त्योरी चढ़ना

त्योहार–पु. धार्मिक या जातीय उत्सव, पर्व

त्रसित–वि. डरा हुआ

त्रस्त–वि. डरा हुआ, चकित

त्राण–पु. रक्षा, बचाव

त्राता–पु. रक्षक, बचानेवाला

त्राहि–अ. बचाओ, रक्षा करो

त्रिकाल–तीनों काल-भूत, वर्तमान और भविष्य, तीनों समय–प्रातः, मध्याह्न और सायं

त्रिकोण–पु. [ट्राइएंगिल] तीन कोनों का क्षेत्र, त्रिभुज

त्रिजीवा, त्रिज्या–स्त्री. [रेडिअस] वृत्त के केंद्र से परिधि तक खिंची हुई सीधी रेखा

त्रिदेव–पु. तीन देव–ब्रह्मा, विष्णु और महेश

त्रिदोष–पु. तीनों दोष–वात, पित्त और कफ

त्रिपथगा, त्रिपथगामिनी–स्त्री. (स्वर्ग, मर्त्य और पाताल तीनों लोकों में बहनेवाली) गंगा

त्रिपिटक–पु. बौद्धों का मूल ग्रंथ जो

विनय, सुत्त और अभिधम्म तीन पिटकों (भागों) में विभक्त हैं

त्रिफला–पु. आँवला, हड़ और बहेड़ा

त्रिवेणी–स्त्री. प्रयाग में गंगा, यमुना और सरस्वती के मिलने का स्थान

त्रिशंकु–पु. एक प्रसिद्ध सूर्यवंशी राजा जो हरिश्चंद्र के पिता थे (इनके बारे में कहा जाता है कि स्वर्ग और पृथ्वी के बीच उलटे लटके हुए हैं)

–बनना–कहीं का न होना

त्रुटि–स्त्री. कमी, भूल, चूक

त्रैमासिक–वि. तीन महीनों का, हर तीसरे महीने निकलनेवाला

त्वचा–स्त्री. चर्म, चमड़ा

थ

थ–देवनागरी का सत्रहवाँ व्यंजन वर्ण

थकन–स्त्री. दे. 'थकान'

थकना–अ. क्रि. श्रम के कारण शिथिल होना

थक जाना–तंग आ जाना, परेशान हो जाना

थकान–स्त्री. थकावट, श्रांति, शैथिल्य

थकाना–स. क्रि. श्रांत करना

थकामदा–वि. थका, हारा हुआ

थन–पु. गाय-भैंस आदि का स्तन

थपकना–स. क्रि. प्यार या लाड़चाव से थपकी देना

थपेड़ा–पु. चपत, चपेटा

थप्पड़–पु. तमाचा, झापड़, चपेटा

थमना–स. क्रि. रुकना, ठहरना

थरथर–अ. कंपन

थरथराना–अ. क्रि. भय के मारे काँपना

थरथराहट–स्त्री. कँपकँपी

थरथरी–स्त्री. कँपकँपी

थल–पु. स्थल, जगह, फोड़े को घेरा

थलचर–पु. पृथ्वी पर रहनेवाले जीव

थाती–स्त्री. धरोहर, पूँजी

थाना–पु. पुलिस की चौकी

थानेदार–पु. दारोग़ा

थानेदारी–स्त्री. थानेदार का पद या पेशा

थाप–स्त्री. हथेली का आघात, थप्पड़

थामना–स. क्रि. रोके रहना, सँभालना

थाली–स्त्री. बड़ी तश्तरी

–का बैंगन–वह जो किसी एक मत का न हो

थाह–स्त्री. गहराई की सीमा

–लेना–गहराई का अन्दाज़ लगाना

थाहना–स. क्रि. थाह लेना, अन्दाज़ लेना

थिर–वि. स्थिर, गतिहीन

थिरकना – अ. क्रि. पैरों को उठाते, गिराते या हिलाते हुए नाचना

थैला–पु. कपड़े, टाट आदि का झोला

थैली–स्त्र छोटा थैला, रुपयों की थैली

थोक–पु. राशि, माल की बड़ी राशि

थोकफ़रोश–पु. थोक माल बेचने वाला व्यापारी

थोपना–स. क्रि. आरोपित करना पाया हुआ

द

द–देवनागरी का 18वाँ व्यंजन वर्ण

दंग–वि. (फ़ा) चकित, हक्का-बक्का

दंगल–पु. (फ़ा) कुश्ती आदि की प्रतिद्वंद्विता

–मारना–कुश्ती जीतना

दंगा–पु. झगड़ा-फ़साद

दंड–पु. डंडा, जुरमाना

दंडकर–पु. [प्यूनिटिव टैक्स] दे. 'दण्डात्मक कर'

दंड न्यायालय – पु. [क्रिमिनल कोर्ट] फौजदारी अदालत

दंडवत्–पु. साष्टांग प्रणाम

दंडविधान–पु. दंड की व्यवस्था, जुर्म और सज़ा का क़ानून

दंडात्मक–वि. [प्यूनिटिव] दंड देने की ग़रज़ से लगाया गया

दंडात्मक कर – पु. [प्यूनिटिव टैक्स] दण्डकर, ता जीरी कर

दंडादेश–पु. [सेंटेंस] अपराधी को दंड देने का निर्णय

दंडादेशित–वि. [सेंटेंस्ड] सज़ा पाया हुआ

दंडाधिकारी–पु. मजिस्ट्रेट

दंडालय–पु. अदालत, न्यायाधिकरण

दंडित–सज़ायाफ़्त

दंपती–पु. पति-पत्नी, स्त्री-पुरुष

दंभ–पु. पाखंड, अभिमान

दंभी–वि. दंभ करनेवाला

दक़ियानूसी–वि. पुराना, पुराण थी

दक्ष–वि. कुशल, निपुण, सिद्धहस्त

दक्षिण–पु. दक्खिन, दाहिना; अ. दक्खिन की ओर

दक्षिणपंथी–वि. अप्रगतिशील विचार-धारा का अनुयायी

दक्षिणा–स्त्री.पुरोहितों को दिया जाने-वाला द्रव्य

दक्षिणाचल–पु. मलय गिरि

दख़ल–पु. (अ.) प्रवेश, अख़्तियार

दगना – अ. क्रि. (बन्दूक़, तोप आदि का) छूटना

दग़ा–स्त्री. (फ़ा) धोखा, फ़रेब, छल

दग़ाबाज़–वि. धोखा देनेवाला
दत्तक–पु. गोद लिया हुआ पुत्र
दत्तकग्रहण – पु. [एडॉप्शन] दत्तक ग्रहण करने का कार्य
दफ़न–पु. (अ.) गाड़ना, मुरदे को गाड़ने का काम
दफ़नाना–स. क्रि. (मुरदे को) ज़मीन में गाड़ना
दफ़ा–स्त्री. बार, क़ानून का एक नियम, धारा
दफ़्तर–पु. (अ.) हिसाब-किताब के काग़ज़, कार्यालय
दबना–अ. क्रि. दाब के नीचे पड़ना, फीका पड़ना, ठंडा पड़ना
दबा–वि. भार से आक्रान्त
दयाना–स. क्रि. दबाव के नीचे लाना, दमन करना
दबाव–पु. दबाने की क्रिया
दबोचना–स. क्रि. धर दबाना
दम–पु. साँस, क्षण, हुक़्क़े आदि का कश
–अटकना–श्वास का अवरुद्ध होना
–खींचना–चुप्पी साधना
–घुटना–हवा की कमी से श्वास न लिया जाना
–टूटना–साँस रुक जाना
–तोड़ना–मर जाना
–मारना–सुस्ताना
–में दम रहना या होना–जान रहना
दमक–स्त्री. चमक
दमकना–अ. क्रि. चमकना
दमड़ी–स्त्री. पैसे का आठवाँ हिस्सा
दमन–पु. बलपूर्वक शान्त करने का काम
दया–स्त्री. करुणा, अनुकंपा
दयादृष्टि–स्त्री. दयापूर्ण दृष्टि
दयालु–वि. कृपायुक्त
दयावान्–वि. दयालु, कृपायुक्त
दर – स्त्री. भाव; वि. अल्प, थोड़ा; अ. में, अंदर
दरअसल–अ. असल में, वास्तव में
दरख़्त–पु. (फ़ा) पेड़, वृक्ष
दरख़्वास्त–स्त्री. प्रार्थना, प्रार्थना-पत्र
दर–दर–अ. दरवाज़े-दरवाज़े
दरबान–पु. चौकीदार
दरबार–पु. राजसभा
दरवाज़ा–पु. (फ़ा) द्वार, कपाट, किवाड़
दरवेश–पु. (फ़ा) फ़क़ीर, भिखारी
दराज़–वि. (फ़ा) लंबा, दीर्घ, विशाल
दरार–स्त्री. रेखा की तरह का लंबा छिद्र
दरिद्र–वि. निर्धन; पु. निर्धन मनुष्य
दरिद्रावसति – स्त्री. [स्लम] ग़रीबों की बस्ती
दरिया–पु. नदी, समुद्र
–को कूजे में बन्द करना–थोड़े में बहुत कह जाना

दरियादिल–वि. उदार

दर्जा–पु. (अ.) वर्ग, कक्षा, पद, ओहदा

दर्ज़ी–पु. (फ़ा) कपड़ा सीनेवाला

दर्द–पु. (फ़ा) पीड़ा, रहम, सहानुभूति

दर्दनाक–वि. दर्द से भरा हुआ

दर्प–पु. हर्ष से उत्पन्न गर्व

दर्पण–पु. आईना

दर्शन–पु. साक्षात्कार, तत्त्वज्ञान करानेवाला शास्त्र

दर्शनीय–वि. दर्शन करने योग्य

दर्शनी हुंडी – स्त्री. ऐसी हुंडी जिसका भुगतान तत्काल करना पड़े

दर्शने देय – वि. [पेयेबिल ऐट साइट] जिसका भुगतान तुरंत करना पड़े

दल–पु. अंश, फूल की पंखड़ी, गिरोह

दलदल–पु., स्त्री. (फ़ा.) कीचड़

–में फँसना—मुसीबत में फँसना

दलाल–पु. बिचवई, कुटना

दलाली–स्त्री. दलाल का काम

दलित–वि. दबाया हुआ

दलित वर्ग–पु. हिन्दुओं में शूद्र

दलील–स्त्री. (अ.) युक्ति, तर्क, बहस

दवा–स्त्री. (फ़ा.) औषध, रास्ते पर लाने का उपाय

दवाख़ाना–पु. औषधालय

दवामी–वि. (अ.) स्थायी

दशहरा–पु. विजयादशमी

दशा–स्त्री. अवस्था, ग्रह-विशेष का भोग्य काल

दशानन–पु. जिसके दस मुँह हैं, रावण

दशाब्द–पु., देशी-स्त्री.[डिकेड] दस वर्षों का समय, दशक

दशावतार–पु. विष्णु के दस अवतार

दस्त–पु. (फ़ा.) हाथ, पतला पाख़ाना

दस्तक–स्त्री. (फ़ा.) दरवाज़े पर धक्का देना

दस्तकार–पु. कारीगर

दस्तकारी–स्त्री. दस्तकार का काम

दस्तख़त–पु. हस्ताक्षर

दस्तावेज़–स्त्री. तमस्सुक

दस्ती–वि. हाथ का

दस्तूर–पु. (फ़ा.) रीति, चाल, नेग

दस्यु–पु. डाकू, लुटेरा, खल

दहकना–अ.क्रि. लपट फेंकते हुए जलना

दहक़ान–पु. (फ़ा.) देहात का रहनेवाला

दहना–अ. क्रि. जलना; स. क्रि. जलाना

दहलना–अ. क्रि. डर के मारे काँपना

दहलीज़ –स्त्री. (फ़ा.) देहली

दहशत–स्त्री. (फ़ा.) भय, डर, आतंक

दहाड़–स्त्री. शेर या बाघ का घोर गर्जन

दहाना–पु. (फ़ा.) मुँह, नदी के दूसरी नदी या समुद्र में गिरने की जगह
दहेज़–पु. दायजा
दाँत–पु. दंत
–काटी रोटी–गहरी मित्रता
–खट्टे करना–परास्त करना
दांपत्य–पु. पति-पत्नी का सम्बन्ध
दाख़िल–वि. (फ़ा.) भीतर घुसा हुआ, शामिल
दाख़िल ख़ारिज–पु. किसी सरकारी काग़ज़ पर से एक व्यक्ति का नाम हटाकर दूसरे का नाम चढ़ाने की क़ानूनी कार्रवाई
दागना–स. क्रि. जलाना, बंदूक़ आदि छोड़ना
दाग़ –वि. (फ़ा.) कलंकित, सज़ा भुगता हुआ
दातव्य–वि. देने योग्य; पु. दान शीलता
दाता–पु. देनेवाला, दानी
दाद–स्त्री. (फ़ा.) इंसाफ़, न्याय
–देना–न्याय करना,प्रशंसा करना
दान–पु. देने की क्रिया, दयावश देने की क्रिया
दानपत्र–पु. वह लेख या पत्र जिसमें किसी वस्तु के दानरूष में दिये जाने का उल्लेख हो
दानव–पु. राक्षस
दानवीर–पु. बहुत दानी व्यक्ति
दाना–वि. (फ़ा.) बुद्धिमान्; पु. अनाज का एक कण
–पानी उठना–जीविका न रहना
–(ने) दाने को मुहताज – अति निर्धन
दानापानी–पु. अन्न-जल, खाना-पीना
दानी–वि. दान करनेवाला
दाब–स्त्री. दबाव, रोब, प्रभुत्व
दाम–पु. क़ीमत, रुपया-पैसा
दामन–पु. (फ़ा.) पल्ला
दामाद–पु. पुत्री का पति, जामाता
दाय–पु. देने योग्य धन, पैतृक संपत्ति
दायकर–पु. [इनहेरिटेंस टैक्स] उत्त-राधिकार में प्राप्त धन या संपत्ति पर लगाया जानेवाला कर
दायरा–पु. (अ.) गोल घेरा, अधिकार का क्षेत्र
दायाँ–वि. दाहिना
दायाधिकारी होना – अ. क्रि. [सक्सीड] उत्तराधिकारी बनना
दायित्व–पु. ज़िम्मेदारी
दारा – स्त्री. स्त्री; पु. (फ़ा.) मालिक, शाह
दारिद्रय–पु. दरिद्रता, ग़रीबी
दारुण–वि.कठोर; पु. भयानक रस
दारोग़ा–पु. (फ़ा.) हिफ़ाज़त करने-वाला, थानेदार
दार्शनिक–पु. दर्शनशास्त्र का जानकार; वि. दर्शनशास्त्र संबंधी
दाल–स्त्री. दली हुई अरहर, मूँग आदि, इसकी पकायी हुई दाल
–गलना–युक्ति का सफल होना

–में काला होना–कोई दोष छिपा होना
–रोटी चलना–निर्वाह होना
दावँ–पु. बार, छलने की चाल, खेलने की बारी
दावत–स्त्री. भोज का निमंत्रण
दावा–पु. (अ.) अधिकार, हक, गर्वोक्ति
दास–पु. नौकर, गुलाम
दासता–स्त्री. गुलामी, परतंत्रता
दासानुदास–पु. दासों का दास, विनम्र सेवक
दासी–स्त्री. सेविका
दास्तान–स्त्री. (फ़ा.) वृत्तांत, कहानी, विवरण
दाह–पु. जलाना, संताप
दाहकर्म–शव जलाने का कृत्य
दाहक प्रस्फोट–पु. [इनसेंडिअरी बम] आग लगा देनेवाला प्रस्फोटं या बम
दाहिना–वि. दायाँ, अनुकूल
–हाथ होना–मुख्य सहायक होना
दिखना–अ. क्रि. दिखाई देना
दिखलाना–स. क्रि.दूसरे को देखने में लगाना, प्रकट करना
दिखावटी–वि. ऊपरी
दिगंत–पु. दिशा का अत, छोर
दिगंबर–पु. जैनियों का एक संप्रदाय; वि. जिसके लिए दिशाएँ ही वस्त्र-रूप हों, नंगा
दिग्दर्शन यंत्र, दिग्द्योतक यंत्र–पु. कुतुबनुमा, कंपास
दिग्विजय–स्त्री. संसार में धाक जमाना
दिन–पु. सबेरे से शाम तक का समय
–काटना–किसी तरह निर्वाह करना
–डूबना–संध्या होना
–दहाड़े–दिन में खुले तौर पर
–फिरना–भले दिन आना
दिनदिन–अ. प्रतिदिन
दिनांक–पु. [डेट] तिथि
दिनांकित–वि. [डेटेड] तिथित
दिमाग़–पु. (अ.) मस्तिष्क, बुद्धि, समझ, अभिमान
–आसमान पर होना–अत्यधिक अभिमान होना
–खाना–बहुत बकवाद करना
दिल–पु. (फ़ा.) हृदय, हिम्मत, हौसला, इच्छा
–कड़ा करना–मन में दृढ़ता लाना
–का गुबार निकलना–मन का मलाल दूर करना
–की दिल में रहना–मनोरथ को पूर्ण न होना
–खट्टा होना–मन फिर जाना
–चुराना–काम में मन न लगान
–जलाना–सताना
–दुखाना–कष्ट पहुँचाना
–देना–प्रेमासक्त होना
–भर आना–करुणा आदि में विचलित होना
दिलचस्प–वि. जिसमें मन रमे

दिलजला–वि. दुःखी
दिलफेंक–वि. रूपलोभी
दिलासा–पु. आश्वासन, धीरज
दिली – वि. (फ़ा.) अभिन्न, हार्दिक
दिलेर–वि. (फ़ा.) साहसी
दिलेरी–स्त्री. (फ़ा.) हिम्मत, बहादुरो
दिल्लगी–स्त्री. हँसी, मज़ाक़
दिवंगत–वि. स्वर्गगत, मृत
दिवस–पु. दिन, बार, रोज़
दिवाला–पु. सर्वथा अभाव हो जाना
दिवालिया–वि. जिसका दिवाला निकला हो
दिव्य–वि. स्वर्गीय, अति सुंदर, भव्य
दिव्यांगना–स्त्री. अप्सरा, देववधू
दिशा–स्त्री. ओर, क्षितिज-मंडल के चार कल्पित भागों-पूर्व, पश्चिम आदि–में से कोई एक
दिसावर–पु. परदेश, अन्य देश
दिस्ता–पु. काग़ज़ के २४ तख़्तो की गड्डी
दीक्षांत भाषण–पु. उपाधि या प्रमाणपत्रादि देने के समय समुत्तीर्ण स्नातकों को संबोधन कर किया गया भाषण
दीक्षा–स्त्री.याग,उपनयन संस्कार, मंत्र का उपदेश
दीद–वि. (फ़ा.) देखा हुआ
दीदा–पु. आँख, धृष्टता
–लगना–काम में नवीयत लगना
दीदार–पु. (फ़ा.) चेहरा, दर्शन
दीन–वि. दरिद्र, विपन्न
दीन–पु. (अ.) धर्म, मज़हब, पंथ
दीनता–स्त्री. दरिद्रता
दीप–पु. द्वीप, दीया, चिराग़
दीपक–पु. दीया, एक राग, एक ताल
दीपावलि, दीपावली – स्त्री. 'दीवाली'
दीमक–स्त्री. एक तरह की सफ़ेद चींटी
दीर्घ–वि. बड़ा, ऊँचा, विस्तृत, लंबा
दीर्घजीवी–वि. जो बहुत दिनों तक जीये
दीर्घ निद्रा–स्त्री. बहुकालव्यापी निद्रा, मृत्यु
दीर्घा–स्त्री. गैलरी
दीर्घायु–वि. दीर्घजीवी, लंबी आयुवाला
दीर्घावकाश–पु. [वैकेशन] लंबी छुट्टी
दीवान–पु. शाही दरबार या अदालत, प्रधानमन्त्री, (उर्दू) काव्य-संग्रह
दीवाना – वि. (फ़ा.) पागल, विक्षिप्त, सनकी
दीवानी–स्त्री. (फ़ा.) वह अदालत जिसमें रुपये और जायदाद के मुकदमों की सुनवाई होती हैं
दीवार–स्त्री. (फ़ा.) भीत
दीवाली–स्त्री. कार्तिक की अमावस्या को पड़नेवाला हिन्दुओं का एक त्योहार जिसमें दीपक जलाये जाते हैं

दुःख–पु. कष्ट, क्लेश, तकलीफ़
–उठाना–तकलीफ़ सहना
–देना–कष्ट पहुँचाना
–बँटाना–विपत्ति में साथ देना
दुःखद–वि. क्लेशकर
दुःखमय–वि. दुःखपूर्ण
दुःखांत–वि. जिसका अन्त दुःखमय हो, ट्रेजेडी
दुःसह–वि. जिसे सहना कठिन हो
दुःसाध्य – वि. जिसका करना कठिन हो
दुःसाहस–पु. अनुचित साहस
दुःस्वप्न–पु. डरावना स्वप्न
दुआ–स्त्री. (अ.) ईश्वर से माँगना
दुकान–स्त्री. (फ़ा.) सौदा बेचने और खरीदने की जगह
दुकानदार–पु. दुकान का स्वामी
दुकानदारी–स्त्री. दुकानदार का धंधा
दुखड़ा–पु. दुःख, दुःखगाथा
–रोना–दूसरे को अपनी विपन्ना वस्था का वृत्तांत सुनाना
दुखना–अ. क्रि. दर्द करना, पीड़ा होना
दुखाना–स. क्रि. पीड़ा पहुँचाना
दुखिया–वि. दुःख में पड़ा हुआ, विपद्ग्रस्त
दुखियारा–वि. दुखिया, संकटापन्न
दग्ध–पृ. दूध
दुचित–अस्थिरचित्त
दुतकारना–स. क्रि. तिरस्कार करना
दुधार–वि. जो अधिक दूध देती हो
दुनिया – स्त्री. (अ.) संसार, संसार का प्रपंच
–की हवा लगना–संसार के दसरे लोगों की तरह आचरण करने लगना
–से उठ जाना–मर जाना
दुनियादार–संसारी
दुबला–वि. जिसका शरीर क्षीण हो, कृश
दुविधा–स्त्री. निश्चय का अभाव
दुभाषिया, दुभाषी–पु. दो भाषाएँ जाननेवाला जो एक को दूसरे का अभिप्राय समझाये
दुमंज़िला–वि. जिसमें दो मंजिलें हों
दुम–स्त्री (फ़ा) पूंछ, पिछलग्गू
–के पीछे फिरना–पीछे-पीछे घूमा करना
–दबा जाना–डरकर भाग जाना
दुरभिसंधि–स्त्री. कुचक्र
दुराग्रह–पु. किसी बात पर अड़ जाना, हठ, ज़िद
दुराचार – पु. निंद्य आचरण, कुकृत्य
दुराचारी–वि. कुकर्मी
दुरात्मा–वि. नीच प्रकृति का
दुराशा–स्त्री. झूठी आशा
दुरुपयोग–पु. बुरा इस्तेमाल

दुरुस्त–वि. (फ़ा.) जिसमें कोई ख़ामी न हो

दुर्गंध–स्त्री. बुरी गंध, बदबू

दुर्गति–स्त्री. दुर्दशा, दरिद्रता, नरक

दुर्घटना–स्त्री. अशुभ घटना, क्लेशकर घटना

दुर्जन–पु. दुष्ट मनुष्य, ख़ल

दुर्दशा–स्त्री. बुरी हालत

दुर्बल–वि. शक्तिहीन

दुर्बुद्धि–वि. दुष्ट बुद्धि वाला

दुर्भाग्य–पु. वदक़िस्मती ; वि. भाग्य-हीन

दुर्भिक्ष–पु. अकाल, क़हत

दुर्योग–पु. ग्रहों का बुरा फेर

दुर्लभ–वि. जिसका मिलना कठिन हो

दुर्लभ मुद्रा–स्त्री. (हार्ड करेंसी] उस देश की मुद्रा जिसका माल अन्य देश ख़रीदना तो चाहते हों, पर व्यापार तुला उनके विपक्ष में होने के कारण उक्त मुद्रा यथेष्ट संख्या में प्राप्त करने में कठिनाई का अनुभव करें

दुर्लभ मुद्रा क्षेत्र–पु. [हार्ड करेंसी एरिया] दुर्लभ मुद्राबाले देशों का क्षेत्र

दुर्व्यवहार–पु. बुरा व्यवहार

दुर्व्यसन–पु. बुरी लत, ख़राव आदत

दुलराना–अ. कि. रूठना, मचलना: स. कि. लाड़-चाव करना

दुलार–पु. लाड़–चाव, प्यार

दुलारना–स. क्रि. प्यार करना

दुलारा–वि. लाड़ला; पु. लाड़ला पुत्र

दुश्चरित्र – पृ. चरित्रहीन, बदचलन

दुश्मन–पु. (फ़ा.) शत्रु, अपकारी

दुश्मनी–स्त्री. शत्रुता, वैर

दुष्कर्म–पु. बुरा काम, पाप

दुष्काल–पु. प्रलय, दुर्भिक्ष

दुष्ट–वि. नीच, बदमाश

दुहना–स. कि. दूध निकालना, निचोड़ना

दुहाई–स्त्री. रक्षा के लिए की गयी पुकार

दुहिता–स्त्री. पुत्री, कन्या

दूज–स्त्री. प्रत्येक पक्ष की दूसरी तिथि

–का चाँद होना–बहुत कम दिखाई पड़ना

दूत–पु. हरकारा, राजदूत

दूतावास–पु. [इम्बैसी] राजदूत के रहने का स्थान और उसका कार्यालय

दूध–पु. गाय, भैंस आदि के स्तन से निकलने वाला सफ़ेद रंग का तरल पदार्थ

–का दूध और पानी का पानी–सच्चा-सच्चा न्याय करना

दूध नहाना, पूतों फलना–धन-जन मे खूब संपन्न होना

दूर–अ. फ़ासले पर; वि. जो दूर न हो

दूरदर्शक यंत्र–पु. टेलिस्कोप

दूरदर्शन यंत्र–पु. टेलीविज़न

दूरदर्शिता–स्त्री. दूर की बात सोचने का गुण या शक्ति

दूरदर्शी–वि. दूर की बात सोचनेवाला, दूरंदेश

दूरभाष – **पु., दूरवाणी** – स्त्री. टेलीफोन

दूरभाष वाणी मिलान केंद्र–पु. टेलीफोन एक्सचेंज

दूरमुद्रक–पु. टेलीप्रिंट

दूरविक्षेपक–पु. ट्रांसमिटर

दूरविक्षेपण–पु. ट्रांसमिशन

दूरविक्षेपण केंद्र–पु. ट्रांसमिटिंग स्टेशन

दूरविक्षेपण यंत्र–पु. ट्रांसमिटिंग एपैरेटस

दूल्हा–पु. वर, नौशा, पति

दूषण–पु. दोष, ऐब, ख़राबी

दूषित–वि. दोषयुक्त

दूसरा–वि. पहले के बाद का, भिन्न, दीगर

दृग–पु. आँख, दृष्टि, देखने की शक्ति

दृढ़–वि. जो विचलित न हो, सबल, अटल

दृढ़ता–स्त्री., दृढ़त्व–पु. दृढ़ होने का भाव

दृढ़प्रतिज्ञ–वि. जो प्रतिज्ञा से न डिगे

दृश्य–पु. नज़्ज़ारा, तमाशा; वि. दर्शनीय

दृश्याभास–पु. [स्पेक्ट्रम] देखी हुई किसी वस्तु किंवा दृश्य का वह चित्र, प्रतिबिंब या आभास जो आँखें बन्द कर लेने के बाद भी सामने विद्यमान-सा प्रतीत हो

दृष्टांत–पु. उदाहरण

दृष्टि–स्त्री. अवलोकन, देखने की शक्ति, ज्ञान, मत, अभिप्राय

दृष्टिकोण–वि. देखने, सोचने, विचारने का पहलू

दृष्टिगत–वि. जो देखने में आया हो

दृष्टिगोचर–वि. दिखाई पड़नेवाला

दृष्टिदोष–पु. देखने में त्रुटि होना

दष्टिभ्रम – पु. [हेलूसिनेशन] भ्रांति

देखना–स. क्रि. नेत्रों द्वारा किसी का ज्ञान प्राप्त करना

देखभाल, देखरेख – स्त्री. निगरानी, संरक्षण

देखादेखी–स्त्री. साक्षात्कार; अ. अनुकरण के रूप में

देन–स्त्री. दी हुई वस्तु

देना–स. क्रि. प्रदान करना, सौंपना

देयादेय–फलक–पु. (बैलेंस-शीट) चिट्ठा

देवता–पु. स्वर्ग का अमर प्राणी, पूज्य

देवालय–पु. मंदिर

देवी–स्त्री. देवता की पत्नी, सदाचार आदि से युक्त स्त्री

देश–पु. स्थान, मुल्क
देशनिकाला – पु. निर्वासन का दंड
देशभक्त –पु. देशानुरागी व्यक्ति
देशभक्ति–स्त्री. देशप्रेम
देशरक्षक सेना–स्त्री. मिलीशिया
देशाटन–पु. भिन्न-भिन्न देशों में भ्रमण
देह–पु. (अ.). गाँव
देह–स्त्री. शरीर, जीवन
–छूटना–मृत्यु होना
–छोड़ना–मरना बेहात-पु. गाँव, गँवई
देहाती–पु. ग्रामीण; वि. गाँव का
दनंदिनी – स्त्री. रोज़नामचा, डायरी
दैनिक–वि. प्रतिदिन का, प्रतिदिन निकलनेवाला अख़बार
दैनिकी–स्त्री. [डेली रिपोर्ट] प्रत्येक दिन की घटनाओं का विवरण
दैवात्–अ. संयोगवश, दैवयोग से
दैहिक–वि. देह–संबंधी, देहुजनित
दो–वि. एक और एक ; पु. दो की संख्या, २
–नावों पर चढ़ना या पैर रखना–दो पक्षों का अवलंबन करना
दोमुँहासाँप–पु. वह मनुष्य जो दो तरह की बातें करे
दोज़ख़–पु. (फ़ा.) जहन्नुम, नरक
दोष–पु. अराध, ऐब, ख़राबी, अशुद्धि
दोषवेचक–पु. [सेंसर] वह सरकारी कर्मचारी जो पत्र, पुस्तक, फ़िल्म आदि का तथा सेना सम्बन्धी सूचनाओं का परीक्षण कर आपत्तिजनक अंश निकाल देता है
दोषवेचन–पु.[सेंसरशिप] पत्र, पुस्त-कादि से उत्तेजक या आपत्तिजनक अंशों को हटा दिया जाना
दोषारोपण–पु. दोष लगाना
दोषी–पु. अपराधी, ऐबी, पापा
दोस्त–पु. (फ़ा.) मित्र, सुहृद्
दोस्तनवाज़–पु. मित्रों के प्रति सहानु-भूति रखनेवाला
दोस्ताना – वि. (फ़ा.) दोस्ती का ; पु. मित्रता
दोस्ती–स्त्री. (फ़ा.) मित्रता, सौहार्द
दोहा–पु. एक छंद जिसके प्रथम और तृतीय चरण में 13:13 तथा द्वितीय, चतुर्थ चरण में 11-11 मात्राएँ होती हैं
दोहाई–स्त्री. गुहार, पुकार
दौड़–स्त्री. दौड़ने की क्रिया या भाव
दौड़धूप–स्त्री. ज़ोरदार कोशिश
दौड़ना–अ. क्रि. अति वेग से चलना, हैरान होना
दौड़ाना–स. क्रि. दौड़ने के काम में दूसरे को लगाना
दौर–पु. (अ.) फेरा, समय का फेर, युग

–चलना–शराब के प्याले का बारी-बारी से पहुंचाया जाना
दौरदौरा–पु. बोलबाला
दौलत–स्त्री. (अ.) धन, संपत्ति
द्रव–पु. तरल होना, तरल पदार्थ
द्रवीभूत–वि. पिघला हुआ
द्रव्य–पु. पदार्थ, उपकरण, धन-दौलत
द्रव्यार्जन–पु. धन कमान
द्रष्टा–पु. देखनेवाला
द्रोह–पु. दूसरे का अनिष्ट चाहना
द्वंद्व–पु युगल, संघर्ष, समास का एक भेद (व्या.)
द्वंद्वयुद्ध–पु. दो व्यक्तियों का पारस्परिक युद्ध
द्वार–पु. दरवाज़ा
द्वारा–अ.ज़रिये, मारफ़त
द्वि–वि. दो
द्विसदस्यनिर्वाची क्षेत्र–पु. [डबल मेंबर कांस्टिट्यूएंसी] वह निर्वाचन क्षेत्र जहाँ से दो सदस्य चुने जाने को हों
द्वीप–पु. स्थल का वह भाग जिसके चारों ओर रानी हो, टापू जाना

ध

ध–देवनागरी का 19वां व्यंजन वर्ण
धंधा–पु. काम-काज, पेशा, रोज़गार, व्यवसाय
धँसना–अ. क्रि. गड़ना, नीचे खसकना
धकधकाना–अ. क्रि. कलेजे का तेज़ी से धड़कना
धकधकी–स्त्री. धड़कन, खटका
धक्का–पु. टक्कर, घाटा, मार्मिक पीड़ा
–खाना–धक्का सहना, अषमानित होना, भटकते रहना
धज–स्त्री. बनाव-सिंगार
धज्जी – स्त्री. लम्बा, पतला टुकड़ा
–उड़ाना–खण्डन करना
धज्जियाँ उड़ना–टुकड़े-टुकड़े हो जाना
धड़का–पु. हृदय की धड़कन, आशंका
धधकना–अ. क्रि. धायँ-धायँ जलना
धन–पु. संपत्ति, पूँजी, पुरस्कार
धनधान्य–पु. रुपया-पैसा
धनपक्ष–पु. [क्रेडिट साइड] रोकड़बही आदि के पृष्ठ का जमावाला हिस्सा
धनप्रेषणादेश–पु. मनीआर्डर
धनविधेयक–पु. [मनी बिल] वित्तविधेयक
धनहीन–वि. निर्धन, दरिद्र
धनाढ्य–वि. धनवान्, दौलतमंद
धनादेश–पु. चेक
धनिकतंत्र–पु. [प्लूटार्की] वह शासन व्यवस्था जिसमें धनिक वर्ग का

प्राधान्य हो

धनी–वि. दौलतमंद, सिद्धहस्त; पु. धनवान् मनुष्य

धनुष–पु. तीर चलाने का एक प्रसिद्ध साधन

धन्य–वि. कृतार्थ, प्रशंसनीय, भाग्यशाली ; अ. साधुवाद द्योतक शब्द

धन्यवाद–पु. 'धन्य-धन्य' कहना

धमकाना–स. क्रि. धमकी देना, डराना

धमकी–स्त्री. धमकाने की क्रिया, घुड़की

धमाका–पु. भारी वस्तु के गिरने का गंभीर शब्द

धमाचौकड़ी – स्त्री. उछल-कूद, कूद-फाँद

धरती–स्त्री. पृथ्वी, भूमण्डल, संसार

धरना–स. क्रि. पकड़ना, रखना; पु. प्रार्थना यो माँग पूरी न होने तक किसी के यहाँ अड़कर बैठना

धरा–स्त्री. पृथ्वी

धरातल–पु. पृथ्वी की सतह

धरोहर–स्त्री. थाती, अमानत

धर्म–पु. मज़हब, लौकिक, सामाजिक कर्तव्य

–बिगाड़ना–किसी को धर्मच्युत करना

–रखना–धर्मच्युत होने से बचना या बचा लेना

धर्मघड़ी–स्त्री. ऐसी जगह टँगी घड़ी जिसे सभी लोग देख सकें

धर्मतंत्र–पु. [थियोकैसी] वह शासन-व्यवस्था जिसका आधार धर्म हो

धर्मनिरपेक्ष राज्य–पु. [सेक्यूलर स्टेट] असांप्रदायिक राज्य

धर्मपिता–पु. [गॉड फ़ादर] पितृतुल्य व्यक्ति

धर्मभीरु–वि. जो धर्म से डरता हो

धर्मशाला–स्त्री. यात्रियों के निःशुल्क ठहरने के लिए बनवाया हुआ स्थान

धर्मशास्त्र–पु. वह आप्त ग्रंथ जिसमें मनुष्य के कर्तव्याकर्तव्य की व्यवस्था हो

धर्मस्व–पु. [एंडाउमेंट्स] धर्मोतर संपत्ति

धर्मादा–पु. धर्मार्थ निकाला हुआ धन

धर्मार्थ–अ. धर्म के लिए

धर्मावतार–पु. एक आदरसूचक संबोधन, परम धर्मात्मा व्यक्ति

धर्मोपदेश–पु. धर्म की शिक्षा

धसकना–अ. क्रि. नीचे की ओर बैठना

धसना–अ. क्रि. ध्वस्त होना, नीचे को खसना

धाँधली–स्त्री. मनमानाव्यवहार

थाक–स्त्री. दबदबा, आतंक, ख्याति

धाड़–स्त्री. विलाप

–मारना–चिल्ला-चिल्लाकर रोना

धातु–स्त्री. सोना, चाँदी आदि खनिज पदार्थ, शब्दों का मूल रूप

धातुविज्ञान – पु. [मेटलर्जी] धातु तैयार करने, उन्हें परिष्कृत या शुद्ध करने आदि का वर्णन करनेवाला शास्त्र

धात्विक मूल्य–पु. [इंट्रिंज़िक वैलू] किसी सिक्के आदि का वास्तविक मूल्य

धानी–वि. हलके हरे रंग का

धाम–पु. घर, अधिष्ठान, देवस्थान

धार–पु. ज़ोर की वर्षा; स्त्री. वह तेज़ किनारा जिससे कुछ काटते हैं

धारण– पु. थामना या लेना, पहनना, स्मरण रखना

धारणा–स्त्री. धारण करने की शक्ति, विचार, निश्चित मति

धारा–स्त्री. प्रवाह, धार, सिलसिला

धारा–स्त्री. सेक्शन, दफ़ा, क़ानून, विधान

धाराप्रवाह–अविराम गति से बहने या चलनेवाला (भाषण इ.)

धारावाहिक, धारावाही–लगातार होने या जारी रहनेवाला

धारासभा–स्त्री. [लेजिस्लेटिव कौंसिल] व्यवस्थापिका सभा

धार्मिक–दि. धर्म-सम्बन्धी, धर्म शील

धावा–पु. चढ़ाई, हमला

–करना–आक्रमण करनी

–मारना–दूर तक चढ़ाई करना

धिक्कार–पु. 'धिक्' कहकर की गयी भर्त्सना

धिक्कारना – स. क्रि. लानत मलामत करना

धीमा–वि. कम गतिवाला, मंद, मंथर

धीर–वि. स्थिरचित्त,दृढ़, गंभीर

धीरे–अ. मन्द गति से, चुपके

धुंध–स्त्री. गर्द छा जाने से होनेवाला अँधेरा

धुँधला–वि. धुएँ के रंग का, अस्पष्ट, अँधेरा

धुआँ–पु. भाप जैसा हलका काली पदार्थ, धूम

धुआँधार–वि. ज़ोरदार, घोर, भीषण

धुन–स्त्री. लगन, मन की लहर, चिंतन

–का पक्का–काम को पूरा करके छोड़नेवाला

धुरा–पु. अक्ष, भार, बोझ

धुरी–स्त्री. छोटा धुरा

धुरीदेश, धुरीराष्ट्र—पु.[एक्सिस कंट्रीज़] द्वितीय महायुद्ध में जर्मनी, इटली, जापान का गुट

धूप–पु. गुगुल आदि गंधद्रव्य

धूप–स्त्री. आतप, सूर्य का प्रकाश

–खाना–धूप का सेवन करना

–खिलाना, –दिखाना–धूप लगने के लिए बाहर रखना

धूम – स्त्री. उत्सव का शोर, प्रसिद्धि
धूमधाम–स्त्री. ठाट-बाट, चहल-पहल
धूल–स्त्री. मिट्टी आदि का रज, तुच्छ वस्तु
–फाँकना–जीविका के अभाव में दीनावस्था में इधर–उधर घूमते फिरना
–में मिलाना–नष्ट करना, बरबाद करना
धेनु–स्त्री. दूध देनेवाली गाय
धैर्य–पु. चित्त की दृढ़ता, स्थिरता
धोखा–पु. वंचना, दग़ा, भुलावा अंदेशा
–खाना–छला जाना
–(खे) को टट्टी–मायाजाल
धोखेबाज़–वि. धोखा देनेवाला
धोती–स्त्री. एक प्रसिद्ध अधोवस्त्र
धोना–म. क्रि. मैल दूर करना, जल से स्वच्छ करना
धौंकना – स. कि. आग तेज़ करने के लिए हवा देना
ध्यान – पु. किसी के स्वरूप का चिंतन, ग़ौर, चिंतन, समझ
–आना–स्मरण होना
–देना–ख़याल करना
–में न लाना–चिंता न करना
–से उतरना–भूलना
ध्यानमग्न–वि. ध्यान में लोन
ध्रुव–वि. स्थिर, निश्चित, पक्का, ध्रुवतारा
ध्रुवदर्शक–पु. कुतुबनुमा
ध्वंस–पु. नाश, मकान या इमारत का ढहना
ध्वंसावशेष–पु. खंडहर, टूटे-फूटे टुकड़े
ध्वज–पु. पताका, निशान
ध्वजयोत–पु. [फ़्लैगशिप] बेड़े का वह जहाज़ जिससे, नोबलाध्यक्ष यात्रा कर रहा हो और जिस पर उसका झंडा फहरा रहा हो
ध्वजस्तंभ–पु. [फ़्लैग स्टाफ़] वह खंभा या बाँस जिस पर झंडा फहराया जाता है
ध्वजा–स्त्री. पताका, झंडा
ध्वजारोपण–पु. झंडा लगाना या गाड़ना
ध्वजोत्तोलन–पु. झंडा फहराना [हाइस्टिंग ऑफ़ दि फ़्लैग]
ध्वनि–स्त्री. शब्द, आवाज़, गीत की लय
ध्वनिकाव्य – पु. व्यंग्य-प्रधान काव्य
ध्वनित–वि. व्यजित, शब्दित
ध्वनितरंग–स्त्री. [साउंडवेव) कोई शब्द बोलने या कोई ध्वनि होने पर उठनेवाली वह तरंग जो हवा में चारों ओर फैलकर सुननेवाले के कानों तक पहुंचती है
ध्वनियंत्र – पु. [माइक्रोफोन] ध्वनिविस्तारक यंत्र

ध्वनिवर्द्धक, ध्वनि विस्तारक–पु. [लाउडस्पीकर] ध्वनि या आवाज़ की तीव्रता बढ़ानेवाला यंत्र

ध्वनिविक्षेपक–पु. [ट्रांसमिटर] दे. 'दूरविक्षेपक'

ध्वनिविक्षेपण–पु. [ट्रांसमिशन] दे. 'दूरविक्षेपण'

ध्वनिसंग्राहक–पु. [साउंड रिकार्डर] दे. 'ध्वन्यभिलेखक'

ध्वन्यभिलेखक – पु. [साउड रिकार्डर] ध्वनि का संग्रहण या अभिलेखन करनेवाला यत्र अथवा साधन

ध्वन्यात्मक – वि. ध्वनिमय (काव्य)

ध्वन्यार्थ–पु. वह अर्थ जिसका बोध व्यंजनावृत्ति से होता हो

ध्वस्त–वि. ढहा हुआ, नष्ट, पतित, गलित

न

न–देवनागरी का 20वाँ व्यंजन वर्ण

नंग–पु. नंगापन; वि. नंगा, पाजी

नंदन–वि. आनन्द देने वाला

नंदन कानन–पु. नंदन नाम का इंद्र का उद्यान

नंबर–पु. (अं.) संख्या, गिनती, अंक

नंबरी–वि. नंबरवाला, मशहूर, कुख्यात

नककटा–वि. जिसकी नाक कट गयी हो, निर्लज्ज

नकचढ़ा–वि. चिड़चिड़ा, तुनुकमिज़ाज

नकफूल–पु. नाक में पहनने का गहना

नक़ल–स्त्री. अनुकृति, अनुकरण, स्वाँग

नक़लची–पु. नकल करनेवाला

नक़ली–वि. (अ.) जाली, झूठा, बना हुआ

नक़ाब–स्त्री., पु. (अ.) घूँघट

नकार–पु. अस्वीकृति, इनकार

नकारना–अ. क्रि. अस्वीकृत करना

नकेल–स्त्री. ऊँट, भालू आदि की नाक में पहनायी जानेवाली रस्सी

–हाथ में होना–किसी का पूर्ण तयावश में होना

नक़्क़ारख़ाना–पु. (फ़ा.) नौबत ख़ाना

–(ने) में तूती की आवाज़–बड़े के सामने छोटे की क्या बिसात

नक़्क़ारची–पु. (फ़ा.) नगाड़ा बजानेवाला

नक़्क़ारा–पु. (अ.) नगाड़ा, डुगडुगी

नक़्क़ाल–पु. (अ.) नक़ल करनेवाला, स्वाँग बनानेवाला

नक़्क़ाश–पु. (अ.) लकड़ी आदि पर बेल-बूटे बनानेवाला

नक़्क़ाशी–स्त्री. (अ.) चित्रकारी, रंगसाज़ी

नक़्क़ा–वि. दोषभाजन, बदनाम

नक़द–पु. (अ.) वह रक़म जो फ़ौरन अदा की जाय, वि.प्रस्तुत, अच्छा ; अ. तुरंत रुपये देकर

नक़्श–पु. (अ.) चित्र, निशान; वि. अंकित

नक़्शा–पु. मानचित्र, बनावट, शक्ल

नक्षत्र–पु. तारा

नक्षत्रपथ–पु. नक्षत्रों के भ्रमण का मार्ग

नक्षत्रलोक–पु. वह लोक जिसमें नक्षत्र स्थित हैं

नक्षत्रविद्या–स्त्री. ज्योतिषविद्या

नख़रा–पु. (फ़ा.) विलास-चेष्टा, दिखावटी इनकार, बनना

नग–पु. नगीना, काँच का टुकड़ा

नगण्य–वि. तुच्छ, निकृष्ट

नगर–पु. पुर, शहर

नगर आयोजन–पु. [टाउन प्लेनिंग] नगर-निर्माण-योजना

नगरनिगम–पु. म्यूनिसिपल कार-पोरेशन

नगरपालिका – स्त्री. म्यूनिसिपैलिटी

नगरपिता–पु. [सिटी फ़ादर] नगर-पालिका का सदस्य

नगरप्रमुख–पु. सिटी काउंसिलर, नगर-पालिका सदस्य

नगरभवन–पु. टाउनहाल

नगरभाग–पु. वार्ड

नगरवद्ध–पु. [एल्डरमैन] नगरनिगम का मेयर से छोटा पदाधिकारी

नग्नतावाद – पु. [न्यूडिज़्म] पश्चिम में प्रचलित सिद्धान्त, जिसके अनुयायी धूप और खुली हवा के समुचित सेवन की दृष्टि से विवस्त्र रहते हैं

नचाना–स. क्रि. नाचने में प्रवृत्त करना, हैरान करना

नज़दीक – अ. (फ़ा.) समीप, पास

नज़र–स्त्री. (अ.) दृष्टि, दया, देखभाल, टोना, भेंट

–अंदाज करना–दृष्टि न डालना, अनदेखा करना

–बदलना–रुष्ट होना

–लगाना–टोना करना

नज़रबंद–वि. जिसे नज़रबंदी की सज़ा दी गयी हो

नज़राना–पु. भेंट में दी जाने वाली वस्तु

नज़ाकत–स्त्री. (फ़ा.) सुकुमारता

नज़ारा, नज़्ज़ारा – पु. (अ.) दृश्य, नज़र, देखना

नज़ीर–स्त्री. (अ.) उदाहरण, दृष्टांत, मिसाल

नट–पु. अभिनेता, खेल-तमाशे आदि दिखाकर जीवन-यापन करनवाली एक जाति

नटखट–वि. उपद्रवी, चंचल, शरीर, पाजी

नटी – स्त्री. नाट्य करनेवाली स्त्री, सूत्रधार की स्त्री

नत–वि. झुका हुआ, टेढ़ा

नतमस्तक–वि. जिसका सिर झुका हुआ हो

नतीजा–पु. (फ़ा.) फल, परिणाम, परीक्षाफल

नथ–स्त्री. नाक में पहनने का बाली की शकल का एक गहना

नथनी–स्त्री. छोटी नथ, नथ के आकार की वस्तु

नद–पु. बड़ी नदी

नदी–स्त्री. किसी तरल पदार्थ की बड़ी धारा, दरिया

नदी–नाव–संयोग–संयोग से थोड़ी देर के लिए होनेवाली भेंट

नदीघाटी–योजना–स्त्री. [रिवर वैली स्कीम] वह योजना जिसके अनुसार उपयुक्त स्थानों में.नदी पर बाँध आदि बनाकर नहरों द्वारा सिंचाई की व्यवस्था की जाय

नदीप्रवाह–विज्ञान–पु. [हाइड्रोडाइनेमिक्स] नदीप्रवाह के या जलादि के प्रवाह के नियंत्रण या उससे उत्पन्न शक्ति-संबंधी विज्ञान

नन्हा–वि. छोटा

नपुंसक–पु. वह पुरुष जिसमें कामशक्ति न हो; वि. नामर्द, कायर

नपुंसकता–स्त्री., नपुंसकत्व; पु. नामर्दी

नफ़रत–स्त्री. (अ.) किसी चीज़ से भागना, घृणा

नफ़ा–पु. (फ़ा.) फ़ायदा, लाभ, हासिल

नब्ज़–स्त्री. (अ.) नाड़ी

–छूटना, –न रहना–नाड़ी की गति रुक जाना

नमक–पु. (फ़ा.) लवण, सलोनापन

–अदा करना–मालिक की यथोचित सेवा करना

नमकहराम–वि. कृतघ्न

नमकीन – वि. (फ़ा.) जिसमें नमक का स्वाद हो, सलोना, सुंदर; पु. नमकीन व्यंजन या पकवान

नमाज़–स्त्री. (फ़ा.) मुसलमानों की ईश्वरोपासना

नमाज़गाह–पु., स्त्री. मस्जिद में नमाज़ पढ़ने की जगह

नमूना–पु. बानगी, आदर्श, ख़ाका

नयन–पु. ले जाना या नेतृत्व करना, आँख, दृष्टि

नयनाभिराम–वि. जो देखने में सुंदर हो

नया–वि. नवीन, ताज़ा, कम उम्र का

नर–पु. पुरुष; वि. पुरुष-जाति का

नरक–पु. दोज़ख़, बहुत गंदी जगह

नरगिस–पु. (फ़ा.) हलवे पीले रंग का एक प्रसिद्ध फूल जा साहित्य में आँख का उपमान है

नरपिशाच–पु.पिशाच की तरह क्रूर मनुष्य

नरलोक–पु. मर्त्यलोक, मनुष्य-जाति

नरवध–पु. नरहत्या

नर्तक–पु. नाचनेवाला

नर्तकी–स्त्री. नाचनेवाली स्त्री

नर्तन–पु. नाच

नर्म–वि. (फ़ा.) गुदगुदा, आसान, धीमा, विनम्र

नर्म–गर्म–वि. सस्ता-महँगा

नर्मी–स्त्री. (फ़ा.) नर्म होने का भाव

नल–पु. धातु, काठ आदि का पोला लंबोतरा टुकड़ा

नलकूप–पु. ट्यूबवेल

नली–स्त्री. छोटा और पतला नल

नव–वि. नया, नूतन

नवजात–वि. तुरन्त का पैदा हुआ, नया

नवधा–अ. नौ प्रकार से

नवधा भक्ति–स्त्री. नौ प्रकार की या नौ प्रकार से की जानेवाली भक्ति-श्रवण, कीर्तन, स्मरण, पाद-सेवन, अर्चन, वंदन, दास्य, सख्य और आत्मनिवेदन

नवमी–स्त्री. पक्ष की नवीं तिथि

नवयौवना–स्त्री. तरुणी

नव रस–पु. साहित्य में प्रसिद्ध नौ प्रकार के रस–श्रृंगार, हास्य, करुण, रौद्र, वीर, भयानक, बीभत्स, अद्भुत और शांत

नवल–वि. नवीन, नया

नवागत–वि. हाल का आया हुआ

नवाब–पु. (अ. नव्वाब) मुसलमान रईसों की एक उपाधि; वि. बड़े ठाट-बाट से रहनेवाला

नवीन–वि. अपूर्व, नया, मौलिक

नवेद–पु. निमंत्रण, निमंत्रण-पत्र

नवेला–वि.नवीन, नयी उम्र का

नवोढ़ा–स्त्री. नवविवाहित स्त्री

नवोत्थान–पु. [रिनेसाँ] पुनरुत्थान

नशा–पु. (अ.) शराब आदि पीने के बाद की दशा, मादक द्रव्य

–चढ़ना–नशीली चीज़ें का असर होना

नशापानी–पु.नशीली चीज़ें खाना या पीना

नशीं, नशीन–वि. (फ़ा.) बैठनेवाला

नशीला–वि. नशा लानेवाला, मदभरा

नश्तर–पु. (फ़ा.) छुरे जैसा चीरफाड़ करने का आला

–लगना–नश्तर से फोड़े या घाव का चीरा जाना

नष्ट–वि. बरबाद, ख़राब, व्यर्थ, चौपट

नष्टभ्रष्ट–वि. बरबाद, चौपट

नस–स्त्री. रुधिरवाहिनी नलिका

–(सें) ढीली करना–हौसला पस्त करना

नसकटा–पु. हिजड़ा, नामर्द

नसीब–पु. (अ.) क़िस्मत, भाग्य, अदृष्ट

–खुल जाना –चमकना,–जागना,

–सीधा होना–भाग्य का उदय होना

–में लिखा होना–क़िस्मत में बदा होना

–होना–मिलना, प्राप्त होना

नस्तिपंजी–स्त्री. [फ़ाइल रजिस्टर] काग़ज़-पत्र एक जगह रखने की पंजी

नस्तिपत्री–स्त्री. फ़ाइल

नस्ल–स्त्री (अ.) वंश, कुल, जाति

नहर–स्त्री. यातायात या सिंचाई के लिए किसी नदी आदि में से निकाला गया जलमार्ग

नहाना–अ. क्रि. स्नान करना

नहूसत–स्त्री. (अ.) मनहूसी

नाइन्साफ़ी–स्त्री. अन्याय, अत्याचार

नाई–पु. हज्जाम

नाक–पु. साँस लेने का अवयव, प्रतिष्ठा, इज़्ज़त

–ऊंची होना–इज़्ज़त बढ़ना

–कटना–बेइज़्ज़ती होना

–काटना–बेइज़्ज़ती करना

–का बाल–अत्यंत अंतरंग या प्रिय

–का–सीध में–ठीक सामने

–पर गुस्सा होना–बहुत जल्द क्रोध आना

–पर मक्खी न बैठने देना–बहुत सर्तक रहना

–में दम करना–ख़ूब परेशान करना

नाका–पु. प्रवेशद्वार

नाकावंदी–अवरोध

नाखुश–वि. अप्रसन्न, रुष्ट

नाग–पु. साँप

नागपंचमी–स्त्री. श्रावण–शुक्ला पंचमी, जिस दिन हिन्दुओं में नाग की पूजा होती है

नागर–वि. नगर-संबंधी, चतुर; पु नगरवासी, सभ्य पुरुष

नागरिक – वि. नगर का; पु, नगरवासी, पौर

नागरिक उड्डयन विभाग–पु. [सिविल ऐवियेशन डिपार्टमेंट] नागरिकों की हवाई यात्रा आदि की देखभाल करने वाला विभाग

नागरिकता–स्त्री. नागरिक होने का भाव, नागरिक जीवन

नागरिक शास्त्र–पु. [सिविक्स] वह शास्त्र जिसमें व्यक्ति और देश के हित की दृष्टि से उत्तम नागरिक जीवन व्यतीत करने आदि का विवेचन किया जाता है

नागा–पु. आसाम में बसनेवाली एक जगली जाति

नाच–पु. नृत्य, काम-धंधा

–नचाना–परेशान करना

नाचना–अ. क्रि. नृत्य करना, दौड़-धूप मचाना

नाचीज़–वि. नगण्य, तुच्छ

नाज़–पु. (फ़ा.) हाव-भाव, घमंड

नाज़ुक–वि.(फ़ा.) कोमल, सूक्ष्म, बारीक, मामिक

नाटक–पु. रूपक, अभिनय, दृश्य काव्य

नाटककार–पु. नाटक बनाने, लिखने वाला

नाटकशाला–स्त्री. जहाँ नाटक खेला जाता हो

नाटकीय – वि. नाटक-संबंधी, नाटक जैसा

नाटय–पु. नाटकादि का अभिनय, नृत्यकला

नाटघकार – पु. नाटक लिखने, करने वाला

नाट्यशास्त्र–पु. अभिनय आदि संबंधी शास्त्र

नाटयोचित–वि. अभिनय करने योग्य

नाड़ी–स्त्री. नली, रक्तवाहिनी शिराएँ

नाता–पु. संबंध, रिश्ता

नातेदार–पु. रिश्तेदार; वि. सगा, सबंधी

नात्सी–पु. (ज.) जर्मनी का एक राजनीतिक दल जो द्वितीय विश्वयुद्ध के पहले बहुत प्रबल हो गया था

नाद–पु. शब्द, अव्यक्त शन संगीत

नाथना–स. क्रि. जोतना, जोड़ना नाथना

नान–स्त्री. (फ़ा.) रोटी, चपाती, मोटी ख़मीरी रोटी

नानक–पु. सिक्खों के आदि गुरु जिनका जन्म संवत् 1526 तथा परलोकवास संवत् 1597 में हुआ

नानकपंथी–पु. नानक मत का अनुयायी

नाना–वि. अनेक प्रकार के, कई तरह के, माता का पिता

नाप–स्त्री. परिमाण, माप, मानदंड

नाप-जोख, नाप-तौल–स्त्री. नापने और तौलने की क्रिया

नापना–स. क्रि. विस्तार, आदि का निर्धारण करना

नापसंद–वि. अप्रिय

नापाक–वि. अपवित्र

नाबदान–पु. गंदे पानी आदि के बहने की नाली

–में मुँह मारना–घृणित कार्य करना

नाबालिग़–वि. जिसने होश न संभाला हो, अवयस्क

नाम–पु. (फ़ा.) वाचक शब्द, प्रसिद्धि, धाक, यादगार

–उछालना–अपयश फैलाना, बदनाम करना

–को नहीं–थोड़ा-सा भी नहीं

–चलना–लोक में स्मृति बनी रहना
–डुबाना–कलंक लगाना
–न लेना–बहुत अधिक बचना
–रखना – प्रतिष्ठा की रक्षा करना
–लिखाना–भरती होना
नामनिर्देशनपत्र–पु. [नामिनेशन पेपर) दे. 'नामांकन पत्र'
नामपटल, नामपट्ट–पु. [साइनबोर्ड]
नामपत्र–पु. लेबल
नामांकनपत्र–पु. [नामिनेशन पेपर] चुनाव का पर्चा
नामांकित–वि. जिस पर नाम लिखा या खुदा हो
नामी–वि. नामवाला, मशहूर
नामीगिरामी – वि. प्रसिद्ध, मशहूर
नायक– पु. अगुआ, श्रेष्ठ पुरुष, हीरो
नारा–पु. किसी माँग या शिकायत की ओर ध्यान दिलाने के लिए बार-बार बुलंद की जानेवाली आवाज़
नारी–स्त्री. औरत
नाव–स्त्री. तरणि, वहित्र, नौका
–में धूल उड़ाना–सफ़ेद झूठ बोलना
नाव्य–वि. [नैविगेवल] नाव या जहाज़ से पार करने योग्य
नाव्य जलमार्ग – पु. [नैविगेबल वाटरवेज़] वे नदियाँ, नहरें आदि जिनमें नावों या जहाज़ों द्वारा यात्रा की जा सके
नाश–पु. संहार, बरबादी, लोप
नाशक–वि. नष्ट करनेवाला
नाश्ता – पु. (फ़ा.) जलपान, कलेवा
नासिक–स्त्री. नाक
नासूर–पु. (अ.) पुराना घाव
नास्तिक–पु. वह जिसे ईश्वर में विश्वास न हो
नास्तिकता–स्त्री. नास्तिक होने का भाव
नाहर–पु. शेर, सिंह
निंदक–पु. निंदा या बदगोई करने वाला
निंदनीय–वि. निंदा करने योग्य
निंदा–स्त्री. किसी के दोष का वर्णन, बदनामी
निंदा-प्रस्ताव–पु. (वोट ऑफ़ सेंशर] शासन संबंधी किसी नीति या कार्य के प्रति असंतोष प्रकट करने के लिए लाया जानेवाला प्रस्ताव
निंदित–वि. गर्हित, दूषित
निंद्य–वि. निंदा करने योग्य, निंदनीय
निःशंक–वि. निडर; अ. बिना किसी खटके या डर के
निकलना–अ. क्रि. बाहर होना या आना
निकल जाना–चला जाना, पहुँच जाना

निकलवाना–स. क्रि. निकालने का काम कराना

निकालना–स. क्रि. बाहर करना या लाना

निकास–पु. द्वार, इर्दगिर्द का मैदान

निकासी–स्त्री. रवन्ना, चुंगी, खपत

निकाह–पु. (अ.) मुसलमानों को विवाह-पद्धति

निकृष्ट–वि. हीन, नीच, अधम तुच्छ

निक्षेप–पु. फेंकने, चलाने का भाव

निखार–पु. सफ़ाई, सजावट

निखारना–स. क्रि. स्वच्छ करना

निगम–पु. वेद, मार्ग [कारपोरेशन]

निगम-कर–पु. कारपोरेशन टैक्स

निगरानी–स्त्री. (फ़ा.) देख भाल, निरीक्षण

निगलना–स. क्रि. घोंट जाना, खा जाना

निगाह–स्त्री. (फ़ा.) दृष्टि, कृपा, ध्यान, निरीक्षण

निगूढ़–वि. अति गुप्त, रहस्य पूर्ण

निग्रह–पु. रोकना, वश में लाना

निचोड़–पु. निचोड़ा हुआ, सारांश, तत्त्व, सार

निचोड़ना – स. क्रि. गारना, किसी का सब कुछ ले लेना

निछावर–स्त्री. नेग, बलि, उत्सर्ग, इनाम

निज–वि. अपना, ख़ास, पक्का, सच्चा

निज सचिव–पु. प्राइवेट सेक्रेटरी

निजी–वि. निज का, व्यक्तिगत

निठुरता–स्त्री. निष्ठुरता, निर्दयता

निडर–वि.निर्भय, निर्भीक, ढीठ, साहसी,

नितंत्र-अनुज्ञा–स्त्री. [वायरलेस लाइसेंस] रेडियो रखने की अनुमति

नितांत–अ. अत्यंत, एकदम, बिलकुल

नित्य–वि. सदा बना रहनेवाला, प्रतिदिन का

निदान–पु. आदि कारण, रोग की पहचान ; अ. अंत में, आख़िर

निदानशास्त्री–पु. [पैथेलाजिस्ट] रोगों का निदान करनेवाला विशेषज्ञ

निदेश– पु. आज्ञा, शासन, कथन [डाइरेक्शन]

निदेशक–पु. [डाइरेक्टर] निदेश करनेवाला

निदेशिका–स्त्री. [डाइरेक्टरी किसी नगर, प्रदेश आदि के प्रमुख नागरिकों, व्यापारियों आदि का नाम, पता आदि बातों का ब्योरा देनेवाली पुस्तक

निद्रालु–वि. सोनेवाला, निद्रा शील

निधन–पु. नाश, मरण, अन्त

निधि–स्त्री. ख़ज़ाना, बहुगुण संपन्न व्यक्ति

निपट–अ. एकदम, बिलकुल,निरा, नितांत

निपुण–वि. चतुर, प्रवीण, कुशल, ठीक, पूर्ण

निबंध–पु. संग्रह–ग्रंथ, लेख

निबटना–अ. क्रि. निवृत्त होना, छुटकारा पाना

निबाहना–स. क्रि. निर्वाह करना, निभाना

निमंत्रण–पु. बुलावा, न्योता

नियंत्रण – पु. स्वच्छंद न रहने देना, प्रतिबधन

नियंत्रित–वि. नियंत्रण में रखा हुआ

नियत–वि. नियमबद्ध, निश्चित, मुक़र्रर

नियतकालिक पलीता–पु. [टाइम फ्यूज़] जो निर्धारित समय के बाद जल उठे

नियतकालिक प्रस्फोट–पु. टाइम बम

नियतभागी–पु. [एलॉटी] वह व्यक्ति जिसे कोई वस्तु या कोई हिस्सा निर्दिष्ट किया गया हो

नियतांश–पु. कोटा

नियति–स्त्री. नियमन, भवितव्यता, आत्मसंयम

नियतिवाद–पु. भाग्यवाद

नियम–पु. विधान या निश्चय के अनुकून नियंत्रण, दस्तूर

नियमापत्ति–स्त्री. [पॉइंट ऑफ़ ऑर्डर किसी सभा-समिति में कार्यप्रणाली की मानी हुई परम्परा या स्वीकृत नियमों के विरुद्ध कोई बात होने पर उठायी गयी या की गयी आपत्ति

नियमावली–स्त्री. किसी संस्था के संचालन, अनुशासन, पथ प्रदर्शन आदि संबधी नियम

नियमित–वि. नियमबद्ध, बाक़ा यदा

नियामक–पु. व्यवस्था करनेवाला

नियुक्त–वि. लगाया हुआ, तैनात किया हुआ

नियुक्ति–स्त्री. तैनाती, मुक़र्ररी

निरकुश–वि. स्वेच्छाचारी

निरक्षर–वि. अपढ़, गँवार, मूर्ख

निरनुमोदन करना–स. क्रि. [टु डिसऐप्रूव] सहमति या स्वीकृति न देना

निरपराध–वि. बेक़सूर;अ.बिना अपराध किये

निरपेक्ष–वि. किसी और की अपेक्षा न रखनेवाला, विरक्त उदासीन

निरर्थक–वि. बेमतलब, निष्फल व्यर्थ

निरस्त्र–वि. निहत्था

निरस्त्रीकरण–पु. [डिस-आर्म-मेंट] अस्त्रविहीन करना

निरस्त्रीकृत–वि. [डिस-आर्म्ड] जो अस्त्रहीन कर दिया गया हो

निराकरण–पु. दूर हटाना [एब्रोगेशन] विधि, अध्यादेश, संधि आदि का रद्द कर दिया जाना

निराधार–वि. बिना आश्रय का, बेबुनियाद

निराला–पु. निर्जन स्थान; वि. अद्वितीय, हिन्दी के कवि सूर्यकान्त त्रिपाठी का उपनाम

निराश–वि. जिसे आशा न हो, हताश

निराशा–स्त्री. आशा का अभाव, नाउम्मेदी

निरीक्षक–पु. देखरेख करनेवाला [इंस्पेक्टर]

निरुत्तर–वि. जो कोई उत्तर न दे सकें

निरुद्देश्य–वि. उद्देश्यरहित

निरुपाय – वि. जिसका कोई उपाय न हो

निरोध–पु. प्रतिबंध, वश में लाना

निरोधन शिविर–पु. [कांसट्रेशन कैंप] नज़रबदीं शिविर

निरोधाज्ञा–स्त्री. [इनजंकशन] अन्याय-पूर्ण कार्य रोकने के लिए न्यायालय द्वारा दी गयी आज्ञा

निर्गमित पूँजी–स्त्री. इशूड कैपिटल] वह पूँजी जो कारख़ाने अदि की आवश्यकताएँ पूरी करने के लिए बाहर निकाली गयी हो

निर्गुण–वि.त्रिगुणातीत; पु.त्रिगुणातीत परमात्मा

निर्जन–वि.एकांत, सुनसान; पु. मरुभूमि

निर्जनीकरण–पु. [डीपॉपुलेशन] किसी स्थान का आबादी से रहित कर दिया जाना

निर्जलीकरण–पु. [डीहाइड्रेशन] रासायनिक प्रक्रिया द्वारा वनस्पतियों आदि में से जल का अंश निकाल लेना या उन्हें सुखा देना

निर्णय–पु. मत, फ़ैसला, निबटारा

निर्णायक–पु.निर्णय करनेवाला

निर्णायक मत–पु. [कास्टिंग वोट] वह मत जो किसी समान मतवाले पक्ष-विपक्ष के विवाद के लिए निणयिक होता है

निर्दय – वि. दयारहित, कठोर हृदयवाला

निर्दयता – स्त्री. कठोरहृदयता, निष्ठुरता

निर्दल–वि. पत्रहीन, दलबंदी से अलग

निर्दिष्ट – वि. बतलाया हुआ, वर्णित, निर्णीत

निर्दिष्टि – स्त्री. [एलाटमेंट] निर्धारण, आवंटन

निर्देश–पु. बतलाना, हिदायत

निर्देश-ग्रंथ–पु., निर्देश-पुस्तक–स्त्री.

[रेफ़रेंस बुक] वह पुस्तक जिसका उपयोग विशेष जानकारी प्राप्त करने के लिए किया जाय

निर्देशन – पु. [रेफ़रेंस] संकेत करने की क्रिया

निर्दोष–वि. दोषरहित, निरपराध

निर्धारित–वि. जिसका निर्धारण किया गया हो

निर्बुद्धि–वि. बुद्धिहीन, मूर्ख, बेवकूफ़

निर्माण–पु. रचना, भवन, अंश

निर्माणविद्या–स्त्री.वास्तुविद्या

निर्माणी अधिनियम–पु.फैक्टरी ऐक्ट] कारख़ानों-संबधी कानून

निर्माता–पु. बनानेवाला, रचना करनेवाला

निर्यात–पु. बेचने के लिए बाहर भेजा जानेवाला माल

निर्यात कर – पु. निर्यात पर लगाया जानेवाला कर

निर्यातक – पु. (एक्सपोर्टर] व्यापारिक वस्तुएँ विदेशों को भेजनेवाला व्यापारी

निर्वाचक–पु. निर्वाचन करने वाला, वोटर

निर्वाचकगण,–वर्ग,–संघ,–समूह – पु. [एलेक्टरेट] निर्वाचकों का समूह या वर्ग

निर्वाचक–मंडल–पु. [एलेक्टोरल कॉलेज] जनता द्वारा चुने गए प्रतिनिधियों का वह दल या समूह जो बाद में लोकसभा आदि के निर्दिष्टसख्यक सदस्यों का अप्रत्यक्ष निर्वाचन करे

निर्वाचक–सूची–स्त्री. [एलेक्टोरल रोल] निर्वाचन में भाग लेने की अर्हता रखनेवाले मतदाताओं के नाम, पेशे, उम्र आदि का ब्योरा बतानेवाली सूची

निर्वाचन–पु. वोट द्वारा चुनना, चुनाव

निर्वाचन-केंद्राध्यक्ष–पु. [प्रिज़ा इडिंग ऑफ़िसर] किसी एक निर्वाचन-केंद्र में मतदान आदि की देखभाल तथा व्यवस्था करनेवाला अधिकारी

निर्वाचन-क्षेत्र–पु. चुनाव का हलका

निर्वाचन–पदाधिकारी–पु. [रिटर्निंग ऑफ़िसर] चुनाव-अधिकारी

निर्वाचित–वि. वोट द्वारा चुना हुआ

निर्वासित–वि. नगर, देश से निकाला हुआ

निर्वाह-व्यय–पु. [कॉस्ट ऑफ़ मेनटेनेंस] जीवन-निर्वाह का व्यय

निर्विरोध–वि. विरोधरहित; अ. बिना विरोध के

निर्विवाद–वि. बिना झगड़े. बखेड़े का

निलंबित–वि. [सस्पेंडेंड] मुअत्तल

निवारक–वि. रौकनेवाला

निवारक निरोध अधिनियम–पु. [प्रिवेंटिव डिटेंशन ऐक्ट] नज़र बन्दी क़ानून

निवारण–पु. हटाना, दूर करना, मिटाना

निवास–पु.रहना, रहने का स्थान, घर

निवासी–वि. निवास करनेवाला

निवृत्त–वि. लोटा हुआ, विरत, मुक्त

निवृत्ति–स्त्री. प्रवृत्ति का अभाव, मुक्ति [रिटायरमेंट]

निवृत्तिपूर्व छुट्टी – स्त्री. [लीव बिफ़ोर रिटायरमेंट] सेवा से अवकाश ग्रहण करने के ठीक पूर्व ली गयी छुट्टी

निवृत्ति वेतन–पु. पेंशन

निवेदक–वि., पु. निवेदन करनेवाला

निवेदन–पु. प्रार्थना, समर्पण

निशा–स्त्री. रात

निशान–पु. (फ़ा.) लक्ष्य, झंडा, पता, ठिकाना

निशाना–पु. (फ़ा.) लक्ष्य

निश्चय–पु. दृढ़ विचार, फ़ैसला, जाँच

निश्चल–वि. अचल, स्थिर

निश्चित–वि.चिंता-रहित, बेफ़िक्र

निश्चित–वि. निश्चय किया हुआ, पक्का

निश्छल–वि. छल-रहित, सच्चा

निषिद्ध–वि. जिस पर रोक लगायी गयी हो

निषेध–पु. मनाही, प्रतिबंध, इनकार

निषेधपत्र–पु. मनाही का आदेश

निषेधाधिकार–पु. [वीटो] प्रतिषेधाधिकार

निष्कपट–वि. सच्चा, शुद्ध हृदयवाला

निष्कर्ष–पु. निचोड़, निश्चय, नतीजा

निष्कीटन–पु. [स्टेरिलाइज़ेशन] रासायनिक प्रक्रिया आदि की सहायता से किसी वस्तु को जीवाणुओं या कीटाणुओं से रहित कर देना

निष्कीटित–वि. [स्टेरेलाइज़्ड) किसी प्रक्रिया द्वारा जिसके कीटाणु नष्ट कर दिये गये हों, वंध्यीकृत

निष्क्रांतों की संपत्ति–स्त्री. [इवैकुई प्रापर्टी] अपना पूर्वस्थान छोड़कर अन्यत्र चले गये लोगों की संपत्ति

निष्क्रिय–वि. जो कुछ भी न करे-धरे

निष्ठा–स्त्री. श्रद्धा, विश्वास व्रत, निश्चय

निष्पक्ष–वि. जिसमें पक्षपात न हो

निस्तब्ध–वि. विशेष रूप से स्तब्ध

निस्तार–पु. पार जाना, मुक्ति, उद्धार

निस्पृह–वि. निर्लोभ, वासना रहित

निस्संकोच–वि. संकोच-रहित; अ. बिना संकोच के

निस्संतान–वि. संतानहीन

निस्संदेह–वि. संदेह-रहित, असं दिग्ध; अ. बेशक

निस्स्वार्थ–वि. बिना स्वार्थ का

निहत–वि. मारा हुआ, नष्ट किया हुआ

निहत्था–वि. निरस्त्र

निहित–वि. रखा हुआ, स्थापित

निहित स्वार्थ – पु. [वेस्टेड इंटरेस्ट] स्थिर स्वार्थ

नीच–वि. निकृष्ट, खोटा; पु. नीच मनुष्य

नीचता–स्त्री. ओछापन, खोटाई

नीचा–जो ऊँचा न हो

–खाना–अपमानित होना

–**दिखाना**–अपमानित करना

नीचे–अ. नीचे की तरफ़, अधीनता में

–गिरना–पतन होना

–से ऊपर तक–सिर से पाँव तक

नीड–पु. घोंसला

नीति–स्त्री. युक्ति, चाल, राजनीति, औचित्य

नीतिघोषणा–स्त्री. [मैनिफेस्टो] नीति या लक्ष्य आदि के संबंध में लिखित रूप में की गयी सार्वजनिक घोषणा

नीतिज्ञ, नीतिनिपुण, नीति-निष्ण–वि. नीति जाननेवाला

नीरस – वि. रसहीन, सूखा, बेस्वाद का

नीराज्यिक भूमि–स्त्री. [नोमैंस लैंड] दो देशों की सीमाओं के बीच में पड़नेवाली वह भूमि जो दो में से किसी के भी अधिकार में न हो

नीलम–पु. (फ़ा.) नीले रंग का एक प्रसिद्ध रत्न, इंद्रनील

नीला–वि. नील के से रंग का, आसमानी रंग का

–पीला होना–क्रोध करना

नीलाम – पु. (पुर्त. लीलाम) बोली बोलकर बेचना

–पर चढ़ना – नीलाम किया जाना

–पर चढ़ाना–नीलाम करना

नीलामी–जो नीलाम किया जाय

नीवँ, नीव–स्त्री. मूल आधार

–डालना, –देना–दीवार उठाने के लिए नीवँ तैयार करना

नुक़्ता–पु. (अ.) धब्बा, दाग़

नुक़सान–पु. (अ.) कमी, हानि, दोष

–उठाना–क्षतिग्रस्त होना

–पहुँचना–हानि होना

–पहुंचाना–हानि करना

नुचवाना–स. क्रि. नोचने का काम दूसरे से कराना

नुत्फ़ा–पु. (अ.) वीर्य, शुक्र, संतान

नुमाइंदा–पु. (फ़ा.) प्रकट करने वाला, प्रतिनिधि

नुमाइश–स्त्री. (फ़ा.) प्रदर्शन, प्रदर्शनी
नुमाइशगाह–पु., स्त्री. वह स्थान जहाँ नुमाइश हो
नुसख़ा–पु. (अ.) वह काग़ज़ जिस पर दवा और उसके प्रयोग की विधि लिखी हो, रोगविशेष के लिए निकाली गई औषध
–बाँधना–नुसखे में लिखी हुई दवाएँ देना
नूतन – वि. अभिनव, अपूर्व, अद्भुत
नूपुर–पु. पैर का एक गहना, घुँघरू
नूर–पु. (अ.) ज्योति, कांति, छवि
नृ–पु. नर, मनुष्य
नृपति, नृपाल–पु. राजा
नृवंश–विज्ञान – पु. [एनथोपॉलॉजी] मानव–विज्ञान
नृत्य–पु. नाच
नृत्यशाला–स्त्री. नाचघर
नेक–वि. (फ़ा.) अच्छा, भला, उम्दा
नेकचलन–वि. सदाचारी
नेकदिल–वि. अच्छी नीयतवाला
नेकी–स्त्री. (फ़ा.) भलाई, उपकार, अच्छा काम
नेकी–बदी–स्त्री. भलाई, बुराई
नेता–पु. अगुआ, सरदार, पहुँचानेवाला
नेत्र–पु. आँख
नेत्र-विज्ञान–पु. [ऑप्टिक्स] दृष्टि-विज्ञान
नैतिक-वि. नीति – सम्बन्धी, नीति का
नैराश्य–पु. नाउम्मेदी
नैराश्यवाद–पु. [पैसिमिज़्म] निराशा का सिद्धान्त
नैसर्गिक–वि. स्वाभाविक, सहज
नोचना–स.क्रि. नख, दाँत आदि से किसी वस्तु के कुछ अंश को खीचकर अलग करना
नोट–पु. (अं.) टाँकना, टिप्पणी
नोटबुक – स्त्री. वह पुस्तिका जिसमें आवश्यक बातें स्मरणार्थ लिख ली जाती हैं
नोटिस–स्त्री. (अं.) सूचना, इश्तहार, विज्ञापन
नौ – स्त्री. नाव, जहाज़, आठ और एक, नया, ताज़ा
–दो ग्यारह होना–भाग जाना
नौकर–पु. भृत्य, ख़िदमतगार
नौकरशाहो–स्त्री. दफ़्तरी हुकूमत
नौकरी–स्त्री. सेवा, मुलाज़मत
नौकरीपेशा–पु. नौकरी करके जीवन-निर्वाह करनेवाला
नौजवान–नवयुवक
नौजवानी–स्त्र'.चढ़ती युवावस्था
नौतरण' य – वि. [नैविगेबल] जिसमें नौका, जहाज़ आदि चल सकते हों
नौपरिवहन – पु. [नैविगेशन] जल-मार्ग से यात्रा करना
नौप्रभार–पु. [टनेज] जहाज़ पर लादे

जा सकनेवाले माल का कुल भार

नौबल–पु. [नेवी] जल-सेना, जहाज़ी बेड़ा

नौबलाध्यक्ष–पु. [एडमिरल] नौबल या नौसेना का प्रधान सेनापति

नौविज्ञान–पु. [नॉटिकल साइंस] नौका-नयन-सन्बन्धी विज्ञान

नौसाधन–पु. बेडा

नौसिखिया – जिसने अभी हाल ही में सीखा हो

नौसेना–स्त्री. समुद्री लड़ाई करनेवाली सेना

नौसेनापति–पु. नौसेना का अध्यक्ष

न्याय–पु. इंसाफ़, फ़ैसला; वि. ठीक उचित

न्यायज्ञ–पु. (जूरिस्ट] न्यायशास्त्र का ज्ञाता

न्यायपालिका–स्त्री. [जुडिशियरी] न्याय-विभाग

न्यायपीठ–पु. [बेंच] न्यायाधीश का आसन

न्यायमूर्ति–पु. [जस्टिस] दे. 'न्याया-धिपति'

न्यायविभ्रंश–पु. [मिसकैरिज ऑफ़ जस्टिस] न्याय का उचित मार्ग से भ्रष्ट हो जाना

न्यायशास्त्र–पु. [जूरिसप्रूडेंस] न्याय या विधि-सम्बन्धी शास्त्र

न्यायशुल्क–पु. कोर्ट फ़ी

न्यायाधिकरण–पु. [ट्रिब्यूनल] विशेष न्यायालय

न्यायाधिपति – पु. [जस्टिस] राज्य के मुख्य न्यायालय या देश के सर्वोच्च न्यायालय का न्यायाधीश

न्यायाधीश–पु. [जज] न्यायकर्ता

न्यायालय–पु. अदालत, कचहरी

न्यायिक निर्णय – पु. [एडजुडिकेशन] न्यायासन पर बैठकर किसी मामले के सम्बन्ध में निर्णय देना या इस तरह दिया गया निर्णय

न्यायिक प्राधिकारी–पु. (जुडीशल अथॉरिटी] न्याय-विभाग का प्राधिकारी

न्यायिक मुद्रांक–पु. [जुडीशल स्टांप] न्यायालय के काग़ज़पत्रों पर लगाई जानेवाली मुहर या मुद्रा की छाप

न्यून–वि. जो घटकर हो, कम

न्योता–पु. निमन्त्रण

प

प–देवनागरी का २१वाँ व्यंजन वर्ण

पंक–पु. कीचड़, दलदल, पाप

पंक्ति–स्त्री. क़तार, पाँत, पंगत

पंक्तिच्युत – वि. [डिग्रेडेड] कोटिच्युत

पंक्तिपावन–पु. विद्या, तप आदि से विशिष्ट ब्राह्मण जिससे श्राद्ध में निमंत्रित ब्राह्मणों की पंक्ति पवित्र हो जाती है

पंख–पु. पर, डैना

पंखा–पु. वह वस्तु जिससे हवा की जाती है

पंगु–वि. जो चल न सके, गतिहीन

पंच–वि. पांच; वि. पँचगुना

पंच–पु. न्याय करनेवाली सभा

पंचनामा-पंचों की तजवीज़ का काग़ज़

पंच-निर्णय–पु. आर्बिट्रेशन]पंच द्वारा किया गया निर्णय

पंच-न्यायाधिकरण–पु. [आर्बिट्रल ट्रिब्यूनल] वह अदालत जिसमें मामलों का निपटारा पंचों द्वारा किया जाय

पंचमांगी–पु. [फ़िफ़्थ कालमिस्ट] देशद्रोही

पंचांग–वि. पाँच अंगों वाला; पु. पत्रा (ज्यो.)

पंचामृत–पु. गाय के दूध, दही, घी, मूत्र और चीनी के योग से बना पेय

पंचायत–स्त्री. पंचों. की मंडली या सभा

पंचायती–वि. पंचायत का

पंचायती राज्य–पु. जनता के प्रतिनिधियों द्वारा संचालित राज्य

पंजाबी–वि. (फ़ा.) पंजाब का; पु. पंजाब प्रांत का निवासी; स्त्री. पंजाब की भाषा

पंजि, पंजी–स्त्री. बही, रजिस्टर

पंजीबद्ध–वि. [रजिस्टर्ड] जो पंजी या रजिस्टर में चढ़ा दिया गया हो

पंजीयक–पु. रजिस्ट्रार

पंजीयन–पु. रजिस्ट्रेशन

पंडाल–पु. बड़ा मंडप

पंडित–पु. शास्त्र के तात्पर्य को जाननेवाला विद्वान्

पंथ–पु. मार्ग, रीति, धर्म, संप्रदाय

–पर लाना, –पर लगाना सुमार्ग पर चलाना

पंप–पु. (अं.) ट्यूब आदि में हवा भरने की कल, पिचकारी

पंसारी–पु. हलदी, नमक, मसाले बेचनेवाला बनिया

पकड़–स्त्री. ग्रहण, पकड़ने का तर्ज, समझ

–में आना–पकड़ा जाना, क़ाबू में किया जाना

पकड़ना–स. क्रि. ग्रहण करना, धरना, समझना

पकड़वाना–स. क्रि. पकड़ने में प्रवृत्त करना

पकना–अ. क्रि. कच्चा न रहना

पकवान–पु. घी या तेल में तली हुई भोज्य वस्तु

पकाना–स. क्रि. सिझाना, उबालना

पक्का – वि. पका हुआ, मँजा हुआ, सुदृढ़

पक्का गाना – पु. शास्त्रीय संगीत

पक्ष–पु. विशिष्ट वर्ग या दल, संबंध

पक्षपात–पु. तरफ़दारी

पक्षाघात–पु. लकवा

पखवारा – पु. पंद्रह दिनों का समय

पखावज–पु. मृदंग

पखेरू–पु. पक्षी, चिड़िया

पग–पु. पैर, डग

पगड़ी–स्त्री. पाग, उष्णीष

–उछलना – बेइज़्ज़ती होना, दुर्दशा होना

–उछालना – बेइज़्ज़ती करना, दुर्गत करना

–उतरना–अपमान होना

–उतारना–अपमानित करना

पगार–पु. वेतन

पचाना–स. क्रि. हज़म करना, हड़प लेना

पछतावा–पु. पश्चात्ताप

पछाड़ना–स. क्रि. परास्त करना

पजावा–पु (फ़ा.) ईंट का भट्ठा

पटवारी–पु. लेखपाल

पटाख़ा–पु. एक तरह की आतिश बाज़ी

पटाना–स. क्रि. ऋण चुकाना; अ. क्रि. चुप मारना

पटु–वि. दक्ष, चालाक, नीरोग

पटुता–स्त्री., पटुत्व–पु. दक्षता, कुशलता

पटेल–पु. गाँव का मुखिया, गाँव का नंबरदार

पठन–पु. पढ़ने की क्रिया, पढ़ना

पठनीय–वि. पढ़ने योग्य

पठार– पु. दूर तक फैली हुई चौरस और ऊँची ज़मीन

पड़ताल–स्त्री. निरीक्षण, जाँच

पड़ना–अ. क्रि. गिरना, असर होना

पड़ाव–पु. मंज़िल, टिकान

पड़ोस–किसी के घर के आस-पास की जगह

पड़ोसी, पड़ौसी – पु. पड़ोस में रहनेवाला

पढ़ना – स. क्रि. शब्दों का उच्चारण करना, सीखना

पढ़ाना–स. क्रि. शिक्षा देना, सिखाना

पण्य–वि. व्यापार के योग्य; पु. विक्रेय वस्तु

पण्यवाहक नौका–स्त्री [कारगो बोट] माल ढोनेवाली नाव

पतंग – पु. गुड्डी, कनकौवा, चिड़िया, शलभ

पतंगबाज़ी–स्त्री. पतंग उड़ाने का हुनर

पतझड़–स्त्री. पत्तियाँ झड़ने का मौसम

पतन–पु. ऊपर से नीचे आना, नाश, मरण, पतित होना

पतनोन्मुख–वि. जो पतन के निकट हो

पतला–वि. जो गाढ़ा न हो
–पड़ना–दीन-हीन हो जाना
पतलून – पु. (अं. 'पेंटलून') अंग्रेज़ी ढंग का पायजामा
पतवार–स्त्री. नाव में पीछे की ओर लगी हुई वह तिकोनी लकड़ी जिसके द्वारा नाव को इधर-उधर घुमाते हैं
पता–पु. चिट्ठी आदि की पीठ पर लिखा जानेवाला पानेवाले का नाम आदि जिसके सहारे वह उसके पास पहुँच जाती है, जानकारी, ठिकाना, रहस्य
पते की बात–भेदभरी बात, तत्त्व की बात
पताका–स्त्री. झंडा, निशान
–गिरना–पराजय होना, हार होना
पताका–शीर्षक–पु. [बैनर हेडलाइन] समाचार-पत्र पर दिया गया सर्वप्रधान शीर्षक
पताका–स्थानक – पु. नाटक में वह स्थल जहाँ किसी सोचे हुए विषय या प्रस्तुत प्रसंग से मेल खानेवाला दूसरा विषय या प्रसंग उपस्थित हो जाय
पति–पु. शौहर, शासक
पतित–वि. गिरा हुआ
पतित–पावन – जो पतित का उद्धार करे; पु. ईश्वर
पत्ता–पु. पत्र, पत्तर; वि. बहुत हलका
–न हिलना–ज़रा भी हवा न चलना
पत्थर–पु. पृथ्वी का कड़ा स्तर, पाषाण
–का कलेजा या दिल – अति कठोर हृदय
–की लकीर–न मिटनेवाली वस्तु
–पर दूब जमना–अनहोनी बात होना
पत्नी–स्त्री. भार्या, जोरू
पत्र–पु पत्ता, चिट्ठी, काग़ज़, अख़बार
पत्रकार–पु. समाचार-पत्र का सपादक या लेखक
पत्रपाल – पु. [पोस्टमास्टर] डाकपति
पत्रपेटिका–स्त्री. लेटरबाक्स
पत्रवितरक – पु. [पोस्ट मैन] डाकिया
पत्रव्यवहार–पु. ख़त-किताबत, लिखा पढ़ी
पत्रसूचना–विभाग – पु. [प्रेस इनफ़र-मेशन ब्यूरो] समाचार पत्रों के लिए सूचनाएँ और समाचार देनेवाला सरकारी दफ़्तर
पत्राचार – पु. [कारेस्पांडेस] पत्रव्यवहार
पत्रालय – पु. [पोस्टआफ़िस] डाकख़ाना
पत्रालयिक आदेश–पु. पोस्टल ऑर्डर
पत्रालयित – वि. [पोस्टेड] (डाकघर या लेटर बाक्स) में छोड़ा हुआ

पत्रालयीय प्रमाणपत्र – पु. [पोस्टल सर्टीफ़िकेट] डाकीय प्रमाणपत्र

पत्रालाप – पु. [नेगोशियेशन] चिट्ठी-पत्री द्वारा बात तय करने का कार्य

पत्रिका–स्त्री. पाक्षिक, मासिक आदि पत्र

पथ–पु. मार्ग, कार्य या व्यवहार की पद्धति

पथदर्शक, पथप्रदर्शक – पु. राह दिखानेवाला

पथरीला–वि जिसमें पत्थर के टुकड़े मिले हों

पथिक–पु. राही, बटोही

पद–पु. क़दम, ओहदा, वाक्य आदि का कोई अंश

पदक–पु. उपहारस्वरूप मेडल, सिक्के जैसा टुकड़ा

पदच्युत–वि. जिसका पद छीन लिया गया हो

पदत्याग–पु. ओहदे से अलग हो जाना

पदधारण–सुरक्षा–स्त्री. [सीक्यूरिटी ऑफ़ टैन्यूर] नौकरी आदि के बने रहने की पक्की आशा

पदमुक्त–वि. [आउट गोइंग] अपना पद या स्थान छोड़कर अन्यत्र जानेवाला

पदमोचन–पु. [रिलीफ़ छुट्टी पा जाना

पदरोध (पदरोक) – पु. [लेग बिफ़ोर विकेट] किसी बल्लेबाज़ द्वारा टाँग अड़ाकर अर्थात् अनियमित रूप से गेंद को यष्टियों की ओर बढ़ने से रोक देना

पदवि, पदवी – स्त्री. स्थान, उपाधि ख़िताब

पदशिक्षार्थी–वि., पु. [ऐप्रेंटिस) उम्मेदवार

पदसूचक चिह्न – पु. [इनसिग्निया] राजा या किसी बड़े अधिकारी आदि के पद की पहचान करानेवाला विशेष चिह्न (मुकुट, दंड, पट्टा इ.)

पदाक्रांत–वि. पाँवों से कुचला हुआ, पामाल

पदाति, पदातिक – पु. प्यादा, पैदल सिपाही

पदाधिकारी–पु. ओहदेदार

पदार्थ–पु. पद या शब्द का अर्थ, वस्तु (मैटर)

पदार्थ–विज्ञान –पु. [फिज़िक्स] भौतिकशास्त्र

पदार्पण –पु. आगमन (आदरसूचक)

पदावधि–स्त्री. [टेन्यूर] किसी पद पर काम करते रहने की अवधि

पदावली–स्त्री. भजनों आदि का संग्रह

पदावास–पु. [आफ़िशल रेज़ीडेंस] सरकारी निवास-स्थान

पदासीन–वि. पद पर आरूढ़

पदेन–अ. [एक्स ऑफ़िशियो] पद की हैसियत से

पदोन्नति–स्त्री. [प्रमोशन] पद वृद्धि, तरक़्क़ी

पद्य–वि. पद-संबंधी, छंदोबद्ध रचना

पधारना–अ.क्रि. पदार्पण करना

पन–प्र. एक प्रत्यय

पनघट–पु. पानी भरने का घाट

पनचक्की–स्त्री. पानी की शक्ति से चलनेवाली चक्की

पनडुब्बी–स्त्री. पानी के भीतर चलनेवाला जहाज़ [सबमेरीन]

पनबिजली-शक्ति–स्त्री. [हाइड्रो इलैक्ट्रिक पावर] जलविद्युत्शक्ति

पनपना–अ. क्रि, फूलना-फलना, फिर से स्वस्थ होना

पनपाना–स. क्रि. 'पनपना' का सकर्मक रूप

पनाह–स्त्री. (फ़ा.) शरण लेने की जगह

–लेना–शरण के लिए कहीं जाना

पनीर–पु. (फ़ा.) फाड़े हुए दूध का थक्का, छेना

पन्ना–पु. हरे रंग का एक प्रसिद्ध रत्न, ज़मुर्रद

पन्नी–स्त्री. राँगे आदि का हलका पत्तर

पपड़ी–स्त्री. सूखकर ऐंठी हुई ऊपरी परत

पपीता–पु. एक फलदार वृक्ष, एरंड मेवा

पपीहा–पु. चातक

परंतु–अ. मगर, लेकिन, किंतु

परंतुक–पु. (प्रॉविज़ो) किसी अधिनियम, प्रलेख आदि की धारा के साथ लगी हुई कोई शर्त

परंपरा–स्त्री. अविच्छिन्न क्रम

परंपरागत–वि. क्रमागत

परकार–पु. (फ़ा.) [डिवाइडर्स] वृत्त की परिधि बनाने, नापने आदि का दो भुजाओवाला एक आला

परकीया–स्त्री. परपुरुष से प्रेम करनेवाली नायिका

परख–स्त्री. गुण-दोष का पता लगाने की शक्ति

परखना–स. क्रि. गुण-दोष जान लेना

परचा–पु. (फ़ा.) काग़ज़ का टुकड़ा, प्रश्नपत्र

परचून–पु. आटा चावल आदि सामग्री

परछाईं–स्त्री. प्रतिच्छाया, छाया कृति

परतंत्र–वि. पराधीन

परत–स्त्री. तह, स्तर, पुट

परदा–पु. (फ़ा.) औट करनेवाली वस्तु घूँघट, भेद

–उठाना या खोलना–रहस्य की बात प्रकट करना

–डालना–छिपाना

–फ़ाश करना–दोष प्रकट करना

परदानशीन–वि. जो परदे में रहे
परदेश–पु. दूसरा देश
परदेशी–वि. दूसरे देश का
परनाला–पु. नाबदान, मोरी
परपक्ष–पु. शत्रु का पक्ष
परपक्षग्राही – वि. [टर्नकोट] अपना दल या पक्ष छोड़कर दूसरा दल या पक्ष ग्रहण कर लेनेवाला
परपुरुष–पु. पति से भिन्न पुरुष
परवरिश–स्त्री. (फ़ा.) पालन-पोषण
परवश, परवश्य–वि. पराधीन
परवशता, परवश्यता – स्त्री. पराधीनता
परम–वि. सर्वोत्कृष्ट, हद दर्ज का
परमगति – स्त्री. उत्तम गति, मुक्ति
परमपुरुष–पु. परमात्मा, विष्णु
परमवीर चक्र–पु. भारतीय गण-तंत्र में सेना के किसी वीर को दिया जानेवाला प्रथम श्रेणी का उपहार
परमसत्ता–स्त्री. [ऐबसाल्यूट पावर] अनियंत्रित शक्ति या अधिकार
परमाणु – पु. [ऐटम] पृथ्वी, जल, तेज और वायु का वह सबसे छोटा भाग जिसके और टुकड़े न हो सकें
परमाणु बम–पु. महाविध्वंसक बम
परमात्मा–पु. परमेश्वर
परमाधिकार–पु. [प्रेरोगेटिव] विशिष्टाधिकार
परमावश्यक सेवाएँ–स्त्री. [इसेंशल सर्विसेज़] सर्वसाधारण को पानी, बिजली आदि देने तथा सार्वजनिक सफ़ाई आदि संबंधी कार्य
परराष्ट्र मंत्री–पु. विदेश-मंत्री
परलोक–पु. स्वर्ग आदि दूसरे लोक
–बनना–मृत्यु के पश्चात् सद्‌गति प्राप्त होना
–बिगड़ना–मृत्यु के पश्चात् अच्छी गति को प्राप्त न होना
परलोकगमन, परलोकवास–पु. मृत्यु (आदरार्थक)
परवानगी–स्त्री. (फ़ा.) इजाज़त, आज्ञा, फ़रमान
परवाना – पु. (फ़ा.) लिखित आज्ञा, पतिंगर, पंखी
परवाना-गिरफ़्तार – पु. बंदी बनाने का आज्ञापत्र
परवाना-राहदारी–पु.[पासपोर्ट) दूसरे देश में जाने का सरकार की ओर से मिलनेवाला स्वीकृतिपत्र
परसों–अ. पिछले दिन से एक दिन पहले, अगले दिन से एक दिन आगे
परस्पर–अ. एक-दूसरे के साथ, आपस में
परहेज़–पु. (फ़ा.) कुपथ्य से बचना, दोष-पाप से बचना

पराकाष्ठा–स्त्री. अंतिम सीमा

पराक्रम–पु. सामर्थ्य, पुरुषार्थ, आक्रमण

पराग–पु. फूल के भीतर की धूल

पराजय–स्त्री. हार, विजय का उलटा

पराजित–वि. हारा हुआ, हराया हुआ

पराधीन–वि. जो दूसरे के अधीन

परामर्श–पु. युक्ति, सलाह

परामर्शालय – पु. [कन्सल्टिंग रूम] परामर्श करने का स्थान

परास्त–वि. हराया हुआ

परिंदा–पु. (फ़ा.) पक्षी, चिड़िया

परि–उप. एक उपसर्ग

परिकथा–स्त्री. अनुकथा

परिक्रमा–स्त्री. फेरी. फेरी देने का मार्ग

परिगणित–वि. जिसका परिगणन किया गया हो

परिगणित जाति–स्त्री [शेड्यूल्ड कास्ट] अनुसूचित जाति

परिग्रह–पु. लेना, धारण करना

परिचय–पु जान-पहचान

परिचयपत्र–पु. [लेटर ऑफ़ इंट्रोडक्शन] वह पत्र जिसे कोई व्यक्ति अपना परिचय देने के लिए दिखलाता है

परिचारित करना–स. क्रि. [टु सरक्यूलेट] परिपत्रित करना

परिचालक–पु. कंडक्टर

परिचित–वि. जिससे जान-पहचान हो

परिच्छेद–पु. किसी ग्रंथ या पुस्तक का अध्याय

परिणत–वि. परिणाम या रूपांतर को प्राप्त

परिणति – स्त्री. रूपांतर को प्राप्त होना, अवसान

परिणय–पु. विवाह

परिणाम–पु. नतीजा

परिणीता–स्त्री. विवाहिता स्त्री

परिताप–पु. अत्यधिक ताप, अति शोक

परितोष–पु. संतोष, तृप्ति

परित्यजन – पु. [एबैंडनमेंट] | पूर्णतः छोड़ देना

परित्याग–पु. पूरी तरह त्याग देना, जुदाई

परिदत पूँजी–स्त्री. [पेड अप कैपिटल] प्रार्थित पूँजी का वह भाग जो संचालकों द्वारा माँगे जाने पर हिस्सेदारों द्वारा जमा कर दिया गया हो

परिदेवना–स्त्री. [कंप्लेंट]शिकायतनामा

परिधि–स्त्री. [सरकंफ़रेंस] वृत्त बनाने वाली गोल रेखा

परिनिर्णय–पु. [अवार्ड] अंतिम निर्णय

परिपत्र–पु. [सरक्यूलर] गश्ती चिट्ठी

परिपाक तिथि–स्त्री. [डेट ऑफ़ मैच्यूरिटी] किसी हडी या बीमा की पॉलसी में निर्धारित अवधि

(मीआद) समाप्त होने की तिथि

परिपूर्ण–वि. अच्छी तरह भरा हुआ

परिभाव्य धन–पु. [कॉशन मनी] सद्व्यवहार आदि का निश्चय कराने के लिए ज़मानत के रूप में पहले से जमा किया गया धन

परिभाषा–स्त्री. व्याख्या

परिमल–पु. सुवास

परिमाण–पु. माप, तौल, मात्रा, आकार

परिमार्जन – पु. त्रुटियाँ या दोष दूर करना

परिमित – वि. मापा हुआ, सीमित

परियोजना – स्त्री. [प्रोजेक्ट] योजना या परिकल्पना

परिरक्षक–पु. [क्यूरेटर] किमी संग्रहालय की देख-रेख करनेवाला अधिकारी

परिरूप–पु. [डिज़ाइन] पहले से सोची हुई रूपरेखा

परिरूपक–पु. [डिज़ाइनर] परिरूप बनानेवाला

परिलाभ–पु. [इमॉल्यूमेंट] किसी पद पर काम करके या सेवा आदि के निमित्त वेतन

परिवहन–पु. [ट्रांसपोर्ट] कोई वस्तु ढोकर ले जाना, पहुँचाना

परिवहन बाधा–स्त्री. [बाटिलनेक] माल इत्यादि के एक स्थान से दूसरे स्थान तक पहुँचाये जाने में रेल के डिब्बों इत्यादि की कमी के कारण पड़नेवाली बाधा

परिवहन-व्यवस्थापक–पु. [ट्रेफ़िक मैनेजर] परिवहन की व्यवस्था कर-नेवाला अधिकारी

परिवाद–पु. [कांप्लट] शिकायत, जुर्म

परिवादक–पु. वादी, मुद्दई

परिवार–पु. कुटुंब आदि, समूह

परिशिष्ट–पु. किसी पुस्तक या लेख का पूरक अंश

परिश्रम–पु. मेहनत

परिश्रमी–वि. परिश्रम करने वाला

परिषद् – स्त्री. [काउसिल] सदस्यों की सभा, मडली

परिसंघ – पु. [कानफ़ेडरेशन] कई संघो या राष्ट्रों का संगठन

परिसंपद्–स्त्री. [असेट्स] वह सपत्ति तथा पावना आदि जिससे (उसका) देय ऋण चुकाया जा सके

परिसमापक–पु. [लिक्विडेटर) किसी प्रमंडल, व्यापारिक सस्था आदि का देना-पावना ले देकर उसका कारबार समाप्त करनेवाली अधिकारी

परिसमापन–पु. [लिक्विडेशन] ऋण आदि पूरी तरह चुका देना

परिसमाप्ति – स्त्री. [टरमिनेशन] किसी चलते हुए काम, छुट्टी रेलपथ आदि की समाप्ति या अंत हो जाना

परिसीमन–पु. [डीलिमिटेशन] किसी स्थान, क्षेत्र, प्रदेश आदि की सीमा स्थिर करना

परिस्थिति–स्त्री. चारों ओर की स्थिति, अवस्था

परिहार–पु. [रेमीशन] ऋण या दंड आदि में की गयी कमी

परिहास–पु. हँसी, मज़ाक

परी–स्त्री. (फ़ा) परम सुन्दर स्त्री

परीक्षक–पु. परीक्षा करने या लेने वाला

परीक्षण–पु. जाँच, परख

परीक्षण–काल–पु. [प्रोबेशन] जाँच या परख करने का समय

परीक्षण–नलिका – स्त्री. [टेस्टट्यूब] परखनली

परीक्षा–स्त्री. इम्तहान

परीक्षा–काल–पु. परीक्षा का समय

परीक्षा–भवन–पु. [इग्ज़ामिनेशन हॉल] परीक्षा देने का स्थान

परीक्षार्थी – पु. [इग्ज़ामिनी] परीक्षा देनेवाला

परीक्षित–पु. [इग्ज़ामिनी] जो परीक्षा में बैठा हो

परीक्ष्यमाण – वि. [प्रोबेशनर] जो अभी परीक्षण काल में हो

परेशान–वि. (फ़ा.) उद्विग्न, व्याकुल, हैरान

परेशानी–स्त्री.(फ़ा.) उद्विग्नता, व्याकुलता

परेषक–पु. [कॉनसाइनर] माल भेजनेवाला

परेषणी–पु. [कॉनसाइनी] वह व्यक्ति जिसके पास माल रेल पार्सल द्वारा भेजा जाए

परेषित–वि. [कॉनसाइंड] (वह माल) जो किसी के पास भेजा गया हो

परोक्ष–वि. जो आँखों के सामने न हो

परोक्ष निर्वाचन–पु. [इनडाइरेक्ट इलेक्शन] निर्वाचन मंडलों, नगरपालिकाओं आदि द्वारा किया जानेवाला चुनाव

परोपकार–पु. दूसरे की भलाई

परोपजीवी–वि. [पैरासाइट] दूसरों पर आश्रित

पर्यटक–पु. [टूरिस्ट] भ्रमण करनेवाला

पर्यटन–पु. [टूरिज़्म] भ्रमण

पर्यवेक्षक–पु. [सुपरवाइज़र] | देखभाल करनेवाला

पर्यवेक्षण – पु. [सुपरविज़न) देखभाल

पर्याप्त–वि. पूरा, काफ़ी

पर्याय–पु. समानार्थक शब्द

पर्व–पु. उत्सव, निश्चित काल

पर्वत–पु. पहाड़

पर्वतराज–पु. बड़ा पहाड़, हिमालय

पर्वतीय–वि. पर्वत-संबंधी, पहाड़ी

पलंग–पु. बड़ी और बढ़िया चारपाई
–तोड़ना–बेकार रहकर दिन बिताना
पलंगपोश–पु. पलंग की चादर
पल–पु. समय का एक लधु विभाग जो 24 सेकेंड के बराबर होता है
पलक–स्त्री. आँख का वह परदा जिसके गिरने और उठने से आँख क्रम से बन्द होती और खुलती है
–झपकते या गिरते–देखते-देखते, क्षण-भर में
–लगना–आँख बन्द होना
पलटन – स्त्री. [अं. प्लेटून] पैदल सैनिकों का वह विभाग जिसमें 200 सैनिक हों
पलटना–अ. क्रि. उलट जाना, एकदम बदल जाना
पलायन–पु. भागना
पल्ला–पु. कपड़े का छोर
–छुड़ाना–छुट्टी पा लेना
–पकड़ना–सहारा लेना
पवन–पु. हवा
पवनचक्की–स्त्री. हवा की शक्ति से चलनेवाली चक्की
पवाँड़ा–पु. बहुत बढ़ाकर कही हुई बात, एक तरह का गीत
पवित्र–वि. शुद्ध, पुनीत
पशमीना – पु. मुलायम ऊन का कपड़ा
पशु–पु. जानवर, चौपाया
पशु-चिकित्सालय–पु. [वेटेरिनरी हॉस्पिटल] जानवरों का अस्पताल
पशुधन–पु. [लिवस्टॉक] मनुष्य परिवार के साथ रहने और उसके काम् आनेवाले पशु
पशुपालन–पु. जीविका के जानवर पालने का काम
पशुप्रक्षेत्र–पु. (लिवस्टॉक फ़ार्म) पशु पालने का स्थान
पशुता–स्त्री. पशुत्व
पश्चात्–अ. पीछे से, बाद में
पश्चात्ताप–पु. पछतावा
पश्चादक्त–वि. [लैटर] जो बाद में कहा गया हो
पसंद–स्त्री. (फ़ा.) रुचि, स्वीकृति; वि. जो मन को जँचे
पसलो–स्त्री. पाँजर की हड्डियो में से कोई एक
पसीना–पु. स्वेद, श्रमजल
–पसीना होना–पसीने में तर बतर होना
पस्त–वि. (फ़ा.) नीच, तुच्छ हारा हुआ
–होना–हार जाना
पस्तहिम्मत–वि. जिसकी हिम्मत टूट गई हो
पहचान–स्त्री.पहचानने की क्रिया या भाव, चिह्न
पहनना–स क्रि. (कपड़े, गहने आदि) शरीर या अग विशेष पर धारण करना
पहनावा–पु. पोशाक, कपड़े पहनने का ढंग

पहरा–पु. चौकी, निगरानी
–**देना**–रखवाली करना
–**बैठाना** – पहरेदार नियुक्त करना
पहरुआ–पु. पहरेदार
पहलवान–पु.(फ़ा.) कुश्तीबाज़, हृष्ट-पुष्ट
पहलवानी–स्त्री. (फ़ा.) कुश्ती लड़ने का काम या पेशा
पहला–वि. प्रथम
पहलू–पु. (फ़ा.) बग़ल, पार्श्व, करवट, पक्ष
–**गरम करना**–प्रेयसी का प्रेमी से सटकर बैठना
–**में बैठना**–किसी से सटकर या लगकर बैठना
पहाड़–पु. पर्वत, दुष्कर कार्य
–**उठाना**–भारी काम हाथ में लेना
–**टटना–टूट पड़ना**–भारी संकट आ पड़ना
पहाडा–पु. किसी अंक की गुणनसूची जिसे बच्चे याद करते हैं
पहाड़ी – वि. पहाड़-सम्बन्धी, पहाड़ का
पहुंच–स्त्री. पहुँचने की क्रिया या भाव, प्रवेश, जानकारी
–**(ा) हुआ**–सिद्ध
पहुँचाना–स. क्रि. ले जाना
पहेली–स्त्री. बुझौवल
–**बुझाना**–समझ में न आनेवाली बात कहना
पांचजन्य–पु. कृष्ण का शंख, अग्नि
पांचभौतिक–वि. पाँच तत्त्वों का बना हुआ
पांडव–पु. पांडु के पुत्र
पांडित्य–पु. पडिताई, विद्वत्ता
पांडु–पु. सफ़ेद पीला रंग
पांडुरोग–पु. पीलिया
पांडुलिपि–स्त्री. पुस्तक की हस्तलिखित प्रति
पाँव–पु. पैर
–**अड़ाना**–किसी बात में बेकार दख़ल देना
–**की जूती**–तुच्छ सेवक
–**जमाना**–अपनी स्थिति दृढ़ करना
–**डिगना**–स्थिर न रहना
–**तोड़कर बैठना**–कहीं आना जाना बंद कर देना
–**पड़ना**–चरणों पर गिरना
–**फूलना**–भय आदि के कारण ठिठक जाना
–**फैलाना**–अधिक पाने का लोभ करना
–**भारी होना**–गर्भवती होना
पाँव–पाँव–अ. पैदल
पाइप–पु. (अं.) नल, नली, हुक्के की निगाली
पाउंड–पु. (अं.) सोने का एक अंग्रेज़ी सिक्का जो 20 शिलिंग के बराबर होता है, एक अंग्रेज़ी वज़न जो० 4535 किलोग्राम के बराबर होता है
पाउडर–पु. (अ.) चूरा, चेहरे आदि पर

लगाया जानेवाला एक प्रकार का चूरा

पाक–पु. पकाया हुआ अन्न

पाकशाला–स्त्री. रसोईघर

पाकिस्तानी–वि. (फ़ा.) पाकिस्तान का; पु. पाकिस्तान का रहनेवाला

पाकेट–पु. (अं.) थैली, जेव

–गरम करना–घूस देना, घूस लेना

पाकेटमार–पु. गिरहकट

पाखंड–पु. ढोंग, वंचना, छल

–फैलाना–ठगने का स्वाँग बनाना

पाग–स्त्री. पगडी; पु. चाशनी

पागल–वि. विक्षिप्त, सनकी, अबूझ

पागलख़ाना–पु. पागलों के उपचार की जगह

पागलपन–स्त्री. उन्माद, नासमझी

पाट–पु. विस्तार, चंक्की के दो भागों में से कोई एक

पाटना–स. क्रि. भर देना, ढेर लगा देना

पाठ–पु. पढ़ने की क्रिया या भाव, सबक़

पाठशाला–स्त्री. स्कूल, संस्कृत पढ़ाने का विद्यालय

पाठ्यक्रम–पु. कोर्स की पुस्तकों की नामावली

पाठ्यपुस्तक–कोर्स की किताब

पाणिग्रहण–पु. विवाह

पाणिनि–पु. एक विख्यात मुनि जिन्होंने अष्टाध्यायी नामक प्रसिद्ध सूत्रबद्ध व्याकरण-ग्रंथ बनाया

पातक–पु. पाप, अघ

पाताल–पु. पृथ्वी के नीचे के सात लोकों में से सबसे नीचे का लोक

पात्र – पु. बरतन, अधिकारी व्यक्ति अभिनेता

पाथेय–पु. संबल, राहख़र्च

पाद–पु. चरण, पैर

पाद टीका–स्त्री. [फुटनोट] पाद्य टिप्पणी

पादयशास्त्र – पु. [मैलियो बोटंनी] लाखों वर्ष पुराने उन पेड़-पौधों का विवेचन करने वाला शास्त्र जो अद पत्थर इत्यादि के रूप में परिणत हो गये हैं

पादरी–पु. ईसाई धर्म का पुरोहित या आचार्य

पादाक्रांत–वि. रौंदा हुआ

पान–पु. पीने की क्रिया, पेय द्रव्य

पान–पु. एक लता जिसके पत्ते सुपारी, कत्था आदि के साथ मुखशुद्धि के लिए खाये जाते हैं

पानफूल–पु. तुच्छ भेंट

पाना – स. क्रि. प्राप्त करना, भोजन करना, ग्रहण करना

पानी–पु. जल, कांति, इज़्ज़त जलवायु

–उतरना–बेइज़्ज़ती होना

–उतारना–बेइज़्ज़ती करना

–का बुलबुला–क्षणभंगुर वस्तु

–पानी होना – बहुत अधिक लज्जित होना

–फेर देना–चौपट कर देना

–में आग लगाना–असंभव होते हुए भी झगड़ा लगा देना

–लेना–बेइज़्ज़त करना

पानीदार–वि. स्वाभिमानी

पाप–पु. कुकृत्य, जुर्म

–उदय होना–पूर्वकृत पाप का फल मिलने लगना

–कटना – बाधा आदि को दूर होना

पापड़–पु. उडद या मूँग की बारीक मसालेदार चपाती

–बेलना–बहुत कष्ट झेलना

पार–पु. नदी, समुद्र आदि का दूसरी ओर का किनारा

–उतरना – छुट्टी पाना, मुक्त होना

पाना–किसी वस्तु के अन्त तक पहुँचना

–होना–काम पूरा कर लेना

पारदर्शिता–स्त्री. [ट्रांसपेरेंसी] पारदर्शी होने का गुण

पारपत्र–पु. [पासपोर्ट] विदेश जाने का अनुज्ञापत्र

पारलौकिक–वि, परलोक-संबंधी, परलोक का

पारस–पु. स्पर्श मणि

पारस्पर्य –पु. [रेसीप्रॉसिटी] व्यवहार में एक-दूसरे का ख़याल रखना

परित–वि. [पास्ट] (प्रस्ताव, विधेयक आदि) जो किसी सभा, विधानसभा आदि में विधिपूर्वक स्वीकृत हो चुका हो

पारितोषिक–पु. पुरस्कार इनाम

पारिभाव्य धन – पु. [कॉशन मनी] पहले से जमा रक़म

पारिभाषिक – वि. परिभाषा-संबंधी

पारिभाषिक शब्दावली – स्त्री. [ग्लॉसरी ऑफ़ टैक्निकल वड्र्ज़] विशिष्ट अर्थ में प्रयुक्त होनेवाले शब्दों की सूची

पारिश्रमिक–पु. [रिम्यूनरेशन] परिश्रम के बदले दिया जाने वाला धन

पार्क–पु. (अं.)सार्वजनिक उपवन

पार्टी–स्त्री. (अं.) दल, मंडली,फ़रीक़, दावत

पार्थिव दूरबीन–स्त्री. [टैरेस्टियल टेलिस्कोप] पृथ्वी पर रखी हुई दूर की वस्तुओं को देखने के काम आनेवाली दूरबीन

पार्लमेंट–स्त्री. (अं.) लोकसभा संसद

पार्वती–स्त्री. शिव की अर्द्धांगिनी, हिमालय की पुत्री

पार्श्व–वि. निकट, पास का; पु. सामीप्य

पार्श्वटिप्पणी – पु. [मार्जिनल नोट] पृष्ठ पर किनारे की तरफ़ लिखे गये विचार

पार्श्वनायक–पु. [विंग कमांडर] वायुसेना के दो-तीन दस्तों की बनी टुकड़ी का नायक

पार्श्वरक्षक सेना–स्त्री. [फ्लैंकगार्ड] पार्श्व की रक्षा करनेवाली सेना

पार्श्वशूल–पु. [प्लूरिसी] ठंड आदि लग जाने से पार्श्व देश में होनेवाली सूजन

पार्षद–पु. सभासद्

पार्सल–पु. (अं.) डाक या रेल द्वारा भेजे जानेवाले माल का पुलिंदा या पैकेट

पालतू–वि. पाला हुआ, जो पाला जा सके

पालिश – स्त्री. (अं.) चिकनाई और रौनक़

पाली–स्त्री. शिफ़्ट, पारी, बारी

पाव–पु. चौथा भाग, एक चौथाई

पावन–वि. शुद्ध करनेवाला

पावर–पु. (अं.) यंत्रशक्ति ,अधिकार, शक्ति

पावरलूम–पु. यंत्रशक्ति से चलने वाला करघा

पावर स्टेशन, पावर हाउस–पु. बिजलीघर

पाश्चात्य–वि. पश्चिम का

पाषाण–पु. पत्थर, शिला

पाषाण युग–पु. [स्टोन एज] प्रस्तर-युग

पास–अ. समीप, अधिकार में; पु. ओर, तरफ़, लिखित आज्ञा या अनुमति

–तक न फटकना–दूर ही रहना

–फटकना–समीप जाना

पास-पास–अ. एक-दूसरे के निकट

पासपोर्ट–पु. विदेश जाने के सरकारी अनुमति-पत्र

पासबुक–स्त्री. बैंक से मिलनेवाली वह किताब जिसमें रुपया जमा करने आदि का हिसाब रहता है

पासा–पु. चौसर

–पड़ना–भाग्य खुलना

–पलटना– अच्छे या बुरे दिन आना

–फेंकना – क़िस्मत की आज़माइश करना

पिंड–पु. गोला, समूह, ठोस वस्तु

–छूटना–छुटकारा मिलना

पिघलना–अ.क्रि.ताप से द्रवीभूत होना, पसीजना

पिघलाना–स. क्रि. ठोस पदार्थ को तरल बनाना

पिचकना–अ. क्रि. फूले या उभरे हुए तल का भीतर की ओर दबना

पिचकाना – स. क्रि. उभरे को नीचा करना

पिछड़ना–अ.क्रि. पीछे रह जाना

पिछला – वि. जो पीछे की ओर हो, व्यतीत

पिटना–अ. क्रि. पीटा जाना, मार खाना

पटवाना – स. कि. किसी का पीटने में

प्रवृत्त करना

पिटाई–स्त्री. पीटने की क्रिया पीटने की. उजरत

पिटारी–स्त्री. छोटा पिटारा

पिट्ठू–पु. खुशामदी, खेल का साथी

पिता–पु. जनक, बाप

पितामह–पु. दादा, ब्रह्मा, पितर

पितृ–पु. दे. 'पिता', प्रेतत्व से मुक्त पूर्वज

पितृकुल–पु. पिता के वंश के लोग

पितृतंत्र–पु. [पैट्रिआर्की] वह परिवार–व्यवस्था जिसमें बड़ा-बूढ़ा घर का मालिक हो

पितृदाय, पितृद्रव्य–पु. मौरूसी जायदाद

पितृपक्ष–पु. आश्विन का कृष्णपक्ष जिसमें पितृकृत्य किया जाता है

पितृविसर्जन–पु. आश्विन कृष्ण अमावस्या के दिन पितरों की 'विदाई' कृत्य

पितृसत्तात्मक–वि. [पैट्रिआर्कल] वह व्यवस्था जिसमें पिता की सत्ता सर्वोपरि हो

पित्त–पु. शरीर के तीन प्रसिद्ध दोषो में से एक

पित्तज्वर, पित्तदाह – पु. पित्त के प्रकोप से होनेवाला ज्वर

पित्तनाशक–वि. पित्त का शमन करनेवाला

पिता – पु. पित्ताशय, साहस, रुतबा

–मारना–क्रोध का शमन करना

पिद्दी–स्त्री. एक छोटी चिड़िया, अति तुच्छ प्राणी

पिनकना–अ. क्रि. अफ़ीम के नशे में आना

पिनकी–पु. पीनक लेनेवाला, अफ़ीमची

पिपरमिंट–पु. (अं.) पुदीने की जाति का एक विदेशी पौधा, इसका सत

पिपासा–स्त्री. प्यास, लालच

पिपासु–वि. प्यासा

पिरोना–स. क्रि. सुई के छेद में धागा डालना

पिलपिला–वि. बहुत नरम, पिच-पिचा

पिलपिलाना–स. क्रि. पिलपिला करना

पिलवाना–स. क्रि. पिलाने का काम कराना

पिलाना–स. क्रि. पान कराना

पिशाच–पु. प्रेत, दुष्ट मनुष्य

पिशाच बाधा–स्त्री. पिशाच द्वारा आविष्ट होना

पिसना–अ. क्रि. पीसा जाना

पिसवाना–स.क्रि. पीसने में प्रवृत्त करना

पिस्ता–पु. एक प्रसिद्ध मेवा, इसका पेड़

पिस्तौल–स्त्री. बंदूक की तरह एक छोटा हथियार

पिस्सू–पु. काटने वाला एक छोटा कीड़ा

पीक–स्त्री. पान का थूक
पीकदान–पु. उगालदान
पीछा–पु. आगा का उलटा, पिछ लगी
–करना–खदेड़ना
–छुड़ाना–पिंड छुड़ाना
–छूटना–छुटकारा मिलना
–दिखाना–भाग खड़ा होना
–पकड़ना–किसी आशा से किसी का साथ करना
पीछे–अ. पीठ की ओर, अनंतर, वास्ते, वजह से
–पड़ना–हानि पहुँचाने के लिए यत्न करना
पीटना–स. क्रि. किसी वस्तु पर आघात करना
पीठ–पु. आसन, सभापति, न्यायाधीश, आदि का आसन, केंद्र
पीठ–स्त्री. पृष्ठ, पृष्ठभाग
–ठोंक़ना–शाबाशी देना
–दिखाना–भाग खड़ा होना
–पर हाथ फेरना–बढ़ावा देना
पीठ पीछे – अ. अनुपस्थिति में
पीठासीन–वि [प्रिज़ाइडिंग] जो अध्यक्ष के स्थान पर आसीन हो
–होना–अध्यक्षता करना
पीड़ा–स्त्री. व्यथा, दर्द, बाधा, रोग
पीड़ित–वि. सताया हुआ, दवाया हुआ
पीढ़ी–स्त्री.किसी कुल, जाति या व्यक्ति के किसी वंशधर की गणना और पद के अनुसार विशिष्ट स्थान
पीतल–पु. ताँबे और जस्ते के योग से तैयार एक उपधातु
पीतांबर–पु. पीला वस्त्र ; वि. पीले वस्त्र वाला
पीना–स. क्रि. पान करना, किसी बात को सह लेना
पीप–स्त्री. घाव या फोड़े को मवाद
पीयूष–पु. अमृत, दूध
पीर–स्त्री.पीड़ा; पु. बूढ़ा आदमी, सिद्ध
पीलवान–पु. महावत, हाथीवान
पीला–वि. हल्दी के रंग का, ज़र्द, निष्प्रभ
–पड़ना–तेज़ या आभा से रहित होना
पीलिया–पु. पांडु रोग
पीसना–स. क्रि. चूर्ण करना, कुचल देना, घोर परिश्रम करना
पुंज–पु. समूह, राशि
पंजोत्पादन–पु. [मास प्रोडक्शन] बड़े पैमाने पर किया गया उत्पादन
पुंसत्व–पु. पुरुषत्व, पुरुष की काम-शक्ति
पुकार–स्त्री. बुलाना, फ़रियाद, आवाज़
पुकारना–स. क्रि. किसी को नाम लेकर बुलाना
पुखराज–पु. पीले रंग का एक प्रसिद्ध रत्न

पुख़्ता – वि. (फ़ा.) मज़बूत, टिकाऊ

पुचकार–स्त्री. चुमकार

पुचकारना–स. क्रि. लाड़-चाव प्रकट करना

पुच्छल तारा–पु. यदा-कदा उगनेवाला एक तारा

पुजारी–पु. पूजा करनेवाला

पुट–पु. हलका मेल, थोड़ी-सी मिलावट

पुण्य–वि. शुद्ध, शुभ; पु. सुकृत

पुण्यात्मा–वि. धर्मात्मा

पुत्र–पु. बेटा, प्यारा बच्चा

पुत्रवधू–स्त्री. पुत्र की पत्नी

पुनर्–अ. एक बार और, फिर दुबारा

पुनरधिनियमन–पु. [री-इनैक्टमेंट] पुनर्विधायन

पुनरस्त्रीकरण – पु. [री-आर्ममेंट] पुनः अस्त्र-संभार बढ़ाना

पुनरावेदन–पु. [अपील] पुनर्न्याय प्रार्थना

पुनरीक्षण–पु. [रिवीज़न] भूल-सुधार अदि की दृष्टि से मुकदमे की फाइल फिर से देखना,

पुनरीक्षित पाठ–पु. [रिवाइज़्ड वर्ज़न] वह विवरण जो फिर से जाँच लिया गया हो

पुनरुज्जीवन–पु. [रिवाइवल] पुनः जीवन-दान देना

पुनरुत्थान–पु. [रिनेसाँ] कला और साहित्य का पुनर्जन्म

पुनर्नियुक्ति–स्त्री. [री-इंस्टेटमेंट] किसी पद या काम पर फिर से नियुक्त कर दिया जाना

पुनर्न्यायप्रार्थना–स्त्री. अपील

पुनर्न्यायप्रार्थी – पु. [एपेलेंट] वह जो अपना (मामला) पुनर्विचार के लिए किसी ऊँचे न्यायालय में रखे

पुनर्मुद्रित–वि. [री-प्रिंटेड] फिर से छापा गया हो

पुनर्मूल्यन–पु. [री-वैल्यूएशन] फिर से मूल्य आँकना

पुनर्वास–पु. [रीहैबिलिटेशन] उद्वासितों को फिर से बसाना

पुनर्विचारन्यायाधिकरण – पु. [अपेलेट ट्रिब्यूनल] मुकदमों पर पुनः विचार करनेवाली अदालत

पुनर्विचारन्यायालय–पु. [कोर्ट ऑफ़ अपील] छोरी या मातहत अदालतों में निर्णीत मामलों पर पुनः विचार करनेवाला न्यायालय

पुनर्विचारप्रार्थी–पु. [एपेलेंट] दे. 'पुनर्न्यायप्रार्थी'

नर्विधायन – पु. [री-इनक्टमेंट] पुनरधिनियमन

पुनर्विलोकन–पु. [रिव्यू] दंडादेश आदि पर फिर से विचार करना

पुनर्विवाह–पु. दूसरा ब्याह

पुनीत–वि. शुद्ध, पाक

पुरःस्थापन – पु., पुरःस्थापना–स्त्री.

[इंट्रॉडक्शन] पुरः-स्थापित करने की क्रिया

पुरःस्थापित करना – स. क्रि. [टू इंट्रो-ड्यूस] (सभा आदि में) औपचारिक रूप से रखना या सामने लाना

पुर–पु. नगर, क़िला

पुरज़ा–पु. (फ़ा.) काग़ज़ का टुकड़ा, अवयव

–(ज़े) पुरज़े उड़ाना या करना–टुकड़े-टुकड़े करना

पुरसाँ, पुर्सां–वि. (फ़ा.) खोज ख़बर लेनेवाला

पुरस्–अ. सामने, आगे, पहले

पुरस्कार – पु. पारितोपिक, इनाम

पुरा–पु. बस्ती, गाँव; अ. प्राचीन काल में, अब तक

पुराकथा–स्त्री. प्राचीन कथा

पुरातत्त्व–पु. पुरानी बातों के अनुसंधान की विद्या

पुरालेख – पु. [आरकाइव्ज़] पुराने सरकारी अभिलेख

पुरालेखपाल–पु. [आर्काइविस्ट] पुराने अभिलेखों आदि को सुरक्षित रूप से रखनेवाला अधिकारी

पुराण–वि. पुराना; पु. प्राचीन वृत्तांत, हिंदुओं के विशिष्ट धर्मग्रंथ

पुरातन–वि. प्राचीन जो सबसे पहले हुआ हो

पुराना–बहुत दिनों का, बीता हुआ

पुरुष–पु. मर्द, मानव-जाति

पुरुषत्व–पु. पुरुष का भाव

पुरुषार्थ–पु. उद्योग, उद्यम

पुरुषोतम–पु.श्रेष्ठ पुरुष, विष्णु, कृष्ण

पुरोहित–पु. धार्मिक कृत्य करानेवाला

पुर्तगाली–पु. पुर्तगाल-संबंधी; स्त्री. पुर्तगाल की भाषा

पुर्तगीज–पु. (अ.) पुर्तगाल निवासी

पुल–पु. (फ़ा.) सेतु

पुलिंदा–पु. लपेटे हुए काग़ज़ का बंडल

पुलिस, पुलीस – स्त्री. (अं.) आरक्षी

पुलिसमैन–पु. पुलिस–विभाग का कर्मचारी

पुश्त–स्त्री. (फ़ा.) पीठ, पीढ़ी

पुश्तैनी–वि. (फ़ा.) जो कई पीढ़ियों तक चला जाय

पुष्ट–वि. तगड़ा, पक्का, पूर्ण

पुष्टीकरण–पु. [रैटिफ़िकेशन] अनुसमर्थन

पुष्प –पु. फूल, स्त्री का रज, खिलना

पुष्पकाल–पु. वसंतऋतु, स्त्रियों का ऋतुकाल

पुष्परज–स्त्री. पराग

पुष्पांजलि – स्त्री. अंजली-भर फूल

पुस्तक–स्त्री. ग्रंथ, किताब

पुस्तकाकार–वि. पुस्तक के आकार का

पुस्तकागार, पुस्तकालय – पु. लाइब्रेरी

पुस्तकाध्यक्ष–पु. [लाइब्रेरियन] ग्रंथागारिक

पुस्तडाक–पु. बुक पोस्ट

पुस्तिका–स्त्री. छोटी पुस्तक

पूँछ–स्त्री. दुम, पुछल्ला

–पकड़कर चलना–आँख मूँदकर अनुगमन करना

पूँजी–स्त्री. मूल धन, समूह, ढेर

पूँजीगत व्यय– पु [कंपिटल एक्सपेडिचर] निर्माणार्थ किया जाने वाला व्यय

पूँजीपति–पु. कारख़ानेदार, धनी व्यक्ति

पूँजीवाद–पु. [कैपिटलिज़्म] वह व्यवस्था जिसमें धनियों का वर्ग उत्पादन के साधनों पर अधिकार कर श्रमिकों का शोषण करता है

पूँजीवादी–वि. पूँजीवाद के सिद्धांतों का प्रयोग करने वाला

पूजना–स. क्रि. आराधन करना,घूस देना;अ. क्रि. पूरा होना

पूजनीय–वि. आदर वे योग्य

पूजा–स्त्री. अर्चन, सत्कार, घूस देना

पूज्य–वि. मान्य, आदरणीय

पूरक–वि. पूरा करने वाला

पूरा–वि. भरा हुआ, पक्का, ठीक

(दिन)–(रे) होना–अंतिम समय निकट आना

पूर्ण–वि. भरा हुआ, संपन्न,पर्याप्त

पूर्णविराम–पु.वाक्य की समाप्ति का सूच चिह्न

पूर्णाधिकारप्राप्त दूत – पु. [मिनिस्टर प्लेनीपोटेंशिअरी] वह दूत जिसे स्वविवेक से काम लेते हुए यथावश्यक निर्णय करने का पूरा अधिकार दिया गया हो

पूर्णाधिवेशन–पु [प्लीनरी सेशन] वह अधिवेशन जिसमें उसके सभी सदस्य सम्मिलित हो सकें

पूर्णिमा–स्त्री. शुक्ल पक्ष क तिम तिथि, पूनो

पूर्त–वि. पूरा किया हुआ, पालित, रक्षित

पूर्त–विभाग – पु. तामीरात महकमा [पब्लिक ववर्स डिपार्टमेंट]

पूर्ति–स्त्री. [सप्लाई] पूरा करने की क्रिया

पूर्त्यधिकारी–पु. सप्लाई ऑफ़िसर

पूर्व–वि. पहले का; पु. सूरज के निकलने की दिशा ; अ. पहले

पूर्वक–अ. साथ, सहित; वि, पहले का, पहला

पूर्वतिथित – वि. [एंटीडेटेड] (वह प्रलेखा दि) जिस में वास्तविक तिथि से पहले की तिथि दी गयी हो

पूर्वधारणा – स्त्री. [प्रेजूडिस] क़ायम कर ली गयी राय

पूर्ववत्–अ. पहले की तरह

पूर्ववत्करण – पु. [रिस्टोरेशन] पहले की स्थिति में ला देना

पूर्वसम्मोदन – पु. [प्रोवियत सैंक्शन] पहले से ही प्राप्त कर ली गयी स्वीकृति या पुष्टि

पूर्वस्थानीयता–स्त्री. [प्रेसीडेंस] समय था स्थान आदि की दृष्टि से पहले रखे जाने, विचार किये जाने आदि का भाव

पूर्वस्थिति-स्थापन–पु. [रेस्टिट्यूशन] पुनः पूर्वस्थिति को प्राप्त हो जाना

पूर्वाधिकार–पु. [राइट ऑफ़ प्री-एपशन] हक़शुफ़ा

पूर्वानुमान – पु. [फ़ारकास्ट] पहले से किया गया अनुमान

पूर्वानुमति निष्कर्ष–पु. [फ़ोरगोन कॉन-क्लूज़न] वह निष्कर्ष जिसका अनुमान पहले से ही कर लिया गया हो

पूर्वापर–वि. अगला और पिछला; पु. आगा-पीछा

पूर्वापराधी–पु. [हिस्ट्रीशीटर] वह मुलज़िम जो पहले कई बार अपराध कर चुका हो

पूर्वाभिनय–पु. रिहर्सल

पूर्वावधानता–स्त्री. [प्रीकाशन] पहले से सावधान हो जाने की क्रिया

पूर्वोक्त–वि. पहले कहा हुआ

पूर्वोदाहरण – पु. [प्रेज़ीडेंट] नज़ीर

पूर्वोपाय–पु. [प्रीकाशन] पहले से किया गया उपाय

पृथक्–अ. अलग, भिन्न

पृथक्ता–स्त्री.पृथक्त्व; पु. पृथक् होने का भाव

पृथक्तावादी नीति–स्त्री. [आईसॉलेश-निज़्म] पृथक् रहने की नीति

पृथग्वासन-नीति–स्त्री. [एपार. थाइड पालिसी] रंग-भेद के आधार पर पृथक् बसाने की नीति

पृथ्वी–स्त्री. पृथ्वी का तल, भूमि, धरती

पृष्ठ–पु. पीठ, सफा

पृष्ठपोषण–पु. सहायता करना

पृष्ठभूमि–स्त्री. पहले को बातें

पृष्ठरक्षक युद्ध–पु. [रेथरगार्ड ऐक्शन] अनुवल का संवर्ष

पृष्ठ शीर्षक – पु. [बैमर हेडलाइन] पताकाशीषक

पृष्ठांकन–पु. [एंडोर्समेंट] समर्थन आदि के रूप में लिखित आदेश

पृष्ठांकित–वि. [एंडोर्स्ड] जिसपर कुछ लिख दिया गया हो

पेंशन–स्त्री. (अ.) कार्य मुक्त होने पर प्राप्त वृत्ति

पेंशनयाफ़्ता–वि. जिसे पेंशन मिलती हो

पेट–पु. उदर, गर्भ, जीविका

–काटना–कंजूसी करना
–का धंधा–जीविका
–का हाल–मन की बात
–की आग–भूख
–गिराना–गर्भपात कराना
–छुटना–दस्त होना
–में चूहे कूदना–ज़ोर की भूख लगना
पेटीकोट–पु. (अं.) साया
पेटू–वि. जिसे सदा खाने की चिता लगी रहे
पेट्रोल–पु..(अं.) एक प्रकार का खनिज तेल
पेय–वि. पीने योग्य, पिया जानेवाला पदार्थ
पेरना–स. क्रि. रस निचोड़ना, सताना
पेश–अ. (फ़ा.) सामने, पहले
–आना–सलूक करना
–करना–आगे रखना
पेशगी–स्त्री. अग्रिम
पेशतर–अ. पहले
पेशबंदी–स्त्री. दूरंदेशी
पेशवाज–स्त्री. (फ़ा.) घाघरा. जिस पर ज़री का काम रहता है
पेशा–पु. (फ़ा.) पेट का धंधा धंधा,
–कमाना या करना–वेश्या का काम करना
पेशानी–स्त्री. (फ़ा.) ललाट, भाग्य
पेशाब–पु. (फ़ा.) मूत्र, मूत
पेशी–स्त्री. (फ़ा.) मुकदमे की सुनवाई
पैग़बर–पु. (फ़ा.) ईश्वर का दूत, नबी
पैठ–स्त्री. प्रवेश, पहुँच, गति
पैठना–अ. कि. प्रवेश करना
पैतरा–पु. कुश्ती आदि में प्रयुक्त दांव-पेंच
–बदलना–नया हाथ दिखाना
पैतृक–वि. पूर्वजों से प्राप्त, मौरूसी
पैदल–वि. पाँव-पाँव चलनेवाला अ. पा-प्यादे
पैदा–वि. (फ़ा.) उत्पन्न
पैदाइश–स्त्री. (फ़ा.) उत्पत्ति, प्रादुर्भाव
पैदाइशी–वि. (फ़ा.) जन्मजात, सहज
पैदावार–स्त्री. खेती की उपज
पैना–वि. जिसकी धार बहुत तेज़ हो
पैमाइश–स्त्री. (फ़ा.) मापने की क्रिया
पैमाना–पु. (फ़ा.) मानदंड
पैर–पु. चरण, पैर का निशान
–उखड़ जाना–टिक न सकना
–छूना–दीनता प्रकट करना
–जमना–स्थिर होना, दृढ होना
–फँसाना–अपने आपको सकट में डालना
–भारी होना–गर्भ रहना
पैरगाड़ी–स्त्री. साइकल
पैरना–अ. क्रि. तंरना

पैरवी–स्त्री. (फ़ा.) मुकदमे की देखरेख
पैरोल–पु. (अं.) राजबन्दी की विशेष परिस्थिति में अवधि से पूर्व मुक्ति
पैवंद–पु. (फ़ा.) चकती
पैशाचिक – वि. पिशाच का, क्रूरता-पूर्ण
पैसा–पु. रुपये के सौवें भाग का सिक्का, द्रव्य, धन
पैसेंजर–पु. (अं.) यात्री
पैसेंजर गाड़ी–स्त्री. सवारी ढोने वाली रेलगाड़ी
पोंगा–पु. बाँस की नली; वि. अज्ञ, मूर्ख
पोंगापंथी–स्त्री. मूर्खतापूर्ण कार्य
पोटली–स्त्री. छोटी गठरी
पोटाश–पु. (अं.) एक प्रकार का क्षार
पोत–पु. नाव, जहाज़
पोतध्वज–पु [एनसाइन] नौदलविशेष का परिचायक ध्वज
पोतनिर्माण–उद्योग–पु. [शिपबिल्डिंग इंडस्ट्री] जहाज़ बनाने का उद्योग
पोत–संतरण – पु. [लांचिंग ए शिप] नये जहाज़ को पानी में उतारना
पोताधिरोध – पु. [एंबार्गो] जहाज़ो के आने जाने पर प्रति बंध
पोथी–पु. काग़ज़ की बड़ी गड्डी, बड़ी पाथी
पोथी–स्त्री. पुस्तक, ग्रंथ
पोर–स्त्री. उँगली की गाँठ
पोल–स्त्री. खाली जगह, खोखला पन
–खुलना–किसी को छिपा हुआ दोष प्रकट होना
पोशाक–स्त्री. (फ़ा.) पहनावा, लिबास
पोषक–पु. पोषण करनेवाला
पोषक तत्त्व–पु. विटामिन
पोषण – पु. पोसने की क्रिया, पालन, वर्द्धन
पोस्ट–स्त्री. (अं.) स्थान, पद, खंभा, डाक
पोस्टआफ़िस–पु. डाकघर
पोस्टमास्टर– पु. डाकघर का प्रधान कर्मचारी
पोस्टमैन–पु. डाकिया
पौंड–पु. अंग्रेज़ी सिक्का पाउंड
पौंडपावना–पु. [स्टर्लिंग बैलेंसेज़े] ब्रिटेन से किसी देश के पावने की वह रक़म जो बैंक ऑफ़ इंग्लैंड में जमा रहती है और जो उसके साथ हुए समझौते की शर्तों के अनुसार क्रमशः चुकायी जाती है
पौ–स्त्री. प्रातःकाल का प्रकाश
–फटना–तड़का होना
–बारह होना – लाभ ही लाभ होना
पौधा–पु. छोटा पेड़, नया पेड़
पौरुष–वि. पुरुष का ; पु. पुरुष का भाव, उद्यम

प्यादा–पु. (फ़ा.) पैदल सिपाही, पैदल
प्यार–पु. मुहब्बत, लाड़-चाव
प्याला–पु. (फ़ा.) पीने का बरतन, जाम
–**भरना**–आयु पूरी होना
प्यास–स्त्री. पानी पीने की इच्छा, प्रबल चाह
प्यासा–वि. जिसे प्यास लगी हो
प्रकट–वि. स्पष्ट, व्यक्त
प्रकांड–पु. शाखा; वि. बहुत बड़ा
प्रकार–पु. भेद, ढंग, सादृश्य, विशेषता
प्रकाश–पु. उजेला; वि. प्रकाश युक्त, अति प्रसिद्ध
प्रकाशक–वि.चमकीला; पु. पुस्तक आदि को छावाकर प्रकट करनेवा-ला [पब्लिशर]
प्रकाशन–पु. प्रकट करना, वह पुस्त-कादि जो छपवाकर प्रकाशित की गयी हो [पब्लिकेशन]
प्रकाश परावर्तक–पु. [रीफ्लेक्टर] प्र-काश-प्रतिफलक
प्रकाशस्तंभ–पु. [लाइट हाउस] आकाश-दीप
प्रकाशित–वि. छपवाकर प्रकट किया है
प्रकीर्ग–वि. फैलाया हुआ, फुटकल
प्रकीर्णलेखा– पु. [मिसेलेनियस अकाउट] फुटकर आय या व्यय का हिसाब
प्रकृत–वि. वास्तविक, अविकृत
प्रकृति–स्त्री. स्वभाव, वह मूल तत्त्व जिसका परिणाम जगत् है
प्रकोष्ठ–पु. इमारतों से घिरा हुआ सहन, विधानसभा आदि के बाहर का कमरा [लॉबी]
प्रकोष्ठवार्ता – स्त्री. [लॉजी टॉक] संसद या विधानसभा के बाहर किसी स्थान पर की जानेवाली बातचीत
प्रक्रिया–स्त्री. [प्रोसेस] क्रिया, अमल
प्रख्यात–वि. बहुत प्रसिद्ध
प्रख्यापित– वि. [प्रोमलगेटेड) जिसकी विघोषणा कर दी गयी हो
प्रगति–स्त्री. आगे बढ़ना, उन्नति
प्रगतिरोध–पु. [सेट बैक प्रगति का रुक जाना
प्रगतिवाद–पु. समाज, साहित्य आदि की निरंतर उन्नति पर ज़ोर देने का सिद्धांत
प्रगतिशील–वि. जो आगे की ओर बढ़ता रहे
प्रगुणता–अर्गल – पु. [एफ़िशेंसी बार] दक्षता अर्गल
प्रचंड – वि. अति तीव्र, अति तेजस्वी, बड़ा
प्रचार–पु. फैलाने का कार्य
प्रचारक–वि. पु. प्रचार करनेवाला
प्रचार कार्य – पु. [प्रोपैगैंडा] प्रचार का काम
प्रजा–स्त्री. किसी राज्य या राष्ट्र की जनता
प्रजाक्षोभ – पु. [इनसरजेंसी] राजसत्ता

के विरुद्ध प्रजा में व्याप्त क्षोभ या विद्रोह की भावना

प्रजातंत्र–पु. प्रजा के प्रतिनिधियों द्वारा परिचालित शासन व्यवस्था

प्रजासत्तात्मक – वि. (शासनव्यवस्था) जिसमें शासन-सूत्र प्रजा या उसके प्रतिनिधियों के हाथ में हो

प्रजाति–स्त्री. प्रजा

प्रजातिगत भेदभाव–पु. रेशियल डिस्क्रिमिनेशन] जातीय भेदभाव करना

प्रजातिसंहार–पु. (जेनोसाइड] अल्पसंख्यक जाति या वर्ग के विनाश का कार्य

प्रज्ञा–स्त्री. विवेक, सरस्वती

प्रणय–पु. प्रेम, विश्वास

प्रणयिनी–स्त्री. प्रेमिका, कांता

प्रणयी–वि. प्रेम करनेवाला; पु. प्रेमी

प्रणाम–पु. नत होना, नमस्कार

प्रणाली–स्त्री. रीति, ढंग

प्रताप–पु. वीरता, प्रभुत्व

प्रति–स्त्री. नक़ल; उप. एक उपसर्ग जो शब्दों के पहले आकर विरोध आदि का बोध कराता है

प्रतिकूल–वि. विपरीत, विरुद्ध

प्रतिक्रिया– स्त्री. [रिऐक्शन] विरोध में होनेवाला कार्य

प्रतिक्रियावादी–पु. [रिऐक्शनरी] वह जो प्रगति का विरोधी हो

प्रतिक्रियात्मक सहयोग – पु. [रेस्पांसिव कोऑपरेशन] प्रतिक्रियास्वरूप किया जानेवाला सहयोग

प्रतिप्राहक, प्रतिग्राही – पु. [रिसीवर] झगड़े में पड़ी हुई सम्पत्ति की निगरानी करने वाला अधिकारी

प्रतिज्ञा–स्त्री. दृढ़ संकल्प, दावा

प्रतिज्ञापत्र मुद्रा–स्त्री. [प्रोमि सरी नोट] वचनपत्र

प्रतिद्वंद्वी—पु. प्रतिपक्षी

प्रतिध्वनन–पु. [इकोइंग] गूँज सुनाई देने की क्रिया

प्रतिनिधि–पु. किसी का स्थानापन्न व्यक्ति, ज़ामिन

प्रतिनिधिपत्र–पु. [पॉवर ऑफ़ ऐटर्नी] मुख़्तारनामा

प्रतिनिनाद–पु. [रीवरबेरेशन] प्रतिध्वनि

प्रतिनियुक्त – वि. [डेप्यूटेड] दूसरे के स्थान पर काम करने के लिए नियुक्त

प्रतिनियुक्ति–स्त्री. [डेप्यूटेशन] किसी के स्थान पर किसी अन्य व्यक्ति को नियुक्त करना

प्रतिपक्ष–पु. विरोधी का पक्ष, मुद्दालेह

प्रतिपक्ष-नेता–पु. (लीडर ऑफ़ दि अपोज़िशन] संसद या विधानसभा में सरकारी पक्ष का विरोध करनेवाले मुख्य दल का नेता

प्रतिपत्रक–पु. [काउंटर फ़ॉइल] चालान बही

प्रतिपरीक्षण–पु. [क्रास-एग्ज़ामिनेशन] साक्षिपरीक्षा

प्रतिपालक-अधिकरण–पु. [कोर्ट ऑफ़ वाड्‌र्स] अल्पवयस्कों या अयोग्य व्यक्तियों की सम्पत्ति का प्रबंध तथा रक्षण करनेवाला सरकारी विभाग

प्रतिप्रेषण करना–स. क्रि. [रेफ़र] कोई आवेदन-पत्रादि किसी ऊँचे प्राधिकारी के पास भेजना

प्रतिबंध–पु. [एंबार्गो] बाधा, अवरोध

प्रतिबाधित–वि. [प्रीक्लूडेड] जिसमें पहले से ही बाधा डाल दी गयी हो

प्रतिभू–पु. [श्यूरटी] ज़ामिन

प्रतिभूति–स्त्री. [बेल, सिक्यूरिटी] ज़मानत

प्रतिभूपत्र – पु. [बांड ऑफ़ श्यूरटी] ज़मानतनामा

प्रतिभूमोच्य–वि. बेलेविल] ज़मानत पर रिहाई के योग्य

प्रतिमान – पु. बाट, मानदंड [स्टैंडड]

प्रतियोगिता–स्त्री. प्रतिद्वंद्विता, होड़

प्रतिरक्षा–स्त्री. [डिफ़ेंस] आक्रमण से रक्षा या अभियोग से बचने का प्रयत्न

प्रतिरक्षा-व्यय–पु. [डिफ़ेंस एक्सपेंडिचर] प्रतिरक्षा के लिए व्यय

प्रतिलब्धि – स्त्री. [रिकवरी] खोई हुई वस्तु पुनः प्राप्त करना

प्रतिलिपि–स्त्री. किसी लिखी हुई चीज़ की नक़ल

प्रतिलिपिक – पु. [कापीइस्ट] नक़ल करनेवाला

प्रतिलिपित – वि. [कापीड] जिसकी प्रतिलिपि कर ली गयी हो

प्रतिलेखन – पु. [ट्रांसक्रिप्शन] किसी पुस्तक आदि से कोई चीज़ ज्यों की त्यों लिखना

प्रतिवेदन–पु. [रिपोर्ट] आख्या

प्रतिव्यक्ति-कर–पु. [कैपिटेशन टैक्स] प्रतिव्यक्ति के हिसाब से लगाया गया कर

प्रतिशुल्क – पु. [काउंटरवेलिंग ड्यूटी] एक प्रकार का आयत कर

प्रतिषेध लेख–पु. [रिट ऑफ़ प्रोहिबिशन] किसी मामले की सुनवाई बंद कर देने का उच्च न्यायालय द्वारा मातहत अदालत को दिया गया लिखित आदेश

प्रतिषेधाधिकार–पु. [पावर ऑफ़ वीटो] निषेधाधिकार

प्रतिसंहरण–पु. [रिवोकेशन] रद्द कर देना

प्रतिसचिव–पु.[डिप्टी सेक्रेटरी] सचिव की अनुपस्थिति में उसके स्थान पर काम करनेवाला

प्रतिसरकार – स्त्री. [पैरेलल गवर्नमेंट] समकक्ष सरकार

प्रतिसाम्य–पु. [सिमेट्री] रचना का उचित अनुपात

प्रतिहस्ताक्षरित–वि. [काउंटरसाइंड] हस्ताक्षर के सामने दूसरा हस्ताक्षर करना

प्रतिहस्तापन – पु. [सब्स्टिट्यूशन] एक आदमी या एक वस्तु के बदले में दूसरा आदमी या दूसरी वस्तु रखना

प्रतिहिंसा–स्त्री. हिंसा के बदले हिंसा

प्रतीक–वि. उलटा; पु. प्रति रूप, प्रतिमा

प्रतीकन्यूनन–पु. [टोकन कट] लाक्षणिक न्यूनन

प्रतीकवाद–पु. [सिंबालिज़्म] प्रतीक के रूप में वर्णन करने या मानने का सिद्धांत

प्रतीक्षागृह – पु. [वेटिंग रूम] प्रतीक्षा करने का कमरा

प्रतीक्षालय–पु. दे. 'प्रतीक्षागृह'

प्रत्यय–पु. विश्वास, साख [क्रेडिट]

प्रत्ययपत्र – पु. [लेटर ऑफ़ क्रेडिट] खाते में से या ऋणस्वरूप दिया गया धन

प्रत्यर्पण–पु. गृहीत वस्तु का पुन_ र्दान, [एक्सट्रैडिशन] किसी देश से भागकर आये हुए अपराधी को पुनः उस देश के उपयुक्त अधिकारी के हाथ सौंप देना, [रिफंड] पहले ली हुई या वसूल की हुई रक़म लौटाना

प्रत्यानयन–पु. [रेस्टिट्यूशन) पुनः लौटा दिया जाना

प्रत्याभूति–स्त्री. गारंटी

प्रत्याय–पु. टैक्स; स्त्री. [रिटर्न] प्रतिफल

प्रत्यायुक्त–वि. [डेलीगेटेड] जो प्रतिनिधि बनाकर भेजा गया हो

प्रत्यायोजन – पु. [ऐक्ट ऑफ़ डेलीगेटिग] अपने कर्तव्य, शक्तियां आदि किसी दूसरे व्यक्ति को सौंपना या दे देना

प्रत्यारोप–पु. [काउंटर चार्ज) आरोप के जवाब में किया गया आरोप

प्रत्यावेदन–पु. [काउंटर स्टेटमेंट] जवाब या विरोध में कही गयी बात

प्रत्याशा में–अ. [इन एंटिसिपेशन] पहले से ही पूर्ण निश्चित मान लेने की स्थिति या प्रतीक्षा में

प्रत्याशित–वि. [एंटिसिपेटेड) जिसका पहले से अनुमान किया गया हो

प्रत्याहार–पु. [विथड्राल] वापस ले लिया जाना

प्रत्याह्वयन–पु. [रिकॉल] प्रति निधि

को वापस बुला लेना

प्रत्युत्तर–पु. [रिजॉइंडर] उत्तरस्वरूप उत्तर

प्रथम दृष्टितः–अ. [प्राइमाफ़ेसी] प्रथम बार देखने पर

प्रथमाक्रमण–पु.[ऐग्रेशन] लड़ाई की पहल

प्रथमाक्रमणकर्ता – प्रथमाक्रमणकारी; पु. [ऐग्रेसर] आक्रमण में पहल लेनेवाला

प्रथमोपचार – पु. [फ़र्स्टै एड] प्राथमिक उपचार

प्रथमोपचार केंद्र–पु. [फ़र्स्ट एड पोस्ट] वह स्थान जहाँ प्राथमिक उपचार किया जाय

प्रदर्शन–पु. दिखाना, सिखलाना, जुलूस तथा नारों आदि द्वारा असंतोष प्रकट करना [डिमास्ट्रेशन]

प्रदर्शनी–स्त्री. नुमाइश

प्रदेश–पु. प्रांत, स्थान

प्रधान–वि. सबसे बड़ा, मुख्य

प्रधान कार्यालय – पु. मुख्य दफ़्तर

प्रधानमंत्री – पु. किसी देश या राज्य का सबसे बड़ा मंत्री

प्रधान सैन्यावास व्यवस्थापक–पु. क्वारटर मास्टर जनरल

प्रधानाध्यापक–पु. किसी विद्यालय का मुख्य अध्यापक

प्रपंजी–स्त्री. [लेजर] खाता बही

प्रपत्र–पु. फ़ार्म

प्रबंध – पु. निबंध, आयोजन, व्यवस्था

प्रबंध-अभिकर्ता – पु. मैनेजिंग एजेंट्स

प्रबंधक–पु. प्रबन्ध करनेवाला

प्रबंधकर्ता–पु. दे. 'प्रबंधक'

प्रबंधकाव्य–पु. वह काव्य जिसमें जीवन की विशेष घटनाओं का क्रमबद्ध चित्रण हो

प्रबंध संपादक–मैनेजिंग एडिटर

प्रभात–पु. प्रातःकाल

प्रभातफेरी–स्त्री.नारे लगाते हुए भोर में घूमना

प्रभाती–स्त्री. सवेरे गाया जाने वाला गीत

प्रभार–पु. [चार्ज] कार्य का भार या ज़िम्मेदारी

प्रभारी–वि. इनचार्ज

प्रभारी राजदूत – पु. [शाज़्हें डफेयर] उप-राजदूत

प्रभारी सदस्य–पु. मेंबर इनचार्ज

प्रभुसत्ता – स्त्री. [साव्हरेनटी] पूर्ण सत्ता

प्रमंडल–पु. [कंपनी] व्यक्तियों का संघ या समूह

प्रमाण – पु. सबूत, यथार्थता, आदेश

प्रमाणक–पु. [वाउचर] प्रमाण पत्र

प्रमाणन – पु. [सर्टिफ़िकेशन] प्रामाणिक होना, लिखकर स्वीकार करना

प्रमाणपत्र–पु. वह पत्र या लेख जो किसी बात का प्रमाण माना जाय

प्रमाणवचन, प्रमाणवाक्य –पु. न्यायसंगत वाक्य

प्रमाणिक – वि. प्रमाणसिद्ध, प्रमाणरूप

प्रमाणीकरण–पु.[आथेंटिकेशन] बात की सत्यता प्रमाणित करना

प्रमात्रा–स्त्री. [क्वानटम]यथेष्ट मात्रा, राशि जो आवश्यक, वांछित या स्वीकृत हो

प्रमाप–स्त्री. [स्टैंडर्ड] मानदंड

प्रमोद–फर – पु. [एंटरटेनमेंट टैक्स] मनोरंजन-कर

प्रमोद–गोष्ठी – स्त्री. पिकनिक पार्टी

प्रयत्न–पु. कोशिश

प्रयत्नशील–वि. जो प्रयत्न कर रहा हो

प्रयाग–पु. हिंदुओं का एक प्रसिद्ध तीर्थ

प्रयाण–पु. प्रस्थान, यात्रा, चढ़ाई

प्रयाण-काल, प्रयाण-समय–पु. प्रस्थान करने का समय

प्रयुक्त–वि. जिसका प्रयोग किया गया हो

प्रयोग – पु. इस्तेमाल (अस्त्रशस्त्र) चलाना या छोड़ना; पु. [एक्सपेरिमेंट] जाँच करने आदि की दृष्टि से की गयी प्रक्रिया या कार्य

प्रयोगशाला–स्त्री. लेबोरेटरी

प्रयोजन–पु. अभिप्राय, काम, हेतु

प्रलय–पु. नष्ट होना, सृष्टि का सर्वनाश

प्रलोभी–वि. [लूक्रेटिव] लाभ देनेवाला

प्रलेख–पु. [डाक्यूमेंट] मसौदा

प्रलेखीय चलचित्र–पु. [डाक्यू मेंटरी फ़िल्म] समाचार फ़िल्म

प्रलोभन–पु.[ऐल्यूमेंट] लालच देना

प्रवक्ता–पु.[स्पोक्समैन] बोलने वाला प्रतिनिधि

प्रवचन–पु. उपदेश करना

प्रवर–वि. अधिकार आदि में बड़ा; पु. गोत्र

प्रवर समिति – स्त्री. [सिलेक्ट कमिटी] विशेषज्ञ सदस्यों की समिति

प्रवर्ग–पु. [कैटेगरी] कई श्रेणियो में से एक

प्रवर्तक–पु. चलानेवाला

प्रवासी–वि.परदेश में रहनेवाला

प्रविधि–स्त्री. [देकनीक तकनीक

प्रविलंब करना–स. क्रि. [रीप्रीव्ह] सज़ा की कार्रवाई स्थगित कर देना या उसमें विलंब करना

प्रविष्ट रोगी–पु.(इनडोर पेशेंट) अंतर्वासी रोगी

प्रविष्टि–स्त्री. [एंट्री] दर्ज करते की क्रिया

प्रवृत्ति–स्त्री. बहाव, झुंकाव आसक्ति

प्रवेग–पु. [टेंपो] अधिक वेग

प्रवेश–पु. भीतर जाना, अभिज्ञता

प्रवेशरोधन – पु. [पिकेटिंग] धरना

प्रवेशिका–स्त्री. [प्राइमर] प्रारं. भिक पुस्तक

प्रवेशिका परीक्षा–स्त्री. [एंट्रेंस इग्ज़ामिनेशन] हाई स्कूल की परीक्षा

प्रशंसक–वि., पु. प्रशंसा करनेवाला

प्रशंसनीय –वि. प्रशंसा करने योग्य, स्तुत्य

प्रशंसाघोष – पु. [एप्लॉज] प्रशंसासूचक ध्वनि

प्रशस्ति–स्त्री. प्रशंसा, सरनामा

प्रशस्तिगाथा–स्त्री.प्रशंसात्मक गीत

प्रशस्तिपत्र–पु. आज्ञापत्र, लेख-पत्र

प्रशासक–पु. [एडमिनिस्ट्रेटर] शासन करनेवाला

प्रशासन–पु. [ऐडमिनिट्रेशन] शासन

प्रशासनीय कृत्य–पु. [ऐडमिनिस्ट्रेटिव फ़ंक्शंस] राज्य के प्रशासन से संबंध रखने वाले काम

प्रशिक्षण–पु. ट्रेनिंग

प्रशिक्षण महाविद्यालय–पु. ट्रेनिंग कालेज

प्रशिक्षण विद्यालय – पु. नार्मल स्कूल

प्रशिक्षणार्थी–पु. [ट्रेनी] वह जो प्रशिक्षण पा रहा हो

प्रशिक्षित – वि. [ट्रेंड] जिसने किसी व्यवसाय, कला आदि की क्रियात्मक शिक्षा पायी हो

प्रशुल्क–वि. [टैरिफ़] आयात निर्यात कर

प्रशुल्कमंडल–पु. [टैरिफ़बोर्ड] आयात-निर्यात की सलाहकार समिति

प्रश्नावली–स्त्री. [एक्सरसाइज़] प्रश्न-सूची, प्रश्नावली-पत्रक

प्रश्नावली-पत्रक – पु. [क्वेश्चनेयर] लिखित प्रश्नों का समूह

प्रश्नोत्तरी–स्त्री. [कैटेकिज़्म] वह पुस्तक जिसमें कोई विषय प्रश्नों तथा उनके उत्तरों के रूप में समझाया गया हो

प्रसंग–पु. लगाव, प्रकरण, समागम

प्रसन्न–वि. संतुष्ट, खुश, कृपालु

प्रसव–पु. बच्चा जनना

प्रसवगृह – पु. बच्चा जनने का घर

प्रसवावकाश – पु [मैटरनिटी लीव] प्रसूत्यवकाश

प्रसवोत्तरकाल–पु. [पोस्टनेटल पीरियड] शिशु को जन्म दे चुकने के बाद की जननी की स्थिति

प्रसादन – पु. [प्रोपिशियेशन] संतुष्ट कर अपने अनुकूल बनाना

प्रसादपर्यंत–अ. [ड्यूरिंग दि प्लेज़र ऑफ़] (राष्ट्रपति आदि) जब तक चाहें तब तक

प्रसाधन–पु. [टाइलेट] श्रृंगार, श्रृंगार की सामग्री

प्रसाधन द्रव्य – **पु., प्रसाधन सामग्री**–स्त्री. [टाइलेट] श्रृंगार में काम आनेवाली वस्तुएँ

प्रसारण – पु. [ब्रॉडकास्टिंग] फैलाने की क्रिया

प्रसारित – वि. [ब्रॉडकास्ट] फैलाया हुआ

प्रसाविका–स्त्री. [मिडवाइफ़] प्रसव करानेवाली स्त्री

प्रसिद्ध–वि. ख्यात, मशहूर

प्र सूति–स्त्री. प्रसव, उत्पत्ति, संतान

प्रसूति-कल्याण-कार्य–पु. [मैटरनिटी वेलफ़ेयर वर्क] मातृ कल्याण-कार्य

प्रसूत्यवकाश – पु. (मैटरनिटी लीव] दे. 'प्रसवावकाश'

प्रस्तर–पु. पत्थर

प्रस्तर-मुद्रण–पु. लिथोग्राफ़

प्रस्तर-युग – पु. [स्टोन एज] पाषाण-युग

प्रस्तार–पु. फैलाना; [परम्यूटेशन] वस्तुओं, अक्षरों, अंकों आदि को भिन्न-भिन्न प्रकार से पंक्तियों या क़तारों में रखना

प्रस्ताव–पु. सभा के सामने विचार के लिए रखी हुई बात [आधु.]

प्रस्ताव-विवाद-नियंत्रण – पु. [गिलोटिन ए मोशन] किसी विधेयक आदि के संबंध में विरोधियों द्वारा अनावश्यक बाधा डाली जाने पर अध्यक्ष का समय निर्धारित कर उसे इस प्रकार नियंत्रित करना जिसमें समय बीतने के पहले ही उसके स्वीकृत या अस्वीकृत होने का निश्चय हो जाय

प्रस्तावना–स्त्री. आरंभ; [प्रीएंबिल] प्रारंभिक भाग, प्राक्कथन

प्रस्तुत–वि. प्रासंगिक, उपस्थित, तैयार; पु. छिड़ा हुआ विषय

प्रस्तुतांगगृह-निर्माणशाला–स्त्री. [प्रीफैब्रिकेटेड हाउस फैक्टरी] वह कारख़ाना जहाँ मकान के अलग-अलग हिस्से पहले से तैयार किये जाएँ

प्रस्थान–पु. रवानगी, कूच, मरण

प्रस्थापक–पु. [प्रपोज़र] प्रस्ताव रखने या सामने लाने वाला

प्रस्थापना – स्त्री. [प्रपोज़ल] कोई प्रस्ताव लाना

प्रस्थापित – वि. प्रेपित, आगे बढ़ाया हुआ

प्रस्थापित करना–स. क्रि. [टु प्रपोज़] (विधानसभा आदि मे) कोई प्रस्ताव रखना

प्रस्वीकृत–वि. [रिकॉगनाइज़्ड] जिसे अधिकृत रूप से मान लिया हो

प्रस्वीकृति–स्त्री. [रिकॉगनिशन] मान्यता
प्रस्वेदन–पु. [फ़ोमेंटेशन] वाष्पतापन
प्रहसन–पु. जोर की हँसी, हास्य रस-प्रधान रूपक
प्रांतीयता–स्त्री. अपने प्रांत के प्रति मोह या पक्षपात
प्राइवेट – वि. (अं.) निजी, आपसी, ग़ैर–सरकारी
प्राइवेट सेक्रेटरी–पु. निजी सचिव
प्राकृतिक–वि. कुदरती, लौकिक, असार
प्राकृतिक चिकित्सा – स्त्री. प्राकृतिक उपायों पर आधारित चिकित्सा-पद्धति
प्राक्–वि. अगला
प्राक्कथन–पु. भूमिका, प्रस्तावना
प्राक्कलन–पु. [एस्टिमेट] अनुमान लगाना
प्रागैतिहासिक–वि. इतिहास में वर्णित काल के पूर्व का
प्राग्विभाजन-भुगतान–पु. [प्रीपार्टीशन पेमेंट्स] भारत का विभाजन होने के पहले किया गया ऋण आदि का भुगतान
प्राचीन–वि. पहले का, पुराना
प्राचीर – पु. परकोटा. चहार दीवारी
प्राण–पु. वायु, साँस, जीवन, गंधरस
–डालना–सजीव बनाना
–देना–मरना
–लेना–मार डालना
–पर बीतना – प्राण संकट में पड़ना
प्राणघातक–पु. मार डालनेवाला
प्राणत्याग–पु. मुत्यु, आत्महत्या
प्राणदंड–पु. मौत की सज़ा
प्राणवियोग–पु. मृत्यु
प्राणहीन–वि. निर्जीव
प्राणायाम – श्वास-प्रश्वास की वायुओं का नियमन
प्राणी–वि. प्राणवान् ; पु. जीव-जंतु
प्रातः–पु. सबेरा; अ. सबेरे
प्रातःस्मरणीय–वि. पुण्यचरित
प्राथमिक–वि. पहली बार घटित होनेवाला
प्राथमिकता–स्त्री. [प्रायॉरिटी] प्राथमिक होने का भाव
प्राथमिकता-सूची–स्त्री. [प्रायोरिटी लिस्ट] विषयों आदि की सूची जिसमें सबसे महत्त्वपूर्ण तथा आवश्यक प्रश्नों को प्रायमिकता देने का विशेष ध्यान रखा गया हो
प्रादेशिक–वि. प्रदेश का
प्रादेशिक सेना–स्त्री. [टेरिटोरियल आर्मी] किसी विशेष प्रदेश या क्षेत्र में (नागरिकों की) सेना
प्राधिकरण–पु. [अथॉरिज़ेशन] अधिकार प्रदान करना
प्राधिकार–पु. [अथॉरिटी] कोई काम करने, आदेश देने आदि का

अधिकार

प्राधिकारी–पु. [अथॉरिटी] वह जिसे प्राधिकार प्राप्त हो (प्राधिकारीवर्ग–अथॉरिटीज़)

प्राधिकृत–वि. जिसे विधि-विहित अधिकार प्राप्त हो

प्राधिकृत अभिकर्ता–पु. [अथॉराइज़्ड एजेंट] वह अभिकर्ता जिसे विधि-विहित अधिकार प्राप्त हो

प्राधिकृत पूँजी–स्त्री. [अथॉराइज़्ड कैपिटल] पूँजी जिसकी स्वीकृति विशेष प्राधिकारी से ली गयी हो

प्राध्यापक–पु. [लेक्चरर, प्रोफ़ेसर] किसी महाविद्यालय आदि का उच्च श्रेणी का अध्यापक

प्रानुमतिपत्र–पु. परमिट

प्रापक–पु. [पेयी] पानेवाला

प्राप्त–वि. पाया हुआ, लब्ध

प्राप्ताधिकार–पु. [प्रिविलेज] विशेष अधिकार या सहूलियत

प्राप्तानुज्ञ – वि. [लाइसेंस्ड] जिसे अनुज्ञा-पत्र दिया गया हो; पु. [लाइसेंसी] वह व्यक्ति जिसे अनुज्ञापत्र दिया गया हो

प्राप्ति–स्त्री. पाया जाना, फला-गम

प्राप्तिकर्ता – पु. [रीसिपियेंट] वह जिसे कोई वस्तु प्राप्त हो

प्राभिकर्ता–पु. [एटर्नी] मुख़्तार

प्राभियोक्ता–पु. [प्रॉसीक्यूटर] किसी के विरुद्ध कोई मामला चलानेवाला

प्राभियोक्ता पक्ष–पु. [प्रॉसीक्यूशन] वह पक्ष जिसकी ओर से मामला न्यायालय में चलाया गया हो

प्राभियोजन–पु. [प्रॉसीक्यूशन] किसी के विरुद्ध कोई अभियोग या मामला चलाना

प्रामंडलिक–वि. [डिवीज़नल] प्रमंडल का या प्रमंडल-संबंधी

प्रामाणिक–वि. प्रमाण-संबंधी, प्रमाण रूप

प्रामिसरी – वि. (अं.) जिसमें किसी बात की प्रतिज्ञा की गयी

प्रामिसरी नोट – पु. ऋणदाता को दिया गया प्रतिज्ञापत्र

प्रारूप–पु. [ड्राफ़्ट] मसौदा

प्रारूपकार –पु. [ड्राफ़्ट्समैन) प्रारूप तैयार करनेवाला

प्रार्थना–स. क्रि. प्रार्थना करना; स्त्री. किसी से कुछ माँगना

प्रार्थनापत्र–पु. अरज़ी

प्रार्थी–वि. प्रार्थना करनेवाला

प्रालेख–पु. [ड्राफ़्ट] दे. 'प्रारूप'

प्राविधिक – वि. [टेकनिकल] तकनीकी

प्राविधिक आपत्ति–स्त्री. [टेकनिकल आब्जेक्शन] नियम, प्रविधि आदि के अननुपालन के आधार पर की गयी आपत्ति

प्राविधिज्ञ–पु. टेकनीशियन

प्रिंसिपल–पु. (अं.) बिद्यालय का

सर्वोच्च अध्यापक, मूलधन
प्रिय–वि. प्यारा, मनोहर; पु. प्रेमी
प्रियतम-वि. सबसे अधिक प्यारा; पु. पति, प्रेमी
प्रियतमा–वि. स्त्री. सबसे अधिक प्यारी; स्त्री. प्रेमिका
प्रीति–स्त्री. प्रसन्नता, प्यार, कृपा
प्रीतिभोज–पु. वह भोज जिसमें मित्र तथा सगे-संबंधी सद्भाव से सम्मिलित हों
प्रीति-सम्मेलन – पु. [सोशल गैदरिंग] स्नेह-सम्मेलन
प्रूफ़–पु. (अं.) सबूत, छपाई के पहले छपनेवाली वस्तु का नमूना
प्रूफ़रीडर–पु. प्रूफ़ की अशुद्धियाँ ठीक करनेवाला
प्रेत–वि. मृत; पु. मृतात्मा
प्रेम–पु. प्यार, कृपा, कीड़ा
प्रेमपात्र – पु. वह जिसके प्रति प्रेम हो
प्रेमालाप–पु. प्रेमपूर्वक बातचीत
प्रेमालिंगन–पु. गले लगाना
प्रेरणा–स्त्री. प्रवृत्त करने की क्रिया
प्रेषण–पु. भेजना
प्रेषणकर्मी–पु. [डिस्पैचर] डाक प्रेषक
प्रेषणपुस्तक–स्त्री. डिस्पैच बुक
प्रेषणादेश पत्र–पु. आर्डर फ़ार्म
प्रेषिती–पु. [ऐड्रेसी] पानेवाला
प्रेष्यवस्तु-आलेखन–पु. बुकिंग
प्रेस–पु. (अं.) छापाख़ाना
प्रेस ऐक्ट–पु. प्रेस-संबंधी क़ानून
प्रेस गैलरी – स्त्री. अख़बारों के रिपोर्टरों के बैठने की जगह
प्रेसरिपोर्टर–पु. संवाददाता
प्रोक्ति–स्त्री. [कोटेशन] उद्धरण
प्रोग्राम–पु. (अं.) कार्यक्रम
प्रोद्धरण–पु. [साइटेशन] उद्धृत करना
प्रोद्भूत होना–अ.क्रि. [टु एक्रू] (पूँजी पर ब्याज आदि) निकलना
प्रोनोट–पु. (अं.) पुरनोट, हैंडनोट
प्रोफ़ेसर–पु. (अं.) बड़े विद्यालय का अध्यापक
प्रौद्योगिक शिक्षा–स्त्री. [टेकनीकल एजुकेशन] कला या व्यवसाय संबंधी शिक्षा
प्लावनिक–वि. (डाइलूवियल] महाप्लावन या प्रलय से संबंध रखनेवाला
प्लैटफ़ार्म–पु. (अं.) मंच, रेलवे स्टेशन का बड़ा चबूतरा

फ

फ–देवनागरी का बाईसवाँ व्यंजन वर्ण
फंदा–पु. फाँस, जाल, धोखा, कष्ट
–छुड़ाना–क़ैद से रिहा करना

फँसाना–स. क्रि. फंदे में लाना, उलझाना

फ़क़त–वि. (अ.) अकेला, केवल; अ. एकमात्र

फ़क़ीर–पु. (अ.) भिखारी, मुसलमान साधु, अकिंचन मनुष्य

फ़क़ीरी लटका–पु. जड़ी-बूटी

फक्कड़–पु. अकिंचन होते हुए भी मस्त व्यक्ति

फगुनहट–स्त्री. फागुन की धूल-भरी हवा

फ़ज़ीहत–स्त्री. (अ.) अपमान, बदनामी

फटकरना – स. क्रि. फटकना, फेंकना

फटकार–स्त्री. लानत-मलामत

फटकारना–स. क्रि. लानत-मलामत करना

फटना–अ. क्रि. विदीर्ण होना, दरार पड़ जाना

फड़कना–अ. क्रि. स्फुरित होना

फड़क उठना–प्रसन्न होना

फड़वाना–स. क्रि. फाड़ने का काम कराना

फ़तवा–पु. (अ.) मुल्ला द्वारा दी गई व्यवस्था

फ़तह–स्त्री. (अ.) विजय, काम याबी

फतिंगा–पु. पतंग, परवाना

फ़तूही – स्त्री. (अ.) बिना आस्तीन की कुरती

फ़ना–स्त्री. (अ.) विनाश, मृत्यु; वि. नष्ट, मृत

फफूँद–स्त्री. भुकड़ी

फफूँद-विज्ञान – पु. [माइकोलाजी] भुकड़ी लगने के कारणों आदि पर विचार करने की विद्या

फफोला–पु. छाला, आबला

फबती–स्त्री. चुटीली बात

–उड़ाना या कसना–चुटीली बात कहना

फबना–अ. क्रि. शोभा देना

फ़रज़ी–पु. (फ़ा.) शतरंज का वज़ीर

बनाना–पैदल का वज़ीर के ख़ाने में पहुँचकर वज़ीर बन जाना

फ़रमा–पु. (अं. 'फ्रेम') छपने के लिए तैयार मैटर

फ़रमाइश–स्त्री. आज्ञा रूप में कुछ माँगना

फ़रमान – पु. (फ़ा.) आज्ञा, आर्डिनेंस

फ़रमाना–स. क्रि. कहना, आज्ञा करना

फ़रलाँग–पु. (अं.) दूरी की एक माप, 220 गज़

फ़रशी–स्त्री. (फ़ा.) गुड़गुड़ी

फ़रशी सलाम–पु. बहुत झुककर किया जानेवाला सलाम

फरहरा–पु. पताका

फ़रार–वि. भागा हुआ

फ़रियाद–स्त्री. (फ़ा.) दुहाई, नालिश

फ़रीक़–पु. (अ.) पक्ष

फ़रेब–पु. (फ़ा.) छल, धोखा
फ़रोख़्त – स्त्री. (फ़ा.) बिक्री, बेची
फ़र्क़ – पु. (अ.) अन्तर, दूरी, भिन्नता
फ़र्ज़–पु. कर्तव्य कर्म
–अदा करना–कर्तव्य का पालन करना
–करना–मानना, कल्पना करना
फ़र्ज़ी–वि. ख़याली, काल्पनिक
फ़र्द–वि. अकेला; स्त्री. सूची; पु. व्यक्ति
फ़र्श–पु. (अ.) बिछावन, पक्की की हुई ज़मीन
फल–पु. पेड़-पौधों का गूदेदार बीजकोश, नतीजा
–आना–पेड़ में फल लगना
फलपरिरक्षण – पु. [प्रिज़र्वेशन ऑफ़ फ्रूट्स] फलों को क्षतिग्रस्त होने, सड़ने आदि से बचाना
फलप्राप्ति–स्त्री. अभीष्ट सिद्धि
फलक–पु. लकड़ी का तख़्ता, चित्र का आधार
फलना–अ. क्रि. फलयुक्त होना
–फूलना – सुख-सौभाग्ययुक्त होना
फ़लाँ–वि. (अ.) अमुक; पु. लिंग
फ़लालैन–पु. (अं.'फ्लैनेल') एक तरह का मुलायम ऊनी कपड़ा
फलित–वि. फलीभूत
फलित ज्योतिष–पु. ज्योतिष का वह अंग जो ग्रह-नक्षत्रों की गति से शुभाशुभ बताता है
फ़सल–स्त्री. खेती की पैदावार, मौसम
–की चीज़–ऋतु-विशेष में पैदा होनेवाले फल
फ़सली–वि. फ़सल का, मौसमी
फ़सली बुख़ार–पु. मौसमी बुख़ार, जूड़ी, मलेरिया
फ़सली सन्, फ़सली साल – पु. अकबर द्वारा हिजरी सन् में कुछ परिवर्तन कर चलाया हुआ सन्
फ़साद–पु. (अ.) बिगाड़, झगड़ा, लड़ाई
फ़स्ल – स्त्री. (अ.) खेती की पैदावार
फहराना–अ. क्रि. हवा में हिलना; स. क्रि. उड़ाना
फाँक–स्त्री. फल आदि का टुकड़ा
फाँकना–स. क्रि. फंका मारना
फाँसना–स. क्रि. फंदे में कसना, हाथ में करना
फाँसी–स्त्री. रस्सी का जानलेवा फंदा
–चढ़ना–फाँसी चढ़ाया जाना
फ़ाइल–स्त्री. (अं.) सिलसिलेवार रखे हुए काग़ज़
–करना – मिसिल में शामिल करना
फ़ाक़ा–पु. (अ.) भूखा रहना
फाग–पु. होली, फागुन में गाया जानेवाला गीत
फागुन–पु. होली का महीना
फ़ाज़िल–वि. (अ.) बढ़ा हुआ

फाटक–पु. बड़ा दरवाज़ा
फाड़ना–स. क्रि. चीरना, टुकड़े करना
फाड़ ख़ाना– झल्लाना, काटने दौड़ना
फ़ानूस–पु. (फ़ा.) एक तरह का शमादान
फ़ायदा–पु. (अ.) लाभ, नतीजा, गुण
फ़ारस–पु. (अ.) ईरान, पारस
फ़ारसी–स्त्री. फ़ारस की भाषा; वि. फ़ारस की; पु. फ़ारस का रहनेवाला
फ़ार्म–पु. (अं.) आकृति, नमूना, साँचा, छपने के लिए तैयार मैटर, जुज़
फ़ालतू–वि. फ़ाज़िल, बेकार
फ़िक़रा–पु. चुस्त जुमला
फ़िक्र–स्त्री. (अ.) सोच, परवाह, यत्न
फ़ितरत–स्त्री. (अ.) स्वभाव, सृष्टि, चालाकी
फ़िदा–वि. (अ.) मुग्ध, आसक्त
–होना–आशिक़ होना
फ़िरंगी–पु. यूरोपियन
फिर–अ. पीछे, अनतर
फिरना–अ. क्रि. घूमना, मुड़ना, फेरा या चलाया जाना
फ़िराक़–पु. (अ.) वियोग, जुदाई
फिराना–स. कि. इधर-उधर चलाना, चक्कर खिलाना
फ़िलहाल–अ. तत्काल, अभी, इस समय
फिसड्डी–वि. निकम्मा
फिसलन – स्त्री. फिसलने की क्रिया
फिसलना–अ. क्रि. सरकना; वि. फिसलन वाला
फ़िहरिस्त – स्त्री. (अ.) सूची, फ़र्द
फ़ी–अ. (अ.) में, प्रति, हर पीछे
फ़ीकस–अ. प्रति व्यक्ति, आदमी पीछे
फ़ी सैकड़े–अ. सैकड़े के पीछे
फीका–वि.बेमजा, बेअसर, व्यर्थ
फ़ीस–स्त्री. (अं.) शिक्षा-शुल्क, मेहनताना
फुंसी–स्त्री. छोटी फुड़िया
फुंज़ूल – वि. (फ़ा.) ज़्यादा, अनावश्यक
फ़ुज़ूलख़र्च–वि. अपव्ययी
फुट–पु. (अं.) लंबाई की एक माप जो १२ इंच की होती है
फुटकर, फुटकल–वि. फुट, खुर्दा, विविध
फुटबाल–पु. (अं.) पाँव से खेलने की गेंद
फुदकना–अ. क्रि. उछलते हुए चलना कूदना
फुरसत–स्त्री. (अ.) अवकाश, इतमीनान
फुल–पु. 'फूल' का केवल समास में व्यवहृत रूप
फुलाना–स. क्रि. हवा भरकर फैलाना; अ. क्रि. फूलना
फूँकना–स. क्रि, फूँक मारना

फूँक–फूँककर क़दम रखना–बहुत सावधानी से काम करना
फूट–स्त्री. बिगाड़, विरोध
–फूटकर रोना–बिलख-बिलखकर रोना
फूटना–अ. क्रि. भग्न होना, फटना, उगना
फूल–पु. खिली हुई कली, पुष्प, बेल-बूटा, एक मिश्र धातु
–आना–फूल लगना
–के काँटे में तुलना–बहुत सुकुमार होना
फूलना – अ. क्रि. फूल आना, सूजना, नाराज़ होना
फूले न समाना–खुशी में आपे से बाहर हो जाना
फेर–पु. घुमाव, परिवर्तन, भ्रम, अंतर
–में पड़ना–नुक़सान उठाना
फेर-बदल–पु. तबदीली
फेरवट–स्त्री. घुमाव, पेच, अंतर धूर्तता
फेरी–स्त्री. फेरा, गश्त
फैलना – अ. क्रि. अधिक स्थान घेरना, पसरना
फैलाना–स. क्रि. विस्तार करना, बिछाना
फ़ैशन–पु. (अं.) ढंग, कपड़े आदि का प्रचलित ढंग
फ़ैसला–पु. (अ.) निर्णय, निश्चय
फोटो–पु. (अं.) छायाचित्र, अक्स
फोटोग्राफर–पु. फोटो उतारनेवाला
फोड़ना–स. क्रि. तोड़ना, टुकड़े करना
फोड़ा–पु. व्रण, बड़ी फुंसी
फ़ोता–पु. (अ.) थैली, अंडकोष
फोनोग्राफ–पु. (अं.) ग्रामोफोन
फ़ोरमैन–पु. (अं) मुखिया, निगरानी रखनेवाला कर्मचारी
फ़ौज–स्त्री. (अ.) सेना, मजमा
फ़ौजदारी–स्त्री. मारपीट, लड़ाई
फ़ौजदारी अदालत–स्त्री. दंडव्यवस्था करनेवाला न्यायालय

ब

ब–देवनागरी का तेईसवाँ व्यंजन वर्ण
बंक–पु. (अं. 'बैंक') अधिकोष
बँगला–वि. बंगाल का ; स्त्री. बंगाल की भाषा; पु. खुली जगह में बना सुंदर छोटा हवादार मकान
बंगाली–पु. बंगाल का रहनेवाला; स्त्री. बंगला भाषा
बंजर–पु. खेती के अयोग्य ज़मीन, ऊसर
बँटना–अ. क्रि. बाँटा जाना, भाग किया जाना
बँटवाई–स्त्री. बाँटने की क्रिया या उजरत
बँटवारा–पु. विभाजन, अलगोझा

बँटाई–स्त्री. बाँटने का काम, बटाई
बंद–पु. (फ़ा.) बाँध, बंधन; वि. रुका हुआ
–बंद ढीले कर देना–थका देना, पस्त कर देना
बंदगी–स्त्री. (फ़ा.) सेवा, आराधना, नमस्कार
बंदनवार–पु. सुंदर पत्तों, फूलों आदि की झालर
बंदी–पु. क़ैदी
बंदीकोष्ठ – पु. [लॉक अप] हवालात
बंदीप्रत्यक्षीकरण – पु. [हैवियस कॉर्पस] बंदी को न्यायाधीश के सामने उपस्थित करने का लिखित आदेश
बंदूक़–स्त्री. (फ़ा.) एक प्रसिद्ध आग्नेयास्त्र
–दाग़ना–बंदूक़ चलाना
बंदोबस्त–पु. इंतज़ाम, ज़मीन का प्रबन्ध
बंधक–पु. गिरवी, क़ैद, विनिमय
बंधककर्ता – पु. [मार्टगेजर] रेहन रखनेवाला
बंधकगृहीता – पु. [मार्टगेजी] रेहनदार
बंधपत्र–पु. [बौंड] ऋणपत्र
बंधु–पु. स्वजन, भाई, संबधी
बंधु–बांधव–पु. स्वजन-संबंधी
बंध्या–स्त्री. बाँझ स्त्री या गाय
बकना–स. क्रि. बोलना; अ. क्रि. बड़बड़ाना
बक़र – पु. (अ.) गाय, बैल कुरान की एक सूरत
बक़रीद–स्त्री. मुसलमानों का एक त्योहार
बक़ाया–वि. (अ.) बचा हुआ; पु. बाक़ी बची हुई चीज़
बक़ाया लगान– पु. बाक़ी पड़ा हुआ लगान
बक़ीया–वि. (अ.) बाक़ी बचा हुआ, अवशिष्ट
बक्स–पु. बकस, संदूक़
बख़िया–पु. (फ़ा.) दुहरे टाँकों की सिलाई
–उधेड़ना–सीवन खोलना, भंडाफोड़ करना
बखेड़ा – पु. झगड़ा, झंझट, परेशानी
बख़्शिश–स्त्री. (फ़ा.) दान, देन, इनाम, क्षमा
बग़ल–स्त्री. (फ़ा.) काँख, पहलू, बगली
–गरम करना–(स्त्री का) साथ सोना, बग़ल में सोना
बग़ावत–स्त्री. (अ. राजविद्रोह, अराजकता,
बगीचा–पु. बाग, छोटा बाग
बचपन–पु. लड़कपन, बालावस्था
बचाव–पु. आत्मरक्षा, सफ़ाई (अभियोग से)
बच्चा–पु. नवजात शिशु, लड़का; वि. नादान
–(च्चों) का खेल–बहुत आसान काम

बच्चादानी–स्त्री. गर्भाशय

बजट–पु. (अं.) आय-व्यय का तख़्मीना, आय-व्ययक

बजना–अ. क्रि. ध्वनि उत्पन्न होना

बजरी–स्त्री. कंकड़ी, ओला, बाजरा

बज़ाज़ा–पु. कपड़ों का बाज़ार

बजाना–स. कि. बाजे से आवाज़ निकालना

बटखरा–पु. बाट, तौलने का लोहे आदि का टुकड़ा

बटन–पु. (अं.) बुताम, बिजली का खटका

बटना–स. क्रि. सूत, धागे के रेशों आदि को तागा, डोरी, रस्सी आदि बनाने के लिए मिलाकर ऐंठना

बटालियन–पु. (अं.) पैदल सेना का एक विभाग

बटेर–स्त्री. तीतर से मिलती-जुलती एक चिड़िया

बटेरबाज़ी–स्त्री. बटेर पालना, लड़ाना, इसका व्यसन

बट्टा–पु. दलाली, कमी, घाटा

बट्टाखाता–पु. हानि या घाटे का खाता

बड़प्पन–पु.बड़ाई, महत्ता, गौरव

बड़बड़ाना–अ. क्रि. बकबक करना

बड़वाग्नि–स्त्री. समुद्रस्थित अनल

बड़ा–वि. लंबा-चौड़ा, उम्र में अधिक, भारी महत्त्ववाला

–(ड़े) बोल का सिर नीचा–घमंडी को नीचा देखना पड़ता है

बड़ा आदमी–पु. प्रतिष्ठावाला

बड़ा घराना–पु. ऊँचा घराना

बड़ा दिन – पु. [क्रिसमस डे] 25 दिसम्बर का दिन

बड़ा बाबू–हेड क्लर्क

बड़ाई–स्त्री. बड़प्पन, प्रशंसा

बढ़ती–स्त्री. बढ़ने का भाव, वृद्धि, अधिकता

बढ़ना–अ. क्रि. वृद्धि होना, आगे जाना

बढ़-चढ़कर बोलना–डींग मारना

बढ़िया–वि. अच्छा, अच्छी क़िस्म का

बताना–स. क्रि. कहना, सूचित करना

बतीसी–स्त्री. बत्तीसों दाँत

–खिलना–खुलकर हँसना

बद–वि. (फ़ा बुरा, अशुभ

बदअमनी–स्त्री. अशांति, उपद्रव

बदइंतज़ामी–स्त्री. कुप्रबंध

बदकारी–स्त्री. कुकर्म, दुराचार

बदन–पु. (फ़ा.) शरीर, देह

–में आग लगना–बहुत क्रोध होना

बदना–स. क्रि. ठहराना

बदनाम–वि. लोग जिसकी निंदा करते हों

बदल–पु. (अ.) फेरफार, बदला

बदलना–अ. क्रि. भिन्न होना, बात से हटना

बदलवाना–स. क्रि. बदलने का काम दूसरे से कराना

बदला–पु. प्रतिकार
बदलाई–स्त्री. बदलने की क्रिया
बदली–स्त्री. छाये हुए बादल, घटा
बदसूरत–वि. कुरूप
बदहाल–वि. दुर्दशाग्रस्त
बदी–स्त्री. कृष्णपक्ष; फ़ा.बुराई
बधाई–स्त्री. उत्सव, मुबारकबाद
बनना–अ. क्रि. बनाया जाना, सुधरना, सजना
बना रहना–क़ायम रहना
बनाना–स. क्रि. रचना, नया रूप देना, उपहास करना
बनावट – स्त्री. बनाने का भाव, आडंबर
बनावटी–वि. दिखाऊ, कृत्रिम, नक़ली
बनिया–पु. वैश्य, आटा-दाल आदि बेचनेवाला
बपतिस्मा–पु. (अं. 'बैप्टिज़्म') ईसाई संस्कार
बपौती–स्त्री. पैतृक संपत्ति
बम–पु. (अं.'बॉम') बारूद-गोला
बमकांड–पु. बम का प्रहार, विस्फोट
बमवर्षक, बमवर्षी–पु. [बमर] प्रस्फोटों की वर्षा करनेवाला हवाई जहाज़
बयान–पु. (अ.) कथन, वक्तव्य
बयाना–पु. साई
बयाबान – पु. (फ़ा.) जंगल, उजाड़ खंड
बरकत–स्त्री. (अ.) वृद्धि, लाभ, प्रसाद
बरतना–स. क्रि. काम में लाना
बरताव–पु. बरतने का ढंग, व्यवहार
बरबस–अ. ज़बर्दस्ती, अकारण, व्यर्थ
बरमा–पु. लकड़ी में छेद करने का औज़ार, ब्रह्मदेश
बरवट–स्त्री. तिल्ली
बरस–पु. वर्ष
बरस पड़ना–बहुत क्रुद्ध होकर फटकारना
बरसगाँठ–स्त्री.जन्म-दिवस
बरसना–अ. क्रि. वर्षा होना, इफ़रात से मिलना
बरसात–स्त्री. वर्षा ऋतु
बरसाती–वि. बरसात का; पु. वाटर प्रूफ़
बरात–स्त्री. वर के साथ कन्यापक्ष के यहाँ जानेवाले लोग, दूल्हा की सवारी का जुलूस
बराबर–वि. (फ़ा.) समान, समतल ; अ. लगातार
बराबरी–स्त्री. समानता, प्रतिस्पर्धा, गुस्ताख़ी
बरामद–पु. (फ़ा.) निकलना, प्रकट होना
बरामदा–पु. (फ़ा.) सायबान
बरौनी–स्त्री. पलक के किनारे के बाल
बर्फ़–स्त्री. (फ़ा.) जमा हुआ पानी

बर्फ़ीला–वि. बर्फ़ से युक्त, बर्फ़ से ढका हुआ

बर्बर–वि. असभ्य, जंगली

बल–पु. शरीर की शक्ति, भरोसा

बलग़म–पु. (अ.) कफ, श्लेष्मा

बलवा–पु. दंगा, बग़ावत

बलवाई–पु. बलवा करनेवाला, विद्रोही

बलशाली–वि. बलयुक्त, बली

बला–स्त्री. (अ.) कष्ट, रोग, व्याधि

–का–ग़ज़ब का, हद दरजे का

–पीछे लगना–बखेड़ा साथ होना

बलात्–अ. ज़बर्दस्ती

बलात्कार–पु. अत्याचार, बलपूर्वक किया जानेवाला संभोग

बलात् सत्तापहरण–पु. [कूडेटा] शासनिक विपर्यय

बलाद्ग्रहण–पु. [एग्जैक्शन] रुपया-पैसा आदि किसी से बलपूर्वक ले लेना

बलादवतरण–पु. [फोर्स्ड लैंडिंग] हवाई जहाज़ का हठात् भूमि पर उतर पड़ना

बलादवतरित – वि. [फोर्स्ड लंडेड] (वह विमान) जिसे बाध्य होकर भूमि पर उतरना पड़े

बलि–स्त्री. देवता को चढ़ायी जानेवाली चीज़

–चढ़ाना–बलि देना

–जाना–निछावर होना

बलिदान–पु. कुरबानी

बलिहारी–स्त्री. निछावर होना, कुर्बान जाना

बल्कि–अ. (फ़ा.) किंतु, अच्छा हो कि

बल्ब–पु. (अं.) बिजली का लट्टू

बल्ला–पु. गेंद मारने का चपटा डंडा, बैट

बल्लेबाज़–पु.[बैट्समैन] क्रिकेट के खेल में वह खिलाड़ी जो अपनी ओर आते हुए गेंद पर प्रहार करता है और अवसर देखकर 'रन' बनाने के लिए एक विकेट से दूसरे विकेट की ओर दौड़ता है

बल्लेबाज़ी – स्त्री. [बैट्समैनशिप] बल्ले से गेंद पर प्रहार करने की क्रिया या कला

बवंडर–पु. बगूला, अंधड़

बवासीर–स्त्री. एक रोग जिसमें गुदा में मस्से पैदा हो जाते हैं

बस–पु. क़ाबू; अ. (फ़ा.) काफ़ी

बसना–अ. क्रि. स्थायी रूप से रहना

बसर–स्त्री. (फ़ा.) गुज़र, निर्वाह

बसाना–स. क्रि. आबाद करना

बसूली–स्त्री. छोटा बसूला

बसेरा–पु. रात बिताने का, स्थान

बस्ता–वि. (फ़ा.) तह किया हुआ; पु. काग़ज़-पत्र

बस्ती–स्त्री. आबादी, आबाद घरों का समूह

बहकना–अ.क्रि. पथ-भ्रष्ट होना, चूकना, धोखा खाना

बहकी–बहकी बातें करना–अंड-बंड बकना, बढ़-बढ़कर बोलना

बहकाना–स. क्रि. भ्रष्ट करना, भरमाना, बहलाना

बहना–अ. क्रि. प्रवाहित होना

बहती गंगा में हाथ धोना–ऐसी चीज़ से फ़ायदा उठाना जिससे सब उठा रहे हों

बहलना–अ.क्रि. मनोरंजन होना

बहलाना–स. क्रि. दिल ख़ुश करना, भुलावा देना

बहस–स्त्री. (अ.) वाद-विवाद, झगड़ा

बहादुर–वि. (फ़ा.) शूर-वीर, साहसी, निडर

बहादुरी–स्त्री. (फ़ा.) वीरता, मरदानगी

बहाना–स. क्रि. बहने का कारण होना ; पु. (फ़ा.) हीला, निमित्त

बहार–स्त्रीः (फ़ा.) वसंत ऋतु, खिलती हुई जवानी

–पर आना, –पर होना–जवानी पर आना, खिलना

बहाल–अ. (फ़ा.) पूर्ववत् ; वि. ज्यों का त्यों, प्रसन्न

बहाली–स्त्री. पुनर्नियुक्ति

बहिरंग–वि. बाहरी; पु. बाहरी भाग, अंग

बहिर्गमन–पु. बाहर जाना

बहिर्गमन द्वार–पु. [एग्ज़िट] बाहर निकलने का रास्ता

बहिर्वासी रोगी – पु. [आउटडोर पेशेंट] बाह्य रोगी

बहिष्कार–पु. [बायकाट] सामूहिक व्यवहार-त्याग

बहिष्कृत–वि. निकाला हुआ, परित्यक्त

बही–स्त्री. हिसाब-किताब लिखने की पुस्तक

बहीखाता–पु. हिसाब की किताबें

बहु–वि. दो से अधिक, अनेक, बहुत

बहुत – वि. अधिक, काफ़ी; अ. अधिक मात्रा में

बहुत कुछ–काफी, थोड़ा नहीं

बहुतेरा – वि. बहुत-सा; अ. बहुत-बहुत तरह से

बहुतेरे–वि. बहुत-से, अनेक

बहुभाषाज्ञ–पु. [पॉलीग्लॉट] बहुत-सी भाषाएँ जाननेवाला

बहुरंगी–वि. बहुरूपिया

बहुरूपदर्शक – पु. [कैलीडोस्कोप] एक लम्बी नली जिसमें कई तरह की सुन्दर और कलापूर्ण शकलें दिखाई देती हैं

बहुवचन–पु. एक से अधिक का बोध करानेवाली संज्ञा या क्रिया

बहुविद्–वि. बहुत बड़ा विद्वान्

बहुविद्य–वि. वर्सेटाइल] जो अनेक विद्याऐं जानता हो

बहुविवाह – पु. [पॉलिगैमी] अनेक स्त्रियों से विवाह करना

बाँक–पु. टेढ़ापन, वक्रता

बाँकपन–पु. टेढ़ापन, सुन्दरता, शौकीनी, अदा
बाँका–वि. टेढ़ा, सज-धज का, छैल-छबीला, शोख, गुंडा
बाँझ–वि. जिससे सन्तान या फल उत्पन्न न हो
बाँटना–स. क्रि. हिस्से करना
बाँधना–स. क्रि. गाँठ देना, बन्धन में लाना
बाँसुरी–स्त्री. वंशी
बाँह–स्त्री. बाहु, भुजा
–की छाँह लेना–शरण में आना
–गहना, –पकड़ना – अपनाना
बा–अ. (फ़ा.) पास, साथ
बाअदब – वि. अदबवाला; अ. विनयपूर्वक
बाइबिल – स्त्री. ईसाइयों की धर्मपुस्तक, इंजील
बाइसिकल – स्त्री. (अं.) साइकिल, पैरगाड़ी
बाक़ी–वि. (अ.) बचा हुआ, न चुकाया हुआ (पावना)
बाग–स्त्री. लगाम, रास
–उठाना–चल पड़ना
बाग़–पु. (फ़ा.) उद्यान
बाग़बान–पु. माली
बाग़बानी–स्त्री. बाग़बान का काम या पद
बाग़ी–पु. (अ.) बग़ावत करनेवाला, सरकश
बाग़ीचा–पु. (फ़ा) छोटा बाग़
बाज़– पु. (फ़ा.) एक प्रसिद्ध शिकारी चिड़िया; अ. फिर, दोबारा; वि. वंचित; प्र. संज्ञापद से संयुक्त होकर खेलनेवाला, करनेवाला का अर्थ देता है
–आना–बचना, दूर रहना
बाज़ार–पु. (फ़ा.) हाट, बाज़ार लगने का दिन
–तेज़ होना–भाव चढ़ना
–मन्दा होना–कम बिक्री होना
बाज़ी–स्त्री. (फ़ा.) खेल, कर तब, दावँ
बाज़ीगर–पु. जादू के खेल करनेवाला
बाज़ूबंद – पु. बाँह पर पहनने का एक गहना
बाट–पु. बटखरा; स्त्री. मार्ग
बाढ़–स्त्री. वृद्धि, अधिकता, सैलाब
बाण–पु. तीर
बात–स्त्री. कथन, चर्चा, वक्तव्य, मामला
–आ पड़ना–प्रसंग आना
–कहते–तुरन्त, झट
–काटना–टोकना, बात का खंडन करना
–का धनी, –का पूरा–जो कहे वह करनेवाला
–गढ़ना–झूठी बात कहना
–जाना–साख जाना, एतबार उठना
–टालना–बात न मानना
–निकलना–चर्चा चलना
बनाना–बहाना करना
–रखना–कहा मान लेना

–लगना–बात से आहत होना
बातचीत – स्त्री. वार्तालाप, गुफ़्तगू
बाद–अ. (अ.) पीछे, अनन्तर
बादल–पु. मेघ
–घिरना–मेघों का छाना
बादशाह–पु. (फ़ा.) राजा, ताश का एक पत्ता
बाधक–पु. बाधा करनेवाला
बाधा–स्त्री. अड़चन, कष्ट, भय (प्रेत-बाधा)
बाना–पु. पहनावा, रीति, चाल
बाप–पु. पिता, जनक
–की चीज़ समझना – अपनी मिल-कीयत समझना
–दादा का नाम डुबाना–कुल की प्र-तिष्ठा मिटाना
–दादा से–पीढ़ियों से
बाबू–पु. क्लर्क (बड़े बाबू, हेड क्लर्क)
बायलर–पु. (अं. 'ब्वायलर') इंजन का वह भाग जहाँ भाप तैयार करने के लिए पानी खौलाया जाता है
बायस्कोप–पु. (अ.) परदे पर चल-ते-फिरते चित्र दिखलानेवाला एक यंत्र
बारंबार–अ. फिर-फिर, कई बार
बार–पु. (फ़ा.) बोझ; स्त्री. दफ़ा, मर्तबा
बारनिश–स्त्री. (अं.) एक तरह का रोग़न
बारह–वि. दस से दो अधिक; पु. दस और दो की संख्या
–बाट करना–तितर-बितर करना
बारहमासी–वि. सदाबहार
बारिश–स्त्री. (फ़ा.) वर्षा, मेह, बरसात
बारीक–वि. (फ़ा.) महीन, सूक्ष्म, गूढ़
बारूद–स्त्री. शोरे, गंधक और कोयले का बारीक चूर्ण
बारूदख़ाना–पु. बारूद या गोली बारूद का भंडार
बाल–स्त्री. दाने के गुच्छे; पु. बच्चा, केश, रोआँ; वि. नासमझ
–बाँका होना – कष्ट, चोट पहुँचाना
–बाल बचना – विपद् में पड़ते-पड़ते बच जाना
बालक–पु. बच्चा, नाबालिग़, अनजान
बालकपन–पु. बचपन, नासमझी
बालकमानी – स्त्री. घड़ी की बारीक कमानी
बालकाल–पु. बचपन, बाल्य
बालचर–पु. ब्वाय स्काउट
बालना–स. क्रि. जलाना
बालपन–पु. बचपन
बालम–पु. पति, प्रेमी
बालबच्चे–पु. लड़के-बाले, संतान
बालविधवा–स्त्री. छोटी उम्र में ही विधवा हो जानेवाली स्त्री

बालविवाह–पु. छोटी उम्र का ब्याह
बाला–पु. कान का एक गहना; स्त्री. 16 वर्ष से कम उम्र की युवती
बालिका–स्त्री. छोटी लड़की
बालिग़ – वि. बयःप्राप्त ; पु. सयाना आदमी
बालू–स्त्री., पु. रेत
–की भीत–क्षणभंगुर वस्तु
बावरची–पु. रसोइया
बावला–वि. पागल, सिड़ी
बास–पु. निवास; स्त्री. गंध
बासी–वि., पु. रहनेवाला; वि. देर का पका हुआ, कुम्हलाया हुआ
–कढ़ी में उबाल आना–बुढ़ापे में जवानी का जोश जगना
बाहर–अ. अंदर का उलटा, अलग, दूर
बाहर-भीतर–अ. अंदर और बाहर
बिकना–अ. क्रि. बेचा जाना
विकराल–वि. भयंकर, भीषण
बिकवाना–स. क्रि. बेचने का काम करना
बिकाऊ–वि. जो बेचा जानेवाला हो
बिखरना–अ. क्रि. तितर-बितर होना, फैल जाना
बिखेरना–स. क्रि. तितर-बितर करना, फैलाना
बिगड़ना–अ. क्रि. खराब होना, बुराई के रास्ते पर जाना, नष्ट होना
बिगड़े दिल – वि. बदमिज़ाज, लड़ाका
बिगाड़–पु. ख़राबी, अनबन, झगड़ा
बिगाड़ना–स. क्रि. ख़राब करना, बहकाना, बुरी आदत लगाना
बिगुल–पु. (अं.) तुरही के ढंग का बाजा
–बजना–कूच करने आदि का आदेश होना
बिचलना–अ. क्रि. विचलित होना, मुकरना
बिचलाना–स. क्रि. विचलित करना, तितर-बितर करना
बिच्छू–पु. एक ज़हरीला जंतु
बिछाना–स. क्रि. बिस्तर लगाना
बिछुआ, बिछुवा–पु. पाँव का एक गहना
बिछुड़ना–अ. क्रि. साथ छूटना, वियोग होना
बिछोह–पु. वियोग, जुदाई
बिजली–स्त्री. विद्युत्, तड़ित; वि. द्रुतगामी
–गिरना–वज्रपात होना
बिजलीघर–पु. वह स्थान जहाँ बिजली की शक्ति उत्पन्न करके वितरित की जाय
बिठाना—स. क्रि. बैठाना
बिताना–स. क्रि. गुज़ारना
बिदाई–स्त्री. रुख़सती
बिनती–स्त्री. प्रार्थना, अर्ज़

बिना–अ. बग़ैर, छोड़कर
बिनौला–पु. कपास का बीज
बिपथ–पु. ग़लत रास्ता, कुमार्ग
बिरला–वि. बहुतों में से कोई एक
बिरादर–पु. (फ़ा.) भाई, सजातीय
बिरादराना – वि. (फ़ा.) भाई का सा
बिरादरी–स्त्री. (फ़ा.) भाईचारा, जाति, गोत्र
–से ख़ारिज, बाहर होना–जातिच्युत होना
बिल–पु. (अं.) पावने का पुरजा, विधेयक
बिल–पु. ज़मीन या दीवार में बना लंबा छेद
–में घुसना–छिप जाना, घर में बैठ रहना
बिलखना–अ. क्रि. विलाप करना
बिलग–वि. अलग, जुदा
बिलगाना–अ. क्रि. अलग होना
बिलटी–स्त्री. रेल से भेजे जानेवाले माल की रसीद
बिला–अ. (अ.) बिना, बग़ैर
बिल्ला–पु. नर बिल्ली, बैज
बिल्लौर–पु. स्फटिक
बिसात–स्त्री. (अ.) फैलाव, हैसियत, सामर्थ्य
बिसातख़ाना–पु. बिसाती की दुकान
बिस्तर–पु. (फ़ा.) बिछौना
बिहिश्त – पु. (फ़ा.) स्वर्ग, स्वर्गोपम स्थान
बीच–पु. मध्य, अंतर; अ. बीच में
–बीच में – थोड़ी-थोड़ी देर पर
–में कूदना–दख़ल देना, टाँग अड़ाना
बीचबिचाव–पु. मध्यस्थता
बीज–पु. फूल वाले पेड़-पौधे का गर्भांड
बीजक–पु. सूची, भेजे जानेवाले माल की सूची, कबीरदास के पदों का एक संग्रह
बीजगणित–पु. गणित का एक भेद
बीड़ा–पु. पान की गिलौरी
–उठाना–किसी काम का भार लेना
बीतना–अ. क्रि. गुज़रना, कटना
बीबी–स्त्री. कुलांगना, पत्नी
बीमा–पु. (फ़ा.) इंश्योरेंस
बीमादार–पु. बीमा करानेवाला, पालिसी होल्डर
बीमापत्रक – पु. [इंश्योरेंस पालिसी] बीमे का इक़रारनामा
बीमार–पु. (फ़ा.) मरीज़; वि. रोगी, आशिक़
बीमारी–स्त्री. (फ़ा.) रोग, मर्ज़, लत, झंझट
बुकनी–स्त्री. चूर्ण, सफ़ूफ़
बुख़ार–पु. (अ.) भाप, ज्वर, भड़ास
बुज़ुर्ग – वि. (फ़ा.) बड़ा, वृद्ध,

आदरणीय; पु. गुरुजन
बुज़ुर्गी–स्त्री. (फ़ा.) बड़प्पन, बड़ाई
बुझना–अ. क्रि. जलना बंद होना, बुझाया जाना
बुझाना–स. क्रि. गुल करना, शांत करना
बुझौवल–स्त्री. पहेली
बुढ़ापा–पु. बूढ़ा होने की अवस्था
बुढ़ौती–स्त्री. बुढ़ापा
बुद्ध–वि. जगा हुआ; पु. गौतम बुद्ध
बुद्धि–स्त्री. विचार करने की शक्ति, अक़्ल
बुद्धिजीवी वर्ग – पु. [इंटेलिजेंशिया] बुद्धि से जीविकाप्राप्त करनेवाले
बुद्धिमत्ता–स्त्री. बुद्धिमानी, समझदारी
बुनना–स. क्रि. धागे से कपड़ा बनाना
बुनियाद–स्त्री. (फ़ा.) जड़, आधार, आरंभ
बुनियादी–वि. (फ़ा.) मूलगत
बुरा–वि. ख़राब, हानिकर; पु. बुराई, अनिष्ट
–चाहना–बुराई चाहना
–मानना–दुःखी होना
बुरा वक़्त–पु. कष्ट का समय
बुराई–स्त्री. ख़राबी, अनिष्ट, निंदा, दुश्मनी
बुराई-भलाई–स्त्री. नेकी-बदी
बुरादा – पु (फ़ा.) लकड़ी का चूरा
बुरुश–पु. (अं. 'ब्रश') कूँची
बुलंद–वि. (फ़ा.) ऊँचा
बुलंदी–स्त्री. (फ़ा.) ऊँचाई, उत्कर्ष
बूंद–स्त्री. क़तरा, बिंदु
बूँदाबाँदी–स्त्री. हलकी वर्षा
बू–स्त्री. (फ़ा.) गंध, सुगंध, दुर्गंध
बूचड़–पु. क़साई, मांस-विक्रेता
बूट–पु. अंग्रेज़ी जूता
बूढ़ा–वि. बड़ी उम्र का, वृद्ध
बेंच–स्त्री. (अं.) चौकी, जज का आसन, न्यायालय-विशेष के विचारकर्ता
बेइज़्ज़त–वि. प्रतिष्ठा-रहित
बेईमान – वि. बेदीन, बदनीयत, झूठा
बेक़द्री–स्त्री. पूछ न होना
बेकस–वि. असहाय
बेकार–वि. निठल्ला, निरर्थक
बेकारी–स्त्री. बेरोज़गारी
बेख़बर–वि. लापरवाह, बेसुध
बेख़ुदी–स्त्री. मदहोशी
बेगुनाह–वि. निरपराध
बेचैन–वि. बेकल, बेक़रार
बेतार का तार–पु. [वायरलेस] बिना तार के विद्युत्यंत्र से भेजा जानेवाला तार
बेदख़ली – स्त्री. क़ब्ज़ा हटाया जाना
बेदर्दी–स्त्री. निर्दयता, बेरहमी
बेधड़क–अ. निर्भय
बेनज़ीर–वि. बेजोड़, अनुपम

बेफ़िक्र–वि. चिंता-रहित

बेबसी–स्त्री. विवशता, लाचारी

बेमज़ा–वि. स्वाद-रहित, बदज़ायका

बेमतलब–अ. निष्प्रयोजन, बेकार

बेमानी–वि. अर्थ-रहित

बेरहम–वि. निर्दय

बेरुख़ी–स्त्री. उपेक्षा

बेलगाम–वि. दाब न माननेवाला

बेवक़ूफ़–वि. निर्बुद्धि, नासमझ

बेशक–अ. निस्संदेह, ज़रूर

बेसब्र–वि. अधीर

बेसुरा –वि. जो शुद्ध स्वर में न गा सके

बेसूद–वि. बेफ़ायदा, व्यर्थ

बेहद–वि. असीम, बहुत अधिक

बेहूदगी–स्त्री. अशिष्टता

बेहोश–वि. जिसे होश न हो

बेगम–स्त्री. (तु. 'बेगुम') बड़े आदमी की बीबी

बेगार–स्त्री. (फ़ा.) मुफ़्त कराया जानेवाला काम

–टालना–विना मन लगाये काम करना

बेचना–स. क्रि. दाम लेकर देना

बेच खाना–नष्ट कर देना, उड़ा डालना

बेटा–पु. पुत्र, स्नेह का संबोधन

बेटी–स्त्री. लड़की

–देना–बेटी ब्याहना

बेड़ा–पु. नावों या जहाज़ों का समूह

–डूबना–काम बिगड़ना

–पार होना–संकट कटना

बेड़ी–स्त्री. क़ैदियों के पाँवों में पहनायी जानेवाली लोहे की ज़ंजीर

बेल–स्त्री. लता

बेसर–स्त्री. नाक का एक गहना

बैंक–पु. (अं.) बंक, अधिकोष

बैंकर–पु. (अं.) महाजन

बैठक–स्त्री. बैठने का कमरा, जमाव, जलसा

बैठना–अ. क्रि. आसीन होना, ठीक आना

बैठाठाला–वि. बेकार, निठल्ला

बैठाना–स. क्रि. बैठने को कहना, जड़ना

बैरंग–वि. (अं. 'बेयरिंग') (चिट्ठी, पारसल आदि) जिसका महसूल भेजनेवाले ने न चुकाया हो

–लौटना–बिना काम हुए, विफल लौटना

बैर–पु. दुश्मनी, बुराई

बैसाखी–स्त्री. वैशाख की पूर्णिमा

बोझ–पु. भार, गट्ठा, खेप, ज़िम्मेदारी

–उतरना–जी हलका होता

बोटी–स्त्री. मांस का छोटा टुकड़ा

बोना–स. क्रि. बीज ज़मीन में डालना

बोर्ड–पु. (अं.) लकड़ी का तख़्ता, कमेटी, मंडल

बोलना–अ. क्रि. मुँह से शब्द, आवाज़ निकालना

बोल जाना–ख़तम हो जाना

बोली–स्त्री. बोल, नीलाम की आवाज़, फबती

बौछार–स्त्री. झड़ी, भरमार

बौद्ध–पु. बुद्ध प्रवर्तित धर्म का अनुयायी

बौद्धधर्म, बौद्धमत–पु. बुद्ध द्वारा प्रवर्तित धर्म

बौना–पु. ठिगने क़द का आदमी, वामन

ब्रह्म–पु. सच्चिदानंदस्वरूप जगत् का मूल तत्त्व

ब्रह्मज्ञान–पु. परमतत्त्व का ज्ञान

ब्रह्मभोज–पु. ब्राह्मण-भोजन

ब्रह्मानंद–पु. ब्रह्मस्वरूप के साक्षात्कार का आनंद

ब्राह्मण–पू. हिंदू धर्म के चार वर्णों में से पहला

ब्रिटिश – वि. (अं.) ब्रिटेन का, अंग्रेज़ी

ब्रिटिश राज–पु. अंग्रेज़ी हुकूमत

ब्रिटेन–पु. (अं.) इंग्लैंड, वेल्स और स्काटलैंड

ब्रेक–पु. (अं.) पहिये या गतिचक्र की गति रोकनेवाला यंत्र

ब्रोकर–पु. (अं.) दलाल

भ

भ–देवनागरी का चौबीसवाँ व्यंजन वर्ण

भंग–पु. टूटना, विघटन, ध्वंस

भंगी–पु. सफ़ाई करनेवाली एक जाति

भंजन–पु. भंग करना

भंडा–पु. रहस्य

–फूटना–भेद खुलना

भंडार–पु. ढेर, कोठार

भँवर–पु. जलावर्त, गड्ढा

–में पड़ना – चक्कर, बखेड़े में पड़ना

भँवरजाल–पु. सांसारिक झंझट

भक्त–वि. अनुरागी, अनुगत, भक्तियुक्त

भक्तवत्सल–वि. भक्त को प्यार करने वाला

भक्ति– स्त्री. आराधना

भक्तिपूर्वक–अ. भक्ति-सहित

भगत–वि. भक्त; पु.वैष्णव साधु

भगल– पु. छल, धोखेबाज़ी, बाजीगरी, जादू

भगवद्भक्ति–स्त्री. भगवान् की भक्ति

भगवान्–वि. पूज्य; पु. परमेश्वर

भगाना–स. क्रि. खदेड़ना; स्त्री, बच्चे आदि को बहकाकर साथ ले जाना; अ. क्रि. भागना

भगिनी–स्त्री. बहिन, भाग्यवती स्त्री

भगोड़ा–वि. भागा हुआ

भग्न–वि. टूटा हुआ, नष्ट, हताश

भग्नावशेष–पु. खंडहर

भचकना – अ. क्रि. लँगड़ाते हुए चलना

भजन–पु. आराधना, नाम जपना

भजन-पूजन-पु. पूजा-उपासना

भटकना–अ. क्रि. रास्ता भूलना, व्यर्थ घूमना

भटकाना–स. क्रि. ग़लत रास्ता वताना, बहकाना

भट्ठा–पु. बड़ी भट्ठी

भड़कना–अ. क्रि. प्रज्वलित होना, विदकना

भड़कीला–वि. चमक-दमकवाला

भतीजा–पु. भाई का बेटा (स्त्री. भतीजी)

भत्ता–पु. सफ़र-ख़र्च आदि के लिए वेतन के अतिरिक्त मिलनेवाली रक़म

भद्र–वि. भला, शुभ, श्रेष्ठ

भनक–स्त्री. अस्पष्ट ध्वनि, उड़ती हुई ख़बर

भयंकर–वि. डरावना, भयोत्पादक

भय–पु. डर, ख़तरा, भयानक रस

भयभीत–वि. डरा हुआ

भयाकुल–वि. डर से घबराया हुआ

भयानक–वि. डरावना

भयावह–वि. भयजनक, ख़तरनाक

भरती–स्त्री. प्रवेश, दाख़िला

भरना–स. क्रि. ख़ाली जगह को किसी चीज़ से पूर्ण करना

भरमार–स्त्री. बहुतायत

भरा–वि. पूर्ण, आबाद

भरापूरा–वि. संपन्न

भरोसा–पु. पक्की आशा, आसरा, विश्वास

भला–वि. अच्छा, नेक, सुन्दर; पु. भलाई

भलाचंगा–वि. स्वस्थ

भलाई–स्त्री. नेकी, ख़ैरियत

भवदीय–वि. आपका (स्त्री. भवदीया)

भवन–पु. भाव, मकान

भवन-निर्माण-विज्ञान–पु. [आर्किटेक्चर] मकान आदि बनाने की कला

भवितव्य–वि. होनहार, अवश्यं भावी

भविष्य–पु. आनेवाला काल; वि. होनेवाला

भविष्यनिधि – स्त्री. प्राविडेंट फंड

भव्य–वि. सुन्दर, शानदार

भाई–पु. सहोदर, बराबरवाले (प्रियजन) का संबोधन

भाग–पु. हिस्सा, तक़सीम (गणित)

भागफल–पु. लब्धि

भागिता–स्त्री. [पार्टनरशिप] साझेदारी

भाग्य–वि. विभाज्य; पु. तक़दीर, सौभाग्य

भाग्यविधाता–पु. तक़दीर बनानेवाला

भाग्यवान् – वि. भाग्यशाली, ख़ुशक़िस्मत

भाड़–पु. भड़भूँजे की भट्ठी

–झोंकना-तुच्छ काम करना

–में झोंकना, भाड़ में डालना –त्यागना

भाड़ा–पु. किराया

–(ड़े) का टट्टू–वह आदमी जिसे पैसा देकर जो चाहे काम ले

भाप, भाफ–स्त्री. पानी का वाष्पीय रूप, वाष्प

भाभी–स्त्री. बड़े भाई की स्त्री, भावज

भार–पु. बोझ, ज़िम्मेदारी, बहँगी; वि. कष्ट रूप

भारग्रस्त संपदा–स्त्री. [एनकंबर्ड एस्टेट] वह संपत्ति जिस पर ऋण का भार हो गया हो

भारत–पु. भारतवर्ष, हिन्दुस्तान

भारतीय – वि. भारत-संबंधी; पु. भारतवासी

भारतीयीकरण – पु. भारतीय बनाना

भालू–पु. रीछ

भाव–पु. दर, निर्ख़, अभाव का उलटा, आशय

भावना–स्त्री. ध्यान, कल्पना, इच्छा

भावार्थ–पु. मतलब, तात्पर्य

भावी–स्त्री. होनी, होनेवाली बात

भावुक–वि. सहृदय, रसज्ञ

भावुकता–स्त्री. भावुक होना, भावप्रवणता

भावोन्मत्त–वि. भाव-विह्वल

भाषण–पु. बोलना, व्याख्यान

भाषण-प्रतियोगिता–स्त्री. विषय-विशेष पर बोलने की प्रतियोगिता

भाषांतर–पु. अनुवाद

भाषांतरकार–पु. अनुवादक

भाषा–स्त्री. बोली, ज़बान, लिखने-बोलने का ढंग

भाष्य–पु. मूल ग्रंथ की व्याख्या, व्याख्या

भिक्षा–स्त्री. भीख

भिक्षाटन – पु. भीख माँगने के लिए फिरना

भिक्षावृत्ति–स्त्री. भिखारी का जीवन

भिक्षु–पु. संन्यासी, बौद्ध संन्यासी

भिक्षुक–पु. भीख माँगनेवाला, भिखारी

भिखमंगा–पु. भीख माँगनेवाला

भिखारी–पु. भीख माँगनेवाला; वि. कंगाल

भिगोना–स. क्रि. पानी आदि से तर करना

भिजवाना–स. क्रि. भेजने का काम दूसरे से कराना

भित्ति–स्त्री. दीवार

भिदना–अ. क्रि. छिदना, पैवस्त होना

भिन्न–वि. अलग, ख़ंडित, दूसरा

भिश्ती–पु. मशक से पानी ढोने-वाला

भींचना–स. क्रि. खींचना, बंद

करना (आँख)

भीगना–अ. क्रि. पानी से तर होना, गीला होना

भीत–वि. डरा हुआ, भयग्रस्त; स्त्री. दीवार

भीतर–अ.अंदर; पु. अंतर, अंतः करण, ज़नानख़ाना

–ही भीतर–मन ही मन

भीतरी–वि. भीतर का, मन का, अप्रकट

भीम–वि. डरावना, विशालकाय

भीरु–वि. डरपोक

भीषण–वि. डरावना

भुखमरी–स्त्री. भूखों मरने की स्थिति, अकाल

भुगतना–स. क्रि. भोगना; अ. क्रि. पूरा होना

भुगतान–पु. भुगताने की क्रिया, गाहक को ख़रीदा हुआ माल देना [डेलिवरी]

भुगतान तुला – स्त्री. [बैलेंस ऑफ़ पेमेंट] हिसाब की वे मदें (व्यापार की वस्तुएँ, पूँजी, सूद, बीमा-शुल्क, जहाज़ का किराया आदि) जिनके संबंध में एक देश को दूसरे देशों से कुछ पावना हो या दूसरे देशों को देना हो

भुगताना–स. क्रि. चुकाना

भुजग–पु. साँप

भुजा–स्त्री वाहु, कोण बनानेवाली दो सरल रेखाओं में से एक

भुनाना–स. क्रि. बड़े सिक्के को छोटे सिक्कों में बदलवाना

भुलवाना–स.क्रि. बहकाना, भुलाना

भुलाना–स. क्रि. भूलना

भू–स्त्री. भूमि, स्थान, पदार्थ

भूकंपमापक, भूकंपसूचक यंत्र–पु. [साइज़मोमीटर, साइज़मोग्राफ] भूकंप के धक्के, केंद्र की दूरी, प्रवेग आदि सूचित करनेवाला यंत्र

भूकंपविज्ञान - पु. [साइजमोलॉजी] भूकंप के कारणों तथा स्वरूप आदि का विवेचन करनेवाला विज्ञान

भूकर्मी–पु. [ग्राउंडस्टाफ़] हवाई अड्डे के वे कर्मचारी जिन्हें भूमि पर ही काम करना पड़ता है

भूखंड–पु. भूभाग

भूख–स्त्री. भोजन की इच्छा, क्षुधा, इच्छा

भूगर्भविद्या–स्त्री.दे. 'भूगर्भशास्त्र'

भूगर्भशास्त्र–पु. वह शास्त्र जिससे भूमि की भीतरी बनावट का ज्ञान हो

भूगोल–पु. भूमंडल, भूगोलशास्त्र

भूत–वि. बीता हुआ; पु. पंचमहा भूतों में से कोई एक तत्त्व, प्रेत

–उतारना–ख़ब्त दूर करना

भूतपूर्व–वि. जो पहले हो चुका हो

भूदान–पु. खेत आदि का दान

भूदृश्य–पु. [लैंडस्केप] किसी भूभाग में प्रकृति का चित्र

भूनना–स. क्रि. आग पर रखकर पकाना, जलाना

भूप–पु. राजा

भूपरिमाप – स्त्री. [लैंड सर्वे] भूमि की नाप-जोख

भूमंडल–पु. धरती, भूगोल

भूमि–स्त्री. ज़मीन, क्षेत्र, देश

भूमि-अवाप्ति अधिनियम – पु. [लैंड ऐक्विज़िशन ऐक्ट] किसी सार्वजनिक काम के निमित्त या राज्यादि की कोई विशेष आवश्यकता पूरी करने के लिए दूसरे की भूमि खरीदने, ले लेने का अधिकार प्रदान करनेवाला अधिनियम

भूमिका–स्त्री. ग्रंथादि की प्रस्तावना, अभिनेता का पार्ट

भूमिदान–पु. ज़मीन का दान

भूमिसंरक्षण – पु. [सॉइल कंसर्वेशन] कटाव आदि से भूमि का बचाव

भूमिहस्तांतर अधिनियम – पु. [लैंड एलियनेशन ऐक्ट] भूमि का स्वामित्व हस्तांतरित करने से संबंधित अधिनियम

भूल–स्त्री. भ्रम, चूक, दोष, अशुद्धि

–चूक लेन-देनी–हिसाब में भूल-चूक हो तो लेन-देन की कमीबेशी ठीक कर ली जाय

भूल–चूक–स्त्री. ग़लती

भूलना–अ. क्रि. याद न रहना, ग़लती करना; स. क्रि. भुला देना

भूलकर–अ. भूल से, ग़लती से

भूलोक–पु. मर्त्यलोक

भूषाचार–पु. फ़ैशन, तौर-तरीक़ा

भेंट–स्त्री. मिलन, मुलाक़ात, नज़र

भेजना–स. क्रि. पहुँचाये जाने का प्रबंध करना, प्रेषण करना

भेद–पु. अंतर, रहस्य, मर्म, प्रकार

भेदनीति–स्त्री. फूट डालने की नीति

भेदिया–पु. भेद जाननेवाला, जासूस

भेस – पु. बाह्य रूप, पहनावा, वेश-भूषा

भोंदू–वि. मूर्ख, बुद्धू

भोग–पु. सुख-दुःखादि का अनुभव, संभोग

भोगतृष्णा–स्त्रीभोग की बलवती इच्छा

भोगना–स. क्रि. सहना, भुगतना, संभोग करना

भोगलिप्सा–स्त्री. भोग की तृष्णा

भोगविलास–पु. इंद्रियजन्य सुखों का अधिक भोग, ऐश

भोगाधिकार – पु. [आकुपैंसी राइट] निर्धारित अवधि तक क़ाबिज़ रहने के बाद प्राप्त भूमि आदि का अधिकार

भोग्य–वि. भोग करने योग्य; पु. भोग्य वस्तु

भोज–पु. बहुत–से लोगों का साथ बैठकर खाना

भोजन–पु. खाना, खाद्य, खिलाना

भोजन-वस्त्र–पु. खाना-कपड़ा

भोजनालय – पु. भोजनशाला, होटल

भोजपुर–पु. भोजपुर नाम का जनपद

भोजपुरी–वि. भोजपुर का; पु. भोजपुर का निवासी; स्त्री. भोजपुर प्रदेश की बोली

भोर–पु. प्रभात

भोला–वि. सीधा, मूर्ख, बुद्धू

भोलाभाला–वि. सीधा-सादा

भौगोलिक–वि. भूगोल-संबंधी

भौतिक – वि. भूत-सम्बन्धी, पार्थिव, प्रेत-सम्बन्धी

भौतिक विज्ञान, भौतिकशास्त्र–पु. [फ़िज़िक्स] वह विज्ञान जिसमें तत्त्वों के गुण आदि का विवेचन किया गया हो

भ्रमण–पु. घूमना, फिरना

भ्रष्ट – वि. नीचे गिरा हुआ, दूषित आचारवाला

भ्रष्टाचार–पु. [करप्शन] दूषित आचार

भ्रामक–वि. भ्रमजनक, बहकानेवाला

भ्रूण–पु. गर्भस्थ शिशु

भ्रूणहत्या–स्त्री. गर्भपात द्वारा गर्भस्थ शिशु की हत्या करना

म

म – देवनागरी का पचीसवाँ व्यंजन वर्ण

मंगल–पु. शुभ, सौभाग्य, मंगल वार

मंगलग्रह–पु. मंगल नामक ग्रह

मंगलसूत्र–ब्याह के समय वरकन्या के हाथ में बाँधा जानेवाला सूत

मंगलमय–वि. कल्याणमय, मंगल रूप

मँगवाना, मँगाना–स. क्रि. किसी से कोई चीज़ लाने या भेजने के लिए कहना

मँगेतर–स्त्री. जिस लड़की की मँगनी हुई हो

मंच–पु. स्टेज, रंगभूमि

मंज़र–पु. (अ.) दृश्य, नज़्ज़ारा

मंज़िल – स्त्री. (अ.) पड़ाव, मकान का दरजा या छत

–मारना–यात्रा पूरी करना, मुश्किल हल करना

मंजु–वि. सुंदर, मनोहर

मंजुल–वि. सुंदर, मनोहर

मंज़ूर–वि. (अ.) पसंद किया हुआ, स्वीकृत

मंज़ूरी–स्त्री. (अ.) स्वीकृति, मंज़ूर होना

मंडप–पु. छाया हुआ, पर चारों ओर से खुला स्थान

मँडराना– अ. क्रि. चक्कर देते

हुए उड़ना, चक्कर काटना

मंडली–स्त्री. छोटा मंडल, जमात

मंडित–वि. सजाया हुआ, भूषित

मंडी–स्त्री. थोक बिक्री का बाज़ार, बाज़ार

मंतव्य–वि. मानने योग्य; पु. मत

मंत्र–पु. मंत्रणा, वेद का संहिता भाग, कार्य-सिद्धि का गुर

मंत्रणा–स्त्री. सलाह

मंत्रणाकार–पु. [ऐडवाइज़र] मंत्रणा देनेवाला

मंत्रणा-परिषद्–स्त्री. [ऐडवाइज़री कौंसिल] सलाह देनेवाली परिषद्

मंत्रालय–पु. [मिनिस्ट्री] राज्य के किसी मंत्री तथा उसके विभाग का कार्यालय

मंत्रिपरिषद् – स्त्री. [कैबिनेट कौंसिल] राज्य के मंत्रियों की सभा

मंत्रिमंडल–पु. [कैबिनेट] राज्य के मंत्रियों का समूह

मंत्री–पु. मिनिस्टर, सरकार का चुना हुआ प्रतिनिधि, सचिव

मंथन–पु. मथना, सोचना

मंदिर–पु. घर, देवालय

मंदी–स्त्री. मंद होने का भाव, सस्ती

मक़बरा–पु. (अ.) सामधि, मज़ार

मक़सद–पु. (अ.) इरादा, अभीष्ट

मकान–पु. (अ.) रहने का स्थान, घर

–हिला देना – बहुत शोरगुल मचाना

मक्कार–वि. (अ.) मक्र करने वाला, छली

मक्खन–पु. कच्चा घी, नवनीत

मक्खी–स्त्री. मक्षिका, मधुमक्खी

मक्खियाँ मारना – बेकार बैठा रहना

मक्खीचूस–वि. भारी कंजूस

मक्र–पु. (अ.) बनावट, धोखा, छल

मख़ौल–पु. मज़ाक, ठट्ठा

मग़रिब–पु. (अ.) सूरज डूबने की दिशा, पच्छिम

–की नमाज–शाम की नमाज़

मग़रिबी–वि. (अ.) पश्चिम का, पश्चिमी

मग़रूर–वि. (अ.) ग़रूरवाला, घमंडी

मचलना–अ. क्रि. किसी चीज़ के लिए रोना–धोना

मज़दूर–पु. (फ़ा.) मज़दूरी पर काम कर-नेवाला

मज़दूर दल–पु. संघटित श्रमिक वर्ग

मज़दूर संघ–पु. श्रमिकों या व्यवसाय–विशेष के मज़दूरों का संघ

मज़दूरी–स्त्री. (फ़ा.) शरीर श्रम, उजरत

मजनू–वि. (अ.) पागल, सीड़ी, आशिक़; पु. अरबी की प्रसिद्ध

प्रेमकथा लैला-मजनू का नायक

मज़बूत–वि. (अ.) दृढ़, पुष्ट, बलयुक्त

मजबूर–वि. (अ.) विवश, लाचार

मजबूरी–स्त्री. (अ.) विवशता, लाचारी

मजमा–पु. (अ.) भीड़, जमाव

मज़मून–पु. (अ.) विषय, लेख, निबंध

मजलिस–स्त्री. (अ.) सभा, परिषद्, जलसा

मज़हब–पु. (अ.) रास्ता, पंथ, धर्म, संप्रदाय, दीन

मज़ा–पु. (अ.) स्वाद, चसका, सुख, लुत्फ़, कर्मफल

–चखाना–किये का फल चखाना

मज़ाक–पु. (अ.) स्वाद, रुचि, हँसी, दिल्लगी

–उड़ाना–परिहास करना

मज़ाकन्–अ. (अ.) हँसी में

मजाज–वि. (अ.) अवास्तविक, अधिकारप्राप्त

मज़ार–पु. (अ.) दरगाह, क़ब्र

मजाल–स्त्री. (अ.) शक्ति, सामर्थ्य

मझला–वि. बीच का, दरमियानी

मत–अ. न, नहीं; वि. अभिप्रेत; पु. राय, वोट

मतगणना–स्त्री. मतों, वोटों की गिनती

मतदाता सूची – स्त्री. [वोटर्स लिस्ट] मत देने योग्य व्यक्तियों की सूची

मतदान–पु. चुनाव आदि में विधिवत् मतप्रकाश

मतदानकक्ष, मतदानकोष्ठ–पु. पोलिंग बूथ

मतदानकेंद्र–पु. [पोलिंग स्टेशन] वह स्थान जहाँ निर्वाचकों द्वारा मतदान की व्यवस्था हो

मतदानपत्र–पु. [बैलट] वह पत्र जिस पर चुनाव में खड़े होनेवाले व्यक्ति का नाम और उसका विशेष चिह्न अंकित रहता है और जिस पर मतदाता कोई चिह्न बनाकर किसी के पक्ष में अपना मत देता है

मतदानपेटिका, मतपेटिका— स्त्री. (बैलट बॉक्स] वह पेटी जिसमें मतदाताओं द्वारा मतपत्र छोड़े या डाले जाते हैं

मतदेय–पु. [वोटेबल] वह विषय या व्यय की वह मद जिस पर सदस्यों का मत लिया जा सके

मतभेद–पु. मत की भिन्नता

मतलब–पु. (अ.) अभिप्राय, अर्थ, स्वार्थ, सरोकार

–का यार–ख़ुदगर्ज़

मतलबी–वि. (अ.) अपनी ग़रज़ देखनेवाला, स्वार्थी

मताधिकार – पु. [फ्रैंचचाइज़] चुनाव में भाग लेने का अधिकार

मताधिकारी–पु. [वोटर] मत देने

का अधिकारी

मतानुयाचक–पु. [कैनवैसर] अपने पक्ष में मत देने का अनुरोध करने-वाला

मतानुयायी–वि. मत-विशेष का अनु-गमन करनेवाला

मतार्थी–वि. [कैंडिडेट] उम्मेदवार

मतार्थी घटक–पु. [पोलिंग एजेंट] मतदान केंद्र पर मतार्थी की और से काम करनेवाला

मतावलम्बी–वि. धर्म-विशेष का अवलंबन करनेवाला

मतैक्य–पु. लोगों का एक राय होना

मत्था–पु. माथा, सिर

–टेकना–नमस्कार करना

मद–स्त्री. नशा, मस्ती, उन्माद, हर्ष, गर्व

मदद–स्त्री. (अ.) सहायता, कुमक

मददगार–वि. सहायक

मदन–पु. कामदेव, काम, प्रेम

मदन-महोत्सव–पु. होली जैसा एक प्राचीन उत्सव, होली

मदनोत्सव–पु. मदन-महोत्सव, होली

मदरसा–पु. (अ.) पढ़ाने की जगह, पाठशाला

मदहोश–वि. मतवाला, हैरान, बेहोश

मदांध–वि. गर्व से अंधा

मदिरा–स्त्री. मद्य, शराब

मदिरालय–पु. शराबख़ाना

मद्य–पु. मादक अर्क़, सुरा, शराब

मद्यनिषेध–[प्राहिविशन] शराब-बंदी

मद्यपान–पु. शराब पीना

मधु–पु. शहद, मद्य, पुष्परस, वसंत ऋतु; वि. मीठा

मधुमक्खी–स्त्री. शहद की मक्खी

मधुमास–पु. चैत का महीना

मधुर–वि. मीठा, प्रिय, सुन्दर, कोमल

मध्य–पु. केंद्र, बीच की अवस्था, बीच का; अ. बीच में

मध्यम–वि. बीच का, न बढ़िया न घटिया

मध्यस्थ–पु. [मीडियेटर] बिचौलिया

मध्यांतर रेखा–स्त्री. [मेरीडियन] वह कल्पित रेखा जो दोनों ध्रुवों से होती हुई पृथ्वी के चारों ओर गयी हो

मन–पु. ज्ञान, संवेदन, चित्त, इच्छा

–कच्चा करना–दिल छोटा करना

–करना–इच्छा होना

–का मैल–बैर, दुर्भावना

–की मौज–मन की लहर

–भाना–अच्छा लगना

–मारना–इच्छाओं को दबाना

–मिलना–प्रीति होना

–से उतरना–मन में अनादर या तिरस्कार हो जाना

मनचला–वि. साहसी, मनमौजी

मनमाना–वि. जो मन को भाये

मनमुटाव–पु. वैमनस्य

मनमौजी–वि. स्वच्छंद

मनसब–पु. (अ.) पद, अधिकार दरजा, सेवा

मनसूख–वि. (अ.) रद्द किया हुआ, काटा हुआ

मनसूबा–पु. योजना, युक्ति, इरादा

मनहूस – वि. (अ.) अभागा, अशुभ-सूचक

भनाना–स. क्रि. राज़ी करना, मनुहार करना

मनाही–स्त्री. मुमानियत, निषेध

मनीआर्डर–पु. (अं.) डाकख़ाने का चेक जिसके ज़रिये रुपया भेजा जाता है

मनुष्य–पु. आदमी

मनुहार–पु. मनाने का यत्न, ख़ुशामद

मनो–पु. 'मनस्' का समासगत रूप

मनोकामना–स्त्री. मन की कामना

मनोनीत–वि. पसंद किया हुआ, चुना हुआ

मनोरंजन–पु. मन-बहलाव

मनोरंजन-कर–पु. [एंटरटेनमेंट टैक्स] प्रमोदकर

मनोरम–वि. सुंदर, मन लुभानेवाला

मनोरोग-चिकित्सक–पु. [साइकिए-ट्रिस्ट] मानसिक रोगों का उपचार करनेवाला

मनोविज्ञान–पु.[साइकोलॉजी], मानसशास्त्र

मनोविश्लेषण–पु. मन के विचारों की समीक्षा

मनोवैज्ञानिक–वि. मनोविज्ञान संबंधी

मनोहर–वि. सुंदर

ममता–स्त्री. ममत्व; पु. अपनापन, स्नेह

मयूर–पु. मोर

मयूरी–स्त्री. मोरनी

मरघट–पु. मुर्दे जलाने का स्थान, मसान

मरज़ी–स्त्री. (अ.) ख़ुशी, स्वीकृति, इच्छा, रुचि

मरण–पु. भरना, मृत्यु

मरणगति – स्त्री. [डेथरेट] आबादी के प्रतिसहस्र व्यक्तियों के पीछे होनेवाली मृत्युओं की मंख्या

मरणशुल्क – पु. [डेथड्यूटी] किसी की मृत्यु के बाद लगनेवाला कर

मरणोन्मुख–वि. जो मर रहा हो, आसन्न-मरण

मरना–अ. क्रि. जीता न रहना, सूखना, आसक्त होना

मर-खप जाना–मरकर नष्ट हो जाना

मर-मरकर–बड़ी मेहनत से

मर-मिटना–तबाह हो जाना

मरभुखा–वि. पेटू, भूखों मरना, कंगाल

मरम्मत–स्त्री. (अ.) टूटी-फूटी

चीज़ को फिर से दुरुस्त करना

मरहम–पु. (अ.) घाव पर लगाने का लेप

मरहमपट्टी – स्त्री. ज़ख़्म का इलाज

मराठा–पु. महाराष्ट्र देश का निवासी

मराठी–स्त्री. महाराष्ट्र की भाषा

मरीज़–वि. (अ.) जिसे रोग हो, रोगी

मरोड़–स्त्री. ऐंठन, पेचिश

मरोड़ना–स. क्रि. ऐंठना, उमेठना, पीड़ा देना

मर्ज़–पु. (अ.) रोग, आदत, लत

मर्तबा–पु. (अ.) दरजा, पद, बार, दफ़ा

मर्द–पु. (फ़ा.) पुरुष, वीर पुरुष, पति

मर्दबच्चा–पु. वीर, बहादुर

मर्दानगी–स्त्री. (फ़ा.) बहादुरी

मर्दाना–वि. (फ़ा.) पुरुष-संबंधी, बहादुर, जवाँमर्द

मर्म–पु. जीवन-स्थान, तात्पर्य, गूढ़ार्थ

मर्मज्ञ–वि. गूढ़ार्थ को जाननेवाला

मर्म वचन–पु. दिल को लगनेवाली बात

मर्मस्थल, मर्मस्थान–पु. जीवन स्थान

मर्माहित–वि. जिसके हृदय को कड़ी चोट पहुँची हो

मर्यादा–स्त्री. सीमा, अवधि, सदाचार, प्रतिष्ठा

मलबा–पु. कूड़ा-करकट

मलाल–पु. (अ.) दुःख, विषाद

मलिक–पु. (अ.) बादशाह, सुलतान

मलिका–स्त्री. (अ.) महारानी

मलिन–वि. मैला, धूमिल, उदास

मलेरिया–पु. (अं.) जाड़ा देकर आनेवाला ज्वर, जूड़ी

मल्लाह–पु. (अ.) केवट, माझी

मवाद–पु. (अ.) मसाला, पीब, सामग्री

मवेशी–पु. ढोर, डंगर

मवेशीख़ाना–पु. [काइन हाउस] वह बाड़ा जिसमें दूसरे का खेत चरनेवाले मवेशी बंद किये जायें

मशरिक़–पु. (अ.) पूरब

मशहूर–वि. (अ.) प्रसिद्ध

मशीन–स्त्री. (अं.) यंत्र, कल

मशीनगन–स्त्री. चक्राकार बंदूक़ जिससे लगातार सैकड़ों गोलियाँ छूटती हैं

मशीनमैन–पु. मशीन चलानेवाला कर्मचारी, प्रेसमैन

मश्क़–पु. (अ.) अभ्यास

मसख़रा–वि. (अ.) हँसोड़; पु. विदूषक

मसजिद–स्त्री. (अ.) मुसलमानों का उपासनास्थल

मसनवी–स्त्री. (अ.) उर्दू-फ़ारमा का वह प्रबंध-काव्य जिसके हर शेर के दोनों मिसरों का

क़ाफ़िया एक, पर हर शेर का क़ाफ़िया जुदा हो

मसल–स्त्री. (अ.) कहावत, लोकोक्ति, मिसाल

मसलन्–अ. (अ.) मिसाल के तौर पर

मसला–पु. (अ) सवाल, समस्या

–हल होना–कठिनाई का दूर हो जाना

मसि–स्त्री. स्याही

मसिजीवी–पु. लेखक

मसीह–पु. (अ.) ईसाई धर्म के प्रवर्तक ईसा

मसीहा–पु. (फ़ा.) मसीह

मसौदा–पु. (अ. 'मसव्वदा') पुस्तकादि का मूल लेख मनसूबा

मस्त–वि. नशे में चूर, बेफ़िक्र, कामवश

मस्तक–पु. सिर, माथा

मस्तिष्क–पु. भेजा, दिमाग़

मस्ती–स्त्री. मस्त होने का भाव, नशा, काम

–पर आना–मस्त होना

मस्तूल–दि. (पुर्त.) नाव, जहाज़ के बीच में गाड़ा हुआ लंबा लट्ठा जिसमें पाल बाँधा जाता हैं

महंत–पु. मठाधीश, साधु-संघ का मुखिया, मुखिया

महक–स्त्री. गंध, वास

महकना–अ. क्रि. महक देना, वास आना

महकमा–पु. (अ.) हुक्म करने की जगह, कचहरी, विभाग

महत्त्व–पु.बड़प्पन, गुरुता, श्रेष्ठता

महदूद–वि. (अ.) सीमित, नियत

महफ़िल–स्त्री.(अ.) सभा, नाच रंग का जलसा

महबूब–वि. (अ.) प्यारा, प्रेम-पात्र

महल–पु. (अ.) राजा–रईस का मकान, प्रासाद

महल्ला–पु. (अ.) टोला, महल्ले के लोग

महसूल–पु. (अ.) कर, राजस्व, मालगुज़ारी, किराया

महसूस–वि. अनुभूत

–करना, –होना–अनुभव करना, होना

महा–वि. बड़ा, श्रेष्ठ, भारी

महाकवि–पु. बहुत बड़ा कवि

महाकाव्य–पु. आठ या इससे अधिक सर्गोंवाला वह प्रबंधकाव्य जिसमें विविध ऋतुओं, दृश्यों आदि का वर्णन हो और जिसमें सभी रसों तथा विविध छंदों का समावेश हुआ हो

महागणनाध्यक्ष–पु. [अकाउंटेंट जनरल] महालेखापाल

महाजन–पु. श्रेष्ठजन, साहूकार, ऋणदाता

महाजनी–स्त्री. रुपये के लेन-देन का काम

महात्मा–पु. उच्चाशय, संत, सिद्ध पुरुष

महादेव–पु. शिव

महाद्वीप–पु. पृथ्वी का वह बड़ा भाग जिसमें कई देश हों

महाधिकारपत्र–पु. [मैग्ना कार्टा] वैयक्तिक तथा राजनीतिक स्वतंत्रता प्रदान करनेवाला वह प्रसिद्ध अधिकारपत्र जो ब्रिटेन के राजा जॉन से सन् 1215 ई० में लिखाया गया था

महापत्रपाल–पु. [पोस्टमास्टर जनरल] डाक-विभाग का सबसे बड़ा अधिकारी

महापुरुष–पु. श्रेष्ठजन, दुष्ट, हज़रत (व्यंग्य)

महाप्रज्वलन–पु. [कानफ्लेग्रेशन] विशाल और भयावह अग्निकांड

महाप्रलय–पु. सम्पूर्ण सृष्टि का नाश

महाप्रस्थान–पु. महायात्रा, मृत्यु

महाप्राभिकर्ता – पु. [ऐटर्नीजनरल] वह विधिक अधिकारी जो राज्य-सम्बन्धी मुकदमों-मामलों में सरकार की ओर से व्यवस्थादि करने के लिए प्राधिकृत किया गया हो

महाबलाधिकृत – पु. [फ़ील्ड-मार्शल] सबसे बड़ा सैनिक अधिकारी

महाभारत – पु. व्यासरचित इतिहासग्रन्थे

महाभियोग – पु. [इंपीचमेंट] राज्य के प्रधान या राज्य के किसी बड़े अधिकारी पर चलाया गया अभियोग

महामहिम–वि. हिज़ एक्सेलेंसी (राज्यपालादि के सम्मानार्थ प्रयुक्त शब्द)

महामान्य–वि. [हिज़ मैजेस्टी] अत्यन्त माननीय

महायुद्धपोत–पु. [कैपिटल शिप] भारी रणपोत

महाराष्ट्र–पु. दक्षिण-पश्चिम भारत का एक प्रदेश

महालेखापाल–पु. [अकाउंटेंट जनरल] डाक-विभाग आदि सार्वजनिक विभागों का प्रधान लेखापाल

महावाणिज्यदूत –पु. [कौंसल जनरल] किसी देश का वह वाणिज्यदूत जो किसी अन्य देश की राजधानी में नियुक्त किया गया हो और जो उस देश में स्थित अपने देश के इतरवाणिज्यदूतों का प्रधान हो

महाविद्यालय–पु. [कॉलेज] उच्च शिक्षा देनेवाला विद्यालय

महावीरचक्र–पु. स्वतन्त्र भारत में सेना के किसी वीर को रणभूमि में असामान्य वीरता दिखाने पर दिया जानेवाला एक विशेष पदक जो परमवीरचक्र से छोटा माना जाता है

महासागर–पु. महासमुद्र

महिमा–स्त्री. बड़ाई, महत्ता

महिला–स्त्री. भद्र स्त्री
महिला-दीर्घा – स्त्री. [लेडीज़ गैलरी] महिलाओं के बैठने का लंबोतरा स्थान
महीन–वि. बारीक, पतला
महीना–पु. मास, मासिक धर्म
महोत्सव–पु. बड़ा उत्सव, समारोह
महोदय–वि. गौरवशाली; पु. महानुभाव
माँग–स्त्री. बालों को सँवारकर बनायी हुई रेखा,
–उजड़ना–विधवा होना
माँग–स्त्री. याचना, अधिकार रूप में की हुई याचना
माँगना–स. क्रि. याचना करना
माँजना–स. क्रि. रगड़कर साफ़ करना
माँड़ना–स. क्रि. रौंदना, गूँधना
मांस–पु. आमिष, गोश्त
मांसपिंड–पु. शरीर
मांसल–वि. स्थूल, पुष्ट, बलवान्
माक़ूल–वि. (अ.) ठीक, समझदार, शिष्ट
मातम–पु. (अ.) मृत्युशोक, स्यापा
मातमपुरसी–स्त्री. मृत व्यक्ति के घर जाकर समवेदना-प्रकाश
मातहत–वि. (अ.) आज्ञाधीन; पु. अधीन कर्मचारी
मातहती–स्त्री. (अ.) अधीनता
माता–स्त्री. माँ, वयोवृद्ध स्त्री का सम्बोधन, चेचक
माता–वि. मतवाला, नशे में चूर
मातुल–पु. मामा
मातृ–स्त्री. 'माता' शब्द का समास में व्यवहृत रूप
मातृकल्याणगृह–पु. [मैटरनिटी वेलफ़ेयर सेंटर] शिशु-जन्म का अस्पताल
मातृत्व–पु. संतानवती होना, माता का पद
मातृभाषा–स्त्री. स्वभाषा
मातृभूमि–स्त्री. जन्मभूमि
मातृसत्तात्मक–वि. [मैट्रिआर्कल] (वह प्रथा या पद्धति) जिसमें माता या गृहस्वामिनी की ही सत्ता सर्वोपरि मानी जाती रही हो
मात्रा–स्त्री. परिमाण, स्वर को स्थितिकाल, अक्षर में लगायी जानेवाली स्वर-सूचक रेखा, खूराक
माथा–पु. मस्तक, पेशानी, वस्तु का अग्रभाग
–कूटना–सिर पीटना
–ठनकना–किसी अनिष्ट की आशंका होना
–पच्ची करना–सिर खपाना
मादक–वि.नशा पैदा करनेवाला, हर्षजनक
मादकता–स्त्री. नशीलापन
मादरी–वि. (फ़ा) माँ का, पैदाइशी
माधुरी–स्त्री. मधुरता, मिठास, शराब

माध्यम–वि. मध्य का ; पु. [मीडियम] साधन

माध्यमिक–वि. मध्य का, बिचला

माध्यमिक शिक्षा–स्त्री. [सेकंडरी एजुकेशन] प्रारंभिक शिक्षा की समाप्ति से लेकर मैट्रिक तक की शिक्षा

मान–पु. प्रतिष्ठा, आत्मसम्मान, तौल, प्रमाण

मानना– स. क्रि. स्वीकार करना, आदर करना; अ. क्रि. समझना

माननीय–वि. आदरणीय

मानपत्र–पु. अभिनंदनपत्र

मानव–पु. मनुष्य; वि. मनुष्यो चित

मानवपणन, मानवव्यापार–पु. [ट्रैफ़िक इन ह्यू मन बीइंग्ज़] मनुष्यों को बेचने-ख़रीदने का काम

मानसिक–वि. मन-सम्बन्धी

मानहानि–स्त्री. अपमान, बेइज़्ज़ती

मानी–वि. मान करनेवाला, स्वाभिमानी

मानुषिक–वि. मनुष्य-सम्बन्धी

माने–पु. मानी, मतलब, अर्थ

मानों, मानो–अ. जैसे, गोया

मान्यता–स्त्री. स्वीकृति देना, प्रामाणिक मान लेना

माप–स्त्री. नाप, परिमाण

मापक–पु. पैमाना, बाट, तौलनेवाला

मापना–स. क्रि. नापना, पैमाइश करना

माफ़–वि. (अ. 'मुआफ़') क्षमा किया हुआ

–करो–क्षमा करो, रास्ता लो, जान छोड़ो

माफ़ी–स्त्री. क्षमा, वह ज़मीन जिसकी मालगुजारी माफ़ हो

माफ़ीदार–वि. जिसके पास माफ़ी ज़मीन हो

मामला, मामिला–पु. (अ.) काम-काज, देन-लेन, घटना, मुकदमा

माया–स्त्री.धोखा, जादू, अविद्या, लीला

मायाजाल–पु. घर-गृहस्थी का जंजाल

मायावाद–पु. संसार को मिथ्या मानने का सिद्धान्त

मायावी–वि. छलनेवाला, फ़रेबी

मार–पु. मारण, वध

मारकाट–स्त्री. युद्ध, ख़ूँरेज़ी

मारधाड़, मारपीट–स्त्री. एक-दूसरे को मारना

मारना–स. क्रि. प्रहार करना, हत्या करना

मारफ़त–स्त्री. (अ.) ज़रीया, अध्यात्म-ज्ञान

मार्ग – पु. रास्ता, भ्रमणपथ (ग्रह का)

मार्च–पु. (अं.) ईसवी सन का तीसरा महीना, सैनिकों की क़वायद, कूच

मार्दव–पु. मृदुता, चित्त की

कोमलता, नरमी

मार्मिक–वि. मर्मस्पर्शी

माल–स्त्री. (अ.) असबाब, धन-दौलत, राजस्व

मालगाड़ी–स्त्री. माल ढोने के काम आनेवाली ट्रेन

मालगोदाम–पु. माल रखने का स्थान

मालमंत्री–पु. [रेवेन्यू मिनिस्टर] राजस्वमंत्री

मालामाल–वि. (अ.) धन-धान्य से भरा हुआ

मालिक–पु.(अ.) स्वामी, ईश्वर, पति

मालिश–स्त्री. (अ.) मलने का भाव या काम, मर्दन

माली–वि. (अ.) माल का, आर्थिक

माशा–पु. आठ रत्ती का वज़न, तोले का वारहवाँ भाग

माशूक़–वि. प्रेमपात्र, सुन्दर, मोहक

माशूक़ा–स्त्री. (अ.) प्रेयसी, प्रेमिका

माशूक़ाना–वि. (अ.) माशूक़ों जैसा

मासिक–वि. माहवार, महीने में एक बार निकलनेवाला (पत्र, पुस्तक)

मासिक धर्म–पु. ऋतु, रजोधर्म

मासूम–वि. (अ.) निष्पाप, निर्दोष, भोला

मास्टर–पु. (अं.) मालिक, शिक्षक, उस्ताद

मास्टर की – स्त्री. वह कुंजी जिससे बहुत-से ताले खुल जाएँ

मास्टरी–स्त्री. अध्यापक-वृत्ति

माह–पु. (फ़ा.) चाँद, महीना, मास

माहनामा–पु. मासिक पत्र

माहवार–अ. हर महीने

माहात्म्य–पु. महिमा, पुण्यजनक फल

मिज़ाज–पु. (अ.) तबीयत, प्रकृति, स्वभाव, घमंड

–शरीफ़–मिज़ाज कैसा है? तबीयत ठीक तो है ?

–सातवें आसमान पर होना–घमण्ड बहुत बढ़ जाना

–होना–घमण्ड होना

मिज़ाजपुरसी – स्त्री. मिज़ाज पूछना

मिज़ाजवाला–वि. घमण्डी

मिटना–अ. क्रि. लुप्त होना, नष्ट होना

मिटाना–स. क्रि. बरबाद करना, रद्द करना

मिट्टी–स्त्री. ज़मीन, धूल, शरीर की बनावट, प्रकृति

–उठना–लाश, जनाज़ा उठना

–के मोल–बहुत सस्ते दामों (बिकना)

–पलीद होना–दुर्दशा होना

–में मिलना–नष्ट, बरबाद हो जाना

मिट्टी का तेल–पु. एक प्रसिद्ध

खनिज द्रव जो लैम्पों आदि में तेल की तरह जलाया जाता हैं

मिठाई–स्त्री. मिठास, मिष्टान्न

–बाँटना–अभीष्ट-सिद्धि की ख़ुशी में मिठाई बाँटना

मिडिल–वि. (अं.) बीच का, मध्यवर्ती

मिती–स्त्री. तिथि, तारीख़

मितोपभोग योजना–स्त्री.[आस्टेरिटी स्कीम] अल्पभोग योजना

मित्र–पु. दोस्त, बन्धु, सखा, साथी

मिथुन–पु. स्त्री–पुरुष का जोड़ा

मिथ्या–वि. झूठ, असत्य, व्यर्थ

मिथ्याज्ञान–पु. भ्रम

मिथ्यानाम–पु. [मिसनोमर] ऐसा नाम या ऐसा शब्द जो किसी व्यक्ति, कार्य, वस्तु आदि के लिए उपयुक्त न हो

मिथ्यारोपण–पु. [विलिफ़िकेशन] आधारहीन या झूठे आरोप लगाकर वदनाम करना

भिल–स्त्री. (अं.) कल या कारख़ाना

मिलज़ुलकर–अ. इकट्ठे होकर, मेल के साथ

मिलनसार–वि. जो सबसे मेल-जोल रखता हो

मिलना–अ. क्रि. एक होना, भेंट होना

मिलवाना–स. क्रि. मिलन कराना

मिलाना–स. क्रि. मिलावट करना, इकट्ठा करना, जोड़ना, तुलना करना, दूसरे पक्ष से फोड़ना

मिलाप–पु. मेल, भेंट, प्रेम, दोस्ती

मिलावट–स्त्री. मिलाया जाना, बढ़िया चीज़ में घटिया चीज़ का मेल

मिल्कीयत–स्त्री. जायदाद, ज़मींदारी

मिशन–पु. (अं.) प्रतिनिधिमंडल, धर्मोपदेशकों का मंडल

मिसाल–स्त्री. (अ.) नज़ीर, दृष्टांत, नमूना

मिस्टर–पु. (अं.) सम्मानसूचक शब्द, महाशय, जनाब

मिस्तरी–पु. कुशल कारीगर

मिस्मिरेज़्म–पु. सम्मोहनविद्या

मिस्ल–वि. (अ.) सदृश, तुल्य, मानिन्द

मीआद–स्त्री.(अ.) नियत काल, अवधि

मीठा–वि. जिसमें मिठास हो, मज़ेदार, प्रिय

मीठा-मीठा–वि. हलका–हलका, थोड़ा-थोड़ा

मीनार–स्त्री. (अ. 'मनार') स्तंभ रूप, ऊँची इमारत

मीमांसा–स्त्री. विचारपूर्वक तत्त्वनिर्णय

मीमांसाकार – पु. मीमांसासूत्र के रचयिता जैमिनि ऋषि

मीर–पु. (फ़ा.) सरदार, नेता, मुखिया

मुंशियाना–वि. मुंशियों जैसा,

मुंशी के उपयुक्त
मुंशी–पु. (अ.) लिखनेवाला, मुहर्रिर
मुंशीगिरी–स्त्री. लेखनवृत्ति, मुहर्रिरी
मुंसिफ़–पु. (अ.) इंसाफ़ करनेवाला, न्यायविभाग का एक अधिकारी
मुँह–पु. मुख, सूराख़, लियाक़त
–काला करना–बुरे कर्म करना
–काला होना–बेइज़्ज़त होना
–की खाना–बुरी तरह हारना
–चूम लेना–किसी की योग्यता का क़ायल हो जाना
–छिपाना–लज्जित होना
–तकना–किसी से आस लगाये बैठे रहना
–दिखाना–सामने आना
–देखकर बात करना–चापलूसी की बातें करना
–पर–सामने, दू-बदू
–पर थूकना–तिरस्कार करना
–पर हवाइयाँ उड़ना–भय, घबराहट आदि से चेहरे का पीला या सफ़ेद हो जाना
–फुलाना–नाराज़ होना, रूठना
–फेर लेना–बेरुख़ या नाराज़ हो जाना
–बन्द कर देना–चुप करा देना
–मीठा करना–मिठाई खाना, खिलाना
–में कालिख पुतना या लगना–भारी बदनामी होना
–में ख़ून लगना–चसका लगना
–में ज़बान रखना–बोलने में समर्थ होना
–में ज़बान न रखना–गूँगा होना, बेज़बान होना
–मोड़ना–बेरुख़ी करना
–लगना–हुज्जत करना, ढिठाई से बोलना
–लगाना–गुस्ताख़ बनाना
–की मुँह में–चुपके-चुपके
मुँहचोर–वि. झेंपू
मुँहज़ोर–वि. बहुत बोलनेवाला
मुँह दर मुँह–अ. सामने, दू-बदू
मुँहफट–वि. बदज़बान
मुँहमाँगा–वि. अपना माँगा हुआ
मुँहलगा–वि. ढीठ, शोख़, सिरचढ़ा
मुअत्तल–वि. (अ.) अस्थायी रूप से पदच्युत
मुअत्तली–स्त्री. (अ.) मुअत्तल होने का भाव
मुआवज़ा–पु. (अ.) तावान, हर्जाना
मुकदमा–पु. (अ. 'मुक़द्दमा') अदालत में गया हुआ मामला
मुक़द्दमा–पु. (अ.) प्रस्तावना
मुक़द्दर–पु. (अ.) भाग्यलेख
मुकरना – अ. क्रि. इनकार करना
मुक़ाबला–पु. (अ.) बराबरी करना, मुठभेड़, विरोध
मुक़ाम–पु० (अ. 'मक़ाम') पड़ाव, वासस्थान, मौक़ा

मुक़ामी–वि. (अ.) स्थानीय

मुकुट–पु. ताज, किरीट

मुक्केबाज़ी–स्त्री. [बॉक्सिंग] घूँसेबाज़ी, घूँसों की लड़ाई

मुक्त–वि० मोक्षप्राप्त, बंधन रहित

–कंठ से – खुलकर, निस्संकोच रूप में

मुक्त वाणिज्य, मुक्त व्यापार–पु. [फ्री ट्रेड] आयात-निर्यात-सम्बन्धी बाधाओं का करों से मुक्त व्यापार

मुक्त व्यापारनीति–स्त्री. [फ्री ट्रेड पालिसी] बाहर से आनेवाले माल पर बाधक कर न लगाने की नीति

मुक्ता–स्त्री. मोती

मुक्ति–स्त्री. छुटकारा, मोक्ष, आज़ादी

मुक्तियुद्ध–पु. [वार ऑफ़ लिबरेशन] स्वतंत्रता का संघर्ष

मुख–पु. मुँह, निकलने-पैठने का रास्ता

मुखचित्र–पु. मुखपृष्ठ पर छपा हुआ चित्र

मुखच्छद–पु. [मास्क] मुखौटा, नक़ाब

मुखपत्र–पु. [आर्गन] किसी दल या संस्था द्वारा प्रकाशित वह सामयिक पत्र जिसमें उसके सिद्धान्तों, उद्देश्यों आदि की चर्चा की जाती हैं

मुख़तार–पु. (अ.) एजेंट

मुख़तारनामा–पु. मुख़तार का अधिकारपत्र

मुख़बिर–पु. (अ.) जासूस, वह मुलज़िम जो सरकारी गवाह बन जाये

मुख़बिरी–स्त्री. (अ.) जासूसी

मुखरित–वि. ध्वनित, शब्दाय-मान

मुखाकृति–स्त्री. चेहरा

मुखालिफ़–वि. (अ.) विरोध करनेवाला

मुखावरोधक अधिनियम –पु. [गैगिंग ऐक्ट] भाषण करने पर प्रतिबन्ध लगा देनेवाला अधिनियम

मुखिया–पु. प्रधान व्यक्ति, अगुआ

मुख़्तसर–वि. (अ.) संक्षिप्त, साररूप, छोटा

मुख्य–वि. प्रधान, श्रेष्ठ ; पु. मुखिया

मुख्य निर्वाचन आयुक्त–पु. [चीफ़ इलेक्शन कमिश्नर] देश का सबसे बड़ा निर्वाचन अधिकारी

मुख्य न्यायाधिपति–पु. [चीफ़ जस्टिस] मुख्य न्यायाधीश

मुख्य न्यायाधीश – पु. [चीफ़ जज] न्यायाधीशों में प्रधान

मुख्यमंत्री–पु. [चीफ़ मिनिस्टर] भारतीय गणतन्त्र के किसी राज्य का सबसे बड़ा मंन्त्री

मुख्यालय–पु. [हेड क्वार्टर] प्रधान कार्यालय

मुख्याधिष्ठाता–पु. [रेक्टर] अधिशिक्षक

मुग़ल–पु. (फ़ा.) एक प्रसिद्ध लड़ाकू तातारी जाति

मुग़लिया–वि. (फ़ा.) मुग़लों का

मुग़ालता – पु. (अ.) धोखा, भ्रम

मुग्ध–वि. मोहित, मूढ़, भोला, सुन्दर

मुग्धा–स्त्री. यौवनप्राप्त सरल स्वभाववाली नायिका

मुचलका–पु. (तु.) कोई ख़ास काम न करने या नियत तिथि पर हाज़िर होने का प्रतिज्ञापत्र जिसका पालन न होने से प्रतिज्ञा करनेवाला निर्धारित अर्थदंड देना स्वीकार करता है

मुजरा–वि. (अ.) जारी किया हुआ; पु. कटौती, वेश्या का महफ़िल में बैठकर गाना

–करना–मिनहा करना

मुजरिम–पु. (अ.) जुर्म करनेवाला, अपराधी

मुजाविर–पु. (अ.) मसजिद में रहनेवाला

मुट्ठी–स्त्री. बँधी हुई हथेली, पकड़, कब्ज़ा

–गरम करना–घूस देना

–मैं आना, होना–क़ब्ज़े, क़ाबू में आना

मुठभेड़–स्त्री. भिडंत, सामना

मुडाना–स. क्रि. सिर के बाल उस्तरे से बनवाना

मुतफ़न्नी–वि. (अ.) चालबाज़, फ़रेबी, फ़सादी

मुतलक़–वि. (अ.) निपट, निरा; अ. बिलकुल, क़तई

मुताबिक़–वि. (अ.) सदृश, अनुरूप; अ. अनुसार

मुतालबा–पु. (अ.) माँगना, माँग, पावना

मुताह – पु. (अ.) अस्थायी निकाह

मुत्तला – वि. (अ.) सूचित, आगाह

मुत्तहिदा–वि. (अ.) इकट्ठा, संयुक्त

मुदर्रिस–पु. (अ.) शिक्षा देनेवाला, अध्यापक

मुदर्रिसी–स्त्री. (अ.) मुदर्रिस का काम, अध्यापकी

मुद्दई–पु. (अ.) दावा करनेवाला, वादी

मुद्दत–स्त्री. (अ.) अरसा, अवधि, मीआद

मुद्दालेह–पु. जिस पर दावा किया गया हो, प्रतिवादी

मुद्र–पु. टाइप

मुद्रक–पु. [प्रिंटर] छापनेवाला

मुद्रण–पु. छापना, छपाई

मुद्रण-स्वातंत्र्य – पु. [फ्रीडम ऑफ़ प्रेस] सरकारी अधिकारी को दिखाये बिना या उसकी अनुमति लिए बिना किसी समाचार-पत्र में किसी विषय

पर लेख लिखने, टीका करने या किसी पुस्तकादि में उसकी चर्चा करने की स्वतन्त्रता
मुद्रणालय–पु. छापाख़ाना, प्रेस
मुदलिख पु. [टाइपराइटर] टाइप के अक्षर छापने की मशीन
मुद्रलेखक–पु. टाइपिस्ट
मुद्रांकन–पु. छपाई
मुद्रांकित–वि. छपा हुआ, [सील्ड] जिस पर मोहर लगा दी गयी हो
मुद्रा–स्त्री. सिक्का, मुखचेष्टा, टाइप
मुद्राबाहुल्य, मुद्राविस्तार – पु [इनफ़्लेशन] मुद्रास्फीति
मुद्राविज्ञान, मुद्राशास्त्र – पु. न्यूमिसमैटिक्स] मुद्रातत्त्व
मुद्राविस्फीति–स्त्री. [डीफ़्लेशन] मुद्रासकोच
मुद्रास्फीति–स्त्री. [इनफ़्लेशन] किसी राज्य में काग़ज़ी मुद्रा का चलन असाधारण रूप से बढ़ जाना, जिससे वस्तुओं के दाम बहुत बढ़ जाते हैं
मुद्रास्फीतिरोधक–वि. [ऐंटीइनफ़्लेशनरी] मुद्रास्फीति रोकनेवाला (उपाय इ०)
मुद्रित–वि. छापा हुआ
मुनादी–पु. (अ.) ढिंढोरा पीटने वाला; स्त्री. ढिंढोरा
मुनाफ़ा–पु. (अ.) नफ़ा, लाभ
मुनासिब–स्त्री. (अ.) वाजिब, ठीक, उचित
मुनीम–पु. हिसाब-किताब रखनेवाला कर्मचारी
मुफ़लिस–वि. (अ.) ग़रीब, कंगाल, निर्धन
मुफ़लिसी–स्त्री. (अ.) ग़रीबी, निर्धनता
मुफ़स्सल–पु. केन्द्रस्थ नगर के इर्द-गिर्द के स्थान
मुफ़ीद–वि. (अ.) लाभकारी
मुफ़्ती–वि. (अ.) बिना दाम का; अ. बिनदामों
मुफ़्ती–पु. (अ.) फ़तवा देनेवाला
मुबलग, मुबलिग–वि. (अ.) कुल; पु. मात्रा, रक़म
मुबारक–वि. (अ.) शुभ; स्त्री. ख़ुशख़बरी
मुबारकबाद – स्त्री. बधाई, शुभकामना
मुमकिन–वि. (अ.) संभाव्य
मुमुक्षु–वि. मोक्ष का अभिलाषी
मुयस्सर–वि. (अ.) आसानी से मिलनेवाला
मुरगा–पु. नर मुरगी, मुर्ग
–बनाना–यन्त्रणादण्ड का एक प्रकार
मुरझाना–अ. क्रि. सूखने लगना, कुम्हलाना
मुरदा–वि. (फ़ा.) मरा हुआ, मुरझाया हुआ; पु. मृतक, शव
–उठना–जनाज़ा उठना, मरना
मुरदादिल–वि. निरुत्साह

मुरशिद–पु. (अ.) गुरु, पीर

मुराद–स्त्री. (अ.) मतलब, मनोरथ

–पाना, –बर आना – कामना पूरी होना

मुरीद–पु. (अ.) चेला, शिष्य

मुरौवत–स्त्री. (अ.) उदारता, दूसरों का लिहाज़

मुलज़म, मुलज़िम–वि. (अ.) जिस पर दोष, लगाया गया हो; पु. अभियुक्त

मुलम्मा–वि. (अ.) चमकाया हुआ; पु. क़लई

मुलाक़ात – स्त्री. (अ.) भेंट, मिलना-जुलना

मुलाक़ाती–पु. (अ.) मिलनेवाला, मित्र, परिचित

मुलाज़मत–स्त्री. (अ.) नौकरी, सेवा

मुलाज़मत पेशा–पु. नौकरी से जीविका कमानेवाला

मुलाज़िम–पु. (अ.) नौकर, सेवक, कर्मचारी

मुलायम – वि. (अ.) नरम, कोमल, सुकुमार, अनुकूल

मुलाहजा–पु. (अ.) देखना, निरखना, लिहाज़

मुल्क–पु. (अ.) देश

मुल्तवी–वि. (अ.) देर करनेवाला, स्थगित

मुल्ला–पु. (अ.) मौलवी

मुवक्किल– पु. (अ.) वकील करनेवाला

मुशाइरा – पु. (अ.) कविता-पाठ की मजलिस

मुश्क–पु. (फ़ा.) कस्तूरी

मुश्किल–वि. (अ.) कठिन; स्त्री. कठिनाई, कष्ट

–आसान होना – कठिनाई दूर होना, संकट कटना

मुसकुराना–अ. क्रि. मंद-मंद हँसना

मुसकुराहट–स्त्री. मंद हास

मुसलमान–पु. (अ.) इसलाम मज़हब को माननेवाला

मुसलिम–पु. (अ.) मुसलमान

मुसलिम लीग–स्त्री. संप्रदायवादी मुसलमानों का प्रतिनिधित्व करनेवाली संस्था (1906 में स्थापित)

मुसल्लम, मुसल्लमा–वि. (अ.) अखंडित, पूरा

मुसल्ला–पु. (अ.) जानमाज़, नमाज़ पढ़ने की जगह

मुसव्विर–पु. (अ.) चित्रकार

मुसाफ़िर – पु. (अ.) यात्री, परदेशी

मुसाफ़िरख़ाना–पु. मुसाफ़िरों के ठहरने के लिए बना हुआ सागवान

मुसाफ़िर गाड़ी–स्त्री. पैसेंजर ट्रेन, सवारी गाड़ी

मुसाहिब–पु. (अ.) साथ उठने बैठने-वाला

मुसाहिबी–स्त्री. (अ.) मुसाहिब का पद या काम

मुसीबत – स्त्री. (अ.) कष्ट, संकट, आफ़त

–का मारा–विपद्ग्रस्त, अभागा

मुसीबतज़दा – वि. विपद्ग्रस्त, दुखिया

मुस्तक़बिल–वि. (अ.) भावी; पु. भविष्यकाल

मुस्तक़िल–वि. (अ.) स्थिर, पक्का, दृढ़

मुस्तग़ीस–पु. (अ.) फ़रियादी, अभियोक्ता

मुस्तनद–विं. (अ.) प्रामाणिक, विश्वसनीय

मुस्तैद–वि. तैयार, तत्पर, चुस्त

मुहताज – वि. (अ.) ग़रीब, विवश

मुहब्बत–स्त्री. (अ.) चाह, प्रेम, स्नेह

मुहम्मद–वि. (अ.) अति प्रशंसित; पु. इसलाम धर्म के प्रवर्तक

मुहर–स्त्री. मुद्रा, छाप, अशर्फी

–करना–मुहर लगाना

–लगाना–पक्का कर देना

मुहरा – पु. सामना, निशाना, सेना का अग्रभाग

मुहरा–पु. (फ़ा.) कौड़ी, मनका, चौसर की गोट

मुहर्रम–वि. (अ.) हराम ठहराया हुआ; पु. मुसलमानी साल का पहला महीना

मुहर्रमी–वि. रोनी, सूरतवाला

मुहर्रिर–पु. (अ.) लिखनेवाला, मुंशी

मुहर्रिरी–स्त्री. (अ.) मुहर्रिर का काम या पेशा

मुहलत–स्त्री. (अ.) अवकाश, फ़ुरसत

मुहाफ़िज़–पु. (अ.) हिफ़ाज़त करनेवाला, रक्षक

मुहाफ़िज़ दफ़्तर–पु. [रिकार्ड–कीपर] मुहाफ़िज़ख़ाने का निरीक्षक

मुहाल–वि. (अ.) कठिन, अनहोनी

मुहावरा–पु. (अ.) बोलचाल, कहावत

मुहिम–स्त्री. (अ.) कठिन या भारी काम, युद्ध, चढ़ाई

–सर करना – लड़ाई जीतना, कठिन या काम करना

मुहूर्त–पु. 12 क्षण का समय, शुभाशुभ काल

मूँछ–स्त्री. ऊपर के होंठ पर उगे हुए बाल

–उखाड़ना–गर्व नष्ट करना

–का बाल–जिसका किसी के यहाँ बहुत मान-जान हो

–नीची होना–लज्जित होना, वेइज़्ज़त होना

मूँड़ना—स. क्रि. हजामंत बनाना, चेला मूँड़ना, ठगना

मूढ–वि. मुग्ध, हैरान, मूर्ख, जड़-बुद्धि

मूढता–स्त्री. मूर्खता, नासमझी

मूर्ख–वि. मूढ, नासमझ, अज्ञ

मूर्खता–स्त्री. मूर्खत्व; पु. मूढता, नासमझी

मूर्च्छा–स्त्री. बेहोशी

मूर्ति–स्त्री. शरीर, प्रतिमा

मूर्तिकला–स्त्री. मूर्ति गढ़ने की कला

मूर्तिकार–पु. मूर्ति बनानेवाला

मूल–पु. जड़, कद, आदि कारण, मूलधन

मूलग्रंथ–पु. मूल ग्रंथकार की रचना

मूलधन–पु. व्यापार आदि में लगायी हुई पूँजी

मूलपाठ–पु. [टेक्स्ट] किसी लेखक, विधायक या प्रस्तावक के मूल शब्द

मूलमंत्र–पु. कुंजी, मूल तत्त्व

मूल्य–पु. क़ीमत, पारिश्रमिक, उपयोगिता

मूल्यन–पु. [वैलुएशन] दे० 'मूल्यनिरूपण'

मूल्यनियंत्रण – पु. [प्राइसकंट्रोल] वस्तुओं के मूल्य में अनुचित वृद्धि पर रोक

मूल्यनिरूपण – पु. [वैलुएशन] किसी वस्तु, संपत्ति या किसी की योग्यता आदि का मूल्य निश्चित करना

मूल्यसूचनांक – पु. [इंडेक्स नंबर] खाद्यान्न, वस्त्र तथा अन्य वस्तुओं का विभिन्न समयों का मूल्य बतलानेवाला अंक

मूल्यह्रास-कोष–पु. [डेप्रीशियेशन फंड] यंत्र, सामान, उपकरणों आदि के घिस जाने, पुराने तथा बेकाम हो जाने के कारण उनके मूल्य में क्रमशः होनेवाली घटी पूरी करने के उद्देश्य से स्थापित कोष या निधि

मूल्यांकन–पु. [वैलुएशन] मूल्य-निरूपण

मूल्यादेय वस्तुएँ – स्त्री. [वैल्युपेयेबिल आर्टिकिल्स] डाकख़ाने द्वारा भेजी गयी वे वस्तुएँ, रसीदें, बिल्टियाँ आदि जो पानेवाले के हाथ उनपर अंकित मूल्य लेकर ही अर्पित की जा सकती हैं

मूल्यानुपाती कर (शुल्क) – पु. [ऐड वैलोरिम ड्यूटी] किसी वस्तु पर उसके मूल्य के अनुसार लगनेवाला कर या शुल्क

मूल्यापकर्ष–पु. [डेप्रीशियेशन] मूल्य-ह्रास

मूल्यावपात –पु. [स्लंप] सस्ती

मूल्यावरोहण–पु. [डेप्रीशियेशन] दे० 'मूल्यापकर्ष'

मूल्योत्कर्ष–पु. [एप्रीशियेशन] मुद्रा, सरकारी ऋण पत्रों आदि के सापेक्ष मूल्य में वृद्धि होना

मृग–पु. पशु, हिरन

मृगतृषा, मृगतृष्णा, मृगतृष्णिका–स्त्री. मिथ्या प्रतीति

मृगनयना, मृगनयनी–वि., स्त्री. हिरन या मृगशावक की सी

आँखोंवाली

मृगनाभि–पु. कस्तूरी

मृगया–स्त्री. शिकार, आखेट

मृगराज–पु. सिंह व्याघ्र

मृत–वि मरा हुआ, मृतवत्

मृतलेख–पु. [डेड अकाउंट] वह लेखा जिसमें लम्बे अरसे से कोई रक़म जमा न की गयी हो अथवा न निकाली गयी हो, और इस कारण जो चालू न रह गया हो

मृत्यु–स्त्री. मरण, मौत

मृत्युकर–पु. [डेथ ड्यूटी] किसी की मृत्यु होने पर उसकी संपत्ति के संबंध में लगनेवाला कर

मृत्युपत्र–पु. वसीयतनामा

मृत्युलेख–पु. [डेथ विल] मृत्यु के समय या मृत्यु के कुछ पहले इच्छा प्रकट करने के लिए लिखा गया लेख या पत्र

मृदु–वि. कोमल, दयायुक्त, मधुर

मृदुकरण–पु. [मिटिगेशन] नरम या हलका बना देना

मेघ–पु. बादल, छः मुख्य रोगों में से एक

मेज़–स्त्री. (फ़ा.) टेबल

मेज़पोश–पु. मेज़ पर बिछाने का कपड़ा

मेज़बान–पु. आतिथ्य करनेवाला

मेज़बानी–स्त्री. अतिथि-सत्कार

मेधावी–वि. मेधायुक्त, बुद्धिमान्, पण्डित

मेल–पु. प्रीति, मित्रता, मिलावट, क़िस्म

मेलजोल, मेलमिलाप–पु. प्रीति-सम्बन्ध

मेला–पु. सैर-तमाशे आदि के लिए लोगों का जमाव

–लगना–जमाव होना, भीड़ होना

मेला-ठेला, मेला-तमाश–पु. मेला, सैर-तमाशा

मेवा–पु. (फ़ा.) फल, सुखाया-हुआ फल

मेहनत–स्त्री. (अ.) श्रम, कोशिश, कष्ट

मेहनत-मज़दूरी–स्त्री. शारीरिक श्रम का काम

मेहनताना–पु. पारिश्रमिक,वकील की फ़ीस

मेहनती–वि. (अ.) मेहनत करनेवाला, परिश्रमी

मेहमान–पु. (फ़ा.) अतिथि

मेहराबी–वि. (अ.) मेहराबदार

मैत्री–स्त्री. मित्रता, दोस्ती

मैथिल–वि. मिथिला का; पु. मिथिला-निवासी

मैथुन–पु. जोड़ा खाना, रतिक्रिया

मैथुनिक–वि. [सेक्शुअल] भोग-वासना से सम्बन्ध रखनेवाला

मैदान–पु. (फ़ा.) चौड़ी-चकरी समतल ज़मीन, रणक्षेत्र

–छोड़ना–रणक्षेत्र से भागना

–जीतना, –मारना – लड़ाई जीतना

–में आना – मुक़ाबले के लिए

सामने आना
–हाथ रहना–लड़ाई जीतना
मोक्ष–पु. बंधन से छूटना, छुटकारा, मुक्ति
मोटर–स्त्री. (अं.) गतिशक्ति देनेवाला यंत्र, मोटरकार
मोटरकार–स्त्री. मोटर, हवागाड़ी
मोटर ड्राइवर–पु. मोटर चलानेवाला
मोटर बोट-स्त्री. मोटर-इंजन से चालित नाव
मोटर साइकल – स्त्री. मोटरइंजन से चलनेवाली साइकल
मोटा–वि. स्थूलकाय, दवीज़, भारी
मोटा असामी–पु. मालदार असामी
मोटाताज़ा–वि. हृष्ट-पुष्ट, तगड़ा
मोटा हिसाब – अ. अन्दाज़न, लगभग
मोड़ना–स. क्रि. घुमाना, दिशा बदलना
मोती–पु. मुक्ता
मोनो टाइप मशीन–स्त्री. (अं.) कंपोज़ करनेवाली वह मशीन जिसमें एक-एक अक्षर ढलता और कंपोज़ होता चलता है
मोम–पु. जमाया हुआ मिट्टी का तेल
–होना–पिघलना, नरम होना
मोमदिल–वि. नरम दिलवाला
मोमबत्ती–स्त्री. क़ंदील
मोर–पु. मयूर
मोरचा–पु (फ़ा.) क़िले के रक्षार्थ खोदी हुई खाई; ज़ंग, आईने पर जमा हुआ मैल
–खाना–ज़ंग लगना
–बाँधना–मोरचाबंदी करना
–मारना, मोरचा लेना–मोरचा जीतना
मोरचाबंदी–स्त्री. लड़ने का प्रबंध करना
मोरमुकुट – पु. मोर–पंख का मुकुट
मोल–पु. मूल्य, दाम
–करना–चीज़ के दाम तै करना
मोह–पु. अज्ञान, ममता, भ्रांति
मोहन–वि. मोहनेवाला ; पु. लुभाना
मोहनभोग–पु. एक तरह का हलवा
मोहिनी–स्त्री. माया, मोहक प्रभाव, वशीकरण
मोहिनी–वि., स्त्री. मोहने, मन लुभानेवाली
मौक़ा–पु. घटनास्थल, उपयुक्त काल, अवसर
मौखिक – वि. मुख–संबंधी, ज़बानी
मौखिक परीक्षा–स्त्री. [व्हाइव्हा व्होसी] ज़बानी ली जानेवाली परीक्षा
मौज–स्त्री. (अ.) लहर, मन की लहर, तरंग
–में आना–मन में उठना, मन में आना

मौजूद–वि. (फ़ा.) विद्यमान, सामने खड़ा, उपलब्ध

मौत–स्त्री. (फ़ा.) मृत्यु, मुसीबत

–का घर देख जाना (लेना) – मृत्यु की आशंका होना

–का तमाचा – मौत की याद दिलानेवाली बात

–के मुँह में जाना–ख़तरे में पड़ना

–का सामना–भारी ख़तरा, प्राण भय

मौद्रिक–वि. [मॉनेटरी] मुद्रा-सम्बन्धी

मौन–पु. न बोलना, चुप्पी

मौलाना–पु. (अ.) अरबी का बहुत बड़ा विद्वान्

मौलिक – वि. मूल-सम्बन्धी, मूलगत

मौलिकता–स्त्री. मौलिक होने का भाव

मौसम–पु. दे. मौसिम

मौसिम–पु. (अ.) ऋतुकाल, समय

मौसेरा–वि. मौसी के नातेवाला, मौसी से सम्बद्ध

म्यान–पु. (फ़ा.) खड्‌गकोष

म्युनिसिपलिटी–स्त्री. (अं.) नगर-सभा, नगरपालिका

म्लान–वि. कुम्हलाया, मुरझाया हुआ

म्लेच्छ–पु. अनार्य; वि. नीच

य

य–देवनागरी का छब्बीसवाँ व्यंजन वर्ण

यंत्र–पु. औज़ार, कल, मशीन

यंत्रचातुर्य–पु. [टेकनीक] तकनीक

यंत्रजात–पु. [मशीनरी] विभिन्न यन्त्रों का समूह

यंत्रण–पु. [मेकानिक] दे. 'यंत्री'

यंत्रपुत्रक–पु. [रोवॉट] यंत्रादि की सहायता से हाथ-पाँव हिलानेवाला पुतला

यंत्रविद्–पु. एंजिनियर

यंत्रविद्या–स्त्री. एंजिनियरिंग

यंत्रसज्ज सेना–स्त्री. [मेकेनाइज़्ड आर्मी] टैंकों, कवचित गाड़ियों, मोटरगाड़ियों तथा टेलीफोन आदि आधुनिक यंत्रों का प्रयोग करनेवाली एवं उनसे लैस सेना

यंत्रसमुच्चय–पु. [प्लांट] उद्योग यंत्रावली

यंत्रालय–पु. यंत्रशाला, छापाख़ाना, प्रेस

यंत्री–पु. [मेकानिक] कारीगर

यक़ीन–पु. (अ.) विश्वास, प्रतीति

यक़ीनन–अ. (अ.) अवश्य, निःसंदेह, विश्वासपूर्वक

यजमान–पु. यज्ञ करनेवाला
यजमानी–स्त्री. पुरोहिती
यज्ञ–पु. हवन-पूजनयुक्त एक वैदिक कृत्य
यज्ञमंडप–पु. यज्ञ का मंडप
यज्ञवेदी–स्त्री. यज्ञ की वेदिका
यज्ञोपवीत–पु. जनेऊ
यज्ञोपवीत संस्कार – पु. जनेऊ पहनाने का संस्कार
यत्न–पु. उपाय, उपचार
यत्नशील–वि. सचेष्ट
यथा–अ. जिस प्रकार, जैसे
यथातथ, यथातथ्य–वि. ज्यों का त्यों
यथानियम–वि. नियमानुसार
यथापूर्व–वि. पहले का सा, ज्यों का त्यों
यथायोग्य–वि. जैसा चाहिए
यथार्थ–वि. सत्य, प्रकृत, उचित
यथार्थवाद–पु. [रीयलिज़्म] जो बात या वस्तु जिस रूप में हो, उसी रूप में उसका वर्णन करना या ग्रहण करना
यथार्थवादी – वि. [रीयलिस्ट] यथार्थवाद का अनुयायी
यथालाभ–वि. जो मिले उसी के अनुरूप
यथावत्–वि. ज्यों का त्यों, हू–बहू
यथाशक्ति–अ. शक्ति के अनुसार, शक्ति-भर
यथाशीघ्र – अ. जितनी जल्दी सम्भव हो
यथासंभव, यथासाध्य – अ. जो हो सके
यथासमझौता–पु. [स्टैंडस्टिल ऐग्रीमेंट] वर्तमान या विद्यमान स्थिति को ज्यों का त्यों बनाये रखनेवाला समझौता
यथासमय – अ. निश्चित समय पर; वि. समय के अनुसार
यथास्थान–अ. उचित स्थान पर
यथोचित–वि. जैसा चाहिए वैसा, समुचित
यथोपयुक्त–वि. यथायोग्य
यदा–अ. जब, किस समय, जहाँ
यदाकदा–अ. जब-तब, कभी-कभी
यद्यपि–अ. अगरचे, यदि, चेत्, गो कि
यम–पु. मृत्यु के देवता, दो की संख्या
यमज–पु. जुड़वाँ बच्चे
यमदूत–पु. यम के दूत
यवन–पु. यूनान का निवासी, मुसलमान
यवनिका–स्त्री. नाटक का पर्दा, कनात
यश–पु. कीर्ति, सुनाम, प्रशंसा
यशोधरा–स्त्री. गौतम बुद्ध की पत्नी
यष्टि–स्त्री. लाठी, पताका का डंडा
यष्टित्रय–पु. [विकेट्स] क्रिकेट के तीन डंडे
यष्टिरक्षक–पु. [विकेटकीपर] (यष्टित्रय) के ठीक पीछे खड़ा

रहनेवाला क्षेत्ररक्षक

यांत्रिक–पु. [मशीनिस्ट] मशीनें बनानेवाला; वि. [मेकानिकल] यंत्र–सम्बन्धी, यंत्रवत् चलनेवाला

याचना–स. क्रि. प्रार्थना करना माँगना; स्त्री. माँगने की क्रिया

याचिका – स्त्री. [पिटीशन] आवेदन-पत्र

यातायात – पु. गमनागमन, [ट्रैफ़िक] ट्रांसपोर्ट

यात्रा–स्त्री. प्रस्थान, सफ़र

यात्राधिदेय–पु. [ट्रैवलिंग अलाउंस] सफ़र-भत्ता

यात्री–पु. मुसाफ़िर

यानांतरण – पु. [ट्रांशिपमेंट] एक पोत या एक यान से उतारकर दूसरे पोत या दूसरे यान में पहुँचाया जाना

यानाधिदेय – पु. [कनवेयेंस अलाउन्स] सवारी–भत्ता

यानी–अ. (अ.) अर्थात्, मतलब यह है

यायावर–पु. ख़ानाबदोश, परिव्राजक

यावत्–वि. जितना, सब ; अ. जहाँ तक

युक्त –वि. जुड़ा हुआ, उचित, सहित, नियुक्त

युक्ति–स्त्री. योग, तर्क, दलील, उपाय

युक्तिसंगत–वि. युक्ति या तर्क के अनुकूल

युक्त्याभास – पु. [सोफ़िस्ट्री] देखने में बुद्धिमत्तापूर्ण, किन्तु वास्तव में तथ्यहीन तर्क

युग–पु. जोड़ा, काल; वि. दो की संख्यावाला

युगधर्म–पु. समयानुकूल आचरण

युगपुरुष–वि. युग का महान्, श्रेष्ठ पुरुष

युग-युग–अ. बहुत दिनों तक

युगांतर–पु. अन्य युग, दूसरा समय

युग्मक–पु. जोड़ा, युग्म, [डबल्स] टेनिस या बैडमिंग्टन के खेल में दो-दो पुरुष–खेलाड़ियों या दो-दो स्त्री–खेलाड़ियों का जोड़ा

युद्ध–पु. संग्राम, लड़ाई, रण

युद्धकाल–पु. युद्ध का समय

युद्धपरिषद्–स्त्री. [वार कौंसिल] युद्ध का संचालन करने के लिए निर्मित विशेष समिति

युद्धरत, युद्धलिप्त–वि. [बेलिजरेंट] जो नियमित रूप से युद्धकार्यों में लगा हुआ हो

युद्धस्थगन–पु. [सीज़ फ़ायर] युद्धविराम

युद्धापराधी–पु. [वारक्रिमिनल] वह जिसने युद्ध-सम्बन्धी कोई अपराध किया हो

युद्धोपकरण–पु. [आरमेमेंट्स] युद्ध की सामग्री

युवक–पु. तरुण, जवान

युवती–स्त्री. जवान स्त्री; वि., स्त्री. प्राप्तयौवना

यूनियन–स्त्री. (अं.) संघ, सभा
यूनिवर्सिटी–स्त्री. (अं.) विश्वविद्यालय, विद्यापीठ
यूरेनियम–पु. (अं.) एक भारी और शुभ्र धातु-तत्त्व
योग–पु. जोड़ने का कार्य, संयोग, उपाय, वैराग्य
योगक्षेम–पु. कल्याण, मंगल
योगदर्शन–पु. महर्षि पतंजलिकृत योगसूत्र
योगदान–पु. सहयोग करना
योगफल–पु. जोड़ने से प्राप्त फल
योगबल–पु. तपोबल
योगसूत्र–पु. पतंजलि-प्रणीत सूत्रों का संग्रह
योगाभ्यास–पु. योगसाधन
योगासन–पु. योगनिर्दिष्ट बैठने की विधि
योगी–पु. आत्मज्ञानी, सिद्ध पुरुष
योग्य–वि. पात्र, समर्थ, निपुण
योग्यता–स्त्री. उपयुक्तता, क्षमता
योजना–स्त्री. व्यवस्था, स्कीम, प्रयोग
योनि–स्त्री. स्त्रियों की जननेन्द्रिय, प्राणिविभाग
योनिमुक्त–पु. जो आवागमन से छूट गया हो
यौन–वि. योनि का, योनि-संबंधी, लैंगिक
यौनरोग–पु. [वेनेरियल डिज़ीज़] संभोग से संक्रमित रोग
यौवन–पु. जवानी

र

र–देवनागरी का सत्ताईसवाँ व्यंजन वर्ण
रंक–वि. ग़रीब ; पु. निर्धन व्यक्ति, भिक्षुक
रंग–पु. वर्ण, नाट्यस्थान, धाक, आनन्द, ठाट-बाट, चाल ; (फा.) रंगने के काम आनेवाली बुकनीदार चीज़
–आना–आनन्द आना
–उखड़ना–दूसरों पर प्रभाव, रोब, धाक न रहना
–उजड़ना,–उतरना – शोभा, रौनक़ घटना
–निखरना-रंग चटकीला होना
–बदलना–स्थिति में परिवर्तन होना
–बाँधना–रोब गाँठना
–भरना – चित्र में रंग पूरना, रँगना
–में भंग करना – वना-बनाया खेल बिगाड़ना
–लाना–असर दिखाना
रंगगृह–पु. नाट्य, अभिनय का स्थान
रंगढंग–पु. हाल, तौर-तरीक़ा, व्यवहार
रंगबिरंग, रंगबिरंगा–वि. अनेक रंगोंवाला, भाँति-भाँति का

रंगभूमि – स्त्री. नाट्यशाला, उत्सव का स्थान

रंगमंच–पु. [स्टेज] वह स्थान जहाँ नाटकादि का अभिनय हो

रंगरूट–पु. (अं. 'रिक्रूट') नया सिपाही, नौसिखिया

रंगरूप–पु. सूरत, शकल

रंगरेज़–पु. (फा.) कपड़ा रँगने का काम करनेवाला

रंगशाला – स्त्री. (स्टूडियो] नाट्यशाला

रंगसाज़–पु. रंग बनानेवाला

रंगसाज़ी – स्त्री. रंगसाज़ का काम

रँगाई–स्त्री. रँगने का काम या भाव, रँगने की मज़दूरी

रँगावट–स्त्री. रँगाई

रंगी–वि. विनोदी, रंगवाला, अनुरक्त

रंगीन–वि. (फ़ा.) रंगा हुआ, ऐशपसन्द, सुखद, कल्पना से युक्त

रंगीनी – स्त्री. (फ़ा.) रंगीन होना, श्रृंगार, विलासप्रियता

रँगीला–वि. मौजी, सुन्दर, प्रेमी

रंज–पु. (फ़ा.) दुःख, शोक, दर्द, पछतावा

रंजन–पु. रँगने का काम, मन प्रसन्न करना

रंजनकारी साहित्य–पु. [लाइट लिटरेचर] मन-बहलाव का साहित्य

रंजित–वि. रंगा हुआ, हर्षित, अनुरक्त

रंडी–स्त्री. वेश्या

रंडीबाज़–पु. वेश्यागामी

रंडीबाज़ी–स्त्री. वेश्यागमन

रंडुआ – पु. वह पुरुष जिसकी पत्नी मर गयी हो

रँभाना–अ. क्रि. गाय का बोलना

रईस – पु. (अ.) ताल्लुक़ेदार, अमीर, प्रतिष्ठित मनुष्य

रईसी – स्त्री. अमीरी, धन सम्पन्नता

रक्त–पु. लहू, लाल रंग, लाल चन्दन

रक्तक्षेपण–पु. [ब्लडट्रांसफ्यूज़न] किसी व्यक्ति की धमनियों में रक्त पहुँचाना

रक्तचंदन–पु. लाल चंदन

रक्तचाप–पु. [ब्लडप्रेशर] ख़ून का दौरा, दबाव

रक्तदान बैंक–पु. [ब्लडबैंक] रक्त संचय करनेवाली संस्था

रक्तपात–पु. ख़ूनख़राबी, मार काट

रक्तपुष्प–पु. कनेर, अड़हुल

रक्तप्रदर–पु. प्रदर का एक भेद

रक्तप्रमेह–पु. पुरुष-रोग

रक्तसंबंध–पु. कुल का संबंध

रक्तातिसार–पु. वह अतिसार जिसमें ख़ून के दस्त आते हैं

रक्तोत्पल – पु. लाल कमल, सेमल

रक्षक–पु. पहरा देनेवाला, पालन करनेवाला

रक्षक पोत–पु. [एस्कर्ट वेसल] व्यापारिक बेड़े आदि की रक्षा के लिए उसके साथ-साथ चलनेवाला पोत

रक्षणीय–वि. रखने योग्य, रक्षा करने योग्य

रक्षा–स्त्री. रखवाली, सुरक्षा

रक्षागृह–पु. चौकी, विश्राम-भवन

रक्षादल–पु. (होमगार्ड] रक्षाकार्यों के लिए नागरिकों का संघटन

रक्षित–वि. जिसकी रक्षा की गयी हो, रखा हुआ

रखना–स. क्रि. धरना, थोपना

रखवाना–स. क्रि. रखने का काम दूसरे से कराना

रखवाली–स्त्री. रक्षा - कार्य, हिफ़ाज़त, सुरक्षा

रग–स्त्री. (फ़ा.) नस, आँख का डोरा

–पहिचानना–भेद, रहस्य जानना

–रग में–हर रग में, सारे शरीर में

–रग से वाकिफ़ होना–पूरी तरह जानना

रगड़–स्त्री. घर्षण

–खाना–धक्के खाना

–लगना–छिल जाना, हलकी चोट आना

रचना–स. क्रि. सिरजना, ग्रंथ आदि लिखना, उत्पन्न करना

रचना–स्त्री. निर्माण, नवसृष्टि, निर्मित वस्तु

रचयिता–वि. रचनेवाला ; पु. ग्रंथकार

रचाना–स. क्रि. आयोजन करना

रज–पु. स्त्रियों का मासिक रक्तस्राव; स्त्री. धूल, पराग

रजत–वि. उज्ज्वल, चाँदी के रंग का; पु. चाँदी, धवल रंग

रजतजयंती – स्त्री. [सिलवर जुबिली] 25 वर्ष समाप्त होने पर मनाया जानेवाला उत्सव

रजतपट–पु. [सिलवर स्क्रीन] परदा जिसपर चलचित्र दिखाये जाते हैं

रजनी–स्त्री. रात

रजवाड़ा–पु. देशी रियासत, राज्य, राजा

रजस्वला–स्त्री. वह स्त्री जिसका रज प्रवाहित हो रहा हो

रजा–स्त्री. (अ.) मर्ज़ी, अनुमति, स्वीकृति

रज़ाई – स्त्री. (फा.) रंगीन कपड़े की रुईदार दुलाई

रज़ामंद–वि. राज़ी, सहमत

रज़ामंदी–स्त्री. मंज़ूरी, स्वीकृति

रजिस्टर–पु. (अं.) बही, हाज़िरी की किताब, पंजी

रजिस्टर्ड – वि (अं.) दे. 'रजिस्ट्रीशुदा', पंजीबद्ध

रजिस्ट्रार–पु. (अं.) पंजीयक

रजिस्ट्री–स्त्री (अं.) डाकघर में महसूल देकर पत्र आदि रजिस्टर में दर्ज कराकर भेजने

का कार्य, इस नियम से भेजी जानेवाली चिट्ठी, कोई लिखित प्रतिज्ञापत्र क़ानून के अनुसार सरकारी रजिस्टरों में दर्ज कराने का काम

रजिस्ट्रीशुदा – वि. पंजीबद्ध, पक्की लिखा-पढ़ीवाला

रजिस्ट्रेशन–पु. (अं.) रजिस्टर में दर्ज करना, पंजीयन

रण–पु. युद्ध, लड़ाई, संग्राम

रणक्षेत्र–पु. युद्ध का स्थान, मैदान, स्थल

रणनीति–स्त्री. [स्ट्रैटेजी] आक्रमण करने, युद्ध चलाने तथा सेना का व्यूहन करने आदि का ढंग या नैपुण्य

रणपोत–पु. [वारशिप] युद्ध के काम आनेवाला जहाज़

रणबंदी – पु. [कैप्टिव] युद्धबंदी

रणस्थल–पु. रणक्षेत्र

रत–वि. अनुरक्त, लीन ; पु. संभोग, प्रेम

रति–स्त्री. आसक्ति, संभोग, श्रृंगार रस का स्थायी भाव

रतिकलह–पु. संभोग, मैथुन

रतिजरोग – पु. [वेनीरियल डिज़ीज़] संभोग से संक्रमित रोग

रतौंधी–स्त्री. एक नेत्र-रोग जिस में रोगी को रात के समय नहीं सूझता

रत्ती–स्त्री. ढाई जौ या आठ चावल का एक मान

रत्न–पु. हीरा, पन्ना, मोती, माणिक, लाल, जवाहर आदि

रत्नगर्भा–स्त्री. पृथ्वी

रत्नाकर–पु. समुद्र, रत्नसमूह

रथ–पु. वाहन, गाड़ी, यान

रथयात्रा–स्त्री. आषाढ़-शुक्ला द्वितीया को पुरी में होनेवाला पर्व

रद्द–वि. (अ.) ख़राब, निकम्मा; पु. न मानना, फेर देना

रद्दी–वि. (फ़ा.) निकम्मा, बेकार; स्त्री. बेकार काग़ज़ आदि

रनवास, रनिवास–पु. रानियों का महल, अंतःपुर

रपट–स्त्री. आदत, फिसलन, ढाल, सूचना, 'रिपोर्ट'

रपटना–अ. क्रि. तेज़ी से चलना

रफ़ा–पु. (अ.) उठाना, दूर करना, पूरा करना

रफ़ू–पु. (अ.) फटे-पुराने कपड़ों की मरम्मत करना

रबड़–पु. एक वृक्ष के रस से बननेवाला पदार्थ

रमण–वि. रमनेवाला, प्रिय; पु. केलि, संभोग

रमणी–स्त्री. स्त्री, सुन्दर स्त्री, बाला

रमणीक–वि. सुंदर, मनोहर

रमणीय – वि. सुंदर, रुचिर, रम्य

रमना–अ. क्रि. विहार करना,

भोगविलास करना

रम्य–वि. सुंदर; मनोहर, मनोरम

रव–पु. ध्वनि, शब्द, शोर, गुंजार

रवाज–पु. (फ़ा.) चलन, रीति, प्रथा, परिपाटी

रवानगी–स्त्री. (फ़ा.) प्रस्थान, प्रयाण

रवायत–स्त्री. (अ.) परम्परा

रवि–पु. सूर्य, अग्नि

रविवार, रविवासर–पु. इतवार, आदित्यवार

रविश–स्त्री. (फ़ा.) पतला रास्ता, रफ़्तार, तौर, रस्म

रवैया–पु. चलन, रुख, तौर, तरीका

रश्मि–स्त्री. किरण

रस–पु. स्वाद, रसनेंद्रिय का ज्ञान, संवेदन

रसकेलि–स्त्री. विहार, क्रीड़ा, हँसी

रसगुल्ला–पु. छेने से बनायी जानेवाली एक मिठाई

रसज्ञ–वि. रस का ज्ञाता, काव्य मर्मज्ञ

रसद–पु. (फ़ा.) अनाज, राशन

रसभरी–स्त्री. एक फल, मकोय

रसराज–पु. श्रृंगार रस

रसाँ, रसा–वि. (फ़ा.) पहुँचानेवाला

रसा–स्त्री. पृथ्वी, नदी, जिह्वा

रसाई – स्त्री. (फ़ा.) पहुँच, दाख़िला

रसातल–पु. पृथ्वी के नीचे के सात लोकों में से छठा

–पहुँचाना – बरबाद कर देना, मटियामेट करना

रसायन–पु. पदार्थों का तत्त्वगत ज्ञान

रसायनशास्त्र – पु. केमिस्ट्री, पदार्थों में मिलानेवाले तत्त्वों का विवेचन करनेवाला और तत्त्वगत परमाणुओं में परिवर्तन होने पर पदार्थों की नयी स्थिति का निरूपण करनेवाला शास्त्र

रसाव–पु. रसने की क्रिया या भाव

रसिक–वि. आनंदी, रसयुक्त ; पु. प्रेमी, सहृदय, विलासी

रसिया–पु. रसिक, रस लेनेवाला

रसीद – स्त्री. (फ़ा.) पहुँच, प्राप्ति, प्रमाणपत्र

–करना–(चाँटा, थप्पड़ आदि) लगाना, देना

–काटना–रसीद लिखकर देना

रसीला–वि. रसयुक्त, मज़ेदार, बाँका, छैला

रसोइया–पु. रसोई बनानेवाला

रसोई, रसोई – स्त्री. भोजन, भोजन बनाने का घर

रसोईबरदार–पु. भोजन ले जानेवाला

रस्म–स्त्री. (अ.) प्रथा, रिवाज, बरताव, मेल-जोल

रस्सा–पु. मोटी रस्सी

रस्सी–स्त्री. डोरी, रज्जु

रह – स्त्री. (फ़ा.) राह का संक्षिप्त रूप

रहना–अ. क्रि. ठहरना, रुकना, बसना

रहम – पु. (अ.) करुणा, दया, कृपा

रहस्य–पु. गुप्त भेद, मर्म, दुर्बोध्य तत्त्व

रहस्यवाद–पु. चिंतन, मनन द्वारा ईश्वर से प्रत्यक्ष संपर्क-स्थापन की प्रवृत्ति

रहस्यवादी – पु. रहस्यवाद का अनुयायी ; वि. रहस्यवाद संबंधी

रहासही – वि. बचा-बचाया, बचा-खुचा

रहित–वि. हीन, शून्य

रहीम–वि. (अ.) रहस करनेवाला; पु. अब्दुल रहीम ख़ान-ख़ाना का काव्यनाम, परमात्मा

राँधना–स. क्रि. पकाना (भोजन), पाक करना

राइफ़ल–स्त्री. (अं.) एक तरह की बंदूक़

राई–स्त्री. एक छोटी सरसों

–से पर्वत करना–ज़रा-सी बात को बहुत बढ़ाना

राईभर–अ. बहुत थोड़ा

राक्षस–पु. दैत्य, दुष्ट, दुर्वृत्त व्यक्ति

राखी–स्त्री. रक्षाबंधन का डोरा

राग–पु. रंजन, प्रीति, विशिष्ट ताल-लय-युक्त ध्वनि

रागिनी–स्त्री. राग की पत्नी (कुल छत्तीस रागिनियाँ मानी जाती हैं —संगीत)

राज–पु. राजा का समास में व्यवहृत रूप, राज्य, मकान बनानेवाला

राजकर–पु. राजस्व, ख़िराज

राजकीय–वि. सरकारी

राजकीय पक्ष – पु. [ऑफ़िशल पार्टी] सरकारी दल

राजकीय प्राभियोक्ता–पु. गवर्नमेंट प्रासीक्यूटर] प्राभियोक्ता

राजकुमार–पु. राजा का पुत्र

राजकोषीय नीति–स्त्री. [फ़िस्कल पॉलिसी] सरकारी कोष या आय-संबंधी नीति

राजगीर–पु. मकान बनानेवाला

राजचिह्न–पु. [इनसिग्निया] अधिकारसूचक चिह्न

राजतंत्र–पु. वह शासन-प्रणाली जिसका अधिपति राजा हो

राजदया – स्त्री. [क्लीमेंसी] प्राणदण्ड आदि की सज़ा पाये हुए बंदी के प्रति प्रधान शासक द्वारा क्षमा-प्रदान

राजदूत–पु. [एंबेसेडर] किसी अन्य देश की राजधानी में अपनी सरकार का प्रतिनिधि

राजदूतावास–पु. [एंबैसी] राजदूत का निवास-स्थान

राजद्रोह–पू. बग़ावत, विद्रोह

राजधानी – स्त्री. मुख्य नगर

शासन-केन्द्र

राजनीति–स्त्री. राज्य की रक्षा और शासन को दृढ़ करने का उपाय बतानेवाली नीति

राजनीतिक – वि. राजनीति-संबंधी

राजपत्रित – वि. [गज़ेटेड] जिसकी नियुक्ति आदि की सूचना सरकारी गज़ट में छपती हो

राजपथ–पु. बड़ी सड़क, मुख्य मार्ग

राजपद्धति – स्त्री. [पालिटी] राजशासन की प्रणाली

राजपुरुष–पु. [स्टेट्समैन] राजनेता, राष्ट्रनायक

राजभवन–पु. [गवर्नमेंट हाउस] राज्यपाल का निवास

राजभाषा – स्त्री. देश की वह भाषा जो राज-कार्यों तथा न्यायालयों आदि में प्रयुक्त हो

राजरोग–पु. असाध्य रोग, क्षय रोग

राजसाक्षी–पु. [ऐप्रूवर] मुख़बिर

राजस्व – पु. [रिवेन्यू] सरकार की कर आदि से होनेवाली आय

राजस्वमंत्री–पु. [रिवेन्यू मिनि-स्टर] मालमंत्री

राजा–पु. नरेश, स्वामी, धनी

राजाधिदेय – पु. [प्रिवी पर्स] राजा या शासक को निजी ख़र्च के लिए सरकारी ख़ज़ाने से दी जानेवाली बँधी हुई रक़म

राजाधिराज – पु. राजाओं का राजा, सम्राट्

राजासन–पु. सिंहासन, तख़्त

राज्य–पु. शासन, राष्ट्र, देश

राज्यक्षेत्रातीत अधिकार – पु. [एक्स-ट्रा टेरिटोरियल राइट] विदेशियों को अपने ही देश के अधिकार प्राप्त होना

राज्यतंत्र – पु. शासन का ढंग, प्रणाली, पद्धति

राज्यपरिषद् – स्त्री. राज्यों में चुने हुए प्रतिनिधियों की वह उच्च परिषद् जो निम्न सदन के निर्णयों पर पुनर्विचार करती है, राजसभा

राज्यपाल–पु. गवर्नर

राज्यव्यवस्था–स्त्री. राज्य का नियम, नीति, विधान, क़ानून

राज्यसभा–स्त्री. [कौंसिल ऑफ़ स्टेट] राज्यपरिषद्

राज्याभिषेक–पु. राजगद्दी पर बैठाने की रीति

रात्रि–स्त्री. रात, निशा

राम–पु. दशरथ के पुत्र, ईश्वर

रामनवमी–स्त्री. राम का जन्मदिवस

रामलीला–स्त्री. राम के चरित्र का अभिनय

रामायण–स्त्री.रामचरित्र-संबंधी, काव्य-ग्रंथ

रावण–वि. हाहाकार करानेवाला; पु. लंका का राजा

राशन – पु. (अं.) रसद, रसद की नियंत्रित व्यवस्था

राशि–स्त्री. ढेर, क्रांतिवृत्त में आनेवाला विशेष तारा-समूह

–मिलना – मेल मिलना, एक राशि में उत्पत्ति होना

राष्ट्र–पु. देश, राज्य [नेशन]

राष्ट्रपति–पु. [प्रेसीडेंट] गणतंत्र का प्रधान

राष्ट्रपति भवन – पु. राष्ट्रपति का सरकारी निवास-स्थान

राष्ट्रभाषा–स्त्री. राष्ट्र की वह मुख्य प्रचलित भाषा जिसका प्रयोग सार्वजनिक कार्यों में हो

राष्ट्रमंडल – पु. [कामनवेल्थ ऑफ़ नेशन्स] राष्ट्रकुल

राष्ट्रवाद – पु. [नेशनलिज़्म] अपने राष्ट्र के हितों को सर्वाधिक महत्त्व देने का सिद्धांत

राष्ट्रवादी – पु. नैशनलिस्ट] राष्ट्र के हित को सर्वाधिक महत्त्व देनेवाला

राष्ट्रसंघ–पु. विश्व के राष्ट्रों का संघ

राष्ट्रिय, राष्ट्रीय – वि. राष्ट्र-संबंधी, राष्ट्र का

राष्ट्रीयकरण–पु. [नैशनेलिज़ेशन] देश के विशेष उद्योगों, भूमि आदि पर सरकार का अधिकार

राष्ट्रीयता–स्त्री. किसी राष्ट्र का नागरिक होने का भाव, राष्ट्रप्रेम, देशभक्ति

रासायनिक–वि. रसायनशास्त्र या तत्त्व-संबंधी ; पु. रसायनशास्त्री

रासायनिक परीक्षक–पु. [केमिकल एग्ज़ामिनर] रासायनिक तत्त्वों का विश्लेषण कर मिलावट आदि का पता लगानेवाला

रास्ता–पु. (फ़ा.) राह, प्रथा, उपाय

–देखना–बाट जोहना, प्रतीक्षा करना

राह–स्त्री. (फ़ा.) रास्ता, रीतिरिवाज, प्रथा

–देखना, –ताकना – प्रतीक्षा करना

–लगना – काम देखना, रास्ते जाना

राहख़र्च–पु. मार्ग-व्यय

राहगीर–पु. पथिक, मुसाफ़िर

राहु–पु. नौ ग्रहों में से एक

राहुग्रसन, राहुग्रास–पु. सूर्य-चंद्र का राहु द्वारा ग्रस्त होना

रिक्त–वि. शून्य, ख़ाली, निर्धन

रिक्त स्थान–पु. [वैकेंसी] ख़ाली जगह

रिझाना–स. क्रि. मोहित करना

रिपोर्ट–स्त्री. (अं.) प्रतिवेदन, ज्ञातव्य बातों का विवरण

रिपोर्टर–पु. (अं.) संवाददाता

रिमझिम–स्त्री. फुहार पड़ना, छोटी-छोटी बूँदें पड़ना

रियासत–स्त्री. (अ.) रईस की हुकूमत में रहनेवाला इलाक़ा

रिवाज–पु. (अ.) रीति, प्रथा, चलन
रिवाल्वर–पु. (अं.) एक तरह का तमंचा
रिश्ता–पु. (फ़ा.) संबंध, नाता
रिश्वत–स्त्री. (अ.) घूस
रिश्वतख़ोर–पु. घूस खानेवाला
रिश्वतख़ोरी–स्त्री. घूस लेना
रिहा–वि. (फ़ा.) मुक्त (बंधन, कारा आदि से)
रीता–वि. रिक्त, शून्य, ख़ाली
रीति–स्त्री. प्रकार, रवाज, चलन, नियम
रीतिकाल–पु. हिं. सा. का वह काल जब रीति-ग्रंथ रचने की विशेष प्रवृत्ति थी (16वीं से 19वीं सदी तक)
रीम–स्त्री. (अं.) बीस दस्ते काग़ज़ की गड्डी
रुई–स्त्री. कपास की ढोंढ़ी
रुकना–अ. क्रि. ठहरना, आगे न बढ़ना
रुक-रुककर–ठहर-ठहरकर
रुकावट–स्त्री. रोक, बाधा, अड़चन, प्रतिबंध
रुक्षता–स्त्री. रूखापन, रुखाई
रुख़–पु. (फ़ा.) चेहरा, चेहरे का भाव, कृपादृष्टि
रुखाई–स्त्री. रूखापन, बेमुरौवती
रुग्णतावकाश – पु. [मेडिकल लीव] बीमारी की छुट्टी
रुचि–स्त्री. इच्छा, पसंद, शोभा, स्वाद
रुचिकर–वि. प्रिय, अच्छा लगनेवाला
रुचिर–वि. चमकीला, सुंदर, मधुर
रुझान–पु. झुकाव, प्रवृत्ति
रुद्ध–वि. रोका हुआ, रुका हुआ, मुँदा हुआ
रुधिर–पु. ख़ून, लाल वर्ण
रुनझुन–स्त्री. नूपुर आदि की झनकार
रुपया–पु. भारत का मुख्य सिक्का, धन-संपदा
–उठाना–रुपया ख़र्च करना
–पानी में फेंकना–पैसा बरबाद करना
रुपया-पैसा–पु. धन-दौलत
रुलाई–स्त्री. रोना, रोने की इच्छा या प्रवृत्ति
रुलाना–स. क्रि. किसी को रोने में प्रवृत्त करना, भटकाना
रुष्ट–वि. क्रुद्ध, कुपित, नाराज़
रुस्तम–पु. (फ़ा.) फ़ारस का प्रसिद्ध पहलवान
रूखा–वि. जिसमें चिकनापन न हो, नीरस
–पड़ना–तीखा पड़ना, नाराज़ होना
रूठना–अ. क्रि. अप्रसन्न, नाराज़ होना
रूप–पु. सूरत, वेश, सौंदर्य ; वि. समान, अनुरूप
रूपक–पु. अभिनययुक्त दृश्य

काव्य, एक अर्थालंकार
रूपक कार्यक्रम – पु. [फ़ीचर प्रोग्राम] आकाशवाणी द्वारा प्रसारित नाटक, प्रहसन आदि संबंधी कार्यक्रम
रूपकातिशयोक्ति–स्त्री. अतिशयोक्ति का एक भेद जिसमें उपमेय, वाचक धर्मादि का लोप कर केवल उपमान का उल्लेख किया जाता है
रूपभेद – पु. [माडिफ़िकेशन] आंशिक परिवर्तन करना
रूपमय–वि. परम सुंदर
रूपरेखा–स्त्री. किसी कार्य या योजना का स्थूल रूप
रूपांकक–पु. [डिज़ाइनर] रूपरेखा आदि निश्चित करनेवाला
रूपांकन–पु. [डिज़ाइनिंग] रूपरेखा बनानेवाला
रूपांतर–पु. [ट्रांसफ़ॉरमेशन] किसी वस्तु का बदला हुआ रूप
रूपांतरण–पु. [ट्रांसफ़ॉरमेशन] किसी वस्तु के रूप, आकार आदि का बदल दिया जाना
रूपांतरित–वि. [ट्रांसफॉम्र्ड] जिसका रूप, आकार आदि बदल गया हो
रूपाजीवा–स्त्री. वेश्या, रंडी
रूपाध्यक्ष–पु. टकसाल का प्रधान अफ़सर
रूमाल–पु. (फ़ा.) बहुत छोटी तौलिया
रेंकना–अ. क्रि. गदहे का बोलना, भद्दे प्रकार से गाना
रेंगना–अ. क्रि.कीड़ों का चलना, धीरे-धीरे चलना
रेख–स्त्री. रेखा, निकलती हुई मूँछें
रेखा–स्त्री. लकीर
रेखागणित–पु. (ज्यॉमेट्री] वह गणित जिसमें रेखाओं, कोणों, वृत्तों आदि का विवेचन होता है
रेखाचित्र – पु. [स्केच] केवल रेखाओं से बना हुआ चित्र
रेगिस्तान–पु. बालू का मैदान, मरुस्थल
रेणु–स्त्री. धूल, बालू, कणिका
रेत–स्त्री. बालू, वलुई भूमि
रेतीला–वि. बलुआ, बालुकामय
रेल–स्त्री. बहाव, धारा, भीड़, बहुतायत
रेल–स्त्री. (अं.) रेलगाड़ी
रेलगाड़ी–स्त्री. रेलवे ट्रेन
रेलठेल, रेलपेल – स्त्री. भीड़-भाड़, धक्कम-धक्का, अधिकता
रेलना–स. क्रि. धक्का देना; अ. क्रि. अधिक होना
रेलमंत्री–पु. मंत्रिमंडल का वह मदस्य जिसके ज़िम्मे रेल का महकमा हो
रेला–पु. धावा, जल का बहाव
रेशम–पु. (फ़ा.) सिल्क, रेशम का कपड़ा

रेशमी–वि. (फ़ा.) रेशम का, बहुत ही नरम

रेशा–पु. (फ़ा.) सुतड़ा

रोंगटा–पु. रोयाँ, लोभ

–(टे) खड़े होना–रोमांच होना

रोक–पु. अटकाव, प्रतिबंध, निषेध

रोकड़–स्त्री. नक़द रक़म, जमा, पूंजी

–मिलाना–आय-व्यय का हिसाब लगाकर रक़म के घटने-बढ़ने का पता लगाना

रोकड़बही–स्त्री. वह बही जिसमें नक़द रुपयों के लेन-देन का हिसाब हो

रोकड़िया–पु. रोकड़ रखनेवाला, मुनीम, ख़ज़ांची

रोकथाम–स्त्री. रोक-टोक, अवरोध

रोकना – स. क्रि. चाल बन्द करना, अड़चन डालना

रोग–पु. बीमारी

रोगग्रस्त–वि. बीमार

रोगनिरोधक द्रव्य–पु. [प्रोफिलेक्टिक ड्रग] रोगों की उत्पति तथा प्रसार रोकनेवाली दवा

रोगी–वि. बीमार

रोगोत्तर स्वास्थ्यलाभ–पु. [कन-वेलेसेंस] निरोग हो जाने के बाद स्वास्थ्यलाभ की क्रिया

रोचक–वि. रुचनेवाला, प्रिय, मनोरंजक

रोज़–पु. (फ़ा.) दिन, वक़्त; अ. प्रतिदिन

रोज़गार–पु. (फ़ा.) जीविका, कारबार

रोज़नामचा–पु. डायरी

रोटी–स्त्री. चपाती, भोजन

–कमाना – जीविका, रोज़ी चलाना

रोटी-कपड़ा–पु. खाना-कपड़ा, गुज़र-बसर की सामग्री

रोड़ा–पु. कंकड़, ईंट -पत्थर के टुकड़े, बाधा

–अटकाना–बाधा डालना

रोदन–पु. रोना, विलाप करना

रोध–पु. रोक, निषेध

रोना–अ. क्रि. चिल्लाना तथा आँसू बहाना

–पीटना–चिल्लाकर, छाती पीटकर रोना

रोपना–स. क्रि. लगाना, रखना, बीज बोना

रोम–पु. रोयाँ, शरीर पर के बाल

रोमांच–पु. रोयों का उभरना, पुलक

रोमानी–वि. जिसमें शारीरिक प्रेम का वर्णन हो

रोशन–वि. (फ़ा.) जलता हुआ, प्रका-शित, प्रसिद्ध

रोशनदान–पु. झरोखा, खिड़की

रोशनी–स्त्री. (फ़ा.) प्रकाश, दीपोत्सव, ज्ञान

रोष–पु. क्रोध, विद्वेष, चिढ़

रोहू–पु., स्त्री. अच्छे क़िस्म की एक मछली

रौंदना–स. क्रि. पैरों से कुचलना, तहस-नहस करना

रौनक–स्त्री. (अ.) चमक, ख़ूबी, चहल-पहल, बहार

ल

ल–देवनागरी का अठाइसवाँ व्यंजन, अंतस्थ वर्ण

लंगर–पु. (फ़ा.) जहाज़ का मोटा रस्सा या जंजीर, पके खाने का सत्र

–उठाना–रुके हुए जहाज़ का रवाना होना

–डालना–जहाज़ को खड़ा करना

लंगरख़ाना–पु. पके खाने का सत्र

लंगरगाह–पु., स्त्री. लंगर करने, जहाज़ों के ठहरने का स्थान

लंगूर–पु. काले मुँह का बन्दर

लंघनीय–वि. लाँघने के योग्य

लँघाना–स. क्रि. पार उतारना या करना

लंतरानी – स्त्री. (अ.) डींग, आत्मप्रशंसा

लंप–पु. (अं. 'लैंप') चिराग़, दीपक

लंपट–वि. कामी, विषयी ; पु. कामी पुरुष

लंबा – वि. जिसका विस्तार चौड़ाई से अधिक हो, दीर्घ

–(बी) साँस भरना या लेना–शोक-दु:ख से साँस लेना, आहें भरना

लंबा-चोड़ा–वि. विस्तृत

लंबोदर–पु. गणेश ; वि. बड़ी तोंदवाला, पेटू

लकड़दादा–पु. परदादा से बड़ा दादा

लकड़बग्घा–पु. भेड़िये की जाति का एक जंगली जानवर

लकड़हारा–पु. लकड़ियाँ तोड़कर बेचनेवाला

लक़वा–पु. (अ.) पक्षाघात, फ़ालिज

लकीर – स्त्री. रेखा, क़तार, पंक्ति

–का फ़क़ीर–पुरानी रीतियों पर चलनेवाला

–पीटना–पुरानी प्रथाओं पर चलना, पछताना

लक्षण–पु. रोग-सूचक चिह्न, परिभाषा; वि. सूचक

लक्ष्मण–पु. सुमित्रा में उत्पन्न दशरथ का पुत्र

लक्ष्मी–स्त्री. धन की अधिष्ठात्री, गृह-स्वामिनी

लक्ष्मीवान्–वि. धनवान्, संपत्तिवान्

लक्ष्य–पु. निशाना, उद्देश्य

लक्ष्यसिद्धि–स्त्री. उद्देश्य की प्राप्ति

लखपती–पु. बहुत धनी आदमी

लगन–स्त्री. धुन, प्रेम; पु. विवाह का मुहूर्त, लग्न

–धरना–विवाह का मुहूर्त ठहराना

लगना–अ. क्रि. जुड़ना, चुभना, ख़र्च होना

लगती बात–चुटीली बात

लगातार–अ. निरन्तर

लगान–पु० भूमि-कर

लगाना – स. क्रि. जोड़ना, सजाना, चुगली करना

लगानेवाला–वि. चुग़लख़ोर

लगाम–स्त्री. (फ़ा.) रास, बाग

–कड़ी करना–कार्यादि का नियंत्रण करना

–ढीली करना – कार्यादि का नियन्त्रण न रखना

लघु–वि. छोटा, क्षुद्र, अल्प, ह्रस्व

लघुकरण–पु. [कम्प्यूटिंग] दंडादेश को कुछ मुलायम कर देना

लघुतम–वि. सबसे छोटा

लघुतम समापवर्त्य – पु. वह सबसे छोटी संख्या जो दो या अधिक संख्याओं से पूरी-पूरी बँट जाए

लघुवाद न्यायालय–पु. [स्मॉल कॉज़ कोर्ट] छोटे वादों पर विचार करनेवा-ली अदालत

लचक, लचकन–स्त्री. लचकने का भाव या क्रिया

लचकना–अ. क्रि. लम्बी चीज़ का दबाव आदि से झुकना

लचकाना–स. क्रि. झुकाना, लचाना

लचकीला–वि. दबने या लचनेवाला, लचकदार

लचीला–वि. लचनेवाला, जो आसानी से मुड़ सके

लजवाना – स क्रि. लज्जित, शर्मिंदा करना

लजाना–अ. क्रि. शर्माना, स. क्रि. लज्जित करना

लजीला–वि शर्मीला, लज्जाशील

लज्जा–स्त्री. संकोचपूर्ण अवस्था

लज्जाशील–वि. शर्मीला, विनम्र

लज्जाशून्य, लज्जाहीन–वि. जिस में लज्जा न हो, निर्लज्ज

लज्जालु–वि. लज्जाशील

लज्जित – वि. लजाया हुआ, शर्मिंन्दा

लटकना–अ. क्रि. टँगना, काम पूरा न होना

लटका–पु. टोटका, ढब, बात-चीत का बनावटी ढंग

लटकाना–स. क्रि. टाँगना, इंतज़ार कराना

लट्टू–पु. लकड़ी का गोल बट्टा जिसे ज़मीन पर फेंककर नचाते हैं, बिजली का बल्ब

–होना–मोहित होना

लट्ठ–पु. मोटी लाठी

–लिए फिरना – लाठी लेकर चलना, विरुद्ध आचरण करना

लट्ठमार–वि. कठोर, कड़ी (बात)

लठैत–वि. लाठी चलाने में कुशल, लट्ठबाज़

लड़का–पु. बालक, पुत्र

लड़की–स्त्री. बालिका, पुत्री, बेटी

लड़कीवाला–पु. कन्या का पिता, कन्यापक्ष

लड़खड़ाना–अ. क्रि. डगमगाना, चूक जाना

लड़ना–अ. क्रि. भिड़ जाना, कुश्ती करना

लड़ाई–स्त्री. युद्ध, झगड़ा, टक्कर, अनबन

लड़ाईबंदी–स्त्री. युद्धविराम

लड़ाका–वि. लड़नेवाला; पु. सैनिक, योद्धा

लड़ाना–स. क्रि. एक-दूसरे में लड़ाई कराना

लडी–स्त्री क़तार, गुच्छा

लता–स्त्री. बेल, कोमल शाख़ा, माधवी, जूही

लताड़ना–स. क्रि. रौंदना, फट कारना

लतियाना–स. क्रि. रौंदना, लातों से ख़ूब मारना

लतीफ़–वि. (अ.) बारीक, जायकेदार, बढ़िया

लतीफ़ा–पु. (अ.) चुटकुला, अनूठी बात

लतीफ़ाबाज़–वि. चुटकुले छोड़नेवाला, विनोदी

लथपथ–वि. तर, भीगा हुआ, सना हुआ

लदना–अ. क्रि. भारयुक्त होना, भर जाना

लदवाना–स. क्रि. लादने का काम दूसरे से कराना

लपकना–अ. क्रि. झटपट चल पड़ना, हाथ बढ़ाना

लपट–स्त्री. आग की लौ, आँच

लपटना–अ. क्रि. आलिंगन करना

लपलपाना–अ. क्रि. हिलना-डुलना, तलवार आदि को चमकाना

लपेट–स्त्री. लपेटने की क्रिया, चक्कर, उलझन

लपेटना–स. क्रि. बाँधना, समेटना

लफ़ंगा–वि. (फ़ा. 'लफंग') शोहदा, बदमाश

लफ़्ज–पु. (अ.) शब्द, बात

लब–पु. (फ़ा.) ओठ, होंठ, किनारा, तट

–पर आना–होंठों पर आना, कहा जाना

लबादा–पु. (फ़ा.) चोंगा, रुईदार चोंगा

लबालब–अ. मुँह या किनारे तक, (भरा हुआ)

लब्धि–स्त्री. लाभ, भागफल, (गणित)

लय–स्त्री. स्वर, गाने की धुन, शैली; पु. विलीन होना

ललक–स्त्री. बलवती इच्छा, गहरी लालसा

ललकना–अ. क्रि. गहरी लालसा होना
ललकार–स्त्री. चुनौती
ललकारना–स. क्रि. चुनौती देना
ललाट–पु. माथा, भाग्य
–का लिखा–भाग्य का लेख
ललाटरेखा, ललाटलेखा–स्त्री. भाग्यलेख
ललित–वि. सुन्दर, सरल, निर्दोष, प्रिय
ललित कला–स्त्री. सौंदर्य के आश्रय से व्यक्त होनेवाली कला (संगीत, काव्य आदि)
लवण–वि. नमकीन; पु. नमक
लवणभास्कर–पु. एक पाचक चूर्ण
लवाज़िमा–पु. (अ.) ज़रूरी सामान
लशकर–पु. (फ़ा.) सेना, छावनी
लशकरगाह–पु., स्त्री. छावनी, शिविर
लस्टमपस्टम–अ. किसी-किसी तरह, ज्यों-त्यों करके
लस्त–वि. थका हुआ, ढीला, अशक्त, कमज़ोर
लहँगा–पु. घाघरा
लहकना–अ.क्रि. हवा का चलना, चाह से अधीर होना
लहजा–पु. (अ.) उच्चारण का ख़ास ढंग, बोलचाल, लय
लहना–स. क्रि. पाना; पु. उधार
–चुकाना, –पटाना – ऋण दे देना
लहर–स्त्री. हिलोरा, उमंग, मौज, स्वर, कंप
–आना–मौज उठना
लहराना–अ. क्रि. हवा के झोंके से हिलना-डुलना
लहलहाना–अ. क्रि. हरा-भरा, सरसब्ज़ होना
लहू–पु. ख़ून, रक्त
लहूलुहान–वि ख़ून से तर
लांछित–वि. दोषयुक्त, कलंकित, अलंकृत
ला–स्त्री. लेने या देने की क्रिया; अ. (अ.) न, बिना
लाक्षणिक–वि. लक्षण-सम्बन्धी, पारिभाषिक
लाग–स्त्री. सम्बन्ध, प्रेम, धुन, लगावट
लागडाँट–स्त्री. होड़, दुश्मनी
लागत–स्त्री. किसी चीज़ की तैयारी में लगनेवाला ख़र्च
लागू–वि. लगनेवाला, संगत, चरितार्थ होनेवाला
लाचार–मजबूर, अशक्त, असहाय
लाज–स्त्री. लज्जा, शर्म, प्रतिष्ठा
–रखना–आबरू बचाना
–से गड़ जाना या गड़ना–बहुत ज़्यादा शर्मिन्दा होना
लाजवाब–वि. निरुत्तर
लाज़िम–वि. (फ़ा.) फ़र्ज़, अवश्य कर्तव्य
लाट–स्त्री. मोटा ऊँचा खम्भा; पु. (अं. 'लार्ड') गवर्नर

लॉटरी–स्त्री. (अं.) चिट्ठी या टिकट के सहारे पुरस्कार-विजेता का नाम निकालने की व्यवस्था

लाड़–पु. लालन, प्यार, दुलार

लाड़लड़ैता–वि. बड़े प्यार के साथ पला हुआ

लात–स्त्री. पैर, पद, पाद-प्रहार

–खाना–मार खाना

–मारना–छोड़ देना

लादना–स. क्रि. बोझा भरना, भार डालना

लानत–स्त्री. (अ.) फटकार, धिक्कार

–भेजना–धिक्कारना

लाना–स. क्रि. ले आना, सामने रखना

लापता चिट्ठीघर–पु. डेड लेटर ऑफ़िस

लाभ–पु. प्राप्ति, नफ़ा उपकार

लाभकर जोत–स्त्री. [एकॉनॉमिक होल्डिंग] भरण-पोषण के लिए पर्याप्त जोत

लाभदायक–वि. जिससे लाभ हो

लाभविभाजन योजना – स्त्री. [प्रॉफ़िट शेयरिंग स्कीम] मालिकों और श्रमिकों में लाभ के उचित ढंग से वितरण करने की योजना

लाभांश–पु. [डिविडेंड] कारखाने आदि में लगी हुई पूँजी पर हिस्सेदारों को मिलनेवाले ब्याज या लाभ की रक़म

लाभ–पु. फ़ौज का दस्ता

–पर जाना–लड़ाई के मोर्चे पर जाना

लायक–वि. (अ.) योग्य, गुणवान्, उपयुक्त

लॉरी–स्त्री. (अं.) बड़ी मोटरगाड़ी

लाल–वि. ख़ून आदि के रंग का माणिक, अत्यधिक क्रुद्ध, साम्यवादी

–पड़ना या होना–क्रोध करना

–पीला होना–क्रोध करना

लालच–पु. लोभ

लालची वि. लोभी, लोलुप

लालटेन – स्त्री. (अं. 'लॅटर्न') कमनीदार लैंप

लालन–पु. बालक, प्यारा बच्चा, प्रिय व्यक्ति

लालफ़ीताशाही–पु. दीर्घसूत्रता [रेडटेपिज़्म]

लालसा – स्त्री. अभिलाषा, औत्सुक्य

लाल सेना–स्त्री. साम्यवादी देश की सेना

लाली–स्त्री. लालिमा, सुर्ख़ी

लावण्य–पु. नमकीनी, सुन्दरता

लावनी–स्त्री. एक गीत-छंद

लावनीबाज़–वि. लावनी गानेवाला

लासा–पु. चिपचिपी चीज़, गोंद

–लगाना – झगड़ा कराना, फाँसना

लास्य–पु. नृत्य, स्त्री-नृत्य

लाहौरी नमक–तु. सेंधा नमक

लिंग–पु. चिह्न, पुरुष की जननेन्द्रिय, व्याकरण के शब्दों का पु., स्त्री. आदि का भेद

लिए–निमित्त, वास्ते

लिखना–स. क्रि. कोई बात लिपि बद्ध करना

लिखना-पढ़ना–अध्ययन करना

लिखाई–स्त्री. लिखने का काम, लिखावट

लिखाई–पढ़ाई–स्त्री. विद्योपार्जन

लिखापढ़ी–स्त्री. शर्त को लिखकर पक्का करना, पत्र-व्यवहार

लिखावट–स्त्री. लिखने का ढंग, लिपि, लेख

लिखित–वि. लिखा हुआ; पु. लिखी बात

लिटाना–स. क्रि. पौढ़ाना, किसी को लेटने में प्रवृत करना

लिपटना–अ. क्रि. सट जाना, मनोयोगपूर्वक लग जाना

लिपटाना–स. क्रि. सटाना, गले लगाना

लिपि–स्त्री. लिखावट, पत्र, लेख आदि

लिपिक–पु. क्लर्क, किरानी

लिपिक विभ्रम–पु. [क्लेरिकल मिस्टेक] लिपिक या लेखक द्वारा की गई भूल

लिपिबद्ध–वि. लिखा हुआ

लिप्सा–स्त्री. पाने की इच्छा, इच्छा

लिफ़ाफ़ा–पु. (अ.) खोल, काग़ज़ का थैला

–बदलना–ठाट बदलना

–बनाना–ठाट बनाना

लिबास–पु. (अ.) पहनने के कपड़े, पोशाक

लीक–स्त्री. लम्बी रेखा, मर्यादा

–पीटना–पुरानी रस्म पर चलते जाना

–लीक चलना–पुरानी रस्म पर चलना

लीग–स्त्री. (अं.) सभा, संघ

लीथोग्राफ–पु. (अं.) पत्थर की छपाई

लीन–वि. विलीन, तन्मय, तत्पर

लीला–स्त्री. केलि, विहार, श्रृंगार-चेष्टा, रहस्यपूर्ण कार्य

लीलाकलह–पु. प्रणयकलह

लीलास्थल–क्रीड़ा का स्थान

लुंबिनी–स्त्री. बुद्ध का जन्म-स्थान

लुकना–अ. क्रि. छिपना, आड में हो जाना

लुक-छिपकर– बहुत ही गुप्त रूप से

लुग़त–स्त्री. (अ.) शब्द, भाषा, शब्दकोश

लुगदी–स्त्री. पीसी हुई गीली वस्तु का पिंड

लुगाई–स्त्री. स्त्री, पत्नी

लुग़ात–पु. (अ.) शब्दावली, शब्दकोश

लुच्चा–वि. कमीना, बदमाश, दुराचारी, लम्पट

लुटना–अ. क्रि. तबाह होना, निछावर होना

लुटाना–स. क्रि. लूटने देना, बेरोक दान या ख़र्च करना

लुटिया–स्त्री. छोटा लोटा

–डुबाना–अपयश का काम करना

लुटेरा–पु. लूटनेवाला, डाकू

लुड़कना, लुढ़कना–अ. क्रि. नीचे-ऊपर होते हुए घिसटना

लुड़काना, लुढ़काना–स. क्रि. कोई चीज़ इतनी तेज़ी से फेंकना, ढकेलना कि चक्कर खाती हुई बढ़े

लुत्फ़–पु. (अ.) मज़ा, आनन्द, ख़ूबी

लुप्त–वि. छिपा हुआ, जिसका लोप हो गया हो

लुब्ध–वि. आसक्त, लुभाया हुआ, मोहित

लू–स्त्री. तपी हुई वायु या उसका झोंका

–मारना, – लगना – तप्त हवा लगने से ज्वर हो जाना

लूट–स्त्री. लूटने की क्रिया, डकैती

लूटना–स. क्रि. ज़बरदस्ती छीनना, वशीभूत करना

लेखक – पु. लिपिकार, ग्रंथ रचयिता

लेखन–पु. लिखने का काम

लेखनसामग्री–स्त्री. [स्टेशनरी] काग़ज़, कलम, स्याही आदि

लेखनी–स्त्री. क़लम

–उठाना–लिखना शुरू करना

लेखनीकर्मरोधन – पु. [पेनडाउन स्ट्राइक] लिखने-पढ़ने का काम स्थगित कर अपने स्थान पर चुपचाप बैठ रहना

लेखा–पु. हिसाब, आय-व्यय का ब्योरा, गणना

लेखाकर्म – पु. [अकाउंटेंसी] मुनीमी

लेखाछलयोजन–पु. [मैनिपुलेशन ऑफ़ अकाउंट्स] हिसाब तैयार करने में चालबाज़ी करना

लेखाध्यक्ष–पु. [अकाउंटेंट] लेखापाल

लेखापरीक्षक–पु. [ऑडिटर] आय-व्यय की जाँच-पड़ताल करनेवाला

लेखापरीक्षण – पु. [ऑडिट] हिसाब की जाँच-पड़ताल

लेखापाल–पु.[अकाउंटेंट] मुनीम

लेख्य–वि. लिखने योग्य, दस्तावेज़, डाकूमेंट

लेटरबाक्स–पु. (अं.) भेजी जानेवाली चिट्ठी डालने का सन्दूक

लेन–पु. लेने की क्रिया, पावमा

–देन न होना–सरोकार, सम्बन्ध न होना

लेनदार–पु. महाजन

लेनदेन–पु. लेना-देना, महाजनी

लेना–स. क्रि. प्राप्त करना, ख़रीदना, संभोग करना

–एक न देना दो–कोई प्रयोजन,

मतलब न होना

–(ने) के देने पड़ना–लाभ के बदले हानि होना

ले उड़ना–बिना समझे बात का बतंगड़ करना

ले डूबना–अपने साथ दूसरों को भी नष्ट करना

ले-देकर–जोड़-जाड़कर

ले-दे करना–हुज्जत करना

लेप–पु. उबटन, मरहम, लगाव

लैसंस–पु. [अं. 'लाइसेंस'] सनद

लोक–पु. संसार, प्रजा, जनता, भूभाग

लोककंटक, लोकपीडक – वि. [पब्लिक न्यूसैंस] सर्वसाधारण को तंग करनेवाला

लोककथा–स्त्री. जन–समाज में प्रचलित कथाएँ

लोककार्य–पु. [पब्लिक अफ़ेयर्स] सर्वसाधारण से सम्बन्ध रखनेवाला कार्य

लोकगीत–पु. साधारण जनता में प्रचलित गीत

लोकतंत्र–पु. वह शासन–प्रणाली जिसमें शासनाधिकार जनप्रतिनिधियों के हाथ में हो, डेमोक्रेसी

लोकनिर्माण-विभाग–पु. [पब्लिक वर्क्स डिपार्टमेंट] सार्वजनिक भवन, सड़कें इत्यादि तैयार करनेवाला विभाग

लोकनृत्य – पु. [फ़ोक डांस] सामान्य जनता में प्रचलित नृत्य की प्रथा

लोकप्रिय–वि. जो आम लोगों को प्रिय हो

लोकमत–पु. जनता की राय

लोकवाहन–पु. [पब्लिक कैरियर] जनता का सामान ढोने के लिए प्रयुक्त मोटरट्रक

लोकशिक्षण संचालक–पु. [डायरेक्टर ऑफ़ पब्लिक एजुकेशन] सार्वजनिक शिक्षा-विभाग के प्रधान अधिकारी

लोकसभा–स्त्री. [हाउस ऑफ़ पीपुल] भारतीय गणराज्य की संसद का निम्न सदन

लोकसेवक–पु. [पब्लिक सर्वेंट] जनता के सेवा-सम्बन्धी कार्यों में नियुक्त सरकारी कर्मचारी

लोकसेवा–स्त्री.[पब्लिक सब जनता के हित की दृष्टि से किया जानेवाला कार्य

लोकसेवा आयोग–पु. [पब्लिक सर्विस कमीशन] उच्च श्रेणी के लोकसेवकों का चुनाव करनेवाला आयोग

लोकस्वास्थ्य–पु. [पब्लिक हेल्थ] जनता का स्वास्थ्य

लोकहित–पु. [पब्लिक गुड] सर्वसाधारण का हित या लाभ

लोकाचार–पु. संसार का व्यवहार, चलन

लोकापवाद–पु. लोकनिन्दा, बदनामी

लोकोपकार–पु. सार्वजनिक लाभ

का काम

लोकोपयोगी सेवा–स्त्री. [पब्लिक यूटिलिटी सर्विस] वह सेवा, कार्य या व्यवस्था जो जनता के लिए विशेष उपयोगी या काम की हो

लोप–पु. नाश, अभाव, छिपना

लोपविभ्रम–पु. [एरर्स एण्ड ओमिशंस] भूल-चूक

लोभ–पु. लालच आकांक्षा, अधीरता

लोभनीय – वि. लुभानेवाला, आकर्षक

लोमड़ी–स्त्री. गीदड़ की जाति का एक जानवर

लोरी–स्त्री. बच्चों को सुलाते समय गाने का गीत

लोलुप–वि. लालची, उत्सुक, चटोर

लोहा–पु. एक प्रसिद्ध धातु, धोबी की इस्तरी, युद्ध

–करना,–देना–इस्तरी करना

–बजना–युद्ध होना

–मानना–प्रभुत्व मानना

–लेना–लड़ना

लौकिक–वि. लोक का, सांसारिक, सामान्य

लौटना–अ. क्रि. वापस आना; स. क्रि. उलटना-पलटना

लौटाना–स. क्रि. वापस करना

लौह–पु. लोहा; वि. लोहे या तांबे का बना हुआ

लौहआवरण, लौहपट–पु.[आयरन करटेन] ऐसा आवरण या प्रतिबन्ध-व्यवस्था जिसकी आड़ में होनेवाली बातें दूसरों पर प्रकट न होने पायें

लौहभांड–पु. [हार्डवेयर] लोहे का पात्र

लौहेतर–वि. [नान-फ़ेरस] (वह धातु) जिसमें लोहे का मेल न हो

व

व – देवनागरी का उन्तीसवाँ व्यंजन, अन्तस्थ वर्ण

वंकिम–वि. कुछ-कुछ टेढ़ा

वंचक–वि. ठग, धूर्त, खल

वंचित–वि. धोखा खाया हुआ, रहित

वंदन–पु. स्तुति, पूजन, नमस्कार

वंदनमाला, वंदनमालिका–स्त्री. वंदनवार

वंदना–स्त्री. स्तुति, प्रणाम, पूजन

वंदी–पु. बंदी, चारण, क़ैदी

वंध्या–स्त्री. बाँझ

वंध्यीकरण–पु. [स्टेरिलाइज़ेशन] वंध्य बना देना

वंश–पु. कुल, जाति, संतान

वंशवृक्ष–पु. कुरसीनामा

वंशवृद्धि–स्त्री. कुलोन्नति

वंशहीन–वि. संतानहीन

वंशावली–स्त्री. वंशतालिका

वंशी–स्त्री. बाँसुरी
वंशीवादन–पु. बंसी बजाना
वकालत–स्त्री. (फ़ा.) वकील का काम, पेशा
वकालतनामा–पु. किसी मुक़दमे में वकील होने का प्रमाणपत्र
वकील – पु. (अ.) प्रतिनिधि, पैरवी करनेवाला
वक़्त–पु. (अ.) समय, अवकाश, मौत की घड़ी
–आ जाना–मौत की घड़ी आ जाना
–का पाबंद–समयपालक
–की चीज़–सामायिक वस्तु
–पड़ना–मुसीबत आना
–पड़े पर–मुसीबत के वक़्त
–पर–मौक़े पर
वक़्तव्य – वि. कहने योग्य ;पु. कथन
वक्ता – वि. विद्वान्; पु. कथा कहनेवाला पुरुष
वक्तृता – स्त्री. वक्तृत्व ; पु. भाषण, वाक्कौशल
वक़्फ़–पु. (अ.) देवोत्तर संपत्ति
वक्र–वि. टेढ़ा, तिरछा, चाल बाज़, क्रूर
वक्रोक्ति– स्त्री. चमत्कारपूर्ण उक्ति
वक्ष–पु. छाती
वक्षस्थल–पु. सीना, हृदय
वग़ैरह–अ. (अ.) इत्यादि
वचन–पु. बोलने की क्रिया, वाणी, आदेश
वचनपत्र–पु. प्रॉमिसरी नोट
वचनबंध–पु. [एंगेजमेंट] किसी से मिलने, काम करने आदि का आपसी निश्चय वचन देना
वज़न – पु. (अ.) तौल, भार, महत्त्व, प्रतिष्ठा
वजह–स्त्री. (अ.) कारण, सबब, ज़रिया
वज़ीफ़ा–पु. (अ.) पेंशन, छात्रवृत्ति
वज़ीर–पु. (अ.) मंत्री
वज़ीरे आज़म–पु. प्रधानमंत्री
वज़ीरे ख़ारजा–पु. परराष्ट्रमंत्री
वज़ीरे तालीम–पु. शिक्षामंत्री
वज़ीरे माल–पु. राजस्वमंत्री
वज्र–वि. बहुत कठोर; पु. इन्द्र का अस्त्र, बिजली
वज्रघोष–पु. बिजली की कड़क जैसी आवाज़
वणिक–पु. व्यापार करनेवाला, बनिया
वतन –पु. (अ.) जन्म-स्थान, स्वदेश
वत्सल–वि. पुत्र-प्रेम से युक्त
वदन–पु. चेहरा, मुख, शक्ल
वध–पु. मार डालना, मृत्यु या शारीरिक दंड
वधकर्माधिकारी–पु. जल्लाद
वधदंड, वधनिग्रह–पु. फाँसी की सज़ा
वधालय–पु. [स्लॉटर हाउस] पशुओं के वध का स्थान

वधू–स्त्री. दुलहिन, पत्नी, पतोहू, स्त्री

वध्य–वि. हंतव्य, मार डालने योग्य

वन–पु. जंगल, बाग़, उपवन

वननाशन–पु. [डीफ़ॉरेस्टेशन] जंगलों से रहित कर देना

वनपाल – पु. [रेंजर] वन की देखभाल करनेवाला अधिकारी

वनरक्षक, वनसंरक्षक–पु. [कनसर्वेटर ऑफ़ फॉरेस्ट्स] वनों का संरक्षण करनेवाला

वनरोपण–पु. [एफ़ॉरेस्टेशन] वन या जंगल लगाना

वनस्पति–स्त्री. बिना फूलों के वृक्ष, पेड़-पौधे

वनस्पति घी–पु. बिनौले, मूँगफली आदि का जमाया हुआ तेल

वनस्पतिशास्त्र – पु. वनस्पति विज्ञान

वनौषधि–स्त्री. जंगली जड़ी-बूटी

वन्य–वि. वन में पैदा होनेवाला, जंगली

वफ़ा–पु. (अ.) वचन का पालन, निर्वाह, कृतज्ञता

वफ़ादार – वि. वचन-पालक, स्वामि-भक्त, राजभक्त

वय:संधि – स्त्री. बाल्य और तारुण्य के बीच का काल

वयस्क–वि. बालिग़

वयस्क मताधिकार–पु. [ऐडल्ट सफेज] वयस्क नागरिकों को प्राप्त मताधिकार

वयोवृद्ध–वि. बूढ़ा

वर–पु. दूल्हा, प्रेमिक; वि. श्रेष्ठ

वरण–पु. चुनना, पति का चुनाव

वरणस्वातंत्र्य–पु. [फ्रीडम ऑफ़ चॉइस] चुनने की स्वतंत्रता

वरदान–पु. गुरुजन का प्रसन्न होना, किसी को इष्ट वस्तु देना

वरदी–स्त्री. (अं.) कर्मचारियों के लिए निर्धारित विशेष पहनावा

वरपक्ष–पु. बराती

वरासत – स्त्री. (अ.) वारिस होना, उत्तराधिकार

वर्ग–पु. समानधर्मियों का समूह, दल

वर्गपहेली–[स्त्री. क्रॉसवर्ड पज़ल] एक विशेष प्रकार की पहेली

वर्गफल–पु. समान राशियों का गुणनफल

वर्गीकरण–पु. वर्ग के अनुसार विभाग करना

वर्जित – वि. त्यक्त, अग्राह्य, निषिद्ध

वर्ण–पु. रंग, जाति, अक्षर, शब्द, स्वर

वर्णच्छटा–स्त्री. [स्पेक्ट्रम] दे. 'वर्ण-पट'

वर्णन–पु. चित्रण, बयान, प्रशंसा

वर्णनातीत–वि. जिसका वर्णन न किया जा सके

वर्णपट – पु. [स्पेक्ट्रम] किसी छिद्र या

दरार से आनेवाले प्रकाश के त्रिपार्श्व (प्रिज़्म) पर पड़ने से दिखाई देनेवाले सात रंगों की पट्टी

वर्णभेद – पु. रंग या जाति के कारण होनेवाला भेदभाव

वर्णमाला – स्त्री. अक्षरों की यथाक्रम सूची

वर्णविद्वेष–पु. [कलर प्रेजुडिस] रंगभेद

वर्णव्यवस्था–स्त्री. हिंदू समाज के चार वर्णों में विभाजित किये जाने की परिपाटी

वर्णसंकर–पु. दोग़ला

वर्णांध – वि. [कलर ब्लाइंड] जो रंगों में भेद न कर सके

वर्णानुक्रम से–अ. [एलफ़ाबेटिकली] वर्णों के अनुक्रम से

वर्णाश्रम–पु. जाति और आश्रम

वर्णाश्रम धर्म – पु. वर्ण और आश्रम-संबंधी कर्तव्य

वर्तन – पु. चक्कर खाना, फेर-फार, दस्तूरी

वर्तनअभिकर्ता – पु. [कमीशन एजेंट] दलाली लेकर जो काम करे

वर्तनी – स्त्री. मार्ग, तकला, हिज्जे

वर्तमान–वि. विद्यमान, साक्षात्; पु. मौजूदा समय

वर्ष–पु. साल

वर्षबोध–पु. [ईयर बुक] वार्षिकी

वर्षागम–पु. वर्षा का आरंभ

वर्षीया, वर्षीय–वि. साल का

वली–पु. (अ.) स्वामी, संरक्षक, सिद्ध पुरुष

वल्द–पु. (अ.) बेटा, पुत्र

वल्दीयत–स्त्री. (अ.) माँ-बाप का नाम, वंश-परिचय

वश–पु. क़ाबू, चाह; वि. अधीन, मुग्ध

–चलना–कुछ करने की शक्ति होना

वशीकरण–पु. वशीभूत करना

वशीभूत–वि. अधीन, जो वश में हो गया हो

वसंत–पु. छः ऋतुओं में से एक

वसंतकाल–पु. वसंत ऋतु

वसीअत, वसीयत–स्त्री. (अ.) मृत्यु के बाद अपनी संपत्ति के प्रबन्ध, उपभोग आदि के विषय में किया हुआ आदेश

वसीअतनामा–पु. मृत्यु-पत्र

वसीला – पु. (अ.) ज़रिया, सहारा, सहायता

वसुंधरा–स्त्री. पृथ्वी, देश, राज्य

वसूल–वि. (अ.) मिला हुआ, प्राप्त

वसूली–स्त्री. (अ.) वसूल करने की क्रिया, उगाही

वस्तु–स्त्री. चीज़, कथावस्तु

वस्तुजगत्–पु. दृश्यमान जगत्

वस्तुतः–अ. यथार्थतः, असल में

वस्तुप्रेषणादेश – पु. [इनडेंट] माल भेजने के लिए लिखित आदेश

वस्तुवाद–पु. भूतवाद

वस्तुस्थिति – स्त्री. वास्तविक स्थिति

वस्त्र–पु. कपड़ा, पोशाक

वस्त्रागार–पु. कपड़े की दुकान

वहम – पु. (अ.) शक, शंका, ग़लत ख़याल

वहशत–स्त्री. (अ.) घबराहट, भय, सनक

वहशी – वि. (अ.) जंगली, उजड्ड, असभ्य

वहाँ–अ. उस जगह (दूर के लिए)

वहीं–अ. उसी जगह (दूर परोक्ष के लिए)

वांछनीय–वि. चाहने योग्य, अभिलषणीय

वांछित–वि. इच्छित, चाहा हुआ; पु. इच्छा

वाक़िफ़–वि. (अ.) जानकार

वाक्–स्त्री. शब्द, वाक्य, कथन, सरस्वती

वाक्पटु–वि. वात करने में चतुर

वाक्य–पु. पदों का समूह, कथन

वाक्यरचना–स्त्री. वाक्य बनाना, वाक्य का निर्माण

वाग्–स्त्री. 'वाक्' का समासगत रूप

वाग्जाल–पु. बातों की लपेट

वाग्यु द्ध–पु. शब्दों का युद्ध, झगड़ा

वाङ्मय–वि. वाक्यात्मक ; पु. साहित्य

वाचन–पु. [रीडिंग] पढ़ने की क्रिया

वाचनालय–पु. रीडिंग रूम

वाचाल–वि. बोलने में तेज़, डींग मारनेवाला

वाच्यार्थ–पु. मूल अर्थ, अभिधेयार्थ

वाणिज्य–पु. [कॉमर्स] व्यापार

वणिज्यदूत–पु. स्वदेश के व्यापारिक हितों की रक्षा के लिए विदेश में नियुक्त प्रतिनिधि

वाणिज्यालय–पु. [एंपोरियम] बड़ी दुकान

वातावरण–पु. पृथ्वी के चतुर्दिक् स्थित वायु, परिस्थिति

वात्सल्य–पु. प्रेम, माता-पिता का स्नेह

वात्सल्यरस–पु. एक भाव

वाद–पु. उतचीत, तर्क, बहम, दावा

वादक–पु. बजानेवाला

वादकदल, वादकवृंद–पु. [आरकेस्ट्रा] नाट्यशाला में बाजा बजानेवालों का दल या समूह

वादपत्र–पु. [प्लेंट] दादी द्वारा उपस्थित किया गया लिखित आरोप

वादपद–पु. [इशू] उभय पक्षों के बीच के झगड़े का मूल कारण

वादमूल–पु. [कॉज़ ऑफ़ ऐक्शन] वह झगड़ा जिसके कारण न्यायालय में मामला चलाया

जाय

वादविषय–पु. [मैटर फ़ॉर डिसकशन, सबजेक्ट मैटर] विचारणीय विषय

वादव्यय–पु. [कॉस्ट्स] वाद या मुकदमे का व्यय

वाद-समाप्ति–स्त्री. [अबेटमेंट ऑफ़ सूट] मुकदमे का ख़ारिज कर दिया जाना

वादा–पु. (अं. 'वायदा') वचन, क़रार

वादानुवाद–पु. शास्त्रार्थ, तर्क वितर्क

वादी–पु. वक्ता, मुद्दई, गायव

वाद्य–पु. बाजा

वाद्यसंगीत – पु. [इंस्ट्रू मेंटल म्यूज़िक] वाद्ययन्त्रों द्वारा उत्पन्न की गयी मधुर ध्वनि

वानस्पतिक खाद-स्त्री. [कंपोस्ट] कूड़े आदि से बनी खाद

वापसी–वि. फेरा, लौटाया हुआ; स्त्री. वापस होने, करने का भाव

वाम–वि. वायाँ, विरुद्ध, टेढ़ा, नीच, सुन्दर, प्रिय

वामन–वि. बौना; पु. बौना आदमी

वामपंथी, वामपक्षी – पु. [लेफ़्टस्ट] राजनीति आदि में उग्र विचारों का अनुयायी

वामा–स्त्री. स्त्री, दुर्गा, लक्ष्मी, सरस्वती

वायु–स्त्री. हवा, साँस

वायुग्रस्त–वि. गठिया या उन्माद रोग से आक्रांत

वायुपथ, वायुमार्ग–पु. [एयरवेज़] विमानमार्ग

वायुभारमापक यंत्र–पु. [बैरोमीटर] हवा का दबाव नापने का यंत्र

वायुमंडल–पु. आकाश, वातावरण, बवंडर

वायुयान–पु. हवाई जहाज़

वारंट–(अं.) आज्ञापत्र

वारंट गिरफ़्तारी–पु. गिरफ़्तारी का आज्ञापत्र

वारनिश–स्त्री. (अं. 'वार्निश') एक रोग़न

वारित साहित्य–पु. [प्रोस्क्राइब्ड लिटरेचर] सरकार द्वारा निषिद्ध साहित्य

वारिस–पु. (अ.) उत्तराधिकारी, रक्षक

वार्ड–पु. (अं.) हलका, विभाग (जेल, अस्पताल में)

वार्डर–पु. (अं.) रक्षक, जेल के भीतर का पहरेदार

वार्ता–स्त्री. जनश्रुति, वृत्तान्त, प्रसंग, वातचीत

वार्तालाप–पु. बातचीत

वार्षिक–वि. वर्ष-संम्बन्धी

वार्षिक वित्तविवरण–पु. [एन्नुअल फ़ाइनेंशल स्टेटमेंट] वर्षभर की वित्तीय स्थिति का विवरण

वार्षिकी –स्त्री. [एन्युइटीज़]

वार्षिक–रूप से मिलनेवाली वृत्ति

वालंटियर–पु. (अं.) स्वयंसेवक

वालिद–पु. (अ.)बाप, पिता

वालिदा–स्त्री. (अ.) माँ

वाष्पीकरण–पु. [इवैपोरेशन] वाष्प रूप में परिणत होना

वास–पु. निवास, घर, गन्ध

वासना–स्त्री. कल्पना, कामना, मिथ्या संस्कार

वासव्यवस्था – स्त्री. [ऐक्कोमोडेशन] रहने या ठहरने का स्थान, सुविधा या प्रबन्ध

वास्तव–वि. यथार्थ, निश्चित; पु. असल तत्व

वास्तव में–सत्यतः, यथार्थतः

वास्तविक–वि. सत्य, यथार्थ, ठीक

वास्ता–पु. (अ.) सम्बन्ध, नाता, सरोकार

–पड़ना–काम पड़ना, सरोकार होना

–वास्तु–पु. मकान बनाने योग स्थान

वास्तुकर्मकार, वास्तुकर्मज्ञ–पु. [अर्किटेक्ट] भवननिर्माणकला मर्मज्ञ

वास्तुविद्या – स्त्री. गृहनिर्माण सम्बन्धी विद्या

वाहक–वि. ले जानेवाला; पु. बोझ ढोनेवाला

वाहक धनादेश–पु.[बेयरर चेक] वह धनादेश (चेक) जिसका रुपया किसी भी ऐसे व्यक्ति को दिया जा सकता है जो उसे ले जाकर बैंक के सामन उपस्थित करे

वाहिनी–स्त्री. सेना, ब्रिगेड

वाहिनीपति – पु. [ब्रिगेडियर] सेनानायक

वाहियात–वि. (फ़ा.) बेहूदा, निकम्मी (बातें); स्त्री. ख़ुराफ़ात

विंदु–पु. [पाइण्ट] एक बूँद का परिमाण शून्य

विकट–वि. भद्दा, विशाल, भयंकर, मुश्किल

विकराल – वि. भीषण, भयंकर

विकल–वि. बेचैन, क्षुब्ध, खंडित, ???

विकलन–पु. [डेबिट] किसी को ऋणादि के रूप में दी गयी रक़म, या प्राप्य धन

विकलीकृत–वि. [डिसेबिल्ड] जो विकलांग हो जाने के कारण अपना काम करने में असमर्थ हो गया हो

विकल्प–पु. उपाय, अनेक में से एक का चुनाव

विकसित–वि. प्रस्फुटित, प्रफुल्ल, प्रसन्न

विकार–पु. रोग, दोष, भावना, वासना

विकास–पु. खिलना, खुलना, फैलाव

विकासवाद–पु. डर्विन द्वारा प्रतिपादित एक सिद्धांत जिसमें यह माना जाता है कि प्राणियों का प्रादुर्भाव एक्र ही मूल तत्त्व से हुआ है और वे क्रमशः विकसित होते हुए वर्तमान रूप में पहुँचे हैं

विकिरण–पु. [रैडियेशन] एक स्थान या केंद्र से ताप, प्रकाश आदि का सीधी रेखाओं में चलकर इधर-उधर फैलना

विकृत – वि. विकारयुक्त, असंस्कृत, रोगी

विकृति–स्त्री. विकार, रोग, क्षोभ, भावावेश,

विकेंद्रीयकरण–पु. [डिसेंट्रलिज़ेशन] केंद्र में प्रस्थापित सत्ता, अधिकार आदि को आसपास के अंगों, अधीन राज्यों आदि में बाँटना

विक्रमाब्द–पु. विक्रम–संवत्

विक्रय–पु. बेचना

विक्रयधन – पु. [टर्नओवर] विक्री से प्राप्त कुल धनराशि

विक्रयपंजी–स्त्री. [सेल्स जर्नल] विक्री–बही

विक्रयपत्र–पु. [कैश मेमो] नगदी चिट्ठा

विक्रयप्रपंजी–स्त्री.[सेल्स लेजर] वह खाता-बही जिसमें विभिन्न तिथियों को बेची गयी विभिन्न वस्तुओं का ब्योरा पृथक्-पृथक् लिखा रहता है

विक्रयलेख–पु. [सेल डीड] बैनामा

विक्रयिक–पु.[सेल्समैन] विक्रता

विक्रेता–पु. बेचनेवाला

विक्षिप्त–वि. पागल, व्यग्र, व्याकुल

विक्षिप्तालय – पु. [लूनैटिक असाइलम] पागलख़ाना

विक्षुब्ध–वि.अशांत

विक्षोभ–पु. क्षोभ, घबराहट, आतंक

विख्यात–वि. प्रसिद्ध, मशहूर, सर्वविदित

विगत–वि. अतीत, मृत, नष्ट, अनुपस्थित

विग्रह–पु. अलगाना, कलह, युद्ध, खंड

विघटन–पु. अलग करना, छिन्न-भिन्न करना

विघ्न–पु.बाधा, कठिनाई, विरोध

विचरण – पु. घूमना-फिरना, पर्यटन

विचरना–अ. क्रि. इतस्ततः घूमना

विचलित–वि. अस्थिर, डगम गाया हुआ

विचार–पु. तत्त्व-निर्णय, कार्य विधि, विज्ञता

विचारक–पु. विचार करनेवाला, दार्शनिक आदि

विचारणीय–वि. विचार करने योग्य

विचारधारा – स्त्री. [आइडि

ऑलॉजी] सिद्धान्त

विचारना–स. क्रि. ग़ौर करना, खोज करना

विचारशास्त्र–पु. मीमांसा शास्त्र

विचारशील – पु. सोच–विचार करने की शक्तिवाला

विचारस्वातंत्र्य – पु. विचार प्रकट करने की स्वतंत्रता

विचारालय–पु. न्यायालय

विचित्र–असाधारण, सुंदर, मनोरंजक

विचित्रता–स्त्री. अनोखापन

विच्छेद–पु. टुकड़े–टुकड़े करना, क्षति

विछोह–पु. वियोग, प्रिय से पृथक् होना

विजय–स्त्री. जीत

विजया–स्त्री. दुर्गा, विजयोत्सव

विजयादशमी–स्त्री. दशहरा

विजयास्त्र–पु. [ट्रंपकार्ड] विजय दिलानेवाला अस्त्र

विजयोपहार–पु. ट्रॉफी] विजय के स्मृतिस्वरूप रखी गयी वस्तु (शील्ड-कप आदि)

विजेता–पु. जय प्राप्त करनेवाला

विज्ञ–वि. जानकार, विद्वान्; पु. चतुर मनुष्य

विज्ञप्ति–स्त्री. इश्तहार, निवेदन, प्रार्थना

विज्ञान–पु. शास्त्रीय विवेचन करनेवाली विद्या

विज्ञानवादी – वि. आधुनिक विज्ञान का पक्षपाती

विज्ञानी – वैज्ञानिक, महान् ज्ञानी

विज्ञापन–पु. सूचना देना, इश्तहार

विज्ञापनदाता–पु. [एडवरटाइज़र] विज्ञापन छपवानेवाला

विज्ञापनपत्र–पु. विज्ञापन का अख़बार

विज्ञापनपुस्तिका–स्त्री. सूचीपत्र

विज्ञापित–वि. सूचित, इश्तहार किया हुआ

वितरक – पु. वितरण करने, बाँटने वाला

वितरण–पु. अर्पित करना, देना, बाँटना

वित्त–वि. प्राप्त; पु. [फ़ाइनेंस] धन-सम्पत्ति, राज्य की सार्वजनिक पूँजी या धन, राज्य की वित्त-सम्बन्धी व्यवस्था

वित्तप्रबंधक–पु. [फ़ाइनेंशियर] आय या धन का प्रवन्ध करनेवाला अधिकारी

वित्तमंत्री–पु. [फ़ाइनेंस मिनिस्टर] राज्य के धन, आय-व्यय क साधनों आदि सम्बन्धी विभाग की देख-रेख करनेवाला मंत्री

वित्तविधेयक – पु. [फ़ाइनेंस बिल] पु. आय-व्ययक-संबंधी विधेयक

वित्तसाधन – पु. [फ़ाइनेंसेज़] धन प्राप्त करने के ज़रिये

वित्तीय–वि. वित्त-सम्बन्धी

विदाई–स्त्री. रुख़्सती

विदित–विः जाना हुआ, अवगत, ज्ञात

विदीर्ण–वि. फाड़ा हुआ, फैला हुआ

विदूषक–मसख़रा ; वि. परनिंदक

विदेश–पु. दूसरा देश

विदेशी–पु. परदेश का रहने वाला

विद्यमान –वि. उपस्थित, यथार्थ

विद्या–स्त्री. ज्ञान–विज्ञान, गुण, जादू

–चलना–धूर्तता का सफल होना

विद्या दान–पु. विद्या पढ़ाना

विद्याधन–पुः विद्यारूपी धन

विद्यापीठ–पु. शिक्षाकेंद्र

विद्याभ्यास–पु. विद्याध्ययन

विद्यामंदिर–पु. विद्यालय

विद्यार्थी–पु. छात्र, शिष्य; विद्या का इच्छुक

विद्याविहीन–वि. मूर्ख

विद्यावृद्ध–वि. विद्या, या ज्ञान में बढ़ा हुआ

विद्यालय–पु. स्कूल, विद्यागृह

विद्युत–स्त्री. बिजली, वज्र

विद्युदणु– पु. [इलेक्ट्रॉन, प्रोटान] दे. 'ऋणविद्युदणु' तथा 'धनविद्युदणु'

विद्युद्घात–पु. [इलेक्ट्रोक्यूशन] बिजली के संस्पर्श से होनेवाली मृत्यु

विद्यु दूर्शकयंत्र – पु. [इलेक्ट्रॉसकोप] वस्तु में विद्युत् का पता लगानेवाला यंत्र

विद्युद्धारक – पु. [लाइटनिंग अरस्टर] बिजली गिरने के प्रभाव से बचाने का साधन

विद्रोह — पुः बलवा, उपद्रव, क्रांति

विद्रोही–वि. क्रान्तिकारी

विद्वान्–बि. तत्त्वज्ञ; पु. पंडित, चतुर व्यक्ति

विधवा–स्त्री. बेवा, राँड़

विधवा-विवाह–पु. विधवा से विवाह करना

विधवाश्रम– पु. विधवाओं के लिए आश्रय

विधाता–वि. व्यवस्था करने वाला; पु. ब्रह्मा, प्रारब्ध

विधात्री–स्त्री. जननी, व्यवस्था करनेवाली

विधान–पु. आयोजन, व्यवस्था, आदेश, [लेजिस्लेशन] राज्य के विधानमंडल द्वारा स्वीकृत कोई अधिनियम, व्यवस्था या विधि जैसा प्रभाव रखनेवाला विनिश्चय

विधानपरिषद् – स्त्री. [लेजिस्लेटिव कौंसिल] (भारत के) जिस राज्य में विधानमण्डल के दो सदन हों उसका वह दूसरा सदन जिसके मदस्य नग-रपालिकाओं, विश्वविद्यालय के स्नातकों तथा शिक्षा-संस्थाओं के

अध्यापकों के बने निर्वाचन-मण्डलों द्वारा और विधानसभा के सदस्यों द्वारा निर्वाचित किये जायें

विधानमंडल–पु. [लेजिस्लेचर] राज्य के लिए विधान बमानेवाले व्यक्तियों का समूह-भारत के जिन राज्यों में दो सदन हैं, वहाँ उन दोनों (और जिनमें एक ही सदन है उनमें उक्त सदन) तथा राज्यपाल को संयुक्त रूप से यह नाम दिया गया है

विधानसभा–स्त्री. [लेजिस्लेटिव असेंबली] जन-प्रतिनिधियों की वह सभा जो राज्य के लिए विधान बनाती, आयव्ययक स्वीकार करती तथा शासन-कार्यों का नियंत्रण करती है और जिनका चुनाव आम जनता करती है

विधायक – पु. [लेजिस्लेटर] विधानसभा का सदस्य

विधायी–पु. व्यवस्था देनेवाला

विधायी कार्य–पु. लेजिस्लेटिव विज़नेस] (विधानसभा आदि में) विधान-निर्माण का कार्य

विधि–स्त्री. ढंग, प्रयोग, नियम, क़ानून

विधिक–वि. [लीगल] विधिसम्वन्धी, जो विधि के अनुरूप हो

विधिग्राह्य मुद्रा–स्त्री. [लीगल टेंडर मनी] वह मुद्रा जिसका प्रयोग ऋण चुकाने के लिए करना विधिविहित हो

विधि परामर्शी – पु. [लीगल रिमेंब्रैंसर] सरकार को विधिसम्बन्धी सलाह देनेवाला पदाधिकारी

विधिविज्ञान, विधिशास्त्र – पु. [ज्यूरिस प्रूडेंस] नियमों, विधियों, सिद्धांतों आदि का विवेचन करनेवाला शास्त्र

विधिसचिव–पु. [लीगल सेक्रेटरी] विधि-सम्बन्धी सचिव

विधेयक–पु. [बिल] किसी विधान, अधिनियम आदि का वह प्रारूप जो पारित होने के लिए लोकसभा, विधानसभा आदि में रखा जाय

विध्यनुकूल–[वि.वैलिड] विधि की दृष्टि से जिसमें कोई त्रुटि न हो

विध्वंस–पु. विनाश, क्षति

विनत–वि. झुका हुआ, नमित, विनम्र

विनम्र–वि. विनयी, सुशील

विनय–स्त्री. भद्रता, शिष्टता, नम्रता

विनयशील –वि. विनम्र

विनष्ट – वि. ध्वस्त, विकृत, भ्रष्ट

विनाश–पु. नाश, क्षय, लोप

विनिमय–पु. अदल-बदस, बंधक

विनिमय अधिकोष–पु. [एक्सचेंज

बैंक] वह अधिकोष (बैंक) जहाँ एक देश की मुद्रा के बदले दूसरे देश की मुद्रा देने या बाहर प्रेषित करने आदि का काम होता है

विनियंत्रण – पु. [डी-कंट्रोल] नियन्त्रण–व्यवस्था की समाप्ति

विनियम–पु. [रेगुलेशन] विशेष नियम, नियन्त्रण

विनियमक – वि. [रेगुलेटर] गति या वेग का नियंत्रण करनेवाला आला

विनियमन – पु. [रेगुलेशन, रेगुलेटिंग] नियमादि बनाकर नियंत्रित करना

विनियोग – पु. [ऐप्रोप्रियेशन] (कोई वस्तु या धन) अधिकार में ले लेना

विनियोग विधेयक–पु. [ऐप्रो–प्रियेशन बिल] वह विधेयक जिसमें राजस्व का ब्योरा हो

विनिर्देश–पु. [स्पेसिफ़िकेशन] निश्चित रूप से कही हुई बात

विनिश्चय–पु.[डिसीज़न] किसी प्रश्न का निपटारा

विनिषिद्ध व्यापार–पु. [कंट्राबैंड ट्रेड] निषिद्ध व्यापार

विपरीत–वि. उलटा, प्रतिकूल, नियनविरुद्ध

विपरीततः भी – अ. [वाइस वर्सा] विपर्यय से भी

विपर्याय – पु. [एंटॉनिम] विरोधी अर्थवाला शब्द

विपिन–पु. वन, उपवन

विपुल–वि. बड़ा, विस्तृत, प्रचुर, अगाध

विप्रलंभ–पु. बहकावा, नैराश्य, प्रेमियों का वियोग

विप्रलंभ श्रृंगार – पु. वियोग श्रृंगार

विप्रेषक–पु. [रेमिटर] भेजनेवाला

विप्रेषण–पु. (रेमिटैंस] रुपया पैसा आदि मनीऑर्डर करना

विप्लव–पु. उपद्रव, विद्रोह

विप्लवी–वि. क्रांति करनेवाला

विफल–वि. फलहीन, व्यर्थ, असफल

विभक्ति–स्त्री. कारक का चिह्न

विभाग–पु., मुहकमा

विभागाध्यक्ष–पु. [डिपार्टमेंटल हेड] किसी विभाग का प्रधान अधिकारी

विभाजक–पु. बाँटनेवाला

विभाजन–पु. बांटना, विभाग करना, बँटवाना

विभाजन घंटी–स्त्री. [डिवीज़न बेल] संसद् या विधानसभा में मत जानने के लिए सदस्यों को पृथक्-पृथक् समूहों में विभक्त होने के लिए तैयार रहने की सूचना देनेवाली घंटी

विभाजित–वि. बँटवाया हुआ, विभक्त

विभाज्य–वि. जिसका बँटवारा किया जाय; पु. वह संख्या जिसमें

किसी संख्या से भाग दिया जाय

विभावरी–स्त्री. रात, तारोंवाली रात

विभिन्न–वि. कई तरह का, मिश्रित

विभूति–स्त्री. ऐश्वर्य, शक्ति, अलौकिक शक्ति

विभेद–पु. तोड़ना,विभाग करना, फूट

विभेदीकरण– पु. [डिसक्रिमिनेशन] विभेद करना

विमति–टिप्पणी–स्त्री. [मिनिट ऑफ़ डिसेंट] मतभेद प्रकट करने के लिए जोड़ी गयी टिप्पणी या वक्तव्य

विमर्श–पु. विवेचन, समीक्षा, तर्क, ज्ञान

विमल – वि. साफ़, विशुद्ध, निर्दोष, सुंदर

विमाता–स्त्री. सौतेली माँ

विमान–पु. वायुयान

विमानचालक–पु. [पायलट] वायुयान चलानेवाला

विमानचालन–पु. [एवियेशन] उड्डयन

विमानचालन विज्ञान–पु. [एरोनॉ-टिक्स] विमान चलाने आदि की विद्या

विमानवाहक पोत–पु. [एअर क्राफ़्ट कैरियर] विमानों को ढोकर ले जानेवाला जहाज़

विमानवेधी तोप–स्त्री. [एंटी एअर क्राफ़्ट गन] विमानों पर गोले बरसाकर उन्हें नष्ट कर डालनेवाली तोप

विमानसेनाधिकारी–पु. [विंग कमांडर] विमान-सेना की टुकड़ी का नायक

विमानास्थान–पु. [एअरबेस] हवाई जहाज़ों के ठहरने, रखे जाने आदि का स्थान या केंद्र

विमुद्रीकरण–पु. [डीमॉनेटाइज़ेशन] किसी सिक्का, नोट आदि का मुद्रा के रूप में चलन बंद कर देना

वियोग–पु. विरह, छुटकारा

वियोग श्रृंगार–पु. श्रृंगार रस का वह विभाग जिसमें प्रेमियों के विरह का वर्णन होता है

वियोगी–वि. विरही

विरक्त–वि. अननुरक्त, उदासीन

विरक्ति–स्त्री. अनासक्ति, उदासीनता

विरत–वि. निवृत्त, विरक्त

विरल–वि. घना नहीं, बारीक, थोड़ा

विरह–पु. जुदाई, वियोग, अभाव

विरहज्वर–पु. विरहजन्य ताप

विरहानल–पु. विरह की अग्नि

विरहिणी–स्त्री. पति, प्रिय से बिछुड़ी हुई नायिका

विरही–वि. प्रिया के वियोग में दुःखी

विराग–पु. राग का अभाव, विरक्ति

विरागी–वि. विरक्त, निर्विषय

विराट्–पु. आदि पुरुष, सौंदर्य; वि. बहुत बड़ा

विराम–पु. अंत, विश्राम

विरामसंधि–स्त्री. [ट्रस] युद्ध बन्द रखने की संधि

विरुद्ध–वि. प्रतिकूल, शत्रुतापूर्ण, असंगत

विरोध–पु. विपक्षता, शत्रुता, कलह

विरोधाभास–पु. विरोध का आभास, एक अर्थालंकार

विरोधी–वि. बाधक, वैरी; पु. शत्रु, विपक्षी

विलंब–पु. देर, सुस्ती

विलंबकारी प्रस्ताव–पु. [डाइलेटरी मोशन] विलंब के उद्देश्य से किया जानेवाला प्रस्ताव

विलंबशुल्क–पु. [डेमरेज] पारसल आदि अधिक देर से छुड़ाने पर लगनेवाला अर्थदंड

विलंबित–वि. लटकता हुआ, द्रुत का उलटा (संगीत)

विलंबित करना–स. क्रि. [पोस्टपोन] टाल देना

विलक्षण–वि. अलौकिक, अशुभ चिह्नोंवाला

विलग–वि. अलग ; पु. अंतर, भेद

विलय–पु. (मर्जर] विलीन होना

विलाप–पु. रोना, शोक करना

विलास–पु. आरामतलबी, प्रणय क्रीड़ा, हाव-भाव

विलासी–वि. कामी, आराम-तलब

विलीन–वि. छिपा हुआ, लुप्त, नष्ट

विलुप्त–वि. ग़ायब

विलोप–पु. [ओमीशन] किसी वाक्य, रचना आदि से कुछ अंश निकाल देने की क्रिया; [कैंसेलेशन] रद कर देना

विलोपन–पु. [ओमीशन, कैंसेलेशन] दे. 'विलोप'

विलोपीकरण–पु. [रिपील] रद कर देना

विलोम–वि. उलटा, पीछे का; पु. उलटा क्रम

विवरण–पु. व्याख्या, वर्णन, ब्योरा

विवरणपत्रिका–स्त्री. [प्रास्पेक्टस] विवरण देनेवाली पुस्तिका

विवरणी–स्त्री. [रिटर्न] आँकड़ों सहित (सरकारी) रिपोर्ट

विवश–वि. लाचार, जिसका अपने पर वश न हो

विवाद–पु. बहस, झगड़ा, खंडन, मुकदमा

विवादांत प्रस्ताव–पु. [मोशन ऑफ़ क्लोज़र] समापन प्रस्ताव

विवादास्पद – पु. विवाद का विषय; वि. विवाद के योग्य

विवाह–पु. शादी

विविध–वि. विभिन्न प्रकार का, कई तरह का

विवेक–पु. यथार्थ ज्ञान, भले-बुरे की पहिचान

विवेकवान्–वि. ज्ञानी, विचार वान्

विवेकाधीन–वि. [इन दि डिसक्रीशन] विवेकबुद्धि के अधीन

विवेचन–पु. सदसत् का निर्णय, परीक्षण

विवेचनीय–वि. विवेचन करने योग्य

विशद–वि. स्वच्छ, बेदाग़, सुंदर, शांत

विशारद–वि. विद्वान्, एक हिन्दी परीक्षा

विशाल–वि. बड़ा, भव्य, शक्तिशाली

विशिष्ट–वि. विशेषतायुक्त, उत्तम, विशेष रूप से शिष्ट

विशिष्टजनीन मतसंग्रह – पु. [गैलपपाल] विशिष्ट जनसमूह द्वारा मतसंग्रह

विशिष्टाद्वैत–पु. रामानुज द्वारा प्रवर्तित एक मत

विशिष्टाधिकार–पु. [प्रीरोगे टिव] परमाधिकार

विशिष्टीकरण–पु. [स्पेशलाइज़ेशन] विशिष्ट लक्षणों के अनुसार किसी वस्तु को पृथक् या स्वतंत्र करना, विशेषता प्राप्त करना

विराट–वि साफ़ किया हुआ, पवित्र

विशुद्धि–स्त्री. शुद्धता, परिशोध

विशुद्धिवाद–पु. [प्यूरिटेनिज़्म] विशुद्ध धार्मिक जीवन को प्रधानता देनेवाला प्रोटेस्टैंट सिद्धांत

विशेष–वि. असाधारण, अधिक, प्रचुर

विशेषज्ञ–वि. किसी विषय का विशेष ज्ञान रखनेवाला

विशेषता–स्त्री. ख़सूसियत, ख़ूबी

विश्राम–पु. आराम, शांति

विश्रामभवन–पु. [रेस्ट-हाउस] विश्रामादि करने के लिए भवन

विश्रामालय–पु. [रेस्ट-हाउस] दे. 'विश्रामभवन'

विश्रुत–वि. विख्यात, प्रसिद्ध

विश्लेषण–पु. भली भाँति छान बीन करके विचारना

विश्वंभर–वि. सबका भरण करनेवाला; पु. ईश्वर

विश्व–पु. समग्र, ब्रह्मांड, संसार

विश्वकोश–वह ग्रंथ जिसमें संसार के सारे विषयों का विवरण हो

विश्वनाथ–पु. शिव, काशी का एक प्रसिद्ध ज्योतिलिंग

विश्वविख्यात – वि. जो सारे संसार में प्रसिद्ध हो

विश्वविद्यालय–पु. यूनिवर्सिटी

विश्वस्वास्थ्य संघटन–पु. [वर्ल्ड हेल्थ आरगैनिज़ेशन] संसार के लोकस्वास्थ्य की उन्नति के प्रयत्नों में

सहायता करनेवाली अन्तर्राष्ट्रीय संस्था

विश्वास–पु. यक़ीन, भरोसा

विश्वासघात–पु. विश्वास के विपरीत कार्य करना

विश्वासप्रस्ताव–पु. [मोशन ऑफ़ कॉनफ़िडेंस] किसी मंत्रिमंडल में या किसी संस्था के अध्यक्षादि में विश्वास प्रकट करने के लिए उपस्थित किया जानेवाला प्रस्ताव

विश्वोत्पत्ति विज्ञान–पु. [कॉस्मोगोनी] सृष्टिविज्ञान

विष–पु. ज़हर, गरल

विषम–वि. असमान, कठिन, प्रतिकूल

विषय–पु. इंद्रियजन्य आनंद, प्रकरण

विषयक–वि. संबंधी, विषय का

विषयनिर्धारिणी समिति, विषय-निर्वाचिनी समिति–स्त्री. किसी सभा में उपस्थित किये जानेवाले विषय, प्रस्ताव आदि का निश्चय करनेवाली उपसमिति

विषयलोलुप–पु. विषय–सुख का लोभी

विषय समिति–स्त्री. प्रस्तावों या विषयों के संबंध में निश्चय करनेवाली कमेटी

विषयांतर–पु. मूल विषय को छोड़कर इधर–उधर की चर्चा

विषयात्मक–वि विषय–संबंधी, इंद्रिय–संबंधी

विषयानुक्रमणिका–स्त्री. [इंडेक्स] विस्तृत विषय सूची

विषयासक्त–वि. विपयरत

विषविज्ञान – पु. [टॉक्सिकोलॉजी] विषों की उत्पत्ति, प्रभाव आदि का विवेचन करनेवाला शास्त्र

विसंवाहक–पु. [इनस्यूलेटर] वह कुचालक पदार्थ जो विद्युत् या ताप का प्रवाह रोकने के लिए विद्युन्मय या तापमय पदार्थ तथा विद्युद् विहीन, तापविहीन पदार्थ के बीच में लगा दिया जाता है

विसंवाहन–पु. [इनस्यूलेशन] कुचालक पदार्थ द्वारा पृथक् कर देना

विसर्ग–पु. परित्याग, एक अक्षर का संकेत (:)

विसर्जन–पु. समाप्ति, फेंकना

विसर्जित–वि. हटाया हुआ, त्यक्त

विस्तरणी–स्त्री. स्ट्रेचर

विस्तरणीवाहक–पु. स्ट्रेचर ढोनेवाला

विस्तार–पु. फैलाव, लंबाई चौड़ाई, ब्यौरा

विस्तारी विधेयक–पु. (एक्सटेंडिंग बिल] किसी पुराने अधिनियम आदि की अवधि बढ़ाने के लिए विधानसभा आदि में उपस्थित विधेयक

विस्तृत–वि. फैला हुआ, विशाल

विस्थापन – पु. [डिसप्लेसमेंट]

उद्वासन
विस्थापित–वि. [डिसप्लेस्ड] उद्वासित
विस्फीति –स्त्री. (डीप्लेशन] मुद्रा का बाहुल्य घटाना
विस्फोट–पु. फटना, ज़हरीला फोड़ा
विस्मय–पु. अचंभा
विस्मृत–वि. भूला हुआ
विहग–पु. पक्षी
विहार–धूमकर मनोरंजन करना
विहित–वि. करने योग्य
विहित निषिद्ध कर्म–पु. [एक्ट्स ऑफ़ कमीशन एंड ओमिशन] वे कर्म जिन्हें करना चाहिए तथा वे जिन्हें न करना चाहिए
विहीन–वि. वंचित, रहित
विह्वल–वि. अशांत, व्याकुल
वीक्षण–पु. विशेष रूप से देखना, आँख
वीणा–स्त्री. सितार जैसा एक बाजा
वीर–वि. बहादुर, शक्तिशाली; पु. योद्धा
वीरगति–स्त्री. स्वर्ग
वीरचक्र–पु. विशेष वीरता पर दिया जानेवाला तृतीय श्रेणी का पदक
वीररस–पु. वीरता-सम्बन्धी एक काव्य रस
वीर्य–पु. वीरता, शक्ति, पुंस्त्व, शुक्र
वीर्यवान्–वि. बलवान्, शक्तिशाली, पुष्ट
वृक्ष–पु.पेड़, कुरसीनामा
वृत्त–वि. गोलाकार, वृत्तांत
वृत्तपत्रक–पु. [हिस्ट्री शीट] अपराध–लेखा, दुर्वृत्त–फलक
वृत्तांत–पु. समाचार, विवरण, वर्णन
वृत्तांतानुमेय साक्ष्य–पु. [सरकम्सटैंशल एवीडेंस] परिस्थिति या जानी हुई घटनाओं का प्रमाण
वृत्ति–स्त्री. हालत, व्यापार, ढंग, जीविका
वृथा–अ. बेकार ; वि. अनुचित, झूठ
वृद्ध–वि. बूढ़ा, बड़ा, चतुर, विद्वान्, योग्य
वृद्धताअधिदेय–पु. [सूपर एनुएशन अलाउंस] वृद्धता के कारण किसी कर्मचारी के काम करने में असमर्थ हो जाने पर दी जानेवाली वृत्ति या भत्ता
वृष्टि–स्त्री. वर्षा, झड़ी
वेग–पु. प्रचंडता, प्रवाह, शक्ति, शीघ्रता
वेगवृद्धि–स्त्री. [एक्सिलरेशन] वेग बढ़ने की क्रिया
वेणी–स्त्री. बालों की चोटी, धारा
वेतन–पु. तनख़्वाह, वृत्ति
वेतनक्रम–पु. (ग्रेडेऑफ़ पे] वेतन का क्रम या दरजा
वेतनफलक–पु. [पे शीट] वेतन का ब्योरा देनेवाला काग़ज़
वेत्ता–वि. ज्ञाता, अनुशन करने

वाला

वेद–हिन्दुओं के आदि धर्मग्रंथ

वेदवाक्य–पु. अखण्डनीय बात

वेदांग–पु. वेदों के अंग (शिक्षा, कल्प, निरुक्त, छंद, ज्योतिष और व्याकरण)

वेदांत–पु. ब्रह्मविद्या

वेदांती–वि.पु. वेदांत का पंडित, ब्रह्मवादी

वेला–स्त्री. समय, घंटा या पहर

वेलापत्रक–पु. [टाइम टेबल] समय-सारणी

वेश–पु. बाना

वेशभूषा–स्त्री. पहनावा, पोशाक

वेश्या–स्त्री. रंडी, तवायफ़

वेश्यालय–पु. [ब्रोथेल] चकली

वेश्यावृत्ति–स्त्री. धन लेकर पर पुरुषों से संभोग कराना

वेष–पु. वेश, बदला हुआ भेस

वेस्टकोट–पु. (अं.) फतुही, जाकेट

वैकल्पिक–वि. ऐच्छिक, सन्दिग्ध, अनिश्चित

बैकल्पिक सदस्य–पु. [आलटरनेटिव मेम्बर] दो सदस्यों में से एक

वैचित्र्य–पु. विचित्रता, अनोखा पन, भिन्नता

वैज्ञानिक–पु. विज्ञान का पंडित; वि. विज्ञान–सम्बन्धी

वैतनिक–वि. वेतनभोगी

वैदिक–वि. वेद सम्बन्धी, वेद विहित

वैद्य–पु. आयुर्वेद का ज्ञाता, चिकित्सक

वैध–वि. विधि–संगत, जायज़, क़ानूनी

वैधानिक–वि. विधान–सम्बन्धी, विधान के अनुकूल

वैधीकरण–पु. [वैलिडेशन] वैध रूप दे देना

वैभव–पु. शक्ति, ऐश्वर्य, महत्ता

वैमत्य–पु. फूट, नापसन्दी

वैमत्यसूचक–वि. [डिस्कॉर्डेंट] असहमति सूचित करनेवाला

वैयक्तिक–वि. व्यक्तिगत, निजी

वैयक्तिक बन्ध – पु. [पर्सनल बांड] व्यक्तिगत ज़मानत

वैयाकरण–पु. व्याकरण का विद्वान्

वैर–पु. दुश्मनी, घृणा

वैरभाव–पु. शत्रुता

वैरागी–पु. एक वैष्णव सम्प्रदाय, उदासी

वैराग्य–पु. विरक्ति, उदासीनता

वोट–पु. (अं.) निर्वाचन के लिए दिया जानेवाला मत

व्यंग्य–वि. संकेतित; पु. गूढ़ार्थ, ताना

व्यंग्योक्ति–स्त्री. गूढ़ भाषा

व्यंजन–पु. स्वरहीन वर्ण, भोजन सामग्री

व्यक्त–वि. प्रकट, प्रत्यक्ष, दृश्य

व्यक्ति–पु. व्यष्टि, जन

व्यक्तिगत–वि. एक व्यक्ति का, अपना, निजी

व्यक्तित्व–पु. व्यक्ति की अपनी

विशेषता

व्यग्र–वि. व्याकुल, अस्थिर

व्यतिक्रम–पु. बीतना, उल्लंघन, क्रम–विपर्यय

व्यतीत–वि. बीता हुआ

व्यथा–स्त्री. पीड़ा, दुःख

व्यथित–वि पीड़ित, दुःखित, डरा हुआ

व्यभिचार–पु. दुराचार, अनुचित यौन संबंध

व्यभिचारिणी – स्त्री. पुंश्चली, कुलटा

व्यभिचारी – वि. कुमार्गगामी, दुश्चरित्र

व्यभिचारीभाव–पु. संचारीभाव

व्यय–पु. ख़र्च

व्यवसायं–पु. उद्योग, व्यापार, जीविका

व्यवसाय प्रशिक्षण–पु. [वोकेशनल ट्रेनिंग] किसी व्यवसाय में दिया जानेवाला प्रशिक्षण

व्यवसाय संघ–पु.[ट्रेड यूनियन] मज़दूर संघ

व्यवसायी–वि. उद्यमी, परिश्रमी; पु. व्यापारी

व्यवस्था–स्त्री. इंतजाम, स्थिति, विधान

व्यवस्थापक–पु. प्रबंध करनेवाला, मैनेजर

व्यवस्थापत्र–पु. लिखित शास्त्रीय विधान, दस्तावेज़

व्यवस्थित–वि. ठीक हालत में किया हुआ

व्यवहार–पु. आचरण, प्रयोग, कारबार, मुकदमा

व्यवहार न्यायालय–पु. [सिविल कोर्ट] नागरिकों के अधिकारों आदि संबंधी विवादों पर विचार करनेवा-ला न्यायालय

व्यवहारवाद–पु. [सिविल सूट] नागरिकों के अधिकारों आदि संबंधी विवाद का मामला

व्यवहारविधि–स्त्री. न्यायशास्त्र

व्यसन–पु. बुरी आदत, प्रिय विषय

व्यसनी–वि. विषयासक्त

व्यस्त–वि. कार्यादि में संलग्न

व्याकुल–वि. हतबुद्धि, व्यग्र, भीत

व्याख्या–स्त्री. टीका, वर्णन

व्याख्यान – पु. टीका करना, भाषण, वक्तृता

व्याख्यानपीठ–पु. [रोस्ट्रम] मंच का ऊँचा स्थान

व्याज–पु. फ़रेब, बहाना, धूर्तता, दुष्टता

व्याजनिंदा–स्त्री. स्तुति की ओट में निंदा

व्याजस्तुति–स्त्री. निंदा के बहाने स्तुति

व्यापक–वि. सर्वत्र फैला हुआ

व्यापक पुरुषमताधिकार – पु. [यूनिवर्सल मैनहुड सफ़रेज] प्रत्येक प्राप्तवयस्क व्यक्ति को दिया गया मत प्रदान करने का अधिकार

व्यापार–पु. काम, क्रिया, पेशा,

वाणिज्य उद्योग

व्यापारचिह्न–पु. [ट्रेड मार्क] किसी व्यापारी या उद्योगपति द्वारा अपने माल पर अंकित किया जानेवाला विशेष चिह्न

व्यापारमंडल–पु. [चेंबर ऑफ कामर्स] व्यापारियों का प्रतिनिधित्व करने-वाली संस्था

व्यापारिक–वि. व्यापार–संबंध

व्यापारी–वि. व्यापार–संबंधी; पु. व्यापार करनेवाला

व्याप्त–वि. आच्छादित, फैला हुआ

व्यायाम–पु. कसरत, अभ्यास

व्यावसायिक प्रतिनिधित्व — पु. [फंक्शनल रेप्रेज़ेंटेशन] व्यव साय या पेशे के आधार पर दिया गया प्रतिनिधित्व

व्युत्पत्ति–स्त्री. उत्पत्ति, उद्गम, शब्द का मूल रूप

व्यूह–पु. सैनिकों को युद्ध भूमि में यथोचित स्थान पर रखना

व्यूहरचना–स्त्री. सैनिकों को यथा स्थान रखना

व्योम–पु. आकाश

व्रत–पु. धार्मिक कृत्य, उपवास करना, प्रतिज्ञा

श

श–देवनगरी का तीसवाँ व्यंजन, ऊष्म वर्ण

शंका–स्त्री. संशय, भय

शंकासमाधान–पु. शंका का निरा करण

शक–पु. शंका, भ्रांति

शकर–स्त्री. (फ़ा.) चीनी

शकल–स्त्री. (अ.) रूप, चेहरा, बनावट, उपाय

शक–संवत्–पु. ईसवी सन के 78 वर्ष पीछे महाराज शालिवाहन द्वारा प्रवर्तित एक संवत्

शकाब्द–पु. दे. 'शक–संवत्'

शकुंतला–स्त्री. कालिदास का एक प्रसिद्ध नाटक

शक्ति–स्त्री. बल, योग्यता, प्रभाव, दुर्गा

शक्तिपरस्तात् – अ. [अलट्रावायर्स] किसी की शक्ति या अधिकार के बाहर

शक्तिसंतुलन–पु. [बैलेंस ऑफ़ पावर] बल–साम्य

शत–पु. सौ की संख्या ; वि. सौ, असंख्य

शतदल–पु. कमल

शतरंज–पु., स्त्री. (अ.) एक प्रसिद्ध खेल

शतवार्षिकी–वि., स्त्री. सौ वर्षों में होनेवाली

शतांश–पु. सौवाँ हिस्सा

शतांश तापमापक–पु. [सेंटीग्रेड थर्मामीटर] सौ अंशों में विभक्त तापमापक यंत्र

शतायु–वि. सौ वर्षों की आयु वाला

शती–स्त्री. सदी, क्रिकेट में सौ धावनों की संख्या [सेंचरी]

शत्रु–पु. वैरी, दुश्मन

शत्रुता–स्त्री. दुश्मनी, वैर

शनाख़्त–स्त्री. (फ़ा.) पहचान, परिचय

करना–पहचानना

शनैः–अ. चुपचाप, क्रमशः

शनैः शनैः–अ. धीरे-धीरे, क्रमशः

शपथ–स्त्री. क़सम, प्रतिज्ञा

शपथपत्र–पु. [एफ़ीडेविट] हलफ़-नामा

शफ़ा – स्त्री. (अ.) नीरोगता, स्वास्थ्य

शफ़ाख़ाना–पु. अस्पताल, चिकित्सा-लय

शब–स्त्री. (फ़ा.) रात

शबनम–स्त्री. ओस

शब्द–पु. ध्वनि आप्त–वचन, शिक्षा आदि की बातें

शब्दकोश, शब्दकोष–पु. वह ग्रंथ जिसमें शब्दों के सम्यक् वर्णवि-न्यास, अर्थ, प्रयोग, पर्याय आदि हों

शब्दशास्त्र–पु. व्याकरण

शब्दाडंबर–पु. शब्दजाल

शब्दार्थ–पु. शब्द का अर्थ या अभिप्राय

शमन–पु. शांति; वि. निवारक, दूर करनेवाला

शमशीर, शमशेर–स्त्री. (फ़ा.) तलवार

शमा–स्त्री. (अ. 'शमअ़') मोम

शमादान–पु. दीवट

शयन–पु. निद्रा, नारी–सहवास

शय्या–स्त्री. सेज, पलंग, खाट, बिस्तर

शरण–स्त्री. आश्रय, घर, रक्षक

शरणस्थान–पु. [सेंक्टुअरी] वह स्थान जहाँ शरण लेने से कोई आदमी सज़ा पाने, पकड़े जाने आदि से अपने आपको बचा सकता है

शरणागत–पु. शरण में आया व्यक्ति

शरणार्थी–वि. शरण चाहनेवाला पु. [रिफ़्यूजी] विस्थापित

शरणार्थी बस्ती–स्त्री. [रिफ़्यूजी टाउ-नशिप] शरणार्थी जहाँ बस गये या बसाये गये हों वह बस्ती

शरबत–पु. पेय, रस

शरमीला–वि. लजाधुर, लज्जाशील

शराफ़त–स्त्री. (अ.) भलमनसी, भद्रता, कुलीनता

शराब–स्त्री. (अ.) पेय, मद्य

–का दौर चलना–कई लोगों का साथ शराब पीना

शराबख़ाना–पु. शराब की दुकान, मदिरालय

शराबी–पु. शराब पीनेवाला, मद्यव्यसनी

शराबोर–वि. भीगा हुआ, विलकुल गीला

शरारत–स्त्री. (अ.) पाजीपन,

शैतानियत

शरीफ़–वि. (अ.) भला, कुलीन, प्रतिष्ठित

शरीर–वि. (अ.) दुष्ट; पु. बदन, देह

शरोरत्याग–पु. मृत्यु

शरीरशास्त्र–पु.शरीर के बाहरी-भीतरी अवयवों की रचना, क्रिया आदि की विवेचना करनेवाला शास्त्र, शरीरविज्ञान

शरीरांत–पु. मृत्यु, देहावसान

शर्त–स्त्री. (अ.)प्रतिज्ञा, पाबंदी, होड़, बाज़ी

–बदना,–बाँधना–बाज़ी लगाना

शर्तिया, शर्तीया – वि. अचूक, पक्का ; अ. शर्त बदकर

शर्म–स्त्री. (फ़ा.) लज्जा, इज़्ज़त, ख़याल, लिहाज़

शर्मनाक – वि. लजाने लायक, लज्जा-जनक

शर्मिंदा– वि. (फ़ा.) लज्जित, लजाया हुआ

शलभ–पु. पतंग, फतिंगा, (सा. में) प्रेमी का प्रतीक

शल्य–पु. डाक्टर का चीर–फाड़ करने की औज़ार

शल्यचिकित्सक – पु. [सर्जन] चीर–फाड़ से ठीक करनेवाला डाक्टर

शल्यविज्ञान – पु. शल्यविद्या; स्त्री. [सर्जरी] चीर–फाड़ द्वारा फोड़े या विकृत एवं रुग्ण अंगादि ठीक करने की विद्या या शास्त्र

शल्योद्योग–पु. [सर्जिकल इंस्ट्रुमेंट्स इंडस्ट्री] शल्यचिकित्सा में प्रयुक्त होनेवाले औज़ारों के निर्माण का उद्योग

शव–पु. लाश, मृत शरीर

शवपरीक्षा–स्त्री. पोस्ट मार्टम, मृत्यु के कारण का पता लगाने के लिए की गयी शव की जाँच

शशी–पु. चंद्रमा

शस्त्र–पु. हथियार, औज़ार

शस्त्रनिर्माणशाला–स्त्री. [आर्डनैंस फैक्टरी] शस्त्रादि तैयार करने का कारख़ाना

शहंशा, शहंशाह– पु. (फ़ा.) राजाओं का राजा, सम्राट

शहंशाही–स्त्री. शहंशाह का पद; वि. राजसी

शह–पु. (फ़ा.) बादशाह, उकसाना, शतरंज में बादशाह को दी गयी किश्त

–देना–लड़ने-झगड़ने को उकसाना

शहज़ादा–पु. राजकुमार

शहज़ादी – स्त्री. राजकुमारी

शहद–पु. (अ.) मधु; वि. अति मधुर

शहनाई–स्त्री. (फ़ा) नफ़ीरी

शहर–पु. (फ़ा) नगर

–की दाई–घर–घर की ख़बर रखनेवाली स्त्री

शहसवार–पु. कुशल घुड़सवार

शहीद–वि. (अ) बलिदानी

शांत–वि. शांतियुक्त, सुनसान, धार, श्रांत

शांति–स्त्री. सूनापन, धीरता, तसल्ली, चैन, शमन

शांतिनिकेतन – पु. रवींद्रनाथ ठाकुर द्वारा स्थापित एक अंतर्राष्ट्रीय ख्यातिप्राप्त विद्यासंस्था

शांतिप्रिय–वि. शांति का अभिलाषी

शांतिमय–वि. शांतिपूर्ण, शांतिगुणयुक्त

शाइस्तगी–स्त्री. (फ़ा.) शिष्टता, सभ्यता, विनय

शाइस्ता – वि. (फ़ा.) शिष्ट, सुशील

शाक–पु. साग, तरकारी

शाकाहार–पु. फलादि का भोजन

शाक्त–पु. शक्ति का उपासक; वि. शक्ति–संबंधी

शाखा–स्त्री.डाल, अध्याय, भाग, संप्रदाय

शागिर्द – पु. (फ़ा) विद्यार्थी, शिष्य

शागिर्दी — स्त्री. शागिर्द होना, शिष्यता

शातिर – वि. (अ.) चालाक, पक्का चोर

शादी – स्त्री. (फ़ा) ख़ुशी, हर्षोत्सव, विवाह

शान–स्त्री. (फ़ा.) गौरव, दबदबा, ताक़त, क़ुदरत, ठाट

–में बट्टा लगना– प्रतिष्ठा घटना, हेठी होना

शानदार–वि. शानवाला, भड़कीला, भव्य

शानशौकत–स्त्री. ठाट–बाट

शाप–पु. बद दुआ, जली–कटी सुनाना

शापित–वि. अभिशप्त

शाबाश–अ. (फ़ा.) ख़ुश रहो, वाहवा, साधु–साधु

शाबाशी–स्त्री. (फ़ा.) सराहना,साधुवाद

शाम–स्त्री.(फ़ा.) संध्या, (ला.) अंतकाल

–की सुबह करना–सारी रात जागकर बिताना

–सुबह करना–टालमटोल करना

शामत – स्त्री. (अ.) दुर्भाग्य,कमबख़्ती, मुसीबत

–आना–बुरे दिन आना

–का मारा–अभागा, दुर्दशाग्रस्त

शामियाना – पु. (फ़ा.) बड़ा और खुला हुआ तंबू

शामिल–वि. (अ.) मिला हुआ, इकट्ठा

शायक़–वि. (अ.) शौक़ करनेवाला, इच्छुक

शायद – अ. (फ़ा) कदाचित्, संभवतः

शायर–पु. (अ.) शेर कहनेवाला, कवि

शायरी–स्त्री. (अ.) शेर कहना, कविकर्म, कविता

शाला–स्त्री. गृह, स्थान

शालीन–वि. विनम्र, लज्जाशील, सुशील, धनी

शालीनता – स्त्री. विनम्रता, लज्जा

शासक–पु. राजा, शासनकर्ता, हाकिम

शासकमंडली–स्त्री. शासकवर्ग; पु. राज्य के विभिन्न विभागों के संचालकों, हाकिमों कासंघ, समूह

शासन–पु. हुकूमत का कार्य, राज्यादेश

शासनतंत्र–पु. राज्य - शासन-प्रणाली, रीति, पद्धति

शासनप्रणाली – स्त्री. शासन की विधि या पद्धति

शासनादेश –पु. (मैनडेट] किसी देश पर किसी अन्य देश को शासन करने का आदेश

शासनिक विपर्यय–पु. [कूडेटा] बलात् सत्तापहरण

शासिनिकाय – पु. [गवर्निंग बॉडी) प्रबंध या नियंत्रण करनेवाले व्यक्ति-यों का समूह या मंडल

शास्त्र–पु. ज्ञान की कोई शाखा

शास्त्रकार–पु. शास्त्रनिर्माता

शास्त्रचर्चा – स्त्री. शास्त्र पर विचार–विमर्श

शास्त्रार्थ–पु. शास्त्र का अर्थ, शास्त्र पर आधारित वाद–विवाद

शास्त्री–वि. शास्त्रज्ञ; पु. पंडित, एक उपाधि

शास्त्रोक्त – वि. शास्त्र द्वारा कथित, शास्त्र–विहित

शिकंजा – पु. यंत्रणा, पकड़, दबाव

शिकन–स्त्री. (फ़ा.) सिलवट; वि. (समास में) तोड़नेवाला

शिकवा–पु. (फ़ा.) शिकायत

शिकस्त – स्त्री. (फ़ा.) हार, मात

शिकायत–स्त्री. (अ.) बुराई, दुखड़ा, रोग, पीड़ा, शिकायत की वजह

शिकार–पु. आखेट, शिकार का जानवर

–करना–आखेट करना, फंदे में फाँसना

शिकारी – वि., पु. शिकार करनेवाला

शिक्षक –पु. शिक्षा देनेवाला, अध्या-पक

शिक्षण–पु. शिक्षा देने या लेने का काम

शिक्षणशास्त्र–पु. [पेडेगाजी] छात्रों को पढ़ाने, शिक्षा देने की विद्या

शिक्षा–स्त्री. विद्या की प्राप्ति, उपदेश, सबक़

शिक्षादीक्षा – स्त्री. बौद्धिक, चारित्रिक, मानसिक विकास

शिक्षापद्धति–स्त्री. शिक्षा देने का ढंग

शिक्षाप्रसार योजना–स्त्री.(एजुकेशन एक्सपैंशन स्कीम) शिक्षा फैलाने की योजना

शिक्षामंत्री – पु. शिक्षाविभाग की देखरेख करनेवाला मंत्री

शिक्षाधिभाग–पु. शिक्षा की व्यवस्था तथा उसके सँभालने के निमित्त बना विभाग

शिक्षित–वि.शिक्षायुक्त, निपुण, विज्ञ

शिखर–पु. पर्वताग्र, पहाड़ की सबसे ऊँची चोटी

शिताबी–स्त्री. जल्दी, उतावली, घबराहट

शिथिल–वि. ढीला, खुला हुआ, सुस्त

शिद्दत – स्त्री. (अ.) तीव्रता, कठोरता, अधिकता

शिनाख़्त–स्त्री. (फ़ा.) परख, पहचान

शिर–पु. सिर, शिखर, सर्वोच्च अंश, प्रधान

शिरोधार्य–वि. अतिशय मान्य

शिला–स्त्री. पत्थर, पत्थर की पटिया

शिलानिर्माण-विज्ञान – पु. [पिट्रोलॉ-जी] चट्टानों की रचना, स्वरूप आदि का अध्ययन करने की विद्या

शिलान्यास–पु. नींव का पत्थर रखना

शिलामुद्रित–वि. [लिथोग्राफड पत्थर पर छापा हुआ

शिल्प–पु. कला आदि कर्म, कारीगरी

शिल्पकला – स्त्री. दस्तकारी का कौशल

शिल्पकार–शिल्पी

शिल्पविद्यालय–पु. शिल्प शिक्षा का स्कूल

शिव–पु महादेव, जिनका कार्य सृष्टि-संहार है

शिवरात्रि–स्त्री. शिव का एक व्रत–पर्व

शिवलिंग–पु. मिट्टी, पत्थर की शिव की लिंगमूर्ति, पिंडी

शिवालय–पु. वह मंदिर जिसमें शिवमूर्ति हो

शिशिर–पु. शीतकाल; वि. शीतब

शिशु–पु. बच्चा, शावक

शिशफल्याण केंद्र – [चाइल्ड वेलफ़ेयर सेंटर बच्चों के स्वास्थ्य आदि की देखभाल का स्थान

शिश्नोदरबाद–पु. फ्रायड का काम-सिद्धान्त तथा मार्क्स का समाजवाद (व्यंग्य)

शिष्ट–वि. सभ्य, सुशील, शांत, विनीत

शिष्टमंडल–पु. [मिशन, डेलीगेशन] अधिकृत प्रतिनिधियों का दल

शिष्टाचार–पु. [फ़ारभेलिटी] सदाचार, विनम्रता

शिष्य–पु. छात्र, विद्यार्थी, चेला

शीआ़ –पु. (अ.) मुसलमानों के दो बड़े संप्रदायों में से एक

शीघ्र–अ. जल्द, झटपट

शीघ्र लिपि – स्त्री. [शार्टहैंड] त्वरालिपि, लघुलिपि

शीत–वि. शीतल; पु. शीतकाल, शीतलता

शीतकारी यंत्र–पु. [रेफ्रीजिरेटर ठण्डा बनानेवाला यंत्र

शीतकाल–पु जाड़े का मौसम

शीतज्वर – पु. जूड़ी, जड़ैया बुख़ार

शीततरंग, शीतलहर – स्त्री. (कोल्ड वेव] जाड़ा या गलाव उत्पन्न कर देनेवाली हवा

शीतयुद्ध–पु. [कोल्ड वार] राष्ट्रों में परस्पर अमैत्रीपूर्ण भाव, एक-दूसरे के विरुद्ध प्रचारकार्य तथा आर्थिक विध्वंस का द्योतक

शीतल–वि. ठण्डा, शांत, ठण्डे दिमाग़वाला

शीतला–स्त्री. चेचक

शीताद–पु [पायोरिया] मसूड़ों का रोग

शीतोष्ण–वि. ठण्डा और गरम

शीर्श–पु. सिर, मस्तक, सिरा

शीर्षक–पु. किसी निबन्ध, ग्रंथ आदि के विषय का परिचायक शब्द, सुर्ख़ी

शील – पु. चरित्र, स्वभाव, सत्स्वभाव, मुरौवत

–तोड़ना–बेमुरौवत होना

–मर जाना–बेमुरौवत होना, दुर्वृत्त होना

शीलान–वि सुशील, नेकचलन

शीशा–पु.(फ्रा.) काँच, आईना, बोतल

शुक–पु. वीर्य, एक ग्रह, सप्ताह का छठा दिन

शुक्रवार, शुक्रवासर–पु. सप्ताह का छठा दिन

शुक्रिया, शुक्रीया – पु. (फ़ा.) कृतज्ञता-प्रकाश

शुक्ल–वि. श्वेत, शुद्ध; पु. श्वेत वर्ण, शुक्ल पक्ष

शुतुर–पु. (फ़ा.) ऊँट

शुतुरमुर्ग़ –पु. एक विशालकाय पक्षी

शुद्ध–वि.पवित्र, निर्मल, निर्दोष, सही, असली

शुबहा–पु. (अ.) भ्रम, धोखा, संदेह

शुभ–वि. मंगलमय, सुखद, अनुकूल; पु. मंगल

शुभकर्मा–वि. अच्छा कर्म करनेवाला

शुभचिंतक–वि. हितैषी

शुभसूचक–वि. मंगल की सूचना देनेवाला

शुभाकांक्षी–वि. हितैषी, हितेच्छु

शुभागमन–पु. सुखद आगमन

शुभाशीर्वाद – पु. मंगलकारी आशीर्वचन

शुभाशीष–पु. दे. 'शुभाशीर्वाद'

शुभ्र–वि. उज्ज्वल, चमकीली; पु. श्वेत वर्ण

शुरुआत – स्त्री. 'शुरूअ' का बहु. आरम्भ

शुरू–पु. (अ. 'शुरूअ') आरंभ, उठान

शुल्क–पु. महसूल, फ़ीस

शुल्कार्ह – वि. [ड्यूटिएबल] कर लगाये जाने योग्य

शुश्रूषा–स्त्री. सेवा-टहल

शुष्क–वि. सूखा, नीरस, हृदयहीन, निस्सार

शूद्र–पु. अछूत, हरिजन

शून्य–वि. ख़ाली, निर्जन, तुच्छ; पु. रिक्तता, बिंदु

शून्यवाद – पु. बौद्ध दर्शन, नास्तिकता

शूर–वि. शौर्यशाली ; पु वीर व्यक्ति

शूरवीर–पु. वीर व्यक्ति, योद्धा

शृंखला–स्त्री. परम्परा, श्रेणी, कमरबन्द

शृंखलाबद्ध – वि. क्रमयुक्त, शृंखलित

शृंग – पु. पर्वत-शिखर, ऊपरी भाग, सिरा

शृंगार – पु. एक प्रधान रस, बनाव–सजाव, शोभा की वस्तु

शृंगारिक–वि. शृंगार से संबंध रखनेवा-ला, शृंगार का

शृंगारी – वि. शृंगारिक) पु. कामुक, सुन्दर वेशवाला व्यक्ति

शेख़ी–स्त्री. घमंड, डींग

शेर–पु. सिंह, वीर पुरुष, निडर व्यक्ति

–की खाला–बिल्ली

के मँह में जाना–जान-जोखिम वाले स्थान में जाना

–बकरी का एक घाट पानी पीना– छोटे-बड़े सबके साथ एक-सा व्यवहार होना

–होना– बढ़ना

शेरबच्चा–पु. शेर का बच्चा ; वि. वीर, साहसी

शेरवानी – स्त्री. एक तरह का अँगरखा

शेष–वि. अवशिष्ट, छोड़ा हुआ; पु. भाग की बाक़ी (गणित)

शैतान–पु. (अ.) प्रेत, पिशाच; वि. उपद्रव

–की आँत–बहुत लम्बी चीज़

शैल–वि. शिला–संबंधी; पु. पर्वत

शैली–स्त्री.स्टाइल, अभिव्यक्ति की रीति, पद्धति

शैव–वि. शिव-संबंधी संप्रदाय, शिवभक्त

शैशव–पु. बचपन; वि. शिशु संबंधी

शोक–पु. मन में बार-बार उठनेवाली चिंता, मन की पीड़ा

शोकविकल, शोकविह्वल – वि. शोकाकुल

शोकाकुल–वि. शोक से विह्वल, व्याकुल

शोख़ी–स्त्री. (फ़ा.) ढिठाई, चंचलता, (रंग का) गहरापन

शोचनीय–वि. चिंत्य, रंज करने लायक

शोध–पु. अनुसंधान, खोज

शोभन–वि. दीप्तिमान्, सुंदर ; पु. सौंदर्य, शुभ

शोभायमान–वि.जो देखने में सुंदर लगता हो

शोर–पु. (फ़ा.) हल्ला, कोलाहल

शोरगुल–पु. हल्ला

शोशा–पु. (फ़ा.) छोटा टुकड़ा, झगड़ा उठानेवाली बात

–छोड़ना – झगड़ा खड़ा करने वाली बात पैदा करना

शोषक–वि., पु. [एक्सप्ल्वायटर] शोषण करनेवाला, चूसनेवाला

शोषण–पु. [एक्सप्ल्वायटेशन] किसी के श्रम से या व्यापार आदि से अनुचित लाभ उठाना

शोषित–वि. [एक्सप्ल्वायटेड] जिसका शोषण हो

शोहरत–स्त्री. (अ.) प्रसिद्धि, धूम, ज़ोरदार ख़बर

शौक़ – पु. (अ.) चाह, रुचि, व्यसन, धुन

–से – रुचिपूर्वक, खुशी से, निस्संकोच

शौच–पु. शुद्धि, पाख़ाने जाना

शौचकर्म–पु. लोक–व्यवहार और शास्त्रानुसार शुद्धि की क्रिया

शौचालय–पु. (लैवेटरी] शौच जाने की कोठरी

शौर्य–पु. शूरता, पराक्रग

शौहर–पु. (फ़ा.) पति, स्वामी, ख़ाविंद

श्मशान–पु. मसान, मरघट

श्रद्धा–स्त्री. प्रेम और भक्तियुक्त, पूज्यभाव

श्रद्धालु–वि. श्रद्धावान्, कामना युक्त

श्रद्धास्पद –वि. श्रद्धा का पात्र, श्रद्धेय

श्रद्धेय – वि. पूजनीय, श्रद्धा-भजन

श्रम–पु. परिश्रम, प्रयास, थकान

श्रमकार्यालय–पु. [लेबर ब्यूरो] श्रमिकों की संख्या, स्थिति आदि संबंधी जानकारी देनेवाला कार्यालय

श्रमजीवी–वि. शारीरिक तथा बौद्धिक परिश्रम कर जीविका चलानेवाला ; पु. मेहनतकश, मज़दूर

श्रमदान–पु. स्वेच्छा से अपने श्रम का दान करना, निर्माण-कार्य में सहयोग देना

श्रमविवाद–पु. [लेबर डिसप्यूट] श्रमिकों के वेतन, अधिलाभांश तथा अन्य प्रश्नों के संबंध में उठ खड़ा हुआ विवाद

श्रमसंघ – पु. [लेबर यूनियन] मज़दूर संघ

श्रमिक–पु. मेहनतकश, मज़दूर

श्रमिक–कल्याण–कार्य–पु. [लेबर वेलफ़ेयरवर्क] श्रमिकों की भलाई के लिए किया जानेवाला कार्य

श्रमिक-कल्याण केंद्र–पु. [लेबर वेल-

फ़ेयर सेंटर] जहाँ श्रमिकों की भलाई के विभिन्न कार्य किये जाते हैं

श्रमिक-क्षतिपूर्ति-अधिनियम–पु. [वकेमेंस कंपेनसेशन ऐक्ट] कर्म-कार-हानिपूरण-अधिनियम

श्रमिकदिन–पु. [मैन डेज़] एक दिन में एक आदमी द्वारा किये गए काम को इकाई मानकर हड़ताल आदि के समय हुई हानि का हिसाब लगाने से प्राप्त दिनों की संख्या

श्रवण–पु. कान, सुनने की क्रिया

श्रव्य–वि. सुनने योग्य

श्रव्यकाव्य–पु. काव्य के दो भेदों में से वह जो केवल सुना जा सके

श्रांत–वि. श्रांतियुक्त, थका हुआ

श्रांति–स्त्री. थकान, श्रम, खेद

श्राद्ध–पु. शास्त्रविहित, पितृकर्म

श्राप–पु. शाप

श्री–स्त्री. शोभा, विभूति, प्रभा, यश

श्रीगणेश–पु. आरंभ

श्रुतानुश्रुत–पु. [हियरसे] किंव-दंती

श्रुतानुश्रुत साक्ष्य–पु. [हियरसे एव्हीडेंस] सुनी हुई बातों पर अधारित साक्ष्य

श्रुति – स्त्री. सुनने की क्रिया, कान, वेद

श्रुतिप्रमाण–पु. वेद का प्रमाण, वेद की स्वीकृति

श्रुतिलेख – पु. [डिक्टेशन] आलेख, इगला

श्रुतिस्मृति–स्त्री. वेद और धर्मशास्त्र

श्रेणी–स्त्री. श्रृंखला, अवली, वर्ग, समूह

श्रेष्ठ–वि. सबसे अच्छा, प्रधान, वय में सबसे बड़ा

श्रोता–सुननेवाला व्यक्ति

श्रोतावर्ग–पु. [आडिएंस] सुननेवाले समस्त लोग

श्लील–वि. जो अश्लील न हो

श्वान–पु. कुत्ता

श्वास–पु. साँस, आह, दमा नामक रोंग

श्वेत – वि. सफ़ेद, उजला, निष्कलंक; पु. सफेद रंग

श्वेतकुष्ट–पु. सफ़ेद कोढ़

श्वेतपत्र–पु. [व्हाइट पेपर] महत्व के विषय पर सरकार द्वारा प्रकाशित लिखित विवरण या वक्तव्य

ष

ष–देवनागरी का इकतीसवाँ व्यंजन, ऊष्म वर्ण

षट्– वि. छः

षट्कोण–वि. जिसमें छः कोण हों

पट्शास्त्र–पु. वेद को प्रमाण मानकर चलनेवाले छः हिंदूदर्शन

षड्–वि. 'पष्' का समासगत रूप

षड्ऋतु–स्त्री. छः ऋतुएँ

षड्यंत्र–पु. दुरभिसंधि, साज़िश

षड्राग–पु. भैरव, मलार, श्री, हिंडोल, मालकोस और दीपक–ये छः राग, झंझट, बखेड़ा

पड्रिपु–पु. काम, क्रोध, मद, लोभ, मोह, अहंकार—ये छः विकार

षड्विकार–पु. शरीरधारी (जीव) के छः विकार—उत्पत्ति, वृद्धि बाल्या-वस्था, यौवन, वार्धक्य और मृत्यु

षष्ठांश–पु. छठा भाग

षाण्मासिक–वि. छमाही, छः महीने का

षोडश–वि. सोलहवाँ

षोडशश्रृंगार–पु. साज–सज्जा के सोलह अंग, सम्पूर्ण श्रृंगार

षोडशी–स्त्री.सोलह वर्ष की स्त्री, तरुणी

स

स–देवनागरी का बत्तीसवाँ व्यंजन, ऊष्म वर्ण

संकट–पु. कठिनाई, ख़तरा, विपत्ति

संकटमोचन–वि. संकट से छुडाने वाला

संकट-संकेत–पु. [एस. ओ. एस., 'एसोएस'] भयंकर संकट की सूचना देने के लिए बेतार संदेश

संकटापन्न–वि. विपद्ग्रस्त, कष्ट में पड़ा हुआ

संकटोत्तीर्ण–वि. जो संकट से पार हो गया हो

संकलन–पु. एकत्रीकरण, अच्छे विषयों को चुनकर बना ग्रन्थ

संकलित–वि. एकत्रीकृत, संगृहीत

संकल्प–पु. इच्छा, निश्चय, नीयत

संकीर्ण–वि. संकुचित, छोटा

संकीर्णता–स्त्री. तंगी, क्षुद्रता

संकुचन–पु. सिकुड़ना, संकुचित होना, एक बाल-रोग

संकेंद्रण–पु. [कॉनसेंट्रेशन] एक स्थान पर इकट्ठा करना

संकेंद्रण–सिद्धांत – पु. [थिअरी ऑफ़ कॉनसेंट्रेशन] सारी पूँजी का थोड़े-से शक्तिशाली गुटों, बैंकों में संकेंद्रित हो जाना

संकेंद्रित प्रयास–पु. [कॉनसेंट्रेटेड ऐफ़र्ट] किसी प्रयास में सारी शक्ति लगा देना

संकेत–पु. इशारा, चिह्न

संकेतचिह्न, संकेतरूप–पु. [ऍब्रीवियेशन] नाम, पद आदि के सूचक लघु रूप

संकेताक्षर–पु. [साइफर] गुप्त

लिपि

संकोच–पु. सिकुड़ना, हलकी लज्जा

संकोचन–पु. [कॉम्प्रेशन] सिकुड़ना

संक्रमण–पु. संक्रांति, हस्तांतरण, मृत्यु

संक्रमणकाल–पु. [ट्रांज़ीशनल पीरियड] एक स्थिति या युग से निकलकर पूर्ण रूप से दूसरी स्थिति या युग में संक्रमित (प्रविष्ट) हो जाने के बीच का समय

संक्रमणनाश–पु.[डिसइनफ़ेक्शन] रोग के संक्रमण से बचाव या मुक्ति

संक्रनणनाशक–वि. [डिसइन फ़ेक्टेंट] जो रोग फैलानेवाले कीटाणुओं का नाश कर सके

संक्रमित–वि. पहुँचाया, प्रवेश कराया हुआ

संक्रमित माल–पु. [गुड्स इन ट्रां-ज़िट] यात्रामार्ग में होनेवाला माल

संक्रांति–स्त्री.संक्रमण, हस्तांतरण

संक्रांतिकाल–पु. [ट्रिांज़ीशनल पीरियड] दे. 'संक्रमणकाल'

संक्रामक–वि. छूत आदि से फैलनेवा-ला (रोग)

संक्षिप्त–वि. ख़ुलासा, छोटा

संक्षिप्त विधिक विचार – पु. [समरी ट्रायल] न्यायालय द्वारा संक्षेप में किया गया विचार

संक्षेप–पु. छोटा रूप, सारांश

संक्षेपण–पु. [ऐब्रिजमेंट] संक्षिप्त करना

संख्या–स्त्री. गिनती, अंक, तादाद

संख्यावाचक–वि. जिससे संख्या का बोध हो

संग–अ. साथ, सहित; पु. संगम, मैत्री; (फ़ा.) पत्थर

–करना–साथ होना, दोस्ती करना

–छोड़ना–साथ छोड़ना

संगणना–स्त्री. [कांप्यूटेशन] गिनकर या हिसाब लगाकर देखना

संगत–वि. युक्त, एकत्रीभूत; स्त्री. गाने आदि के साथ बाजा बजाना

–करना–गानेवाले के साथ कोई वाद्य बजाना

संगतराश–पु. पत्थर गढ़नेवाला

संगत्याग–पु. विरक्ति

संगदिली–स्त्री. बेरहमी निर्दयता

संगम–पु. मिलन, मैथुन, नदियों का मिलन

संगसाथ–पु. मैत्री, दोस्ती

संगीत–पु. म्युज़िक, नृत्य, वाद्य और गीत का समाहार

संगीतज्ञ – पु. संगीतविद्या का ज्ञाता, गायक

संगीतविद्या–स्त्री. वह विद्या जिसमें संगीत-सम्बन्धी विषयों का निरूपण हो

संगीतशास्त्र – पु. संगीतविद्या

संगीन–वि. (फ़ा.) पत्थर का, भारी, भीषण

संग्रह–पु. जमा करना

संग्रहाध्यक्ष, संग्रहालयाध्यक्ष– पु. [क्यूरेटर) किमी संग्रहालय का मुख्याधिकारी

संग्रहालय–पु. [म्युज़ियम्] जहाँ विशेष प्रकार की वस्तुओं का जमाव हो

संग्राम–पु. युद्ध, लड़ाई

संग्रामभूमि–स्त्री. युद्धक्षेत्र

संघ–पु. मंडली, समूह,समाज, मठ

संघटन – पु. निर्माण, संग्रंथन, संगठन

संघन्यायालय–पु. [फेडेरल कोर्ट] संघ राज्य का सर्वोच्च न्यायालय

संघर्ष–पु. दो चीज़ों को आपस में रगड़ खान

संघर्षसमिति – स्त्री. [कमिटी ऑफ़ ऐक्शन] आंदोलनसमिति

संघसमाजवाद – पु. [सिंडिकेलिज़्म] वह क्रांतिकारी आंदोलन जो व्यवसाय संघों को ही सामाजिक क्रांति तथा भावी समाज का आधार मानता है

संघीय संविधान – पु. [फेडेरल कांस्टिट्यूशन] उन राज्यों के संघ का संविधान जो आंतरिक मामलों में तो प्रायः स्वतंत्र हों किंतु रक्षा एवं परराष्ट्र नीति के संबंध में केंद्रीय या संघ सरकार के अधीन हों

संचार–पु. गमन, भ्रमण, रोग संक्रमण

संचार-साधन–पु. [मींस ऑफ़ कम्यूनिकेशन] डाक, तार, समुद्री तार, रेडियो आदि (वार्तावहन के) साधन

संचालक–पु. संचालन करनेवाला

संचालन–पु. चलाना, गति देना

संचित–वि. इकट्ठा किया हुआ

संचित कोष –पु. प्रॉविडेंट फ़ंड

संजीवनी–स्त्री. मृत को जिलाने वाली एक कल्पित औषधि

सँजोना–स. क्रि. सजाना, संचित करना

संज्ञा–स्त्री. ज्ञान, होश, प्रज्ञा नाम

संज्ञाहीन–वि. बेहोश

संत–पु. धर्मात्मा, विरक्त, महात्मा

संतति–स्त्री. अविच्छिन्नता, कुल, संतान

संतति-निरोध–पु. गर्भाधान न होने देना

संतरण–वि. उद्धारक ; पु. पार करने की क्रिया, तैराना

संतरणशील हिमशिला – स्त्री. [आइसबर्ग] पानी में उतराती हुई बर्फ़ की चट्टान

संतरी–पु. (अं. 'सेंट्री') प्रहरी, द्वारपाल

संतसमागम–पु. संतों का सत्संग

संतान–स्त्री. वंश, औलाद, शाखा-प्रशाखा

संताननिग्रह–पु. दे. 'संतति-निरोध'

संतुष्ट–वि. जिसे संतोष हो गया

संतोष–पु. जो मिले उसी से प्रसन्न रहने का भाव

संतोषी–वि. सतुष्ट रहनेवाला

संदर्भ–पु. संबंध–निर्वाह, प्रसंग

संदल–पु. (अ.) चंदन

संदिग्ध–वि. अनिश्चित, जिस पर संदेह हो

संदिग्ध जनसूची–स्त्री. [ब्लैक लिस्ट] ऐसे लोगों की सूची जिन पर सन्देह हो

संदूक–पु. (अ.) वकस, ताबूत

संदेश–पु. संवाद, आदेश, समाचार, एक मिठाई

संदेह–पु. शक, अनिश्चय, ख़तरा

संदेहवाद – पु. [स्केप्टिसिज़्म) सशयवाद

संदेहवादी – वि. [स्केप्टिक] अविश्वासी, संशयात्मा

संदेहात्मक–वि. संदेहपूर्ण, संदिग्ध संधान–पु. जोड़ना, निशाना लगाना

संधि–स्त्री. समझौता, सुलह, दोस्ती

संधिभंग–पु. सुलह की शर्तें तोड़ देना

संध्या–स्त्री. शाम

संन्यासी–पु. त्याग करनेवाला, चतुर्थाश्रम में प्रविष्ट व्यक्ति

संपत्ति–स्त्री. समृद्धि, ऐश्वर्य, जायदाद

संपदा–स्त्री. धन–संपत्ति, ऐश्वर्य

संपन्न–वि. उन्नतिशील, धनी, पूर्ण

संपरीक्षण–पु. [स्क्रूटिनी] सूक्ष्म जाँच

संपर्क–पु. लगाव, स्पर्श

संपर्कपदाधिकारी–पु. [लियेजाँ ऑफ़िसर] संबंध स्थापित करनेवाला पदाधिकारी

संपादक–पु. एडीटर, पत्र का संपादन करनेवाली

संपादकीय–पु. अग्रलेख

संपादन–पु. प्रकाशन के योग्य बनाना

संपादित–वि. प्रकाशन के योग्य बनाया हुआ (ग्रंथादि)

संपूर्ण–वि. भरा-पूरा, सारा, संपन्न

संप्रदान–पु. देना, प्रदान करना, चतुर्थ कारक (व्या.)

संप्रदाय–पु. विशेष धार्मिक मत

संप्रदायवाद–पु. [कम्यूनलिज़्म] अन्य संप्रदायवालों से द्वेष करना

संप्रेषण–पु. [ट्रांसमिशन] समाचार आदि स्थानांतरित करना

संबंध–पु. मेल, साथ, रिश्ता, छठा-कारक (व्या.)

संबंधी–वि. ...से संबद्ध; पु. रिश्तेदार

संबद्धीकरण–पु. [एफ़िलियेशन] किसी संस्था का दूसरी संस्था से संबंध होना

सँभलना–अ. क्रि. स्थिति ठीक कर

लेना, क़ाबू में रहना, बचाव करना

संभव–पु. अस्तित्व; वि. जिसकी सत्ता हो, जो हो

संभवतः–अ. संभव है, हो सकता है

सँभालना–स. क्रि, सहारा देना, पालन करना, सहेजना

संभावना–स्त्री. मुमकिन होना

संभाषण–पु. बातचीत, कथोप कथन

संभोग–पु. उपभोग, रति, मैथुन

संयत–वि. संयमी, जितेंद्रिय

संयम–पु. रोक, निग्रह, दमन

संयुक्त–वि. संबद्ध, संबंधी, सहित

संयुक्त निर्वाचकवर्ग–पु. (जॉइंट इलेक्टॉरेट] निर्वाचकों का वह समूह जिसमे सभी संप्रदायों के लोग हों

संयुक्त राष्ट्रसंघ–पु. [यूनाइटेड नेशंस ऑरगेनिज़ेशन] अंतर्राष्ट्रीय झगड़ों और समस्याओं पर विचार करनेवाली विश्व के बहुसंख्यक देशों के आधिकारिक प्रतिनिधियों की संख्या

संयुक्त लेखा – पु. [जॉइंट एकाउंट] एक से अधिक व्यक्तियों के नाम संयुक्त रूप से चलनेवाला हिसाब–किताब

संयुक्त सरकार–स्त्री. (कोलीशन गवर्नमेंट] दो या अधिक दलों के सदस्यों की सरकार

संयुक्त स्कंधप्रमंडल–पु. जॉइंट स्टॉक कंपनी] वह प्रमंडल जिसमें एकाधिक व्यक्तियों की साझेदारी हो

संयोग–पु. मेल, जोड़, इत्तफ़ाक़

संयोजक–पु. जोड़नेवाला, सभा समिति आदि की बैठक का आयोजन करनेवाला कनवीनर

संरक्षक–वि. पु. रक्षा करनेवाला, पालक, आश्रयदाता

संरक्षण–पु. हिफ़ाज़त, निगरानी, प्रतिबंध

संरक्षित राज्य–पु. [प्रोटेक्टोरेट] वह छोटी त कमज़ोर रियासत जो सुरक्षा की दृष्टि से किसी बड़े राज्य के अधीन या आश्रित हो

संराधन–पु. [रिकांसिलियेशन] प्रसन्न करना, झगड़ेवाले दो पक्षों में कराना

संलग्न–वि. सटा, लगा या चिपका हुआ, संबद्ध

संलेख–पु. [डीड] प्रामाणिक ब्योरा देनेवाला लिखित पत्र

संवत्–पु. सन्, वर्ष, साल

संवाद–पु. वार्तालाप, वादविवाद, संदेश

संवाददाता–पु. समाचारपत्रों के वे पत्रकार जो ख़बरें लाते हैं

संवादविलोपन – पु. [ब्लैक आउट] समाचारपत्रों में कुछ विशेष प्रकार के समाचारों का जान-बूझकर छोड़ दिया जान

संविदा–स्त्री. [कंट्रैक्ट] ठहराव, क़रार

संविधान–पु. [कांस्टिट्यूशन] वह विधान तथा मौलिक सिद्धांतों का समूह जिसके अनुसार किसी देश या राज्य या संस्था का संघटन, संचालन आदि होता है

संविधान सभा–स्त्री. [कांस्टिटुएंट असेम्बली] किसी देश का संविधान तैयार करनेवाली सभा

संविधि–स्त्री. [स्टैटूट] विधान सभा द्वारा स्वीकृत वह लिखित विधान जो स्थायी विधि (क़ानून) के रूप में हो

संवेदन–पु. दे. 'संवेदना'

संवेदना–स्त्री. ज्ञान, अनुभूति, जताना

संवेदनीय–वि. अनुभव करने योग्य

संवेष्टक – पु. [पैकर] बंडल तैयार करनेवाला

संवेष्टित–वि. [एनक्लोज़्ड] जो किसी अन्य काग़ज़, पत्रादि के साथ भीतर रख दिया गया

संशय – पु. अनिश्चय, संदेह, संकट

संशयात्मा–वि., पु. शवकी, अविश्वासी

संशयालु–वि. संदेहशील

संशोधन–पु. दोष या त्रुटि ठीक करना

संशोधित–वि. ठीक किया हुआ, सुधारा हुआ

संशोधी विधेयक–पु. [एमेंडिंग बिल] किसी अधिनियम आदि में संशोधन या सुधार करने के लिए उपस्थित किया जानेवाला विधेयक

संसज्जन–पु. [मोबिलाइज़ेशन] किसी आन्दोलन, युद्ध आदि की तैयारी करना

संसद्–स्त्री. [पार्लिमेंट] भारत में लोकसभा तथा राज्यसभा का सामूहिक नाम

संसार–पु. दुनिया, मर्त्यलोक, गृहस्थी

संस्करण–पु. पुस्तकादि का एक बार का मुद्रण

संस्कार–पु. सुधारना, अंत्येष्टि क्रिया, मन पर पड़ी हुई छाप

संस्कृत–वि. परिष्कृत ; स्त्री. भारतीय आर्यों की प्राचीन साहित्यिक भाषा

संस्कृति–स्त्री. आचरणगत परंपरा

संस्था – स्त्री. सभा, मंडली, संघटित समाज या मंडल

संस्थापक–पु. स्थापित करनेवाला, मत आदि का प्रवर्तक

संस्थापित–वि. स्थापित किया हुआ

संस्मरण–पु. याद करने की क्रिया

संस्मरणीय–कि याद करने योग्य, महत्त्वपूर्ण

संहार–पु. नाश, प्रलय, अंत

संहिता–स्त्री. [कोड] अधिनियमों आदि का संग्रह

सकल–वि. समस्त, सारी कलाओं से पूर्ण (चन्द्रमा)

सकाम–वि. कामनायुक्त, प्रेमी

सकारात्मक–वि. सहमतिसूचक, स्वीकारात्मक

सकुचना–अ. क्रि. लज्जा करना, संपुटित होना

सकुचना–अ. क्रि संकोच करना

सक्रिय–वि. क्रियायुक्त, फुर्तीला

सकिय सेवा – स्त्री. [ऐक्टिव सरविस] किसी सैनिक द्वारा युद्धक्षेत्रादि में किया गया काम या सेवा

सक्षम–वि. शक्तिशाली, समर्थ

सखी–स्त्री. सहेली, नायिका की सहेली

संखा संप्रदाय – पु. वैष्णवों का एक संप्रदाय

सख़्त–वि. (अ.) कड़ा, दृढ़, कठिन, तीखा

सख़्त घड़ी–स्त्री. कष्ट, कठिनाई का काल

सख़्तविल – वि. कठोरहृदय, निर्दय

सख़्ती–स्त्री. (अ.) कड़ापन, कठोरता, दृढ़ता

–से पेश आना–कड़ाई करना

सगर्भ–वि. सगा, सहोदर (भाई)

सगर्भा – स्त्री. गर्भवती स्त्री, सगी बहन

सगाई–स्त्री मँगनी, रिश्ता

सगुण–वि. गुणवान्; पु ईश्वर के सगुण रूप की उपासन

सगोत्र–वि. एक ही गोत्र का; पु. एक ही गोत्र का व्यक्ति

सच–पु. सच्ची बात; वि सत्य

सचमुच–अ. वस्तुतः, यथार्थ में, निस्संदेह

सचराचर–वि. जिसमें स्थावर जंगम सभी हों

सचल–वि. जंगम ; पु. जंगम पदार्थ

सचाई–स्त्री सत्यता, ईमानदारी, वास्त-विकता

सचित्र–वि. चित्रों से युक्त, चित्रित

सचिव–पु. [सेक्रेटरी] मन्त्री

सचिवालय–पु. [सेक्रेटैरियट] विभिन्न विभागों के प्रधान कार्यालयों का समूह

सचेतन–वि. चेतनायुक्त ; पु. सज्ञान प्राणी

सचेष्ट–वि. चेष्टाशोल, चेष्टा करनेवाला

सच्चरित, सच्चरित्र–वि. अच्छे चरित्र का ; पु. अच्छा आचरण

सच्चा–वि सच बोलनेवाला, यथार्थ, विशुद्ध

सच्चाई–स्त्री. सच्चापन,सत्यता, ईमा-नदारी

सज – स्त्री. सजना, आकृति, शोभा

सजग–वि. सतर्क, सावधान, होशियार

सजना–अ. क्रि. अलंकृत होना; स. क्रि. सजाना

साज–स्त्री. सखी, सहेली

सजल–वि. अश्रुपूर्ण, चमकदार

सजनी–स्त्री. (फ़ा.) जुर्माना

सजावट–स्त्री. सज्जा, शोभा, तैयारी

सजीला – वि. सजधज वाला, छैला

सजीव–वि. सप्राण, जीवित

सजोना–अ क्रि. तैयारी करना, ठीक से रखना

सज्जन–पु. भला आदमी

सजनता – स्त्री. सौजन्य, भलमंसी

सज्जा–स्त्री. शय्या, पोशाक, साज-सामान

सज्जित–वि. सजा हुआ, अलंकृत हथियारों से लैस

सटीक – वि. बिलकुल ठीक, टीका, व्याख्या से युक्त

सटोरिया–पु. दे. 'सट्टेबाज़'

सट्टा–पु. इक़रारनामा, वाज़ार

सट्टाबट्टा–पु. मेल-जोल, छलपूर्ण उपाय

सट्टेबाज़–पु अधिक लाभ की आशा से जोखिम उठाते हुए भी चीज़ों का सौदा करना

सड़क–स्त्री चौड़ा मार्ग, मार्ग, रास्ता

सड़ना–अ. क्रि. किसी चीज़ का गलना, बुरी हालत में रहना

सड़ान–स्त्री. सड़ने की क्रिया, सड़ने की बू

सड़ाव–पु. सड़ने की क्रिया या स्थिति

सत–वि. सत्य, यथार्थ ; पु. सचाई, सत्त्व

–पर रहना–पातिव्रत्य का पालन करना

सतकार–पु. आदर-सम्मान

सतगुरु–पु. अच्छा गुरु, परमात्मा

सतत–वि. अविच्छिन्न ; अ. हमेशा, सर्वदा

सतर्क–वि. तर्कयुक्त, सचेत, सावधान

सतह–स्त्री. (अ.) तल, जल का ऊपरी भाग

सताना–स. क्रि. पीड़ित करना, कष्ट देना, परेशान करना

सती–स्त्री. पतिव्रता स्त्री

–होना–पति के शव के साथ जल मरना, किसी के पीछे मर मिटना

सत्–वि. सत्तायुक्त, विद्यमान, पवित्र; पु. सन्त सज्जन

सत्कथा–स्त्री. अच्छी वार्ता या कथा

सत्कर्म–पु. नेक काम, पुण्य कर्म

सत्कार–पु. आदर-सत्कार

सत्कार्य–वि. सम्मान के योग्य, अच्छा काम

सत्कीर्ति–स्त्री. सुयश

सत्पथ–पु. सुमार्ग

सत्पात्र–पु. योग्य व्यक्ति

सत्पुरुष – पु. भला आदमी, सज्जन

सत्तांतरित प्रदेश– पु. [सीडेड टेरिटरी] वह प्रदेश जो दूसरे को अर्पित कर दिया गया हो

सत्ता–स्त्री. अस्तित्व, अधिकार, प्रभुत्व

सत्ताधारी–वि. जिसके हाथ में शासन-सूत्र हो

सत्त्व–पु. अस्तित्व, गुण, जीवधारी, सत्य

सत्त्वगुण–पु. प्रकृति के तीन गुणों में से एक

सत्य–वि. सच, यथातथ्य, ईमानदार; पु. सच्ची बात

सत्यकाम–वि. सत्य का प्रेमी

सत्यता–स्त्री. सचाई, वास्तविकता

सत्यप्रतिज्ञ–वि. वादे का पक्का

सत्ययुग–पु. चार युगों में से पहला, कृत युग

सत्यवचन–पु. सत्य भाषण, प्रतिज्ञा; वि. सत्यवादी

सत्यसंकल्प–वि. दृढ़ संकल्प

सत्याग्रह–पु. सत्य के लिए आग्रह (गांधी द्वारा चलाया गया आन्दोलन)

सत्यानास–पु. सर्वनाश, बरबादी

सत्रावसान – पु. [प्रोरोगेशन] विधानसभा आदि को स्थगित कर दिया जाना

सदन–पु. निवासस्थान

सदमा–पु. (अ.) धक्का, चोट, हानि

–उठाना–दुःख, हृदय पर हुए आघात को सह लेना

–पहुँचना–चोट लगना, नुक़सान पहुँचना

सदस्य– पु. सभासद, पंच

सदस्यता – स्त्री. सदस्य की स्थिति, भाव या पद

सदा–अ. नित्य, निरन्तर; पु. (अ.) आवाज़, रट

–देना, –लगाना–फ़क़ीर का आवाज़ लगाना

सदाक़त–स्त्री. (अ.) सचाई, खरापन

सदागति–वि. जो हमेशा गतियुक्त रहे

सदाचार–पु. अच्छा चाल-चलन, अच्छा व्यवहार

सदारत–स्त्री. (अ.) सद्र का पद, सभा-पतित्व

सदाशय–वि. उदाराशय, ऊँचे विचार का

सदासुहागिन–वि. जो हमेशा सुहागिन बनी रहे

सदी–स्त्री. शताब्दी, सैकड़ा

सदुपदेश– पु. उतम, शिक्षा, अच्छी सलाह

सदुपयोग– पु. अच्छा उपयोग

सदृश – वि. समान, उचित, उपयुक्त

सदैव–अ. सर्वदा, हमेशा ही

सदोष–वि. दोषयुक्त

सदोष मानवहत्या–स्त्री. [कल्पेबल होमीसाइड] ऐसा मानववध जो दोष या अपराध माना जाय

सद्–वि. 'सत्' का समासगत रूप

सद्गति–स्त्री. अच्छी दशा, मोक्ष प्राप्ति

सद्गुण–वि.अच्छे गुणों से युक्त; पु. अच्छा गुण

सद्वृत्ति – स्त्री. सद्व्यवहार, सदाचार

सद्यः–अ. आज ही, तत्क्षण, अभी-अभी

सधना–अ. क्रि. काम पूरा होना, निशाना ठीक होना

सधर्म–वि. एक ही धर्म या स्वभाव वाला

सधवा–स्त्री. सुहागिन, सौभाग्यवती

सनद–स्त्री. (अ.) प्रमाणपत्र, सर्टिफ़िकेट

सनदयाफ़्ता–वि. जिसके पास प्रमाण-पत्र हो

सनसनाहट–स्त्री. 'सन-सन' की आवाज़

सनसनी–स्त्री. खलबली, सनसनाहट

सनातन–वि. नित्य, अनादि, स्थायी, प्राचीन

सनातन धर्म–पु. प्राचीन हिन्दू धर्म, परंपरागत धर्म

सनातनी–वि. सनातन धर्म का अनुयायी, बहुत पुराना

सनीचरी–स्त्री. शनि की दशा

सनोबर – पु. (अ.) चीड़ का पेड़

सन–पु. (अ.) साल, संवत्

सन् ईसवी–पु. ईसा के जन्म दिन से चलनेवाला संवत्

सन्नाटा–पु. नीरवता, निर्जनता, चुप्पी; वि. निर्जन

सन्निपात–पु. ज्वर-प्रकोप

सन्मार्ग–पु. सुमार्ग, सुपथ

सन् हिजरी–पु. मुहम्मद के मक्के से हिजरत करने की तिथि से प्रारम्भ हुआ संवत्

सपत्नी–स्त्री. सौत

सपरिवार – वि. परिवार के सदस्यों के साथ

सपरिश्रम कारावास–पु. [रिगरस इंप्रि-ज़नमेंट] बामशक़्क़त क़ैद

सपाद–वि. चौरस

सपूत–पु. अच्छा, कुल का नाम बढ़ा-नेवाला, पुत्र

सप्त–वि. छः से एक अधिक; पु. सात की संख्या

सप्तक–पु. सात का संग्रह, सात स्वरों का समाहार

सप्तम–वि. सातवाँ

सप्तर्षि–पु. सात ऋषियों या सात ताराओं का एक मंडल

सप्ताह–पु. सात दिन की अवधि, हफ़्ता

सप्रतिबंध स्वीकृति – स्त्री. [कंडी-

शनल या क्वालिफ़ाइड ऐक्सेप्टेंस] शर्त के साथ स्वीकृति

सप्रमाण–वि. प्रमाणयुक्त, प्रामाणिक, ठीक.

सफ़र–पु. (अ.) यात्रा, कूच

सफ़रख़र्च–पु. मार्गव्यय

सफ़रनामा–पु. भ्रमण–वृत्तांत

सफ़रमैना–पु. (अं. 'सैपर मैन') फ़ौज के आगे जाकर खाई, रास्ता आदि तैयार करने वाले

सफ़री–वि. (अ.) सफ़र का; पु. मुसाफ़िर; स्त्री. राहख़र्च

सफल–वि. कामयाब

सफलता–स्त्री. कामयाबी

सफ़ाई–स्त्री. स्वच्छता, चमक, अभियुक्त का बचाव

सफ़ाया–पु. नाश, संहार

सफ़ेद–वि. (फ़ा) उजला, कोरा, सादा (काग़ज़)

सफ़ेदपोश–वि. सफ़ेद कपड़े पहनेवाला, भला आदमी

सबंधमुक्ति – स्त्री. [पैरोल] साधिमुक्ति

सबक़ पु. (अ.) पाठ, सीख

–पढ़ाना–शिक्षा देना, पट्टी पढ़ाना, बहकाना

सब्ज़–वि. (फ़ा.) हरा, कच्चा, हरा-भरा

–बाग़ दिखाना – झूठी आशाएँ दिलाना

सब्ज़ा–पु. (फ़ा.) हरियाली

सब्ज़ी–स्त्री. (फ़ा.) हरा रंग, साग-पात

सब्र–पु. (अ.) संतोष, सहन, धैर्य, तसल्ली

सभा–स्त्री. गोष्ठी, समिति, सभास्थल

सभात्याग–पु. [वाक आउट] सभा छोड़कर बाहर चला आना

सभानायक, सभापति–पु. सभा का अध्यक्ष

सभासचिव – पु. [पार्लिमेंटरी सेक्रेटरी] संसत्सचिच

सभासद, सभासद्–पु. सदस्य, जूरी का सदस्य

सभ्य–वि. शिष्ट, संस्कृत

सभ्यता–स्त्री. शिष्टता, भद्रता

सम–वि. एकसा, बराबर, चौरस

समकालीन – [कनटेंपोरेरी] समसामयिक

समकोण–वि. बराबर कोणोंवाला (क्षेत्र); पु. [राइट एंगिल] वह कोण जो 90 अंश के बराबर हो

समकोण त्रिभुज – पु. [राइट एंगिल्ड ट्राइएंगिल] वह त्रिभुज जिसका एक कोण समकोण हो

समक्ष–वि. उपस्थित; अ. सामने

समग्र–वि. सब, पूरा

समजातीय–वि. [होमोजीनिअस] एक ही प्रकार का

समझ–स्त्री. बुद्धि, ख़याल, विचार

समझदार–वि. बुद्धिमान्

समझना–अ. क्रि. जान लेना; स. क्रि. किसी बात को जान लेना

समझाना–स. क्रि. बोध, ज्ञान कराना, जतलाना

समझौता–पृ. राजीनामा, मेल

समतल–वि. चौरस, हमवार

समत्रिबाहु त्रिभुज–पु. [ईक्विलेटरल ट्राइएंगिल] वह त्रिभुज जिसकी तीनों भुजाएँ बराबर हों

समद्विबाहु त्रिभुज–पु. [आईसॉ-सिलीज़ ट्राइएंगिल] वह त्रिभुज जिसकी दो भुजाएँ बराबर हों

समद्विभाग करना–स. क्रि. [टु बाइसे-क्ट] दो बराबर भागों में बाँटना

समन्वय–पु. संयोग, मेल, पटरी

समन्वेषण–पु. [एक्सप्लोरेशन] चारों तरफ़ की स्थिति आदि का पता लगाना

समपरिधान – पु. यूनीफ़ॉर्म] वर्दी

समपहरण–पु. [कनफ़िसकेशन] ज़ब्ती

समभाग–पु. बराबर हिस्सा

सममित आकृति–स्त्री. [सिमेट्रिकल फ़िगर] वह आकृति जिसको बीच की रेखा के बल तक करने पर रेखा के एक ओर का भाग ठीक-ठीक दूसरी ओर के भाग को ढँक ले

समय–पु. काल, अवसर, फ़ुरसत, अन्त

समयनिष्ठ–वि. [पंक्चुअल] समय की पाबन्दी रखनेवाला

समयसारणी, समयसूची–स्त्री [टाइम टेबल] ट्रेनों के पहुँचने तथा छूटने या विशेष विषयों की पढ़ाई, परीक्षा आदि शुरू होने के लिए निर्धारित समय की सूची

समयोचित–वि. अवसर के उपयुक्त

समर–पु. युद्ध, लड़ाई

समरस–वि. एकसा, समान भाव से युक्त

समरूप प्रस्ताव–पु. [आइडेंटिकल मोशन] बिलकुल मिलता-जुलता प्रस्ताव

समर्थ–वि. सशक्त, योग्य, उपयुक्त

समर्थक–वि. समर्थन करनेवाला

समर्थन–पु. पुष्टि करना, पक्ष ग्रहण करना

समर्पण–पु. सौंपना, भेंट करना

समर्पण मूल्य–पु. [सरेंडर वैल्यू] अवधि पूरी होने के पहले ही बीमापत्र समर्पित कर देने पर बीमा करानेवाले को उसके बदले दिया जानेवाला धन

समर्पित–वि. समर्पण किया हुआ, प्रत्यर्पित

समवरोध–पु [ब्लाकेड] नार्के बन्दी

समवितरण – पु. [राशनंग] ख़ुराकबन्दी

समवेत–वि. संयुक्त, एकत्र

समवेतन–पु. [रैली] समागमन

समवेत होना–अ. क्रि. [टु मीट, टु असेंबल] इकट्ठा होना

समशीतोष्ण–वि. [स्थान] जहाँ सर्दी-गर्मी की मात्रा बराबर रहे

समशीतोष्ण कटिबन्ध–पु. [टेंपरेट ज़ोन] पृथ्वी का वह भाग जहाँ समशीतोष्ण जलवायु हो

समष्टि–स्त्री. सम्पूर्णता, एक जैसे अंगों का समूह

समस्त–वि. सब, सम्पूर्ण

समस्या – स्त्री. कठिन विषय, जटिल प्रश्न

समाकलन–पु. [क्रेडिट] जमा के खाते की रक़म

समागम–पु. भेंट, भिड़ंत, योग, मैथुन

समाचार–पु. ख़बर, विवरण

समाचारपत्र–पु. अख़बार

समाचार-प्रेष–पु. [न्यूज़ डिस्पैच] समाचार-सामग्री

समाचार-सूचना–स्त्री. [प्रेसनोट] समाचारपत्रों के लिए सूचना

समाज–पु. समूह, संघ, जन-समुदाय

समाजवाद–पु. [सोशलिज़्म] यह सिद्धान्त कि उत्पादन के समस्त साधनों पर समाज का अधिक़ार हो और उनसे उत्पन्न होनेवाली सम्पत्ति का यथा-सम्भव समान रूप से वितरण हो

समाजवादी–पु. [सोशलिस्ट] समाजवाद का अनुयायी

समाजशास्त्र–पु. [सोशलॉजी] समाज का विवेचन करनेवाला शास्त्र

समाजीकरण–पु. [सोशलाइज़ेशन] उद्योग-व्यवसायादि पर समाज का अधिकार होना

समादर–पु. प्रतिष्ठा, सत्कार

समादेश – पु. आज्ञा, आदेश, निर्देश

समाधान–पु. मेल बैठाना, निराकरण

समाधि–स्त्री. मनोयोग, तपस्या, क़ब्र

समाधिलेख–पु. [एपिटा] किसी क़ब्र की समाधि के पत्थर पर लिखा लेख

समाधिस्थ–वि. समाधि में स्थित

समान – वि. तुल्य, साधारण, तुल्य परिमाण का

समानांतर–वि. [पैरेलल] जो नित्य समान अन्तर पर रहे

समानांतर चतुर्भुज–पु. [पैरेलेलोग्राम] वह चतुर्भुज जिसकी आमने-सामने की भुजाएँ समानांतर हों

समानांतर रेखाएँ–स्त्री. [पैरेलल लाइंस] वे रेखाएँ जो एक-दूसरी से न मिलें

समानार्थक–वि. एक ही अर्थ रखनेवाले (शब्द)

समापन–पु. [वाइंडिंग अप, क्लोज़र] समाप्त करना

समापनीय पट्टा–पु. [टरमिनेबल लीज़] कुछ समय के बाद समाप्त हो जानेवाला पट्टा

समाप्त–वि. पूरा किया हुआ

समाप्तप्राय–वि. लगभग समाप्त

समाप्ति–स्त्री. अन्त, पूर्ण प्राप्ति

समारोह–पु. धूमधाम से होनेवाला उत्सव

समार्हता–स्त्री. [पैरिटी] मूल्य, योग्यता आदि में समान होना

समालोचक–पु. सम्यक् परीक्षा करनेवाला

समालोचना–स्त्री गुण-दोष का विचार

समाविष्ट–समाया हुआ

समावेश–पु. प्रवेश, मिलना, व्याप्त होना

समास–पु. योग, सम्बन्ध, साथ रहना, दो या अधिक पदों को मिलाकर एक पद का रूप देना

समिति–स्त्री. सभा, कमेटी

समिधा, समिधि–स्त्री. यज्ञ में जलाने की लकड़ी

समीक्षक–वि. छानबीन करनेवाला, समालोचक

समीक्षा–स्त्री. सम्यक् परीक्षा, समालोचना

समीचीन–वि. संगत, ठीक, न्याय्य

समीप–वि., अ. निकट, पास

समीर–पु. हवा, वायु

समुचित–वि. उपयुक्त, उचित, यथेष्ट

समुदाय–पु. समूह, राशि, झुंड

समुद्र–पु. सागर

समुद्रफेन–पु. समुद्र का झाग

समुद्रमंथन, समुद्रमथन–पु. समुद्र का विलोड़न, अनेक ग्रन्थों या विषयों की छानबीन

समुद्री–वि समुद्र का, नौबल-सम्बन्धी

समुद्री तार–पु. [केबिल] समुद्र में जानेवाला तार

समूचा–वि. सम्पूर्ण, समग्र, पूरा

सभूल–वि. जड़वाला; अ. जड़ से, मूलसहित

समूह–पु. राशि, झुंड, समाज, वर्ग

समूहोत्पादन – पु. [मासप्रोडक्शन] पुंजोत्पादन

समृद्ध–वि. उन्नतिशील, प्रसन्न, धनी

समृद्धि–स्त्री. उन्नति, संपन्नता, बाहुल्य

समेटना–स. क्रि. बटोरना, अंगीकार करना

समेत – अ. साथ; वि. एकत्र, संयुक्त

सम्मत–वि. सहमत, माना हुआ, सम्मानित

सम्मति–स्त्री. सहमति, स्वीकृति, राय

सम्मन – पु. (अं. 'सम्मन्स') आह्वान-पत्र

सम्मान–पु. इज़्ज़त, प्रतिष्ठा

सम्मिलन – पु. मिलना, एकत्र होना

सम्मिलन विलेख–पु. [इंस्ट्रूमेंट_ मेंट ऑफ़ ऐक्सेशन] वह लिखित समझौता, जिसमें किसी राज्य, भू-क्षेत्रादि के अन्य राज्य में सम्मिलित किये जाने की शर्तें दी हों और जिस पर दोनों पक्षों के आधिकारिक व्यक्तियों के हस्ताक्षर हों

सम्मिश्रण–पु. मिलाने की क्रिया, मिलावट

सम्मेलन–पु. कान्फ्रेन्स, जमघट, सभा आदि

सम्मोदन–पु. [सैक्शन] आधिकारिक स्वीकृति

सम्यक् – वि. सही, उपयुक्त; अ. अच्छी तरह, स्पष्टतः

सम्राज्ञी–स्त्री. सम्राट् की पत्नी

सम्राट्–पु. जिसका शासन और राजाओं पर हो

सयाना – वि. प्राप्त-वयस्क चालाक: पु बड़ा-बूढ़ा आदमी

सर – पु. (फ़ा) सिर, चोटी, सिरा

–**करना**–जीतना, क़ाबू में कर लेना

सरकना–अ. क्रि. खिसकना, हट जाना

सरकार–स्त्री. (फ़ा.) हुकूमत; पु. बड़े का संबोधन, हुज़ूर

सरकारी–वि. राजकीय

सरकारी अहलकार, सरकारी मुलाज़िम–पु. राजकर्मचारी

सरकारी काग़ज़–पु. स्टाम्प का काग़ज़, प्रॉमिसरी नोट

सरकारी काम – पु. दफ़्तर का काम

सरगर्मी–स्त्री. मुस्तैदी

सरज़मीन – स्त्री. देश, मुल्क, राज्य

सरदर्द–पु. सिर का दर्द, व्यथा, कष्ट

सरदार–पु. मुखिया

सरनाम–वि. नामी, मशहूर

सरपंच–पु. प्रधान पंच, पंचों का मुखिया

सरपट–स्त्री. घोड़े की सबसे तेज़ चाल

सरपरस्त–वि. संरक्षक, सहायक, वली

सरफ़रोश–वि. जान पर खेलनेवाला, निडर

सरफ़रोशी–स्त्री. जान देने को तैयार होना, वीरता

सरमाया–पु. (फ़ा.) पूँजी, मूल धन

सरमायादार–पु. पूँजीपति, धनी

सरमायादारा–स्त्री. पूँजीवाद

सरल–वि. सीधा, ठीक, आसान

सरलता–स्त्री. सीधापन, ईमानदारी, आसानी, सादगी

सरल रेखा–स्त्री. [स्ट्रेट लाइन] वह रेखा जिसकी दिशा सर्वत्र एक ही रहती है

सरलीकरण–पु. [सिंप्लिफ़िकेशन] कठिन विषय को आसान बना देना

सरस–वि. रसयुक्त, स्वादिष्ट, मोहक

सरसराना–अ. क्रि. 'सर-सर' आवाज़ होना, हवा का तेज़ी से चलना

सरसराहट – स्त्री. हवा, साँप आदि के चलने का शब्द

सरसिज–पु. कमल

सरस्वती – स्त्री. वाग्देवी, देववाणी, वाणी, शब्द

सराफ़–पु. (अ. 'सर्राफ़') गहने, बरतन बेचनेवाला

सरफ़ा–पु सराफ़ों का बाज़ार, बंक, कोठी

सराय–स्त्री. (फ़ा.) सरा, मुसाफ़िरख़ाना

–का कुत्ता–अति लोभी

सरासर–अ. सोलहों आने, पूर्णतया

सराहना–स. क्रि. प्रशंसा करना; स्त्री. तारीफ़, बड़ाई

सराहनीय–वि. प्रशंसनीय, उत्तम

सरिता–स्त्री. नदी, धारा

सरीखा–वि. समान, सदृश

सरोज–पु. कमल

सरोजिनी–स्त्री. कमल का पौधा

सरोद–पु. (फ़ा.) एक बाजा

सरोरुह–पु. कमल

सरोवर–पु. तालाब, ताल, झील

सर्कस – पु. (अं.) नटों और पशुओं के खेल करनेवाली मंडली

सर्ग–पु. ग्रंथ का अध्याय

सर्चलाइट–स्त्री. (अं.) अन्वेषक प्रकाश, प्रकाश-प्रक्षेपक

सर्जन–पु. निर्माण, सृष्टि

सर्जन-पु. (अं.) डाक्टर, चीर-फाड़ का डाक्टर

सर्द–वि. (फ़ा.) ठंडा

सर्द-गर्म – वि. ऊँच-नीच, काल या दशा के उलट-फेर

सर्दी–स्त्री. ठंडा, जाड़ा, जाड़े का मौसिम, ज़ुकाम, जूड़ी

–खाना–ठंड लगना

सर्प–पु. साँप

सर्व – वि. सब, समग्र, कुल; पु. शिव

सर्वक्षमा–स्त्री. [एमनेस्टी] किसी विशेष अवसर पर या विशेष कारण से किसी कोटि के बहुत से बंदियों को क्षमा प्रदान कर कारागृह से मुक्त कर देना

सर्वतोदक्ष–वि. [ऑल राउंडर] जो कई बातों, कामों आदि में दक्ष हो

सर्वत्र–अ. सब जगह, हर वक़्त, हमेशा

सर्वथा–अ. हर तरह से, पूर्णतः, बिलकुल, अत्यंत

सर्वदा–अ. हमेशा, सदा

सर्वनाश–पु. विध्वंस

सर्वप्रिय–वि. लोकप्रिय, जो सब का प्रिय हो

सर्वविद्–वि. सर्वज्ञ

सर्वव्यापक–वि. सबमें रहनेवाला

सर्वशक्तिमान – वि. सब कुछ करने की शक्ति से युक्त; पु ईश्वर

सर्वश्रेष्ठ–वि. सर्वोत्तम

सर्वसाधारण–पु. साधारण लोग, जनता

सर्वसुलभ – वि. जो सबको आसानी से प्राप्त हो सके

सर्वस्व–पु. सब कुछ

सर्वस्वयुद्ध – पु. [टोटल वार] सर्वांगिक युद्ध

सर्वहारा – पु. [प्रोलेटेरियट] समाज का अकिंचन वर्ग

सर्वांग–पु. सारा शरीर

सर्वांगसुंदर – वि. जिसके सब अंग सुंदर हों, बहुत सुन्दर

सर्वांगीण–वि. सम्पूर्ण, बहुक्षेत्र व्यापी

सर्वाधिकार–पु. पूरा अख़्तियार

सर्वोच्च–वि. सबसे ऊँचा, सबसे बड़ा

सर्वोच्च न्यायालय–पु. [सुप्रीम कोर्ट] उच्चतम न्यायालय

सर्वोच्च सत्ता–स्त्री. [पैरामाउंट पॉवर] देश की सबसे प्रधान सत्ता

सर्वोत्तम–वि. सबसे अच्छा, सर्वश्रेष्ठ

सर्वोदय – पु. सब लोगों के आर्थिक, नैतिक, सामाजिक उत्थान के लिए विनोबा द्वारा चलाया गया आन्दोलन

सर्वोपरि – अ. सबसे ऊपर या बढ़कर

सलवार–स्त्री. पंजाबी ढंग का ढीला-ढाला पाजामा

सलाई–स्त्री. छोटी तीली, दिया-सलाई

सलाख – स्त्री. धातु की छड़, सलाई

सलाद–पु. (अं. 'सैलैड') कच्चे मूल, पत्र आदि का एक खाद्य

सलाम–पु. नमस्कार, बंदगी

सलामी – स्त्री. (फ़ा.) सलाम करने की रस्म, तोपों या बंदूक़ों की बाढ़ जो बड़े अधिकारियों आदि के सम्मानार्थ दागी जाय, नज़राना

सलाह – स्त्री. (अ.) मंत्रणा, मशवरा, राय

सलाहकार–वि. सलाह देनेवाला

सलिल–पु. जल

सलोना–वि. नमकीन, सुन्दर

सलोनापन–पु. लावण्य, सौंदर्य

सवर्ण–वि. समान रंग का, समान जाति का

सवाक् चित्र–पु. [टॉकी] बोलपट

सवार – पु. (फ़ा.) आरोही, अश्वारोही; वि. सवारी पर बैठा हुआ

सवारी – स्त्री. सवार होने की क्रिया, सवार, जुलूस

सवाल–पु. माँगना, प्रश्न, निवेदन, मसला

सवाल-जवाब – पु. प्रश्नोत्तर, बहस, जिरह

सविनय–स्त्री. विनययुक्त, विनम्र

सविनय अवज्ञा – स्त्री मुल्की क़ानून की अवमानना

सविस्तार–वि. ब्योरे के साथ; अ. विस्तारपूर्वक

सवेरा–पु. सूर्योदय काल, प्रातःकाल

ससुराल–स्त्री. पति या पत्नी के पिता का घर

सस्ता–वि. अल्पमूल्य का, मंदा, घटिया

सस्नेह–वि. प्रेमपूर्ण

सस्मित – वि. अल्पहासयुक्त; अ. मुस्कराहट के साथ

सह–अ. सहित, साथ-साथ

सहकार–पु. साथ काम करना

सहकारिता–स्त्री. सहायक होने का भाव

सहगान–पु. [कोरस] समवेतगान

सहन–पु. (अ.) आँगन, खुली हुई समतल भूमि, सहिष्णुता

सहनशील–वि. सहिष्णु, धीर, संतोषी

सहना–स. क्रि. झेलना, बरदाश्त करना

महप्रतिवादी–पु. [को-डिफेंडेंट] मुख्य प्रतिवादी के साथ गौण प्रतिवादी

सहमत–वि. जिसका मत दूसरे से मिलता हो

सहयोगी – वि. (पु.) सहयोग करनेवाला, मददगार

सहलाना–स. क्रि. सुहराना, गुदगुदाना

सहवास–पु. साथ रहना, संभोग, मैथुन

सहसा–अ. अचानक, प्रचण्ड वेग से

सहसोपचार–पु. [शॉक ट्रीटमेंट] चकित करने या झकझोर देनेवाला वह उपाय जो सहसा काम में लाया जाय

सहानुभूति–स्त्री. हमदर्दी

सहायक–पु. सहायता करनेवाला, सहकारी

सहायक आजीविका–स्त्री. [सब-सिडियरी आक्युपेशन] नौकरी के अलावा कोई और धंधा

सहायक सम्पादक–पु. सम्पादन-कार्य में सहायता देनेवाला

सहायता–स्त्री. मदद

सहायतागृह–पु. [रेस्क्यू होम] संकट में पड़े लोगों की सहायतार्थ स्थापित गृह

सहारा–पु. भरोसा, मदद, आश्रय

सहित–अ. साथ, समेत

सहिष्णु–वि. सहनेवाला, सहनशील

सहिष्णुता – स्त्री., पु. सहनशीलता, क्षमा

सही–वि. ठीक; स्त्री. हस्ताक्षर; अ. निश्चयपूर्वक

सहृदय–वि. दयालु, रसिक; पु. विद्वान व्यक्ति

सहेली–स्त्री. सखी, साथिन

सहोदर–वि. सगा, एक जैसा; पु. सगा भाई

सांकेतिक–वि. संकेत-सम्बन्धी, संकेतवाला

सांख्यिक–पु. [स्टैटिस्टीशियन] प्रामाणिक आंकड़े एकत्र करनेवाला कर्मचारी अथवा विशेषज्ञ, आंकिक

सांख्यिकी–स्त्री. [स्टैटिसटिक्स] आँकड़े एकत्र करने, तैयार करने आदि की विद्या

सांख्यिकीय मंत्रणाकार–पु. [स्टैटिस्टिकल एडवाइज़र] आंकिक मंत्रणाकार

सांगोपांग–वि अंगों से युक्त, पूर्ण

सांघातिक–वि. घातक, हननकारक

साँचा–पु. छोटा नमूना, लकड़ी का ठप्पा

साँप–पु. सर्प

–उतारना–साँप का ज़हर दूर करना

–का बच्चा–दुष्ट, ज़ालिम

–के मुँह में–ख़तरे में

–सूँघ जाना–साँप का काटना या काटने से मर जाना

साँपिन–स्त्री. सर्पिणी

सांप्रदायिक–वि. किसी संप्रदाय से सम्बन्ध रखनेवाली

सांप्रदायिकता–स्त्री. सांप्रदायिक होने का भाव, उससे उत्पन्न संकीर्णता

साँवला–वि. श्याम वर्ण का

साँस-स्त्री. नाक या मुँह से खींची और निकाली जानेवाली हवा, फ़ुरसत

–चलना–ज़िन्दा होना

–फूलना–दम चढ़ जाना, हाँफना

–रहते–जीते जी

–लेना–दम लेना, सुस्ता लेना

–लेने की फ़ुरसत–थोड़ी-सी फ़ुरसत

सांसारिक–वि. संसार-सम्बन्धी, लौकिक

सांस्कृतिक–वि. संस्कृति-सम्वन्धी

सांस्पर्शिक–वि. [कंटेजस] छूत का, छूतवाला

साईस–पु. घोड़े की देखभाल करनेवाला नौकर

साकार–वि. मूर्त, स्थूल ; पु. ईश्वर का सगुण रूप

साकेत, साकेतन–पु. अयोध्या

साक्षर–वि. पढ़ा-लिखा, शिक्षित

साक्षरता – स्त्री. पढ़े-लिखे होने का भाव

साक्षरता-आंदोलन–पु. [लिटरेसी कैंपेन] निरक्षरों को साक्षर बनाने का आंदोलन

साक्षात् – अ. आँखों से सामने, प्रत्यक्ष

साक्षात्कार–पु. देखादेखी

साक्षी–स्त्री. गवाही, गवाह का बयान

साक्षी–वि. आँखों देखनेवाला; पु. चश्मदीद गवाह

साक्षीकरण – पु. [अटेस्टेशन] सत्यापन

साक्षीकृत–वि. [अटेस्टेड] सत्यापित
साक्ष्य–पु. गवाही, प्रमाण
साक्ष्यविधि–स्त्री. [लॉ ऑफ़ एविडेंस] साक्ष्य-संबंधी विधि या क़ानून
साख–स्त्री. दबदबा, एतबार
साखपत्र – पु. [सिक्यूरिटीज़] साख पर लिए गए ऋण का सूचक पत्र
साख्य–पु. मैत्री, दोस्ती
सागर–पु. समुद्र
साचिविक–वि. [सेक्रेटेरियल] सचिव या उसके कर्तव्यों से संबंध रखनेवाला
साचिविक स्तर पर–वि. [ऑन सेक्रेटेरियल लेवल] विभागीय सचिवों के स्तर का काम
साज़–पु. (फ़ा.) सामान, वाद्यवृन्द, अनुकूलता
साज़िन–पु. प्रेमी, पति
साज़िंदा–पु. (फ़ा.) साज़ बजानेवाला
साजिश – स्त्री. षड्यंत्र, गुप्त मंत्रणा, चक्र
साझी–पु. हिस्सेदार
साड़ी–स्त्री. स्त्रियों की धोती
सात–वि. छः और एक; पु. सात की संख्या
–की नाक कटना–सारे परिवार का बदनाम होना
–घर भीख माँगना–दर-दर माँगना
–परदों में रखना–छिपाकर रखना
–समुंदर पार–बहुत दूर
सात्त्विक–वि. यथार्थ, सत्त्वगुणयुक्त, नेक; पु एक भाव
सात्रिक परीक्षा–स्त्री. [टरमिनल इग्ज़ानेमिन] एक सत्र की समाप्ति पर होनेवाली परीक्षा
साथ–पु. संग; अ. सहित, से, विरुद्ध, प्रति
–देना–निबाहना, साथ यात्रा करना
साथ-साथ–अ. एकसाथ
साथी–पु. दोस्त, सहायक
सादगी–स्त्री. (फ़ा.) सादापन, सरलता, भोलापन
सादर–अ. आदर के साथ
साधक–वि. सिद्ध करनेवाला; पु. साधन, तपस्वी
साधन–पु. पूरा करना, ज़रिया, औज़ार
साधना–स्त्री. उपासना; स. क्रि. सिद्ध करना, अभ्यास करना
साधारण–वि. मामूली
साधारणतः–अ. आम तौर पर, प्रायः
साधारण निर्वाचन–पु. [जनरल इलेक्शन] आम चुनाव
साधारणतया–अ. वि 'साधारणतः'
साधु–वि. उत्तम, ठीक; पु. संत, मुनि
साधुवाद–पु. शाबाशी देना
साध्य–वि. सिद्ध होने योग्य; पु. जिसे सिद्ध या प्राप्त किया

जाय

सानंद–वि. प्रसन्न; अ. आनंदपूर्वक

सानुक्रम संस्थान–पु. [हायरैरकी] क्रमानुगत अधिकारियोंवाली कोई संस्था

सानुप्रास–वि. अनुप्रासयुक्त

सान्निव्य–पु. सामीप्य

साप्ताहिक–वि. सप्ताह-संबंधी; पु. हफ़्तेवार अख़बार

साफ़ – वि. स्वच्छ, उज्ज्वल, निर्दोष, दो टूक

–करना–चुकाना, मिटाना

–कहना–बेलाग कहना

–छूटना–बेदाग़ छूटना

साफ़ इनकार–पु. स्पष्ट, दो टूक इनकार

साफ़-साफ़–अ. खले तौर पर, स्पष्टतः

साफ़ा–पु. एक तरह की पगड़ी, मुरेठा

साबित–वि. (अं.) स्थिर, सिद्ध, समूचा

साभिप्राय–वि. अभिप्राययुक्त

सामंजस्य–पु. संगति, अनुकूलता, मेल

सामंतवाद–पु. [फ़्यूडल सिस्टम, एयूडलिज़्म] किसी राज्य की वह शासन-व्यवस्था जिसमें राज्य की भूमि बड़े-बड़े सामंतो, सरदारों या ज़मींदारों के ज़िम्मे रहती हो

सामग्री–स्त्री. सामान, उपकरण, साधन

सामना–पु. मुक़ाबला, लड़ाई

सामयिक – वि. समयोचित, समय-सम्बन्धी

सामयिक वार्ता–स्त्री. [टॉपिकल टॉक] पत्रों आदि में सामयिक घटनाओं या किसी सामयिक प्रश्न, विषय आदि की चर्चा

सामरिक – वि. युद्ध-सम्बन्धी, समर का

सामर्थ्य–पु., स्त्री. क्षमता, शब्द की अर्थशक्ति

सामर्थ्यहीन – वि. शक्तिहीन, निर्बल

सामाजिक–वि. समाज-संबंधी

सामाजिक व्यवस्था – स्त्री. [सोशल आर्डर] समाज के निर्माणादि का ढंग

सामाजिक सुरक्षा–स्त्री. [सोशल सिक्यूरिटी] बेकारी आदि से परि-त्राण की व्यवस्था

सामान–पु. (फ़ा) असबाब, सामग्री

सामान्य–वि. साधारण, औसत दरजे का

सामान्य ज्ञान–पु. सामान्य बातों का ज्ञान

सामुदायिक–वि. समुदाय-संबंधी, सामूहिक

सामुदायिक योजना – स्त्री. [कॉम्यूनिटी प्रोजेक्ट] कृषिसुधार, पद-निर्माण आदि की ऐसी योजना जिसे देश के किसी

भाग का जनसमूह ही, मुख्य रूप से, कार्यान्वित करे

सामुद्रिक – वि. देह, चिह्न-सम्बन्धी ; पु. वह विद्या जिसके सहारे इन चिह्नों का ज्ञान प्राप्त हो, नाविक

सामूहिक–वि. समूह-सम्बन्धी, समूह में एकत्र

साम्य–पु. सादृश्य, सामंजस्य

साम्यवाद–पु. कम्यूनिज़्म

साम्यवादी–वि., पु. कम्यूनिस्ट

साम्राज्य–पु. किसी के अधीन अनेक देश

साम्राज्यवाद–पु. [इम्पीरियलिज़्म] आधिपत्य द्वारा साम्राज्य स्थापित करने की नीति

साम्राज्यवादी–पु., वि. साम्राज्यवाद का अनुयायी

सायंकाल–पु. शाम का वक़्त

साया–पु. (फ़ा) छाया, परछाईं, (ला.) आश्रय

–उठना–संरक्षक का मर जाना

–से भागना–भड़कना, नफ़रत करना

सारंगी–स्त्री. एक प्रसिद्ध तन्त्रवाद्य

सार–वि. मुख्य; पु. मूल भाग, सत, यथार्थ बात

सारगर्भ, सारगर्भित–वि. तत्त्वपूर्ण

सारभूत–वि. जो सर्वश्रेष्ठ हो, सर्वोत्तम

सारांश – पु. सार, नतीजा, तात्पर्य

सारा–वि. पूरा, सम्पूर्ण, समस्त

सार्थक–वि. अर्थपूर्ण, उपयोगी, लाभदायक

सार्थकता–स्त्री. महत्त्व, उपयोगिता

सार्वकालिक–वि. सब समयों के लिए उपयुक्त

सार्वजनिक–वि. सबसे सम्बन्ध रखनेवाला

सार्वजनिक निर्माण-विभाग–पु. [पब्लिक वर्ल्स डिपार्टमेंट] लोक-निर्माण-विभाग

सार्वदेशिक–वि. सब देशों से सम्बद्ध

सार्वभौम–वि. सारी पृथ्वी का शासन करनेवाला

सार्वभौमिक–वि. सारी पृथ्वी पर फैला हुआ

साल–पु. ज़ख़्म, पीड़ा, छेद

साल–पु. (फ़ा.) बरस, 12 महीने का काल

सालगिरह–स्त्री. बरस गाँठ

सालसा–पु. एक रक्त-शोधक औषध

सालाना–वि (फ़ा.) वार्षिक; अ. हर साल

सावकाश–वि. जिसे फ़ुरसत हो; अ. फ़ुरसत से; पु. अवकाश, मौक़ा

सावधान–वि. सचेत, सतर्क ख़बरदार

सावधि–वि. जिसकी अवधि निश्चित हो

सावधिक – [पीरियाडिकल] निश्चित अवधि के बाद निकलनेवाला

सावधिक पत्र–पु. [पीरियाडिकल] वह पत्र या पत्रिका जिसका प्रकाशन एक निश्चित अवधि के बाद होता हो

सावधिक प्रस्फोट–पु. [टाइमबम] वह प्रस्फोट (बम) जो निर्धारित अवधि के बाद अपने आप फट पड़े

साश्चर्य–वि. आश्चर्यजनक ; अ. आश्चर्य के साथ

साष्टांग–वि. आठ अंगों से युक्त

साहचर्य–पु. सहगमन, साथ, संगति

साहस–पु. हिम्मत, जीवट

साहसिक – वि. हिम्मतवर, निर्भीक; पु. हिम्मतवर आदमी, ख़तरनाक आदमी

साहसी–वि. हिम्मतवर, उद्धत

साहित्य–पु. गद्यात्मक या पद्यात्मक रचना

साहित्यशास्त्र–पु. साहित्य के विभिन्न अंगों का विवेचन

साहित्यिक–वि. साहित्य-संबंधी; पु. साहित्यसेवी

साहु–पु. बनियों का आदरपूर्ण संबोधन

साहूकार–पु. बड़ा व्यापारी, धनाढ्य महाजन

साहूकारी–स्त्री. साहूकार को काम, महाजनी

सिंचाई–स्त्री. सींचने का काम, सींचने की उजरत

सिंदूर–पु. एक लाल चूर्ण जिससे स्त्रियाँ माँग भरती हैं

सिंदूरदान–पु. वर द्वारा वधू की माँग में सिंदूर लगाने की रस्म

सिंह–पु. शेर, अपने वर्ग का सर्वश्रेष्ठ व्यक्ति

सिंहासन–पु. राजा, देवता आदि का आसन

सिकुड़ना–स्त्री. सिकुड़ने की क्रिया, शिकन

सिकुड़ना–अ. क्रि. सिमटना, शिकन पड़ना

सिकोड़ना–स. क्रि. संकुचित करना

सिक्का–पु. (अ.) ठप्पा, मुद्रा, रुपया, पदक

–चलाना–सिक्का जारी करना

–जमना,–बैठना–रोब-दाब क़ायम होना

–जमाना, – बैठाना – रोब-दाब क़ायम करना

सिक्ख–पु. गुरुनानक का चलाया हुआ एक संप्रदाय, इस संप्रदाय का अनुयायी

सिखलाना–स. क्रि. सिखाना

सिखाना–स. क्रि. शिक्षा देना, बतलाना

सिगनल–पु. (अं.) सिंगल, सिकंदरा संकेत

सित–वि. सफ़ेद; पु. सफ़ेद रंग, शुक्ल पक्ष
सितार–पु. एक प्रसिद्ध तंत्रवाद्य
सितारा–पु. तारा, नक्षत्र, भाग्य
–गर्दिश में होना–दुर्भाग्यकाल होना
–चमकना–भाग्य जगना
–बुलंद होना–सौभाग्यकाल होना
सिद्ध–वि. प्रमाणित, निर्णीत, दक्ष ; पु. जिसे सिद्ध प्राप्त हो, संत
सिद्धकार्य–वि. कृतकार्य, सफल
सिद्धहस्त–वि. दक्ष, कार्यकुशल
सिद्धांत–पु. सिद्धमत, उसूल, पक्की राय
सिद्धांत पक्ष–पु. तर्क-संगत पक्ष
सिद्धांतवाद–पु. मतवाद
सिद्धार्थ–वि. सफल मनोरथ; पु. गौतम बुद्ध
सिद्धि–स्त्री. सफलता, निष्पत्ति
सिनेट–स्त्री. (अं.) विश्वविद्यालय की प्रबंध-समिति
सिनेमा–पु. (अं.) चलचित्र
सिनेमा हाउस–पु. सिनेमाघर
सिपाही–पु (फ़ा.) सैनिक, योद्धा, कांस्टेबल
सिपुर्द–वि. (फ़ा.) सौंपा हुआ, हवाले किया हुआ
करना–सौंपना, हिरासत में देना
सिप्पा–पु. निशाना, मतलब, टिप्पस, धाक
–जमाना–डौल खड़ा करना
–भिड़ना, – लड़ना–उपाय लग जाना
सिफ़र–पु. (अ. बिंदु, शून्य; वि. मूल्यरहित
सिफ़ारिश–स्त्री. (फ़ा.) अनुशंसा
सिफ़ारिशी–वि. (फ़ा.) सिफ़ारिश करनेवाला
सिमटना – अ. क्रि. सिकुड़ना, सहमना
सियापा–पु. मातम
सियासत–स्त्री. (अ.) राजनीति, राज्य-प्रबंध, राजकाज
सियाह – वि. (फ़ा.) काला, श्याम, अशुभ
–पोश होना–मातम मनाना
सियाहदिल–वि. बेमुरौवत, निर्दय
सियाह-सफ़ेद–पु. भलाई-बुराई
सियाही–स्त्री. (फ़ा.) कालापन, कालिख, रोशनाई
सिर–पु. मस्तक, कपाल, चोटी, दिमाग़
–आँखों पर, –आंखों से–स्वीकार है, शौक़ से
–आँखों पर रखना–बड़ी आवभगत करना
–उठाना–अवकाश पाना, उपद्रव, विद्रोह करना
–ऊँचा करना – आत्मसम्मान पूर्वक रहना
–का बोझ उतरना–किसी काम से फ़ुरसत पाना
–के बल–सिर के सहारे, अदब के साथ

–ख़ाली करना–बेकार माथा-पच्ची करना

–चढ़ना–गुस्ताख़ बनाना

–झुकना–सिर नीचा होना

–तोड़ कोशिश करना – बेहद कोशिश करना

–थोपना–किसी के ज़िम्मे करना, इलज़ाम लगाना

–दे मारना–सिर पीटना

–धुनना–शोक करना, पछताना

–नीचा करना–लिज़्ज़त करना

–पर आ जाना–बहुत समीप आ जाना

–पर आना–बहुत पास आ जाना

–पर आ पड़ना–ज़िम्मे पड़ना

– पर आसमान उठाना–बहुत शोर-गुल मचाना

–पर आसमान टूटना–बहुत बड़ी विपत्ति आना

–पर कफ़न बाँधना–मरने के लिए तैयार रहना

–पर कोई न होना–कोई मददगार या संरक्षक न होना

–पर खड़ा होना–सामने रहना, बेअदबी से खड़ा होना

–पर ख़ून चढ़ना, – पर ख़ून सवार होना–किसी हत्यारे पर हत्या का आवेश आना, हत्या करने का लक्षण प्रकट होना

–पड़ चढ़ना–मुँह लगना

–पर पाँव रखना–बहुत जल्द भाग जाना

–पर भूत सवार होना–बदहवास होना

–पर सनीचर सवार होना–मुसीबत आना

–पर सवार रहना–धृष्ट होना

–पर हाथ फेरना–धीरज, दिलासा देना

–पैर न होना–आदि और अंत का न होना

–फिर जाना–सिर चकराना, पागल होना

–मढ़ना–बलपूर्वक किसी के ज़म्मे लगाना

–मुँड़ाते ही ओले पड़ना–आरंभ में ही विघ्न-बाधा पड़ना

–में बाल होना–झेलने की ताक़त होना

–से टलना–पीछा छूटना

–से पैर तक आग लगना–अत्यधिक क्रोध चढ़ना

–से बोझ उतरना–झंझट दूर होना

–से लगाना – आदर, सम्मान करना

सिरकी–स्त्री. सरकंडे की बनी हुई टट्टी

सिरनामा–पु. लेखादि का शीर्षक

सिरहाना–पु. खाटका वह हिस्सा जिधर सिर रहता है

सिरा–पु. छोर, शुरू का भाग, अगला भाग

सिरा–स्त्री. रक्तनलिका, नाड़ी

सिर्फ़–वि. केवल; अ. केवल

सिल–स्त्री. शिला, पत्थर की

चौकोर पटिया

सिलवट–स्त्री. शिकन, सिकुड़न

सिलवाना–स. क्रि. किसी से सीने का काम कराना

सिलसिला–पु. (अ.) श्रृंखला, तरतीब, संबंध

सिलाई–स्त्री. सीने का काम या मज़दूरी, टाँका

सिलावट–पु. संगतराश

सिल्क–पु. (अं.) रेशम, रेशमी वस्त्र

सिवा–अ. (अ.) अलावा, अतिरिक्त; वि. अधिक

सिसकना – अ. क्रि. खुलकर न रोना, सिसकी भरना

सिहरन–स्त्री. सिहरने की क्रिया, कंपन

सिहरना–अ. क्रि. काँपना, ठंड से काँपना, भयभीत होना

सींचना–स. क्रि. पेड़-पौधों को पानी देना, सिंचाई करना

सीख–स्त्री. शिक्षा, सलाह

–लेना – शिक्षा उपदेश ग्रहण करना

–सीखना – स. क्रि. ज्ञान प्राप्त करना, पढ़ना

सीखासिखाया – वि. शिक्षित, कला या हुनर का जानकार

सीधा–वि. सरल, भला, भोला-भाला, आसान

–करना–सीधी राह पर लाना

सीधे–अ. ठीक सामने, सिधाई से

सीधे मुँह–अ. भलमनसी से

सीन – पु. (अं.) दृश्य, घटना स्थल

सीनरी–स्त्री. (अं.) किसी स्थान का प्राकृतिक दृश्य

सीन-सीनरी–स्त्री. रंग-मंच की सजावट का सामान

सीना – स. क्रि. टाँका मारना, सिलाई करना

सीना–पु. (फ़ा.) छाती

सीप–पु., स्त्री. शंख, एक जलजीव

सीमांकन – पु. [डिमार्केशन] सीमा निश्चित करना

सीमांत –पु. सीमा, सीमावर्ती स्थान

सीमांत प्रदेश–पु. सरहदी इलाक़ा

सीमा–स्त्री. हद, किनारा, चरम बिंदु

सीमागुल्म–पु. [बैरियर] सीमा पर स्थित चौकी

सीमाचिह्न – पु. [लैंडमार्क] सीमा बतानेवाला पदार्थ, परिवर्तनकारी घटना

सीमाशुल्क–पु. [कस्टम्स ड्यूटी] देश की सीमा के समीप वसूल किया जानेवाला शुल्क

सीमेंट–पु. (अं.) पत्थर का विशेष प्रकार से तैयार किया हुआ चूर्ण जो पलस्तर आदि करने के काम आता है।

सीमोल्लंघन – पु. सीमा पार करना

सील–स्त्री. ज़मीन की नमी

सीवन–स्त्री. सिलाई, टाँका

सीसा–पु. एक प्रसिद्ध मूलधातु
सुँधनी–स्त्री. सूँघने की चीज़
सुंदर–वि. सुरूप, भला, अच्छा
सुंदरता–स्त्री. सुंदरत्व; पु. सौंदर्य, ख़ूबसूरती
सुंदरी–वि., स्त्री. रूपवती; स्त्री. सुन्दर स्त्री
सु–उप. सुन्दर, उत्तम, अधिक, सहज
सुअवसर – पु. अच्छा अवसर, मौक़ा
सुआ–पु. तोता, शुक, बड़ी सुई
सुकंठ – वि. अच्छे गलेवाला, सुरीला
सुक़रात–पु. (अ.) प्रसिद्ध यूनानी दार्शनिक
सुकीर्ति – स्त्री. नेकनामी; वि. अच्छी कीर्तिवाला
सुकुमार–वि. कोमल; पु. सुन्दर
सुकृत–पु. पुण्य; वि. शुभ
सुकृति–स्त्री. सत्कर्म, पुण्य; वि. धर्मात्मा
सुकेशा–वि., स्त्री. सुन्दर बालों वाली (स्त्री)
सुकेशी–वि., स्त्री. सुन्दर केशवाली (स्त्री)
सुखंडी – स्त्री. सूखा रोग; वि. दुबला, क्षीण
सुख–पु. आनन्द, आराम, चैन, सुविधा
–की नींद–आराम की नींद
–लूटना–सुखोपभोग करना
सुखकर–वि. आनन्ददायक
सुखद–वि. सुख, देनेवाला
सुखधाम–पु. सुख का घर, वैकुंठ
सुखरात्रि–स्त्री. दिवाली की रात, सुहागरात
सुख-शांति–स्त्री. सुख-चैन
सुखसागर–पु. सुख का समुद्र, एक ग्रंथ जो भागवत के दशम स्कंध का हिंदी अनुवाद है
सुखांत–वि. जिसका अन्त सुखमय हो
सुखांत नाटक–पु. [कामेडी] नाटक का एक प्रकार जिसका अंत सुखमय होता है
सुखाधिकारवाद–पु. [सूट ऑफ़ ईज़मेंट] सुविधाधिकार-संबंधी वाद
सुखाना–स. क्रि. ख़ुश्क करना
सुखी–वि. सुखयुक्त, प्रसन्न, ख़ुशहाल
सुगंध–वि. सुन्दर गंधवाला; स्त्री. अच्छी गंध, ख़ुशबू
सुगंधि–वि. ख़ुशबूदार ; स्त्री. सुवास
सुगंधित–वि. सुगंधयुक्त, ख़ुशबूदार
सुगठित–वि. सुन्दर गठन, गढ़नवाला, कसा हुआ
सुगम–वि. आसान, सुबोध
सुघड़–वि. जिसकी बनावट सुंदर हो, सुडौल
सुचरित्र–वि. सदाचारी; पु. सदाचार
सुचारु–वि. सुंदर, मनोहर
सुचालक–वि. [गुड कंडक्टर]

सुसंवाहक

सुझाना–स. क्रि. दिखाना; अ. क्रि. दिखाई देना, सूझ पड़ना

सुझाव–पु. सुझाने की क्रिया, तजवीज़, सलाह

सुड़कना–स. क्रि. पी जाना

सुत–पु. बेटा

सुता–स्त्री. लड़की, बेटी

सुतीक्ष्ण–वि. अति तीक्ष्ण

सुथरा–वि. साफ़, परिष्कृत, निर्दोष

सुदर्शन–वि. सुन्दर, सुदृश्य

सुदीप्ति–स्त्री. तेज़ रोशनी या चमक

सुदुर्लभ – वि. अति दुर्लभ, बहुत नायाब

सुदूर–अ. अति दूर; वि. बहुत दूर की

सुदूरपूर्व–पु. अति पूर्व के देश

सुदृढ़–वि. बहुत मज़बूत, सुरक्षित

सुदृष्टि–वि. अच्छी निगाहवाला

सुध–स्त्री. याद, होश, चेत, ख़बर

–दिलाना–याद दिलाना

–बिसरना–याद न रहना

–लेना–खोज-खबर लेना, याद करना

सुधबुध–स्त्री. होश-हवास, चेत

सुधरना–अ. क्रि. दुरुस्त होना, बिगड़े हुए का बनना

सुधा–स्त्री. अमृत, रस, पृथ्वी

सुधार–पु. दोष दूर करने या होने का भाव

सुधारक–पु. सुधार करनेवाला

सुधारना–स. क्रि. दोष, त्रुटि दूर करना, दुरुस्त करना

सुधार-प्रन्यास – पु. [इंप्रूवमेंट ट्रस्ट] नवनिर्माण के लिए स्थापित संस्था

सुधारालय–पु. [रिफ़ॉर्मेटरी] एक तरह का बंदीगृह जहाँ अपराधी बालकों को सुधारने का प्रयत्न किया जाता है

सुधी–पु. पण्डित; वि. सुन्दर बुद्धि वाला

सुधीर–वि. दृढ़, धैर्यवान्

सुनना–स. क्रि. कानों से आवाज़ मालूम करना

सुनासुनाया–जो आँखों देखा न हो

सुनी अनसुनी करना–बात सुनकर भी उस पर ध्यान न देना

सुनसान–वि. निर्जन, वीरान; पु. सन्नाटा

सुनहरा, सुनहला–वि. सोने के रंग का

सुनाना–स. क्रि. दूसरे को श्रवण कराना, जताना

सुनाम–पु. कीर्ति, यश

सुनार–पु. सोने-चाँदी के गहने गढ़ने-वाला

सुनिश्चय – पु. पक्का निश्चय, सुन्दर निश्चय

सुनिश्चित – वि. भली भाँति निश्चित, पक्का

सुनीति–स्त्री. सुन्दर नीति

सुन्न–पु. शून्य ; वि. निर्जीव,

संवेदन-रहित

सुन्नी–पु. (अ.) मुसलमानों का एक फ़िरक़ा

सुपंथ–पु. उत्तम मार्ग, सन्मार्ग

सुपक्व–वि.अच्छी तरह पका हुआ

सुपथ–पु. अच्छा रास्ता, सन्मार्ग

सुपररायल–पु. (अं.) काग़ज़ के ताव की एक नाप (22×29 इंच)

सुपात्र–पु. सुन्दर पात्र, योग्य व्यक्ति

सुपुत्र–पु. लायक बेटा

सुप्त–वि. सोया हुआ, सुन्न, बेकार, सुस्त

सुप्रसिद्ध–वि. अति प्रसिद्ध, ख़ूब मशहूर

सुफल–पु. सुन्दर फल; वि. सफल (हिं.)

सुबह–स्त्री. (अ. 'सुब्ह') सबेरा, प्रातःकाल

–से शाम तक–सारा दिन

–शाम करना–टाल-मटोल, आजकल करना

सुबह-सुबह–अ. बहुत सबेरे, तड़के

सुबुद्धि–स्त्री. सुन्दर बुद्धि; वि बुद्धिमान

सुबोध–वि. जो सहज ही समझ में आये, आसान

सुभग–वि. भाग्यवान्, सुन्दर, नाज़ुक

सुभाषित–वि. सुन्दर रूप से कथित; पु. सूक्ति

सुमधुर–वि. अति मधुर, बहुत नाज़ुक

सुमार्ग–पु. अच्छी राह, सुपथ

सुमुख–वि. सुन्दर मुखवाला, सुन्दर, प्रसन्न

सुमेरु–पु. एक-पर्वत, स्वर्णगिरि

सुयश–पु. सुन्दर यश, सुकीर्ति

सुयोग–पु. सुन्दर योग, बढ़िया मौक़ा

सुयोग्य–वि. अति योग्य, बहुत लायक़

सुरंग–स्त्री. सेंध, ज़मीन के नीचे बनायी हुई नाली

सुर–पु. देवता, सूर्य, मुनि, स्वर आवाज़

–मिलाना–आवाज़ मिलाना, स्वरों का मेल करना

सुरक्षा–स्त्री. सम्यक्, समुचित रक्षा

सुरक्षापरिषद्–स्त्री. [सिक्यूरिटी काउन्सिल] संयुक्त राष्ट्रसंघ की कार्यपालिका परिषद्

सुरक्षित–वि. अच्छी तरह रक्षित

सुरक्षित कोष्ठक–पु. [सेफ़्टीवाल्ट] किसी अधिकोष (बैंक) का घर या ख़ाना जिसमें बहुमूल्य वस्तुएँ सुरक्षित रखी जाती हैं

सुरतरु–पु. कल्पवृक्ष

सुरता–पु. स्वर और ताल

सुरति–स्त्री. रति, कामक्रीड़ा, विहार

सुरभि–वि. सुगन्धित, प्रिय; स्त्री. सुवास

सुरभित–वि. सुगंधित किया हुआ

सुरमई–वि. हलका नीला

सुरमा–पु. (फ़ा.) अंजन ; वि. बहुत बारीक

सुरम्य–वि. अति रमणीय, मनोहर

सुरसुराना–अ. क्रि. कीड़ों का रेंगना, खुजली होना

सुरसुराहट–स्त्री. हलकी ख़ुजली, सुरसुराने का भाव

सुरसुरी–स्त्री. सुरसुराहट

सुरा–स्त्री. मद्य, शराब

सुराज–पु. अच्छा राज्य, स्वराज्य

सुराज्य–पु. सुन्दर, प्रजारंजक राज्य

सुरापात्र – पु. शराब रखने या पीने का पात्र

सुरापान–पु. शराब पीना

सुरीला–वि. मधुर स्वरवाला

सुरूर–पु. (अ.) आनन्द, ख़ुमार, मादकता

सुर्ख़ाब–पु. (फ़ा.) चक्रवाक

–का पर लगा होना–कोई ख़ास ख़ूबी होना

सुर्ख़ी–स्त्री. (फ़ा.) लाल रंग, शीर्षक

सुलगना–अ. क्रि. आग पकड़ना, ईर्ष्या से जलना, कुढ़ना

सुलगाना–अ. क्रि. आग जलाना

सुलझना–अ. क्रि. गुत्थी, मसले का हल होना

सुलझाना–स. क्रि. गुत्थी खोलना, उलझन दूर करना

सुलभ–वि. जो आसानी से मिल जाय, आसान

सुलभ मुद्रा–स्त्री.[सॉफ़्ट करेंसी] किसी देश की वह मुद्रा जिसकी विदेशों में कम माँग हो

सुलभ मुद्रा क्षेत्र–पु. [सॉफ़्ट करेंसी एरिया] सुलभ मुद्रावाले देशों का क्षेत्र

सुलभ्य–वि. जो आसानी से प्राप्त हो सके

सुलह–स्त्री. (अ.) मेल, समाझौता

सुलहनामा–पु. राज़ीनामा, संधिपत्र

सुलाना–स. क्रि. किसी को सोने या लेटने में प्रवृत्त करना

सुलूक–पु. (अ.) वर्ताव, भलाई

सुलेख़–पु. अच्छी लिखावट

सुवर्च –वि. अच्छे रंग का; पु. अच्छा रंग, सोना

सुवर्जप्रतिमा–स्त्री. सोने की मूर्ति

सुवर्णमान–पु. [गोल्ड स्टैंडर्ड] वह मुद्रा-प्रणाली जिसमें बैंक के नोटों का भुगतान सुवर्ण के रूप में किया जा सके

सुवास– पु. सुगन्ध, सुन्दर आवास

सुविख्यात–वि. बहुत प्रसिद्ध

सुविधाधिकार–पु. [राइट ऑफ़ ईज़मेंट] भूमि आदि का दुरुपयोग होने से रोकने का अधिकार

सुविधायक कोष–पु. [प्रॉविडेंट फंड] संचित कोष

सुव्यवस्था–स्त्री. सुन्दर व्यवस्था, सुप्रबन्ध

सुव्यवस्थित–वि. सुन्दर व्यवस्थायुक्त
सुशासन–पु. सुन्दर शासन, उत्तम राज्य-प्रबन्ध
सुशिक्षित–वि. जिसने अच्छी शिक्षा पायी हो
सुशील–वि. सत्स्वभाव; पु. अच्छा स्वभाव
सुशीलता – स्त्री. सच्चरित्रता, विनम्रता, सीधापन
सुशोभन–वि. अति सुन्दर, सुहावना
सुशोभित–वि. अति शोभायुक्त, विराजमान
सुश्रुत–वि. बहुत प्रसिद्ध, वेदज्ञ; पु. आयुर्वेद के एक आचार्य
सुषमा–स्त्री. परम शोभा
सुष्ठु–अ. अतिशय; वि. उत्तम, सुन्दर
सुसंग–पु. अच्छी सुहबत, सत्संग
सुसंगत–वि. बहुत उचित, युक्त
सुसंपन्न–वि. अति सम्पन्न, अच्छी तरह पूरा किया हुआ
सुसंस्कृत–वि. सुन्दर संस्कारयुक्त
सुसज्जित–वि. अच्छी तरह सजा या सजाया हुआ
सुस्त–वि. (फ़ा) ढीला, आलसी, मन्द-बुद्धि, उदास
सुस्ताना–अ. क्रि. थकावट दूर करना, आराम करना
सुस्ती–स्त्री. (फ़ा.) ढिलाई, आलस्य
सुस्थिर–वि. अधिक स्थिर, शांत
सुस्पर्श–वि. मुलायम, कोमल
सुस्वर–वि. सुमधुर स्वरवाला
सुस्वाद–वि. अच्छे स्वाद का, मीठा
सुहाग–पु. सौभाग्य, सौभाग्य-सूरक सिन्दूर, प्रणय-चेष्टा
–उजड़ना–विधवा होना
सुहागन, सुहागिन–स्त्री. सधबा, सौभाग्यवती
सुहागभरी–वि., स्त्री. सुख-सौभाग्ययुक्त
सुहागरात–स्त्री. दूल्हे-दुलहिन के मिलन की पहली रात
सुहावना–वि. सुन्दर, भला लगनेवाला
सुहास–पु. सुन्दर, मृदु हास
सुहासिनी–वि., स्त्री. सुन्दर हँसी हँसनेवाली
सुहृदय–वि. सुन्दर हृदयवाला, स्नेही
सूँघना–स. क्रि. नाक से गन्ध ग्रहण करना
सूई–स्त्री. कपड़ा सीने का बारीक औज़ार, सूची, तराज़ू या कुतुबनुमा आदि का काँटा
सूक्ति–स्त्री. सुन्दर उक्ति, चमत्कारपूर्ण वाक्य
सूक्ष्म–वि. बहुत बारीक, अणुरूप
सूक्ष्म परीक्षण–पु. [स्क्रुटिनी] बारीकी से जाँच करना
सूक्ष्मबुद्धि, सूक्ष्ममति–स्त्री. तह को पहुँचनेवाली बुद्धि

सूखना–अ. क्रि. जलहीन होना, दुबला होना

सूखकर काँटा हो जाना–बहुत दुबला हो जाना

सूख जाना–सुन्न, स्तब्ध हो जाना

सूखा–वि. सूखा हुआ, उदास ; पु. अवर्षण

–पड़ना–पानी न बरसना, अकाल पड़ना

सूचक–वि. सूचना करनेवाला, जतानेवाला

सूचना–स्त्री. इत्तला, संकेत, विज्ञापन

सूचनाधिकारी–पु. [इनफ़ॉरमेशन ऑफ़िसर] राज्य का या किसी संस्था का वह अधिकारी जो प्रामाणिक जानकारी लोगों में प्रसारित करता है

सूचनापट्ट – पु. [नोटिस बोर्ड] वह तख़्ता जिस पर सूचनाएँ टाँग दी जाती हैं

सूचनापत्र–पु. इत्तलानामा, इश्तहार

सूचनामंत्री–पु. [इनफ़ॉरमेशन मिनिस्टर] सूचना-विभाग का नियन्त्रण करनेवाला मन्त्री

सूचनालय – पु. [इनफ़ॉरमेशन ब्यूरो] आवश्यक जानकारी प्रसारित करनेवाला कार्यालय

सूचित–वि. ज्ञापित, कहा हुआ

सूची–स्त्री. तालिका

सूचीपत्र–पु. वह पत्र या पुस्तक जिसमें चीज़ों की नामावली, मूल्य आदि हो

सूजन–स्त्री. सूजने का भाव या स्थिति, वरम, शोथ

सूजना–अ. क्रि. किसी अंग का फूल आना

सूज़ाक–पु. (फ़ा.) एक रोग जिसमें पेशाब में जलन और पीड़ा होती है

सूझ–स्त्री. निगाह, कल्पना

सूझना–अ. क्रि. दिखाई देना, ध्यान में आना

सूझबूझ–स्त्री. सोचने-समझने की शक्ति, बुद्धि

सूतिका–स्त्री. नवप्रसूता, ज़च्चा

सूतिकागार, सूतिकावास – पु. ज़च्चाख़ाना

सूतिकागृह, सूतिकागेह, सूतिका भवन–पु. ज़च्चाख़ाना

सूत्र–पु. तागा, जनेऊ, नियम, अर्थगर्भ वाक्य

सूत्रधार–पु. नाट्यशाला का व्यवस्थापक, प्रधान नट

सूत्रपात–पु. कार्य का आरम्भ

सूत्रसंचालक–पु. [वायर पुलर] दुरभिसंधिक

सूद–पु. (फ़ा.) लाभ, ब्याज

सूदख़ोर, सूदख़्वार–पु. सूद लेनेवाला

सूदख़ोरी–स्त्री. ब्याज-बट्टे का रोज़गार

सूद दर सूद–पु. चक्रवृद्धि ब्याज

सूना–वि. ख़ाली, शून्य ; पु. एकान्त स्थान

–लगना–उचाट, उदास लगना

सूनापन–पु. सूना लगना

सूप–पु. (अ.) पकी हुई दाल, जूस

सूफ़ी–वि. (फ़ा.) सन्त, पवित्र;पु. सूफ़ी मत का अनुयायी

सूर–वि. अन्धा; पु. सूरदास

सूरज–पु. सूर्य

सूरत–पु. (अ.) क़ुरान का एक अध्याय, रूप, स्थिति, उपाय

–नज़र आना–उपाय सूझना

सूरदास–पु. ब्रजभाषा के सर्वश्रेष्ठ कवि

सूराख़–पु. (फ़ा.) छेद

सूर्य–पु. सूरज

सूर्यमंडल–पु. सूर्य का घेरा

सूर्यलोक–पु. सूर्य का लोक, सौर-भुवन

सूर्यास्त–पु. सूरज का डूबना, संध्या

सूर्योदय–पु. सूरज का उगना, सबेरा

सूर्योपासक–पु. सूर्य की उपासना करनेवाला

सूलना–अ. क्रि. दुखना; स. क्रि. भाले से छेदना, दुःख देना

सूली–स्त्री. प्राणदण्ड देने का तरीक़ा

सृष्टि–स्त्री. जगत्, प्रकृति, संसार के बनाने की क्रिया

सृष्टिविज्ञान, सृष्टिशास्त्र – पु. [कॉस्मोगोनी] सृष्टि की रचना का शास्त्र

सेंक–स्त्री. सेंकने की क्रिया

सेंकना–स.क्रि. आग पर पकाना, गरम करना

सेकंड–पु. (अं.) मिनिट का साठवाँ हिस्सा; वि. दूसरा

सेक्रेटरी–पु. (अं.) मंत्री, सचिव

सेज–स्त्री. शय्या, बिस्तरा

सेटना–स. क्रि. मानना, कुछ महत्त्व समझना

सेठ–पु. महाजन, व्यापारी, धनी आदमी

सेतु–पु. बाँध, पुल, मर्यादा

सेना–स्त्री. दल, फ़ौज

सेनापति–पु.सिपहसालार

सेनाध्यक्ष–पु. सेनापति

सेनास्थान–पु. शिविर, छाविनी

सेब–पु. (फ़ा.) एक प्रसिद्ध फल और उसका पेड़

सेमिटिक–पु. नृवंश-शास्त्र के अनुसार एक मानव-वर्ग

सेवक–पु. नौकर, आराधक

सेवा–स्त्री. परिचर्या, नौकरी, पूजा, उपभोग

सेवाकाल–पु. नौकरी की अवधि

सेवाटहल – स्त्री. ख़िदमत, शुश्रूषा

सेवानियोजनालय–पु.[एम्प्लॉयमेंट ब्यूरो] रोज़गार का दफ़्तर

सेवायोजक – पु. [एम्प्लॉयर] काम पर सवेतन रखनेवाला

सेवावृत्ति–स्त्री. नौकरी

सेविका–स्त्री. दासी, परिचारिका

सेवोपहार– पु. [ग्रेटु (चु) इटी] (लम्बे) सेवाकाल के उपहारस्वरूप दिया गया धन

सैकड़ा–पु. सौ

सैक–अ. प्रतिशत, फ़ी सदी, सौ पीछे

सैद्धांतिक–वि. सिद्धात-संबंधी; पु. सिद्धांत जाननेवाला व्यक्ति

सैनिक–वि. फ़ौजी; पु. सिपाही

सैनिकवाद–पु. युद्ध का समर्थन करनेवाला सिद्धांत

सैनिकीकरण – पु. [मिलिटैरिज़ेशन] लोगों को सैनिक बनाने तथा सैन्य सामग्री एकत्र करने का कार्य

सैन्य–वि. सेना-सम्बन्धी ; पु. सेना

सैन्यद्रोह–पु. [म्यूटिनी] सेना द्वारा किया गया विद्रोह

सैन्यविभागाध्यक्ष–पु. [एडजूटैंट जनरल] सेना के किसी विभाग का अध्यक्ष

सैन्यवियोजन – [डिमोबिलाइज़ेशन] सैन्यविघटन

सैन्यशिक्षार्थी – पु. [केडेट] सैनिक विद्यालय में शिक्षा पानेवाला युवक

सैन्यसंसज्जन–पु. [मोबिलिज़ेशन ऑफ़ दि आरमी] सेनाओं को शस्त्रास्त्रों से सुसज्जित कर युद्ध के लिए तैयार रखना

सैर–स्त्री. (अ.) भ्रमण, दृश्य, तमाशा

सैरसपाटा–पु. मनबहलाव के लिए घूमना

सैलाब–पु. (फ़ा.) बाढ़, पानी का चढ़ाव

सोच – पु. सोचने की क्रिया, सोच-विचार, चिंता

सोचना–स. क्रि. विचार करना; अ. क्रि. दुःख करना

सोडा – पु. (अं.) सज्जी रासायनिक क्रिया द्वारा तैयार किया हुआ एक क्षार, सार्जिकाक्षार

सोडवाटर–पु. एक प्रकार का पाचक खारा जल

सोता–पु. उद्गम-स्थान, झरना

सोना–पु. स्वर्ण: अ. क्रि. निद्राग्रस्त होना, लेटना

–(ने) **का पानी**–सोने का मुलम्मा

–(ने) **की चिड़िया**–मालदार आदमी

–(ने) **के मोल**–बहुमूल्य

–(ने) **में सुगंध होना**–किस अच्छी वस्तु में और भी अच्छाई या विशेषता का होना

–(ने) **में सुहागा**–किसी वस्त्र अथवा व्यक्ति का उच्चतर, बेहतर होना

सोपान–पु. सीढ़ी

सोफ़ा–पु. (अं.) गद्दीदार पुश्त और बिस्तरेवाला आसन (कोच)

सोम – पु. चन्द्रमा, चन्द्रवार, अमृत

सोमनाथ–पु. भारत का एक प्रसिद्ध मन्दिर

सोमवार, सोमवासर–पु. रविवार के बाद का दिन

सोरठा–पु. एक मात्रिक छंद

सोवियत–पु. रूस का आधुनिक प्रजातन्त्र

सौंदर्य – पु. सुन्दरता, उदाराशयता

सौंदर्य विज्ञान– पु. [ईस्थेटिक्स] सौंदर्य, सुरुचि और कला सम्बन्धी शास्त्र

सौंपना–स. क्रि. सिपुर्द करना, सहेजना

सौ–वि. नब्बे और दस, शत, वहुत; पुः सौ की संख्या

–कोस भागना–दूर रहना, अलग रहना

–जतन करना – बहुत प्रयत्न करना

–बात की एक बात–सारांश

–में एक–बहुत कम

–सौ मन के पाँव होना–डर, घबड़ाहट के कारण चल न सकना

सौकर्य–पु. आसानी, साध्यता, दक्षता

सौकुमार्य–पु. सुकुमारता, यौवन; वि. कोमल

सौगंध–स्त्री. शपथ

सौग़ात – स्त्री. (फ़ा.) भेंट, उपहार, तुहफ़ा

सौजन्य–पु. भलमनसी, उदाराशयता

सौतियाडाह–स्त्री. दो सौतों में होनेवाली ईर्ष्या, द्वेष आदि

सौतेला–वि. सौत से उत्पन्न

सौदा–पु. (अ.) उन्माद, इश्क़; (फ़ा.) क्रय-विक्रय की वस्तु

–पटना–ख़रीद-बेची का मामल तै होना

–होना–सौदा पट जाना

सौदागर – पु. व्यापारी

सौभाग्य – पु. ख़ुशक़िस्मता, कल्याण, सुहाग

सौभाग्यवती – स्त्री. सधवा, सुहागिन

सौम्य – वि. प्रिय, नम्र और सुशील

सौम्याकृति–वि. सुन्दर आकृति वाली

सौर–वि. सूर्य-सम्बन्धी

सौरभ–पु. सुगंधि, केसर

सौरमास–पु. सूर्यसंक्रांति के अनुसार होनेवाला महीना

सौहार्द–पु. हृदय की सरलता, सद्भाव, मैत्री

स्कंध–पु. कंधा,ग्रन्थ का भाग या खंड

स्खलन–पु. पतन, लड़खड़ाना, ग़लती, क्षरण

स्टांप–पु. (अं.) डाकख़ाने का टिकट, छाप, मोहर

स्टीमर–पु. (अं.) भाप से चलने वाला

छोटा जहाज़

स्टूल–पु. (अं.) तिपाई

स्टेशन–पु. (अं.) रेलगाड़ी आदि के रुकने का स्थान

स्टेशनमास्टर–पु. रेलवे स्टेशन का प्रधान अधिकारी

स्तंभ–पु. खंभा, सहारा, टेक, कॉलम

स्तंभलेखक – पु. [कॉलमिस्ट] समाचार-पत्र में विशेष विषय पर लेखादि लिखनेवाला

स्तन–पु. स्त्रियों का अंग-विशेष, कुच

स्तनपान –पु. स्तन का दूध पीना

स्तब्ध–वि. जड़ीभूत, संज्ञाहीन, सुस्त, रुद्ध

स्तर–पु. तह, परत, सतह, मान

स्तरीभूत– वि. [स्ट्रैटिफ़ाइड] जो स्तर के रूप में परिणत हो गया हो

स्तुति – स्त्री. प्रशंसा, स्तोत्र, चाटुकारिता

स्तुत्य–वि. प्रशंसनीय

स्त्री–स्त्री. औरत, पत्नी, मादा पशु

स्त्रीगमन–पु. संभोग, रतिक्रिया

स्त्रीप्रसंग–पु. संभोग

स्त्रीविषय–पु. मैथुन

स्त्रीसंभोग–पु. मैथुन

स्थगित – वि. मुलतवी किया हुआ

स्थल–पु. धरती, स्थान, अवसर

स्थान–पु. जगह, ओहदा, रहने की जगह, घर

स्थानग्राही पदाधिकारी – पु. [रिलीविंग ऑफ़िसर] छुट्टी आदि पर गए व्यक्ति के बदले काम संभालनेवाला अधिकारी

स्थानांतरण–पु.[ट्रांसफ़र] तबादला करना

स्थानांतरित – वि. [ट्रांसफ़र्ड] जिसका तबादला हो गया हो

स्थानीय–वि. स्थान-विशेष से सम्बन्ध रखनेवाला

स्थानीय स्वशासन–पु. [लोकल सेल्फ़–गवर्नमेंट] वह शासनपद्धति जिसमें परिमित स्वराज्य प्राप्त हो

स्थापत्य–पु. भवन-निर्माण, आर्कीटेक्चर

स्थापत्यकला–स्त्री. वास्तुविद्या

स्थापना–स्त्री. स्थापित करना, प्रतिपादन

स्थापित–वि. जिसकी स्थापना की गयी हो

स्थायी–वि. ठहरने, टिकनेवाला

स्थायी समिति–स्त्री. [स्टैंडिंग कमिटी] कार्य-विशेष के लिए स्थायी रूप से नियुक्त की गयी समिति

स्थित–वि. खड़ा, ठहरा हुआ, टिका हुआ

स्थिति–स्त्री. रहना, ठहरना, दशा

स्थितिस्थापकत्व–स्त्री. [इलैस्टिसिटी] लचीलापन

स्थिर–वि. दृढ़, अचल, स्थायी, शान्त, निश्चित

स्थिरता–स्त्री. स्थिरत्व ; पु. दृढ़ता, शान्ति

स्थिरमति–स्त्री. स्थिरबुद्धि

स्थूल–वि. बड़ा, मोटा, घना, सुस्त

स्थूलता–स्त्री.स्थूलत्व; पु. मोटापन, मूर्खता

स्थूलबुद्धि–वि. मंदबुद्धि, मूर्ख

स्नातक–पु. विश्वविद्यालय की शिक्षा समाप्त कर उपाधिप्राप्त व्यक्ति

स्नातकोत्तर अध्ययन–पु. [पोस्ट ग्रेजुएट स्टडी] स्नातक (ग्रेजुएट) हो जाने के बाद किया जानेवाला अध्ययन

स्नान–पु. जल से सारे शरीर को धोना

स्नानगृह–पु. नहाने का कमरा

स्नायु–स्त्री, रग, नाड़ी, पेशी

स्नायुमंडल, स्नायुसंस्थान – पु. [नर्व्हस सिस्टम] शरीर की नाड़ियों का समूह

स्निग्ध–वि. चिकना, अनुरक्त, दयालु, सुन्दर

स्नेह–पु. प्रेम, कोमलता, दयालुता, तेल

स्नेही–वि. प्रेमयुक्त; पु. प्रेम करनेवाला

स्पंदन–पु. कंपन, विस्फुरण

स्पर्द्धा, स्पर्धा–स्त्री. होड़, ईर्ष्या, चुनौती

स्पर्श–पु. छूना, संपर्क, त्वचा का विषय

स्पर्शमणि–पु. पारस पत्थर

स्पर्शरेखा–स्त्री. [टैनजेंट] वृत्त की परिधि को एक बिंदु पर स्पर्श करती हुई बाहर ही बाहर एक ओर से दूसरी ओर जानेवाली सरल रेखा

स्पर्शसुख–वि. जिसका स्पर्श आनन्ददायक हो

स्पष्ट–वि. व्यक्त, प्रत्यक्ष, बोधगम्य, सरल

स्पष्टीकरण–पु. स्पष्ट करना

स्पृहणीय–वि. जिसके लिए स्पृहा की जाय

स्फटन, स्फटिकीकरण–पु. [क्रिस्टेलिज़ेशन] निश्चित और ठोस आकार धारण करना

स्फटिक – पु. बिल्लौर ; वि. [क्रिस्टलाइन] पीसने पर जिसके कण चमकीले और खुरदरे जान पड़ें

स्फुट–वि. व्यक्त, प्रकट, फुटकर

स्फुरण–पु. काँपना, मन में एकाएक आना

स्फुलिंग–पु. अग्निकण, चिनगारी

स्फूर्त–वि. कंपित, जिसकी अचानक स्मृति हुई हो

स्फूर्ति–स्त्री. कंपन, उत्तेजना, उत्साह, फुरती

स्मरण–पु. स्मृति, स्मृतिशक्ति

स्मरणशक्ति–स्त्री. याद रखने की शक्ति

स्मरणीय–वि. स्मरण करने योग्य

स्मारक–वि. याद दिलानेवाला; पु. [मेमोरियल] किसी की स्मृति में निर्मित भवन, स्तम्भ आदि

स्मारक ग्रंथ – पु. [कमेमोरेशन वाल्यूम] स्मृति बनाये रखने की लिए रचित ग्रंथ

स्मित–पु. मंद हास, मुसकान; वि. खिला हुआ

स्मृति–स्त्री. स्मरण, चिंतन, धर्मशास्त्र

स्मृतिविरुद्ध – वि. शास्त्रविरुद्ध

स्मृतिशास्त्र–पु. धर्मशास्त्र

स्यार–. पु गीदड़, सियार

स्याही–स्त्री. (फ़ा.) कालापन, अँधेरा, रोशनाई, दाग़

–धो जाना–दुर्भाग्य या दोष दूर होना

स्रष्टा–वि. निर्माता; पु. ब्रह्मा

स्राव–पु. बहाव, टपकना, निर्यास

स्रोत–पु. धारा, तीव्र वेग, सोता

स्लीपर–पु. [अं.'स्लिपर'] एड़ की ओर खुली हुई जूती, लकड़ी का चौकोर लंबा टुकड़ा (जो रेल की पटरियों के नीचे बिछाते हैं)

स्लेट–स्त्री. (अं.) लिखने के लिए काले पत्थर की चौकोर पटरी

स्व–पु. सम्बन्धी, आत्मा, धन; वि. अत्मीय, सहजात

स्वकीय–वि. निजी; पु. मित्र, अपने लोग

स्वगत–वि. आत्मीय; अ. आप ही आप (कहना)

स्वचालित तोप–स्त्री. [ऑटोमैटिक गन] स्वतः चलनेवाली तोप

स्वच्छंद–वि. अनियंत्रित, स्वाधीन

स्वच्छ–वि. निर्मल, सफ़ेद, स्पष्ट

स्वच्छता–स्त्री. सफ़ाई, निर्मलता विशुद्धता

स्वच्छतावर्द्धक–वि. [सैनिटरी] स्वच्छता बढ़ानेवाला

स्वजनपक्षपात–पु. [नेपाटिज़्म] कुनबापरस्ती

स्वतंत्र–वि. स्वाधीन, आज़ाद

स्वतंत्रता – स्त्री. स्वाधीनता, आज़ादी

स्वतंत्र पत्रकार–पु. [फ्री लांस जर्नलिस्ट] वह पत्रकार जो स्वतन्त्र लेखन से निर्वाह करता हो

स्वत्व–पु. अधिकार, स्वामित्व

स्वत्वसंलेख–पु. [टाइटिल डीड] वह संलेख जिसमें स्वत्व की बात स्वीकार की गयी हो

स्वदेश–पु. जन्मभूमि, मातृभूमि, वतन

स्वदेशनिस्सारण – पु. [एक्सपैट्रियेशन] किसी को स्वदेश से बाहर भेज देना

स्वदेशप्रतिप्रेषण – पु. [रिपैट्रियेशन] किसी को जबरन् उसके देश वापस भेज देना

स्वदेशप्रेम–पु. जन्मभूमि का प्रेम

स्वधर्म–पु. अपना कर्तव्य, अपनी विशेषता

स्वनामधन्य–वि. जो अपने नाम के कारण धन्य हो

स्वप्न–पु. ख़्वाब, सपना, ऊँची कल्पना

स्वप्नदोष–पु. स्वप्नावस्था में होनेवाला शुक्रपात

स्वप्नविकार–पु. स्वप्नकृत परिवर्तन

स्वप्नावस्था–स्त्री. स्वप्न की अवस्था

स्वप्निल–वि. सुप्त, स्वप्न का

स्वभावतः–अ. स्वभाव से ही, प्रकृतित:

स्वयं–अ. ख़ुद, अपने आप, अकेले

स्वयंभ–वि. जो स्वयं उत्पन्न हुआ हो; पु. ब्रह्मा

स्वयंसिद्ध – वि. जिसके लिए प्रमाण की आवश्यकता न हो

स्वयंसेवक – पु. [वालंटियर] स्वेच्छा से सेवा करनेवाला

स्वर–पु. आवाज़, कंठध्वनि

स्वरबद्ध–वि. ताल-स्वर में बँधा हुआ (गाना)

स्वरमात्रा–स्त्री. उच्चारण की मात्रा

स्वरसप्तक–पु. संगीत के सात सुरों का समूह

स्वरसाधना–सप्तक के स्वरों का अभ्यास करना

स्वराज्य–पु. स्वाधीन राज्य

स्वराष्ट्रमंत्री–पु. गृहमंत्री

स्वरूप–पु..अपनी आकृति; अ. (समासांत में) तौर पर; वि. तुल्य

स्वर्ग – वि. देवलोक जानेवाला; पु. देवलोक

स्वर्गवास–पु. मरना

स्वर्गसुख–पु. स्वर्ग में प्राप्त होने वाला सुख

स्वर्गारोहण–पु. स्वर्गगमन, मरना

स्वर्गीय–वि. अलौकिक, मृत

स्वर्ण–पु. सोना नाम की धातु

स्वर्णकार, स्वर्णकारक–पु. सुनार

स्वर्णप्रतिमा–स्त्री. सोने की मूर्ति

स्वर्णयुग–पु. सुख-समृद्धि का समय

स्वर्णविद्या–स्त्री. सोना बनाने की विद्या, कीमियागरी

स्वर्णिम–वि. सोने का, सुनहला

स्वल्प–वि. बहुत थोड़ा, बहुत छोटा, संक्षिप्त

स्वसचिव–पु. [प्राइवेट सेक्रेटरी] निज सचिव

स्वहित–वि. अपने लिए लाभदायक

स्वांग–पु. हँसी-मज़ाक का खेल-तमाशा

–बनाना,–भरना – रूप भरना, नक़ल करना

स्वागत–पु. अगवानी

स्वागतकारिणी समिति – स्त्री. [रिसेप्शन कमिटी] किसी सभा, सम्मेलन में आनेवाले प्रतिनिधियों, दर्शकों को

टिकाने, खिलाने-पिलाने का प्रबंध करनेवाली स्थानीय समिति

स्वागतभाषण–पु. स्वागत समिति के अध्यक्ष का भाषण

स्वातंत्र्य–पु. आज़ादी, स्वतंत्रता

स्वाद–पु. ज़ायका, मज़ा

स्वादिष्ट–वि. बहुत ही ज़ायकेदार

स्वादु–वि. ज़ायकेदार, रुचिकर

स्वाधीन–वि. आज़ाद, स्वच्छंद

स्वाधीनता – स्त्री. स्वतंत्रता, आज़ादी

स्वाध्याय – पु. शास्त्राध्ययन, अध्ययन

स्वाभाविक – वि. स्वभाव से उत्पन्न, पैदाइशी

स्वाभिमान–पु. आत्मसम्मान

स्वामी–पु. मालिक, पति, घर का मुखिया

स्वायत्त–वि. जो अपने ही अधीन हो

स्वायत्तशासन –पु. लोक प्रतिनिधियों द्वारा परिचालित शासन, [ऑटोनामी] स्थानिक शासन (ज़िला बोर्ड आदि का)

स्वायत्तशासी–वि.[ऑटोनामस] (वह देश) जिसे अपना शासन स्वयं ही करने का अधिकार प्राप्त हो

स्वार्थ–पु. अपना मतलब, अपना लाभ

स्वार्थपर, स्वार्थपरायण–वि. जिसे अपने ही स्वार्थ की चिंता हो

स्वार्थसाधन–पु. अपनी ग़रज़,मतलब निकालना

स्वार्थी–वि. ख़ुदग़र्ज़

स्वावलंबन–पु. अपना ही भरोसा करना

स्वावलंबी–वि. अपने ही बल पर काम करनेवाला

स्वास्थ्य–पु. आरोग्य, चित्त का शांत, निरुद्विग्न होना

स्वास्थ्यनिवास–पु.[सैनेटोरियम] आरोग्यशाला

स्वास्थ्यमंत्री–पु. सरकार का वह प्रतिनिधि जिसके ज़िम्मे देश की स्वास्थ्य-समस्याएँ हों

स्वास्थ्यविज्ञान–पु. [हाइजीन] स्वास्थ्य-रक्षण के नियमों आदि का विवेचन करनेवाला शास्त्र

स्वीकार–पु. अंगीकार, ग्रहण, क़बूल करना

स्वीकारात्मक–वि. [अफ़रमेटिव] 'हाँ' सूचक

स्वीकार्य–वि. स्वीकार करने योग्य

स्वीकृत–वि. स्वीकार किया हुआ

स्वीकृति–स्त्री. मंज़ूरी, सम्मति

स्वेच्छा – स्त्री. अपनी इच्छा,मरज़ी

स्वेच्छाचार–पु. मनमाना आचरण, निरंकुशता

स्वेच्छा सैनिकदल–पु. [वालंटरी कोर] स्वेच्छा से सैन्यसेवा करनेवालों का दल

स्वेद–पु. पसीना

ह

ह–देवनागरी का तैंतीसवाँ और अन्तिम ऊष्म वर्ण

हंगामा–झगड़ा, मार-पीट, हल्ला

हंस – पु. एक सफ़ेद जलपक्षी, ब्रह्म आत्मा

हंसगमन – पु. हंस की चाल

हँसना–अ. क्रि. हर्षध्वनि निकालना, प्रसन्न होना; स. क्रि. उपहास करना

हँसते-बोलते–मज़ाक करते-करते, दिल्लगी से

हँसना-बोलना–दिल्लगी, मज़ाक करना

हँस-बोलकर बसर करना–प्रसन्नतापूर्वक जीवन-निर्वाह करना

हँसमुख–वि. प्रफुल्लवदन, विनोदी

हंसराज–पु. बड़ा हंस, एक बूटी

हँसाना–स. क्रि. हँसने में प्रवृत्त करना, ख़ुश करना

हँसी–स्त्री. हँसने की क्रिया, दिल्लगी, बदनामी, आसान काम

–उड़ाना–किसी को बनाना, किसी की भद्द करना

–में ले जाना–किसी बात को मज़ाक बना देना

हँसी-खेल–पु. दिल्लगी और खेल, आसान काम

हँसोड़–वि. विनोदप्रिय, विनोदी, दिल्लगीबाज़

हक़–पु. (अ.) सत्य, उचित पक्ष, अधिकार, दस्तूरी

–मारना–नेग आदि न देना

हकबकाना–अ. क्रिः स्तंभित होना, भौचक रह जाना

हकला–वि. हकलानेवाला

हकलाना–अ.क्रि. वाग्यंत्र के दोष के कारण रुक-रुककर बोलना

हकलाहट-स्त्री. हकलाने का भाव, हकलाने का दोष

हक़ीक़त–स्त्री. (अ.) वस्तु का स्वरूप, असलीयत, सच बात, वृत्तांत

हकीम–पु. (अ.) यूनानी चिकित्सा शास्त्र का पंडित

हक्काबक्का–वि. स्तंभित, भौचक, चकित

हचकोला–पु. हचक, हचका

हज़म–पु. (अ.) पाचन-क्रिया, ग़बन, चोरी

हजामत – स्त्री. (अ.) सिर मूंड़ना, क्षौर, दुर्दशा

–बनाना–सिर मूँड़ना, ठगना, लूटना

हज्जाम – पु. (अ.) हजामत बनानेवाला, नाई

हटना–अ. क्रि. किसी स्थान से चलकर दूसरी जगह जाना

हटाना–स. क्रि. किसी वस्तु, व्यक्ति को एक स्थान से दूसरे

स्थान पर रखना

हट्टाकट्टा–वि. हृष्ट-पुष्ट, मोटा-ताज़ा, बलवान

हठ–पु. ज़िद, दुराग्रह

–रखना–किसी की ज़िद पूरी करना

हठधर्मी–स्त्री. हठधर्म, दुराग्रह

हठात्–अ. हठपूर्वक, बलपूर्वक

हठीला–वि. हठी, युद्ध में दृढ़, धीर, दृढ़संकल्प

हड़ताल–स्त्री. [स्ट्राइक] काम बन्द कर देना

हड़पना–स. क्रि. किसी वस्तु को ज़बर-दस्ती ले लेना, जल्दी खाना,निगलना

हड़बड़–स्त्री. जल्दबाज़ीं, उतावली

हड़बड़ी–स्त्री. हड़बड़, जल्दबाज़ी, उतावली

हत–वि. घायल, ताड़ित, निराश

हतजीवन–पु. दुःखमय जीवन

हतप्रभ–वि. जिसकी कांति क्षीण हो गई हों

हतवीर्य–वि. जिसकी शक्ति नष्ट हो गई हो

हताश–वि. जिसकी आशा नष्ट हो गयी हो, दीन

हताहत–वि. मारे गए और घायल

हतोत्साह–वि. जिसका उत्साह भंग हो गया हो

हत्थे–अ. हाथ में

–चढ़ना–विरोधी के हाथ में आ जाना

हत्या–स्त्री. वध, बखेड़ा, झगड़ा

–टलना–झंझट दूर होना

–मोल लेना–हत्या पल्ले बांधना

हत्यारा–पु. हत्या करनेवाला व्यक्ति, ख़ूनी

हथ–पु. 'हाथ' का समासगत रूप

हथकंडा–पु. षड्यंत्र,धूर्तता करने की पद्धति

–दिखाना – हाथ की सफ़ाई दिखाना

हथकड़ी–स्त्री. क़ैदी या अपराधी को विवश करने के लिए पहनाया जानेवाला लोहे का कड़ा

–डालना – हथकड़ी पहनाना

–पड़ना–हथकड़ी से हाथों का बाँधा जाना

हथिनी–स्त्री. हाथी की मादा

हथियाना–स क्रि. ज़बरदस्ती किसी की चीज़ ले लेना

हथियार–पु. अस्त्र-शस्त्र, औज़ार

–उठाना–युद्ध के लिए प्रस्तुत होना

–डालना–लड़ाई बन्द करना

हथियारबंद–वि. सशस्त्र

हथेली–स्त्री. करतल, चरखे की मुठिया

–पर जान होना–जान जाने की स्थिति में होना

–पर बाल जमना–असम्भव का संभव होना

हद–स्त्री. (अ. 'हद्') किनारा, सीमा, अन्त

–कर देना,–करना – अति कर देना
–से ज़्यादा–अत्यधिक
हफ़्ता–पु. (फ़ा.) सप्ताह
हबशी–पु. (अ.) हबश का रहने वाला, हबशी जाति का; वि. कालाकलूटा
हम–सर्व. 'मैं' का बहुवचन रूप
हम–अ. (फ़ा.) समान, संग, आपस में
हमउम्र–वि. समवयस्क
हमदर्द–वि. सहानुभूति रखनेवाला
हमबिस्तरी – स्त्री. सहशयन,संभोग
हमराह–वि. साथ चलनेवाला
हमराही–वि. सहगामी
हमला–पु. (अ.) आक्रमण,वार
हमलावर–वि., पु. हमला करनेवाला
हमवार–वि. बराबर, चौरस, एक–सा
हमसफ़र–वि. साथ यात्रा करने वाला
हमारा–सर्व. 'हम' का सम्बन्ध कारक का रूप
हमेशा–अ. (फ़ा.) सदैव
हम्माम–पु. (अ.) स्नान का स्थान, गरम स्नानागर
हया–स्त्री. (अ.) लज्जा, शर्म
हयादार–वि. लाज-शर्मवाला, लज्जाशील
हर–वि. (फ़ा) प्रत्येक
हरएक–वि. प्रत्येक
हरकत–स्त्री. (अ.) हिलना-डोलना, गति, शरारत
–करना–हिलना, चलना, प्रस्थान करना
हर कहीं–अ. हर जगह
हरगिज़–अ. (फ़ा.) कभी, किसी हालत में
हरजाना–पु. (फ़ा.) क्षतिपूर्ति
हरदम–अ. हमेशा
हर फ़न मौला–वि. हरएक फ़न जाननेवाला
हर रोज़–अ. प्रतिदिन
हरा–वि. सब्ज़, हरित, अधपका; पु. हरा रंग
हराना–स. क्रि. परास्त करना, पछाड़ना, थकाना
हराभरा–वि. हरियाली से भरा हुआ, ताज़ा, प्रसन्न
हराम–वि. (अ.) निषिद्ध, हलाल का उल्टा; पु. पापकर्म
–कर देना–कठिन, दुःखद बना देना
–का खाना–बिना मेहनत किए खाना
–का माल–मुफ़्त का माल
–की कमाई–पाप की कमाई
–होना–कठिन, दुःखद, नामुमकिन होना
हरामख़ोर–वि. मुफ़्तख़ोर
हरामज़ादा–पु. दोग़ला, दुष्ट, पाजी

हरामी–वि. (अ.) हराम का जना, दुष्ट, पाजी

हरावल–पु. (तु.) सेना का अग्र-भाग ठगों का मुखिया

हरि–पु. विष्णु, मनुष्य, ईश्वर, सिंह

हरिकीर्तन–पु. भगवान का गुणगान

हरिजन–पु. भगवान का सेवक, अछूत जाति का व्यक्ति

हरिण–पु. हिरन; वि. पांडु रंग का, हरा

हरिणी–स्त्री. मृगी, हरिद्रा, हरा रंग

हरित–वि. हरा; पु. हरा रंग

हरिपुर–पु. वैकुंठ

हरिहर–पु. विष्णु और शिव

हरीतिमा–स्त्री. हरा रंग, हरियाली

हर्ष–पु. आनन्द, रोमांच, एक संचारी भाव

हर्षविह्वल–वि. आनन्दविभोर

हर्षित–वि. आह्लादित, प्रसन्न किया हुआ

हल–पु. खेत जोतने का एक औज़ार; (अ.) खुलना, घुलना, मुश्किल आसान होना, गणित की प्रक्रिया

–करना–सुलझाना, सवाल का जवाब निकालना

हलका–वि. जो भारी न हो, झीना, ताज़ा, ओछा

हलका–पु. (अ.) घेरा, मण्डल, मण्डली

हलचल–स्त्री. उपद्रव, हड़कम्प, अस्थिरता

हलफ़–पु. (अ.) शपथ, क़सम

हलफ़नामा – पु. लिखा हुआ हलफ़ी बयान

हलवाई–पु. मिठाई बनाने, बेचने वाला

हलवाह–पु. हल जोतने का काम करनेवाला

हलवाहा–पु. हलवाह

हलाक–पु. (अ.) मौत, तबाही, बरबादी

–होना–मरना, तबाह होना

हलाभला–पु. निबटारा, नतीजा, फल

हलाल–वि. 'हराम' का उलटा, विहित; पु. शरई रीति से पशुवध

हल्ला–पु. शोर-गुल, ललकार

–बोलना – ललकारकर धावा करना

हवलदार–पु. फ़ौज का एक छोटा अफ़सर

–हवा–स्त्री. वायु, साँस, अफ़वाह

–उड़ना–मुँह फ़क़ होना

–उड़ाना–अफ़वाह फैलाना

–के घोड़े पर आना–बहुत तेज़ आना

–खाना–खुली जगह में टहलना

–पीकर रहना–निराहार रहना (व्यंग्य)

–बाँधना–धाक जमाना, डींग

मारना

–लगना–दिमाग़ फिरना, प्रभाव में आना

–से बातें करना–हवा की तरह तेज़ दौड़ना

–से लड़ना–झगड़ा करने के लिए मौक़ा ढूँढना

–हो जाना–ग़ायब हो जाना

हवाई–वि. हवा से सम्बद्ध; स्त्री. अफ़वाह

हवाई अड्डा–पु. [एरोड्रोम] हवाई जहाज़ों के उतरने, रुकने या प्रस्थान करने का स्थान

हवाई जहाज़–पु. वायुयान

हवाई डाक–स्त्री. वायुयान से जानेवाली डाक

हवाई तोपची–पु. [एयर गनर] हवाई जहाज़ पर रखी हुई तोप चलानेवाला कर्मचारी

हवाई पत्रचित्र–पु. [एयर ग्राफ] डाकीय लघु चित्र

हवाई बन्दूक़–स्त्री. नक़ली बन्दूक़

हवाई मार्ग, हवाई रास्ता–पु. वायुयान के गमनागमन का मार्ग

हवाई मुठभेड़ – स्त्री. युद्धक विमानों की भिड़ंत

हवाई हमला–पु. वायुयानों द्वारा होनेवाला हमला

हवाख़ोरी–स्त्री. टहलना (वायुसेवर)

हवापानी–पु. आबहवा

हवाबाज–ए वायुयानचालक

हवेली–स्त्री. (अ.) बड़ा और पक्का मकान, महल

हसरत–स्त्री. (अ.) खेद, अरमान, लालसा

–करना–इच्छा करना, चाहना

बाक़ी रहना–अरमान पूरा न होना

हसीन–वि. (अ.) सुन्दर, हुस्नवाला, लुभावना

हस्त–पु. हाथ

हस्तकला–स्त्री. [हैंडी कैफ़्ट] हस्त-कौशल

हस्तगत–वि. हाथ में आया हुआ

हस्तपुस्तिका–स्त्री. [मैनुअल] लम्बे-चौड़े विषय पर लघु पुस्तक

हस्तमैथुन–पु. शिशन का हाथ से संचालन कर वीर्यपात करना

हस्तरेखा–स्त्री. हथेली पर की रेखाएँ

हस्तलाघव–पु. हाथ की सफ़ाई, बाज़ीगरी

हस्तलिपि–स्त्री. हाथ की लिखावट, हस्तलेख

हस्तांकित ऋणपत्र– पु. [हैंड-नोट] प्रोनोट

हस्तांतर–पु. दूसरे हाथ में जाना

हस्तांतरण–पु.[ट्रांसफ़रेंस]दूसरे के हाथ में देना

हस्तांतरपत्र – पु. [कानवेयेंस] हस्तांतरण-संबंधी प्रलेख

हस्तांतरित–वि [ट्रांसफ़र्ड] दूसरे के हाथ में दिया हुआ

हस्ताक्षर–पु. दस्तख़त, सही

हस्ताक्षरकर्ता–पु. [सिंग्नेटरी] जिसने हस्ताक्षर किया हो

हस्ती–वि. कर-युक्त; पु. हाथी

हाँ–अ. स्वीकृति, आदि का सूचक शब्द; स्त्री. स्वीकृति

–में हाँ मिलाना–चापलूसी करना

हॉकर–पु. (अं.) फेरीवाला

हाकिम–पु. (अ.) हुक्म करनेवाला, शासक, मालिक

हॉकी–स्त्री. (अं.) एक अंग्रेज़ी खेल जिसमें टेढ़े डंडे के सहारे गेंद आगे बढ़ाते हुए गोल करते है

हाज़मा–पु. (अ.) पचाने की ताक़त

–ख़राब होना,–बिगड़ना–पाचनक्रिया का ठीक न होना

हाज़िर – वि. (अ.) मौजूद, तैयार

हाज़िरजवाब–वि. जो बात का तुरन्त जवाब दे

हाजी–पु. (अ.) हज करनेवाला,जो हज कर चुका हो

हाट–स्त्री. बाज़ार, बाज़ार लगने का दिन

–लगना–बेचने के लिए चीज़ों को सजाया जाना

हाटव्यवस्था–स्त्री. [मारकेटिंग] उत्पादित वस्तुओं के ख़रीदने, बेचने तथा बिकवाने की व्यवस्था

हाथ–पु. दे. 'हस्त'

आना–वश में होना

–उठा बैठना–किसी को मार बैठना

–कट जाना–विवश हो जाना

–क़लम करना–पूरा हाथ काटना

का झूठा–बेईमान

–का दिया–दान दिया हुआ

–का मैल–तुच्छ वस्तु

–के तोते उड़ जाना–भौचक्का होकर रह जाना

–को हाथ नज़र न आना–घना अन्धकार होना

–ख़ाली जाना–न सफल होना

–ख़ाली होना–बिना पैसे का होना

–चलाना–मारना

–छोड़ना–मारना, वैवाहिक संबंध भंग करना

–जोड़ देना – हार मान लेना, क्षमा माँग लेना

–तंग होना–रुपये-पैसे की कमी होना

–देना–सहायता देना

–धोकर पीछे पड़ना–जी-जान से किसी काम में (विशेषकर किसी का अनिष्ट करने में) जुट जाना

–पर हाथ धरकर बैठ जाना–निराश हो जाना

–पर हाथ धरे बैठना, बठे रहना–आलसी होना

–पसारना–याचना करना

–पाँव चलाना–उद्योग करना

कर्मशील होना

–पाँव फूलना–विपत्ति से घबड़ा जाना

–पाँव मारना – ख़ूब कोशिश करना

–फेंकना–जुए आदि के खेल में पासा आदि फेंकना

–फेरना–लाड़-प्यार करना

–फैलाना–याचना करना

–बँटाना–सहायता देना

–बँधे ख़ड़ा रहना–, बँधे रहना-ख़िदमत के लिए हर वक़्त तैयार रहना

–भर का कलेजा होना–बहुत ख़ुश होना

–भर की ज़वान होना–कटुभाषी होना, गुस्ताख़ होना

–मलना–पछताना, पश्चाताप करना

–मारना–हाथ साफ़ करना, बाज़ी लगाना

–में लेना–किसी काम की ज़िम्मेदारी अपने ऊपर ओढ़ना

–में हुनर होना–हुनर जानना, क़ाबिल होना

–लगना–अधिकार में आना, मिलना

हाथी–पु. हस्ती, शतरंज का एक मोहरा

–पर चढ़ाना–बहुत सम्मान देना

हानि–स्त्री. नुक़सान, ह्रास, कमी

हानि–लाभ – पु. नुक़सान और फ़ायदा

हामी – स्त्री. स्वीकृति; वि. हिमायत करनेवाला

– भरना–स्वीकार करना

हार–स्त्री, पराजय, असफलता

–खाना–पराजित होना

हारना–अ. क्रि. पराजित होना, थकना; स. क्रि. खोना, देना

हारमोनियम–पु. (अं.) एक सन्दूक़नुमा अंगरेज़ी बाजा

हार्दिक – वि. हृदय-सम्बन्धी, आंतरिक, दिली

हाल–पु. (अ.) वर्तमान काल, दशा, वृत्तांत

–का–थोड़े दिनों का, कुछ ही दिन पहले का

–में–थोड़े दिन पहले

हालत–स्त्री. (अ.) दशा, अवस्था आर्थिक स्थिति

हालाँकि–अ. यद्यपि, गोकि

हाला–स्त्री. मद्य, शराब

हाली–वि. (अ.) वर्तमान काल, का, सामयिक

हासिल–वि. (अ.) जो कुछ हाथ लगे; पु. नतीजा

–करना–पाना, कमाना, पैदा करना

हास्य–वि. हास्यजनक; पु. हँसी, दिल्लगी

हास्यास्पद –पु. उपहास का विषय

हिंडोल–पु. हिंडोला, एक राग

हिंडोला–पु. झूला, पालना

हिंद–पु. (फ़ा) भारतवर्ष, हिंदुस्तान

हिंदी–वि.. (फ़ा) हिंदू, हिंदुस्तान से संबद्ध; पु. हिंदनिवासी; स्त्री. भारत_ वर्ष की राष्ट्रभाषा

हिंदुत्व–पु. हिंदू धर्म का भाव

हिंदुस्तान–पु. (फ़ा.) हिंदुओं का निवासस्थान, भारतवर्ष

हिंदुस्तानी – वि. (फ़ा) हिंदुस्तान-संबंधी; पु. भारतवासी, स्त्री. हिंदुस्तान की भाषा

हिंदू–पु. (फ़ा.) प्रत्यक्षतः या परोक्षतः वेदोक्त विचारों के आधार पर बने आचार-व्यवहार, रीति-नीति, समाज-व्यवस्था, धर्म आदि में किसी न किसी रूप में विश्वास करने और उन पर चल-नेवाला भारतीय

हिंसक–वि. हिंसा करनेवाला; पु. खूँखार जानवर

हिंसा–स्त्री. घात, नाश, क्षति, बुराई

हिंसात्मक–वि. जिसमें हिंसा हो

हिंसालु–वि. हिंसा करनेवाला, हिंसक

हिंस्त्र–वि. घातक, ख़ूँखार

हिकमत–स्त्री. (अ.) बुद्धिमानी,बुद्धि, हकीमी

हिचक–स्त्री. सफलता में संदेह, झिझक

हिचकाना–अ. क्रि. आगा-पीछा करना

हिज्जे–पु. (अ.) वर्ण-विवृति, वर्तनी

हित–वि. उचित, शुभ; पु. मित्र, भलाई

हितकर–वि. लाभप्रद

हितमित्र–पु. उदार मित्र, भाई-बन्द

हिताकांक्षी–वि. भलाई चाहने-वाला

हिताधिकारी – पु. [बेनीफ़िशियरी] जिसे किसी वस्तु आदि से लाभ हो रहा हो

हिताहित – पु. भलाई-बुराई, लाभालाभ

हितेच्छा – स्त्री. हितकामना, इच्छा

हितैषणा–स्त्री. हितेच्छा

हितैषी–वि. हितेच्छु; पु. मित्र

हितोपदेश–पु. हितकारी उपदेश, विष्णुशर्माकृत नीतिशास्त्र संबंधी एक ग्रंथ

हिदायत–स्त्री. (अ.) रहनुमाई, आदेश

हिना–स्त्री. (अ.) मेहँदी

हिफ़ाज़त–स्त्री. (अ.) रक्षा, निगरानी, बचाव

हिम–वि. ठंडा, शीतल; पु. बर्फ़, शीत

हिमऋतु–स्त्री. जाड़े का मौसम

हिमवृष्टि–स्त्री. पाला पड़ना, ओले गिरना

हिमांक–पु. [फ्रीज़ंग पाइंट

वह तापमान जहाँ पानी जमकर बर्फ बनने लगता है (फ़ारेनहाइट का 32 अंश अथवा सेंटीग्रेड तापमापक यंत्र में शून्य अंश)

हिमायत–स्त्री. (अ.) तरफ़दारी, मदद, रखवाली

हिम्मत–स्त्री. (अ.) साहस, बहादुरी, पौरुष

–हारना–पस्त हो जाना, साहस छोड़ना

हिम्मती – वि. (अ.) साहसी, वीर

हिरन–पु. हरिण, मृग

–हो जाना–चंपत हो जाना,लुप्त हो जाना

हिरासत–स्त्री.(अ.) निगरानी, नज़रबन्दी, हवालात

हिलकोर–पु. जल की तरंग, हिल्लोल

हिलकोरना–स. क्रि. पानी में लहरें उठाना

हिलगना – अ. क्रि. परचना, मेल-जोल होना

हिलना–अ. क्रि. अस्थिर होना, डोलना, काँपना

–मिलना–घुलना-मिलना

हिसाब–पु. (अ.) गिनती, जोड़, गणित विद्या, निर्ख़, समझ

–करना–देना-पावना समझना, जोड़ना

–चुकता करना–देना चुका देना

–तलब करना–हिसाब माँगना

–देना–हिसाब समझाना

–पूछना–हिसाब माँगन

–बैठना–ब्योंत बैठना, मेल मिलना

–साफ़ करना–हिसाब चुकता करना

–से चलना – किफ़ायत से ख़र्च करना

हिसाब–किताब – पु. आर्थिक व्यवहार का ब्योरा

हिसाबी –वि. हिसाब जाननेवाला, हिसाब से चलनेवाला

हिस्सा–पु. (अ.) भाग, खण्ड, बाँट, विभाग

–लेना– शिरकत करना, भाग लेना

हीन–वि. अधम, निंद्य, वर्जित, क्षीण

हीरा–पु. एक बहुमूल्य रत्न, हीरक

हीरा आदमी–पु. बहुत नेक आदमी, भलामानुस

हुंडी–स्त्री. महाजनी 'चेक'

–भेजना–हुंडी द्वारा द्रव्य चुकता करना

हुक–पु. (अं.) एक ओर मुड़ी कील

हुकूमत–स्त्री. (अ.) शासन, अधिकार, प्रभुत्व

–चलाना–दूसरे पर हुक्म चलाना

हुक़्क़ा –पु. (अ.) तंबाकू पीने की गुड़गुड़ी

–पानी बंद करना – बिरादरी से ख़ारिज कर देना

हुक़्क़ा-पानी–पु. जाति-बिरादरी का सम्बन्ध

हुक्म–पु. (अ.) आज्ञा, फैसला, इजाज़त

–की तामील–आज्ञापालन

–चलाना–आज्ञा प्रचारित करना

–बजा लाना–आज्ञा का पालन करना

हुक्मनामा–पु. आज्ञापत्र

हुज़ूर–पु. (अ.) हाज़िर होना, दरबार, श्रीमन्

हुताग्नि–स्त्री. हवन की अग्नि, यज्ञाग्नि

हुनर–पु. (फ़ा.) फ़न, हाथ की कारीगरी

हुनरमंद–वि. हुनर जाननेवाला,गुणी

हुलसना–अ. क्रि. उल्लसित होना

हुलिया–पु. (अ.) चेहरा, शकल, नख-शिख

–कराना, –लिखाना– भागे या खोये हुए आदमी की पहचान पुलिस में लिखान

–तंग होना–परेशानी में पड़ना

–बिगड़ना–बुरी हालत होना, गत बनना

हुलियानामा – पु. शकल-सूरत आदि का विवरणपत्र

हुल्लड़–पु. शोर-गुल, उत्पात, दंगा-फ़साद

हुस्न–पु. (अ.) भलाई, सुन्दरता, शोभा

हुस्नपरस्ती–स्त्री. सौंदर्य–प्रेम, सौंदर्योपासना

हृदयंगम–वि. समझ में आया हुआ

हृदय–पु. दिल, छाती, मन, प्यारा व्यक्ति

हृदयगत – वि. हृदय-सम्बन्धी, हार्दिक

हृदयज्वर–पु. दिल की जलन

हृदयवान् – वि. कोमलहृदय, दयालु

हृष्ट – वि. प्रसन्न, रोमांचित विस्मित

हेकड़ी–स्त्री. अशिष्टता, उजड्डपन

हेठी–स्त्री. मानहानि, हीनता

हेतु–पु. कारण, लक्ष्य, दलील

हेतूत्प्रेक्षा–स्त्री उत्प्रेक्षा अलंकार का एक भेद जहाँ अहेतु को हेतु मानकर उत्प्रेक्षा की जाय

हेत्वपहृति–स्त्री.एक अर्थालंकार जिसमें प्रकृति के निषेध का हेतु व्यक्त रहता है

हेत्वाभास–पु. वह हेतु जो किसी कार्य का कारण तो न हो परंतु हेतु सा आभासित हो, कुतर्क, हेतुदोष

हेरफेर–पु. परिवर्तन, चालवाज़ी

हेराफेरी–स्त्री. हेरफेर

हैंड बैग–पु. (अं.) हाथ में लेने योग्य छोटा थैला

हैज़ा–पु. (अ.) [कालरा] विषू-चिका

हैट–पु. (अं.) अंग्रेज़ी टोप

हैरत–स्त्री. (अ.) अचंभा, विस्मय

हैरान–वि. (अ.) चकित, हतबुद्धि

हैरानी–स्त्री. (अ.) विस्मय, परेशानी

हैवानियत–स्त्री. पशुता, जंगलीपन

हैसियत – स्त्री. (अ. 'हैसीयत') योग्यता, बिसात, दरजा

होंठ–पु. ओष्ठ, दंतच्छद

–सी लेना–मौन हो जाना

होटल–पु [अं. 'होटेल'] रहने-खाने की सशुल्क सुव्यवस्थित जगह

होड़–स्त्री. प्रतिस्पर्धा, शर्त

होनहार–वि. होनेवाला, भविष्य में उत्कर्ष; पु., स्त्री. भवितव्यता

होना–अ. क्रि. क़ायम, मौजूद विद्यमान रहना

–हवाना–होना-जाना

होम–पु. हवन, देवयज्ञ

–करते हाथ जलना–किसी का उपकार करते अपकार होना

होमियोपैथ–पु. (अं.) होमियोपैथिक पद्धति के अनुसार चिकित्सा करने-वाला व्यक्ति

होमियोपैथी–स्त्री. (अं.) हनी-मान द्वारा आविष्कृत एक चिकित्सा-पद्धति

होलिका–स्त्री. होली का त्योहार

होली–स्त्री. होली का त्योहार,

इस अवसर पर का गीत

–खेलना–फाग खेलना

होश–पु. (फ़ा) जीव की अपनी संज्ञा, सुधबुध, समझ

–आना–समझ आना

–उड़ जाना,–उड़ना,–उड़ा देना

–उड़ाना – बदहोश हो जाना, घबड़ा जाना, आश्चर्यचकित हो जाना, हैरत में आ जाना, अक़्ल खोना

–गुम होना–होश उड़ना

–न रहना–ख़बर न रहना, होश उड़ जाना

–में आना–आपे में आना, सँभलना

होशियार–वि. (फ़ा.) अक़्लमंद, ख़बरदार, अनुभवी

–रहना–सावधान रहना, चौकस रहना

होशियारी–स्त्री. (फ़ा.) बुद्धिमानी, सावधानी, चालाकी

होस्टल – पु. [अं. 'होस्टेल'] छात्रावास

हौज़–पु. (अ.) कुण्ड, चहबच्चा, नाँद

हौले–हौले – अ. धीरे-धीरे, आहिस्ते से

हौसला–पु. (अ.) सामर्थ्य, साहस, उत्साह, लालसा

–निकालना–अरमान पूरा करना

–पस्त होना–जोश ठंडा पड़ना

ह्रस्व–वि. छोटा, लघु

लोकोक्तियाँ

अंधा क्या चाहे, दो आँखें–अभीप्सित वस्तु अनायास ही मिल जाय।

अंधी पीसे कुत्ता खाय–पराये की कमाई का उपयोग।

अंधे को अंधा कहने से बुरा मानता है–सच्ची बात बुरी लगती है।

अंधों में काना राजा–मूर्खों में अल्पज्ञ भी सर्वज्ञ की सी प्रतिष्ठा पाता है।

अंधेर नगरी चौपट राजा, टके सेर भाजी टके सेर खाजा–जहाँ मालिक मूर्ख होता है, वहाँ अंधेर ही अंधेर रहता है।

अकेला चना भाड़ नहीं फोड़ सकता–बड़ा काम एक आदमी से नहीं हो सकता।

अक़्ल बड़ी कि भैंस–शारीरिक रूप से बलशाली होने से बुद्धिमान होना अच्छा है।

अक़्लमंद को इशारा, मूर्ख को तमाचा–बुद्धिमान् व्यक्ति ज़रा–सा समझाने से समझ जाता है, मूर्ख बिना पिटे नहीं समझता।

अटका बनिया दे उधार–दबा हुआ आदमी सब कुछ करता है।

अति सर्वत्र वर्जयेत्–सीमा के बाहर कोई काम नहीं करना चाहिए।

अधजल गगरी छलकत जाय–ओछा व्यक्ति दिखावा करता है।

अपना वही जो आबे काम–समय पर काम आनेवाला ही सच्चा मित्र होता है।

अपनी-अपनी डफली अपना-अपना राग–जब सभी लोग मनमाना काम करें।

अपनी करनी पार उतरनी–जैसा करना, वैसा फल पाना।

अपनी गरज बावली–स्वार्थ में विवेकहीन हो जाना।

अपनी गली में कुत्ता भी शेर होता है–अपने घर निर्बल भी अकड़ सकता है।

अपने दही को कौन खट्टा कहता है–अपनी चीज़ को कोई ख़राब नहीं कहता।

अब पछताये होत क्या, चिड़ियाँ चुग गई खेत–पश्चात्ताप व्यर्थ है।

अबरा की जोरू (ग़रीब की लुगाई) सबकी भौजाई–ग़रीब को सब दबा लेते हैं।

अरहर की टट्टी गुजराती ताला–तुच्छ वस्तु की सँभाल में बहुत अधिक व्यय।

अलबमोशी नीमरज़ा (मौनं सम्मतिलक्षणम्)–चुप रहना स्वीकृति तुल्य है।

अल्पाहारी सदा सुखी–थोड़ा खानेवाला कभी बीमार नहीं पड़ता।

अशर्फ़ियों की लूट में कोयलों पर मुहर–बड़ो रक़म खर्चने में आगा-पीछा न करना, किंतु छोटे ख़र्च में आनाकानी करना।

आँख और कान में चार अंगुल का फ़र्क़ है–देखने और सुनने में बड़ा अन्तर है।

आँख न दीवा काढ़े कसीदा–अयोग्य व्यक्ति द्वारा बारीक काम करने का प्रयास।

आँव के अंधे नाम नयनसुख–नाम की विडम्बना।

आँखों देखी कानों सुनी–विश्वास योग्य बात।

आँधी के आम–सस्ती चीज़।

आँसू एक नहीं, कलेजा दो टूक–दिखावटी रुदन।

आई तो रोज़ी, नहीं तो रोजा–काम मिल गया तो दिन सुख से बीतना, नहीं तो भूखों मरना

आई है जान के साथ, तो जायगी जनाज़े के साथ–मरते दम तक न छूटनेवाली आफ़त।

आग लगने पर कुआँ खोदना–मुसीबत अ जाने पर प्रतिकार सोचना।

आगे कुआँ पीछे खाई–चारों ओर विपत्ति से घिर जाना।

आती लक्ष्मी को कौन लात मारता है–हाथ आये धन को कोई नहीं छोड़ता।

आदमी जाने बसे, सोना जाने कसे–सोना कसौटी पर कसे जाने से और आदमी पास रहने से परखा जा सकता है।

आदमी मुश्किल से मिलता है–सच्चा और ईमानदार आदमी का मिलना कठिन होना है।

आषा तीतर आधा बटेर–किसी चीज़ को दूसरी चीज़ से मिलाकर पहली को गडमड कर देना।

आम के आम गुठली के दाम–किसी काम में दुगुना लाभ होना।

इक नागिन अरू पंख लगायी–स्वभाव से भयंकर, फिर किसी कारण और उग्र।

ईश्वर की माया, कहीं धूप कहीं छाया–भाग्य या प्रकृति विचित्र है।

उतर गई लोई तो क्या करेगा कोई–प्रतिष्ठा भंग हो जाने पर सब तरह से निश्चिन्त हो जाना।

उधार दिया गाहक खोया–उधार के पैसे माँगने पर गाहक वापस नहीं आता।

उलटा चोर कोतवाल को डाँढे–अपराध स्वीकार न करना, उलटे पूछनेवाले पर दोष लगाना।

ऊँची दूकान फीका पकवान–तत्त्वहीन आडम्बर।

ऊँट किस करवट बैठता है–देखें क्या फ़ैसला होता है।

ऊँट की चोरी चुपके-चुपके–बड़े काम छिपकर नहीं किये जा सकते।

ऊँट के मुँह में ज़ीरा–दीर्घाहारी को थोड़ी-सी चीज़ खाने को देना।

उधो का लेना, न माधो को देना–निश्चिन्त होना।

एक अनार सौ बीमार–थोड़ी-सी चीज़ और माँग बहुत।

एक और एक ग्यारह होते हैं–एकता में बड़ा बल है।

एक तंदुरुस्ती हज़ार नियामत–धन से आरोग्यता कई गुनी अच्छी है।

एक तो करेला दूसरे नीम चढ़ा–स्वाभाविक दोष में और भी दोष लग जाना।

एक न शुद को शुद–एक विपत्ति तो है ही, दूसरी और सही।

एक पंथ दो काज–एक साधन से दो कामों में सफलता।

एक मछली सारे तालाब को गंदा करती है–एक की बुराई से सारा समूह कलंकित होता है।

एक म्यान में दो तलवारें नहीं आतीं–दो समान शक्तिशाली एक

स्थान पर नहीं रह सकते।

एक हाथ से ताली नहीं बजती–दो में यदि एक का सहयोग न हो तो लड़ाई-झगड़ा या अन्य कार्य भी सम्भव नहीं।

एक ही थैली के चट्टे-बट्टे–सबकी एक ही मनोवृत्ति होना।

ओखली में सिर दिया तो मूसलों का क्या डर–कठिन कार्य के निश्चय के बाद विपत्तियों से क्या डरना।

ओछे को प्रीति बालू की भीत–मूर्ख या नीच की मैत्री देर तक नहीं चलती।

ओस चाटे प्यास नहीं बुझती–पर्याप्त से बहुत कम की प्राप्ति।

और बात खोटी, सही दाल-रोटी–जीवन-निर्वाह ही सब कुछ का सार है।

ककड़ी के चोर को फाँसी नहीं दी जाती–साधारण अपराध की सज़ा कठिन नहीं हो सकती।

कंगाली में आटा गीला–विपत्ति पर विपत्ति।

कड़ाही से गिरा, चूल्हे में पड़ा–एक विपत्ति से छूटकर दूसरी में पड़ना।

कभी घी घना, कभी मुट्ठी-भर चना, कभी वह भी मना–जो मिल जाय उसी में सन्तुष्ट रहना चाहिए।

करमहीन खेती करे, बैल मरे या सूखा पड़े–भाग्यहीन का कोई काम सिद्ध नहीं होता।

करेगा सो भरेगा–जो अपराध करेगा, वह दण्डित होगा।

कहाँ राजा भोज, कहाँ गंगू तेली–दो अतुलनीय को समान दर्जा नहीं दिया जा सकता।

कहीं की ईंट कहीं का रोड़ा, भानुमती ने कुनबा जोड़ा–अनावश्यक चीज़ो को जमा करके व्यर्थ प्रयास करना।

काग़ज़ की नाव नहीं चलती–बेईमानी अधिक दिन नहीं चलती।

काटो तो ख़ून नहीं–भय से सन्न रह जाना।

काज़ी दुबले शहर के अँदेशे से–अपनी समस्याओं को छोड़ सबकी समस्याओं पर चिन्तित रहना।

काठ की हँडिया दुबारा नहीं चढ़ती–ठगबाज़ी एक ही बार चलती है।

काबुल में गधे भी होते हैं–कोई भी ऐसी जगह नहीं जहाँ बुरे लोग न हों।

का बरखा जब कृषी सुखाने–समय बीत जाने पर सहायता देना बेकार है।

काला अक्षर भैंस बराबर–अनपढ़ व्यक्ति के प्रसंग में।

कुत्ते की दुम टेढ़ी की टेढ़ी–कुटिल मनुष्य कभी सीधा नहीं होता।

कोठी वाला रोवे, छप्पर वाला सोवे–धनी प्रायः चिन्तित रहता है और ग़रीब निश्चिन्त।

कोयले की दलाली में हाथ काले–बुरों के साथ से कलंकित होना पड़ता है।

क्या पिद्दी क्या पिद्दी का शोरबा–तुच्छ से महान् की सिद्धि असम्भव है।

खग जाने खग ही की भाषा–जो जिस संगत में रहता है वह उसीका हाल जानता है।

ख़रबूज़े को देखकर ख़रबूज़ा रंग पकड़ता है–संग का प्रभाव पड़ता है।

खरी मजूरी चोखा काम–पूरी मज़दूरी देने से अच्छा काम होता है।

खात निबौरी दाख बताबें–नीचे रहन-सहन को ऊँचा दिखाना।

खिसियानी बिल्ली खम्भा नोचे–शर्मिन्दा होकर क्रुद्ध होना।

ख़ुदा गंजे को नाख़ून न दे–अपात्र को अधिकार नहीं मिलना चाहिए।

ख़ुशामद में ही आमद है–ख़ुशामद से काम बनता है।

खूँटे के बल बछड़ा नावे–दूसरे की शह पर अकड़ना।

ख़ूब गुज़रेगी जो मिल बैठेंगे दीवाने दो–एक स्वभाव के दो व्यक्तियों के मिल-बैठने से समय मज़े में बीतता है।

खोदा पहाड़ निकली चुहिया–बड़े परिश्रम पर थोड़ा-सा लाभ।

गंगा गये गंगादास, जमुना गये जमुनादास–समय देखकर रंग बदलने वाला आदमी।

ग़रीब तेरे तीन नाम, झूठा, पाजी, बेईमान–ग़रीब पर सभी दोष

लगाए जा सकते हैं।

ग़रीब ने रोज़े रखे तो दिन बड़े हो गये–ग़रीब को सदा दुख ही दुख है।

गीदड़ की शामत आयी तो गाँव की तरफ़ भागा–विपत्ति-काल में बुद्धि उलटी हो जाती है।

गुड़ खाय गुलगुलों से परहेज़–बनावटी संयम।

गोकुल से मथुरा न्यारी–परस्पर संबंध न होना।

गोद में बैठकर आँख में उँगली–उपकार करनेवाले का बुरा करना।

गोद में लड़का शहर में ढिंढोरा–पास रखी वस्तु को लुप्त समझ इधर-उधर ढूँढ़ना।

घड़ी में तोला घड़ी में माशा–ज़रा-सी बात पर ख़ुश, ज़रा-सी पर नाराज़।

घर की मुर्ग़ी साग बराबर–घर की चीज़ की क़द्र नहीं होती।

घर का जोगी जोगड़ा अनि गाँव का सिद्ध–योग्य व्यक्ति का घर या स्वदेश में सम्मान नहीं होता।

घर का भेदी लंका ढाबे–आपस के वैर से सर्वस्व की हानि।

घर की खेती–आसानी से मिलनेवाली चीज़।

चंदन की चुटकी भली, गाड़ी भरा न काठ–अच्छी चीज़ लघु मात्रा में भी श्रेय-स्कर है, रद्दी चीज़ बहुत भी अच्छी नहीं।

चमड़ी जाय पर दमड़ी ने जाय–महाकंजूसी करना।

चलती का नाम गाड़ी है–सफलता से ही योग्य-अयोग्य का निर्णय होता है।

चाँद को भी ग्रहण लगता है–सच्चरित्र व्यक्ति को भी कभी-कभी कलंक लगता है।

चार दिन की चाँदनी फिर अँधेरी रात–सुख क्षणिक या अस्थायी होता है।

चिकना घड़ा–बेशर्म आदमी।

चिराग़ तले अंधेरा–ऐसे स्थान पर दोष पाया जाना जहाँ उसकी बिलकुल आशंका न हो।

चील के घोंसले में मांस कहाँ–ऐसी वस्तु का ऐसे व्यक्ति के यहाँ पाने की आशा जिसका अभाव उसके घर निरन्तर रहता हो।

चुपड़ी और दो-दो–बढ़िया माल और बहुत अधिक।

चोर की दाढ़ी में तिनका–अपराधी की निरन्तर शंकालुता।

चोर-चोर मौसेरे भाई–बुरों की मित्रता।

चोरी का माल मोरी में–बुरे काम की कमाई बुरे काम में ख़र्च होती है।

छछूँदर के सिर में चमेली का तेल–अयोग्य को बड़ी वस्तु मिल जाना।

छोटे मुँह बड़ी बात–योग्यता से बढ़-चढ़कर बातें करना।

छोटे मियाँ छोटे मियाँ, बड़े मियाँ सुभानअल्लाह–छोटे से कहीं अधिक ऐब बड़े में होना।

जननी जन्मभूमिश्च स्वर्गादपि गरीयसी–मातृभूमि स्वर्ग से भी बढ़ कर है।

जने-जने की लकड़ी एक जने का बोझ–थोड़ा-थोड़ा करके सबके सहयोग का सुफल महान् होता है।

जब तक जीना तब तक सीना–जब तक जीवन है, आदमी कुछ न कुछ करता रहता है।

जब तक साँस तब तक आस–मृत्युपर्यन्त आशा लगी रहती है।

ज़बाँशीरीं मुल्कगीरी–मृदु भाषण से आदमी सबको वश में कर सकता है।

ज़र है तो नर है नहीं पंछी बेपर है–बिना पैसे के दुनिया में कोई नहीं पूछता।

ज़र बिना इश्क टें-टें–बिना पैसे के प्यार भी बेमानी होता है।

जल में रहकर मगर से बैर–जिसके अधीन हो उसी से बैर करने से काम नहीं चलता।

जस दूल्हा तस बनी बराता–जैसे का वैसा साथी।

जहाँ गुल है वहाँ काँटी भी है–गुणों के साथ अवगुण भी पाये जाते है।

जहाँ न पहुँचे रवि वहाँ पहुँचे कवि–कवि की कल्पना सर्वव्यापी होती है।

जाकौ रही भावना जैसी, प्रभु मूरति देखी तिन तैसी–अपनी भावना के अनुसार ही दूसरे का व्यक्तित्व जान पड़ता है।

जाको राखे साइयाँ मार न सकिहै कोय–जिसका रक्षक परमात्मा है, उसे कोई क्षति नहीं पहुँचा सकता।

जादू वह जो सिर पर चढ़कर बोले–सत्य या प्रतिभा को दबाया नहीं जा सकता।

जाके पाँव न फटी बेवाई, सो क्या जाने पीर पराई–जिसने कभी कष्ट न सहा वह दूसरे की पीड़ा नहीं समझ सकता।

जिसकी लाठी उसकी भैंस–शक्तिशाली की ही विजय होती है।

जैसा देश वैसा वेश–जिस देश में रहा जाय वहीं के रीति-रिवाज का पालन करना चाहिए।

जैसे साँपनाथ वैसे नागनाथ–दो कुटिल व्यक्तियों की तुलना करते हुए।

जो गरजता है वह बरसता नहीं–डींग मारनेवालों से काम नहीं होता।

जो तोको काँटा बुवै ताहि बोय तू फूल–बद के साथ भी नेकी करना चाहिए।

झूठ के पाँव कहाँ–झूठा आदमी जिरह में ठहर नहीं सकता।

टेढ़ी अँगुली से ही घी निकलता है–सीधेपन से कुछ नहीं होता।

ठोकर लगी पहाड़ की तोड़े घर की सिल–बाहर किसी शक्तिशाली से अपमानित होने पर गुस्सा घरवालों पर उतारना।

ढाक के वही तीन पात–सदा एक ही अवस्था में पड़ा रहना।

तख़्त या तख़्ता–या तो विजय या मृत्यु।

तन को कपड़ा न पेट को रोटी–बहुत ग़रीब।

तबेले को बला बन्दर के सिर–बुरा काम कोई भी करे, दोष उसी को दिया जाता है जो बदनाम होता है।

तिनके की ओट पहाड़–आँख के आगे तिनका रखने से पहाड़ भी छिप जाता है। किसी छोटी बात में भी बड़ी बात छिपी रहती है।

तीन में न तेरह में–जिसकी गिनती किसी में भी न हो।

तीर नहीं तो तुक्का–अनिश्चय के साथ किसी लक्ष्य को प्राप्ति का प्रयास।

तुरंत दान महाकल्याण–नक़द सौदा करने में पूरा लाभ होता है।

तू डाल-डाल, मैं पात-पात–एक चालाक हो, दूसरा उससे भी चालाक हो।

तुम्हारे (आपके) मुँह में घी-शक्कर–ख़ुशख़बरी लानेवाले को बधाई का एक तरीक़ा।

तेली का तेल जले मशालची का दिल फटे–एक के दान या व्यय करने पर दूसरे को दुख या ईर्ष्या होना।

थका ऊँट सराय ताकता है–परिश्रम से शंका व्यक्ति घर की याद करता है।

थोथा चना बाजे घना–आडम्बरयुक्त व्यक्ति सारहीन होता है।

(देखिये—'अधजल गगरी छलकत जाय')

दलाल को दिवाली क्या, मस्जिद में ताला क्या–जहाँ है ही कुछ नहीं, वहाँ रखवाली का क्या काम।

दान की बछिया के दाँत नहीं देखे जाते–मुफ़्त मिली चीज़ की टीका नहीं की जा सकती।

दाम सँवारे काम–पैसे से सब काम हो जाते हैं।

दालभात में मूसरचंद–अवांछित व्यक्ति का प्रवेश या उसके द्वारा किसी बातचीत में हस्तक्षेप।

दिन जाते देर नहीं लगती–समय बहुत जल्दी बीतता है।

दिन ईद और रात शबरात–सदा-सर्वदा आनन्द रहना।

दिल दिया दर्द लिया–प्रेम के मार्ग में कष्ट ही कष्ट है।

दीवारों के भी कान होते हैं–गुप्त मंत्रणा के लिए बहुत सतर्क रहना चाहिए।

दुविधा में दोऊ गये माया मिली न राम–दो लक्ष्यों के अनिश्चय से एक में भी सफलता का न मिलना।

दूध का जला छाछ भी फूँककर पीता है–एक बार क्षति उठा लेने पर हर काम में सावधानी दिखाना।

दूध का दूध पानी का पानी–विवेकजन्य न्याय।

दूर के ढोल सुहावने–वास्तविक अनुभव से पहले बहुधा चीज़ें अच्छी लगती हैं।

दो मुल्लों में मुर्ग़ी हराम–कई आदमी जब एक काम में भिड़ जाते हैं तो वह काम अवश्य ख़राब होता है।

दोस्ती में लेन-देन बैर का मूल–मित्रों में लेन-देन अच्छा नहीं होता।

धर्म छोड़ धन कोई खाय–पाप की कमाई नहीं पचती।

धीरज, धर्म, मित्र अरु नारी, आपत काल परखिए चारी–धैय, धर्म, मित्र और पत्नी की परीक्षा विपत्ति काल में ही होती है।

धोबी का कुत्ता न घर का न घाट का–जो दोनों पक्षों की चाल चले, वह न इधर का रह जाता है और न उधर का।

नंग बड़े परमेश्वर से (नंगा ख़ुदा से बड़ा)–निर्लज्ज का भय ईश्वर से भी अधिक होता है।

नंगी क्या नहाएगी क्या निचोड़ेगी–ग़रीब आदमी दूसरों को क्या देगा।

भक़्क़ारख़ाने में तूती की आवाज़–बड़ों के आगे छोटों की सुनवाई नहीं होती।

नदी किनारे रूड़ा जब-तब होइ बिनास–जोखिम के काम में सदैव आशंका बनी रहती है।

नदी नाव संयोग–संयोगवश मिलन।

न नौ मन तेल होगा न राधा नाचेगी–काम की ऐसी शर्त वाँधना जो पूरी न हो सके।

नया नौ दिन पुराना सौ दिन–नयी चीज़ का भरोसा नहीं। पुरानी चीज़ टिकाऊ होती है।

नया मुसलमान प्याज़ अधिक खाता है–नयें मत या सिद्धान्त पर बहुत जोश होता है।

न रहे बाँस न बजे बाँसुरी–झगड़े के मूल को ही नष्ट कर देना।

नाई की बरात में जने-जने ठाकुर–मुखियाहीन मंडली में सभी अपने को मुखिया समझते हैं।

नाक दबाने से मुँह खुलता है–बग़ैर दबाव के काम नहीं होता।

नाच न जाने आँगन टेढ़ा–अयोग्य व्यक्ति अपनी असफलता के बहाने बनाता है।

नाचने वालों के पाँव थिरकते हैं–काम करनेवाला ख़ाली नहीं बैठ सकता।

नानी के आगे ननिहाल की बातें–अपने से अधिक जाननेवाले के सामने बातें बनाना।

नाम बड़े दर्शन थोड़े–ख्याति बहुत किन्तु असलियत कुछ नहीं।

निरस्तपादपे देशे एरण्डोऽपि द्रुमायते–जहाँ कोई वृक्ष नहीं होता वहाँ रेंडी को ही वृक्ष मान लेते हैं। मूर्खों के बीच में थोड़ा पढ़ा-लिखा व्यक्ति ही पंडित माना जाता है।

निर्बल के बल राम–जिसका जगत् में कोई सहायक नहीं वह ईश्वर पर भरोसा करता है।

नीम हकीम ख़तरे जान–अधूरी जानकारी हानिप्रद होती है।

नेकी और पूछ-पूछ–भलाई करने में पूछना क्या ?

नौ नक़द न तेरह उधार–उधार की बिक्री अच्छी नहीं।

नौ दिन चले अढ़ाई कोस–बहुत सुस्त काम करनेवाला।

नौ सौ चूहे खाके बिल्ली चली हज्ज को–सारी उम्र पाप करके अन्त में भक्ति करना। '**वृद्धा वेश्या तपस्विनी**' का भी यही अर्थ है।

पंचों को कहा सिर माथे, परनाला वहीं का वहीं रहेगा–दूसरों से सहमति दिखाते हुए भी अपनी ज़िद पर डटे रहना।

पढ़ फ़ारसी बेचे तेल यह देखो क़ुदरत का खेल–पढ़-लिखकर योग्यतानुसार काम न पाना।

पर उपदेश कुशल बहुतेरे जे आचरहिं ते नर न घनेरे–उपदेश देनेवाले बहुत होते हैं, लेकिन आचरण करनेवाले बिरले ही देखे जाते हैं।

पराधीन सपनेहुँ सुख नाहीं–ग़ुलामी में कभी सुख नहीं।

परोपकाराय सतां विभूतय:–सज्जनों की विभूति परोपकार है।

पाँच पंच मिलि काजे कोजा, हारे जीते कछु नहिं लाजा–मिलकर काम करने से हानि-लाभ की विशेष चिन्ता नहीं रहती।

पाँचों उँगलियाँ बराबर नहीं होतीं–सभी एकसमान नहीं होते।

पाँचों सवारों में भरती होना–अपने से बहुत ऊँची पंक्ति में रखने का प्रयास।

पानी पीकर जात पूछना–काम कर चुकने पर कर्तव्याकर्तव्य पर विचार करना।

पियै रुधिर, पय ना पियै, लगी पयोधर जोंक–स्तन में लगी हुई जोंक खून ही पीती है, दूध नहीं। नीच मनुष्य अवगुण ही ग्रहण करता है।

प्यासा कुएँ के पास जाता है–जिसे ग़रज़ होती है वही जाता है।

फटा मन और फटा दूध फिर नहीं मिलते–संबंधों का बिगड़ना।

फिसल पड़े तो हर गंगा–भूल से काम बिगड़ जाने पर यह जताना कि जान-बूझकर काम बिगाड़ा गया है।

बंदर के हाथ आइना या बंदर क्या जाने अदरक का स्वाद–कुपात्र को सत्पात्र या सद्वस्तु का मूल्य नहीं मालूम होता।

बकरे की माँ कब तक ख़ैर मनायेगी–जब किसी व्यक्ति या जीव का हनन निश्चित हो।

बड़ी फ़जर चूल्हे पर नज़र–सबेरा हुआ नहीं खाने की फ़िक्र लगी।

बड़ी मछली छोटी मछली को खाती है–सबल दुर्बल का हनन करता है।

बड़े बोल का सर नीचा–अहंकारी नीचा देखता है।

बद अच्छा बदनाम बुरा–वस्तुतः बुरा हो जाना उतना नहीं दुःखता जितना झूठा कलंक लगना दुःखदायी होता है।

बहुते जोगिन मठ उजाड़–साझे का काम ख़राब होता है।

बाँह गहे की लाज–वचन निभाना।

बाप ने मारी गीदड़ी बेटा तीरंदाज़–शेख़ी बघारनेवाले पर व्यंग्य।

बापू भला न भैया सबसे बड़ा रुपैया–रुपया सबसे नाता तुड़वा देता है।

बार-बार चोर की एक बार साह की–चालाकी कभी न कभी खुल ही जाती है।

बारह बरस दिल्ली रहे पर भाड़ ही झोंका किये–उत्तम स्थान में रहकर भी कुछ योग्य न बन पाना।

बावन तोले पाव रत्ती–बिलकुल ठीक-ठीक।

बाहर टेढ़ो फिरत है बाँबी सूधो साँप–अपने घर में ठग लोग भी छल-कपट छोड़ देते हैं।

बिंध गया सो मोती, रह गया सो सीप–जो काम में लग गया सो खरा, दूसरा किसी काम का नहीं।

बिल्ली के भागों छींका टूटा–अकस्मात् इच्छा की पूर्ति हो जाना।

बिस्मिल्लाह ही ग़लत है (प्रथमग्रासेमक्षिकापातः)–कार्य के प्रारम्भ में ही विघ्न का पड़ जाना।

बीती ताहि बिसारि दे आगे की सुधि लेय–गुज़री हुई बात का सोच न करके आगे सुधार का उपाय सोचना चाहिए।

वैठे से बेगार भली–कुछ न करने से मुफ़्त काम करना अच्छा है।

भइ गति साँप छछूँदर केरी–किसी काम को करने न करने की दुविधा।

भरे पेट पर शवकर खारी–पेट भरा हो तो अच्छी से अच्छी चीज़ में भी स्वाद नहीं आता।

भागते भूत की लँगोटी भली–जहाँ से कुछ न मिलने की आशा हो वहाँ से थोड़ा-बहुत मिल जाना भी अच्छा है।

भानु उदय, दीपक केहि कामा–बलवान अथवा गुणी के आगे दुर्बल अथवा मूर्ख की क़दर नहीं होती।

भूखे भजन न होहिं गोपाला–भूख लगी हो तो कोई काम नहीं हो सकता।

भैंस के आगे बीन बजे भैंस खड़ी पगुराय–अज्ञानी के आगे अच्छे उपदेश भी व्यर्थ हैं।

भौंकते कुत्ते को रोटी का टुकड़ा–छोटे-मोटे आदमी को थोड़ा-बहुत दे-लेकर काम निकालना।

मजनूँ को लैला का कुत्ता भी प्यारा–प्रेमी की हर वस्तु प्यारी होती है।

मन चंगा तो कठौती में गंगा–शुद्ध हृदय वाले के लिए तीर्थ-व्रत की आवश्यकता नहीं।

मन चले का सौदा–मनपसन्द वस्तुओं को ही ख़रीदा जाता है।

मर्ज़ बढ़ता गया ज्यों-ज्यों दवा की–सुधारने की चेष्टा में काम का बिगडते जाना।

भरता क्या न करता–विवश होकर सब कुछ किया जा सकता है।

मरे को मारे शाह मदार–दुर्बल की रक्षा ईश्वर भी नहीं करता।

मरे तो शहीद और मारे तो ग़ाज़ी–धर्मयुद्ध में पराजित होना भी श्रेयस्कर है और विजयी होना भी।

महाजनो येन गतः सः पन्थाः–महापुरुष जिस मार्ग पर चलें वहीं सन्मार्ग है।

मान का पान, अपमान का लड्डू–सम्मानपूर्वक दी गयी तुच्छ वस्तु भी अपमान-पूर्वक दी गयी मूल्यवान् वस्तु से अच्छी होती है।

मान न मान मैं तेरा मेहमान–ज़बरदस्ती गले पड़ना।

मानो तो देव नहीं तो पत्थर–विश्वास ही मूल है।

माया को माया मिले कर-कर लम्बे हाथ–पैसा पैसे को खींचता है।

माले मुफ़्त दिले बेरहम–पराये धन को लापरवाही से ख़र्च करना।

मियाँ की जूती मियाँ के सिर–किसी की चीज़ से उसी की हानि होना।

मियाँ-बीबी राज़ी तो क्या करेगा काज़ी–जब दो आपस में मिल जायँ तो तीसरे के दख़ल देने की ज़रूरत नहीं रह जाती।

मीठा-मीठा गप्प कड़वा-कड़वा थू–स्वार्थी मनुष्य मतलब की बात मान लेता है, बेमतलब की छोड़ देता है।

मुँहमाँगी मौत भी नहीं मिलती–सौ प्रतिशत किसी की भी इच्छा पूरी नहीं होती।

मुद्दई सुस्त गवाह चुस्त–जिसका काम हो वह कोई प्रयत्न न करे, दूसरे उसके लिए व्यग्र हों।

मुफ़्त की शराब तो काज़ी को भी हलाल है–मुफ़्त अगर बुरी चीज़ भी मिल जाय तो कोई उसे नहीं छोड़ता।

मुल्ला की दौड़ मस्जिद तक–सीमित सामर्थ्य।

मेंढकी को भी ज़ुकाम हुआ है–जब छोटा अदिमी भी नखरे करता है।

मेरी तेरे आगे, तेरी मेरे आगे–चुग़ली करना।

मेरी बिल्ली मुझी से म्याऊँ–अपने उपकार करनेवाले पर ही आफ़त लाना।

मोम की नाक है जिधर चाहो घुमा लो–भोले-भाले आदमी को बह काना आसान होता है।

मौनं सम्मतिलक्षणम्–चुप रहना सम्मति का लक्षण है।

म्याऊँ के ठौर कौन पकड़े–असली ख़तरे में कौन जाय।

यथा नाम तथा गुण–जैसा नाम वैसा गुण।

यथा राजा तथा प्रजा–जैसा राजा (स्वामी, सरकार) वैसी प्रजा (सेवक, जनता)।

यह मुंह और मसूर की दाल–हैसियत से अधिक इच्छा रखनेवाले पर व्यंग्य।

रवि नहिं लखियत वारि मसाल–सूरज को चिराग़ नहीं दिखाते।

रस्सी जल गयी पर ऐंठन न गयी–बरबाद होने पर भी अकड़ बनी हुई है।

राजहँस बिन को करे छीर-नीर को दोय–पारखी के बग़ैर अच्छे-बुरे का फ़ैसला कौन करे।

राम-राम जपना पराया माल अपना–मक्कारी और फ़रेब से दूसरों का माल लूटना।

रोज़ कुआँ खोदना रोज़ पानी पीना–रोज़ मज़दूरी करके निर्वाह करना।

लातों के भूत बातों से नहीं मानते–नीच लोग मार खाये बिना सीधे नहीं होते।

लाल गुदड़ी में नहीं छिपते–अच्छे आदमी बुरी स्थिति में भी नहीं छिपे रहते।

लिखे ईसा, पढ़े भूसा–बुरी लिखावट।

वकीलों का हाथ पराई जेब में–दूसरों के धन पर वकीलों का जीवन निर्वाह होता है।

वहम की दवा लुक़्मान के पास भी नहीं–शक्की आदमी को कोई नहीं समझा सकता।

विनाशकाले विपरीत बुद्धिः–विपत्ति या पतन के समय बुद्धि भ्रष्ट हो जाती है।

विधि कर लिखा को मेटनहारा–होनहार कभी नहीं मिटती।

शिकार के वक़्त कुतिया ग़ायब–काम पड़ने पर हीले-हवाले करना।

शुतुर बेमुहार–बिना नकेल का ऊँट, स्वच्छन्द व्यक्ति।

शुभस्य शीघ्रम्–शुभ कार्य को शीघ्र प्रारम्भ कर देना चाहिए।

शैतान की आँत–बहुत लम्बी वस्तु।

शौकीन बुढ़िया चटाई का लहँगा–बेमेल बात करना या बेमेल ढंग से रहना।

सइयाँ भये कोतवाल अब डर काहे का–सम्बन्धी के बड़े ओहदे पर हो, जाने से आश्रितों और मुँहलगों के लिए सुन्दर अवसर आ जाता है।

सच्चा जाय रोता आय, झूठा जाय हँसता आय–अदालत में प्रायः झूठे की जीत होती है।

सत्तर चूहे खाकर बिल्ली चली हज को–आजन्म पापी पुण्य करने चले।

सदा दिवाली संत घर जो गुड़-गेहूँ होय–जिसके घर खाने-पीने की कमी न हो उसके घर सदैव ख़ुशी रहती है।

संतोषं परमं सुखम्–संतोष का होना परम सुख है।

स्पष्टवक्ता न वंचकः– स्पष्ट बात करनेवाला व्यक्ति धूर्त नहीं होता।

समय पड़े की बात, बाज पर झफ्टे बगुला–कुसमय में सबल को दुर्बल भी सताता है :

समय पाय तरुवर फले केतक सींचो नीर–समय आने पर ही सब काम होते हैं। असमय में अनेक यत्न करने पर भी सफलता नहीं मिलती।

समरथ को नहिं दोस गुसाईं–समर्थ यदि अपराध भी करे तो उसे दंड नहीं मिलता।

सर्वे गुणाः कांचनमाश्रयन्ति–धन में सभी गुण होते हैं।

सस्ता रोवे बार-बार महँगा रोवे एक बार-सस्ती वस्तु बार-बार बिगड़ती रहती है, अतः वह अन्त में ख़र्चीली सिद्ध होती है। महँगी चीज़ पर एक बार अधिक ख़र्च हो जाता है, किन्तु आगे चलकर उसपर दुबारा ख़र्च नहीं होता।

सहज पके सो मीठा होय–आराम से किया गया काम अच्छा और संतोषप्रद होता है।

साँच को आँच कहाँ–सच्चे आदमी को कोई भय नहीं होता।

साँप भी मर जाय, लाठी भी न टूटे–काम भी सिद्ध हो जाय, हानि भी न उठानी पड़े।

साने सदा सनेह में जीभ न चिकनी होय–कृतघ्न पर उपकार करना व्यर्थ है।

देगची का एक ही चावल टटोला जाता है–एक बात से मन का सारा हाल मालूम हो जाता है।

सावन हरे न भादों सूखे–सदा एक-सी हालत में होना।

सिर मुँड़ाते ही ओले पड़े–कार्यारम्भ में ही विघ्न उपस्थित हो गया।

सुख में निद्रा दुख में राम – सुख में परमात्मा भूल जाते हैं; दुःख में याद आते हैं।

सुनिये सबको करिये मन की–दूसरों की बातें सुन लेनी चाहिए, किन्तु करना वही चाहिए जो अपने मन को ठीक लगे।

सूखे धानों पानी पड़ा–समय पर सहायता (न) मिली।

सूधे का मुंह कुत्ता चाटे–बहुत सीधापन अच्छा नहीं।

सूरज धूल डालने से नहीं छिपता–अच्छा आदमी बुरों के बुरा कहने से बुरा नहीं हो जाता।

सूरदास खल कारी कामरी चढ़े न दूजो रंग–दुर्जन पर उपदेश का असर नहीं पड़ता।

सोना जाने कसे मानस जाने बसे–सोना कसौटी पर कसने से और आदमी साथ रहने से जाना जाता है।

सोने में सुगंध–उत्तम वस्तु में एक अतिरिक्त गुण का आना।

सौ सुनार की न एक लुहार की–कमज़ोर की सौ चोटें बलवान् की एक चोट की बराबरी नहीं कर सकतीं।

हंसा थे सो उड़ गए कागा भए दिवान–सज्जन के स्थान पर दुर्जन का आधिपत्य हो जाना।

हज़ारों टाँकी सहकर महादेव होते हैं–बिना कष्ट उठाये मनुष्य ऊँचा दर्जा नहीं पाता।

हथेली पर जान लिये फिरते हैं–जिसे मरने का तनिक भी डर न हो।

हथेली पर सरसों नहीं जमती–बात कहते ही काम नहीं होता।

हरफन मौला–सारे कामों में होशियार।

हाकिम के अगाड़ी और घोड़े के पिछाड़ी मत खड़े हो–दोनों से हानि होने का भय है।

हाथ कंगन को आरसी क्या (प्रत्यक्षं किं प्रमाणम्)–प्रत्यक्ष वस्तु के लिए अन्य प्रमाण की आवश्यकता क्या ?

हाथी के दाँत खाने के और दिखाने के और–कथनी-करनी में भेद होना।

हाथी के पाँव में सबका पाँव–एक ही में अन्य सभी का समावेश हो जाना।

हाथी निकल गया दुम रह गई–सारा काम ख़त्म हो गया, थोड़ा-सा बाक़ी है।

हिम्मते मर्दा मददे ख़ुदा–जो परिश्रम करता है, ईश्वर उसकी मदद करता है।

हिसाब जौ-जौ, बख़्शीश सौ-सौ–हिसाब कौड़ी-कौड़ी का होता है भले ही पीछे ख़ूब इनाम दिया जाय।

होनहार बिरवान के होत चीकने पात–प्रतिभा के लक्षण बचपन में ही प्रकट हो जाते हैं।

हौज़ भरे तो फव्वारे छूटें–आमदनी हो तो ख़र्च किया जाय।

◆◆◆